唐明皇
張雲風 作者

絢麗畫卷　淒婉悲歌

陳玟玟

歷史學家公認，中國封建社會在其兩千多年的發展過程中，出現過兩個鼎盛時期：一是西元前二世紀漢武帝劉徹時期，史稱「大漢雄風」；一是西元八世紀唐明皇李隆基（唐玄宗）時期，史稱「開元盛世」。這兩個時期，政治相對清明，社會經濟蓬勃發展，文化事業高度繁榮，民族團結，國力強大，中國不僅稱雄於世界的東方，而且威揚四海，譽滿天下。相比而言，唐朝在國家疆域、人口數量、經濟規模、文化繁榮景象和對外開放程度等方面，更勝於漢朝。因此，人稱「開元盛世」爲「黃金時代」，代表了中國封建社會發展的頂峰。

那麼，這個「頂峰」是怎樣形成的呢？期間出現了哪些重要人物和發生了哪些重大事件呢？最後的結果又是怎樣的呢？張雲風新創作的長篇歷史小說《唐明皇》，尊重歷史事實，運用藝術手段，以簡約流暢的文筆，豐富翔實的內容，具體而生動地回答了這些問題。

這部小說以唐明皇七十多年的人生歷程爲主線，全面描寫了武則天、唐中宗、唐睿宗、唐明皇、唐肅宗五朝的社會生活，涵蓋政治、經濟、軍事、宗教、科學、文化、城市建設、典章制度、風土人情等各個領域，展示出一幅紅紅火火、色彩斑斕的絢麗畫卷。眾多的歷史人物，紛繁的歷史事件，尖銳的宮廷鬥爭，宏麗的都市景觀，以及優美的詩歌創作、書法繪畫、音樂歌舞等，都在畫卷上呈現，讓人深切地感受到了煌煌赫赫的大唐氣象和昂揚奮發的時代精神。時勢造英雄，盛世出人才。唐明皇在位期間，湧現出一大批傑出的政治家、軍事家、詩人、書法家、畫家、音樂家、歌唱家、舞蹈家和天文科學家。他們是那個時代的寵兒，同時也爲那個時代增添了光彩，從而形成了輝煌燦爛的唐文化。唐文化是中華民族傳統文化中的瑰寶，至今仍在影響著和薰陶著億萬炎黃子孫。

唐明皇前期，英明睿智，無疑是一位雄才大略的開明皇帝。他銳意進取，勵精圖治，知人善任，重用賢才，開放言路，革除時弊，注重發展農業生產，安定社會秩序，因而在「貞觀之治」和「武周革命」的基礎上，創建了「開元盛世」，文治武功，堂皇顯赫。人人皆知名言：失敗乃成功之母。而我要說：成功也是失敗之父。勝利會使勝利者沖昏頭腦，成功會使成功者滋生驕奢。勝利者和成功者，往往會在不經意間，孕育失敗的胚胎。唐明皇就是這樣的一個典型。面對勝利和成功，他飄飄然，進而昏昏然，其封建地主階級本質上的腐朽性，立刻淋漓盡致地暴露出來。唐明皇後期，進取心蕩然無存，怠於政事，追求享樂，好大喜功，以重用奸相李林甫爲轉捩點，做出了一系列的蠢事：廢黜太子李瑛，一天之內殺死三個兒子；霸佔兒媳楊玉環，封爲貴妃，固房專寵；愛屋及烏，培植了烜赫的楊氏外戚勢力；寵信胡將，一味遷就安祿山，使之兼任三鎭節度使；再以不學無術的暴發戶楊國忠爲宰相，自己則沉醉在歌舞昇平的幻象之中。終於，以「安史之亂」爲標誌，潛伏著的階級矛盾和社會危機，一起爆發。關鍵時刻，他又錯誤判斷形勢，先逞其「強」，後顯其怯，放棄京城，縊殺貴妃，只顧逃亡保命，最後連皇帝寶座也丟了，無奈地當了太上皇。晚年的唐明皇，被迫從興慶宮遷居太極宮，身邊沒有一個親人，而且受到監視，孤獨寂寞，困窘憂傷，抑鬱而死。一場「安史之亂」，使得唐朝一蹶不振，風光不再，迅速從高高的頂峰上跌落下來。作者在小說中，運用歷史唯物主義觀點，深刻揭示了「安史之亂」爆發的根源和對國家對社會造成的巨大危害，寫出了唐明皇從明君變成昏君的全過程，實際上也是寫出了「開元盛世」從發端、發展到鼎盛到衰敗的全過程。因此說，這部小說又是一曲淒婉悲歌，既是唐明皇人生的悲歌，更是大唐王朝盛極而衰、大治大亂的悲歌。它對於世人，具有某種啓迪和警示的作用。

小說重在塑造人物。《唐明皇》在這方面是下了功夫的。書中共寫了二百多個人物，主要人物就有十多個。他們既有共性，又有個性，正反好壞，忠奸善惡，躍然紙上，唯妙唯肖。青年時代的唐明皇，英俊幹練，風流瀟灑；登基以後，前期開拓進取，後期奢靡荒淫；晚年垂垂老矣，孤苦淒涼。楊玉環「天生麗質難自棄」，「回眸一笑百媚生」，性格特點是「忌而智」。榮寵之時，尊貴風光；失落之時，驚怖可憐。武則天專橫霸道，唐中宗昏庸猥瑣，唐睿宗懦弱畏縮，韋漾淫蕩兇狠，李筱飛揚跋扈，武妮詭變機巧，姚崇精明持重，李林甫口蜜腹劍，安祿山狡獪奸猾，楊國忠陰險狠毒，高力士圓滑世故，江采蘋美豔單純，楊銀環風騷放蕩，等等。這些人，小說中都有精采的刻畫，有的濃墨重彩，有的輕描淡寫，無不活靈活現，栩栩如生。

唐明皇是歷史上著名的風流皇帝之一。他寵幸過很多女人，而且與每個女人之間，幾乎都有一段香豔的故事，其中以與楊玉環的故事最爲浪漫，豔絕人寰。從實而論，歷朝歷代的帝王，對於后妃，不可能有眞正的專一的愛情，唐明皇也不例外，這決定了他的后妃們悲劇的命運。作者在小說中，著重寫了王熒熒、劉彩娥、趙西施、皇甫香、劉婉麗、江采蘋、楊玉環等女性，特點是豔而不穢。這幾位女性都是花容月貌，多才多藝，而結局卻很悲慘。即使像楊玉環那樣「三千寵愛在一身」的絕代尤物，也只能魂斷馬嵬，玉殞香銷。這是爲什麼？根本原因在於唐明皇的冷酷和無情。他希望「魚」（美人）和「熊掌」（江山和性命）能夠兼得，而當發生衝突，二者只能選其一的時候，他毫不猶豫地選擇「熊掌」而捨棄「魚」。捨棄之後，又懷念又悔恨，翻腸倒肚，悲痛欲絕。這，恰恰暴露了封建皇帝的自私性和虛僞性。詩人白居易和劇作家洪升，分別在其名作《長恨歌》和《長生殿》中，創造了唐明皇和楊玉環的愛情神話。其實，那只是一種烏托邦式的夢想，現實中不存在，也根本不可能存在。

歷史小說是以歷史爲題材的小說。歷史是「死」的，不容篡改，更不容編造。作家創作歷史小說，首先要尊重歷史，運用形象思維和藝術手段，將歷史形象化和藝術化，從而使「死」的歷史「活」起來，成爲集知識性、趣味性和可讀性爲一體的文學作品。張雲風的歷史小說，對此進行了有益的探索和實踐。作者創作《唐明皇》，主要依據正史《舊唐書》《新唐書》《資治通鑑》的資料，同時參閱了《大唐新語》《唐語林》《明皇雜錄》《開元天寶遺事》《楊太眞外傳》《梅妃傳》《李林甫外傳》《高力士外傳》《安祿山事蹟》等十餘種野史和筆記，並選用了其中有價値的素材。在把握人物性格本質特徵和歷史事件基本走向的基礎上，進行合理的想像和虛構，這才使作品有了完整的故事情節和豐滿的人物形象。書中的「大人物」和「大事件」且不必說，許多無關緊要的「小人物」和枝微末節的「小事件」，正史沒有記載，經查野史和筆記，也是確有其人其事的。要做到這一點很不容易，需要作者具有深厚的歷史知識功底和花費很大的心血。這部小說的語言也有獨到之處，敘事從容不迫，繪景鮮活靈動，刻畫人物心理眞切細膩，人物對話切時切地切合身分，間或進行必要的解讀和議論，活潑流麗，饒有興味。

《唐明皇》是一部最接近歷史眞實，自然也就是一部眞正意義上的歷史小說。我相信，它會受到讀者的歡迎和好評。

目錄

美貌三郎

巍巍秦嶺，橫空出世，以它蒼茫峭拔的雄姿，逶迤起伏，為關中平原構築起一道天然屏障。滔滔渭河，波濤洶湧，乳汁般的水流激盪起銀白色的浪花，孜孜不倦地滋潤著兩岸的土地。到處都是蔥蘢的樹木，到處都是盛開的花朵。尤其是碧綠的枝葉間，綻放著的石榴花，那樣火紅，那樣熾熱，讓人聯想到絢麗的晨曦和晚霞，內心裏感到由衷的喜悅和興奮。

灼熱的陽光掃去最後幾縷霧氣，一座規模宏大、布局齊整的城市，清晰地顯露出了它的壯麗容顏。這座城市名叫長安（今陝西西安）——中國封建社會鼎盛時期大唐王朝的國都。

唐長安城是在隋大興城的基礎上修建的。城的四周築有高大堅實的城牆，城牆總長近三十五公里。城垣外沿鑿有寬廣的護城河，城依河，河圍城，構成城、河互補的防禦體系。城內總面積約八十四平方公里，包括宮城、皇城和郭城三大部分。宮城，就是人們通常所說的皇宮，那是國家的中樞。皇城，集中了朝廷各主要官署，負責處理國家的日常事務。郭城則是居民區，共有一百零八個坊里，居民總數超過一百萬人。

唐長安城是西元七世紀世界上最大的城市之一，建築壯美，氣勢恢弘，人口眾多，市井繁華，就像一顆璀璨的明珠，鑲嵌在中國的腹地，熠熠生輝。這裏發生過無數動人的故事，有的驚心動魄，風雷激盪；有的美豔浪漫，婉約纏綿。它們具有一種永恆的特殊魅力，神奇瑰麗，世代流傳。

本書的故事要從女皇武則天說起。

武則天，并州文水（今山西文水）人。出身於富商之家。父親武士彠是個木材商人，資助過唐高祖李淵，曾任工部尚書，封應國公。武士彠娶過一妻一妾，妻為相裏氏，生子武元慶和武元爽；妾為楊氏，生了三個女兒，其中第二個女兒便是武則天。因為家境優越，武則天自小受到良好的教育，姿色豔麗，才藝出眾。她十四歲的那年，唐太宗貪戀美色，召她入宮，封為才人，賜號「媚娘」。正是這個武媚娘，唐朝的歷史才生出了許多枝節和波瀾。

貞觀十七年（西元六四三年），唐太宗廢了原立的太子李承乾，改立李治為太子。李治比武則天年輕四歲，二人見面，眉眼間時時傳遞著一種微妙的特殊信息。然而，他們之間在理論上是母子關係，儘管存在非分之想，卻不敢做出什麼越軌的舉動來。

貞觀二十三年（西元六四九年），唐太宗駕崩。李治繼位，是為唐高宗。按照禮制，武則天出居感業寺，削髮當了尼姑。唐高宗後宮立有王皇后，封有蕭淑妃，另有一大群美人佳麗。可是鬼使神差，他偏偏想念著和眷戀著尼姑庶母——貌若天仙的武則天。於是，他偷偷地去和武則天幽會，訴說相思之情；於是，他透過王皇后命武則天蓄髮，並接回宮中；於是，他和武則天苟且作樂，並正式封她為昭儀。兒納父妾，這也是唐朝宮闈的醜事之一。

武則天工於心計，詭變無窮。她在宮中初步站穩腳跟後，立即用兇狠的手段，開始了謀取權力的鬥爭。她先和王皇后聯手，打擊蕭淑妃。接著，她不惜親手掐死襁褓中的親生女兒，嫁禍於王皇后。蕭淑妃和王皇后失寵，先後被打進冷宮。永徽六年（西元六五五年），唐高宗不顧元老重臣的反對，冊立武則天為皇后，使之成為母儀天下的國母。

武則天並不就此止步，她要攫取更大的權力。自古以來，所有的帝王都是清一色的男性。武則天不服這個理，決心挑戰傳統，顛倒乾坤，嘗一嘗當女皇帝的滋味。她利用代替唐高宗批閱奏章和斷決朝政的機會，掌握了朝廷的所有機密，逐漸使天下大權，悉歸中宮。她有計劃有步驟地排斥皇子，包括她親生的兒子，或殺害，或流放，使之遠離權力的中心。弘道元年（西元六八三年）十二月，唐高宗駕崩。李顯繼位，是為唐中宗。唐中宗在位僅僅五十五天，武則天就將他廢為廬陵王，改立李旦為皇帝，是為唐睿宗。武則天立了睿宗，卻給他定了一條規矩：只能待在深宮，不許過問朝政。這樣，武則天就以皇太后身分，臨朝稱制，成為唐王朝事實上的最高統治者。

女主掌權，必用外戚。武則天臨朝稱制期間，武氏外戚異軍突起，迅速掌握了朝廷的各個重要部門。主要是武則天的侄兒和侄孫，武承嗣當了宰相，武三思當了右衛將軍，其他如武攸暨、武攸寧、武攸歸、武攸望等，皆由區區小吏，一躍而封王，出任樞密重臣。

武氏外戚得勢，李氏宗室遭殃，許多王公大臣遭到殺害，激起天怒人怨。英國公李敬業（徐敬業）以匡復廬陵王李顯為號召，起兵聲討武則天。武則天發兵三十萬，堅決予以鎮壓，從而穩定了局面。時有侍郎宗秦客，乃武則天從姐之子，別出心裁，造出十二個新字，其中一字為「曌」。武則天大喜，遂用「曌」作為自己的名字，取日月當空照之意。又有侍御史傅遊藝，率領九百餘人詣闕上書，請武則天自稱皇帝，並改國號為周。武則天故意不准，卻提拔傅遊藝為侍中。武承嗣和武三思等從中得到啓示，積極活動，鼓動朝臣和百姓六萬餘人，連篇累牘地上書，支持傅遊藝所請。睿宗為了自保，擺脫傀儡皇帝的尷尬處境，隨之上書，恭請母后尊稱皇帝。更有一些勢利之徒，編造謊話，今兒說這裏出現鳳凰，明兒說那裏出現赤雀，皆是祥瑞的徵兆。所有這些，正中武則天的下懷。她也就不再客氣和推辭，做出一件亙古未有的大舉動來：載初元年（西元六九〇年）九月壬午日，六十七歲高齡的武則天，身穿袞服，頭戴金冠，登上神都洛陽（今河南洛陽）的則天樓，宣布自己爲神聖皇帝，改唐國號爲周，改元天授；以唐睿宗李旦爲皇嗣，賜姓武。這一天，中國歷史上唯一的女皇帝誕生了。

武則天臨朝稱制和建周稱帝，活動的重心多在洛陽而不在長安。這是爲何呢？原來，武則天忌諱長安皇宮，人所共知。還在武則天被冊立爲皇后的那一年，唐高宗突然想起被廢黜的王皇后和蕭淑妃，一天專門前往冷宮探視二人。武則天知道了這件事，勃然大怒，密派心腹將王皇后和蕭淑妃處以杖刑，然後砍去手腳，丟進酒甕中，狠狠地說：「令二嫗骨醉！」王皇后性格懦弱，任由武則天擺布。蕭淑妃則破口大罵，說：「武氏狐媚，反覆至此！我死後爲貓，使武氏爲鼠，我當扼其喉以報！」王皇后和蕭淑妃慘死。武則天做賊心虛，命將皇宮裏的貓全部打死。不想這樣一來，她怕貓怕得越發厲害，睡覺時常做惡夢，夢見王皇后和蕭淑妃披頭散髮，變作千萬隻猙獰的厲貓，張牙舞爪，嗷嗷亂叫，前來向她索命。爲了擺脫王皇后和蕭淑妃陰魂的糾纏，武則天在唐高宗死後，乾脆改稱東都爲神都，改稱長安爲西京，長期住於神都，很少返回西京。

唐睿宗李旦的妻子兒女則多在長安。睿宗當皇帝的時候，立有皇后劉貞，封有德妃竇蘭，以及孺人柳氏、崔氏、王氏、陳氏等。睿宗的后妃給他生了五個兒子和十一個女兒。五個兒子依次是：劉皇后生李成器，曾爲太子；柳孺人生李成義，封恆王；德妃生李隆基，封楚王；崔孺人生李隆范，封衛王；王孺人生李隆業，封趙王。睿宗的兒女中，單數隆基最惹人喜愛。隆基生於垂拱元年（西元六八五年）八月五日，乳名阿瞞，自小粉雕玉琢似的，聰明伶俐。睿宗一次誇耀說：「我的兒子中，唯三郎天庭飽滿，地角方圓，最有福相。」因此從那以後，宮中無人稱呼隆基的大名，而是親暱地稱爲「三郎」。

睿宗的妻子兒女住在太極宮。太極宮即通常所說的宮城，位於長安城內中央正北方向。宮內共有殿、亭、台、閣四十多座，主要有太極殿、兩儀殿、甘露殿、延嘉殿、神龍殿、武德殿、百福殿、立政殿等，高大巍峨，金碧輝煌。延嘉殿兩側，又有鶴羽殿、昭慶殿、承香殿、凝陰殿、淑景殿、咸池殿等偏殿。各個偏殿自成院落，乃皇帝及其后妃、兒女日常生活的地方，環境靜謐，景色優美。當時，皇后劉貞及其兒女住承香殿，德妃竇蘭及其兒女住昭慶殿。

神都洛陽發生的事情，消息當天便可傳到西京長安。長安皇宮裏，人們議論紛紛，中心話題是武則天取代睿宗成了皇帝，國號也由大唐變成了大周。這一改變讓人難以接受，都說：「開天闢地以來，哪有女人當皇帝的？女代男，周代唐，豈不是天翻地覆了嗎？」

劉貞聽到神都方面的消息，心火突突，情緒煩躁。睿宗由皇帝變爲皇嗣，李成器由太子變爲皇孫，意味著她的皇后名號不復存在，充其量只是個皇嗣妃而已。這是她無法理解的。她當皇后才五六年時間，怎麼一夜醒來，說變就變了呢？劉貞想不通已經發生的事情，派了侍女韋團兒去昭慶殿，把德妃竇蘭請了來，她要和她說說悄悄話。平時，劉貞和竇蘭的關係最好，二人以姐妹相稱，基本上是心照不宣，無話不說。

昭慶殿和承香殿比鄰，竇蘭應請而來，笑著說：「皇后找我，有何要事？」

劉貞臉色陰沉，說：「哪裏還有什麼皇后？皇上、太子都給人家擼了，我們這些后妃還算什麼？」

這個「人家」顯然是指武則天。竇蘭警惕地朝四周看了看，說：「姐姐小聲點，當心隔牆有耳。」

劉貞滿不在乎，說：「怕什麼？反正不是皇后了，落得可以痛痛快快地說話。妹妹你說，皇上怎麼啦？太子怎麼啦？怎能說擼就擼了呢？她臨朝稱制，大權在握，怎麼還不滿足？現在倒好，做娘的奪了兒子的皇位，虧她做得出來！你說，一個六七十歲的老太婆，當那皇帝，有什麼意思？她姓武，凡姓武的都狗模狗樣，高官顯爵，皇上也賜姓武，這是怎麼回事嘛？皇上姓了武，那麼皇子怎麼辦？難道也改姓武不成？」

劉貞只顧發洩心中的不滿，矛頭直接指向了婆婆武則天。竇蘭嚇得心驚膽戰，說：「姐姐別說了，事情已經這樣，不是你我所能挽回的。」

劉貞氣猶未消，恨恨地說：「想我太祖、太宗皇帝，辛辛苦苦掙下的大唐江山，不聲不響地被一婦人奪了去，李氏天下變成武氏天下，我覺得憋氣和窩火！」

竇蘭說：「憋氣，窩火，又能怎樣？你我姐妹，重要的還在於撫育我們的兒子，但願他們日後能有出息。」

劉貞歎了口氣，說：「唉！也只能如此了。」

劉貞和竇蘭，年齡相仿，約二十四五歲。前者穿著猩紅色蝴蝶穿花上衣，墨綠色百鳥朝鳳長裙，珠光寶氣，面龐圓潤。後者衣裙的樣式和色彩比較雅淡，青絲高挽，光可鑑影。武則天當了皇帝，這兩個女人心中不滿。劉貞性格外向，口無遮攔，敢把不滿嘩裏嘩啦地吐露出來。竇蘭性格內斂，深知宮廷險惡，盡力阻止劉貞，避免過激的情緒。從某種意義上說，竇蘭比劉貞聰明。因爲她們的婆婆皇帝非常厲害，作爲媳婦，謾罵和詛咒無濟於事，精心撫育自己的兒子，無疑是明智之舉。

武則天稱帝之年，三郎隆基六歲。他還不明白世界所發生的事情，按照母親的嚴格要求，認眞讀書，刻苦勤奮。他五歲的時候就上皇家小學，識字寫字，接受啓蒙教育。六歲開始讀《論語》和《孝經》，悟性極強，具有超乎同齡人的記憶能力和理解能力。接著系統地學習「六藝」——禮、樂、射、御、書、數，各門功課優秀。期間，他對音樂歌舞懷有特別濃厚的興趣，彈琴鼓瑟，吹笛奏簫，唱歌跳舞等，無不喜愛，技藝漸精。

三郎的少年時代是在無憂無慮的優裕環境裏度過的。他愛他的母親，也愛同父異母的兩個哥哥和兩個弟弟。他又有了兩個嫡胞妹妹——李霓萍和李霓莉，她倆均爲竇蘭所生。他的缺憾是他的父親多數時間住在神都，父子二人一年當中見不了幾回面。

長壽二年（西元六九三年）元旦剛過，忽然有消息說，女皇武則天即將駕幸長安。隆基好不歡喜。因爲這樣，他就可以見到父親了。當然，他還可以見到祖母皇帝。在他的心目中，祖母武則天就像天上的神仙，堂堂皇帝，一國之君，多不簡單啊！

陽春三月，冰雪消融，桃紅柳綠。武則天駕幸長安，王公和百官隨行，鹵簿和侍衛隊伍綿延數十里，旌旗蔽日，車馬湧動，場面盛大奢華，蔚爲壯觀。全城民眾湧上街頭，萬人空巷，爭睹女皇的風采。武則天忌諱太極宮，住進大明宮，那裏更有另一番天地。大明宮位於太極宮東北方向，高居龍首原，坐北向南，規模宏大。巍峨的宮牆，南開五門，正中爲丹鳳門，東爲望仙門和延政門，西為建福門和興安門。北開三門，正中為玄武門，東為銀漢門，西為青霄門。丹鳳門至玄武門的中軸線上，依次矗立著含元殿、宣政殿、紫宸殿、蓬萊殿、含涼殿、元武殿六座大殿，兩側又有延英殿、綾綺殿、宣徽殿、麟德殿、金鑾殿、清思殿、長生殿、壽春殿、嘉慶殿、珠慶殿等等，雕樑畫棟，金碧輝煌。武則天住於長生殿，此殿設施最為豪華，殿內流光溢彩，殿外花木飄香，恍若人間仙境。

武則天抵達長安的次日，在含元殿接受百官朝賀。含元殿是大明宮的正殿，那裏建築壯美，氣象萬千。皇嗣李旦的五個兒子俱封王號，而且是武則天的孫子，這天也在朝賀的百官之列。楚王隆基環顧左右，俱是不認識的武氏諸王，一個個鮮冠華服，趾高氣揚。而李氏諸王除了自家五兄弟外，只有伯父廬陵王李顯的兒子李重福，封平恩王；李重俊，封義興王。李氏和武氏相比，相形見絀，猶如天壤。

隨著三聲淨鞭響過，皇家樂隊奏起莊嚴的樂曲。武則天緩緩升殿，後面簇擁著手舉鳳扇華蓋的宮女。武則天落座於御座，皇嗣李旦和太平公主李筱侍立在兩側。李旦，三十二三歲，黃綾繡龍上衣，紫緞金絲長褲，中等身材，憨厚相貌，若不是衣上繡著的龍紋，很難想像他曾是至尊至貴的皇帝。李筱是唐高宗和武則天的女兒，唐睿宗的胞妹。她天生的美人胚子，而且絕頂聰明，姿色和性格，酷似其母。她原嫁薛紹，薛紹參加了李敬業的叛亂活動，被武則天處死。李筱大哭大鬧。武則天鍾愛女兒，命她改嫁自己的侄兒、千乘王武攸暨。李筱恃寵而驕，凡有所請，無不滿足。因此，時人都說：「太平公主會成為第二個武則天。」

百官跪地，叩頭山呼：「吾皇萬歲萬歲萬萬歲！」

武則天微微抬手，說：「平身！」

「謝萬歲！」一陣窸窣衣響，百官恭立。

三郎隆基這是第一次參加朝會，也是第一次見到祖母皇帝。他抬眼看那御座，但見武則天袞服金冠，方額廣頤，丹鳳眼，柳葉眉，由於戴著金冠和化了妝，看不出她到底有多大年紀。聽母親說，武則天已經七十歲，可是她還顯得那樣雍容華貴，眉眼間有著一種凜然不可侵犯的威嚴。

「今日朝會，並無什麼大事」，武則天說話了，「一則，朕多年未回長安，這次回來看看；二則，朕又添了三個皇孫，尚未見過。哪是隆基、隆范、隆業呀？出列來讓朕瞧瞧。」

隆基三兄弟慌忙出列，跪地叩頭，稚聲稚氣地說：「恭祝祖母皇帝萬壽無疆！」

武則天放眼注視三個皇孫，但見他們眉清目秀，粉面朱唇，身體壯實，舉止合禮，連連點頭，說：「嗯！起來吧！」

「謝祖母皇帝！」隆基三兄弟起立，退回班列。

李筱附在武則天耳邊說了什麼。武則天大喜，說：「是嗎？隆基叫三郎？還會樂器？那好，讓三郎吹支笛曲來聽聽。」

李旦趕忙俯身說：「三郎喜愛樂器，那是小孩家的玩意兒，不敢玷污聖聽。」

武則天大笑，說：「這，你就不懂了，越是小孩家，吹笛撫琴，越見清純和天真，沒有俗人的那種濁氣。」

三郎卻不怯場，向前說：「孫臣遵旨！只是孫臣未帶笛來。」

李筱示意一位宮監，去皇家樂隊的樂師那裏取了一隻玉笛來，遞給三郎。

三郎持笛，略吹一吹，調試音階。武則天說：「且慢。朕且問你：這笛是何來歷？笛聲有何特點？你知道嗎？」

三郎面對皇帝，恭敬地回答說：「《風俗通》云：『笛，漢武帝時邱仲所作也。』這是不正確的。其實，春秋戰國時期就有了笛，宋玉作有《笛賦》，是爲證明。漢高祖初入咸陽，發現秦宮中藏有許多奇珍異物，其中有一支昭華之琯，長二尺三寸，六孔，吹之則見車馬山林，隱轔相次，那就是笛。現時之笛，通常長一尺四寸，七孔。笛，滌也。笛聲乃樂聲中之正聲，笛音一定，諸弦歌皆從之，滌邪去穢，暢神怡志，以雅見長。」

武則天盈盈而笑，誇獎說：「說得好！」

三郎站定，面向武則天，開始吹笛。他吹的是流行很廣的「陽關」曲子，忽兒舒緩，忽兒急促，忽兒悠揚，忽兒激越。清清亮亮的笛聲，將人們的思緒帶進一個遙遠而奇妙的世界，那裏天高地闊，風軟雲淡，一望無際的沙漠，星星點點的綠洲，起伏的山巒，清澈的流水，絢麗的野花，潔白的羊群。忽然，風狂雨驟，電閃雷鳴，長河捲著浪花一瀉千里，千軍萬馬呼嘯著勇往直前，大地震動，虎吼猿啼。隨後，各種聲響悠悠遠去，世間萬物又恢復了平靜，深邃的夜空，高懸一輪明月，清粼粼的湖水，鵝戲魚游，朵朵漣漪……三郎雙手一抖，笛聲緩緩而止。人們還沉醉在樂曲的意境裏，似乎餘音繞樑，仍可玩味。

武則天輕輕拍手，說：「好！雖非韶樂，卻也動聽，難得難得。」

文武百官這才反應過來，一起拱手，說：「楚王年紀輕輕，竟有如此才能，實爲皇上洪福。」

武則天心情怡悅，招一招手，說：「來！讓朕仔細瞧瞧三郎。」三郎猶豫，不敢貿然上殿。李筱向前一步，說：「皇上喚你，你就上來吧！」三郎這才登上丹墀，快步走到武則天座前，跪地叩頭。武則天撫摩三郎的臉蛋，見他面如春花，目如點漆，粉嫩的額上沁出點點汗珠，清秀純淨，爛漫無邪，歡喜地說：「嗯！此兒當為太平天子！來人！把太宗皇帝留下的玉龍子取來，賞給朕的皇孫！」

玉龍子實是一塊佩玉，長約數寸，溫潤精巧，人間罕有。三郎拜謝。武則天又說：「朕還要告訴你：音樂歌舞之類，只是生活中的一種點綴，切不可刻意追求。少壯時代，主要精力應當放在讀書上進，學會做人上，懂嗎？」

「臣孫謹記祖母皇帝教誨。」三郎再次叩頭，隨後下殿，站回原先的位置。

這次朝會，使三郎眞切地見識了武則天。他覺得他的祖母非常厲害，以一女流，登上皇帝寶座，高大如山岳，沉穩如磐石，駕馭群臣，號令天下，言行中間具有一種令人生畏的意志和力量。同時，他覺得他的祖母又和藹可親，當她雙手撫摩他的臉蛋的時候，他看到她是一位老人，神態安祥，眉眼仁慈，那雙手也是溫暖的，傳遞出祖輩對於孫輩難以割捨的慈愛親情。

此後多日，三郎一直回味著朝會上的經歷，心想祖母告誡自己要讀書上進，學會做人，這可是金玉良言啊！

三郎李隆基敬畏祖母皇帝武則天，然而接著發生的一件事，使他徹底改變了對武則天的看法，敬畏變成仇恨，直想放一把火，把大明宮燒毀，燒死那個心毒手狠的老太婆皇帝。

原來，武則天早在臨朝稱制的時候，就設置了銅匭，鼓動各類人等告密，凡告密者，不管情況屬實與否，均可得到獎勵。同時，她重用酷吏周興、來俊臣、索元禮等人，專門偵察告密者提供的線索，以駭人聽聞的刑罰，審訊當事人，殺人無數，造成了數以千萬計的冤假錯案。武則天稱帝以後，告密之風有增無減，就連西京、神都的皇宮裏，也有武則天安插的坐探。承香殿的侍女韋團兒，就是武則天安插的坐探之一。她的任務是在承香殿服役，同時監視劉貞及其他人的言行，發現異常情況，隨時報告。

劉貞對此一無所知。她曾派韋團兒去請竇蘭，口無遮攔，發洩對於武則天的不滿。其後，還曾多次大罵武則天，罵她權迷心竅，罵她篡唐自立，罵她重用武氏，罵她老而淫蕩。韋團兒讒佞多端，偷聽了劉貞的話，並一一記錄下來。這天，她找藉口去到大明宮，把自己的記錄交給了武則天。

武則天看那記錄，有時間有地點，有情節有證人，不由得柳眉倒豎，杏眼圓睜，說：「劉貞這個賤貨，竟敢如此放肆！竇蘭也不是好東西，知情不報，實爲同謀。」於是頒旨，宣召劉貞和竇蘭，到大明宮嘉慶殿見駕。皇帝宣召，劉貞和竇蘭怎敢不去？不想，她倆一去便沒了蹤影，再也沒有回來。

太極宮承香殿裏，劉貞的兒子李成器，女兒李霓薇和李霓蕙，眼巴巴地等著母親歸來。昭慶殿裏，竇蘭的兒子李隆基，女兒李霓萍和李霓莉，也眼巴巴地等著母親歸來。可是，左等右等，只到掌燈時分，他們的母親仍沒有回宮。一會兒，隆基去承香殿，詢問皇后回來沒有？一會兒，成器來昭慶殿，詢問德妃回來沒有？結果讓人失望：沒有回來，而且沒有消息。這是怎麼回事呢？兩殿六個孩子心裏空落落的，面對搖曳的燈光，都有一種不祥的預感。宮監和宮女們也交頭接耳地議論著，覺得其中必有蹊蹺。

柳、崔、王、陳四位孺人不約而同地來到昭慶殿，帶領隆基兄妹，一起到了承香殿。她們安慰孩子們說：「不用著急，我們安靜地等待就是了。」

這時，李旦回宮。成器、隆基、霓薇、霓蕙、霓萍、霓莉一湧向前，齊聲喊道：「娘！娘！哎？娘呢？」

李旦莫名其妙，說：「娘？你們的娘怎麼啦？」

柳孺人說：「事情是這樣的：今兒晌午，太后宣召皇后、德妃去大明宮，到現在也沒有回來。怎麼？皇上不知道此事？」柳孺人等按照原先的習慣，仍稱武則天為「太后」，李旦為「皇上」，劉貞為「皇后」，竇蘭為「德妃」。

李旦心頭一緊，說：「我剛從魏王武承嗣、梁王武三思那兒回來，沒聽說皇帝宣召之事呀！」

「啊——！我要娘，我要娘！」成器、隆基兄妹聽了這話，不由放聲大哭起來。

「別哭，別哭！」柳、崔、王、陳孺人哄了這個哄那個，一時手忙腳亂。

李旦進入正殿，坐下，說：「皇帝宣召她倆，能有何事？就是宣召，也早該結束了，怎麼會到這個時候？皇帝留下她倆過夜，還是怎麼著？」

柳孺人說：「太后若留皇后和德妃過夜，總該傳個話過來呀！」

李旦隱隱感到了問題的嚴重，吩咐一名年輕宮監說：「去！快去內侍省，詢問一下晌午是誰在皇帝跟前當值，命他速來見我。」

內侍省在太極宮的西南方向，距離很近。不一時，年輕宮監引來一名中年宮監。中年宮監見了李旦，跪地叩頭，說：「奴才參見殿下。」

李旦認識此人，說：「你是內常侍范雲仙，對吧？今天，你在皇帝跟前當値？」

范雲仙說：「是！」

李旦說：「那麼，你知道皇帝宣召皇后和德妃的事了？她們怎麼沒有回來呢？」

「這……」范雲仙看到周圍大大小小的眼睛盯著自己，不便回答，說：「請殿下摒退眾人，奴才方好回話。」

李旦一揮手，說：「你們都到廂房去。范公公！你也起來。」

柳孺人等全部退出。范雲仙確信殿中再無別人，這才說：「殿下！皇后和德妃回不來啦？」

「這是爲何？」

「她倆死啦！」

李旦大吃一驚，說：「你是說，皇帝將她倆殺了？」

范雲仙點頭，說：「慘哪！」

李旦眉頭緊緊地鎖在了一起，喃喃地說：「她倆常居深宮，只管生兒育女，從不過問政事，究竟犯了何罪呢？」

「唉！罪名可多了」，范雲仙悄聲說，「皇帝手裏拿著本子，說某年某月某日，皇后和德妃謾罵皇帝是個權迷心竅的老妖精，篡奪李唐江山；某年某月某日，皇后詛咒皇帝不得好死，殺害李氏宗室，重用武氏外戚，還有穢亂宮闈什麼的。殿下想，皇帝是什麼人？能容得別人謾罵她和詛咒她嗎？當即命人剝去皇后和德妃的衣服，處以杖刑。若認罪求饒，或許能夠活命。可是她倆受了刑，反而破口大罵，罵皇帝是『妖婆』，是『國賊』，是『不要臉的淫蕩女人』。皇帝氣壞了，命人當場將皇后和德妃打死了。」

李旦痛苦地閉上眼睛，說：「眞是……」停了停，又說：「皇后和德妃說的話，皇帝怎會知道的呢？」

「都是侍女韋團兒作的孽」，范雲仙氣憤地說，「她是皇帝安插在皇宮的一顆釘子，專門負責告密。她偷聽皇后和德妃說話，統統記在本子上，皇帝手裏拿的那個本子，就是她呈上去的。」

李旦連連搖頭，說：「眞不可思議。那麼後來呢？皇后和德妃的屍體現在在哪裏？」

「這個，奴才不知」，范雲仙說，「當時，皇帝吩咐侍衛說：『把這兩個賤人拉出去，隨便找個地方埋了！』她還說：『今天這事，不許透露半個字，誰若多嘴多舌，朕必滅他三族！』這些話，奴才只能給殿下一個人說，皇帝若是知道，奴才必死無疑。」

李旦說：「范公公放心，今天這事，只有你知我知。好啦！你回去吧！」

范雲仙告辭。柳、崔、王、陳孺人和成器、隆基兄妹等，迫不及待地湧進正殿，七嘴八舌地詢問說：「怎麼回事？」「范公公怎麼說？」「我娘怎麼啦？」

李旦看著自己的兒女，心如刀絞，因爲他們已經失去了母親，可憐哪！然而此時此刻，他卻不能告訴他們眞實情況，那樣，他們的心靈承受不起，沒準兒還會鬧出什麼亂子來。他定了定神，強作笑顏，說：「沒事，你們的娘在祖母皇帝處飲酒，就歇在大明宮了。」

「得是？」成器、隆基等不信。

李旦沒有回答兒女的問話，只是說：「好啦！都睡覺去，明早還要上學呢！對了，三郎、萍兒、莉兒就睡這兒，三郎和成器睡，萍兒、莉兒和薇兒、蕙兒睡。」

宮女哄著成器、隆基兄妹睡覺去了。柳、崔、王、陳孺人不肯離去。她們不相信皇后和德妃會在大明宮過夜，其中必有文章。李旦紅著眼圈兒，略一揮手，說：「你們也回去吧！我想一個人靜一靜。」柳、崔、王、陳孺人見丈夫心境如此，不便多說，各回寢宮。這一夜，李旦獨自臥在承香殿，回想往事，思緒萬千，眼角不停地流出苦澀的淚水。

次日一早，太平公主李筱來到承香殿。李筱同時帶來一位中年婦人，四十歲左右年紀，衣飾齊整，面目平和。李旦一見，驚呼說：「呀！這不是李穎姐姐嗎？你怎會到此？」

李穎慘澹一笑，說：「這，你問公主吧！」

這個李穎，是唐高宗李治的女兒之一，生母爲蕭淑妃，李旦和李筱都稱她爲「姐姐」。李穎曾封宣城公主，嫁穎州刺史王勖。武則天當皇后時，殘酷地殺害了蕭淑妃，天授年間又兇惡地殺害了王勖。李穎喪母喪夫，悲痛至極，然而懾於武則天的淫威，敢怒而不敢言，淚水只能往肚裏嚥。她無兒無女，閉門寡居，今天被李筱請了來，說要給她一個特殊的差事。

李筱目視哥哥李旦，說：「事情你都知道了？」

李旦微微點頭。李筱又說：「三郎他們呢？你跟他們說了？」

李旦長長地歎了口氣，說：「唉！夜間，幾個孩子哭著要娘，哭得我六神無主，只好哄著說，娘在大明宮過夜了，他們這才肯去睡覺。我正發愁，今兒怎麼跟孩子們說呢？沒娘的孩子，日後可怎麼好啊？」

李筱說：「昨天的事，我也是事後知道的。母皇這樣做，確實太殘忍了。可是事已至此，誰也沒有辦法。事實眞相，無論如何不能告訴成器、隆基他們，弄得不好，是會天塌地陷的。一會兒，我跟他們說，儘量瞞著他們，方是上策。至於日後，我特地把李穎姐姐請了來，就讓姐姐住在承香殿，照料成器、隆基兄妹，你看可好？」

李旦鼻子一酸，險些落淚，說：「虧得妹妹想得周全。李穎姐姐若能照料成器、隆基他們，那是再合適不過了，只怕皇帝那裏……」

李筱說：「皇帝那裏，我去周旋。李氏兄妹就剩我們幾人相依爲命了，她難道還要斬盡殺絕不成？」

李旦面向李穎，說：「姐姐你……」

李穎還是慘澹一笑，說：「我是一個寡婦，心如死灰，一切都無所謂了。」

這時，成器、隆基兄妹湧了進來，意外地看到兩位姑姑，都說：「姑姑好！姑姑好！」隆基撲到李筱懷裏，說：「姑姑！我想娘，她怎麼還不回來呀？」

李筱緊緊地摟著隆基，鄭重其事地說：「你們給我聽著：你們的娘，昨天被祖母皇帝叫了去，在大明宮過了一夜，今兒一早，就被派到神都去，做一件大事。以後還要到全國各地去，繼續做大事，恐怕幾年內也回不來。這期間，李穎姑姑在這裏照料你們的生活起居，你們可要聽話哦！」

「姑姑騙人，哪有女人去做大事的？」成器和隆基反駁公主說。

「這，你們就不懂了」，李筱裝模做樣，從容地說，「西漢的呂后是不是女人？當今皇帝是不是女人？她們做的不是大事嗎？」

霓萍、霓莉、霓薇、霓蕙詢問父親說：「爹！姑姑說的對嗎？」

李旦勉強地說：「姑姑是公主，她哪會說假話呢？」

李穎目睹這一幕，掏出手帕，偷偷地拭淚。

李筱起身，去到侄兒侄女住的房間看了看，所有器物大體齊全，說：「孩子們穿的用的，該添置的添置，莫要委屈了他們。」

李穎說：「這，我知道。」

「好啦！」李筱故意一笑，說：「我是專門來跟你們說這事的，事說完了，也該走了。」她拍拍成器和隆基的肩膀，又說：「你們收拾收拾，趕快上學去，別調皮搗蛋，啊？」

李旦等簇擁著公主來到院落裏。李筱似乎又想起什麼，吩咐一名宮女，說：「去取一個雞蛋來。」

宮女取來雞蛋。李筱手拿雞蛋，問成器和隆基說：「這是什麼？」

「雞蛋。」

李筱又指著院落裏的假山說：「那假山用什麼壘成的？」

「石頭。」

李筱說：「你倆給我看好了！」說著，將雞蛋擲向石頭，只聽得「咯」的一聲響，雞蛋粉碎，蛋汁四濺。

成器和隆基不解其意，問道：「姑姑這是幹什麼？」

李筱意味深長地說：「這裏有個道理，你們慢慢體會，並給我牢牢地記著！」

當時能體會公主用心的只有李旦和李穎。他們知道，公主是在暗示，以卵擊石，毀滅的只能是卯，在武則天如日中天的時候，人人需要自愛，千萬莫做傻事。

再說武則天殺害了劉貞和竇蘭以後，自然遷恨於她倆的兒子，就連其他皇孫也受到影響。數日後，武則天頒旨宣布，皇孫諸王全部降封：李成器降爲壽春王，李成義降爲衡陽王，李隆基降爲臨淄王，李隆范降爲巴陵王，李隆業降爲彭城王。

因爲劉貞和竇蘭的緣故，武則天對皇嗣李旦也產生了疑忌。她接到密報，說內常侍范雲仙曾應皇嗣宣召，去過承香殿。武則天大怒，命將范雲仙腰斬於市，同時命酷吏來俊臣，調查皇嗣有無謀反之心。

來俊臣奉旨，嚴厲審訊李旦的近侍安金藏。安金藏說：「皇嗣素來本分，嚴於律己，斷無反心。」

來俊臣不信，搬出各種刑具，威脅說：「皇嗣曾是皇帝，既失皇位，焉能安分？你若袒護於他，我就要你的狗命。」

安金藏大聲說：「你既不信我的話，我願剖心明志，以證明皇嗣的忠誠。」說著，自取佩刀，剖開胸膛，五臟皆露，血流遍地。

李筱聞知此事，火速入宮，責問武則天說：「我有四個嫡胞哥哥，弘哥哥和賢哥哥已死，顯哥哥遭放逐，唯有旦哥哥尚可親近。娘如此折騰，無中生有，非要查出旦哥哥有謀反之心，你難道就不怕斷子絕孫嗎？」

這種話只有李筱敢說。武則天無言以對，忙命將安金藏抬進皇宮，由太醫醫治。她還親臨現場，看著臉無血色的安金藏，歎息說：「朕有兒子不能自明，使汝至此，愧疚啊！」隨即下令，停止調查皇嗣。那個韋團兒，因為告過皇嗣的密，被秘密處死。

那些日子裏，李旦整天提心吊膽，誠惶誠恐，不敢跟任何人接觸和來往，原本懦弱的性格變得更加懦弱了。

是年，成器十一歲，隆基九歲，漸懂人事。他倆意識到母親已被武則天殺害，只是大人們不願明說罷了。同時看到父親愁眉苦臉，心事重重，猶鬱沉悶至於極點，確信根源還在武則天。因此，他倆心頭充滿仇恨，決心將武則天趕離長安，讓老妖婆滾回洛陽去。

成器和隆基悄悄密議。隆基說：「我們去大明宮放一把火，燒死那個老東西。」

成器說：「不行，那樣動靜太大，我們也會暴露的。這事，只能用計，不可蠻幹。」

「那該怎麼做呢？」

「對了，你知道老妖婆最怕什麼嗎？」

隆基搖頭。成器說：「貓！」

「貓？」

「對！貓。我聽娘說過，老妖婆當初殺害蕭淑妃即李穎姑姑生母的時候，蕭淑妃大罵，說自己願變作貓，讓老妖婆變作鼠，世世代代，咬斷她的喉嚨。所以，老妖婆不敢在長安居住，去了洛陽。現在正是貓發情的季節，我們可以把貓弄進大明宮，由它們叫春去。老妖婆聽到貓叫，不嚇得屁滾尿流才怪哩！」

隆基樂得拍手叫好，說：「嘿！好主意！好主意！」

這天晚上，成器、隆基約了成義、隆范、隆業，把提前買得的四五十隻貓，透過宮牆下面的排水孔，塞進大明宮，並用磚石將排水孔堵死，然後裝作沒事兒似的，慢步回至太極宮。

半夜時分，大明宮裏可熱鬧了。那些貓爭著叫起春來，雄貓呼喚雌貓，雌貓應答雄貓，叫聲急切煩躁，悠長起伏，響徹整個夜空。一對貓甚至上了長生殿的房頂，叫春示愛。熟睡中的武則天醒來，只聽得到處都有貓叫，以爲是蕭淑妃又來索命，嚇得毛骨悚然，渾身起了雞皮疙瘩。她命侍衛前去捉貓。侍衛點亮燈籠火炬，四處搜索，鬧了一個更次，卻未捉到一隻貓。侍衛散去，武則天重新入睡。不想一會兒，那些貓再度聚集，叫春更加來勁，長聲短聲，高聲低聲，得意聲和廝打聲，嗷嗷咪咪，熱火朝天。

武則天心煩意亂，猛地坐起，說：「來人！傳話王公大臣，長安住不成了，天亮擺駕，返回神都！」

武則天離開長安了。成器、隆基兄弟異常興奮，拍手歡呼。美中不足的是他們的父親李旦，也得隨去神都，繼續過那種說貴不貴，說賤不賤，受人控制，身不由己的生活。

衛尉少卿

西京長安，李成器和李隆基兄妹恢復了平靜的生活。他們心裏清楚，他們已經沒有娘了，誰也不願觸及那個尖銳、敏感和令人傷心的話題。他們把姑姑李穎當作親娘看待，李穎也把他們當作親生兒女，給予盡可能多的母愛和親情。李成義、李隆范、李隆業和成器、隆基更是親密，一起上學，一起玩耍，形影不離。夜間，他們常在承香殿歇宿，五兄弟擠在炕上，共蓋一條大被子，同枕一個長枕頭，山南海北，談天說地，手足情深，其樂融融。五兄弟最愛講的故事，取名叫做「群貓叫春大明宮，星夜驚煞老妖婆」，橫加演繹，越講越神，簡直成了一篇傳奇小說。

沒娘的孩子早成人。成器、隆基自從沒有了娘，似乎一下子長大了，孝敬長輩，關愛弟妹，非常懂事。他倆上學讀書，特別刻苦勤奮，熟讀所有典籍，掌握所有知識。尤其是隆基，天賦高，悟性強，十二歲便進了最高學府——國子學，除學《四書》《五經》外，還學騎射，學音律，學書算，學曆象。隨著年齡的增長，隆基的生理和心理逐漸發生變化，日益顯露出喜好女色的天性。他熟知歷史上眾多美女的事蹟，娥皇女英、妲己妹喜、褒姒西施等，經常浮現在他的腦海裏，倩影媚態，揮之弗去。他能背誦曹子建的《洛神賦》，那位「翩若驚鴻，婉若游龍」，「荷出綠波，日映朝霞」的洛神，常會使他浮想聯翩，神往不已。即使在大街上，在皇宮裏，每當看到那些體態苗條、姿容豔麗的仕女和宮女，他總會偷偷窺視，心頭有著一種難以名狀的喜悅和興奮。

是年夏天，烈日炎炎，灼熱似火。隆基午後讀書，一時困倦，就勢臥榻，抱書而眠。恍恍惚惚來到一個去處，但見綠窗風月，繡閣煙霞，奇花馥郁，異草芬芳。只聽得嬌嬌滴滴一聲：「我們來也！」花叢中閃出兩位絕代美女來，荷袂蹁躚，羽衣飄舞，姣勝春花，媚賽秋月，身上散發出淡淡的幽香，笑靨洋溢著濃濃的情意。隆基看得呆了，說：「兩位姐姐得是月宮嫦娥？來此何幹？」美女掩口而笑，說：「不是嫦娥，勝似嫦娥，我倆是為花仙，來此只為陪伴三郎。」說話間，二人卸去頭飾，解開羅衣，烏黑的長髮飄曳，雪白的肌膚凝脂，一邊一個，斜偎在三郎身邊，啓朱唇，放鶯聲，羞答答地說：「三郎！來呀，來呀！」隆基感覺到了她們綿綿的胴體和圓潤的乳房，柔情繾綣，軟語溫存，頓時心率加快，情緒高漲，翻轉身來，一試雲雨……

「三弟好睡！快起來，我們射獵去！」

隆基聽得哥哥成器呼喚，微睜雙眼，方知剛才是在做夢，伸手一摸，只覺得身下濕漉漉黏呼呼一片。他不由得羞紅了臉，訕訕地說：「我正讀書，怎麼突然就睡著了呢？」

從這一天起，李隆基領略到了男女間情事的韻味。原來，男人和女人接觸，會是那樣的情景，籠不住的心猿，拴不住的意馬，長堤崩塌，大河決口，具有一種痛快淋漓、銷魂奪魄的特殊魅力。

隆基正處於少年向青年過渡的時期，一切都是新鮮的和奇妙的。神都洛陽方面時時都有新的消息傳到長安，先是武則天把寵幸的面首薛懷義給殺了，接著是武則天把廢黜的李顯重新立為太子。政壇風雲變幻，世人很難捉摸。

薛懷義，本姓馮，名小寶，原在洛陽街頭賣狗皮膏藥，屬於地痞無賴一類角色。唐高宗死後，武則天年近六旬，春花秋月，處處惱人，良夜孤衾，時時惹眼，宮闈寂寞，實難忍耐。唐高宗的姑姑千金公主，體諒寡婦之清苦，遂將馮小寶推薦給武則天。武則天見其人二十多歲，面目清秀，體格健壯，留於宮中，試令侍寢。馮小寶得知自己侍候的是堂堂太后，且驚且喜，使出手段，大展雄風，把個武則天樂得心花怒放，骨酥肉麻。武則天快活極了，當即命馮小寶假做和尚，讓他當了白馬寺的住持，並命他拜駙馬都尉薛紹爲義父，改姓改名。於是，馮小寶搖身一變，變做薛懷義，隨時出入宮掖，滿足太后的需要。

薛懷義陡然成了個人物，來去均乘御馬，並由宦官護衛，呵道揚鑣，驕忌威赫。武則天有心提高面首的地位和威望，命薛懷義監建明堂，高三十丈，方三十丈，共列三層。下層方形，象四時；中層多邊形，象十二辰，頂有圓蓋，拱以九龍；上層亦爲多邊形，象二十四氣，再設圓蓋，圓蓋上鑄一鐵鳳，身高一丈，飾以黃金，昂首展翅，似欲飛向蒼穹。武則天親自給明堂定名，號稱「萬象神宮」。薛懷義爲使武則天高興，又在明堂北側建造一座天堂，高五級，登上第三級，便可俯瞰明堂全貌。天堂裏，還供奉一尊苧麻製作、鎏金錯銀的巨大佛像，燭明香繞，常年不滅。建造明堂和天堂，日役萬人，揮金如土，耗費數以萬億計，庫藏因此空竭。武則天毫不在乎，隔三岔五地到天堂拜佛，拜完以後即和薛懷義尋歡作樂，全然不懼褻瀆佛祖。

武則天當了皇帝，格外看重薛懷義，提拔他爲左威衛大將軍，封梁國公，繼又改爲右威衛大將軍，封鄂國公。甚至任命他爲行軍大總管，統兵征伐突厥。薛懷義終究屬於地痞無賴之徒，飛黃騰達，本性不改，恃寵而驕，得意忘形。他將白馬寺建爲自己的巢穴，糾集雞鳴狗盜一類惡僧千餘人，花天酒地，恣意妄爲。他對老邁體衰的武則天漸漸不感興趣，專門搶掠妙齡絕色的少婦少女，藏進寺裏，縱欲宣淫。武則天有所耳聞，派人宣召薛懷義進宮。薛懷義一口拒絕，說：「老子沒空。」武則天又氣又惱，只好另覓新歡，迫使御醫沈南璆就範，苟且作樂。

武則天新寵沈南璆，薛懷義老大不快，罵道：「老東西，存心讓老子戴綠帽子不是？」他滿懷一腔怨恨，鑽進天堂暗室，平地放起一把火來，燒那佛像。佛像火起，延及天堂。天堂火勢，延及明堂。恰有四五級的大風，風助火勢，火借風威，烈焰騰空，照亮了整個洛陽城。天亮後再看，金碧輝煌的明堂和天堂，化爲一堆焦土，一片灰燼。

武則天叫苦不迭，暗中將太平公主李筱召來，無奈地說：「你看，那禿驢做的這事，讓我……」

李筱憤憤地說：「禿驢一貫爲非作歹，娘才知道？他在酒後污言穢語，詆毀娘的那些話，那才不堪入耳哩！」

武則天想像得到，那些話肯定是床上隱私之類，恥於追問，說：「事已至此，得趕快除去這個禍害。不然，他那張嘴，還不知吐出多少臊尿臭糞來呢！」

李筱認眞地注視武則天，說：「娘既捨得割愛，除掉禿驢，又有何難？」

武則天覺得「割愛」二字有點刺耳，卻也不好理會，黯然地說：「太平！舉朝上下，娘信得過的只有你一人，以後你得多幫幫娘啊！」

李筱想了想，說：「這事交由臣女去辦，娘且大放寬心。」李筱果然手段高明，設下美色釣餌，引得禿驢上鉤，唆使幹練健婦，擒住薛懷義，一頓亂杖，活活擊斃。

李筱設計殺了薛懷義，使武則天略感欣慰。事後，她想到寵幸多年的面首，竟然落得這樣結果，未免有些傷感。她突然病倒了，病床上胡思亂想，想到了一個更爲頭疼和棘手的大問題：武周天下，誰來繼承？

武則天殺害薛懷義的這一年，七十三歲，已經當了六年皇帝，還沒有冊立太子。武承嗣和武三思躍躍欲試，一心想成爲太子。他倆多次鼓動心腹向武則天進言，說：「自古以來，天子必立同姓者爲太子。陛下姓武，國號大周，理當立自家侄兒爲太子，以使武周江山綿延萬年。」

武則天長期觀察兩個侄兒，發現他倆心術不正，氣量狹小，熱衷於追逐蠅頭小利，缺少皇帝的胸懷和才幹。也有人進言，應立李顯或李旦爲太子。武則天以爲，這兩個兒子雖是親生，但自己和他倆之間似乎總存在著一層隔膜，母子情分相當淡薄。更重要的是，自己好不容易建立了武周政權，假若再立兒子爲太子，日後的天下仍然姓李，那麼武周王朝僅歷一世，自己革命稱尊，到底是對了呢還是錯了呢？在武則天的天平上，一邊是侄兒，一邊是兒子，孰親孰疏，孰重孰輕，這個問題困惑著她和攪擾著她，使她心神不寧，寢食不安。她甚至想過，乾脆將皇位傳給最鍾愛的女兒太平公主。可是，憑太平公主的能耐，能君臨天下嗎？

武則天陷入極大的煩惱之中。這天，她將新任宰相狄仁傑召進宮中，徵詢意見。狄仁傑，字懷英，太原（今山西太原）人，以不畏權勢、敢於直言而馳名。狄仁傑看著病床上的武則天，從容地說：「太宗皇帝櫛風沐雨，親冒鋒鏑，以定天下，傳之子孫。高宗皇帝以二子託付陛下，陛下今乃欲移之他族，無乃非天意乎？」

「二子」是指李顯和李旦，「他族」自然是指武氏了。武則天說：「事情未定，朕這不是想聽聽卿的意見嘛！」

狄仁傑拱手，恭敬地說：「敢問陛下：姑侄之間和母子之間，哪一個更親？陛下立兒子爲太子，則千秋萬歲後，配食太廟，承繼無窮；若立侄兒為太子，日後為帝，他會在太廟裏供奉姑母的靈位嗎？」

武則天略有所思。當夜，武則天做了個夢，夢見一隻碩大的鸚鵡，雙翅折斷，難以飛翔。次日，她又召狄仁傑進宮，命他圓夢，預測吉凶。狄仁傑反應極快，含笑抱拳，說：「此乃吉兆。鸚鵡者，諧音『武』，陛下之姓；鸚鵡之雙翅，猶如陛下的兩個兒子。夢境是說，陛下應當起用兩個兒子，雙翼共振，那麼鸚鵡就會展翅高飛，鵬程萬里。」

武則天點頭，說：「嗯！好像是這麼個理。」從這一刻起，她最終打定主意，要立親生的兒子為太子，不再考慮武承嗣和武三思。那麼，一個兒子李顯，放逐房州；一個兒子李旦，現為皇嗣。二人之中，該立誰為太子呢？精明的武則天又犯難了。聖曆元年（西元六九八年）三月，武則天命人至房州，將廬陵王李顯、王妃韋漾，以及他們的女兒李裹兒，接回神都。她要將李顯和李旦做個比較，然後再作定奪。當初，李顯被廢黜遭放逐的時候，剛滿三十歲；如今，他被接到神都，已經四十三歲了。身材矮胖，面目黧黑，眼神飄忽不定，舉止萎萎縮縮，恰似驚弓之鳥。他跪在武則天的病床前，叩頭流淚，說：「母皇！孩兒不孝，復睹慈顏，死無恨矣！」

武則天注視李顯，一副憔悴疲憊、誠惶誠恐的樣子，心有不忍，說：「我們娘倆分離十多年了，現在你回來就好，回來就好。」

李顯說：「感謝母皇惦念孩兒。」

武則天說：「過去的已經過去了，就讓一切重新開始吧！」

李顯回到神都的頭幾個月，地是生疏的，人是生疏的，生活也不習慣。按照王妃韋漾的指點，他努力熟悉情況，適應環境，每天都到武則天宮中請安問疾，畢恭畢敬。同時拜訪武承嗣、武三思和王公大臣，謙和而又虛心。漸漸的，人們對他產生了好感，稱讚說：「廬陵王寬厚仁孝，頗有先帝遺風。」

李旦揣摩武則天的心思，有立李顯為太子的意向。他求之不得，因為自己當皇嗣的這幾年，實在太苦太累。他聯想到歷朝歷代的宮廷鬥爭，無不充滿殺戮和血腥。遠的不說，單說本朝：高祖皇帝二十二個兒子，其中有九人死於非命；太宗皇帝十四個兒子，其中有八人不得善終。再說高宗皇帝，包括李顯、李旦在內，共八個兒子，已有六人不在人世，他們或被殺，或自殺，死得慘哪！李旦每每想到這些，總有一種毛骨悚然的感覺。因此，他想遠離權勢，更不想為了權勢而與人爭鬥。現在，哥哥李顯回來了，自己何不趁此機會激流勇退呢？李旦拿定主意，毅然上書，以長幼有序為由，懇請改以李顯為皇嗣。李旦的態度是真誠的，言辭也是懇切的，既無矯柔做作之態，亦無譁眾取寵之心。武則天閱書，很是滿意，讚許李旦的風格，於是於當年九月頒詔宣布，立李顯為太子，李旦仍為相王。武承嗣沒能當上太子，由絕望而生出怨恨，一命嗚呼。數月後，武則天賜太子李顯姓武。此舉意味著，心高志雄的武則天，最終還是回到了現實中來。她必須承認和倚重兒子，她的皇位到頭來只能由李氏兒孫繼承。她可以賜太子姓武，但改變不了太子姓李的實質。武周政權，說到底只是李唐王朝發展進程中的一個插曲，距離壽終正寢的日子不會很遠了。

武則天晚年，養尊處優，所好者唯一「淫」字。她殺了薛懷義以後，情緒一度十分低落，甚至生了一場大病。太平公主李筱看在眼裏，急在心裏，決定為母皇尋找新的面首。一個偶然的機會，李筱發現了張易之，年齡二十歲左右，體格健壯，長相標緻，而且精通音律，擅長吹笛。李筱主動予以親近，並親身測試，發現其床上功夫了得，足以征服任何一個女人。李筱考慮到母皇的需要，大公無私，遂將張易之引薦給武則天。武則天瞧那妙人兒，眉目清揚，神態俊雅，先是喜歡。一經侍寢，說不盡的旖旎，道不完的纏綿，比起粗俗的薛懷義和溫文的沈南璆來，十倍綢繆，百倍情韻。張易之給了武則天新的刺激，使她老當益壯，淫心蕩漾。張易之唯恐招架不住，又推薦其弟，說：「臣弟張昌宗，剛滿十八歲，身強力壯，姿容俊俏，人稱粉面玉郎。陛下不妨召來一試，那可是個人才。」武則天自然心動，命召張昌宗，見他粉面朱唇，風流倜儻，當夜臨幸，果然柔情媚骨，風光無限。武則天新得面首，龍心大悅，當即頒旨，任命張易之爲司尉卿，張昌宗爲銀卿光祿大夫，賜予府第、車馬、奴婢、綾緞、金銀等。二人輪流進御，一稱「五郎」，一稱「六郎」，寵遇無比。此後，她很少過問政事，整日沉醉在兩個面首的溫柔鄉裏，尋歡作樂，醉生夢死。

武則天極度寵愛張易之和張昌宗，想方設法提高二張的政治地位。她新置一個官署，叫做「控鶴監」，由張易之統領。這個官署開始只負責武則天的娛樂，漸漸的權力越來越大，最後成爲武則天處理奏章、發號施令的機構。張易之、張昌宗通過這個機構，掌握了朝廷的全部機密，欺上瞞下，結黨營私，逐漸萌生了政治野心。

控鶴監繼改名爲奉宸府。張易之任奉宸令，張昌宗任秘書監。奉宸府招納腐朽的文人學士數十人，皆爲阿諛逢迎、溜鬚拍馬之徒；再廣選美貌英俊的青年數百人，稱作「奉宸內供奉」，隨時充當武則天的男妾。這些人，包圍著和恭維著武則天，同時稱頌二張，放浪嘲謔，醜態百出。

張易之、張昌宗兄弟以及那些奉宸內供奉們風光極了，惹得很多人羨慕不已。右監門長史侯祥公然上書，吹噓說自己的陽具如何如何壯大，床上功夫如何如何了得，因此懇請入宮，充當供奉，伺候女主。這一奏書通篇污言穢語，厚顏無恥，不知怎麼流傳開來，一時成爲笑料。右補闕朱敬則實在看不過眼，也上一書，說：「陛下年事已高，內寵有張易之、張昌宗足矣！何必再招眾多的奉宸內供奉，致使侯祥之輩明自媒炫，醜慢不恥，求爲供奉，無禮無義？」武則天讀此奏書，非但不惱，反而稱讚朱敬則敢於直言，賞賜錦緞百匹，行動上依然我行我素，寵幸群小，淫樂如初。

張易之和張昌宗侍奉武則天，貌似忠誠，其實不然。他倆迷戀的不是女皇的身子，而是女皇的權力和威勢。尤其是張昌宗，對於武則天乾巴巴的身子早已膩味，轉而把心思放在武則天的女官上官容身上。

上官容，又名婉兒，乃已故西台侍郎上官儀的孫女。上官儀在唐高宗時德高望重，竭力反對唐高宗立武則天爲皇后，因而被武則天視爲政敵。武則天掌權以後，立即殺了上官儀，籍沒其家。上官容尚在幼年，得免一死，進了皇宮當了奴婢。上官容長到十四歲時，妖冶媚麗，如花似玉。而且天生聰秀，過目成誦，善作詩文，下筆千言，因此才名大噪。武則天召她入見，命題試文。上官容不假思索，一揮而就。武則天看那文章，珠圓玉潤，調諧聲和，更兼書法秀媚，柔中有剛。武則天大喜，遂將上官容留在自己身邊，封做女官，命掌詔命。五六年間，武則天頒發的聖旨，大多出自上官容手筆。

武則天喜歡上官容，倚爲心腹，即便在和二張交歡之時，也不避忌。上官容正當妙齡，情竇初開，焉能不受感染？張昌宗吃在碗裏，看著鍋裏，少不了言語勾引，眉目傳情，終於誘動上官容的芳心，二人很快勾搭成姦。這天，上官容正和張昌宗親熱，可巧被武則天撞了個正著。武則天醋勁大發，隨手拔下頭上的金簪，戳向上官容，罵道：「賤貨！你敢親近朕的人，豈不是找死嗎？」上官容躲閃不及，金簪刺中左額，血流滿面。幸虧張昌宗跪地求饒，賭咒發誓，說自己和上官容之間並無苟且之事。武則天這才慢慢地消了氣，答應寬恕二人。可憐上官容，額上留下傷痕，怎麼見人？她很聰明，巧妙地剪一小片紅綢貼在額上，稱做「花鈿」。上官容本來就很妖冶，戴了花鈿，更加嫵媚動人。貴族婦女和宮中宮女競相模仿，一時戴花鈿成了女人最時髦的風尚。

武則天寵幸二張，過著神仙一般的日子。久視元年（西元七〇〇年），狄仁傑病死，武則天失去了一位棟樑重臣。還是這一年，武則天想到了她的兩個皇孫：一是太子李顯的兒子李重照，父貴子榮，封爲邵王。不過，他名字中的「照」和武則天名字中的「曌」同音，爲了避諱，改名爲李重潤。一是相王李旦的兒子李隆基。李隆基在武則天心中留有良好的印象，因此被任命爲衛尉少卿。衛尉的職責是統領皇家禁軍，負責戍衛事宜。隆基既任衛尉少卿，前往神都效命。他到神都不久，發生一起重大事件，使他深切地感受到了祖母皇帝的厲害。

李重潤有一個嫡胞妹妹，叫李心莒，封永泰郡主，嫁魏王武延基爲王妃。武延基是武承嗣的兒子，也就是武則天的侄孫。這三個年青人本來是可以依託父親福蔭，安享富貴的。然而，他們偏不安分，對於武則天寵幸、重用張易之和張昌宗兄弟深惡痛絕。這天聚在一起，又議論開了武則天的醜事。李重潤說：「祖母皇帝也眞是的，七十多歲的老太婆，還花心俏意，寵幸那麼多的面首，像話嗎？且別說薛懷義和沈南璆，單說張易之和張昌宗，明目張膽地穢亂宮闈，縱欲宣淫，把個後宮都變成淫樂場了。」

李心莒說：「我們那位祖母皇帝，越老越淫，越老越騷，恨不得把天下所有的美男子都霸佔了，那才滿足。」

武延基說：「她才不會滿足呢！你們見過公豬母豬、公馬母馬交配沒有？哪有滿足的時候？」

李重潤說：「壞種是張易之和張昌宗，憑著一張小白臉兒，做了多少壞事！有朝一日，我非親手殺了這兩個逆賊不可！」

李心莒和武延基附和說：「殺了猶不解恨，應當千刀萬剮，滅家滅族！」

他們信口開河，只圖嘴上痛快，誰知張易之、張昌宗早在神都的各個角落安插了密探，專門偵察人們的言行。張易之得到報告，又氣又恨，喚了張昌宗，跪於武則天座前，一把鼻涕一把眼淚，添油加醋，把李重潤等人的密議敘述一遍。武則天聽著聽著，心火騰起三千丈，罵道：「這幾個混帳東西，乳臭未乾，倒想造反了！」她立命把李重潤、李心莒、武延基召進皇宮，當眾處以杖刑。執杖的內侍已得二張的好處，下手既重又狠。可憐三人，片刻之間，便被杖得皮開肉綻，氣息漸無，魂歸冥都。是年，李重潤僅十九歲。

當晚，隆基去了瑤華宮，拜見姑姑李筱，開門見山，憤憤地說：「祖母皇帝也忒兇狠，一個皇孫，一個孫女，一個侄孫，活活杖死了！」

李筱並不感到奇怪，說：「政治鬥爭就是這樣的，順者昌，逆者亡，懂嗎？你祖母皇帝殺人多了，你的伯父，也就是我的哥哥，李弘和李賢，他們是母皇的親生兒子，因為反對母皇，不照樣被殺了？」

隆基搖頭，說：「真不可思議。」

李筱想了想，說：「那年在長安昭慶殿，我曾將一個雞蛋擊向假山上的石頭，是何用心，你明白了嗎？」

隆基說：「當時不甚明白，現在明白了。姑姑是想告訴我：以卵擊石，只能自取其禍。」

李筱點頭，說：「沒錯，你明白就好。今天，姑姑還要正告你：政治鬥爭裏面沒有親情，只有血與火。你祖母皇帝健在一天，你就必須規矩一天，莫做傻事。『群貓叫春大明宮，星夜驚煞老妖婆』之類的鬼把戲別再玩了，弄得不好，你會丟掉小命的！」

隆基很是驚駭，沒想到姑姑竟然知道「群貓叫春」這件事。他對武則天本來充滿敬畏，後因母親竇蘭被殺害，敬畏變成仇恨，曾經暗暗發誓，要爲母親報仇。李筱一番話，使他受到震撼，也受到啓示，由此懂得：祖母皇帝擁有至高無上的權力，她可以隨意殺人，可以盡情享樂，可以做任何想做的事情。因此，自己的報仇之想很不現實，唯一可做的是順從和等待，韜光養晦；如果由著性子，魯莽行事，那麼勢必是以卵擊石，落得和李重潤一樣的下場。隆基辭別姑姑，回歸軍營。他覺得自己眞正長大成人了，原先許多模糊的概念，一下子豁然貫通。古訓說：小不忍則亂大謀。是啊！面對強大無比的祖母皇帝，自己除了一個「忍」字又能怎樣呢？

這年十月，武則天又曾回長安一趟，仍住大明宮。太子李顯住東宮。李旦考慮自己只是一個親王，上書母皇，表示不宜再在太極宮居住。武則天恩准，命李旦遷居隆慶坊，並賜府邸。李旦遷居隆慶坊，給五個兒子分別建了宅院，那裏因此被稱爲「五王子宅」。隆基搬出皇宮居住，活動不受束縛，有了更加廣闊的天地。

武則天日夜有張易之和張昌宗陪伴，快活得勝過神仙。二張恃寵而驕，老子天下第一，把誰都不放在眼裏，因而激起了朝官的憤慨和反對。武則天任命魏元忠爲宰相，統領文武百官。這使二張大爲惱火，他倆和朝官之間的鬥爭趨於白熱化。

魏元忠，宋州宋城（今河南商丘）人，中等身材四方臉，鬍鬚硬得像針刺，以剛正不阿而馳名。一次，他向武則天奏事，張易之、張昌宗在場。他瞥了二張一眼，旁敲側擊地說：「臣自先帝以來，蒙被恩渥。今承乏宰相，不能盡忠死節，反令小人在側，罪該萬死。」他所說的「小人」，顯然是指二張。

張易之、張昌宗恨得咬牙切齒。還有司禮丞高戩，追隨魏元忠，也被二張視爲眼中釘和肉中刺。一天，張易之、張昌宗陪伴武則天飲酒，忽然說：「據臣得到的報告，魏元忠和高戩最近很不尋常。二人常在一起，詆毀陛下，抬高太子。這個傾向，陛下不能不防。」

武則天的神經一下子緊張起來，說：「他們怎麼說？」

張易之說：「私下議論能有什麼好話？無非是說，陛下年事已高，就像秋後的螞蚱，蹦達不了幾天了；而太子年富力強，從長遠考慮，依附太子，方是上策。」

張昌宗煞有介事地補充說：「他們還惡毒地謾罵陛下呢！」

武則天說：「他們敢罵朕？罵朕什麼？」

張昌宗假裝膽怯地說：「他們罵陛下是……是千年不死老烏龜。」

「啊？反了！反了！」武則天絕對相信二張，不由雷霆大怒，命將魏元忠和高戩逮捕下獄。後來，武則天親自主持廷審，召魏元忠、高戩和二張等當面對質。實踐證明，魏、高無罪。可是，武則天袒護二張，違心地命將魏元忠和高戩處以流放。

魏元忠行前，去向武則天告別，說：「臣老矣，今向嶺南，九死一生。但臣相信，陛下日後必有思臣之時。」

武則天說：「這是爲何？」

魏元忠指著侍立在一邊的張易之、張昌宗，說：「此二小兒，終爲禍亂！」

以朝官、二張各爲一方的這場鬥爭，暫時告一段落。這場鬥爭，從表面看，二張勝了，魏元忠被趕出了朝廷；但從實質看，二張輸了，輸在正義，輸在人心。武則天偏袒二張一方，完全是失策之舉。它使更多的朝臣看到：曾經英明、睿智、強悍、風光過的女皇確實老邁了；因爲老邁，所以糊塗，所以昏聵。她寵幸奸佞，獨斷專行，排斥和迫害忠良，原先的聖明蕩然無存。爲了國家的利益，爲了人民的福祉，這種局面不應當再繼續下去了。

長安三年（西元七〇三年）十月，武則天返回神都。這時，張柬之繼魏元忠之後出任宰相，使得朝官和二張的力量對比發生了根本的變化。

張柬之，字孟將，襄陽（今湖北襄樊）人，已經八十歲，依然身體強健，精神矍鑠，花白的鬚髯，深邃的目光，顯露出無限的沉穩、練達和智慧。他在地方和朝廷任職多年，忠於職守，勇斷大事。他敬仰武則天以一女流實行武周革命的巨大勇氣和魄力，同時厭惡武則天寵幸面首、荒淫誤國的行徑。他有志於改變現狀，恢復李唐王朝的正統統治，而要做到這一點，關鍵是要掌握軍權，特別是皇家禁軍的指揮權。皇權是建立在軍權基礎上的，沒有軍權，一切都無從談起。爲此，張柬之主動結交羽林軍首領，主要是左羽林衛將軍敬暉、桓彥範、李湛、薛思行、趙承恩、楊元琰，右羽林衛大將軍李多祚等人。文官方面，中書侍郎崔玄暐和宋璟、司刑少卿袁恕己、職方郎中崔泰之、庫部員外郎朱敬則、司刑評事冀仲甫、司農少卿翟世言、駙馬都尉王同皎等，也堅定地站在張柬之一邊，密商串聯，圖謀大事。關鍵時刻，靈武道行軍大總管姚崇回到神都，幫助出謀劃策。張柬之高興地說：「姚公歸來，大事濟矣！」

長安四年（西元七〇四年）底，武則天生了重病，住於神都迎仙宮，無法上朝聽政。整整一個多月，只有張易之和張昌宗侍候在側，別說宰相張柬之，就連李顯、李旦、李筱等，也難得見母皇一面。崔玄暐憤然上書，說：「太子和相王，仁明孝友，足侍湯藥。宮禁事重，伏願不令異姓出入。」書中所說的「異姓」，無疑是指二張。可是武則天不予理睬，除了二張，她不相信任何人。武則天爲了一己之淫樂，嬖愛和袒護面首，已經到了荒謬絕倫、不可理喻的地步。廣大朝官忍無可忍，於是，一場以羽林軍爲後盾的宮廷政變爆發了。

長安五年（西元七〇五年）正月癸卯日清晨，北風呼嘯，天氣陰冷。按照事先制定的方案，張柬之、崔玄暐、桓彥範、薛思行等率領左、右羽林軍五百餘人，到達迎仙宮的玄武門；李多祚、李湛、王同皎等去東宮迎接太子李顯。張柬之一聲令下，將士斬門而入，闖向武則天居住的長生殿。張易之、張昌宗剛剛起床，忽見羽林軍鼓譟而來，嚇得魂不附體，忙命當值的侍衛抵抗。侍衛豈是羽林軍的對手？眨眼間全被擊斃。二張見勢不妙，倉皇逃跑，尋找藏身之地。羽林軍衝向前去，刀劍並舉，將二張殺死在廡廊。張柬之、崔玄暐、桓彥範、李多祚等擁著李顯，大步進入長生殿，猛然出現在武則天病榻的周圍。

武則天睜開雙眼，大吃一驚，連忙坐起，問道：「亂者誰邪？」

張柬之抱拳回答，說：「張易之、張昌宗謀反，臣等奉太子令誅之。因怕走漏消息，故事先未敢奏聞，稱兵宮禁，罪當萬死。」

「怎麼？你們把五郎、六郎殺了？」武則天心疼二張，仍稱他倆爲「五郎」和「六郎」。

「是的！」

武則天心頭一震，抬眼看到太子李顯，說：「原來是你呀！」停了停，又說：「二張既誅，太子可以回東宮了！」

李顯相當局促。桓彥範趕忙跨前一步，說：「太子怎能回去？昔日，先帝將愛子託付陛下，今年齒已長，久居東宮，天意人心，久思李氏。群臣不忘太宗、先帝之德，故奉太子誅賊臣。願陛下傳位太子，以順天人之望！」

張柬之等也齊聲說：「願陛下傳位於太子！」

這簡直就是逼宮。武則天心中有氣，卻不能發作。因爲羽林軍將士全都手執兵器，虎視眈眈，她若說出半個「不」字，立馬就可能和二張一樣，命喪黃泉。她想了許久，無可奈何地說：「事已至此，你們看著辦好了！朕很累，需要休息。你們退去吧！」

張柬之得到武則天「看著辦」的許諾，率領文官武將，退出長生殿，準備太子即位登基事宜。同時拘捕張易之、張昌宗的兄弟張同休、張昌儀、張昌期，及其黨羽韋承慶、房融等，盡行斬首。

張柬之勸李顯盡快即位。可是，李顯心有餘悸，害怕落個搶班奪權的罪名，堅持要得到武則天簽發的傳位詔書。武則天可不想輕易放棄皇權，經再三交涉，於甲辰日宣布：太子監國。就是說，她仍是大周的皇帝，但軍政大事，可由李顯決斷。這樣一來，李顯更惶恐了，死活不敢即位。

出面打破僵局的是太平公主李筱。張柬之等發動政變，事前並未通知李筱。但是李筱得到了情報，她若及時站出來幫助武則天的話，那麼政變的結果還很難說。因為高戩被流放的緣故，她記恨於二張，也記恨於母親，所以樂得撒手不管，任由事態發展。二張覆滅，她是高興的。母皇還抓住權力不放，她又覺得不可理解。事情已經到了這一步，硬撐著還有什麼意義呢？

李筱前往長生殿探視母親。她看到，大殿裏空蕩蕩的，死一樣的寂靜；短短數日，武則天變得更加蒼老了，就像風中殘燭，微弱的燭光隨時都有可能熄滅。李筱想到母親輝煌而又荒唐的一生，百感交集，輕聲喚道：「娘——！」

武則天見到寶貝女兒，似乎覺得委屈，撲簌簌地流下淚來，說：「太平！你倒說說，怎麼會是這樣呢？怎麼會是這樣呢？」

李筱心裏說：「早知今日，何必當初？」嘴上卻說：「娘！你太累了，不必多想，更不必傷心，保養龍體，才是最要緊的。」

武則天還要逞強，說：「我是嚥不下這口氣！你哥哥李顯居然發動政變，居然……」她猛地一陣咳嗽，話沒說完。

李筱輕拍母親的後背，開導說：「娘又何苦來著？你都八十二歲了，皇帝還沒做夠嗎？顯哥哥既然是太子，繼位稱尊，只是早晚的事，何必計較？再說，這次政變，也並非顯哥哥的本意。天理人心，大勢所趨，誰能阻擋得了？母皇一世英明。依女兒看，不如順應潮流，落個人情，乾脆簽發詔書，正式傳位於顯哥哥。這樣，大家都好，皆大歡喜，何樂而不為呢？」

武則天聽了李筱這番話，終於有所領悟。可不是嗎？天理在太子一邊，人心在太子一邊，自己根本無法阻止太子繼位。她總算想通了，命人喚來女官上官容，口授傳位詔書，並用顫抖的手，在詔書上簽了自己的名字。李筱把詔書交到李顯手裏。李顯打躬作揖，連聲說：「感謝妹妹！感謝妹妹！」丙午日，李顯即位登基，是為唐中宗。至此，歷時十五年的武周政權壽終正寢，女皇武則天隨之退出了政治舞台。

唐中宗李顯重新當了皇帝，不再受壓制和約束，直覺得天高地闊。他命將長安五年改元為神龍元年（西元七〇五年），大赦天下，封賞功臣。相王李旦是他的嫡胞弟弟，加號為安國相王，拜為太尉。太平公主李筱是他的嫡胞妹妹，在逼母傳位中起了關鍵的作用，加號為鎮國太平公主。張東之、崔玄暐、袁恕己、敬暉、桓彥範、李多祚、王同皎、李湛等人，或升官，或加官，均賜爵號郡公或國公，其中李多祚還賜爵郡王。越日，武則天徙居上陽宮。又越日，唐中宗率領百官詣上陽宮，給武則天上了一個尊號：則天大聖皇帝。二月甲寅日，唐中宗宣布恢復唐國號以及原先的各項典章制度，就連洛陽也不再稱神都，仍叫東都。此舉是一個標誌，標誌著復辟唐王朝的鬥爭，取得了完全的勝利。

武則天荒淫誤國，內靠張易之和張昌宗，外賴武姓諸王。二張伏誅，諸武尚存，這不能不說仍是隱患。期間，衛尉少卿李隆基正在洛陽，耳聞目睹了鬥爭的全過程。當時，隆基二十一歲，爵號尊顯而官職偏低，所能做的只是接受上司的指派，帶領屬下的禁軍，忠實地執行洛陽和皇宮的衛戍任務。張東之等發動政變，一日之內，誅殺張易之和張昌宗，逼迫武則天退位，隨後又內外施壓，促使唐中宗二度登基。這使隆基受到了深刻的教育。他真正懂得了政治鬥爭的真諦，那就是利用軍事手段，大破大立，除舊布新。武則天下台，隆基是高興的，因為是她殺害了自己的母親。中宗上台，隆基心中沒底，因爲自己並不熟悉伯父的爲人。他只聽說伯母韋漾是個厲害角色，迷戀權力，貪圖享樂，號稱「女中妖魅」。若此，這個復辟了的唐王朝能夠平靜和安寧嗎？

隆基的懷疑和擔心不是沒有道理。中宗即位後，即立太子妃韋漾爲皇后。韋漾，萬年韋曲（今西安長安）人，李顯第一次爲太子時，聘爲太子妃。她身材苗條，姿色美豔，好淫多智，獨具心機。李顯第一次當了五十多天的皇帝，她也就當了五十多天的皇后。李顯被廢黜和放逐，韋漾丟了皇后名號，隨丈夫一起去了房州。她已生一兒一女，兒子就是李重照（李重潤），女兒叫李錦兒。在去房州的路上，韋漾又生一女，因旅途困頓，條件簡陋，只能用襁褓將其裹住，所以取名叫「裹兒」。李顯在房州期間，害怕遭遇不測，哀歎命運坎坷，心情很壞，幾次想到自殺。每當這時，總是韋漾照顧他和寬慰他，說：「福禍無常，寧失一死，何遽如是？」因此，李顯深感患難夫妻的可貴，指天發誓說：「異時有幸得見天日，當唯卿所欲，不相禁制！」

李顯在房州和韋漾、裹兒相依爲命，過了十餘年的困頓生活。果然福禍無常，武則天又將他召回洛陽，重新立爲太子。韋漾苦盡甘來，再次成爲太子妃。這時，長寧公主已嫁楊慎交，李裹兒年滿十五歲。李裹兒雖是在窮鄉僻壤長大，卻是生性聰慧，姿容姣美，宛若閨中翹楚。武則天喜愛這個孫女，封爲安樂公主，並御賜婚姻，讓其嫁給武三思之子武崇訓。婚禮備極張皇，貴戚顯宦，都去賀喜，就連女官上官容，也到場賦詩，稱頌李、武的婚姻是珠聯璧合。

李顯第一次見到秀色可餐、文才出眾的上官容，不知怎麼的，心裏頓時生出一種遐想，一種衝動。後來，他去拜謁母皇，每次都能見到她。她年輕，她妖冶，她有一種使他著迷的風情和魅力。

其實，上官容早已破瓜，並非處子。她最早委身於張昌宗，偷情體驗，充滿甜蜜和愜意。不想偏被武則天發現，額上挨了金簪，從此，那個妙人兒是可望而不可及。她已領略了男女間情事的滋味，一顆芳心，怎麼也不能平靜。可巧武三思是個色中餓鬼，常倚武則天勢力，值宿宮中，故意和上官容搭訕，眉來眼去。上官容哪裏經得起這種勾引？沒多久便和武三思睡在了一起。武三思和上官容的年齡相差許多，所幸武三思身體強壯，枕席上的功夫很有特長，上官容樂得將就，聊解情懷。

忽然間，宮廷發生變故，李顯從太子變成皇帝。新皇帝重立韋漾為皇后，立刻想到垂涎已久的上官容，當日召幸，封為婕妤。唐中宗的年齡比武三思還大。上官容自歎命苦，注定要做老夫的情人和妻子。轉而一想，恰也值得，自己從普通的女官升為皇帝的愛妃，不是很尊崇很風光嗎？

中宗新納上官容為婕妤，皇后韋漾心裏很不自在。上官容素來機警，相處數日，便摸透了皇后的心思，馬上使出柔媚手段，討好和取悅韋漾。韋漾好不歡喜，不僅沒有了醋意，而且視上官容為知己，無論什麼衷曲，樂於和她交談，彼此間心照不宣。一天，二人飲酒。韋漾眼角閃著淫光，說：「妹妹新得皇上寵幸，那種滋味如何？我看似吃哀家之梨，未曾削皮，妹妹就吞下去了！」

上官容全然不惱，笑著說：「皇后跟皇上同經患難，理當同享安樂。試想，皇上復位後，選妃納嬪，誰敢說個不是？他皇上可以享樂，你皇后偏偏就不能享樂麼？」

這話正中韋漾心坎，而她卻故作嗔語說：「你眞是個壞女人！須知，我貴為皇后，正位宮闈，難道能像村俗婦人那樣，去偷漢子不成？」

上官容抿嘴而笑，說：「皇后正經！那麼，則天大聖皇帝，皇后以為如何？」

韋漾笑而不答。上官容索性附在韋漾耳邊，竊竊私語幾句。韋漾半嗔半喜，笑著說：「看不出，妹妹還是老手！」上官容紅著臉說：「妹妹可是爲了皇后！」當夜，上官容安排，引進一個男人，黃夜入宮，陪伴韋漾，一宵歡樂，痛快淋漓。

男人爲誰？原來就是武三思。上官容受封婕妤以後，礙於宮規，很難再和武三思公開往來。因此，她只能將武三思引薦給皇后，以利自己分一杯羹吃。武三思和韋漾是兒女親家關係，今日懷抱皇后，明日懷抱婕妤，偷香竊玉，樂不可支。

韋漾和上官容同時和武三思通姦，自然要向著姦夫說話。她倆利用侍奉中宗的機會，輪番大吹枕邊風，吹捧武三思德才俱優，應予重用。中宗哪知其中的蹊蹺？果然拜武三思爲司空，出任宰相；武三思之子武崇訓，封爲駙馬都尉；太平公主李筱的丈夫武攸暨，改封定王，兼職司徒。這樣，一度消沉的諸武勢力又振興起來了。

張柬之等這才著急，懇請皇帝削抑武三思的權力。中宗這時已是堂堂正正的皇帝，還能聽得進這種話嗎？

上官容專掌詔敕，凡皇帝旨意，均由她代筆，是眞是假，外人無從分辨。韋漾發現其中訣竅，讓上官容擬一詔書，將她討厭的庶子譙王李重福貶爲均州刺史。她看中江湖術士鄭普思和尚衣奉卿葉靜能，又讓上官容擬一詔書，任命二人分別爲秘書監和國子祭酒。再有一個胡僧慧範，精通房事之術，韋漾與之交歡，其樂無比。她還是讓上官容擬一詔書，特授慧範爲銀卿光祿大夫。鄭普思、葉靜能、慧範，實際上都成了韋漾的面首。

韋漾不僅生性淫蕩，而且具有政治野心。她崇拜婆婆武則天，決心像武則天那樣，攫取最大最大的權力。爲此，每當中宗舉行朝會的時候，她總要坐在御座的左側，隔一帷幔，聆聽百官奏事。

有時，還命宮監出面，傳達懿旨。這有點像垂簾聽政，激起了朝官的不滿。桓彥範憤然上書，說：「牝雞司晨，有害無利。自古帝王，未有與婦人共政而不破國亡身者。以陰乘陽，違天也；以婦凌夫，違人也。伏願陛下覽古今之戒，以社稷蒼生爲念，令皇后專居中宮，勿出外朝干預國政！」

中宗許諾過韋湲：「唯卿所欲，不相禁制」。因此，他對這樣的忠諫良言，根本不予理睬。

中宗本來就很平庸，再受韋湲、上官容、武三思包圍和操縱，越發昏天黑地，不辨東西南北。張柬之、崔玄暐、敬暉、桓彥範、袁恕己五位復辟功臣，苦口婆心，反覆進諫，請求先誅諸武，再清餘孽。中宗置若罔聞，反嫌他們喋喋不休，礙手礙腳。武三思任用投機小人崔湜和鄭愔，奏請中宗，封張柬之爲漢陽王，崔玄暐爲博陵王，敬暉爲平陽王，桓彥範爲扶陽王，袁恕己爲南陽王。他們的官職全部罷去，空有一個王號，無職無權，成了閒人。這樣，朝廷的軍政大權，盡在武三思的掌握之中。

武三思陰險奸詐，僞裝忠誠，蠱惑群臣，給中宗和韋皇后分別上一尊號，前者稱「應天皇帝」，後者稱「順天皇后」。十一月的一天，中宗攜帶后妃登上洛陽南樓，觀看潑寒胡戲，興高采烈。忽然，上陽宮宮監前來報告，說則天大聖皇帝病重。中宗似乎還有孝心，帶領韋湲、上官容等，匆匆去到上陽宮。相王李旦、太平公主李筱已在那裏，正圍著武則天，問這問那，神情淒然。

武則天下台不滿一年。這期間，她一直生病，精神恍惚，常做惡夢。她一生中殺的人太多，有政敵，有情敵，有朝臣，有親人。所以，夢境都是陰森的和恐怖的，充滿血腥。夢中出現最多的是唐高宗的王皇后和蕭淑妃，那是兩個披頭散髮的厲鬼，咆哮著和詛咒著，前來向她索命。蕭淑妃尤爲猙獰，大罵說：「武氏狐媚，反覆至此，我死後爲貓，使武氏爲鼠，我當扼其喉爲報！」每當這時，武則天都會感到胸堵氣悶，咽喉像被掐住一樣，醒後渾身冷汗，抖個不停。她已病入膏肓，不可救藥，這天剛做了惡夢，發現病榻前聚集了好多好多人。她模模糊糊看到了中宗，眼角流出一滴老淚，有氣無力地說：「顯兒！娘已活了八十二歲，以一女流，稱帝稱朕，做了別人做不到的事情，死有何恨？但回想往事，宛若黃粱一夢，死後不必再稱娘爲皇帝，仍稱皇后就是了。」她一陣急喘，許久方平，接著說：「我死後，葬於乾陵，你可在陵前立一無字碑，娘的功過是非，任人評說，莫要計較。還有，你要善待弟妹和武氏諸王，切記昔日盟約。」

她又急促地咳嗽起來。中宗和李旦跪地，呼喚說：「娘！娘！」李筱向前，輕撫母親的胸口。武則天注視李筱，說：「太平！你是娘鍾愛的女兒，聰明像我，但要記住：切莫爲聰明所誤。」她還看到了韋漾和上官容等人，只是搖頭，不復再言。十一月壬寅日，武則天在上陽宮平靜地死去，結束了傳奇的一生，留給世人許多意味深長、仁智自見的故事。

武則天駕崩，是爲國喪。中宗詔告天下，稱她爲大聖則天皇后，爲之舉行隆重的喪禮。哭喪停殯七日，武則天的屍體入殮。棺材是用最珍貴的楠木製作的，棺內裝滿金銀珠寶，價値無法計算。隨後，唐中宗和文武百官，護送武則天靈柩回長安。從這一天起，洛陽失去了事實上的國都地位，長安依舊成了唐王朝的政治、經濟和文化中心。

中宗回到長安，住於太極宮。武則天靈柩停於大明宮，供人憑弔和祭奠。神龍二年（西元七〇六年）五月，武則天和唐高宗合葬於乾陵。乾陵地勢高峻，氣象磅礡。御道兩側，置有許多石刻雕像，有人物，有動物，造型生動，雕工精美。最顯眼的是兩塊高爲六點三公尺的石碑：一塊叫做述聖紀碑，武則天撰文，稱讚唐高宗的「文治武功」；一塊便是無字碑，唐中宗遵循武則天的遺囑所立，上面不刻一字，由人去想像去體會。

武則天的葬禮結束，諸事走上正軌。武三思把持朝政，利用韋漾和上官容，控制中宗，大力排斥異己，培植奸黨，先後把張柬之等五王貶爲刺史和司馬，一一殺害。可歎五位定策功臣，當初除惡未盡，留下遺患，最終成了拋屍異鄉的恨鬼冤魂。

武三思既殺五王，權傾人主。他想，武則天時，自己就當成爲太子，可惜沒能如願。再看唐中宗，平庸得可笑，無知得可憐，哪裏配當皇帝？這樣一想，覬覦之心日益強烈，有意奸亂竊國，取而代之。爲此，他把自己比作晉代的司馬懿，常說：「我從來不知道什麼叫善人，什麼叫惡人。凡對我善者就是善人，對我惡者就是惡人。」根據這一信條，他精心培植了私黨，主要成員有兵部尚書宗楚客、將作大匠宗晉卿、太府卿紀處訥、鴻臚卿甘元柬等。御史中丞周利用、侍御史冉祖雍、太僕丞李俊、光祿丞宋之遜、監察御史姚紹之，死心塌地地爲武三思賣命，號稱「三思五狗」。此外還有司農少卿趙履溫、中書舍人鄭愔、長安令馬構、監察御史李曳等，呼風喚雨，薰炙內外。

武三思一面培植私黨，一面分析李氏子弟的情況。中宗有四個兒子，其中韋皇后親生的李重潤已死，剩下的李重福、李重俊、李重茂年輕無知，難成氣候。安國相王李旦有五個兒子，雖封王號，卻無實權，唯臨淄王李隆基官衛尉少卿，算個人物。想到李隆基，武三思有點惴惴不安。他覺得此人相貌不凡，英氣勃勃，能文能武，在羽林軍中有著崇高的威信和極佳的口碑。武三思手摸額頭，眼珠子一轉，計上心來，決定將李隆基趕離長安，讓他到州縣任職去！於是奏請中宗，任命李隆基爲潞州別駕，非經宣召，不得擅回京城。李隆基赴任去了。武三思大放寬心，美美地做起了皇帝夢，美夢變成現實，似乎指日可待了。

浪漫姻緣

李隆基出任潞州別駕，出乎所有人的意料。因爲潞州位於晉地東南，治所上黨（今山西長治），地理偏僻，貧窮落後。而且別駕只是刺史的佐吏，刺史巡視轄境，佐吏乘車隨行，故名。隆基是堂堂臨淄王，當過數年衛尉少卿，如今卻到這麼個地方任這麼個官職，豈不是笑話？靈醒人一眼就能看出，這是武三思故意搗鬼，旨在貶抑李氏子弟，以利自己獨攬朝政，專權竊國。

隆基時年二十二歲，風華正茂，英俊瀟灑。他是個文武全才，步入政壇以後，幾經歷練，對於政治鬥爭和社會生活，已經有了深刻的認識。他看到，伯父唐中宗昏庸儒弱，伯母韋皇后淫蕩無恥，權臣武三思專橫跋扈，以致列祖列宗締造的江山社稷，被弄成亂七八糟，烏煙瘴氣。因此，他從內心感到憤慨，感到厭惡。他相信，這種局面，總有一天會改變，自己作爲李氏兒孫，理當爲迎接和適應改變而創造條件。

隆基結婚已經六年，妻子叫做王熒熒。隆基和熒熒結合，其中有著一段浪漫的故事。

那是聖曆元年（西元六九九年）八月初五，也就是隆基十四歲生日那天。李成器、李成義、李隆基兄弟三人，相約去遊華山。天剛放亮，他們各騎一匹高頭大馬，出了長安城東面中門春明門，風馳電掣，前往華山。約莫卯末辰初時分，便到了同州下邽（今陝西渭南）。這時，太陽剛剛升起，天宇澄淨，四野如染，青草葉上和山花瓣上閃動著晶瑩的露珠。大道一側有一片桑林，那裏傳出一位少女的歌聲：

太陽喲出山喲放光芒，
妹妹喲桑林喲來採桑。
採桑喲採桑喲爲何來？
只爲喲蠶兒喲吃得香。
蠶兒喲吃我喲嫩桑葉，
吐絲喲結繭喲滿蠶房。
蠶繭喲溜溜的圓，
蠶繭喲閃閃的亮。
蠶繭喲挑去喲集上賣，
妹妹喲有了喲花衣裳。
哎喲喲，哎喲喲，
妹妹喲有了喲花衣裳……

歌聲輕輕飄來，清亮而甜美。隆基循著歌聲看去，但見少女體態苗條，面龐粉潤，上穿一件紅紫相間的花衣，下穿一條淡綠色長裙，長髮上梳兩個圓環，兩側下垂齊胸，髮簪上插一朵綻開的山花，鮮紅如火。少女手持桑鉤，一邊採桑，一邊輕歌，陽光映照，霧氣靄靄，桑林陪襯，色彩繽紛，就像一幅畫，具有一種清純恬淡之美。隆基看得出神，不由地放鬆馬韁，兜轉馬頭，原地轉起圈來。成器和成義馳出老遠，不見隆基，回馬來尋。他倆發現隆基仍在桑林附近，呼喚說：「三弟！幹什麼哪？快走啊！」隆基遮掩說：「我的馬跑不動了，得歇一歇。」說著，雙眼依舊注視少女，縱身下馬。不想這一下馬，右腳踩在一個土坑的邊沿，只聽得「哎呀」一聲，跌坐在地上。

成器、成義慌忙下馬，詢問說：「怎麼啦？」隆基手抓腳脖，隱隱作痛，說：「好像把腳崴了。」成器、成義扶起隆基，讓他走路試試。隆基剛一邁腳，疼得鑽心，說：「哎喲！不行不行！」

成義埋怨說：「看你，也不小心點？」成器說：「別埋怨了，得就近找個人家歇歇，檢查一下骨頭。」他抬眼看見採桑的少女，忙喊道：「哎！小妹妹！我問你：你家在哪？這位兄弟崴了腳，能不能到你家歇歇？」

少女輕盈地走了過來，見是三位衣飾華貴的公子，略略遲疑，隨後手指桑林一側的茅屋，說：「我家就在那兒，跟我走吧！」

成器把隆基扶上馬，成義牽了另兩匹馬，跟隨少女，走向茅屋。隆基騎在馬上看得眞切，少女手持桑鉤，肩背桑籃，天眞中帶著幾分靦腆，鮮活爛漫。

他們走近茅屋，茅屋前有樹枝、竹竿圍成的院落。少女高聲喊道：「爹！娘！來客人了！」柴門打開，出來一對中年夫婦。二人看到女兒帶回來三位公子，且驚且疑，說：「這是……」

成器向前說明事情的原委。中年漢子忙說：「原來是這樣，請進請進！」他將三匹馬栓在柴門前的榆樹上，禮讓客人進了院落。院落不大，但很乾淨，三間正屋，兩間偏屋，幾株槐樹前一株石榴樹，果繁葉茂，生機勃勃。因爲是初秋，客人就坐在院落裏。少女早去井裏打了水來，給每人斟了一碗。井水清澈冰涼，喝了眞是清爽。

互相問起姓名。中年漢子說：「在下姓王，名叫仁皎。全家四口人，內人梁氏，生了雙胞胎兒女，兒子叫守一，去他姥姥家了；小女叫熒熒，就是你們見到的這丫頭。」

成器不便說出眞實身分，只是說：「我們是三兄弟，姓李，從京城來，只說是去遊覽華山，沒料想三弟崴了腳，所以打擾了。請大叔看看，我三弟的腳怎樣？有沒有傷著骨頭？」

王仁皎俯身擺弄隆基的腳，搖一搖，捏一捏，說：「不妨事，只是崴了，並未傷著骨頭，將養數日，就會好的。」

成器高興地說：「那就好。」成義怏怏地說：「看來，今天是遊不成華山了。」

隆基說：「不！大哥二哥儘管去遊華山，我在這裏歇著。下午回來，你們接我，一起回家。」成器說：「這，怕不妥吧？」隆基說：「嗨！有什麼不妥的？難得出來一趟，怎能因我而掃興？」

王仁皎插話說：「這位小兄弟說的是，他登不了山，只能在這裏歇著，你倆儘管放心，前去遊覽就是了。」

成器依然猶豫，說：「今天是三弟十四歲生日，我們……」

王仁皎說：「怎麼？今天還是這位小兄弟的生日？」

成義說：「可不是嘛！我們約好的，要在華山頂峰給三弟飲酒祝賀。」隆基說：「嗨！不就是生日嗎？明年再過不就得了？」

成器和成義約略商量，也就不再勉強，同意留下隆基，叮嚀一番，自去華山遊覽。

這時間，王熒熒一直沒有說話的機會，只是閃動著睫毛，睜著一雙俏眼，打量著三位不速之客。她看得最多的是被稱作「三弟」的隆基，年輕英俊，舉止瀟脫，有著一種特別吸引人的魅力。隆基也不時把目光投向王熒熒，心想「熒熒」，名如其人，多好聽的名字啊！

太陽升高，院落裏熱了起來。王仁皎把隆基扶進正屋，同時命妻子取菖蒲、艾草、石榴樹皮熬水，讓小兄弟泡腳，說那樣能治崴傷。他命熒熒陪小兄弟說話，自己去偏屋和妻子商量事情。什麼事情呢？就是午飯問題。京城來的公子，還過生日，家中沒有一點白麵，讓人家吃什麼呀？王仁皎夫婦純樸忠厚，寧肯自家受窮，也不怠慢客人。二人商量一陣，王仁皎讓妻子殺一隻雞，自己回正屋東房，翻出一件紫色長袍，包好了提著，逕直去了附近的集市。

正屋裏只剩下隆基和熒熒。隆基注視熒熒，見她粉面朱唇，美眉俏目，就像清水出芙蓉，天生的自然和純眞。熒熒感覺到了對方的目光，羞怯而笑，笑臉像是怒放的桃花。

熒熒爲掩飾羞怯，忙去端來一碟桑椹，請客人品嘗。桑椹圓圓的，紅中透黑，黑中透紅。隆基沒見過這種東西，說：「這是什麼？」熒熒說：「這叫桑椹，桑樹上結的，挺好吃。」

隆基取了一粒放進嘴裏，慢慢咀嚼，甜絲絲的，果眞好吃。他吃著桑椹，忽然聞到熒熒身上散發著一種濃郁的芳香，說：「這是什麼香味，好香！」

熒熒一想，忙取了胸前佩戴的香囊，說：「是它！鄉下人端午節都做香囊，戴在身上。」隆基拿過香囊，見是紅布製成的半圓形狀，鼓鼓的，上繡鴛鴦戲水的圖案，繡工精巧。他放在鼻下聞了聞，讚歎著說：「呀！眞香啊！這是你做的？」熒熒紅了臉，說：「嗯！」隆基說：「能送給我嗎？」熒熒臉更紅了，說：「你要就拿去唄！」隆基說：「謝謝！那我，我送你一個什麼呢？」他在身上摸索，猛地想到腰間的玉佩，遂解下來，遞給熒熒，說：「就送這個給你。」熒熒嚇得直搖手，說：「玉佩很貴重的，我可不敢要。」
隆基一把抓著熒熒的手，說：「不要也得要！」他硬將玉佩塞在熒熒手裏。熒熒羞得臉飛紅霞，心跳如鼓，低著頭，半天說不出話來。
半個時辰過後，王仁皎回來，背回一斗白麵，手裏還提了什麼。他直接去了偏屋，幫著妻子一陣忙碌。午末未初，王仁皎喚女兒擺放桌凳，準備吃飯。熒熒答應，搬來一張方方的低桌，桌邊放了兩個小凳。王仁皎上菜：一盤牛肉，一盤豬肝，一盤大蔥炒雞蛋，一盤粉絲拌胡瓜（黃瓜），外加清亮噴香的米酒。王仁皎來扶隆基，說：「小兄弟！農家條件簡陋，你就將就著吃些吧！」
隆基坐到小凳上，說：「打擾打擾，眞不好意思。來！請叔母和熒熒妹妹一起吃嘛！」
王仁皎說：「我們先吃，她們還要做湯餅呢！」
熒熒聽客人稱自己爲「熒熒妹妹」，心頭一熱，笑著去了偏屋。
隆基出身皇家，吃慣了山珍海味，乍吃這農家簡單的酒菜，似乎別有滋味。特別是那米酒，酸甜香爽，喝來格外可口。不一時，熒熒端上一碗熱騰騰的湯餅，放在客人的面前，雞湯，細麵，熗蔥花綠油油的，辣椒油紅豔豔的，別說吃，就是看了也很誘人。王仁皎熱情地說：「今天是你小兄弟的生日，就請吃這湯餅，略表我們的心意。」隆基沒想到會是這樣，詞不達意地說：「這……這……」
王仁皎說：「小兄弟！不怕你笑話：我們是個窮苦人家，平時難得吃上白麵。爲了給你做一頓湯餅，我剛才把一件長袍當了，方才換得白麵。我跟孩子她娘說了：『我們窮歸窮，可總不能讓一個在外的小兄弟受委屈。』是吧？」

隆基大受感動，說：「大叔！你們眞是熱心腸。我，我受之有愧呀！」

王仁皎說：「什麼愧不愧的，快吃快吃！」

隆基吃那湯餅，又細又長，喝那雞湯，又油又香。這是一頓最好吃最好吃的湯餅，使他終生難忘。

隆基吃罷午飯，權且半躺在一張躺椅上休息，睜眼閉眼，腦海裏全是熒熒的身影和麵影。他不由地想起幾年前做夢的情景，新結識的熒熒不正像那兩位花仙嗎？熒熒時時輕推屋門，前來看他，一會兒提來一個兔籠，說是她養了一隻小兔；一會兒端來一個竹匾，說是她養的蠶兒快結繭了。隆基乾脆坐起，和熒熒一起，給小兔餵青草，給蠶兒餵桑葉。隆基說：「我只知道農家在春天養蠶，現在都秋天了，你們這裏怎麼還養蠶呀？」

熒熒衝他一笑，說：「你們城裏人，外行了不是？養蠶要看氣候，過冷不行，過熱也不行。我們這裏，春天秋天氣候溫和，所以能養兩茬蠶，春天養的叫春蠶，秋天養的叫秋蠶。」隆基長了見識，說：「噢！原來如此！」

說來也怪，這對少男少女只相處了一兩個時辰，然而卻有一種青梅竹馬、兩小無猜的感覺。

時間過得特別的快。太陽快落山時，成器和成義遊罷華山回來。他倆詢問三弟的腳。隆基說：「好多了！」成器說：「那我們就趕快回吧？」隆基捨不得離開這個農家小院，捨不得離開清純可愛的熒熒，可不回怎麼行呢？唯有點頭而已。

王仁皎夫婦和熒熒送三位公子出了院落，看著他們上馬。隆基忽然想起什麼，悄聲和成器說了幾句話。成器會意，從懷裏取出三枚金幣，遞給王仁皎，說：「三弟打擾你們一天，多謝了！些許酬勞，務請收下。」

王仁皎死活不收，說：「這是怎麼說的？這是怎麼說的？」

成器、成義、隆基一抱拳，說：「後會有期！駕！」三匹馬隨即小跑起來，很快上了通往京城的大道……

這是一次奇妙的經歷。它在三郎隆基的心裏，留下了甜甜的秘密，也留下了甜甜的回憶。一年後，父親李旦、姑姑李穎和他談起婚姻大事，主張娶一小戶人家女子。隆基立刻想到下邽，想到熒熒，說：「孩兒已看中了一人。」接著，如實地敘說了事情的過程。

李旦大喜，說：「行啊！兒子！你倒給爹省了心！」他立即派了可靠的宮監前去下邽，打聽王仁皎的背景以及王熒熒的情況。宮監兩天後回話，說王仁皎的先祖叫王神念，後梁時曾任冀州刺史。後來家道敗落，以農謀生。王仁皎為人忠厚，人稱「阿忠」。女兒王熒熒十四歲，姿色出眾，遠近聞名。李旦微笑點頭，說：「最好！」李穎也說：「王家從為官到為農，肯定經歷過不少坎坷，那個熒熒姑娘，想來必然知道世事的艱難。三郎娶她，再合適不過了。」

於是，李旦派出媒人，攜帶重禮，去王仁皎家，給兒子提親。王家院落頓時熱鬧起來，喜氣盈盈。媒人笑著拱手，說：「王兄！恭喜恭喜，你要和相王結成兒女親家啦！」

王仁皎一頭霧水，說：「這是怎麼回事？」

媒人說：「去年八月初五，可有三位公子到過你家？」

王仁皎說：「是呀！他們中的小兄弟崴了腳，在我家歇息來著。」

「你知道他們是誰嗎？」

「他們說姓李，是去華山遊覽的。」

媒人大笑，說：「實話告訴你：他們是當今皇上的孫子，相王的兒子。知道相王嗎？就是原先的皇上，現在封為相王。你說的那個『小兄弟』，就是相王的第三個兒子——臨淄王李隆基。他看中了你的女兒熒熒姑娘。這不？我等奉相王之命，到此說媒來了。」

「這……這……」王仁皎像聽天書，像在做夢，不敢相信這是真的，找不到合適的話語，只能說：「這……這……」

媒人命隨從把聘禮呈上。那是一千兩黃金，一千兩白銀，一百匹錦緞，一百匹花布，擺放在臨時搬來的木板上，五光十色，絢麗奪目。媒人說：「熒熒姑娘呢？她是未來的王妃，我們總得見見呀！」

王熒熒這時正和母親待在正屋，更像做夢。她只覺得臉上火燙，心「蹦蹦」亂跳。上年偶然遇見的那位美貌公子，居然是一位王爺，直到今天，她方知道他叫李隆基。而且，媒人前來說媒，和他即將成為……這是她希望的，同時又是不敢想像的。她聽到父親的呼喚，要她出屋，讓媒人等見見。她羞得面紅耳赤，忸忸怩怩，只在門前露了一面，便一頭鑽到娘的懷裏。媒人等齊聲喝采，說：「好個俊美的王妃！」

媒人上門提親，下了聘禮，回宮覆命。媒人等走了，王仁皎喚出妻子和女兒，看著那樣豐厚的聘禮，像是真實的，又像是夢幻，喜悅，興奮，惶惑，迷茫，不知該如何是好了。

古人結婚，大體上有六道手續，叫做「六禮」，即納采、問名、納吉、納徵、請日、親迎。男女雙方所想一樣，諸禮順當，八月十六日親迎，李隆基和王熒熒成婚。婚禮的盛大和隆重自不必說。夜間，一對少男少女，擁抱在一起，融合在一起，盡情地領略枕席風光，酣暢淋漓……

熒熒是一位賢慧的王妃。她進了皇家以後，很快適應了新的生活環境，精心地侍奉丈夫，孝敬公公李旦和姑姑李穎，關愛兄弟姐妹，贏得了全家人的稱讚。爲此，李旦還將已故皇后劉貞所生的女兒李霓薇，嫁給熒熒的孿生哥哥王守一爲妻，使得兩家親上加親，關係更近了一層。

熒熒婚後六年，一直沒有生育。這，實是一大遺憾，以致鑄成了日後的不幸。

李隆基將赴潞州，特地去向姑姑李筱辭行。隆基在青年時代所接觸的女人中，最敬佩的就是李筱。李筱不僅身分高貴，聰明絕頂，而且懂得生活，敢作敢爲。從某種意義上說，她是武則天的化身，卻比武則天講究親情。

李筱在長安有兩處府邸，一在平康坊，一在醴泉坊。平康坊是她和丈夫武攸暨共有的家，但她很少在家中居住。因爲年齡和志趣的差異，她和武攸暨之間不再有什麼感情。武攸暨官越做越大，身體越養越胖，早就失去了當年的風采。李筱年方四十多歲，由於保養得體，所以看上去也就是三十歲出頭的光景，雍容華貴，光彩照人，走到哪裏都能吸引男人貪婪的目光。她有很多情夫，樂得住在醴泉坊，這樣，偷情通姦，更加方便和自由。武攸暨呢？照樣畫葫蘆，府中那些漂亮的侍女，幾乎都成了他的姘頭。

中宗對於妹妹李筱，滿懷感激之情，在其封號之前加「鎭國」二字，封邑達萬戶，實爲破天荒之舉。中宗還允許李筱和自己的六個女兒「開府」，自置官屬。就是說，她不僅擁有自己的官署，而且享有自置官屬的特權。李筱的官署設在醴泉坊，那裏佔地廣大，建築壯美，人進人出，熱鬧非凡。隆基來訪，李筱非常高興。她引他進入內廳，姑侄落座說話。

隆基說：「姑姑！我明天就要去潞州了，特來辭行。」

李筱立時來氣，說：「這全是武三思搞的鬼，他為了專權攬政，這才刁難李氏子弟，把你趕到那個鬼地方去，任什麼別駕。別駕算個屁大的官？還用親王去當嗎？」

隆基說：「可這是朝廷的任命，皇上同意的，侄兒焉敢違抗？」

李筱更加來氣，說：「問題就出在皇上身上！我的那個哥哥，也就是你的那個伯父，眞是糊塗蛋一個，窩囊透頂！堂堂皇帝，怎能聽任武三思擺布呢？武三思，還有韋湰和上官容，都成了精了，那種醜事，誰人不知，誰人不曉？偏偏皇上，像個瞎子和聾子，聽不著看不著，還把他們當作寶貝，眞是！你看，現在都亂成什麼樣了？君不君，臣不臣，朝政渙散，後宮污穢，這樣下去，不弄得國破家亡才怪哩！」

隆基歎氣說：「唉！可惜了高祖、太宗皇帝創下的基業！」

李筱說：「不怕，有我有你，癩蛤蟆翻不了天！」

隆基大為驚駭，說：「我？我怎敢和姑姑相提並論？」

李筱莞爾一笑，說：「我早看了，李氏子弟中，數你三郎最有出息，要文有文，要武有武，志向高遠，能屈能伸。你這次去潞州，權當遊山玩水，避開這陣亂勁。我在這裏盯著，看那些妖魔鬼怪怎樣表演？到時候，我會召你回來，你我聯手，幹它一番大事業！」

隆基欽佩李筱的氣概和膽略，說：「全仗姑姑提攜。」

隆基每次拜訪李筱，都會得到某種啓示。他離開醴泉坊，直覺得心裏充實了許多。李筱給了他很高的評價，並寄予很大的希望。「你我聯手，幹它一番大事業！」這話說得多好啊！自己習文習武，千錘百鍊，所想所願，不正是幹大事建偉業嗎？

次日，隆基告別父親李旦、姑姑李穎、王妃熒熒及兄弟姐妹等，前往潞州赴任。熒熒本應隨行，但隆基考慮，此去前景不定，拖家帶口是個累贅，所以未帶妻室，只帶了貼身侍衛王毛仲作為隨從。王毛仲，高麗人，官奴出身，十八九歲，身手敏捷，武藝高強，長期充當隆基的侍衛，素來忠誠。

一主一僕，各騎一匹大馬，時疾時緩，悠然而行。時值九月，天高雲淡，軟風拂面，莊稼金黃，山花爛漫，別有一番景致。傍晚時分，他們到達潼關（今陝西潼關），但見群山聳峙，長鍔刺天，奔騰的黃河由北向南，突然拐了個直角，滾滾東流。隆基面對山河形勝，想到此去潞州的不確定命運，突發感慨，隨口吟出四句詩來：

河曲迴千重，關門限二京（指長安和洛陽），
所嗟非恃德，設險致天平。

當夜，他們在潼關歇宿。第二天北渡黃河，抵達風陵津（今山西芮城西南、黃河北岸），進入晉地境內。晉地和關中僅一河之隔，但氣象蕭瑟，風景迥異，放眼四望，只見丘陵起伏，土地裸露，綠色少得可憐，更多的是土色、灰色和褐色。風很大，捲著樹葉和塵土，稍不留神，便會迷住眼睛。

隆基和毛仲騎馬東行，中午到達一個叫做麒麟鎮的地方。該鎮地處要衝，很是繁華，狹窄的街道，店肆連著店肆，行人挨著行人，車水馬龍，人聲鼎沸。隆基主僕找了一家乾淨的酒肆，落座用膳。忽聽得一陣鑼鼓響和嗩吶響，街上人群飛快地跑動起來，高喊著說：「快呀！快呀！快去搶繡球呀！」

隆基覺得好奇，詢問店主說：「你們這裏幹什麼？這樣熱鬧？」

店主三十多歲，肥頭肥腦，油光滿面，肩搭抹布，笑呵呵地說：「客官初來乍到，不知此地風俗。我們這個地方，女孩家長大成人，多半是自擇夫婿，拋繡球招親。今天拋繡球的姑娘，姓劉名彩娥，長相跟天上仙女似的，美得不能再美了。她的父親劉員外，巧於經商，積攢的家產數以億計，爲晉南首富。劉員外老兩口子，就這麼一位千金，視如掌上明珠。劉姑娘更是心比天高，發誓要嫁天下第一男人，不僅要相貌出眾，而且要文武雙全。客官想，這樣的男人到哪兒去找呀？所以，兩天過去了，劉姑娘還把繡球拿在手裏，就是不肯拋出。今天是第三天，方圓百里的男人都來了，絕代美色，巨額家產，誰不迷戀啊？你們看，跨馬的公子，乘車的少爺，還有瞎子聾子瘸子，都來湊熱鬧，還不知誰能走桃花運，搶得繡球，人財兩得哩！」

隆基天生風流，聽了店主的話，心有所動，催促毛仲說：「快吃，我們也去瞧瞧！」

他們膳罷結賬，出得門來，騎馬東行。老遠就聽得鑼鼓聲和嗩吶聲震天價響，及至近前一看，但見偌大一個廣場，人山人海，摩肩接踵。座北向南，搭一高台，紅帳錦幔，五彩旌旗。高台四周，站著百餘名彪形大漢，那是劉家的家丁，負責維持現場的秩序。隆基主僕看那陣勢，只得下馬，慢慢擠至台前。高台上鋪著紅色地毯，居中一張長桌，桌後端坐著一位老者，衣著華美，神態安詳。老者身邊立一中年漢子，一看便知是個管家。管家去老者耳邊說了什麼。老者自管點頭。於是，管家站到台前，高聲宣布說：「劉員外家千金，拋繡球招親，今天是第三天。俗話說：事不過三。所以，今天務要有個結果，但願諸位能有好運。現在，有請姑娘出場！」

鑼鼓聲和嗩吶聲熱火朝天。高台上右邊的簾幕撩起，款款走出一位麗姝來。身後跟著一個侍女，侍女手中捧著一隻彩色的繡球。隆基定睛看去，見她劉姑娘十六七歲，體態窈窕，青絲高挽，珠翠閃亮，鮮紅的胸衣，淺綠色長裙，外罩繡花披風，翩躚而前，像是行雲流水，娉娉婷婷。劉姑娘來到高台的中央，隆基看得更加眞切，猛地想到《美人賦》裏的描寫：

方離柳塢，乍出花房。但行處，鳥驚庭樹；將到時，影度迴廊。仙袂乍飄兮，聞麝蘭之馥郁；荷衣欲動兮，聽環佩之鏗鏘。靨笑春桃兮，雲堆翠髻；唇綻櫻顆兮，榴齒含香。纖腰之楚楚兮，回風舞雪；珠翠之輝輝兮，滿額鵝黃。出沒花間兮，宜嗔宜喜；徘徊池上兮，若飛若揚。蛾眉顰笑兮，將言而未語；蓮步乍移兮，待止而欲行。羨彼之良質兮，冰清玉潤；慕彼之華服兮，閃灼文章。愛彼之貌容兮，香培玉琢；美彼之態度兮，鳳翥龍翔。其素若何，春梅綻雪；其潔若何，秋菊披霜。其靜若何，松生空谷；其豔若何，霞映澄塘。其文若何，龍游曲沼；其神若何，月射寒江。……

隆基很是詫異，心想在麒麟鎮這樣的地方，怎會有這樣的美人呢？劉姑娘含羞帶笑，注視台下，一眼就看到了隆基。她見他，身材魁偉，緞衣綢褲，面如美玉，目似明星，金黃的絲帶束著烏黑的長髮，渾身洋溢著英武氣概；他由僕人精心地護衛著，二人二馬，怎麼說也是個公子王孫級的人物。劉姑娘眼睛一亮，芳心亂跳：自己朝思暮想的天下第一男人，不正是他麼？

從劉姑娘出現的那一刻起，台下就翻江倒海似的，興奮的人群仰著臉，舉著手，高聲喊道：「拋球呀！拋球呀！」

劉姑娘在台上走了兩個來回。台下的吶喊聲更是一浪高過一浪：「拋呀！拋呀！」

劉姑娘終於站定，從侍女手中接過繡球。那是一個特殊的時刻，吶喊聲近似瘋狂：「拋呀！拋呀！」

劉姑娘嫣然一笑，照準隆基，便將繡球拋下。說時遲，那時快，隆基不經意地一伸手，恰恰將那繡球接住。場面頓時大亂，人群湧動，都來爭搶繡球。王毛仲左推右搡，催促主人說：「快！上馬！上馬！」隆基趁勢躍到馬背上，把繡球高高舉起。四周的人擁擠著蹦跳著，哪及隆基的高度呢？

高台周圍的家丁，看到繡球有主，呼喇喇向前，把隆基主僕圍在核心，嚴加護衛。劉姑娘見繡球拋中了意中人，心裏甜蜜蜜的，一扭腰肢，輕盈地閃至幕後。

家丁簇擁著隆基，前往劉府。劉府很大，房屋連脊，樹木參天。隆基在府門前下馬。幾名侍女向前，把一條鮮紅的綢帶斜繫在隆基肩上，還有一個碩大的團花，佩戴於胸。大門洞開，那位管家迎了上來，恭敬地說：「公子請！」早有人將馬牽走。隆基、毛仲由管家陪同，恍恍惚惚地跨進大門，步向大廳。

大廳門前站立一人，正是高台上端坐的那位老者。管家介紹說：「這位是我家主人劉員外。」

隆基拱手，說：「老人家好。」

劉員外見隆基相貌堂堂，一表人才，心中歡喜，說：「請！」

賓主進入大廳，一一落座。侍女進茶。隆基趁機打量周圍，大廳裏富麗堂皇，窗明几淨；劉員外精神矍鑠，沉穩大度。心想，那個酒肆的店主說劉員外巧於經商，家產數以億計，爲晉南首富，看來果眞如此，名不虛傳。

劉員外滿臉含笑，說：「小女拋繡球招親，有幸得遇公子，全是緣分。敢問公子姓甚名誰，何方人氏？」

隆基不想隱瞞自己的身分，直話直說：「晚輩姓李名隆基，京城人，前往潞州，路過寶地，不想就……」

王毛仲插話說：「我家主人乃當今皇上的侄兒，安國相王之子，爵封臨淄王，官任潞州別駕，這就上任去。」

劉員外大驚失色，趕忙起身，行禮說：「原來是臨淄王駕到，老朽有眼無珠，失敬失敬！」

隆基起身還禮，說：「晚輩唐突，多有打攪，還請見諒！」

事出意外，劉員外作難了：這樣一位貴人，能做自己的女婿嗎？他猶疑著說：「那麼，這拋繡球招親之事……」

隆基依然是直話直說：「實不相瞞，晚輩在京城已有妻室，今日接到繡球，純屬偶然，無需當眞。」

「這……這……」劉員外碰到了一個天大的難題。他想了想，說：「請公子稍候，容老朽和小女商量商量再說。」說罷，匆匆去了內室。

這期間，劉彩娥隔著帷簾，一直在偷窺她的意中人，偷聽他和父親的談話。她從偷窺偷聽中知道，意中人叫做李隆基，還是一位親王，小鹿撞胸似的，且驚且喜，慶幸自己尋到了如意郎君。接著他說，他已有了妻室，接到繡球，純屬偶然，無需當眞。她的心猛地一沉：事情怎麼會是這樣呢？轉而一想，恰也釋然：人家是二十歲出頭的人了，早有妻子，不正是情理中的事嗎？

劉員外進了內室，喚來老伴和女兒，說明公子的情況。老伴說：「這可難了，彩娥招親，招個有婦之夫，這是怎麼說的？」

劉員外說：「我看那位公子，出身皇家，且是親王，相貌出眾，舉止不凡，日後絕非池中之物。」老伴說：「你甘願讓彩娥當偏房做小妾不成？」劉員外說：「彩娥嫁給此人，雖說不是正房，但榮華富貴肯定是有的。」他略停一停，轉向彩娥，說：「女兒！事情已到這一步，一切由你做主。你若同意，這門親事就定了；你若不同意，那就打發走人。」

劉彩娥心裏是十五個吊桶打水，七上八下。自己拋的繡球，自己選的男人，而且那人又那樣英俊那樣標緻，怎能說不同意呢？可是要說同意，卻又很難開口，因爲她不知那人的秉性，更不知那人的妻子，萬一……她心情矛盾，乾脆低頭不語。

母親不耐煩了，說：「我的寶貝女兒，你倒是說話呀！」

劉員外試探著說：「爹去打發人家上路？」彩娥忙說：「別！別！」劉員外說：「那麼，你是同意嫁給他了？」彩娥飛紅了臉，輕輕點頭。

劉員外哈哈大笑，說：「我女兒好眼力！」他的老伴嘟囔著說：「什麼呀？黃花閨女當偏房做小妾，還『眼力』呢！」

劉員外返回大廳，笑呵呵地說：「失陪！失陪！」接著將商量的結果告訴客人，說：「小女說了，拋繡球招親，是祭奠過神靈的，誰得了繡球，誰就是她的丈夫，沒有任何附加條件。所以，小女一口咬定，願意侍奉公子，終生無悔。這叫什麼來著？哦，叫做百年修得同船渡，千年修得共枕眠。全是緣分，緣分哪！」

隆基喜出望外，說：「承蒙彩娥姑娘錯愛。晚輩定當投桃報李，厚待令嫒。」

劉員外說：「很好！那麼，今日就是吉日，你倆就在今日成親，怎樣？」

隆基說：「恭敬不如從命！」

於是，劉員外命人招待隆基主僕用膳，沐浴更衣，同時命人收拾大廳，佈置洞房。劉府的男傭女僕眾多，各種器物一應俱全，不消一個時辰，裏裏外外便裝飾一新，充滿喜慶氣氛。黃昏時分，新郎新娘拜堂。當夜，一對新人，成就了鸞鳳配，做足了鴛鴦夢，情濃意熾……

這是一次奇遇。李隆基又納劉彩娥為妻，似乎有點愧疚，覺得有負於王妃煢煢。漸漸的，他坦然了。因為煢煢尚未生兒生女，更何況自己是臨淄王，多妻多妾，天經地義，何必有什麼愧疚呢？

隆基和彩娥新婚燕爾，如膠似漆。三天後，隆基辭別岳父岳母嬌妻，前往潞州赴任，承諾說：「最多三個月，我便來接彩娥。」

潞州治所上黨基本上是一座山城。東有太行山，西有太嶽山，兩山之間，半清半濁的濁清河，自北向南蜿蜒流過，河濱一城，便是上黨。由於潞州治所長期設在上黨的緣故，所以人們習慣上多稱其城爲「潞州」，本名「上黨」反而不怎麼出名了。

李隆基抵達潞州，當天便去拜訪刺史刁孝仁。刁孝仁，四十三四歲，矮矮的，胖胖的，葫蘆臉，吊角眉，眼小嘴大，看去讓人覺得怪怪的。他原先是個縣令，傾心巴結中書舍人鄭愔，因而受到武三思的賞識，這才升任潞州刺史。鄭愔已經給他發來密信，傳達宰相武三思的指示：李隆基作爲親王，爵位固然崇高，但任潞州別駕，只是刺史的佐吏，地位在刁孝仁之下；別駕不管具體事務，只需嚴密地監視他，使之磨掉稜角和喪失銳氣，便是大功一件。刁孝仁心領神會，會見隆基，一口一聲「臨淄王」，恭恭敬敬，親親熱熱。他給隆基安排了住處，並設宴接風，假情假意地說：「潞州窮山惡水，讓你臨淄王到此受苦受罪，眞是委屈了。」

隆基說：「無所謂委屈。李某只想分管一項具體事務，協助大人，治好潞州。」

刁孝仁陰陰地一笑，說：「瞧你說的！你一個親王，哪能分管什麼具體事務呢？你呀！儘管待著，遊山玩水，飲酒喝茶，讀書射獵，欣賞歌舞，這就得了！有空嘛，隨我出去走走，我們潞州人，都盼著一睹臨淄王的風采哩！」

就這樣，隆基在潞州落腳，購置了府第，招聘了男傭女僕。管家，自然就是王毛仲了。隆基沒有任何事情可做，唯一的職責就是陪伴刁孝仁外出巡視。刁孝仁先前最爲懶惰，習慣於待在衙署裏飲酒，成天喝得醉醺醺的；可隆基到任後，他突然對巡視表現出了很高的熱情。每次巡視，刺史坐著八抬大轎，前有嚮導開道，後有衙役護衛，旗牌簇擁，鑼聲響亮。別駕呢？只能騎馬隨行，刺史說走就走，刺史說停就停。巡視到達各縣，縣令率領縣吏鄉紳，恭迎刺史大人。這時，刁孝仁總要介紹說：「這位是臨淄王李隆基，新任潞州別駕，本官的佐吏。哈哈，哈哈！」他用這種方法，顯示自己的風光，挫傷隆基的自尊。隆基羞得無地自容，卻又不便發作，只能跟著乾笑：「哈哈！哈哈！」

隆基討厭這種生活，也討厭刁孝仁的為人。他不再隨刺史去巡視了，杜門不出，做起了學問。隆基從上學之時起，一直喜愛老子的《道德經》和孔子的《孝經》，認為這兩部經典，是齊家治國平天下的根本。因此，他靜下心來，再次研讀《道德經》和《孝經》，並結合自己的體會，詳盡地為兩部經典作注。日後，隆基將道教定為國教，孝敬長輩，悌愛兄弟，正是在潞州打下的思想基礎。

隆基除了做學問之外，再一愛好是到山間射獵。騎著快馬在山林中馳騁，張弓搭箭射殺麋鹿野兔，那是他歡樂開心的時刻。期間，隆基解救了一個十五六歲的馬奴，名叫李宜得，收為隨從。李宜得具有一種絕技，以石擊物，百擊百中。隆基身邊既有王毛仲，又有李宜得，並侍左右，他的安全又多了一份保障。

轉眼到了年底，隆基信守諾言，派了毛仲去麒麟鎮，將劉彩娥接到潞州。彩娥的到來，使潞州別駕的府第大為改觀。門樓重砌了，院落擴展了，房屋建高建大，傢俱、陳設等全部換成新的，講究的是豪華和舒適。隆基說：「這未免有點鋪張吧？」

彩娥說：「不！人活一世，草活一秋。我爹的錢全是我們的，我們要學會享受才是！」

隆基開玩笑說：「嘿！我有福氣，娶了個富得流油的婆娘。」

彩娥嫣然一笑，說：「哼！便宜了你！」

越年是神龍三年（西元七〇七年），黃河流域先是大旱，接著爆發疾疫，死人無數，到處都有逃難的人群。唐中宗無力改變這種情況，只能寄希望於天，命改元為景龍元年。春末夏初，洛陽一個倡人班子來到潞州演出，給當地人氏帶來了少有的興奮和喜悅。

「倡人」一稱「優人」或「俳人」，泛指歌舞和戲劇藝人。他們到潞州演出，可以說是潞州前所未有的大事，引起了官民的轟動。隆基歷來喜愛音樂、歌舞和戲劇，兼有多方面的藝術才能。現在，他在潞州能夠欣賞到倡人的演出，也算是寂寞中的一樂了。

倡人班子由一位老藝人帶班，包括男女演員二十餘人，租賃一處寬大的場地，充當藝場。「藝場」即原始的劇場。開演這一天，藝場擠得滿滿的。隆基攜帶妻子彩娥，居中落座。隆基綢衣綢褲，手搖一把摺扇，風流倜儻。彩娥盛妝豔飾，手提一隻錦袋，光焰四射。二人出現，恰似金童玉女，吸引了全場的目光。王毛仲和李宜得，端坐於主子的身後，警惕地注視著四周的異樣動靜。

藝場前面搭起高台，那就是演出的舞台。舞台一側，倡人敲響歡快的鑼鼓。帶班的老藝人登場，介紹演出的第一個劇碼是參軍戲「神醫瞧病」。「參軍戲」是以科白為主、間有歌舞的古代話劇，以故事為題材，演員二人，一名「參軍」，一名「蒼鶻」，前者畫紅臉，後者畫白臉，通過詼諧幽默的語言和滑稽有趣的動作，展開故事情節。參軍演懸壺濟世的神醫，機智敏睿；蒼鶻演賣假藥而患蛇頭瘡的病人，愚蠢遲鈍。圍繞瞧病、開方、抓藥三個環節，神醫和病人之間，爭爭吵吵，矛盾迭起，妙趣橫生。最後集中到所謂的「藥引子」問題上。

神醫說：「要治你的蛇頭瘡，必須用我的藥引子。」

病人說：「行哪！那就用唄！」

神醫搖手，說：「我這個藥引子，怕你用不起。」

病人吹噓說：「本大爺有的是錢，哪有用不起的道理？說！什麼藥引子，多少錢？」
神醫比畫著說：「雞蛋，一個雞蛋，五百緡錢。」
病人一蹦老高，說：「什麼？你一個雞蛋就要五百緡錢，不是訛人嗎？我家自有雞蛋，無須用你的藥引子。」
神醫擺手，說：「慢！我家的雞是『藥雞』，所下的蛋是『藥蛋』，只有這種『藥蛋』做藥引子，方可治得你的病。你若用自家的雞蛋做藥引子，可以！但醜話說在前頭，你的病沒治好，可別怨我。」
病人猶豫，說：「這……」
神醫伸手，說：「這什麼呀？快拿錢吧！」
病人罵罵咧咧地嘟囔著，像割身上肉似地，一枚一枚地掏出銅錢，遞給神醫。
神醫說：「我家的『藥雞』，兩天才下一個『藥蛋』。走！我們去雞窩邊等著！」
神醫引了病人走向雞窩，等候「藥雞」下蛋。病人趴在地上，盯著「藥雞」，醜態百出，催促說：「你個鬼雞！快下蛋呀！快下蛋呀！」
神醫微笑，說：「別！別！別嚇著『藥雞』，我可全憑它掙錢養家哩！」
好久好久，「藥雞」終於下蛋了。病人迫不及待地鑽進雞窩，取了「藥蛋」，說：「藥引子有了！藥引子有了！」由於高興，忘乎所以，一不小心，「藥蛋」掉在地上，摔碎了。病人懊惱不已，哭著喊道：「啊！我的蛋！我的蛋！」……
故事情節曲折離奇，演員表演唯妙唯肖，緊緊地牽動著觀眾的情緒，藝場裏時時發出開心的笑聲和熱烈的掌聲。演出結束，人們鼓掌歡呼，高聲喝采，重覆著一個字：「好！好！」

參軍和蒼鶻行禮退去。老藝人再次登台，介紹下一個劇碼是歌舞「春江花月夜」，特別強調說：「劇碼裏歌唱倡人叫趙西施，綽號『金嗓子』。伴奏的琵琶倡人叫皇甫香，吹笛倡人叫劉婉麗。她們的水準很高，在洛陽演出，名滿東都。」

觀眾報以嘩嘩的掌聲。悠揚的樂曲響起，兩位豆蔻年華、花容月貌的少女上場，一抱琵琶，一持玉笛，無疑就是皇甫香和劉婉麗了。二人均穿綠衣綠裙，輕盈而行，猶如綠衣仙子，在水面上滑過。皇甫香落座彈起琵琶，劉婉麗站立吹響玉笛，聲音清亮，響遏行雲。六名彩衣女子簇擁著一名紅衣女子，翩翩而來，甩袖起舞。紅衣女子舞到高台中央，轉身，亮相。藝場裏所有人眼睛一亮，異口同聲地發出讚歎：「啊！」因爲這位紅衣女子長得太美了，她無疑就是「金嗓子」趙西施。李隆基看得最爲眞切，但見她十六七歲，體態苗條，骨肉勻稱，袒胸裸臂，露出凝脂美玉似的肌膚。粉面玲瓏，白裏透紅，像是三月盛開的桃花。柳葉眉下，一雙俏眼，清澈明亮，像是夜空閃爍的星星。秀鼻端正，朱唇鮮紅，嘴角一顆美人痣，襯托出面頰上的笑靨，尤顯情韻。隆基不禁想到，人如其名，這位趙西施，該不是西施轉世吧？

琵琶聲舒緩，玉笛聲輕柔，伴舞的女子翩翩起舞。趙西施啓朱唇，放嬌聲，果然是「金嗓子」！她唱的歌詞是：

春江潮水連海平，海上明月共潮生。灩灩隨波千萬里，何處春江無月明。江流宛轉繞芳甸，月照花林皆似霰。空裏流霜不覺飛，汀上白沙看不見。江天一色無纖塵，皎皎空中孤月輪。江畔何人初見月？江月何年初照人？人生代代無窮已，江月年華只相似。不知江月待何人，但見長江送流水。白雲一片去悠悠，青楓浦上不勝愁。誰家今夜扁舟子？何處相思明月樓？可憐樓上月徘徊，應照離人妝鏡台。玉戶簾中捲不去，擣衣枕上拂還來。此時相望不相聞，願逐月華流照君。鴻雁長飛光不度，魚龍潛躍水成文。昨夜閒潭夢落花，可憐春半不還家。江水流春去欲盡，江潭落月復西斜。斜月沉沉藏海霧，碣石瀟湘無限路。不知乘月幾人歸，落月搖情滿江樹。

隆基知道，這是唐初詩人張若虛的著名詩篇〈春江花月夜〉，它把春、江、花、月、夜五種最能體現人生良辰美景的事物，集中來寫，而又以月爲主體，寫出了月起——月高——月斜——月落的全過程，在月的照耀下，世間萬物，朦朦朧朧，構成夢幻般的畫卷，其中更有不眠的思婦和漂泊的遊子，充滿人生哲理和生活情趣。趙西施深刻理解詩篇的內蘊，並用清亮的歌喉，準確地把它表現出來，將人引進一個清幽、空靈的境界，發人遐想，美不勝收。皇甫香和劉婉麗的伴奏，也是恰到好處，精妙絕倫。琵琶聲和玉笛聲，時而嘈嘈，時而切切，嘈嘈時如狂風急雨，切切時似行雲流水，高低起伏，抑揚頓挫，就像大珠小珠，直落玉盤。這是歌、舞、樂完美的結合，趙西施等透過演出，向觀眾們奉獻了一道韻味無窮的藝術大餐。

人們沉浸在詩畫一樣的意境裏。忽然聽到吹吹打打的聲響，十幾名衙役抬著絲綢錦緞等物，進入藝場，逕自上了舞台。所有人都感到詫異，不明白發生了什麼事情。

一個頭目一樣的衙役吆喝說：「誰是帶班？快接聘禮！」

那位老藝人慌忙出場，說：「衙爺這是做什麼？我等正在演出哩！」

頭目揮手，說：「別演了！別演了！刺史大人有令，他老人家看中了趙西施、皇甫香、劉婉麗三位姑娘，要納她們爲妾。這不？特命來下聘禮，並帶三位姑娘回衙署。」

這眞是晴天霹靂！老藝人萬分驚駭，說：「這是怎麼說的？哪能……」趙西施、皇甫香、劉婉麗更是惶恐，欲去後台。

衙役擋住她們的去路，說：「刺史大人正等著三位姑娘，請吧！」

老藝人向前，喊道：「不！不！」

衙役頭目惡惡地說：「老東西！別敬酒不吃吃罰酒！」轉而命令手下說：「帶走！」衙役如狼似虎，架起趙、皇甫、劉三人，就要離去。三人掙扎著，衝著老藝人大喊：「師傅——！」老藝人爲救愛徒，撲向前來。衙役頭目猛踢一腳，將老藝人踢倒在地。趙、皇甫、劉見師傅倒地，肝膽俱碎，發瘋似地喊道：「師傅——！」

舞台下面的觀眾目睹臺上情景，逐漸明白了事因，原來是刺史刁孝仁垂涎趙西施、皇甫香、劉婉麗的色藝，派人強行搶親。他們感到憤怒，揮拳大喊：「不許搶人！不許搶人！」

李隆基親眼看到這醜惡的一幕，恨恨地說：「豈有此理！」心想，趙西施等若被刁孝仁搶去作妾，那眞是鮮花插到了牛糞上！他容不得這種事情發生，果斷地一合摺扇，命王毛仲和李宜得說：「上呀！」

二人得到主子指示，縱身一躍，上了舞台，左右開弓，一頓拳腳，早把那些不中用的衙役，打趴在地上。那個頭目尚且逞能。毛仲來個鷂子翻身，懸空猛踢雙腳，恰好踢中頭目的面部。再看，頭目的眼睛腫了，鼻子歪了，嘴角流出血來。王、李救得三位倡人，請示主子說：「怎麼辦？」隆基說：「護送回府！」王、李答應說：「好哩！」於是，隆基、彩娥先行一步，毛仲、宜得護著趙、皇甫、劉三位姑娘，魚貫出了藝場。藝場外面有馬車，他們逐一登車，匆匆而去。

衙役頭目傻了眼，喚起同夥，忍著傷痛，依舊抬了絲綢錦緞等物，回衙署覆命。刺史刁孝仁正想著美事，見衙役們狼狽歸來，問明情況，氣得「哇哇」直叫，說：「反了！反了！他李別駕竟敢跟我作對！」他立刻喚來尉吏，命令說：「去！多帶些人手，去李別駕府中，把那三個妖女，給我搶回來！」尉吏說：「是！」尉吏正要動身。刁孝仁灰黃的眼珠子一轉，忽又改變主意，說：「慢！這事暫時算了，本官正好拿來做點文章！」

隆基回到府中，安排趙西施、皇甫香、劉婉麗住下。三位姑娘驚魂未定，珠淚漣漣，請求打探師傅及師兄、師姐的情況。隆基讓王毛仲前去察看，方知老藝人受傷過重，死了。趙西施等悲痛欲絕，放聲大哭，說：「師傅！你死得冤啊！」隆基再讓毛仲出面，妥善埋葬了老藝人，並給其他倡人一些錢，由他們自去謀生。

隆基收留了三位姑娘，等待刁孝仁的反應。奇怪的是多日過去，對方並沒有任何動靜。這期間，趙西施等得知解救她們的是堂堂臨淄王李隆基，就跟做夢似的，驚奇、感激、惶惑而又迷茫。隆基聽了三人的敘說，知道她們都是孤兒，是那位老藝人收養了她們，並精心教授，方使她們在聲樂和器樂方面深有造詣。那麼，該如何打發她們呢？隆基好生作難。他愛她們的美貌，也愛她們的才藝，若讓她們捨自己而去，那會是抱憾終生的。

劉彩娥憑著女人特有的敏感，看出了丈夫的心思。她自嫁給隆基以來，觀察丈夫的風度和氣質，發現他心高志雄，絕非等閒人物。目前，他是親王，是別駕，日後是什麼呢？很難估量。他已經有了兩個妻子，隨著地位的提高和權勢的增長，他肯定還會有更多的妻子，別說三妻四妾，就是五妻六妾、八妻十妾，也不是沒有可能。男人嘛，無不以佔有女人爲欲望爲榮耀，更何況像隆基這樣出類拔萃的男人呢？因此，彩娥作出一個超乎尋常的決定，主動提出，讓丈夫納趙、皇甫、劉三人爲妾。這樣，她會以寬容大度而贏得他的歡心，贏得歡心，也就贏得了愛，成人之美，他會忘了自己的這個恩情嗎？

這天，隆基又和彩娥談論三位姑娘的去留問題。彩娥故意說：「給些錢，打發走人，不就得了？」

隆基說：「三個弱女子，能走到那裏去？刁孝仁再把她們抓回去，怎麼辦？」

彩娥做個鬼臉，說：「我看，你是憐香惜玉吧！」

隆基紅了臉，說：「這是怎麼說的？」

彩娥說：「那你就把趙姑娘納爲妾，怎樣？」

隆基巴不得有這句話，支吾著說：「這可是你說的。」

彩娥又賣個關子，說：「皇甫和劉姑娘打發走人？」

隆基說：「只是可惜了她們的才藝。」

彩娥說：「那就把三人都納爲妾，可好？」

隆基不敢相信彩娥有此度量，疑惑地說：「這……」

彩娥用手指點著隆基的額頭，說：「樂了不是？笑了不是？你呀，迷戀女色，像是韓信將兵，多多益善！」

隆基趁勢抱著彩娥，親了又親，說：「多謝夫人成全！」

接下來，彩娥做主，連著三天舉行三次婚禮，讓隆基和趙西施、皇甫香、劉婉麗結為夫妻。隆基新得三位佳麗，心滿意足。趙、皇甫、劉因禍得福，嫁得如意郎君，甜甜蜜蜜。從此，隆基夫婦四人，陶醉在溫柔鄉中，美酒佳釀，歌舞管弦，過上了神仙般的日子。

潞州刺史刁孝仁正做隆基的文章。他寫了一封密信，派人送達京師，呈給中書舍人鄭愔和宰相武三思。信中說，臨淄王李隆基在潞州極不安分，招降納叛，結黨營私，詛咒朝廷黑暗，強搶倡人為妾，云云。他等待回覆，希望能將李隆基重重治罪。不想到了七月，他等到的卻是個糟透了的消息：武三思被人殺了。

風雨政壇

景龍元年（西元七〇七年）是唐中宗復辟的第三年。這位皇帝因遭母親武則天的迫害，受過太多的苦難，所以復辟以後，只想驕奢淫逸，盡情享樂，挽回和補償往日的損失。皇后韋漾、宰相武三思、婕妤上官容趁機通姦弄權，把持朝政，建立起一個勢力強大的謀逆集團。還有安樂公主李裹兒，年紀不大，野心卻比天高，她和生母韋漾一樣，都想走武則天的老路，當個女皇帝，君臨天下，發號施令。這些人既各懷鬼胎，又沆瀣一氣，把朝廷弄得千瘡百孔，烏煙瘴氣。

韋漾是謀逆集團的核心人物，而武三思最有權勢。武三思利用中宗的信任和宰相的職權，以爵賞相崇樹，幾構大獄，污點善良，貪贓枉法，羅織起一張觸角、影響無所不在的罪惡黑網。李裹兒依仗父皇、母后和公公的權勢，恃寵驕恣，爲非作歹，達到駭人聽聞的程度。她享有開府自置官屬的特權，做起了賣官鬻獄的買賣。她賣官鬻獄別有訣竅，大多透過聖旨進行，冠冕堂皇而又合法化。她給買官者授官或給判刑者減刑，擬好聖旨，遮蓋其內容，強讓父皇簽字蓋印。中宗溺愛寶貝女兒，總是笑著答應，從不過問聖旨內容，隨手就簽字蓋印。進而，李裹兒異想天開，請求父皇立自己爲「皇太女」來。

李裹兒請求自爲「皇太女」，是衝著同父異母哥哥李重俊的。李重俊是中宗的第三個兒子，並非韋漾所生。中宗復辟後，立李重俊爲太子。武三思、韋漾、李裹兒陰謀篡國，窺竊神器，自然容不得這個太子的存在，於是便合夥聯手，必欲將他除去，踢開通向皇位道路上的絆腳石。

李重俊，二十四五歲，成爲太子，結交非人，籠絡一幫權貴子弟，不務正業，專以鬥狗、走馬、蹴踘相戲呢。武三思居心叵測，指使黨徒收集李重俊的過失，轉告中宗，說：「太子無德，恐怕難爲儲君。」韋溒和上官容慫恿中宗，說：「太子缺德少才，應該將他放到州縣去歷練才是。」李裹兒和武崇訓更是不把太子放在眼裏，曾當面辱罵他爲「狗奴」。李裹兒故意在中宗跟前撒嬌，說：「父皇！你該把太子廢了，立我爲皇太女，這才是眞的愛我呀！」

李重俊年輕氣盛，不甘坐以待斃，立刻想到一句古話：先發制人。他遍觀朝廷大臣，多半是武三思的黨羽，唯有左羽林大將軍李多祚侃侃持正。因此，他找李多祚密商，意欲興兵討逆。李多祚痛恨武三思專權亂政，極端贊成。七月辛丑日夜間，李重俊和李多祚等，假託聖旨，調集羽林軍三百餘人，直撲武三思的府邸。

武三思正在府中夜飲，大廳裏紅燭閃亮，酒肉飄香，一大群嬌妻美妾，還有武崇訓及「五狗」周利用、冉祖雍、李俊、宋之遜、姚紹之等，團團圍住，爭相勸飲，穢語浪笑，其樂無比。武三思滿臉紅光，滿嘴酒氣，得意忘形地說：「想我武某，雄才大略，滿腹經綸，早在姑母武則天時，就當立爲太子。可是，她老人家精明一世，糊塗一時，聽信狄仁傑一幫老傢伙的蠱惑，硬是立了李顯爲太子。結果怎樣？張柬之等發動政變，武周給斷送了，李唐又復辟了，眞叫人喪氣！好在我武某神通廣大，略施小計，便獲得當今皇上的絕對信用，官居宰相，獨攬大權，呼風得風，喚雨得雨。張柬之、敬暉、桓彥範、崔玄暐、袁恕己五人跟我過不去，我就讓他們死於荒蠻之地！王同皎、周憬、張仲之、崔月將、高軫等人反對我，我就讓他們身首分離！我說過，我不知道什麼叫善人，什麼叫惡人，但對我善者就是善人，對我惡者就是惡人。是善人，就要重用；是惡人，必須剷除！現在，皇上聽我的，皇后和婕妤聽我的，我怕誰？依我看，李唐的氣數已盡，皇上是個窩囊廢，相王是個膽小鬼。李氏子弟中，數臨淄王李隆基有些能耐，但被我貶到潞州去了，三年五載回不來。再就是太子李重俊，徒有太子名號，狗屁！所以下一步，我還要採取大行動，改朝換代，復辟武周！」

嬌妻美妾、武崇訓和「五狗」等，歡呼雀躍，說：「我們都盼望那一天哩！」

武三思又飲了一大杯酒，懷抱嬌妻美妾，說：「武周復辟，我就封你們爲皇后和嬪妃，立訓兒爲太子。」

「五狗」說：「我們呢？」

武三思說：「你們？你們自然都是復辟功臣，要官有官，要爵有爵，潑天的榮華富貴，在那兒等著哩！」

「哈哈！哈哈！」大廳裏迴盪著男女混雜、無所節制的笑聲。

忽然聽到人吼馬嘶，鬧鬧嚷嚷。武三思兀自驚疑，手握兵器的羽林軍早湧進府門，見一人殺一個，見兩人殺一雙，一聲呼嘯，衝進了大廳。

武三思死到臨頭，還要威風，厲聲喝道：「什麼人如此大膽，竟敢夜闖宰相府？」

羽林軍中閃出一人，頭戴兜鍪，身穿甲胄，說：「我！奉旨誅殺奸賊！」

武三思抬眼一看，三魂嚇掉兩魂，原來來人是左羽林大將軍、遼陽王李多祚，正是他心目中的「惡人」。李多祚一揮手，羽林軍如狼似虎，撲向武三思的嬌妻美妾，撲向「五狗」。有人驚叫，有人掙扎。羽林軍刀砍劍刺，立時血肉橫飛，屍首倒地。武崇訓妄想逃跑。李思沖衝向前去，手起刀落，只聽得「哎呀」一聲，武崇訓腦袋落在地上，滾出去老遠老遠。武三思嚇得魂飛魄散，結結巴巴地說：「這是做……做什麼？我要見……見皇上。」

李多祚說：「你見不著皇上了，還是見一下太子吧！」

這時，李重俊跨進大廳。武三思「撲通」跪地，說：「太子饒命！太子饒命！」

仇人相見，分外眼紅。李重俊眼裏冒火，痛斥說：「你武三思乃武氏餘孽，惡如豺狼，毒似蛇蠍！你憑著一套鬼蜮伎倆，爬上宰相寶座，架空皇上，穢亂宮闈，藏汙納垢，企圖篡權竊國，復辟武周，我豈能饒你？再說，本太子與你並無大礙，而你卻夥同韋漾、上官容和李裹兒，一而再再而三地羞辱我和迫害我，甚至唆使父皇廢黜我，我又豈能饒你？你落到今日之下場，完全是罪有應得，咎由自取！」

武三思還要辯白。李重俊恨從心頭起，惡向膽邊生，手舉佩劍，直刺武三思的心窩。

武三思死了。李重俊命搜殺武三思全家，無論男的女的，老的少的，一股腦兒拖將出來，當場誅殺。事後檢查，單單不見李裹兒。原來，李裹兒當天進了皇宮，至夜未歸，僥倖活命。

李重俊殺了武三思、武崇訓父子，一面派人捕殺武三思的黨徒，一面命李多祚等率領羽林軍，直撲禁宮，破門而入。唐中宗、韋皇后、上官婕妤、李裹兒等，在禁宮內的淑景殿夜宴，剛剛結束。右羽林大將軍劉景仁，踉蹌來報，說：「不……不好，太……太子謀反，擁兵殺入禁宮了。」

中宗驚出一身冷汗，手足無措，說：「這……」

韋皇后急得打轉，說：「如何是好？如何是好？」上官婕妤還算鎮靜，衝著劉景仁說：「養兵千日，用在一時。你劉將軍的羽林軍呢？難道聽任叛兵犯闕嗎？」

劉景仁挨了批斥，連句話兒也答不上來。李裹兒盛氣淩人，說：「去！快去調兵入衛，守住玄武門！同時派人通知兵部尙書宗楚客等，命他們速來護駕！」

劉景仁答應個「是」字，飛步趨出。上官容說：「玄武門樓堅固可守，我們可速去那裏，一則可暫避凶鋒，二則可居高宣詔。」李裹兒說：「對！我們應上玄武門樓！」

中宗、韋漾嚇得兩腿發軟，走不成路。只能由宮闈令楊思勖等扶著架著，好不容易登上玄武門樓。劉景仁率領百餘名羽林軍匆匆趕到，屯兵樓下。不一時，兵部尙書宗楚客、左衛將軍紀處訥、中書令李嶠、侍中楊再思派人報告說，他們已率兵二千餘人，屯於太極殿附近，恭候聖命。中宗微微點頭，緊張的神經總算緩和下來。

李重俊的軍隊進入禁宮，不管怎麼說，算是叛亂行爲。中宗調集官軍予以鎭壓，雙方大戰於玄武門，死傷數百人。最後，李多祚等戰死，李重俊逃亡，死於隨從之手。

事後，中宗爲武三思舉行了隆重的葬禮，廢朝五日，追贈他爲太尉，謚曰「宣」；追封武崇訓爲魯王，謚曰「忠」。封賞功臣，宗楚客升任宰相，楊再思升任尙書令，紀處訥升任侍中。宗楚客是武則天從姐的兒子，楊再思是武則天的佞臣，紀處訥是武三思的連襟。這三人原是武三思的黨羽，如今俱得高官，奉行的還是武三思的那一套貨色。這夥人反過來又吹捧皇帝、皇后「英明」，聯合群臣上書，給中宗上了個「應天神龍皇帝」的尊號，給韋漾上了個「順天翊聖皇后」的尊號。

韋漾、上官容、李裹兒用心險惡，有意擴大究治太子餘黨的事態，竟把矛頭指向了相王李旦和太平公主李筱。她們指使宗楚客，慫恿侍御史冉祖雍上書中宗，誣陷說：「相王和太平公主，一是太子的叔父，一是太子的姑母，二人肯定與太子通謀，應當逮捕下獄，予以審訊。」

中宗一想，似乎在理，召來吏部侍郎兼御史中丞蕭至忠，命令執行其事。蕭至忠秉性忠正，流著淚說：「陛下富有四海，不能容一弟一妹，天理能容麼？試想，相王昔為皇嗣，固請則天皇帝，將天下讓於陛下，累月不食。太平公主禮敬陛下，固請則天皇帝，頒下傳位詔書，陛下方登大位。這些事情，四海皆知。現在，陛下怎能僅憑冉祖雍一紙讒言，而懷疑自己的弟弟和妹妹呢？」右補闕吳兢也上書說：「相王至親，六合無二，而賊臣日夜連讒，乃欲陷之極法，禍亂之根，將由此始。自古委信異姓，猜忌骨肉，以致覆國亡家者，多矣！」

中宗畢竟良心未泯，略有所悟，遂將冉祖雍的奏書擱置不提。

李筱很快知道了事情的前因後果，冷笑說：「哼！這夥狂徒，竟敢在老娘頭上扣屎盆子，我看是活膩了！」

……

潞州刺史刁孝仁，使出誣陷手段，致信武三思和鄭愔，實指望能將李隆基治罪，不曾想長安發生變故，武三思見了閻王。鄭愔倒還活著，嚇得龜兒子似的，躲在家中，不見任何人。刁孝仁急得抓耳撓腮，悄悄把密信燒了，再想對付李隆基的計策。不過，他很害怕，自己沒有後台，哪能鬥得過人家臨淄王呢？

臨淄王李隆基在潞州安享豔福，逍遙自在。他的四房妻子，都是如花似玉的美人。最讓隆基開心的還是，劉彩娥和趙西施幾乎同時懷孕了。隆基已經二十三歲，急切地盼望能有兒子。景龍二年（西元七〇八年）開春，劉彩娥臨盆，生了個兒子；三天過後，趙西施臨盆，也生了個兒子。隆基一下子有了兩個兒子，樂得心花怒放，給兒子取名，分別叫李嗣直和李嗣謙。這兩個兒子，日後改名，分別叫李琮和李瑛。

隆基沉浸在初當父親的喜悅裏。忽然，京城一位使者到潞州，宣召臨淄王進京朝拜皇帝。隆基喜上加喜，意識到這是姑姑李筱在起作用，姑侄將要聯手，幹一番驚天動地的大事了。

京城來的使者，二十四五歲，高高的，壯壯的，腦袋渾圓，眼睛明亮，舉止和神情顯示出一種機警和敏銳。他跨進府門，拖著尖尖的長腔，高聲宣布說：「臨淄王、潞州別駕李隆基接旨！」

聖旨來得突然。隆基和四位妻子慌忙來到庭院，跪地聽宣。使者雙手一抖，展示黃綾製作的聖旨，宣讀道：「奉天承運，皇帝詔曰：臨淄王李隆基，出任潞州別駕，兩年有餘，勞苦功高。為明君臣之禮義，敘伯侄之親情，著爾速赴長安朝拜，不得有誤。欽此。」

隆基叩頭，伸手接過聖旨，說：「臣遵旨！」

隆基起立。使者卻突然跪地磕頭，說：「臨淄王可好？奴才給王爺請安！」

隆基十分驚駭，說：「朝使何故行此大禮？隆基愧不敢當！」

使者說：「王爺！奴才是小馮子，就是王爺當年解救的那個小馮子呀！」

隆基先是一愣，接著看出來了，說：「啊！原來是你呀！快！快起來！」他扶起小馮子，左看右看，哈哈大笑，說：「嗯！果眞是小馮子，只是高了，胖了，結實了！」他一面吩咐劉彩娥等安排酒宴，招待貴客；一面手挽小馮子，步入書房說話。

這個小馮子大有來歷。此人姓馮名力士，先祖為鮮卑族人。他的曾祖父馮盎，在唐高祖時是個顯赫人物，官上柱國將軍，封越國公。他的父親生平事蹟無從考證，母親麥氏肯定為漢族人。馮力士生於潘州（今廣東茂名北），自小聰明伶俐，十歲的時候，辭別母親，外出獨自謀生。途中，被人強行閹割，當作「貢物」，送進皇宮，當了宦官。他年紀太小，犯了過錯，因而被逐出皇宮，流落長安街頭，淪爲乞丐。偏有一夥地痞無賴，惡意欺侮外鄉少年，逼他從胯下穿過，還要模仿狗叫。馮力士不從。那夥人因此大打出手，直打得他鼻青臉腫，鮮血淋漓。恰巧，李隆基從旁經過，看到這種景象，抱打不平，一陣拳腳，將地痞無賴打跑，解救了可憐兮兮的少年乞丐。隆基詢問姓名，方知他姓馮，名叫力士。隆基說：「小馮子！我救了你，你日後怎麼辦呀？」小馮子搖頭，茫然，悵惘。隆基說：「走！跟我去見一個人，他能收留你！」於是，隆基帶領小馮子，找到宦官高延福，說明事情原委。高延福滿口答應，同意收留小馮子。小馮子事後得知，解救和安頓自己的是臨淄王李隆基，萬分驚訝，內心充滿感激之情。

高延福喜愛機靈的小馮子，收爲養子。馮力士從此改姓高，叫做高力士。高延福透過關係，安排高力士在武三思府中服役。一年後，經武三思推薦，高力士得以重返皇宮，到了女皇武則天的跟前。武則天見這個少年宦官眉清目秀，恭謹機敏，很快提拔他爲宮闈丞，負責寢宮事務。武則天晚年變愛男色，荒淫享樂，高力士是耳聞目睹了的。好在他忠誠順從，除了精心服役之外，別無他想，所以能在皇宮中牢牢地站穩了腳跟。

其後發生了一系列的變故。唐中宗復辟後，高力士從宮闈丞轉爲內常侍，掌管宣奏等事項。因此，這次宣召臨淄王入朝，任務才落到了他的頭上。

隆基手挽高力士進入書房。高力士不肯落座，說：「王爺和恩人在上，奴才不敢造次。」

隆基說：「這在潞州，沒有那麼多的規矩。」

高力士這才坐下，說明自己改從養父姓，不再姓馮。隆基說：「好啊！難得你有一片孝心。那麼，我該稱你爲高公公了。」

高力士慌忙站起，說：「別！別！沒有王爺，就沒有奴才的今天。王爺直呼奴才的名字，奴才方才心安。」

隆基大笑，說：「好！那我就叫你力士，怎樣？」

高力士說：「最好！最好！」

侍女進茶。隆基說：「快說說京城的情況。潞州這個鬼地方，地理偏僻，消息閉塞，快把我憋瘋了。我父王怎樣？我姑姑怎樣？聽說李重俊殺了武三思，他自己也死了，這是怎麼回事？」

高力士略略品茶，說：「安國相王和鎭國太平公主還好，只是後宮淫亂，奸臣當道，他們憂國憂民，心情恐怕也好不到哪裏去。王爺大概明白，你到潞州赴任，完全是武三思和韋皇后搞的鬼，目的在於將你排擠出京城。我這次到潞州來，宣召王爺進京，聽說是太平公主逼著皇上下旨，皇上這才同意。這事還瞞著韋皇后哩！」接著，高力士敘述了李重俊假託聖旨，殺害武三思父子和稱兵犯闕、兵敗身亡的經過，說：「武三思是死了，可他的黨羽大多還在，錯根盤節，複雜著哪！要命的是後宮，一個皇后，一個婕妤，加上安樂公主，牢牢地控制著皇上，誰也不知道明天會是什麼樣子。唉！世事難料啊！」

隆基攥緊拳頭，重重地擊在茶几上，說：「李唐江山如此，愧對列祖列宗！」

高力士注視隆基，說：「奴才有句話，不知當講不當講？」

隆基說：「你我之間，還有什麼顧忌不成？講！」

高力士說：「奴才在宮中待了多年，見的多，聽的也多。當今皇上也就是這麼個狀況了，難能有所作爲。他有四個兒子，已經死了兩個，其餘兩個也不怎麼樣。所以，人們私下議論，普遍把李唐的希望寄託在王爺諸兄弟身上。王爺兄弟五人，論品行、志向和才幹，唯王爺最爲出色。京城裏最近流傳兩句民謠，說：『龍雞夜啼時，梨棠花滿枝。』『龍雞』，諧音王爺名諱；『梨棠』，諧音『李唐』二字。奴才想，這是天意民心，王爺可要抓住機會。」

隆基第一次聽說此事，說：「京城裏果眞流傳這樣的民謠麼？」

高力士說：「這是何等大事？奴才不敢誑語。」

隆基異常激動和興奮，心跳如鼓。從少年到青年，隆基雖然胸懷大志，但這個「大志」到底是什麼，他自己也不清楚，一直是個模糊的概念。聽了高力士的一番話，他突然有所領悟，眼前一亮，頗有一種「天將降大任於斯人」的感覺。可不是嗎？在李氏子弟中，除了自己以外，誰有資格有能力擔當這個「大任」呢？

劉彩娥派人來請隆基和使者用膳。隆基依然手挽高力士，進入大廳。隆基一一介紹自己的妻子。高力士見她們人人天姿國色，雪膚花顏，不禁誠惶誠恐，連聲說：「幸會！幸會！」眾人入座，敬酒勸酒，親密無間。

這時，李宜得報告說：「刺史刁孝仁來拜見朝廷使者。」

隆基說：「他倒來得快！」

高力士說：「這個刁孝仁怎樣？」

隆基說：「他呀！小人一個，透過鄭愔投靠武三思，這才當上刺史，潞州人背地裏多稱他爲

『刁小人』。他來拜見，實是打探消息，摸你底細。」

高力士笑著說：「那好，我就晾他一晾！」

隆基會心地一笑，吩咐宜得說：「你去告訴刁孝仁，就說使者大人說了，正在用膳，讓他在外面候著！」

宜得說：「好哩！」轉身而去。

大廳裏，隆基夫婦和高力士自管飲宴，談笑生風。

刁孝仁這些日子裏蔫了很多。武三思之死，鄭愔蝸居不出，使他有大廈將傾之感，擔心總有一天會丟掉烏紗帽。這次朝廷使者到了潞州，沒有通知他這位地方行政長官，而是逕直進了別駕府，更使他驚懼惶急，渾身不自在。他考慮再三，還是決定主動拜見使者，以示自己對於朝廷的忠心。李宜得轉告使者的話。他進也不是，退也不是，只能在別駕府門外候著，一個時辰過後，才獲准進入府門，拜見使者大人。

隆基和高力士膳罷，女眷迴避。刁孝仁步入大廳，點頭哈腰，滿臉堆笑，說：「下官拜見使者大人！」

高力士手端茶杯，說：「喲！刁刺史！本使者先公後私，待辦完公事後，正想去衙署會會大人呢！」隆基端坐一邊，盈盈而笑。

刁孝仁說：「不敢當！不敢當！但不知使者大人這次來潞州，辦何公事？」

高力士變了臉色，冷冷地說：「怎麼？皇上命我來辦公事，還要向你彙報不成？」

刁孝仁忙說：「下官不敢！下官不敢！」

隆基忍笑飲茶，說：「難得刁刺史如此關心使者大人的公事，那就實說了吧！皇上宣召本王進京，本王怕是再不能當刁刺史的佐吏了，可惜呀！」他故意把「佐吏」二字咬得很重。

刁孝仁自然能聽出其中的意義，羞得面紅耳赤，抱拳說：「下官多有得罪和冒犯，還請海涵，還請海涵！」

不一會兒，高力士下了逐客令，刁孝仁灰溜溜地離開了別駕府。

高力士完成宣召的使命，次日即回長安。數日後，李隆基拖家帶口，緊跟著也回到京城。隆興坊的臨淄王府很大，他的妻子和隨從各有住處，寬敞而又舒適。

隆基歸來，王妃王熒熒歡喜不盡。她和丈夫分別兩年多了，日日夜夜都在想著他念著他，牽腸掛肚，夢繞魂縈。出乎意料的是，丈夫歸來，竟同時帶回來四位妻子，而且帶回來兩個兒子，她有點接受不了。她看劉彩娥、趙西施、皇甫香和劉婉麗，那樣年輕和美貌，實在讓人眼紅。她看李嗣直和李嗣謙，那樣壯實和可愛，實在讓人嫉妒。她還不知道整個事情的過程，竭力克制自己的情緒，以女主人的身分，熱情地迎接、招呼、安頓所有的人。劉彩娥、趙西施、皇甫香、劉婉麗來到一個完全陌生的地方，初步感受到了皇家的氣派。她們特別注意觀察王熒熒，因爲她是丈夫的嫡妻，是王妃，在她跟前，必須表現出尊卑有序的禮數。她們發現，王妃姿容姣美，氣質端莊，言談舉止，大方得體，不像個鼠肚雞腸的人。因此，她們感到輕鬆了許多。須知，妻妾之間的關係，那是世界上最複雜最微妙的關係之一，彼此間如果爭風吃醋，那會導致家破人亡啊！

說話間，隆基的姑姑李穎到來，父王李旦到來，庶母柳、崔、王、陳四位孺人到來。隆基帶領劉彩娥、趙西施、皇甫香、劉婉麗，逐一向長輩行跪拜大禮。李旦、李穎見劉彩娥等貌若天仙，暗暗稱奇。轉而把注意力放到嗣直和嗣謙身上。李旦笑著說：「我又多了兩個寶貝孫子。」李穎說：「算你有福氣！」

劉彩娥等注視公公李旦，心想：他原來曾是天下之尊的皇帝，如今是安國相王，挺敦厚挺隨和挺慈祥的嘛！

接著，隆基的哥哥成器、成義夫婦，弟弟隆范、隆業夫婦，以及姐姐、妹妹等相繼到來，彼此見面，叫作「哥哥」、「弟弟」、「嫂嫂」、「弟媳」、「姐姐」、「妹妹」，互相問安道好，親熱無比。隆基拉著胞妹霓萍、霓莉的手，說：「你倆還不出嫁，怎麼回事？」

霓萍、霓莉紅了眼圈，說：「我倆爲了緬懷母親，發誓終生不嫁！」

提到母親，隆基哽咽無語，成器等也黯然神傷。李穎歎息說：「唉！皇后和德妃若健在，看到兒孫滿堂，那該多高興啊！」事隔多年，李穎依然稱成器生母劉貞爲「皇后」，隆基生母竇蘭爲「德妃」。

王熒熒親自安排，大廳裏擺出酒宴。這是全家人多年來的一次團聚，拋卻煩惱，丟掉不快，歡聲笑語，喜慶開心。李旦利用這個機會，眞誠地告誡全家人說：「你們都給我聽著：我這個人，沒有什麼大本事，也沒有什麼大抱負，講究的是『淡泊』二字，於世無爭，於人無爭。現在正處於一個非常時期，環境險惡，福禍榮辱，往往決定於一瞬間。我還是那句話：『不求飛黃顯赫，只求平安無事。』所以，我們一家人要學會自我收斂，鋒芒畢露的話不說，鋒芒畢露的事不做，切莫過分張揚，免得授人以柄，引火焚身。」

這番話，可以說是李旦的爲人之道和處世之道。憑著此道，他在武則天時方能安然無恙，在唐中宗時方能固位自保。現在，他把爲人處世的經驗傳授給家人，目的在於圖個平安。他的家人大多同意這位一家之長的觀點，唯隆基心中不服。他想，重要的是李唐江山，江山丟了，哪還有什麼平安？

夜闌更深，酒宴結束。隆基宿於熒熒房中，夫妻久別，勝過新婚。猛然間，隆基發現，熒熒眼角有淚，似很傷心。隆基說：「你怎麼啦？」

熒熒伏在丈夫胸前，說：「你去潞州，一去就是兩年多，讓我獨守空房，那種滋味，你知道嗎？我等呀盼呀，你總算回來了。不想，你卻帶回來四個女人和兩個兒子。這樣大的事，爲何不提前打個招呼呢？」

隆基摟著熒熒，說：「沒打招呼，是我不對。我不是想有兒子嘛，所以就……」

熒熒說：「就怎樣？一下子就娶了四個，還嫌少不是？你說，我和她們日後該怎麼相處呢？」

隆基說：「你是正房，是王妃，她們是偏房，是侍妾，尊卑有序，禮數不可逾越。」

熒熒說：「俗話說：『妻不如妾，妾不如偷。』時間一長，怕你早不把我放在心上了。」

隆基說：「哪能呢？你我是結髮夫妻，我可能會忘掉別人，怎麼也不會忘掉你呀！我只盼著你給我生個兒子，你我的兒子，才是眞正意義上的長子。」

熒熒的心理似乎得到滿足，依偎著丈夫，甜蜜地睡著了。

次日早朝，李隆基出現在太極宮太極殿。有人驚喜，歡呼說：「呀！臨淄王回來了！」有人惶惑，嘀咕說：「咦！他怎麼回來了？」隆基先是和群臣一起朝拜皇帝，隨後單獨朝拜，跪地叩頭，說：「侄臣李隆基拜見吾皇，吾皇萬歲萬歲萬萬歲！」

中宗正襟危坐，見到隆基，笑了笑，說：「你總算回來了！這兩年多，受苦了吧？讓你一個親王，去當那個潞州別駕，委屈你了，回來就好，回來就好。潞州別駕，免了！你就待在京城，先好好休息，日後任何官職，再說，再說。」

隆基再次叩頭，說：「侄臣感謝聖恩！」獲准平身，站進班列。其他大臣奏事。隆基趁機打量伯父皇帝，暗暗吃驚。因爲中宗臉上腫脹，精力不濟，顯得非常蒼老和遲鈍。稍有生活常識的人都知道，這是長期沉湎酒色所致，若不嚴加節制，那是會送命的。

朝會散後，隆基騎馬去醴泉坊，拜訪姑姑李筱。這是當天最重要的事情。李筱作爲鎭國太平公主，享有開府自置官屬的特權，府邸門前車馬塡道，人進人出，猶如鬧市。隆基見了李筱，行跪拜大禮，說：「姑姑！侄兒回來了，特來請安！」

李筱高興，說：「你小子豔福不淺，一下子就帶回來四個老婆，聽說都跟仙女似的，得是？而且已有兩個兒子，看來，去一趟潞州，値啊！」

李筱歷來欣賞隆基，隆基歷來敬重李筱。所以，姑侄二人說話，直來直去，心照不宣。李筱說：「你知道皇上爲何召你回京嗎？」

隆基說：「哪是皇上召我回京？明明是姑姑讓皇上這樣做的嘛！」

李筱說：「你知道就好。記得你去潞州赴任的時候，我說過，我會召你回來，聯手幹一番大事。李氏子弟中，我看重的就是你，你可別讓我失望。」

隆基說：「侄兒願聽從姑姑調遣，赴湯蹈火，萬死不辭！」

李筱笑了，說：「沒那麼嚴重。現在，你最緊要的是熟悉朝廷的形勢。皇上就是那麼個樣子，別指望他能有什麼改變。李重俊一鬧，把武三思給殺了，但是武三思的陰魂還在，他的黨羽照舊把持著朝廷的各個重要部門。特別需要注意的是韋湑、上官容，還有那個李裹兒，她們都不是省油的燈！皇后正竭力重用韋氏外戚，幹什麼？安樂公主正削尖腦袋要當皇太女，幹什麼？所以，你我要有心理準備，一場拼爭，恐怕在所難免。拼爭靠什麼？靠軍隊，尤其要靠羽林軍。因此，你這次回來，要全神貫注地接近軍隊，特別要接近羽林軍的將領，套近乎，拉關係，千方百計，取得他們的信任。當然，做法必須巧妙和隱蔽，切莫引起別人的猜忌和懷疑。這，你懂嗎？」

隆基鄭重地點頭，說：「侄兒懂！」

「還有」，李筱接著說，「你父王從來膽小怕事，你的想法和做法，不必跟他多說。就連你我之間的來往，也不必過於頻繁，省得節外生枝。你的表哥崇暕和崇訓，我早將他倆安排在羽林軍中，現任衛尉卿，你們之間可保持密切的聯繫。」崇暕和崇訓姓薛，是李筱和前夫薛紹的兒子。

這次談話，使隆基終生難忘。他有一種臨危受命的感覺，心地敞亮，情緒高昂。他不得不佩服：姑姑李筱，一個多麼精明和富於心機的女人哪！

太子李重俊之死，韋湑和李裹兒似乎觸摸到了女皇的寶座，開心之至。韋湑生性狡猾，懂得要當女皇，必須要像武則天那樣，一要大造輿論，二要依仗外戚，掌握軍權。他的父親和兄弟早已亡故，好在還有從父韋溫和韋湑。於是，她說動中宗，把坐贓遭斥的小吏韋溫，一下子提拔爲宗正卿，遷禮部尚書，封魯國公；把韋湑從洛州戶曹參軍，一下子提拔爲左羽林大將軍，封曹國公。還有其他一些韋氏子弟，均被提拔起來，擔任軍政要職。

韋潫貴為皇后，行為放蕩，有著很多很多的情夫。武三思死後，她又和散騎常侍馬秦客、光祿少卿楊均通姦，穢不可聞。接著，她又和李裹兒的第二個丈夫武延秀睡在一起，演出了一幕丈母娘和女婿私通的醜劇。

李重俊殺死武三思，也殺死武崇訓，使李裹兒成了寡婦。已故魏王武承嗣之子武延秀，和武崇訓為同族兄弟，名義上來為武崇訓治喪，實際上別有所圖。李裹兒見這個小叔，年輕俊雅，風度翩翩，曲意款待，暗送秋波。這個眉來，那個眼去，沒幾天，二人便勾搭成姦，共敘幽歡。武延秀是個知情識趣的人物，驟得公主委身，施展床上功夫，分外盡力。因此，溫柔鄉裏，韻味獨饒，風月夢中，歡娛倍甚，儼若一對眞夫妻。中宗鍾愛寶貝女兒，索性賜婚，命武延秀娶李裹兒，並為他們舉行了盛大而隆重的婚禮。

武延秀成了駙馬都尉，官任太常卿，兼右衛將軍，經常入宮拜謁岳父岳母大人。韋潫徐娘半老，見了這樣的美貌青年，騰騰地燃起滿腔欲火，藉故支開中宗，放膽向愛婿求歡。武延秀看重岳母的皇后身分，全不推辭，老婦少男，便在韋潫寢宮裏成就了苟且之事。

婕妤上官容的名號又升了一級，晉為昭容。她在文人學士中，看中一人，就是崔湜，稍加暗示，二人便愛慕成姦。上官容為與情夫偷情方便，奏請中宗，營建一處外第，穿池為沼，疊石為岩，再建亭台樓閣和園榭廊廡，使之成為別有洞天的幽勝之地。上官容移居那裏，日夜和崔湜淫樂，演出鴛鴦戲欲圖。

上官容營建外第，惹起了李裹兒的貪心。李裹兒賣官鬻獄，撈取了多得數不清的錢財。不管什麼人，哪怕是殺豬的賣酒的或奴僕，只要出錢三十萬緡，就能買到一個官職，由李裹兒官署簽發任命書，斜封付於中書省備案。因此，時人稱這號官爲「斜封官」，總數達四五千人。李裹兒紅得發紫，竟又異想天開，意欲霸佔昆明池。一天，她對中宗說：「父皇！女兒還有一個請求，不知你答應不答應？」

中宗說：「愛女的請求，朕能不答應嗎？說！什麼請求？」

「那我可說了！」

「說！」

「我家缺一池沼，你將昆明池賜給我。」

「這……」中宗犯難了。昆明池位於長安西南方向，漢武帝時開鑿，周回四十里，水天相接，煙波浩渺，是一處規模宏大的以湖光水色爲主的風景名勝區，兼有練習水軍、漕運、灌溉和城市供水等多種功能。這樣一個地方，怎能賜給李裹兒作爲私家池沼呢？中宗思索許久，說：「你要什麼不好，爲何偏要昆明池呢？從高祖皇帝以來，昆明池從未賜給任何人，朕也不能開此先例。」

李裹兒生氣了，說：「你剛才還說，『愛女的請求，朕能不答應嗎？』話猶在耳，你就變卦，這算什麼父皇？不！我就要昆明池，要定了！」

「不行不行！昆明池給了你，叫朕這個皇上還怎麼當啊？」

李裹兒平時嬌寵任性慣了，要風得風，要雨得雨，這次碰了釘子，又羞又惱，說：「哼！你口口聲聲說愛我愛我，我看，愛個鬼！」說著，氣呼呼的，一扭身走了。

李裹兒賭氣懷恨，做出一件驚人之舉：就在昆明池南二十餘里處，自圈民田，另鑿一池，規模雖然沒有昆明池廣大，然其精巧和美麗，遠非昆明池可比。此池周回數里，疊石像華山，引水像天津，池中建曲橋，池岸植花木，更有亭台樓閣，珍禽怪獸，�貝珊瑚，不可涯記。新池建成，李裹兒給它取了個名字，叫定昆池。「定昆」，明明有壓倒昆明池的意思。

中宗的后妃和女兒，就是這樣一夥驕奢淫逸、貪婪無恥的女人。而他呢？卻認爲天下承平，無憂無慮，鎮日裏和一幫媚佞臣子，沉宴酣歌。他想方設法，縱情享樂。一天，他又玩出新花樣，放出宮女數千人，命在太極宮開設集市。一幫權貴子弟，承恩幸進，趁著機會，親近芳澤，專找那些有姿色的宮女，假借貿易爲名，故意搭訕，調戲取樂。那些宮女長期禁錮在深宮，乍見眾多的鮮活男子，且把「羞」字丟在一邊，樂得放浪形骸，喊著叫著，招攬顧客，形象粗俗，言語污穢。集市貿易進行三日，中宗再命宮女玩拔河的遊戲。男人拔河司空見慣，而宮女拔河，卻是少見。宮女奉旨，分作兩隊，各數十人。隨著一聲號令，人人使出吃奶的力氣，拽那繩索。中宗、韋溙、上官容、李裹兒、李錦兒等，登上玄武門樓，俯身觀看，但見拔河的宮女累得嬌喘吁吁，紅粉涔涔，有人趔趄，有人跌倒，有人崴腳，有人傷腰。他們看得興起，又是拍手，又是大笑，前仰後合，樂不可支。

中宗名義上是皇帝是天子，實際上眞正的權力在後宮，在皇后韋溙手裏。韋溙夥同昭容上官容，大力安插和重用親信，精心培植起一個勢力強大的謀逆集團。景龍三年（西元七〇九年）三月，韋溙透過中宗，調整人事安排，讓宗楚客、蕭至忠、韋嗣立、崔湜、趙彥昭五人，分掌中書省、門下省和尙書省。唐制，中書省管決策，門下省管審議，尙書省管執行，三省首長中書令、侍中、尙書令，加「同中書門下平章事」或「同中書門下三品」銜，同爲宰相。其中，中書令爲首席宰相。宗楚客等五人分掌三省，同爲宰相。這些人又拉幫結派，收羅黨徒，致使濫官充溢，政出多門。就連那個蝸居的鄭愔，也被重新起用，任吏部侍郎，和崔湜一起共掌銓衡，傾附勢要，髒賄狼藉，賣出的官職足夠三年補缺之用，選法大壞。

越年爲景龍四年（西元七一〇年），元宵佳節，三街六市，大張花燈，笙歌遍地，金鼓喧天。韋漾忽發狂念，鼓動上官容、李裹兒、李錦兒，說服中宗，微服出宮，觀賞花燈。中宗歡喜不盡，滿口答應，各換衣服，打扮成平民模樣，出遊街市，同時命宮女數千人，結伴隨行。中宗等出得宮來，只見華燈齊放，亮如白晝，人山人海，摩肩接踵，笑語喧嘩，聲浪似潮。韋漾、上官容、李裹兒等，專往熱鬧處玩賞，與觀燈的男女挨挨擠擠，全不避忌，直至斗轉參橫，燈殘燭灺，方才回宮。回宮清點宮女，十成少了六成。原來，眾多的宮女不想老死在滅絕人性的深宮，趁機隨著心愛的男人私奔去了。

享樂歸享樂。韋漾最操心的還是權力，還是自己當女皇的大事。一天，宗楚客向她報告，說：「臣最近請方士望氣，發現隆慶池一帶，鬱鬱有帝王氣，比日尤盛。」

韋漾暗暗吃驚，說：「那裏不是五王子宅嗎？帝王氣會應在誰的身上？」

宗楚客說：「五王子宅住著相王的五個兒子，即壽春王李成器、衡陽王李成義、臨淄王李隆基、巴陵王李隆范、彭城王李隆業。五王當中，李隆基似乎非同一般。當年，則天大聖皇帝曾說：『此兒當爲太平天子。』並御賜玉龍子，以示恩寵。另外，那兩句民謠，即『龍雞夜啼時，梨棠花滿枝』，流傳得相當廣泛，似乎也隱寓著李隆基，將會使李唐江山興旺發達。這，皇后可要認眞對待。」

韋漾點頭，說：「此人確實非同一般。當初，我讓人把他放到潞州去，就是爲了消除隱患。可是，皇上糊塗，硬把他召了回來。對了，這一年多來，李隆基都做些什麼呀？」

宗楚客說：「李隆基沒有官職，生活倒是逍遙。一是常到郊外射獵，二是常到梨園習藝。皇后大概知道，他早娶了王妃王熒熒，可從潞州又帶回四個妻子，姿色和才藝都是一流的。人們都說，他很有豔福。」

「他和太平公主可有來往？」

「據臣所知，他們好像很少來往，各人忙各人的，不大走動。」

「如此甚好，我最擔心的是他們姑侄聯手，興風作浪。不過，我們對李隆基還得多加提防，派人監視，必要時可以……」

宗楚客心領神會，完全懂得「必要時可以」的含義。韋漾又說：「至於帝王氣，可以透過魘禳的方法解決。我這就奏請皇上，去隆慶池遊覽，把那股氣壓下去！」

宗楚客說：「皇后聖明！」「聖明」一詞，歷來用於稱頌皇帝，而宗楚客讒媚無恥，竟用來稱頌皇后了。

四月的一天，風和日麗，鳥語花香。中宗帶領后妃、公主、侍臣等到隆慶池遊覽，意在魘禳。「魘禳」是一種迷信手段，故弄玄虛，以正壓邪。以李成器爲首的五王，連同女眷，跪地迎接，高呼萬歲。中宗憨厚而笑，說：「平身平身！」韋漾專門注視李隆基，只覺得他風華正茂，英氣逼人。李隆基身後的王熒熒、劉彩娥、趙西施、皇甫香、劉婉麗，果眞天姿國色，妖冶嫵媚。她沒有說話，只是暗想，李隆基既是獵豔高手，那麼憑其心性，說他不覬覦皇位和皇權，鬼才相信哩！

隆慶池一稱龍池，橢圓形狀，周回十餘里，水深丈許。池中長有荷花菱角，池岸遍植黃楊垂柳。中宗命在那裏結綵爲樓，並泛舟池上，飲酒賦詩，欣賞歌舞，足足歡娛一天，至夜方歸。韋湲迷信，以爲皇帝親幸隆慶池魘禳，那股帝王氣自然會被壓住，大可不足爲慮了。

那麼，這一年多來，臨淄王李隆基究竟做了些什麼呢？到郊外射獵，到梨園習藝，那只是假相，故意做給別人看的。骨子裏，他牢牢地記著姑姑李筱的忠告，一直在籠絡和結交羽林軍將領，悄悄地抓著軍權。他雖然很少參加朝會，但對朝廷形勢一清二楚，瞭若指掌。透過薛崇暕，他和李筱保持著緊密的聯繫。透過高力士，他掌握後宮的所有秘密。他像一條蟄伏的巨龍，無聲無息，韜光養晦，隨時準備沖天而起，飛舞長空，翻江倒海，做他和李筱約定的大事業。

長安城南三十里，有一風景名勝區，叫做樊川。樊川南屏終南山，東倚少陵原，西偎神禾原，蜿蜒的潏河從兩原中間流過，河谷寬廣，地勢平坦，花木繁盛，景色秀麗。唐朝的王公貴族，大多在這裏建有豪華別墅，軒冕相望，園林櫛比。尤其是韋曲和杜曲一帶，韋氏和杜氏兩大家族，世代顯宦，並稱「韋杜」。諺語云：「城南韋杜，離天尺五。」生動地說明韋、杜家族，距離京城和皇帝很近，對於國家政治具有非常重要的影響。

李隆基外出射獵，屢屢去到樊川。這天，他約了薛崇暕，帶著侍從王毛仲和李宜得，四人四馬，在神禾原上射鹿，在少陵原上獵兔，縱橫馳騁，其樂無比。傍晚時分，恰遇一位三十多歲的儒生路過其地，反覆審視隆基，忽然說：「這位不是臨淄王嗎？因何至此？」

隆基驚訝地說：「先生怎麼認識本王？敢問尊姓大名？」

儒生說：「『尊』、『大』不敢，在下姓王名琚。」

隆基拱手，說：「原來是王琚先生，幸會幸會！」

王琚說：「看來臨淄王是射獵而來，若不嫌棄，不妨到寒舍一歇。」

隆基端詳儒生，儒冠儒服，四方臉，八字眉，閃動的眼睛裏透著智慧和機敏，說：「恭敬不如從命，打擾了！」於是招呼崇暕等，隨著王琚，到了王琚家中。

王琚的家眞是名副其實的「寒舍」，夫妻二人，茅屋三間，書籍成堆，除了一頭驢以外，幾乎沒有什麼像樣的器物。王琚禮讓四位客人落座，親自操刀，將那頭驢殺了，下鍋蒸煮，並吩咐妻子，炒些青菜。不一時，以驢肉爲主的菜肴擺上桌子，且有一罈陳年老酒，酒肉飄香，令人垂涎。

王琚熱情地邀隆基等用膳，說：「家境貧寒，沒有美味佳餚，只請你們胡亂吃些，不好意思。」

隆基等確實餓了，大碗喝酒，大塊吃肉，別有滋味。喝著吃著，不知不覺地談論起時事來，王琚不由得大發感慨，說：「各位！實不相瞞，我王琚當年曾和駙馬都尉王同皎一起，謀劃過刺殺武三思，可惜機密洩露，刺殺未果，這才流落至此，隱姓埋名。現在，武三思死了，可是他的陰魂不散，武三思的黨徒，依然控制著朝廷。尤其是韋皇后，她是韋曲人，存心險惡，想當女皇，路人皆知。這號人一旦上台，恐怕又要改朝換代，重蹈武周的覆轍，眞是可悲呀！」

隆基見王琚洞察時事，談吐不凡，試探著說：「爲了避免出現這種情況，先生有何妙策？」

王琚斬釘截鐵地說：「亂則殺之，又何疑也？」

隆基和崇暕相視而笑，那意思是說：英雄所見略同。因爲勘定禍難，也正是他們最近和太平公主李筱密議的中心話題，只是條件還未成熟而已。

隆基和崇暕等酒足飯飽，告辭王琚，返回長安。臨別時，隆基命王毛仲硬塞給王琚幾枚金幣。月明星稀，夜風習習。四人四馬，緩緩而行，途經一片樹林，猛地躥出十來個全身黑衣的蒙面人來，持刀執劍，惡意逞凶。說時遲，那時快，王毛仲和李宜得慌忙揮刀，保護主人。隆基和崇暕也抽出佩劍，禦敵自衛。趁著月色，雙方展開廝殺，乒乒乓乓，刀撞刀，劍擊劍，刀劍撞擊，閃出點點火星。隆基、崇暕、毛仲、宜得平時練就了一身好功夫，對付十幾個毛賊，不在話下。尤其是宜得，以石子作兵器，彈不虛發，一顆石子便擊倒一個蒙面人。片刻間，蒙面人全部倒地，痛苦呻吟。崇暕右腳踩住一人，以劍指喉，厲聲問：「說！你們受誰指使，刺殺我等？」那人支吾。崇暕性起，一劍刺下，結束其性命。轉而問另外一人。這人怕死，磕頭求饒，說：「我說我說，我們是奉宰相宗楚客之命，他說要取臨淄王人頭。」

隆基當然知道，宗楚客背後肯定還有人，那就是韋漾韋皇后。韋漾為了掃除當女皇的障礙，竟然使用行刺伎倆，要置自己於死地了。隆基顯得坦然而鎮定，說：「放了他們，冤有頭，債有主，我們找他們的主子算賬就是了。」

崇暕大喝一聲：「滾！」那些蒙面人拖著死了的同夥，狼狽逃去。

這次行刺事件，使隆基受益匪淺。他認識到，政治鬥爭歷來都是殘酷的，你死我活，血火相見，彼此間不存在姑息和寬容。他的耳邊迴旋著王琚的話：「亂則殺之，又何疑也？」從而更加堅定了對於政敵以眼還眼、以牙還牙的決心。

初夏五月，中宗照例早朝。他夜間看到許州司兵參軍燕欽融的奏書，上面不僅指斥皇帝的過失，而且揭露皇后、公主、宰相等人一系列的罪行。最讓他受不了的是皇后淫亂宮闈的醜事，如果屬實，那就等於自己長期戴了綠帽子，臉面可就丟盡了。因此，他要當面詰問燕欽融，看看到底是怎麼回事。

燕欽融，四十歲上下，身材矮胖，面龐紅潤，圓圓的眼睛炯炯有神，應召跪於殿前，等候皇帝問話。中宗輕輕咳嗽一聲，說：「燕欽融！你在奏書中稱朕多有失德之處，綱紀不整，現在當著王公大臣的面，不妨一一講來。若有道理，恕你無罪；若是誹謗，定斬不饒！」

王公大臣屏住呼吸，目光一起投向燕欽融。燕欽融挺了挺腰桿，鎮靜地說：「是！皇上自復辟以來，至少有三大過失：一，重用奸佞，迫害忠良。張柬之等五王是怎麼死的？武三思何能當上宰相？皇上心裏清楚。武三思之死，罪有應得。可惜的是武三思死後，他的黨徒仍然盤踞朝廷，飛揚跋扈，致使朝綱敗壞，人心渙散，這是不爭的事實。二、後宮干政，小人弄權。皇上坐朝，皇后垂簾於殿後，這算什麼？聽說皇上決事，唯皇后旨意是從，天下沒有這個道理。再說，皇上恩准七位公主開府，自置官署。她們特別是安樂公主和長寧公主，依仗這一特權，賣官鬻獄，招權納賄，聚斂錢財，世人盡知。目前，『斜封官』至少有四五千人，皇上知情嗎？三、恣意享樂，無視民生。皇上多次率后妃、公主等微服出宮，飲宴，觀燈，擊毬，拔河，為什麼就不能到民間去關心一下百姓疾苦呢？皇上想必知道，上年關中大饑，斗米百錢，江淮一帶穀輸京師，牛馬十成死了八成。有人奏請皇上遷都洛陽，皇上生氣地說：『豈有逐糧天子邪！』請問皇上，微臣所說的這三條，是否屬實？」

燕欽融神態自若，言辭鑿鑿。王公大臣中，許多人欽佩他的膽量和勇氣。就連中宗，也覺得他說的不無道理，無法辯駁。中宗急於想知道另外的事情，威嚴地說：「燕欽融！你還說皇后淫亂宮闈，外戚強盛，圖謀逆亂，可有證據？」

這一詰問猶如晴天霹靂，所有的人都驚得目瞪口呆。因爲這是在大庭廣眾之下，而且是在莊嚴肅穆的朝會上，皇帝提出這樣的問題，太屬意外和突然。燕欽融似乎做好了必死的準備，抬眼看了看御座上的皇帝，並瞄了瞄朝臣們緊繃著的臉，大聲說：「這是公開的秘密，蒙在鼓裏的恐怕只有皇上一人。微臣可以開列一份韋皇后姦夫的名單，他們是武三思、鄭普思、葉靜能、馬秦客、楊均，還有皇上的女婿武延秀。皇上如若不信，可將他們中的任何一人，交刑部審訊，眞相自會大白。另外，上官昭容也是淫婦，先後和張昌宗、武三思私通，誰人不知，誰人不曉？後來，她營建外第，爲什麼？就是爲了和姦夫崔湜通姦方便！至於說外戚強盛，圖謀逆亂，皇上只要看看朝中的韋氏家族成員，查查韋皇后、安樂公主、武延秀、宗楚客等人的不法活動，就會一目了然！臣這裏單說宗楚客，身爲宰相，卻和紀處訥一起，潛通戎狄，受其貨賂，致生邊患。這一點，早有人彈劾過，皇上法外施恩，未予追究。而他不知悔改，反而變本加厲，妄自稱尊。他親口對人說過：『當初，我在卑位，一心想當宰相；及爲宰相，又一心想當天子。天子乃天下至尊，我若能榮登大位，稱孤道寡，哪怕只當一天天子，足矣！』請問，這不是圖謀逆亂又是什麼？」

燕欽融這番話，說得慷慨激昂，痛快淋漓，就像法官公布罪犯的罪行，證據確鑿，不容抵賴。尤其是韋皇后和上官昭容的淫行，被燕欽融公開地抖落出來，實在令人驚駭和咋舌。坐在殿后的韋漾，萬沒想到會出現這種情況，又氣又急，臉色由白變紅，由紅變紫，就像腐爛變質的豬肝。燕欽融點名的葉靜能、馬秦客、楊均、武延秀、崔湜、宗楚客、紀處訥，以及韋氏家族成員，均在現場，臉紅心跳，如刺在背。最難堪的還是中宗，做夢也沒想到，自己的皇后、昭容、女兒女婿、親信大臣，竟是這樣一些恬不知恥的人！皇后和昭容跟那麼多人通姦，自己毫不知情，反而百般地寵著她們，護著她們，真是他媽的笨蛋、傻瓜、白癡！他的身心受到了巨大的打擊，頭腦發脹，昏昏沉沉，面對視死如歸的燕欽融和屏聲斂氣的群臣，無力地擺一擺手，說：「燕欽融！別說了，恕你無罪，趕快回許州（今河南許昌）去吧！」

「謝皇上隆恩！」燕欽融叩頭，起身，緩緩退出大殿。韋溸可不能讓這樣的人活著回去，忙命內侍去宗楚客耳邊交代數語。宗楚客會意，立刻吩咐兩名宮廷衛士，說皇上和皇后命令，需如此如此。衛士頻頻點頭，迅速出了大殿。

中宗漸漸緩過神來，看到宗楚客鬼鬼祟祟的樣子，怒不可遏，厲聲說：「宗楚客！你不是想當天子嗎？來！朕讓位給你，怎樣？」

宗楚客嚇得魂飛魄散，慌忙跪地，說：「臣罪該萬死！那天醉酒，胡言亂語，全是放屁，放屁！」很快，他又鎮定下來，因爲他有足以制服皇帝的後台，那就是皇后韋溸。自己所做的一切，都是奉了皇后的旨意，且有武延秀和安樂公主參與，怕什麼？因此，他在說了兩個「放屁」之後，又賭咒發誓地表白忠誠，無非是「忠心耿耿，天日可表」之類。

中宗無心聽宗楚客嘮叨，氣呼呼地一揮手，說：「你且退下！」

宗楚客叩頭，說：「謝皇上！」宗楚客剛剛起身，大殿外面響起喧嘩之聲。眾人正在詫異，只見兩名衛士架著一人，走進殿內。那人的雙腿無力地耷拉著，顯然是被打斷了。再看，那人不是別人，正是剛才獲准離去的燕欽融！中宗未及說話，宗楚客反下了命令，說：「摔死他！摔死他！」

衛士遵命，將燕欽融高高舉起，朝著庭柱底部粗大的石礎，狠狠地摔了下去。隨著「撲嗤」一聲巨響，燕欽融頭顱開裂，頸項折斷，腦漿和鮮血四濺。宗楚客拍手大叫，說：「痛快！痛快！」其他人則覺得毛骨悚然，一陣噁心，以手掩面，目不忍睹。

中宗勃然大怒，手指衛士，說：「你們好大膽，擅殺朝廷命官，誰讓你們這樣做的？」

衛士跪地，說：「我們是奉旨行事呀！」

中宗說：「胡扯！朕就坐在這裏，何曾下旨？」

衛士說：「宰相宗大人轉達皇上和皇后旨意，命我二人撲殺燕欽融，所以……」

中宗憤怒地轉向宗楚客，說：「這是怎麼回事？」

宗楚客猶猶疑疑，說：「這……」

正在這時，坐於殿後的韋漾故意咳嗽，發出暗號。內侍按照皇后事先的吩咐，不待中宗同意，扯著長腔，高聲宣布說：「退朝——！」

王公大臣陸續退去。中宗獨自坐在御座上發愣，心裏像有一堆亂麻，怎麼也理不出個頭緒。

許久許久，中宗才回到神龍殿，吩咐當值的宮監、內常侍高力士說：「去！在門口守著，不許任何人進來，朕要靜心想些事情。」

高力士回答一個「是」字，守在了大殿門口。中宗心煩意亂，倒背雙手，來去踱步，所思所想全是皇后通姦，昭容偷情，女兒和女婿圖謀不軌，宗楚客蓄意當天子的種種景象。他不敢保證燕欽融所言句句屬實，但從一系列跡象看，起碼十有八九。要不，韋漾和宗楚客也不會那樣氣急敗壞，假託聖旨，將燕欽融撲殺於朝堂。他彷彿看到韋漾、上官容和眾多情夫私通的醜態，赤身裸體，顛倒張狂，一邊做愛，一邊竊笑，說：「讓他皇帝戴綠帽子去，戴綠帽子去！」他的心頭一把無名火起，隨腳一踢，將一隻鎏金的痰盂踢翻，滾出老遠老遠。他還彷彿看到，韋漾、李裹兒、武延秀、宗楚客等，圍在一起，交頭接耳，竊竊私語。韋漾說：「我當女皇！」李裹兒說：「我當皇太女！」武延秀說：「皇太女日後也要當女皇的，那時我就是女皇的男人！」宗楚客說：「我也想嘗嘗當皇帝的滋味，哪怕只當一天，足矣！」接著，他們發出猥褻的大笑，說：「哈哈！李唐江山，氣數盡矣！」中宗不由地打了個哆嗦，回想這一切，都是因爲自己懦弱和放任所造成的，後悔莫及。他很痛苦，也很沮喪，掄起手掌，狠狠地拍在自己的頭頂上，長歎說：「唉！我眞渾蛋！」

這時，韋漾和李裹兒前來神龍殿。高力士出面阻攔，說：「皇上有旨，不准任何人進殿。」

韋漾瞪了高力士一眼，說：「你個奴才，敢擋我皇后的大駕？」

高力士正要分辯，李裹兒一把將他推開，說：「滾一邊去！」高力士打了個趔趄。韋漾和李裹兒大搖大擺地進入殿內。

中宗見了她倆，全無往日的熱情，悵然相視，好像根本不認識似的。韋漾做出一副笑的模樣，表白說：「臣妾身爲國母，一貫自尊自重。燕欽融不過是一條瘋狗，胡亂咬人。」

李裹兒故作嬌態，說：「可不是嘛！父皇應當相信母后和女兒，哪能聽他燕欽融胡說八道呢？」

中宗面如死灰，眼前浮現出燕欽融慷慨陳詞以及慘死朝堂的情狀，渾身發抖，不由得生出一股怒氣，厲聲說：「去！去！朕不想聽你們饒舌，只想一個人靜一靜，靜一靜！」

話不投機半句多。韋漾和李裹兒訕訕地離開神龍殿。從這一刻起，她們意識到，她們和中宗之間的夫妻之情與父女之情，山窮水盡，灰飛煙滅，到頭了。

此後數日，中宗沒有舉行朝會，沒有會見大臣，也沒有理睬韋漾、上官容和李裹兒。他將相王李旦和太平公主李筱召進宮來，兄妹三人關門長談，談話內容高度機密，外人無從知曉。

韋漾害怕了，李裹兒害怕了，宗楚客等更害怕了。他們原先只當中宗懦弱可欺，所以才敢肆無忌憚地大幹壞事，爲所欲爲。現在，中宗似乎有了骨氣，有了主見，他們的神經一下子緊張起來，預感到大禍將至，大難臨頭。就在中宗和李旦、李筱密談的同時，韋漾、上官容、李裹兒、武延秀、宗楚客、馬秦客、楊均、韋溫等人，也在韋漾寢宮裏，緊急地商量著對策。

韋漾憂心忡忡地說：「皇上近日故意不見我等，只和相王和太平公主密談，到底想幹什麼？」

李裹兒一撇嘴，說：「幹什麼？想法兒對付我們唄！我說，現在已經到了非常時期，乾脆，我們搶先採取行動，母后臨朝稱尊，我爲皇太女，把他老頭子晾起來！」她所說的「老頭子」，顯然是指中宗。中宗由於不立她爲皇太女，所以她對父皇充滿了仇恨。

武延秀躍躍欲試，說：「對！先下手爲強，後下手遭殃，搶先採取行動，確爲上策。」

宗楚客手捋鬍鬚，沉吟不語。韋漾說：「宗宰相！關鍵時刻，你有何高見？」

宗楚客乾乾地咳嗽一聲，說：「公主和駙馬都尉主張先發制人，這沒錯。問題在於搶先採取什麼樣的行動。僅是皇后臨朝稱尊？僅是公主爲皇太女？那樣恐怕不行。因爲皇上還好端端的，李氏諸王和文武大臣心裏向著他，能無動於衷嗎？所以，所以……」

李裹兒心急，說：「所以什麼？你倒是快說呀！」

所有的目光集中在宗楚客陰森森的臉上。宗楚客感覺到了這一點，伸開手掌，做了個劈殺的動作，說：「只有這樣，才能徹底消除遺患！」

「啊？」眾人吃驚，不約而同地發出驚呼。所有的目光轉而集中到韋漾的臉上，因爲殺害皇上的大事，只有她才能作出決斷。韋漾心底翻起波瀾。她回想起自己和中宗在房州的那些艱難時日，中宗曾經發誓說：「異時有幸得見天日，唯卿所欲，不相禁制。」因爲有此誓言，她重當皇后後，干預朝政，私通姦夫，明目張膽，毫無顧忌。孰料那個燕欽融，天不怕地不怕，把自己的醜事一股腦地抖落出來，使得中宗傷了自尊，生了疑心。事實上，中宗所謂的「不相禁制」，那只是一句話而已，在關係到戴綠帽子的問題上，他還是在乎和計較的。諸多跡象表明，自己和中宗不可能再和好如初了，弄得不好，自己還有被廢黜被處死的危險。再則，自己一心想當女皇，而中宗卻安然無恙地活著，那又怎麼能夠如願呢？自保、野心和欲望使韋漾喪失理智，萌發殺機。她皺緊眉頭，咬牙切齒，狠狠地說：「既然他無情，別怪我無義。這事，就這麼定了！」

「這麼定了」的意義不言而喻，就是按照宗楚客的主張，殺害中宗。韋漾的姦夫馬秦客精通醫術，楊均擅長烹飪。她給二人分派了任務。二人照辦，精心製作出摻進毒藥的金乳酥來。六月壬午日中午，中宗正在煩亂之時，皇后的貼身侍女蓮兒，手提一盒金乳酥，娉娉婷婷地進了神龍殿。中宗饑不擇食，連吃了三張金乳酥。不一時，毒性發作，中宗覺得腹中翻江倒海一般，接著便是撕心裂肺的疼痛。他立刻意識到，金乳酥中有毒，自己遭人暗算了。他身不由己地倒在地上打滾，手指蓮兒，說：「你！你！」

蓮兒嚇得直搖手，說：「不是奴婢！不是奴婢！」隨之，她朝門外高聲喊道：「快！快來人哪！」

喊聲剛落，韋漾和李裹兒惡惡地走進殿來。韋漾滿臉殺氣，面目猙獰。她看了看痛苦而狼狽的中宗，說：「這也怪不得我，誰讓你不念舊情來著？」

李裹兒插話說：「你若早立我爲皇太女，何至於此？」

中宗此時方才明白，毒他害他的人，正是他百般寵幸的妻子和極度放縱的女兒，皇后加公主，兩個女人合夥，殘酷地要了他眞龍天子的命！他嗚嗚咽咽，想說點什麼，可是嘴乾舌燥，發不出聲，再過片刻，身子不能動彈，兩眼一翻，雙腳一蹬，嗚呼哀哉。死時，頭髮散亂，衣不蔽體，眼睛睜著，嘴巴張著，鼻孔和嘴角流出濃濃的黑色瘀血，怪嚇人的。是年，唐中宗五十五歲。古語云：修身齊家平天下。唐中宗一生，一不能修身，安能齊家？二不能齊家，安能治國？到頭來死於嬌妻和愛女之手，說怪不怪，勢在必然。

血火洗禮

韋湲和李裹兒毒殺唐中宗，轉而嫁禍於侍女，將蓮兒秘密處死。事態急轉直下。韋湲不敢爲中宗發喪，召集外戚和親信密議，確定了幾項應急措施：一，韋湲自總朝政；二，封鎖中宗的死訊；三，徵召各地府兵五萬人，由韋氏外戚韋溫、韋捷、韋灌、韋璿、韋錡、韋播等分別統領，屯衛長安；同時由韋元率領禁軍，日夜在京城巡邏；四，嚴密監視中宗之子譙王李重福，加強洛陽的防衛；五，提升吏部尚書張嘉福、中書侍郎岑羲、吏部侍郎崔湜爲宰相，密切注視李氏諸王和朝臣的動靜。

這是一個十分緊張和騷動的日子。韋湲在確定了幾項應急措施以後，正和李裹兒等盤算下一步棋該怎麼走法，內常侍高力士趁著夜色，悄悄到了隆慶坊，見到了臨淄王李隆基。

高力士長期在宮中服役，熟知皇帝、皇后和嬪妃身邊的所有機密，中宗之死和韋湲之謀，自然逃不過他的眼睛。他隨隆基進了密室，迫不及待地說：「王爺！出大事了！」

隆基說：「什麼大事？」

「皇上可能駕崩了！」

隆基心頭一震，說：「得是？」

「奴才未在現場，詳情不得而知，但從種種跡象看，皇上肯定駕崩了。今天後晌，皇后調來禁軍，嚴嚴地守護著神龍殿，連一隻蒼蠅也飛不進去。皇后還召集宗楚客、韋溫等，關門密商大事，人人神情怪異，接著便是調兵遣將，聽說要調五萬府兵屯衛長安。」

「別！別！讓我想想，讓我想想！」隆基打斷高力士的話，陷入深深的沉思。他回想起最近發生的一系列事情，自己射獵遇刺，燕欽融朝堂直諫和慘死，中宗多日沒有舉行朝會等等，由此得出結論：韋漾的醜事敗露，爲了自保，也爲了權力，因而對中宗下了毒手。他感到事態的嚴重和迫切，無暇和高力士長談，說：「感謝你及時報告這一重要消息。現在，你得趕快回宮，了解和掌握更多的情況。注意，得小心點！」

高力士急急地離去。隆基略加裝扮，匆匆前往醴泉坊。他要儘快見到姑姑太平公主李筱，商量燃眉之急的對策。

醴泉坊李筱府中，夜深人靜，大廳裏依然燈火通明。李筱正和兒子薛崇暕、薛崇訓坐著說話。猛然間，一個更夫模樣的人闖進大廳，頭裹樸巾，身穿更衣，手中還持有敲更的木棒。崇暕眼尖手快，向前大喝一聲，說：「你這個更夫好不曉事，打更怎麼打到這兒來了？」

更夫嘻嘻而笑，摘去樸巾，說：「更夫前來討口水喝。」

李筱、崇暕、崇訓同時驚呼，說：「原來是你呀，隆基！」

隆基說：「大街上到處都有禁軍巡邏，我若不扮作更夫，到得了醴泉坊嗎？」

隆基落座，正要開口說話。李筱衝他一笑，說：「你深夜到此，是不是要跟我說神龍殿的事？」

隆基萬分驚駭，說：「姑姑眞是神人，莫非你已知情了？」

李筱的笑中含著矜持，加重語氣說：「朝中的大事小事，盡在我的掌握之中！」

隆基欽佩李筱神通廣大，笑著說：「那是！那是！」

那麼，李筱的消息又是從哪兒來的呢？這歸功於她所建立的情報網絡，憑藉這個網路，皇宮裏發生的一切事情，她都能在第一時間得到眞實的和準確的報告。韋漾不是新提升崔湜爲宰相嗎？而此人恰是李筱的情夫之一。崔湜最早是靠趨附武三思而發跡的，任兵部侍郎。武三思死後，他以一副偉岸的身材和一張漂亮的面孔，贏得上官容的芳心，二人成了一對野鴛鴦。崔湜因此受到重用，改任吏部侍郎，成爲韋漾集團的一個核心成員。太平公主李筱審時度勢，發覺崔湜大有用場，於是稍作暗示，便引得崔湜上了自己的錦床。這對崔湜而言，可謂是一舉兩得的美事。其一，李筱和上官容一樣，絕頂美貌和聰明，自己同時擁有這樣兩個女人，堪稱人間第一豔福；其二，李筱地位尊崇，權勢薰灼，城府和才智遠遠勝過韋漾，自己與之通姦，等於腳踩兩隻船，大大增加了榮華富貴的保險係數。因此，崔湜每次在和李筱親熱之後，總會把自己知道的機密和盤托出。就在隆基到達醴泉坊的前夕，崔湜剛剛離去。他已經把中宗之死和韋漾之謀等消息，如實地報告了李筱。故而，李筱料知隆基深夜來訪的用心，得意地說：「朝中的大事小事，盡在我的掌握之中！」

隆基看著莊重而沉穩的姑姑，說：「我們該怎麼辦？」

李筱似乎胸有成竹，說：「皇上已死，這是不可挽回的事實。當務之急，是要確保天下姓李不姓韋。李氏子弟爲帝，諸事都好商量；韋漾若是利令智昏，執意要當什麼女皇，那麼只有兵戎相見！」

隆基說：「怎樣才能確保天下姓李不姓韋呢？」

李筱說：「我明早進宮，會會她韋漾，看她怎麼說？」

崇暕和崇訓說：「母親進宮，我們不大放心。」

李筱哈哈大笑，說：「傻兒子！娘這輩子，什麼事情沒見過？什麼場面沒經過？她韋漾算是老幾，敢把我吃了？不過，你們也得做些準備，抓緊聯絡羽林軍的將領，以防萬一。」

隆基、崇暕、崇訓像是臨危受命一樣，同聲說：「是！」

次日清晨，李筱乘車進了皇宮，到了承香殿。韋漾聽說李筱到來，暗暗吃驚，慌忙出來迎接。韋漾是個高傲而有心機的女人，可以把丈夫中宗擺弄得服服帖帖，可以把文武大臣呼來呵去，甚至可以把小叔子相王李旦不放在眼裏，可是，唯獨不敢對李筱擺譜拿大。她深深懂得，李筱繼承了其母武則天的許多特質，具有一種凜然不可侵犯的風度和氣概，更何況身爲鎭國太平公主，說話極有份量，足以影響李氏諸王及一大批朝臣。因此，她在李筱面前，自覺矮了一截，或者說存在幾分畏懼。韋漾做出笑臉，勉強施禮，說：「公主大駕光臨，歡迎歡迎！」

李筱臉上沒有表情，說：「皇兄在哪裏？我要見他！」語氣是責問式和命令式，冷冷的，硬硬的，不容置疑和推辭。

韋漾猝不及防，有些忙亂，隨口說：「皇上……皇上在神龍殿呀！」

李筱說：「別騙我！我剛從神龍殿那兒來，那麼多的禁軍把門，說要見皇兄，需要你皇后批准，這是怎麼回事？」

韋漾語塞，吞吞吐吐地說：「皇上……皇上身體不適，正……正臥床休……休息。」

李筱眼裏射出兩道寒光，說：「只怕長睡不醒了吧？走！領我去見皇兄，活要見人，死要見屍！」

韋漾聽得出來，精明厲害的李筱已經知道中宗駕崩。她無法再隱瞞事情眞相，「哇」的一聲哭了起來，說：「公主！我的命好苦啊！皇上他……他撇下我，駕鶴仙逝了！」

這在李筱意料之中，但從韋漾口中得到證實，她還是感到驚訝和震動。她略略定神，說：「怎麼會是這樣？皇兄患的何病？」

韋漾取出手帕，擦了擦沒有淚水的眼睛，說：「我也不知。最近，我和皇上分宮居住，公主大概有所耳聞。聽宮監說，皇上昨天中午用膳，後晌突然發病。我聞訊趕到那裏時，他……他就斷氣了。唉！我眞是命苦啊！」

李筱逼視韋漾，說：「如此大事，爲何時隔一日，還不發喪？」

這話問到了要害處。韋漾遮遮掩掩，搪塞說：「事出突然，我怕……怕引發朝野混亂，所以……」

李筱再問：「皇兄是否留下遺詔？」

韋漾回答說：「沒有。皇上駕崩時，我和裹兒都不在他的身邊。想到這點，我這心哪，猶如刀絞……」

李筱面對一個陰險、狠毒、虛僞的女人，心火突突，怒氣塡胸，直想抽韋漾幾個耳光。可是爲了確保江山社稷姓李不姓韋，她必須控制情緒，巧妙地與韋漾周旋。她在殿中來去走動，最後站定，說：「皇兄仙逝，人力難回。但國不可一日無君，我們得趕快確定新帝，爲皇兄發喪。」

韋漾聽了「我們」二字，心裏略覺受用。這表明李筱和她同舟共濟，不會追究中宗的死因，因而連連點頭，說：「公主說的對，我也是這麼想的。」

李筱說：「那好，你把上官容叫來，抓緊給皇兄立個遺詔。」李筱瞧不起上官容，從來是直呼其名的。

不一時，上官容到來。三個女人圍桌而坐，實際上是李筱主持，經過切磋和推敲，敲定了遺詔的內容。其要點是：一，立溫王李重茂爲太子；二，鑒於太子年幼，由皇后韋漾訓政；三，安國相王李旦參謀政事。

溫王李重茂，是唐中宗的幼子，時年十六歲，並非韋漾親生。李筱選立他爲太子，就是爲了維持李氏天下的正統，避免江山社稷旁落他人。加上有李旦參謀政事，那麼，李氏天下必能安全無虞。韋漾雖然有當女皇的企圖，但是在李筱面前，她還不敢顯露和張揚，好在有「訓政」一條，實際上是行使女皇的權力，也夠顯赫的了。李筱和韋漾看著上官容用娟秀的字體寫好遺詔，蓋上璽印，覺得做了一件前無古人後無來者的大事，不禁相視而笑。李筱說：「明日早朝，爲皇兄發喪，並公布遺詔，接下來太子便可登基了。」

韋漾說：「是！」

李筱此行，達到目的，告辭回府。她回到府中，立即派兒子崇暕去隆慶坊，把當天的成果通報給隆基。

李筱前腳離去，宗楚客後腳進了承香殿。韋漾將墨跡未乾的遺詔遞給宰相，說：「你看看，可有什麼問題？」

宗楚客一眼掃過遺詔的內容，驚呼說：「這怎麼行？這怎麼行？」

韋漾詫異，說：「怎麼啦？」

宗楚客指指點點，說：「這上面的三條，第一條湊合，立溫王為太子，眼下只能這樣做。第二、三兩條，問題可就大了。先說皇后訓政，何叫『訓政』？怎樣『訓政』？這分明是以溫王為主、皇后為輔嘛！再說『相王參謀政事』，這等於賦予相王進入皇權核心的權力，那還了得？還有，皇后和相王乃嫂叔關係，古禮嫂叔不相通問，那麼，皇后訓政，相王參謀，你們二人之間何以為禮？」

韋漾聽宗楚客這麼一說，恍然大悟，說：「那怎麼辦？這遺詔可是太平公主和我共同擬定的。」

宗楚客狡猾地一笑，說：「好辦，重擬一份遺詔就是了！」

韋漾遲疑地說：「那太平公主追問起來怎麼辦？」

宗楚客說：「嗨！我料她太平公主不敢追問。因為仙逝的皇上根本沒有遺詔，所謂的遺詔都是假的，她若追問，豈不是暴露了自己參與造假的罪行？再則，我們重擬一份遺詔，明日一經公布，就是合法的，她太平公主縱有天大的能耐，也改變不了鐵定的事實。她呀，只能是啞巴吃黃連，有苦說不出。」

韋漾終究是個利祿薰心的女人，只要對自己有利，什麼樣的事情都做得出來。她再次叫來上官容，完全按照宗楚客的意見，重新擬定了一份遺詔。其中重大改動有兩處：一是將皇后「訓政」改為「臨朝攝政」，二是將相王「參謀政事」改為「進位太尉」。

翌日舉行朝會。因為朝會久未舉行，所以到場的官員特別多，李隆基和薛崇暕也破例參加，準時到達太極殿。卯正，朝會開始，令百官驚駭的是，御座上坐著的不是他們所熟悉的皇帝，而是皇后韋漾。眾人手足無措，不知該怎樣行禮。韋漾輕輕咳嗽一聲，開始說話了。她說：「報告各位愛卿一個不幸的消息：我們聖明、睿智和衷心愛戴的皇上，因病駕崩了！」

「啊？」這消息突如其來，像是一聲霹靂，引起一陣騷動。許多人納悶：皇上好端端的，怎麼突然就駕崩了呢？還有，他又是何時何病駕崩的呢？沒有人解答他們的疑問。韋漾接著命宰相宗楚客，宣讀中宗的遺詔：「一，立溫王李重茂爲太子；二，鑑於太子年幼，由皇后韋漾臨朝攝政；三，安國相王李旦進位太尉。」文武大臣只當眞有這麼一份遺詔，根本不知其中陰謀，整齊地跪地拜賀，高呼萬歲。隆基和崇暕氣壞了，散朝後即向李筱報告，說情況如此如此。

李筱聽了侄兒和兒子的報告，柳葉眉高高豎起，杏仁眼瞪得溜圓，說：「遺詔果眞是那樣說的？」

隆基說：「千眞萬確。」崇暕說：「滿朝文武都拜賀了。」

李筱憤怒地一拍桌子，說：「哼！韋漾這個淫婦，竟敢跟姑奶奶耍花槍，玩心眼！那好，我就和她耍一耍，玩一玩！」她略停片刻，吩咐隆基和崇暕說：「看來，文的不行了，得來武的。你們聯絡羽林軍將領的事，必須抓緊再抓緊，隨時準備和韋漾攤牌，用血與火說話！」

隆基和崇暕異常興奮，說：「我們早盼著這一天了！」

這天朝會以後，中宗的屍體被移至太極殿，供百官憑弔和祭奠。韋漾可沒有去爲中宗守靈，她的手頭還有許多急事要做。第一，她奉太子李重茂登上了皇位，改元唐隆，自己稱皇太后，正式臨朝攝政；第二，她任命堂兄韋溫總領內外兵馬，韋氏子弟分領南軍和北軍，死死地控制了軍權；第三，派人監視相王李旦和太平公主李筱，切斷這兩個重量級人物與外界的聯繫。

「攝政」就是代行皇帝的職務和權力。此時此刻，韋漾樂得眉開眼笑，心花怒放。然而對於一個權欲狂人來說，僅僅攝政還是不夠的，接下來，她奢望步婆婆武則天的後塵，做一個堂堂正正的女皇帝。宗楚客、韋溫、紀處訥、李裹兒、武延秀、趙履溫、葉靜能、馬秦客、楊均等，迎合韋漾的心理，紛紛進言，勸她儘快遵行武則天故事。宗楚客最爲起勁，一再援引圖讖，建議革唐朝命，建立韋氏新朝。韋漾怦然心動，說：「這正是我所嚮往的，然而，相王和太平公主出面作梗，怎麼辦？」

宗楚客翻著白白的眼皮，說：「一不做二不休。太后可將新帝殺了，同時以謀反罪，除去相王和太平公主，以及相王的幾個兒子。」

李裹兒和武延秀拍手回應，說：「宗宰相所言極是，唯有如此，李氏天下方能變成韋氏天下！」

韋漾完全被女皇的美夢迷了心竅，喜滋滋地說：「眾口一詞，盛情難卻。我呢？順從你們的美意就是了。這裏，我要莊重申明：事成之後，在座的都是開國元勳，保證你們享有潑天的榮華富貴！」眾人發出歡呼。韋漾滿面紅光，說：「那好，我們來研究一下具體的方法和步驟。」接著，韋漾爲首，宗楚客爲次，研究許久，最終確定了逆亂的時間：壬寅日。這天正是中宗的「三七」忌日。

韋漾集團百密一疏。他們只注意監視李旦和李筱，而對李隆基卻失於防範。事實上，隆基不僅是李唐王朝新生代的代表人物，而且文韜武略，具有足以令人景仰和服從的人格魅力。他從潞州回京以後，一直在朝官中和羽林軍中積極活動，身邊聚集了一大批忠誠和勇敢的文武人才。如兵部侍郎崔日用，尙衣奉御王崇曄，前朝邑尉劉幽求，內苑總監鐘紹京，利人府折衝麻嗣宗，萬騎果毅校尉葛順福、陳玄禮、李仙凫等等。隆基出於安全考慮，移住京郊的上林苑，透過表哥薛崇暕，始終和李筱保持著密切的聯繫。

韋漾集團或許是過於自信，加上人多嘴雜，致使逆亂的消息不脛而走。高力士和崔湜甚至打探出了逆亂的確切時間。高力士忠誠於隆基，崔湜一隻腳踩在李筱的船上。因此，隆基和李筱及時得到了敵人壬寅日發動逆亂的情報。他們姑侄略施小計，迅速見面，決定提前兩天，即在庚子日夜間採取行動，先發制人，討逆平亂。

討逆平亂，皇家禁軍是制勝的關鍵。當時皇家禁軍分爲南軍和北軍。南軍又稱南衙，駐紮於宮城南面的皇城及皇城左右兩側，分置十六衛，即左右衛、左右驍衛、左右武衛、左右威衛、左右領軍衛、左右金吾衛、左右監門衛、左右千牛衛。北軍又稱北衙，駐紮於宮城的北面及禁苑中，分置十軍，即左右羽林軍、左右龍武軍、左右神武軍、左右神策軍、左右神威軍。北軍當中，另有一支獨立的騎兵，分外厲害。它是皇帝的貼身衛隊，始建於唐太宗貞觀年間，由一百名高大士兵組成，甲冑上繪有虎皮紋圖案，馬具上繪有豹皮紋圖案，號稱「百騎」。武則天時，百騎發展爲千騎。唐中宗時，千騎又發展爲萬騎。萬騎乃北軍中的精銳，人人驍勇，個個剽悍，最具戰鬥力。萬騎駐紮於玄武門外東西兩側，東側的稱左萬騎營，西側的稱右萬騎營，簡稱「左營」和「右營」。其統領稱做「果毅校衛」。隆基具有遠見卓識，結交軍隊將領，重點結交萬騎果毅校尉。因此，葛順福、陳玄禮、李仙凫等，早就依附了隆基，甘願爲之赴湯蹈火，萬死不辭。

韋湋的堂兄韋溫總領內外兵馬，當然懂得萬騎的地位和作用，特任命從子韋播、韋璿擔當左、右萬騎營的果毅校尉。韋播和韋璿純屬草包，本事沒有，性格卻很暴戾，藉故榜掠萬騎營士兵，激起了士兵的滿腔憤恨。葛順福、陳玄禮、李仙鳧等趁機鼓動隆基，趕快動手，勘定禍難。隆基說：「好！你們建功立業的機會到了！」

轉瞬便是庚子日。傍晚，隆基召集心腹親信，決定當夜舉事。有人提醒說：「賢王舉事，是否應當稟告相王？」

隆基說：「不！我等舉兵討逆，無非是爲了大唐江山。事成，歸福於父王；事敗，當以身殉，免致父王受累。先行稟告，若父王反對，反而被動。」他再次將舉事的各個環節細想一遍，沒有發現什麼漏洞。太陽隱去，夜幕降臨。隆基心情激動，更換服飾，率領眾人，驅馬馳向玄武門方向。按照預先的部署，葛順福和李仙鳧統領萬騎營士兵，已在玄武門外列隊待發。時值二更，天空忽然劃過幾道流星，其亮無比。劉幽求說：「天意如此，時不可失！」

隆基果斷地一揮手，發出命令說：「討逆行動開始！」

葛順福和李仙鳧奉了命令，帶領部下，點燃火炬，蛟龍出海一般，撲向左、右萬騎營。韋播和韋璿正在帳中飲酒，尚未反應過來，已被士兵擒住，成了刀下之鬼。同時被殺的還有韋溫的外甥高嵩。葛順福、李仙鳧手提韋播、韋璿、高嵩的頭顱，登高喊話說：「萬騎營兄弟們！皇后韋湋鴆殺先帝，謀危社稷，罪惡滔天！臨淄王奉旨討逆，上應天意，下合民心！我等應當追隨臨淄王，共誅韋氏。怎樣？快覺悟吧！敢有不從者或附逆者，罪及三族！」

萬騎營士兵說到底是痛恨韋湋集團的，舉著兵器，高呼說：「追隨臨淄王！追隨臨淄王！」

葛順福和李仙鳧說：「好啊！那我等就合兵一處，攻打玄武門！」萬騎營的士兵全部歸順隆基，決定了這次討逆的結果。

隆基金盔金甲，騎著一匹名爲照夜白的駿馬，左右有王毛仲和李宜得護衛，威風凜凜，氣宇軒昂。他又發出命令：鐘紹京率部攻打玄武門，葛順福率部攻打玄德門，李仙鳧率部攻打白獸門，破門後在凌煙閣前會合。三將得令，雄赳赳，氣昂昂，率部自去。隆基佇立玄武門外，再命待命的士兵放開嗓門，鼓譟吶喊。吶喊聲高亢粗獷，像是山呼海嘯，驚天動地，大大激勵了所有人的士氣。

三更時分，隆基接到報告：鐘紹京、葛順福、李仙鳧分別攻克了玄武門、玄德門、白獸門，順利會合於凌煙閣。隆基大喜，說：「走！進宮去！」說著，王毛仲前驅，李宜得後衛，眾多將士簇擁著，隆基進入玄武門，進至太極殿前。太極殿裏停著中宗的靈柩，派有侍衛守護。侍衛看到發生變故，發一聲喊，樂得歸附臨淄王，倒戈助戰。這時，忽有三匹高頭大馬，旋風似地馳來。隆基看去，原來是太平公主李筱和她的兩個兒子薛崇暕、薛崇訓。隆基拱手迎接，說：「姑姑爲何深夜至此？」

李筱下馬，傲傲地一笑，說：「這時候，這場合，我能不來嗎？」她的用心顯而易見，旨在炫耀：在平定韋漾集團的鬥爭中，她是主角，是決策者；而隆基是輔角，是在執行她的命令。

鐘、葛、李三將迅速分兵，搜捕韋漾集團成員。韋漾宿於承香殿，聽到喧囂，驀然驚起，急問：「怎麼啦？怎麼啦？」她的女侍賀婁氏會幾手武功，受封「內將軍」，說：「好像發生了兵變。」韋漾嚇得心驚肉跳，說：「快！快去飛騎營！」她所說的飛騎營就是萬騎營，危急時刻，她企望得到萬騎的保護。

韋溱只穿得單衣短裙，由賀婁氏扶著，倉皇逃命。恰遇情夫馬秦客、楊均丢履失冠，踉蹌奔來，大喊說：「皇后！快救救我們！」

韋溱不予理會，自顧出逃。說時遲，那時快，火炬下早有萬騎士兵擋住去路，喝道：「一夥妖孽，哪裏逃！」

士兵捉住賀婁氏、馬秦客和楊均，一刀一個，劈死在地上。韋溱魂飛魄散，跪地哀求說：「軍爺饒命！軍爺饒命！」

士兵破口大罵，說：「你這個弒君淫婦，天人共憤，難道還想活命嗎？」說罷，一人手起刀落，將韋溱砍作兩段。

士兵將韋溱等人的首級獻於隆基。隆基再下命令：「肅清宮掖，除惡務盡！」

將士們歡呼雀躍，齊聲說：「是！」

其時，天已黎明。李裹兒夜宿宮中，深居別院，對於外面事變竟然一無所知。她起床梳妝，一邊哼著小曲兒，一邊對鏡畫眉。猛聽得門外進來了人，回顧瞬間，迎面挨了一刀，頭破腦裂，命歸西天。幾乎就在同時，她的丈夫武延秀，被誅殺於肅章門外。

劉幽求領人前往彩絲院，捉拿上官容。上官容原本聰明，不作任何反抗，珠淚漣漣，只求劉幽求，帶自己去見臨淄王。劉幽求見她嬌聲如鶯，楚楚可憐，也就同意。上官容被帶到隆基跟前，發現太平公主也在，忙從懷中取出一紙，跪地說：「韋溱和宗楚客共同謀逆，捏造了第二份遺詔，奴家實在沒有辦法。這是第一份遺詔，奴家精心保存著，爲的能有一天，讓天下人明白他們的逆謀。」

劉幽求將那張紙呈給隆基。隆基看過，遞給李筱。李筱一把將紙撕得粉碎，痛斥說：「你個臭婊子！好像你還有功來著！第一份遺詔出自你的筆下，第二份遺詔不還是出自你的筆下嗎？長期以來，你穢亂宮闈，心懷叵測，關鍵時刻又陽奉陰違，首鼠兩端。怎麼著？想讓姑奶奶饒了你不成？」

隆基說：「這等淫貨，無需和她饒舌，殺！」

士兵向前，把上官容拖至一邊，揮刀取了首級。

太極宮裏，凡是平時依附韋漾、上官容、李裏兒的宮監宮女，全被斬首。長安城裏，陳玄禮、麻嗣宗等率領士兵，開始了大規模的搜捕行動，韋溫及韋捷、韋灌、韋錡、韋元、韋巨源、葉靜能等，捉住即斬，無一倖免。宰相宗楚客和弟弟宗晉卿，急急惶惶，扮作農夫模樣，騎著青驢，企圖從通化門逃出城去。守衛城門的士兵把宗楚客拉下驢來，嘲笑著說：「這位不是宗宰相宗大人嗎？」宗楚客支吾，被士兵舉刀砍了頭顱。宗晉卿想要逃跑，士兵復又一刀，結束其性命。

萬騎將士紛紛報捷。隆基喜形於色，說：「很好！」接著命令崔日用，說：「你率部前往韋曲，誅滅韋氏家族，凡高過車輪的男人，統統殺掉，一個不留！」崔日用奉命而去。隆基忽然想起一件大事，遂辭別李筱，策馬馳回隆慶坊。他要把討逆大勝的喜訊，在第一時間報告父王李旦。

李隆基回到隆慶坊，王熒熒迎了上來，劉彩娥迎了上來，趙西施、皇甫香、劉婉麗也迎了上來。她們知道丈夫正在做一件關係到江山社稷的大事，熱切的詢問和深情的目光中，飽含著體貼和關愛。隆基顧不上和妻子們細說長談，逕直去了父王的住所。李旦和他的四位孺人單住一院，天性所致，不大關心外面的事情。隆基拜過父王，興奮地說：「孩兒昨夜採取行動，把韋氏集團一網打盡了！」

「什麼什麼？」李旦不敢相信自己的耳朵，大驚失色，說：「你把太后、昭容她們殺了？」隆基說：「是！除了她倆以外，還有李裹兒、武延秀、韋溫、宗楚客等，盡行伏誅！」說著，俯伏在地，請求父王寬恕自己沒有事先預告和請示之罪。

李旦伸手抱住兒子，流著淚說：「社稷宗廟沒有毀在韋漾手裏，你之力也，何罪之有？」出於正統觀念，李旦最關心的還是皇帝李重茂，說：「皇上呢？他怎麼樣？」

隆基說：「皇上好好的，正在太極殿。」

李旦趕忙起身，說：「走！我們去見皇上，此時此刻，他的身邊不可沒人！」

隆基陪同父王，返回太極宮。李旦自去和李重茂說話，隆基則和萬騎將士，商量掩埋屍首，清除血污，加強防衛等事宜。李筱已回她的府第了，離開時留下一句話，讓人轉告隆基：「事後到醴泉坊來，我要聽取彙報。」這儼然上級給下級下達命令，隆基聽後，略略不快。

巳末午初，皇城西側安福門的門樓上，出現了皇帝的黃羅傘蓋。安福門外便是居民坊里，驚恐了一夜的居民立刻聚攏了來。門樓上，年少的皇帝李重茂由相王李旦陪同，居高臨下，俯瞰臣民。這是一種姿態，起著慰諭的作用。接著，一名宮監手捧聖旨，朗聲宣讀說：「奉天承運，皇帝詔曰：淫后韋漾，蛇蠍之心，倚重外戚，結黨謀逆，鴆殺先帝，圖危社稷。臨淄王隆基和鎮國太平公主筱，奉旨討逆，盡除醜類，功莫大焉。今魁首伏誅，逆亂已平，無知附逆者，概置不問。特諭士農工商，當以大局為重，勿生事端，各守本業。欽此。」普通百姓，哪知宮廷鬥爭的內幕？稀稀拉拉地發出歡呼，甚至還摻雜著「萬歲」的聲音。

門樓上的宮監又取出幾道聖旨，逐一宣讀，封賞討逆的功臣。主要是李隆基封平王，兼知內外閑廄，統領左、右萬騎營；薛崇暕晉封立節王，鐘紹京代理中書侍郎，劉幽求代理中書舍人，共同參知機務等等。這時，有人向隆基報告，說紀處訥和張嘉福已經逃出京城。隆基說：「不能放過這兩個凶逆！」當即派出騎兵，將紀、張二人追殺於逃亡途中。

晚上亮燈時分，崔日用從韋曲回來，報告誅滅韋氏家族的情況，說：「姓韋的及其近親，共殺了五百多人，高過車輪的男人，基本上絕種了。兄弟們下手過狠，還殺了幾個襁褓中的嬰兒。」

隆基說：「殺了就殺了，不要責怪萬騎兄弟。」

隆基正和崔日用說話，忽然閃過一人，向著隆基行禮，說：「在下給王爺請安！」隆基見他儒衣儒冠，逍遙散漫的樣子，如遇故交，說：「呀！原來是王琚先生！」

王琚笑著說：「在下在韋曲閒遊，恰遇崔將軍執行公務，所以就隨著來了，唐突唐突！」

隆基說：「不！本王正想見見先生，有事請教。」

王琚搖手，說：「王爺言重了！請教不敢當，倒是在下應當聆聽教誨！」

隆基挽了王琚，步入一座偏殿。隆基開門見山，說：「現在，韋氏已除，下一步棋，該怎麼走？」

王琚說：「韋氏已除，武氏尚存。王爺應該趁熱打鐵，誅滅武氏！」

隆基想了想，說：「武氏首惡是武承嗣、武三思、武延基、武延秀等人。現在，這幾人均死，其他人還會爲逆作亂嗎？」

王琚扶了扶儒冠，說：「武氏家族是武周時期暴發的，則天大聖皇帝曾封兄弟、侄兒、侄孫二三十人爲王，其數量遠遠超過李氏子弟。他們爲王都幹了些什麼？無非是謀取權力和掠奪財富。先帝在位期間，並沒有觸動武氏家族的勢力，韋湲、上官容、李裹兒逞凶弄奸，但她們的背後，是武三思、武延基、武延秀在作祟，是整個武氏家族在作祟！王爺不妨分析一下武氏諸王，除了武平一、武攸緒安分守己外，其他可有一個好東西？爲了李唐江山，也爲了王爺前程，該下手時就下手，萬不可心慈手軟，姑息養奸！」

王琚這番話，使隆基深受震動。他心有所悟地說：「是啊！武氏和韋氏原本是一丘之貉！」他命人將王琚安排在宮中休息，隨後召來崔日用、劉幽求、陳玄禮、葛順福、李仙鳧等，佈置了新的任務。眾將抱拳，齊聲說：「是！」這一夜，武氏諸王遭受了滅頂之災。

隆基自率一軍，前去捕殺恆安王武攸止。武攸止和武三思同輩，也是武則天的侄兒之一。此人要文沒文，要武沒武，只因姓武，所以受封恆安王，多年來霸佔良田萬頃，娶了十餘房妻妾，養尊處優，盡情享樂。武攸止的小妾生有一女，名叫武妮，十五六歲，天姿國色，名動京師。隆基先前在宮中見過此女，當夜不辭辛苦，親自出馬，在很大程度上，就是衝著武妮而去的。驍勇的萬騎士兵，迅速包圍了武府，發一聲吶喊，破門而入，將武攸止和所有的男人擒住，就地斬首。上百號女人，衣裙不整，哭哭啼啼，被押至庭院裏，聽候發落。隆基趁著火炬的光亮，放眼在女人堆裏搜尋，猛地發現一女子，身材勻稱，長髮垂肩，瑟瑟發抖。隆基走至那女子跟前，用馬鞭示意：抬起頭來。那女子哆哆嗦嗦，微微抬頭。隆基一瞧，心頭一陣狂喜，但見她豆蔻年華，白白淨淨，柳眉杏眼，桃腮櫻口，長長的睫毛下，蓄著幾滴晶瑩的淚珠，像是帶雨的海棠和薔薇，無限的玲瓏、清秀和冷豔。女子很惶恐，也很害怕，這更增添了她的嬌憐和嫵媚。隆基笑著問：「你可是武妮，恆安王之女？」

那女子顫聲回答說：「是！」

隆基大喜，命令士兵們說：「好！把這些女人關起來，等候明天處置。武妮嘛！就別關了，我有用場。」

王毛仲提醒主人說：「她可是武三思的侄女！」

隆基說：「武三思是武三思，武妮是武妮，伯父和侄女，不可一概而論。」

士兵們忙著關人，隆基興沖沖地手攜妙人，進了武妮的閨房。

閨房裏陳設華麗，薰香浮動，溫馨可人。隆基一把將武妮摟在懷裏，說：「我要和你結為百年之好，你可願意？」

武妮作為豪門閨秀，原先是見過隆基的。此時此刻，父親已死，滿門遭難，又有什麼不願意的呢？她臉飛紅雲，且嬌且羞，說：「只怕罪臣之女，有失王爺錯愛。」

隆基最近忙於討逆，多日沒有接觸女人，一腔欲火升起，急不可耐，隨手扯去衣服，二人赤裸著，顛鸞倒鳳，極盡歡情。

一陣瘋狂過後，武妮頭枕隆基的胸脯，眼含珠淚，怯怯地說：「聽說王爺早有五房妻妾，她們人人如花似玉。臣女和她們相比，自慚形穢。這以後的日子，王爺作何打算？」

隆基手捏武妮豔如櫻桃的乳頭，說：「這，你無需操心。怎麼說，你也是恆安王的女兒，出身和教養都在她們之上。我，是不會虧待你的。」

武妮破涕爲笑，趴到隆基身上，再度張狂。事畢，隆基說：「我得出去招呼將士們。」

武妮說：「我怎麼辦？」

隆基說：「你就待在府中，我會派人加以保護，並經常到這裏來過夜。」

隆基回到庭院，思量著派誰保護武妮，方可不會出現問題，猛地想到一人，不禁笑顏逐開，吩咐李宜得說：「去！到掖庭宮把內常侍高力士給我找來，就說我要見他！」

李宜得飛馬馳去。不一時，高力士出現在隆基面前，氣喘吁吁。隆基將高力士拉到一邊，鄭重交代，說必須如此如此。高力士唯唯諾諾，連連點頭，說：「是！是！」

當夜行動，使飛黃顯赫二十餘年的武氏家族，遭到了毀滅性的打擊，罪重者誅死，罪輕者流放，得以保全的只有武平一、武攸緒和武攸暨三人。武平一和武攸緒沒有劣跡，武攸暨是李筱的丈夫，隆基這才放了他們一馬。天明時分，武攸暨得到報告，說武氏家族遭到李隆基的血洗。他勃然大怒，氣呼呼地到了醴泉坊，要向妻子李筱討個說道。

武攸暨在武則天時是個大紅人，封千乘王，官右衛中郎將，英俊倜儻，一表人材。太平公主李筱死了前夫薛紹以後，一眼看中武攸暨，非要與此人結爲伉儷。武則天心疼女兒，派人秘密殺了武攸暨的嫡妻，促成了他們的婚姻。隨著歲月流轉，武攸暨發福長胖，滿身是肉，大腹便便，加之好色，總和侍女鬼混，多次被李筱捉姦成雙。李筱出於氣憤和報復，乾脆獨自住到醴泉坊，恣意和心愛的男人通姦。這對夫妻的處事原則是互不干涉，你做你的，我做我的，彼此很少見面。這天，武攸暨來找李筱，李筱尚未起床。因爲夜間，她和崔湜纏綿，弄得筋疲力盡，故要多睡一會兒。

武攸暨坐在大廳裏催促。李筱勉強起床，伸著懶腰，打著哈欠，說：「幹什麼呀？一大早的，跑到這兒來咋呼！」

武攸暨看著眼前名義上的妻子，氣不打一處來，說：「我問你：你還是不是武家的媳婦？你和李隆基聯手，誅滅了韋氏不算，還要誅滅我們武氏。這算什麼？你的心腸怎麼就這樣狠毒？」

李筱莫名其妙，一頭霧水，說：「你胡說些什麼呀？誰誅滅武氏了？」

武攸暨冷笑說：「哼！這個時候了，你還裝蒜！你不妨出去看看，一夜之間，我們武氏諸王，全都家破人亡了！男女老少，誅死的，流放的，上千口人哪！可歎姑姑則天大聖皇帝，老人家苦心造就的武氏家族，就這麼完了，完了！」

李筱總算明白了，原來武氏諸王，被人血洗了。李筱對於武氏諸王並無好感，甚至還有些鄙視和痛恨。但是，他們畢竟是母親的親屬，縱有千不是萬不是，也罪不至死。她的臉上有點掛搭不住，說：「這事，我怎麼不知道呢？」

武攸暨狠狠地瞪她一眼，說：「等你知道，我這項上人頭，怕也早就落地了！」

武攸暨憤憤離去。李筱陷入沉思。她斷定，血洗武氏諸王，必是李隆基所爲。她由此想到，隆基這小子，也忒無法無天了，如此大事，居然不跟自己打個招呼，這還了得？她忽然有所領悟，覺察到自己高度信任和一再提攜隆基，可能是個錯誤。因爲隆基志向高遠，英武過人，絕非池中之物。這個人一旦羽翼豐滿，翅膀硬朗，那麼誰也別想將他制約和駕馭。她聽說，京城裏早就流傳著一首歌謠，其中兩句是：「龍雞夜啼時，梨棠花滿枝。」其中，「龍雞」隱喻「隆基」，「梨棠」隱喻「李唐」，這是毫無疑問的。奇怪的是隆基率兵誅滅韋溱集團和血洗武氏諸王，恰都是在夜間。那麼，這是不是意味著「龍雞夜啼」了呢？「龍雞夜啼」，「梨棠」花盛。也就是說，隆基是個非同尋常的人物，李唐王朝的復興和強盛，注定要靠此人！

李筱順著自己的思路繼續想下去，不知不覺中將小皇帝李重茂和李隆基進行一番對比。不比不知道，一比嚇一跳。因爲這兩個人，一是麻雀，一是雄鷹，一是泥鰍，一是蛟龍，根本不可同日而語。李隆基憑藉目前的勢力和人望，取代李重茂而成爲大唐天子，易如反掌！李筱坐不住了，心跳如鼓。她倒不是害怕李隆基高登皇位，而是害怕自己失去地位和權勢。武則天時，李筱是太平公主，幫助母親出謀劃策，一言九鼎，威力所及，遠勝將相；唐中宗時，李筱是鎭國太平公主，「鎭國」一詞，足以顯示她的巨大作用和影響。唐中宗死後，李筱選立李重茂爲太子，在一定程度上說，是出於私心，因爲重茂年幼無知，容易控制和操縱。這樣的人當了皇帝，即使有天大的能耐，也翻不出自己的手掌心。李筱生在皇家，長在皇家，耳濡目染，深知皇權重要，高於一切。爲了自身的利益，她寧可皇帝昏庸懦弱，也不願皇帝精明強悍。因此，她不能眼睜睜地看著李隆基把皇權奪了去，而要想方設法，全力阻止這種情況發生。

地位和權勢極易使人走火入魔。李筱絞盡腦汁，想了又想，終於想出了一條妙策。那就是讓李重茂退位，由李旦繼任皇帝。李旦是自己的哥哥，哥哥對於妹妹，能不格外倚重和關照嗎？那時，自己照樣尊崇顯赫，照樣呼風喚雨，照樣……

李筱顧不上細想更多的「照樣」，匆匆用了早點，乘車前往隆慶坊，逕直走向相王李旦的書房。無巧不巧，隆基剛從書房出來，姑侄二人撞了個正著。隆基趕忙給李筱行禮，笑著說：「姑姑前來也不打個招呼，侄兒好去接你呀！」

李筱愛理不理，說：「喲！你如今是大人物，哪還敢勞你大駕接我呀？今夜還有什麼行動？該不會輪到我全家遭殃了吧？」

隆基聽得出，李筱是記恨於自己擅自誅滅了武氏諸王，說：「姑姑說笑了。」

李筱鼻孔裏哼了一聲，邁步進了書房。

李筱到來，李旦深感意外。李旦說：「妹妹有事，我去你那裏才對，哪能叫你來去勞碌呢？」

李筱沒接李旦的話題，說：「你家三郎越發出息了，竟然瞞著我，血洗武氏諸王！你猜怎麼著？他武攸暨借茬找上門來，臭罵了我一頓！」

李旦給李筱作揖，說：「妹妹受委屈了。剛才我還訓斥隆基來著，責備他做事太孟浪太莽撞。」

李筱一擺手，說：「別說那事了！我來見哥哥，另有要事相商。」

李筱落座。李旦親自爲之沏茶。李筱歷來爽快，直入正題，說：「我想廢了李重茂，改由旦哥哥坐大位，怎樣？」

李旦聽了這話，大吃一驚，說：「妹妹怎能有這種想法？重茂是先帝之子，而且是你選立的，哪能說廢就廢了呢？我們的母親健在時，哥哥我當過皇帝，後來當過皇嗣，可那種日子，實在不是人過的，現在想來，還有些害怕。我知道自己幾斤幾兩，忠厚老實，膽小怕事，根本不是當皇帝的材料。再說，我是重茂的叔父，叔父取代侄兒而登大位，與篡位無異，這讓外人怎麼看我說我呢？」

李旦的話完全在李筱的意料之中。她並不著急，說：「哥哥是個好人，生性淡泊，這普天下人無不知曉。可是，你總得爲大唐江山想想啊！李重茂是我選立的，沒錯。可那只是權宜之計，不然，韋漾那個賤貨，恐怕早就坐上大位，稱孤道寡了。這些日子來，哥哥想必見到，他李重茂配當皇帝嗎？當得了皇帝嗎？他才十六歲，狗屁不懂，連個話也說不清楚。這樣的人當皇帝，豈不是大唐的恥辱和悲哀？所以，妹妹我思來想去，還是覺得只有旦哥哥出來擔當大任，最爲合適。我有四個嫡胞哥哥，現在只剩你一人了。國家有難，你不出來支撐局面，還指望誰？我倒是想當皇帝來著，可惜我是女人，朝臣和百姓容得我嗎？況且，你當過皇帝，再行復位，理所當然，不存在篡位不篡位的問題。數年前顯哥哥復辟，就是一個例子。至於說，你不是當皇帝的材料，我不相信。當皇帝有什麼難的？不就是批閱奏章、任用官員等事項嗎？這些，妹妹我可以幫你！你我兄妹，一在幕前，一在幕後，保證能將天下治理得井井有條，再現貞觀之治那樣的盛世！」

這個問題太重大了。李旦一時難以決斷，拍著額頭說：「容我想想，容我想想。」

李筱熟知李旦優柔寡斷的秉性，說：「哥哥是得好好想想。想好了，通知我一聲。禮儀程式，我來操作。」

李筱辭去。李旦面臨著艱難的抉擇。同意出頭爲帝，可能沾上篡位的嫌疑，愧對中宗亡靈；拒絕擔當大任，等於捨棄臣民而不顧，情何以堪？就在他左難右難、猶疑不定的時候，他的長子李成器、三子李隆基前來說項，使之最終拿定了主意。

其實，由李旦取代李重茂而爲皇帝，並非李筱一人所想，代理中書舍人劉幽求也想到了。當然，他們的出發點是完全不同的。劉幽求曾對成器和隆基說：「相王原先就是皇帝，眾望所歸。如今家國事重，人心不安，他老人家豈能恪守小節，不早即位以鎮天下呢？」

隆基解釋說：「父王生性恬淡，不以世事縈懷，雖有天下，猶讓於人。何況李重茂乃他的親侄，安肯代之？」

劉幽求說：「眾心不可違！相王雖欲高居獨善，怕也難能如願。有道是社稷爲重，君爲輕。因此，二位王爺應當力勸相王，順應潮流和民心才是？」

成器、隆基覺得劉幽求所說，在情在理，於是入見父王，極言人心歸向，國事攸關，不如早正大位云云。李旦見妹妹和兒子都是這個意思，也就打消了顧慮，下定了決心，說：「好！我做！」

李筱得到李旦肯定的答覆，欣喜異常，隨即確定了廢舊立新的日子。甲辰日舉行朝會，小皇帝李重茂跟往日一樣，坐於太極殿的御座上，接受百官朝拜。突然，李筱出現在大殿上，說：「皇帝欲將皇位讓於叔父相王，各位以爲可否？」

文武大臣尚未反應過來，劉幽求已跪地歡呼，大聲說：「國家多難，宜立長君。皇帝仁孝，追蹤堯舜，誠合至公。相王代之任重，慈愛尤厚，此事正該速行！」

眾人見此情景，懾於李筱威勢，不敢不從，齊聲表示贊成。李筱盈盈而笑，走至李重茂座前，說：「天下人心盡歸相王，此處已非兒座，快下來吧！」

李重茂不明白是怎麼回事，說：「這……」

李筱一把將他推開，說：「你快給我下去！」

大殿一側，冠冕齊整的李旦，緩步走出，坐到了李重茂剛才所坐的御座上。宮監一抖手中的拂塵，高喊說：「拜！」百官跪地，叩頭拜賀，齊刷刷地山呼：「吾皇萬歲萬歲萬萬歲！」

就這樣，李旦二次爲帝了。他，就是唐睿宗，時年四十八歲。

姑侄恩仇

赤日炎炎，熱風似火。這一年的六月，大唐朝廷發生的事情太多太多。唐中宗被毒殺，兩份假遺詔出籠，小皇帝李重茂登基，韋溱集團覆滅，武氏諸王橫死，唐睿宗取代侄兒再次成爲皇帝……所有事情的背後，都有陰謀，都有詭計，同時伴隨著殺戮和血腥。中國封建社會的宮廷鬥爭，其激烈和殘酷的程度，於此可見一斑。

睿宗復位後的第一件事是登臨太極宮正門承天門。「承天」二字，具有特殊意義，表明他二次爲帝，完全是承受天命，合理合法。他在承天門上宣布改元景雲，大赦天下，目的是爲了贏得民心，獲取最廣泛的支持。接下來便是人事安排，誰升誰降，誰留誰去，均由李筱決定或批准。一，李重茂仍襲原先的爵號：溫王；二，以李隆基爲殿中監，和李日知、鐘紹京同爲宰相；三，睿宗其他四個兒子李成器、李成義、李隆范、李隆業分別改封宋王、申王、岐王、薛王，任左衛、右衛、左羽林、右羽林大將軍，李筱次子薛崇訓任右千牛衛將軍；三，韋溱集團的周邊人物李邕、楊愼交、蕭至忠、韋嗣立、趙彥昭、崔湜等，統統貶爲州刺史。

這樣的人事安排有兩點値得玩味。一是李隆基不再統領左、右萬騎營，他的軍權改由四個兒弟分享。這是李筱的一大傑作，她在不知不覺中便分散了隆基的重大權力。二是崔湜爲李筱的情夫，怎麼也遭貶黜？崔湜本人很是不滿，一次在和李筱做愛以後，說：「憑你我的關係，爲何將我貶爲華州刺史？」李筱懷摟情夫，笑瞇瞇地說：「這不是做樣子讓人看嘛！讓人知道，我是多麼大公無私！你放心，我很快就會把你調回來，你捨得我，我還捨不得你哩！」李筱說到做到，沒幾天便將崔湜召回，官復原職，任吏部侍郎，並爲宰相之一。

睿宗復位，將立太子。這是一件大事，他得首先徵詢李筱的意見。李筱似乎早有考慮，不加思索，說：「宋王成器！」

睿宗說：「爲什麼？」

李筱說：「第一，他是長子，太子立長不立幼，這是規矩；第二，旦哥哥第一次爲帝時，成器就被立爲太子，接著你爲皇嗣，他爲皇孫；第三，成器先後封壽春王、蔡王、宋王，不論時局如何，他都能保持一種平和的心態，可以說是榮辱不驚。」

睿宗說：「據我知道，人心更偏向於立三郎隆基。因爲三郎英武多才，特別是在平定韋漾逆亂中，表現尤爲搶眼。妹妹大概聽說了那首民謠：『龍雞夜啼時，梨棠花滿枝。』這是在稱頌三郎呢！」

李筱可不想讓隆基成爲太子，但又不好明確反對，說：「隆基是英武，是多才，但畢竟排行老三。在討逆過程中，他是表現不錯，可這功勞僅僅是他的嗎？若不是我決策和規劃，他能做出什麼名堂？他率兵誅滅了韋漾集團，尾巴立刻就翹起來了，居然不打招呼，擅自血洗武氏諸王，心目中根本就沒有我這個姑姑！說實話，他當太子，我不大放心！」

這次談話沒有結果，立儲之事暫時擱起。一天，睿宗和成器閒話，無意中透露出李筱的思想傾向。成器別有見地，說：「國家安宜先嫡長，國家危宜先有功，若違所宜，四海失望。我們五兄弟中，論志向、才幹和功勞，數隆基最爲突出，他早就成了我們兄弟乃至朝臣的核心。因此，兒臣寧死，也不敢居於平王之上。」

成器的表態，使睿宗深感欣慰。因爲在爭奪儲君的鬥爭中，很少有人能有這種謙讓的襟懷。睿宗感慨地叮嚀成器說：「兒啊！你能這樣想，父皇非常高興。你們都是朕的兒子，嫡胞兄弟，千萬莫做骨肉相殘的傻事！」

成器說：「兒臣牢記父皇的教誨！」

就立太子之事，睿宗還徵詢了朝臣們的意見。朝臣異口同聲，說：「太子之位，非平王莫屬！」其中，劉幽求的話最有代表性。他說：「臣聞除天下之禍者，當享天下之福。平王拯社稷之危，救君親之難，論功最大，論德最賢，立爲太子，最最合適！」他連說了四個「最」字，使很多人放聲大笑起來。

人心所向，眾口一詞。睿宗不得不再和李筱商議。李筱絕頂聰明，懂得眾怒難犯的道理，只得違心地改變主意，說：「既然那麼多人看好三郎，那就立他爲太子唄！不過，你得轉告他：凡事識相點，別跟我這個姑姑過不去！」

李筱一言，勝過九鼎。丁未日，睿宗宣布，立平王李隆基爲太子。隆基上表，請讓長兄成器。睿宗不許，大事乃定。這樣，睿宗、李筱、隆基三人，便組成最高領導集團，主宰著國家政治。實際上，這是「三駕馬車」的格局，各有所想，很難形成合力。但在懲惡揚善，緩和社會矛盾的問題上，他們還是達成了共識，採取了一些有利於穩定和安定的措施。武則天被從高高的聖壇上請了下來，不再稱「大聖皇后」，改稱「天后」。武三思和武延秀再遭懲罰，被追削爵號和諡號，並予平墳、劈棺、暴屍。追廢韋溓爲庶人，李裹兒爲悖逆庶人。糾正往昔的冤假錯案，追謚李賢爲章懷太子；追諡李重俊為節愍太子；以張柬之為首的五王得到平反昭雪，仍稱他們生前的官爵；所有得罪韋漾、武三思而被誅殺或流放的官員，死了的給予優恤，活著的批准回京。這些措施，深受廣大官民的歡迎，新朝新人出現了新氣象。

睿宗作為皇帝，按照慣例，移居太極宮。他無意再立新的皇后，原先的嬪妃即柳、崔、王、陳四位孺人，和他住在一起。隆基作為太子，也按照慣例，移居太極宮東側的東宮，以利朝夕與父皇議事。太子的妻子分為三個等級，一曰太子妃，二曰良娣，三曰孺子。王熒熒是隆基的嫡妻，自然封太子妃。劉彩娥和趙西施為隆基生了兒子，封良娣。皇甫香和劉婉麗出身倡人，暫封孺子。東宮佔地廣大，宮內有二十餘處宮殿坊院。隆基一家人住在這裏，極其寬敞和舒適。

王熒熒等非常滿足。她們慶幸自己嫁得天下最出色最傑出的男人。她們的丈夫，不僅英俊多情，而且英武多才，堪稱十全十美。他以非凡的氣魄，建立了非凡的功勳，因而在五兄弟中脫穎而出，成了世人仰慕的太子。太子意味著什麼？意味著尊崇的地位，意味著巨大的權勢，意味著未來的皇帝。果眞到了丈夫榮登大位的那一天，那麼，她們就是皇后，就是嬪妃，那將是一種什麼樣的情景啊！

王熒熒等陶醉在無限的幸福中。這一天，隆基突然又接回一個女人，告訴熒熒等人說，她是他的第六位妻子，姓武，單名一個「妮」字。熒熒等注視武妮，見她出奇的年輕，出奇的俏麗，就像自天而降的仙女，把天宮的美豔和靈氣，全盤兒帶來凡間。她們驚詫，她們惶惑，心想：丈夫隆基是什麼時候和使用什麼方法，把這樣一位仙女弄到手的呢？相比之下，武妮乍到東宮，一百個沉穩，一百個鎮定，就像宮中熟人似的，笑容煥然燦爛，舉止落落大方。幾天以後，武妮有了自己的名號：良娣。就是說，她的腳剛剛跨進東宮，地位就和劉彩娥和趙西施一樣，而在皇甫香和劉婉麗之上了。

熒熒等打聽武妮的來歷，方知她是恆安王武攸止之女，身世背景非同一般。說實話，熒熒她們見了武妮，心裏是嫉妒的，然而臉上和行動上卻不能表現出來。因爲她們知道，丈夫隆基天生風流，最討女人喜歡；他原先是親王，如今是太子，擅長獵豔，擁有再多的妻子，也是無可非議。如果爭風吃醋，那麼只會自找麻煩，自討沒趣，最終吃虧倒楣的，只能是自己。因此，她們儘量掩飾內心的妒意，努力和武妮親熱，彼此相安無事，皆大歡喜最好。

武妮在東宮出現，睿宗自有看法。他弄不明白，兒子隆基爲何有那樣大的本事，娶了一個又一個貌美如花的妻子。他的思想比較正統，總認爲兒女婚姻，應該有父母之命，媒妁之言，否則便不合規矩。隆基的六個妻子中，只有王熒熒是明媒正娶的，而其他五人，則是隆基自作主張，私下結合，先斬後奏的。他對這五個兒媳知之甚少，只聽說劉彩娥是富商的女兒，趙西施、皇甫香、劉婉麗是倡人出身，武妮則是武攸止之女。劉彩娥生了兒子李嗣直，趙西施生了兒子李嗣謙，嚴格地說，嗣直和嗣謙並不能算是名正言順的皇孫。隆基已是太子，日後將爲皇帝。那麼，嗣直或嗣謙能成爲未來皇帝的太子嗎？他覺得大可商榷。太子妃王熒熒是隆基的嫡妻，可她爲什麼就不能生個兒子呢？她若生了兒子，日後繼承大統，那才是合理合法的。睿宗思來想去，權衡再三，決定透過正常禮儀，再給隆基娶個妻子。他派了一位大臣爲媒人，訪得華州華陰（今陝西華陰）有一楊姓女子，出身於官宦世家，才貌雙全，品行賢淑，宜做皇家媳婦。睿宗大喜，親定良辰吉日，爲隆基舉行了婚禮。這樣，隆基就又有了第七個妻子。

這個妻子叫楊思思。楊思思的曾祖楊士達，早在隋朝的時候，就官納言，職掌宣達帝命。父親楊知慶，唐高宗時官侍中，爲武則天親信之一。武則天當了皇帝，追封楊士達爲鄭王，楊知慶爲太尉。楊思思自小受到良好的教育，知書達禮，文靜閒雅。隆基迎娶楊思思，純粹是遵從父命。及至婚日一看，發現楊思思也是妙人兒一個，樂得心花怒放，當夜枕席風光，纏綿旖旎，自不必說。因爲楊思思是明媒正娶，所以睿宗降諭，封爲良娣，地位在王熒熒之下。這引起了心高氣傲的武妮的不快。一天，武妮揶揄隆基說：「又有新歡，瞧你樂的！」接著責問說：「她姓楊的算哪根蔥，怎麼位置排在我和劉彩娥、趙西施的前面？」

隆基陪著笑臉，說：「這是父皇的旨意嘛，何必計較？其實，在我的心目中，你的位置最高。」

武妮矜持地一笑，說：「這還差不多！」

睿宗復位，任用姚崇和宋璟爲宰相，對於穩定政局起了至關重要的作用。姚崇，字元之，陝州硤石（今河南三門峽東南）人。他在武則天時當過鳳閣侍郎和相王府長史，因反對張易之、張昌宗兄弟，出爲靈武道大總管。張柬之謀誅「二張」，姚崇積極參與，以功封梁縣侯。唐中宗朝，姚崇受到武三思和韋漾的排斥，歷任數州刺史。睿宗任用他爲宰相兼兵部尙書，他已六十二歲，依然性格耿介，忠正無私。宋璟，邢州南和（今河北邢台南）人，武則天時任監察御史，遷中書舍人，支持宰相魏元忠，一身正氣，不畏權貴，勇於直諫，敢作敢爲。唐中宗朝，他任吏部侍郎和黃門侍郎，因反對武三思而遭到貶黜，歷任數州刺史和洛州長史。睿宗任用他爲宰相兼吏部尙書，他四十八歲，年富力強，秉公辦事，很有魄力。這兩位宰相走馬上任，大力革除先朝的弊政，進用忠良，退斥奸佞，賞罰盡公，請託不行，一時綱紀修舉，中外翕然。太子隆基敬重姚、宋二人，他們之間結下了深厚的情誼。

八月，天高雲淡，秋風習習。洛陽方面忽然傳來不太確切的消息，說譙王李重福蠢蠢欲動，似乎將有非常之舉。睿宗頓時緊張起來，立命隆基密切注意洛陽的動向，並和大臣們商議，看看如何應對。

洛陽方面的消息並非空穴來風。原來，譙王李重福是唐中宗的兒子，受到庶母韋漾的疑忌，被趕出京城，長期擔任均州（今湖北均縣）刺史。睿宗復位，下達詔令，調任他爲集州刺史。李重福灰不溜溜，整頓行裝，即將起程。這時，他收到洛陽人張靈均寫來的一封信，信中說：「大王地居嫡長，當爲天子。相王雖然有功，不當繼統。東都士庶，皆願王來。大王若能潛入洛陽，發左右屯營兵，襲殺留守，佔據東都，如從天而下也。然後西略陝州（今河南陝縣），東徇黃河南北，天下則指麾可定。」

李重福四肢發達，頭腦簡單，以爲自己是龍子龍孫，理應成爲皇帝。所以覆信張靈均，請代爲設謀。可巧又一人到了均州（今湖北均縣），注定李重福將自取其禍。

這人便是鄭愔。鄭愔的歷史很不光彩，先後投靠來俊臣、張易之、武三思、韋漾，均以主子被殺而告終。他的長相醜陋而猥瑣，鬍鬚叢生，形如刺蝟，最大的能耐是吹牛和逢迎，當過吏部侍郎，屢屢獲罪，每次卻能死裏逃生，保住性命。睿宗復位，他被貶爲江州司馬，途經均州，剛好見到了李重福。李重福和鄭愔頗有幾分交情，當下把張靈均來信之事，合盤相告。鄭愔正因自己遭貶而懷恨，聽說其事，一拍手說：「好啊！正是天賜良機！大王如不嫌棄，鄭某願去洛陽，和張靈均一起，規劃和籌辦大王登基事宜。」李重福千恩萬謝，隨即寫信，介紹鄭愔去了洛陽。

鄭愔和張靈均接頭，二人臭氣相投，一拍即合。於是，關門密謀，很快草擬出一份「詔書」來。內容是：一，立李重福爲皇帝，改元「中元克復」；二，尊睿宗李旦爲皇季叔，以溫王李重茂爲皇太弟；三，任命鄭愔爲左丞相知內外文事，張靈均爲右丞相、天柱大將軍知武事，嚴善思爲禮部尚書知吏部事。他們還在洛陽尋了一處寬大的宅院，置辦龍袍、鼓樂、香燭等器物，單等新皇帝前來登基。有人從中看出了蛛絲馬跡，因此將消息報告長安。

長安東宮嘉德殿裏，太子李隆基，宰相姚崇、宋璟，以及崔日用、鐘紹京、劉幽求等，圍坐議事。鐘紹京說：「東都留守裴談未免失職，如此大事，居然沒有他的奏報。」

劉幽求說：「事出有因，不可不防。我願率領萬騎，前去鎮壓逆亂！」

姚崇說：「我分析，李重福逆亂，不是沒有可能，但很難形成氣候。派兵鎮壓，爲時尚早，而且勞民傷財。」

宋璟說：「朝廷不妨派一密使前往洛陽，賦予特權。無事便罷，有事可相機處置。依靠東都的兵力，足以應付不測事變。」

隆基同意姚崇和宋璟的意見，說：「很好。朝廷就派崔日用爲密使，因爲崔日用的堂兄崔日知新任洛州長史，正好借上力。」

崔日用奉命登程。洛陽方面，崔日知等已成功地挫敗了逆亂，李重福走投無路，投水溺死。張靈均和鄭愔，被推至東都鬧市，斬首示眾。潞州刺史刁孝仁，接受鄭愔的指令，招募五百名士兵，前往洛陽，支援逆亂，行至中途被誅殺。李重福逆亂，並未釀成重大事變。隆基處理這個問題，也很得體適度。這樣一來，隆基的威望更加提高，他與太平公主李筱之間的矛盾也更加尖銳了。

景雲二年（西元七一一年）。正月初一過大年，正月十五元宵節，皇宮內外，人們有節制地熱鬧了幾天。一天，李筱陪睿宗飲酒，關心地說：「哥哥貴爲九五之尊，該考慮立個皇后了。」

睿宗慘澹一笑，說：「唉！哪有那個心情？妹妹是知道的，我第一次登基時，立了劉貞爲皇后，封了竇蘭爲德妃。她們兩個，是我心儀的女人。後來，我不當皇帝了，他倆也就失去了名號。我們原想安安寧寧地過一輩子的，不想長壽二年（西元六九三年），母皇卻聽信讒言，無端地將她倆殺了。屍首埋在哪裏？至今無人知曉。記得那天夜間，成器、隆基兄妹哭著鬧著，要他們的娘。我這心裏，好比刀絞，恨不得一頭撞死。第二天早上，你到承香殿安慰我，並帶來李穎妹妹，請她幫助照料成器、隆基兄妹的生活。一晃，十四五年過去了，可那情景，我牢牢記著，想忘也忘不了。可憐萍兒（李霓萍）、莉兒（李霓莉）兩個丫頭，二十多歲了，受封公主，發誓終生不嫁，說是要緬懷和紀念死去的生母（竇蘭）。你說，在這種情況下，我還能冊立皇后嗎？現在，我都五十五歲了，還能納個黃花閨女當皇后不成？」

這番話，睿宗說得誠懇，說得動情，眼眶濕潤，快要落下淚來。李筱趕忙說：「嗨！我眞不該提這個話題，徒然引起哥哥的傷感。哥哥既然癡情於劉貞皇嫂，那麼就應追封她才是。」

睿宗點頭，說：「還是妹妹想的周全。既然追封，又何必吝嗇？竇蘭也應有份。」

李筱說：「劉貞是哥哥嫡配，當過皇后，且生成器，理當追封。而竇蘭非劉貞可比，存在個嫡庶問題，不容一律。」

李筱的本意在於揚劉抑竇，用以抬高成器，壓制隆基。誰知次日聖旨頒出，內容卻是：故皇后劉貞追諡爲「肅明皇后」，故德妃竇蘭追諡爲「昭成皇后」；並在長安城南起陵建廟，劉貞陵曰惠陵，竇蘭陵曰靖陵，其廟稱儀坤廟。李筱叫苦不迭，只因多嘴多舌，致使冒出兩位「皇后」，竇蘭爲后，無形中等於提高了太子隆基的身分和地位。

成器和隆基熱愛他們的母親，親自監工，主持起陵建廟事宜。劉貞和竇蘭的屍骨沒有下落，只能尋找一些遺物埋於陵中。廟內供奉兩位皇后的畫像，廟名由睿宗隸書親題：「儀坤廟」。陵廟竣工之日，睿宗偕家人親往祭祀，成器、隆基、霓薇、霓蕙、霓萍、霓莉兄妹哭成了淚人。他們的母親死時，他們不知詳情。後來限於政治環境，他們只有心痛，卻不能公開有所表示。現在，他們可以痛痛快快地大哭一場了，一掃胸中鬱悶，用甜蜜和苦澀的淚水，表達對於母親的哀思和孝心。因爲竇蘭的諡號爲「昭成皇后」，所以李成器和李成義需要避諱，分別改名爲李憲和李撝。

睿宗復位半年多了。半年多來，他除了每天舉行朝會外，還要批閱奏章，還要會見朝臣，大事小事，沒完沒了。他有點煩，也有點累，心裏說：「我也眞是的，放著清福不享，爲何要淌皇帝這灘渾水嘛？」因此，漸漸地萌生了退意，乾脆將皇位禪讓給太子隆基，自己尋個山清水秀的地方，平平淡淡地安度晚年。可是，就在這時候，他卻聽到了一系列關於太子的流言。有人說，隆基不是長子，立爲太子，有違祖制；有人說，隆基鋒芒太露，立爲太子，難以服眾；有人說，宮廷內外，傾心東宮，如此下去，必生內變。還有人說，宋王李憲是長子，忠厚仁孝，只有他，才是太子的合適人選。聽了這些流言，睿宗犯糊塗了。他弄不明白，這到底是怎麼回事呢？

其實，這些流言是他的妹妹、太平公主李筱命人散布的。李筱，正處於一生中最輝煌的時刻。

她因擁立睿宗復位，撈取到雄厚的政治資本，權力和財富達到了頂峰。理論上，睿宗是至高無上的皇帝；實際上，睿宗的背後，是李筱決斷一切。她幾乎天天進宮，與睿宗平起平坐，共議國事。偶爾有事耽擱，睿宗便會派宰相登門拜望，請教諮詢。朝臣奏請事務，睿宗通常總要先問兩句話：「與太平議否？與三郎議否？」凡是李筱提議、決定的事情，睿宗統統同意和批准。李筱在斂取權力的同時，還恣意地斂取財富。她的封戶實達萬戶，良田和莊園遍布京畿。她派人到全國各地收購珍寶奇玩，各地的官員也主動行賄，人來人往，相望於道。因此，她的府第宛若皇宮，奉養好比女皇。李筱迷戀這種狀態，並要長久地保持這種狀態，絕不容許任何人觸犯或動搖頂峰的根基。可是偏有一人，似乎時時在跟她較勁，或者說是在向她挑戰。此人便是太子李隆基。前一陣子，隆基和姚崇、宋璟一商量，廢除了實行多年的「斜封官」制度，規定凡任免官員，一律由尚書提名奏擬，文職官員歸吏部管理，武職官員歸兵部管理。此舉的目的在於整頓和完善吏制，而李筱卻認爲是衝著她的，因爲這樣一來，她開府自置官屬的特權，就不再有任何意義。這一損失多大呀！李筱聯想到隆基的威望蒸蒸日上，鋒頭強勁，不由地感到惱火，說：「看來，不擼掉他的太子名號是不行了！」

當時，朝中共有六位宰相，即姚崇、宋璟、蕭至忠、趙彥昭、崔湜、竇懷貞。前二人正直勤謹，心向隆基；後四人阿諛逢迎，心向李筱。蕭、趙、崔、竇，視李筱爲他們心目中的人主，每天散朝後，必聚集於李筱府中，嘀嘀咕咕，謀劃政事。這天，李筱直截了當地說：「我要廢現太子，重立太子，各位有何良策？」

蕭至忠搶先說：「不論做什麼事情，總要輿論先行。公主要廢太子，最好的辦法就是製造輿論，散布流言，使之失去人心。俗話說：人言可畏。皇上聽到了關於太子的流言，他能沒有想法麼？」

崔湜補充說：「對！謊言重覆多遍，就會變成眞的，不信也難。」

李筱說：「好啊！那你們就去辦唄！」因此，在朝廷，在市井，就有了睿宗聽到的那些流言蜚語。

數日後，李筱進宮，到了武德殿。她和睿宗平日多在此殿議事。睿宗尚未開口，李筱告起隆基的黑狀，說：「你家三郎越來越不像話了。旦哥哥大概聽說，近日關於他的流言鋪天蓋地，多得不能再多了。無風不起浪，你能說那些流言沒有道理？當初，我就反對立他爲太子，只因旦哥哥堅持，所以我無話可說。他當了太子又怎樣呢？無非是培植親信，結黨營私。一個姚崇，一個宋璟，簡直成了他的哼、哈二將了。還有，他荒淫好色，不務正業，遠的不說，單說近的，對武攸止之女武妃先姦後娶，接著堂而皇之地弄進東宮。你說，這樣的人，日後能接你的班，把天下治理好嗎？亡羊補牢，爲時不晚。所以，我勸旦哥哥早下決心，早作決斷，廢了隆基的太子名號，改立李憲爲太子。這樣，大唐才能長治久安。」

睿宗正爲此事煩惱，但並不完全同意妹妹的觀點。隆基處事，有膽有識，純粹出以公心，看不出有什麼培植親信，結黨營私的痕跡。姚崇和宋璟是自己起用的，堅持原則，忠於職守，豈能說是隆基的哼、哈二將？至於武妃，隆基先姦後娶不假，但只是生活私事，不值得大驚小怪。隆基立爲太子，滿打滿算，才六七個月，哪能說廢就廢了呢？再則，李憲和隆基相比，論功勞和人望，前者遠遠不及後者。睿宗心中有這些想法，卻又不便說出，因爲李筱是妹妹，是公主，他不能傷了她的面子。就在這時，宮監通報說：「太子少保韋安石，應召求見皇上！」睿宗巴不得此時來人，忙說：「宣！」

韋安石，京兆萬年（今西安長安）人。他是武則天時的老臣，曾經任過宰相，七十多歲，鬚髮皆白。此人德高望重，時任太子少保，熟知隆基的品德和才能。睿宗受了流言的困擾，這才召他前來，意在詢問隆基的情況。李筱識趣迴避，藏於帷幔後面，豎耳靜聽，她要知道旦哥哥召見老東西做什麼？

韋安石行過大禮，睿宗賜坐。韋安石說：「皇上召臣前來，莫非有話要說？」

睿宗因李筱藏於帷幔後面，顯得不大自然，說：「也沒有什麼大事。只是最近流言紛起，矛頭齊指東宮。朕想請卿代為訪察，注意太子有無異圖。」

韋安石矍然回答說：「陛下為何信此訛言？這顯然是太平公主一夥人的私謀，惡毒地詆毀和中傷太子。」

韋安石直接點了太平公主的名，使睿宗猝不及防，相當尷尬。他指了指帷幔的後面，意思是說：「太平公主就在裏面，你說話得掌握分寸。」韋安石卻沒領會皇帝的意思，接著說：「試想，太子聰明英武，仁親孝友，有功於社稷，天下皆知。木秀於林，風必摧之。因此，嫉妒者和仇恨者，大有人在。她太平公主就是第一個！」

睿宗聽韋安石又點了太平公主的名，慌得連連擺手，說：「好，朕知道了，別說了，下去吧！」

韋安石疑疑惑惑，起身告辭，臨去時又丟下幾句話，說：「廢立太子，此乃亡國之語。太平公主施奸耍猾，陛下切莫輕信！」

李筱當天進宮，沒有收穫，反而被韋安石點名揭露了陰謀，惱惱地離開武德殿，直罵晦氣。很快，朝廷接到幾封未署名的奏書，內容都是彈劾韋安石的，要求將他下獄審訊。幸賴兵部尚書郭元振全力打點疏通，才使他得以免受牢獄之苦。

李筱越想越覺得窩火，非要廢立太子不可。這天，她去了大明宮，坐鎮光範門，以鎮國太平公主的身分，發出命令：「各位宰相，速速來見！」

光範門位於含元殿的西側，平時比較僻靜。姚崇、宋璟、蕭至忠、趙彥昭、崔湜、竇懷貞，接到命令，不敢推辭，陸續到來。他們看到，公主當日的打扮格外富態，上身穿一件墨綠色繡花小襖，下身著一條繡有孔雀、嵌有珍珠的百摺長裙，還特意地化了妝，看去根本不像五十歲左右的婦人。眾人落座。李筱開門見山，說：「今天要和各位宰相商量一件大事，就是太子李隆基專橫霸道，不仁不孝，而且不是長子，品行不端，理當廢黜，改立宋王李憲爲太子。這事，我和皇上議過，他也有此意。現在，我想聽聽你們的意見。」

這是一個事關江山社稷的嚴肅問題。六位宰相面面相覷，不敢輕易表態。許久，竇懷貞聳了聳肩膀，說：「我們聽公主的，公主說怎麼辦就怎麼辦。」

蕭至忠、趙彥昭、崔湜連忙點頭，附和說：「對！公主說怎麼辦就怎麼辦！」

「不！」宋璟「謔」地站了起來，說：「東宮有大功於天下，堪稱宗廟社稷之主。平白無故，公主奈何忽有此議？」

姚崇立刻支持宋璟，說：「宋相所言極是。而且，皇上不在現場，私下議論廢立太子這樣的大事，絕非人臣所為。公主剛才說，皇上也有此意。那麼，我們就到皇上面前，再行討論就是了！」

李筱是打著睿宗的幌子而召宰相議事的，企圖造成既成事實，再由睿宗認可。沒料想自己的用心被宋璟、姚崇看穿，若到皇上面前，豈不是全露餡了？李筱有的是應變能力，馬上滿臉堆笑，說：「別！別！只是商量嘛，別無他意。我看，事情到此為止，在皇上面前，就別再提起了。」

李筱召集宰相議事，不歡而散。事後，姚崇和宋璟入見睿宗，彙報了光範門議事的經過。睿宗相當驚訝，說：「有這種事？」他猛地記起李筱在擁立自己復位時說過的話：「你我兄妹，一在幕前，一在幕後，一定能將天下治理得井井有條，再現貞觀之治那樣的盛世！」顯然，這個妹妹早就蓄有野心哪！

睿宗知道，李筱和隆基原先的關係是不錯的，姑姑呵護侄兒，侄兒敬重姑姑，彼此心照不宣。共同的利害關係，使他們結成聯盟，一舉殲滅了韋漾集團。問題出在其後，權力分配和利益分配失衡，使他們從盟友變成了敵人。李筱自恃其功，專權斂財。偏偏隆基性格倔強，自有膽識和主見，不向李筱請示，血洗了武氏諸王；成為太子以後，匡正時弊，整肅朝綱，各項事情做得有聲有色，深得人心，有口皆碑。這，有意無意地觸動了李筱的權力和利益。因此，李筱才處心積慮地要更換太子，甚至不惜拉虎皮作大旗，打著皇上的旗號，欺騙宰相，販私營私。睿宗想到這裏，不禁長長地歎了口氣，心裏說：「妹妹！你也太過分啦！你的權力還不大嗎？你的財富還不多嗎？幹嘛還要和隆基較勁，這是何苦來著？」

那些日子裏，太子李隆基生活得很不輕鬆，甚至可以說是相當艱難。廢立太子的流言，傳得沸沸揚揚，有人預言，東宮很快就要變換主人。東宮的一些宮監宮女，受到威脅和拉攏，態度曖昧，潛持兩端，隨時準備依附太平公主。隆基的行蹤，被人監視，即使微小的失誤，也會立馬傳到睿宗耳中，被渲染成大逆不道的罪過。他，就像一個走索的演員，雙腳踩在長長的細細的晃晃悠悠的繩索上，稍有不慎，便會跌落在地，摔個鼻青臉腫，甚或一命嗚呼。

隆基在政治上面臨著嚴峻的考驗，在私人生活上也遭遇了諸多麻煩。說來也怪，他的妻子武妃和楊思思好像湊熱鬧似的，同時懷孕了。武妃首先臨盆，生了兒子，取名嗣一。不想這個兒子出世三天，卻無端地夭折了。武妃傷心，一把眼淚一把鼻涕地哭泣。隆基千哄萬哄，方才穩定了她的情緒。接著，楊思思臨盆，生了兒子，取名李嗣升。李嗣升是隆基的第三個兒子，能夠出生，純屬天意。

思思妊娠期間，隆基的心情壞到了極點。他實在不想被兒女所累，所以決定，讓思思服藥，打掉肚裏的孩子。其時，被武則天貶官的張說，重新被起用，任東宮侍讀。隆基和張說商量。張說表示贊成，並悄悄地弄來三副打胎的中藥。隆基暗喜，斥退伺候的宮女，待到夜間，親自生火煎藥。或許是困乏的緣故，他一邊煎藥，一邊打起瞌睡，朦朦朧朧間，見有一丈多高的神人，身披金甲，手持長戈，圍繞藥罐，轉了三圈。隆基迷迷糊糊地醒來，只見藥罐傾覆，藥汁全無。他很詫異，忙煎第二副藥，煎著煎著，又打起瞌睡，依然是先前的情景，醒來一看，藥罐翻了，藥汁沒了。隆基越發詫異，再煎第三副藥，強令自己不打瞌睡。哪知事情由不得他，煎著煎著，還是合上了眼睛。那位神人再次出現，藥罐還是翻了，藥汁還是沒了。就是說，隆基連煎三副藥，全以失敗而告終。次日，隆基把夜間奇事告訴張說。張說降階拜賀，說：「天所命也！楊良娣腹中的孩子不可去！」

這樣，楊思思才保住孩子，順利生下李嗣升。李嗣升，後來改名李璵，再改名李亨，就是日後的唐肅宗。

女人生了兒女，做了母親，才算是眞正的女人。太子妃王熒熒是隆基的嫡妻，結婚的時間最早，卻一直沒有懷孕生育。她很懊惱，有時還狠狠地敲打自己的肚皮，說：「全怪你，不爭氣，不爭氣！」再就是武妮，她因第一個兒子早夭而懊惱不已。因爲武妮是個有野心的女人，她希望親生的兒子，排行能夠靠前，這樣在未來的宮廷鬥爭中，才會有競爭的資本和實力。

隆基看到初出生的嗣升，早已失去了當初做父親時的衝動和喜悅。他首先必須面對現實，抵抗姑姑李筱，保住太子名號。好在他的父皇睿宗，頭腦還算清醒，並不因爲李筱的蠱惑而改變初衷。這年二月，睿宗作出一項重大決定：太子監國。頓時，峰迴路轉，柳暗花明，隆基和李筱之間的力量對比發生了根本的變化。北風勁吹，春寒料峭。李筱因爲沒能說動旦哥哥廢立太子，滿肚子窩囊氣，所以多日未進皇宮議事。她是在向忠厚的睿宗示威，意思是說：哼！離開我這個妹妹，看你怎樣當皇帝？這是李筱犯的一個致命錯誤。她過高地估計了自己，過低地估計了睿宗，以致落了個蒲州安置的結果。

武德殿裏，睿宗正和宰相姚崇、宋璟商談時局。睿宗感到十分爲難：隆基和李筱，一是兒子，一是妹妹，一是太子，一是公主，可以說是自己最親最親的親人。然而，正是在這兩個親人之間，鬧起了矛盾，發生了衝突。特別是李筱，權迷心竅，恃功自傲，非要和隆基反目成仇不可。他有心調和兩個人的關係，卻苦於沒有辦法，歎著氣說：「唉！清官難斷家務事，這是千眞萬確啊！」

姚崇心直口快，說：「皇上乃天下人的皇上，皇上的家務事便是天下人的事。公主和太子的恩怨，遠遠超出了姑侄恩怨的範疇，關乎江山社稷，不可小視。」

宋璟說：「是啊！公主和太子不和，勢必影響國家穩定，影響官心民心。現在，必須下決心解決這個問題，否則將會產生嚴重的後果。」

睿宗說：「二位愛卿可有解決問題的良策？」

姚崇看了看睿宗，說：「有！只怕皇上顧念親情，於心不忍。」

睿宗懷疑地說：「你要讓朕動刀動劍？」

姚崇笑著說：「皇上想到哪去了？臣的良策，無需動刀動劍，只需突出一人，支開數人，就可以了。」

睿宗說：「朕不明白。」

宋璟補充說：「臣與姚相是這樣想的：一山不容二虎，這是古訓。而現在呢？一座『山』上卻有兩隻『虎』，就是公主和太子。另外，還有『豹』，還有『狼』，就是豳王、宋王、申王、岐王、薛王等。豳王守禮是章懷太子李賢的長子，高宗皇帝和則天天后的長孫，皇上萬年之後，他是最有資格繼承皇位的。宋王憲、申王撝、岐王隆范、薛王隆業，都是皇上的兒子，太子的兄弟，長居京師，分掌兵權。太平公主正是利用了這一點，挑撥離間，無事生非。她口口聲聲要立宋王為太子，假若宋王不合她的心意，她還會要立他王為太子的。這就是問題的癥結所在。姚相所說突出一人，支開數人，就是要皇上突出太子，而將其他人調離京師。」

睿宗似有所悟，點頭說：「是這麼個理！那麼，突出一人，支開數人，具體該怎麼做呢？」

姚崇說：「突出一人，皇上可命太子監國。這就樹立了太子的權威，其他人包括太平公主在內，都不得冒犯太子。支開數人，皇上可將豳王、宋王、申王任命為地方刺史，罷去岐王、薛王左、右羽林大將軍的職務，改任左、右衛率以事太子，並規定一條，從今往後，諸王和駙馬不得統領禁軍。至於太平公主和武攸暨，臣的意思，可支去東都安置。」

睿宗忙說：「不行不行，朕只有太平一個妹妹，哪能遠置東都呢？至於諸王嘛，由卿安置就是了。」

宋璟說：「皇上嫌東都太遠，不妨將公主安置在蒲州（今山西永濟），那裏離長安很近。」

睿宗想了想，說：「行！就這樣辦吧！只是委屈了朕的妹妹了！」

越日，朝廷內外流言四起，說：「五天之內，宮中將會發生兵變。」

睿宗驚慌，吩咐群臣，提高警惕，加強防範。張說說：「這是讒人離間東宮，用心險惡。願陛下使太子監國，則名分定，奸膽破，流言自息。」

姚崇說：「張說所言極是，使太子監國，社稷之至計也！」

睿宗樂得圖個清閒，於丁丑日頒布聖旨，宣布：一，命太子監國；二，豳王李守禮、宋王李憲、申王李撝出為豳州刺史、同州刺史、華州刺史，岐王李隆范、薛王李隆業罷去左、右羽林大將軍職務，改任太子左、右衛率；三，鎮國太平公主遷蒲州安置。

這是睿宗復位後頒布的一道最重要的聖旨。它確立了隆基不可動搖的太子地位，給了李筱一個沉重打擊。李筱氣急敗壞，大發雷霆，說：「扯淡！扯淡！怎麼會是這樣？」她的丈夫武攸暨也將隨去蒲州安置，再次尋到醴泉坊，大發牢騷說：「你爭你鬧你折騰呀！這下倒好，蒲州安置，牽累到我，也得到那個鬼地方去活受罪，真是……人常說，女人頭髮長見識短。我看，你這個婆娘就是這樣的！」

李筱心中升起怒火，大喊說：「備車！我要進宮，找我那個旦哥哥理論理論！」可是，當她準備登車的時候，卻又退了回去。聖旨已經下達，一切皆成事實，自己進宮，去理論什麼呢？理論不讓太子監國嗎？理論不去蒲州安置嗎？理論睿宗恩將仇報嗎？這些，好像都站不住腳，弄得不好，反而會使自己落個威脅皇上、抗旨不遵的罪名。她猶豫，她彷徨，卻又嚥不下堵得發慌的惡氣，轉而吩咐兒子薛崇訓說：「去！把那個李隆基給我叫來，我有話問他！」

不一時，隆基隨崇訓乘馬而來。隆基向李筱行禮，說：「侄兒給姑姑請安！」

李筱理也不理，大聲說：「你少叫我姑姑，我也沒有你這個侄兒！我只問你，你們父子的良心，叫狗吃了不是？沒有我，你父親當得了皇帝嗎？沒有我，你隆基當得了太子嗎？現在倒好，卸磨殺驢，過河拆橋，把我逐出京城，流放到蒲州去！你們這樣做，對得起我嗎？」

李筱劈頭蓋臉地訓斥隆基。隆基不加辯駁，解釋說：「事情是這樣的……」

李筱可不聽隆基的解釋，說：「事情是怎樣的，我知道。都是姚崇和宋璟兩個奸臣，存心不良，撥弄是非，離間皇家關係！你回去告訴我那個皇帝哥哥，就說我到蒲州去了，我寧願死在那裏，再也不回長安！」

隆基忙說：「姑姑別……」李筱沒等隆基把話說完，一扭身進了內室。

李筱儘管飛揚跋扈，但對聖旨也不敢不遵，略加收拾，便和武攸暨去了蒲州。隆基回宮，把李筱的話如實報告父皇。睿宗聽著聽著，忍不住流下淚來，說：「我就這麼一個妹妹，弄成現在這樣，如何是好？」

隆基寬慰說：「父皇放心，過些日子，我們把她接回來就是了。」

睿宗說：「你姑姑蒲州安置的主意是姚崇和宋璟出的，看來，必須懲治二人，才能幫她出氣。」隆基未置可否。於是，睿宗頒出聖旨，將姚崇貶爲申州刺史，宋璟貶爲楚州刺史。蕭至忠、趙彥昭、崔湜、竇懷貞四人，一併免去宰相職務，改由韋安石、李日知爲宰相。

隆基明知姚崇、宋璟是因自己而遭貶黜，過意不去，特地設宴，爲二人餞行，說：「二位暫且受此委屈，相信會有雨過天晴的一天。」

姚崇和宋璟光明磊落，說：「無妨，不管在什麼地方，反正都是爲朝廷效力。時事未定，風譎雲詭，太子還需珍重才是！」

隆基說：「我會的！」

姚崇和宋璟不禁想起傳唱已久的民謠，說：『龍雞夜啼時，梨棠花滿枝。』我們堅信，梨樹棠樹花滿枝頭的日子，不會很遠了！」

隨著李筱的離去，朝廷恢復了暫時的平靜。然而，誰都明白，這種平靜只是一種假象，它的背後潛伏著風暴，潛伏著急流。隆基行使「監國」的權力，實際上是分享了皇帝的部分權力，抓緊改組皇家禁軍，分爲左、右萬騎和左、右羽林，合稱「北門四軍」。其統領有葛順福、陳玄禮、李仙鳧、麻嗣宗等，他們對隆基絕對忠誠。李隆范和李隆業分任太子左、右衛率，他倆成爲隆基的得力幫手。王毛仲和李宜得，長期侍從隆基，鞍前馬後，兼有功勞和苦勞，分別封爲龍武、龍威將軍，李宜得由此改名爲李守德。新任宰相韋安石、李日知屬於正直的好人，品行高尚，但缺乏總攬全局和統領百官的能力，難能有所作爲。李筱雖然遠在蒲州，然其黨羽遍布長安，她和他們之間保持著密切的聯繫，長安打個噴嚏，蒲州都有反應。

睿宗說到底是個平和敦厚的皇帝，怕見鬥爭，怕見血腥。身體也不是太好，難以應付千頭萬緒的朝廷事務。四月甲申日，他召集三品以上的官員，誠懇地說：「朕素懷淡泊，不以萬乘之尊爲貴。從前，曾爲皇嗣，曾爲皇太弟，朕皆堅辭不受。復位登極，也是不得已而爲之。因此，朕想傳位於太子，各位愛卿意下如何？」

這是一個誰也沒有料到的問題，突然提出來，眾臣驚駭，不敢貿然答對。睿宗說：「你們倒是說話呀！」

許久，殿中侍御史和逢堯出班說：「陛下春秋未高，方爲四海所依仰，豈能急於退位呢？此舉有違天下人望，臣以爲萬萬不可！」

和逢堯是李筱的親信，他一表態，許多人紛紛附和。當然，也有默不吭聲的。睿宗見狀，未作決定。四天後即戊子日，有聖旨頒出，說：「從今日起，凡政事皆由太子處分。其軍旅、死刑及五品以上官員的任命，皆先與太子議之，然後以聞。」這意味著，睿宗雖然沒有傳位給太子，但已把大部分的實際權力轉移到太子手中了。

蒲州的李筱當天就接到報告，急得來去走動，連連搓手，說：「怎麼會是這樣？怎麼會是這樣？」她遠離京師，專權弄政，大有一種鞭長莫及之感，說：「不行，我得回去！不然，隆基那小子就要登上皇位了！」可是，沒有聖旨宣召，自己又怎能回得去呢？老天似乎格外關照李筱，就在她急切焦躁的時候，聖旨到：宣召鎮國太平公主回京，以敘兄妹親情。李筱大喜過望，說：「天不絕我！」

原來，睿宗把政事交給太子處分以後，覺得渾身輕鬆。他牽掛著和想念著唯一的妹妹，決意親自前往蒲州，看望李筱。鑾駕將行之際，隆基趕了來，說：「父皇龍體欠安，哪能經車馬勞頓之苦？看望姑姑，孩兒可以代勞嘛！」

睿宗說：「朝中那麼多事情，你不能離開。我是閒人一個，出去走走，一來可以看望妹妹，二來可以活動活動筋骨。」

隆基說：「孩兒正想來著，姑姑安置在蒲州，終究不是個辦法，乾脆下旨將她召回，這樣父皇和姑姑不又可以天天相聚了？」

睿宗見隆基具有這樣的胸懷，非常高興，說：「好啊！那你就派人下旨唄！」因此，睿宗沒去蒲州，聖旨到了蒲州。

五月，天藍地闊，山青水秀，麥浪滾滾，菜子金黃，石榴花開得火一樣的鮮紅，金絲鳥唱著悅耳動聽的歌曲。李筱和武攸暨乘車返回長安，心情就像途中的景色，絢麗斑斕。特別是李筱，又回京城了，又回到最高權力的中心了。她感到激動和振奮，眞想放開喉嚨大喊一聲：「哎——！天下主宰，捨我其誰！」

時隔三個多月，睿宗和李筱重新在武德殿見面。一個叫「妹妹」，一個喚「哥哥」，就像劫後重逢似的，說不完的話，敘不盡的情。睿宗設宴招待李筱，太子隆基作陪。睿宗說：「你們兩個，一是我妹妹，一是我兒子，手心手背都是肉。從今往後，你們要以親情爲重，切莫再搞窩裏鬥！」

隆基說：「孩兒謹記父皇教誨！」

李筱說：「現在是太子監國，我想窩裏鬥，可哪敢呀？」

睿宗笑著說：「你這張嘴，就是不饒人！」

李筱回到長安，親信們接踵而至，名為拜訪，實為獻媚。他們異口同聲地告太子的黑狀，為自己失去的特權和利益而叫屈而憤恨。其中包括原先的三位宰相：被貶為太子詹事的崔湜，被貶為殿中監的竇懷貞，被貶為許州刺史的蕭至忠。李筱思量，自己當前最重要的任務，就是把親信重新聚集起來，官復原職，再振雄風。恰巧，睿宗的女兒，隆基的胞妹，即西城公主李霓萍和隆昌公主李霓莉，為緬懷生母竇蘭，自請為道士，出家修煉。睿宗尊重女兒的心願，下令新建兩座道觀，供女兒居住。竇懷貞覺得這是個表現的機會，透過李筱，當上了營觀使。竇懷貞監建道觀，十分賣力，逼奪民居，強佔土地，用時一月，花錢無數，造就兩座豪刹，前殿後宇，金碧輝煌。兩位公主入住，甚為滿意。睿宗也很高興，改封霓萍為金仙公主，霓莉為玉眞公主，她倆所住的道觀，則分別稱金仙觀和玉眞觀。

李筱回到長安，睿宗似乎要彌補她的損失，凡有所請，無不照准。於是，經李筱奏請，崔湜、蕭至忠又當上了宰相。崔湜又援引陸象先，蕭至忠又援引岑義，使陸、岑二人也登上了宰相的高座。新任宰相洋洋得意，原任宰相相形見絀。韋安石和李日知調離，分別任太子賓客和戶部尚書。這種情況引起了隆基的密切關注。他不便直接批評父皇和姑姑的做法，只能在力所能及的範圍內，安排劉幽求和魏知古也當了宰相，從而使得宰相班子裏有了自己的人。

越年改元為太極，繼又改元為延和。太平公主李筱，宰相竇懷貞、崔湜、蕭至忠、陸象先、岑義，尚書右丞盧藏用，太子少保薛稷，右散騎常侍賈膺福，雍州長史李晉，羽林大將軍常元楷，知羽林軍李慈，鴻臚卿唐晙等，以李筱為中心，組成了一個勢力強大的利益集團。開始，這個集團並不想奪取最高權力，但是發誓要維護既得的利益。為此，他們視監國的太子為眼中釘肉中刺，此人若當皇帝，他們的榮華富貴，很難保全。

這年六月，武攸暨突然生病死了。睿宗頒旨，追贈他為太尉、并州大都督，謚曰「忠簡」，予以厚葬。李筱死了丈夫，不見悲傷之痛，反有解脫之喜，喪禮期間，便與情夫崔湜睡在一起，恣意逞歡。還有一個胡僧，法名慧範，長得人高馬大，很像武則天的面首薛懷義。此僧原與韋漾私通，再與李筱乳母私通。李筱見其雄壯，略加勾引，他很快就又成了李筱床上的常客。李筱已是嫠婦，縈情肉欲，想和多少男人睡覺，就和多少男人睡覺，隨心隨意，沒有任何顧忌。

李筱和她的同夥，日夜謀劃著皇權不致落入太子之手的辦法，甚至想到用非常手段，將太子除去。隆基礙於情面，儘量忍耐和退讓，得過且過。這天，隆基正在東宮休息，忽然聽到門外有喧嚷之聲。一人說：「我要見太子。」侍衛說：「太子是你想見就見的嗎？去！去！」那人說：「外間只聞有太平公主，不聞有太子。太子本有功於社稷，孝於君親。而你們這夥廢物，不懂得為太子分憂解難，只會龜縮在牆角耍橫！」

隆基聽出來了，說話的人是王琚。他趕忙出殿迎接，笑著說：「我知道，每到關鍵時刻，你王先生就會出現，快請進！」

王琚進殿，不等隆基發問，說：「當初，韋漾躬行弒逆，天下動搖，人思李氏，故殿下取之易也。現在，太平公主恃功自專，左右大臣多為其用，皇上因她是胞妹，能忍其過。這，臣竊為殿下寒心。」

隆基請王琚落座，流著淚說：「父皇同輩親人，唯有公主。若除公主，必傷父皇之心，爲之奈何？」

王琚說：「天子之孝，異於匹夫，當以安定宗廟社稷爲重。西漢時，蓋邑長公主供養昭帝，其後與上官桀謀殺霍光，未及天子。而昭帝呢？出於大義，斷然誅滅了蓋邑長公主。如今，太子功定天下，太平公主卻大樹私黨，陰謀廢立，這是不能容忍的！爲了宗廟社稷，焉能顧全小節？太子誠召張說、劉幽求、郭元振等計議，危機便可化解。」事實上，隆基已經這樣做了，但他還是感謝王琚的指點，鄭重地將王琚留下，封爲太子舍人兼諫議大夫，隨時商量機密大事。

七月的夜晚，天高氣爽，星月倍明，西方空中忽然出現一顆碩大的彗星，拖著長長的尾巴，從軒轅垣掃過太微垣，至於大角垣。古人觀念，認爲太微星垣象徵著皇帝的寶座，而彗星爲「掃帚星」，它的出現，主災主亂。李筱聰明過度，立刻想到，可以利用天象，大做政治文章。經過周密的策劃和安排，一位鶴髮童顏、仙風道骨的法老，進了皇宮，見到睿宗。

睿宗說：「請問法老：近日天象，意味著什麼？」

法老按照李筱的指示，回答說：「彗星出現，當是除舊布新的跡象。它從軒轅垣掃過太微垣，至於大角垣，是在警示：太子當爲天子，取代陛下。」這是李筱一夥故意設計的騙局，目的在於刺激睿宗，使之固位自保而疑忌太子，並能採取必要的行動。不想睿宗早就有意傳位於太子，法老如此解釋天象，正中下懷。他說：「既是天意，尚有何疑？傳德避災，吾志決矣！」

法老發現好計策落了個壞結果，慌忙報告李筱。李筱大驚失色，說：「欲巧反拙，弄假成眞。糟了！糟了！」她連夜召集黨羽，商量對策。商量來商量去，只有一法，就是奏阻內禪。於是，此上一書，彼上一書，內容大同小異：皇上現在傳位給太子，實不足取。睿宗決心已定，任人口吐蓮花，禪位的主意不變。李筱急得團團轉，親自出面，反對旦哥哥禪位。睿宗說：「中宗之時，群奸用事，天變屢現。我曾勸請中宗，擇賢子而立之，以應災異。中宗不悅，致使我憂恐多日，食不甘味。這種現象，我於人能夠勸之，於己為何不能行之呢？」

李筱覺得睿宗愚蠢迂腐，不可救藥。忽然，得到了消息的隆基跑進大殿，跪拜在地，叩頭說：「兒臣僅立微功，不次為嗣，懼不克堪。現在，父皇急欲將大位傳給兒臣，這是為何？」

睿宗說：「社稷所以再安，朕所以得天下，皆賴你的力量。現在，天象示警，帝座有災，所以將皇位傳給你，轉禍為福，如此而已。」

隆基叩頭固辭，說：「皇權至重，兒臣怕是承擔不起啊！」

睿宗變了臉色，說：「你若是孝子，應該聽從朕的安排，何必等到朕死後，在朕的靈柩前即位呢？」隆基無話可說，流涕而出。

睿宗很會抓緊時間。七月壬辰日發出手諭，禪位太子。太子上表力辭，睿宗不許。李筱看到事情不可逆轉，立刻改變策略，退而求其次，說：「旦哥哥決意內禪，誰也沒有辦法。不過我想，三郎畢竟年輕，缺少閱歷和經驗。你不能大撒手，猶宜自總大政才是。」李筱天眞地以為，只要睿宗「自總大政」，那麼自己就還有迴旋和翻盤的機會。

睿宗勉強答應李筱，叮囑隆基說：「你是因天下事重，希望朕幫你兼理些事嗎？古時，舜禪位於禹，猶親巡狩。朕雖禪位，豈忘家國？其軍國大事，當兼省之。」這是個模稜兩可的表態，為的是安慰李筱。李筱是睿宗的胞妹，他不能讓胞妹難過和失望。

八月庚子日，太子李隆基在太極殿舉行隆重的受禪登基大典。隆基金冠袞服，氣宇軒昂，莊重地登上大殿，坐上御座，接受百官拜賀，「吾皇萬歲萬歲萬萬歲」的頌詞，高亢嘹亮，響遏行雲。接著，新皇帝頒出第一道聖旨，主要內容是：尊睿宗爲太上皇，太上皇自稱曰「朕」，命令曰「誥」，五日一受朝於太極殿；皇帝自稱曰「予」，命令曰「制」或「敕」，每日受朝於武德殿。三品以上官員的任免及重大刑獄案件，由太上皇決斷，其餘事項，概由皇帝決斷。甲辰日，大赦天下，改當年爲先天元年（西元七一二年）。新皇帝新事業，李唐王朝的歷史，揭開了新的一頁。

生死較量

李隆基受禪登基，時年二十八歲。他死後的廟號爲玄宗，謚號爲大聖大明孝皇帝，所以歷史上多稱他爲唐玄宗或唐明皇。

唐明皇（玄宗）登基，喜壞了樂壞了他的七位妻子。她們是幸運的，眼看著自己的丈夫成爲天下第一男人，主宰世界，執掌乾坤，心中的欣喜和甜蜜，難以用言語來描述和形容。那麼，她們當中，誰將成爲皇后成爲國母呢？人們不約而同地把目光集中到三個人的身上。一是王熒熒，她是明皇的嫡妻，先後封王妃封太子妃，歷來支持明皇的事業，而且爲人謙和，恭謹孝順，最有可能成爲皇后。然而，熒熒婚後十二年，卻一直沒有懷孕生育，這犯了女人的第一大忌。二是劉彩娥，她爲明皇生了長子李嗣直，按照嫡長子繼承制的傳統，李嗣直應被立爲太子，若此，母以子貴，她也就可能成爲皇后。然而，李嗣直存在著先天的缺陷，三歲時出天花，落下滿臉麻子，不大可能成爲太子。這樣，彩娥能否成爲皇后，就很難說。三是武妮，出身高貴，年輕美貌，最受明皇的寵愛。然而，她的出身也帶來了負面效果，因爲人們常把她和武氏家族特別是武三思聯繫在一起，她當皇后，文武大臣恐怕難以接受。

明皇的妻子們熱切地期盼著，朝臣們也翹首以待。第三天，問題有了答案，明皇宣布，立太子妃王熒熒爲皇后。熒熒喜極而泣，跪地說：「臣妾恭謝聖恩！」百官贊同明皇的選擇，因爲此舉表明，他們的皇帝堪稱有道明君，至高無上以後，仍然不忘糟糠之妻。劉彩娥沒有什麼表示，武妮則感到失落和不快。武妮以爲，自己在各方面都勝過熒熒，皇后名號之所以旁落，那是因爲天理不公，人心他向。不過她相信，憑著自己出身、年齡、姿色和心機的優勢，總有一天會取代王熒熒，而登上皇后的寶座。

王熒熒成爲皇后，她的父親王仁皎升任太僕卿。她的哥哥王守一，尙睿宗之女李霓薇，封駙馬都尉，升任尙乘奉御，即負責明皇出入的車馬事項，榮寵之至。這時，明皇的長子嗣直、次子嗣謙五歲，分別封郯王和郢王。不久，又封第三子嗣升爲陜王。這期間，明皇起用了一個重要人物，就是宦官高力士，升任內給事。長期以來，高力士向明皇通報了無數的宮廷機密，理應得到豐厚的獎賞。

明皇受禪登基，最窩火最煩心的當然是李筱。她在和侄兒的幾次較量中，都失敗了，沒有一次得手和成功。但是，她不甘失敗，決心繼續進行較量，睜大眼睛，盯著新皇帝的一舉一動。明皇有意改變宰相班子的結構，特任命張說爲尙書左丞，擬作宰相的備用人選。李筱可不願意，跑到太上皇那裏告了一狀。睿宗偏向妹妹，逼使明皇頒敕，罷免張說，改任東都留守。接著發生一件事，李筱大鬧皇宮，使明皇陷入非常尷尬的境地。

原來，宰相劉幽求對於李筱的專權和霸道，一直心懷不滿。他和右羽林將軍張暐多次密議，計畫發兵誅殺李筱及其黨羽，消除朝廷隱患。張暐爲人謹愼，請示明皇說：「太平公主和竇懷貞、崔湜、岑羲等人，日夜爲謀不軌，若不早圖，一旦事起，太上皇何以得安？因此請速誅之！臣與劉幽求等已經定計，只需皇上一聲號令。」

明皇深以爲然，說：「行！你們可預做準備，至於如何行動，等等再說。」

張暐隨後和侍御使鄧光賓聯繫，誰知就在這時出現了差錯。李筱早在宮中安插有眼線，及時獲知這一機密。她且急且恨，憤怒進宮，尋到睿宗居住的安仁殿，哭著喊著，說：「旦哥哥！你快把我殺了吧！」

睿宗莫名其妙，說：「好妹妹！怎麼說這種話？誰招你惹你了？」

李筱又是鼻涕又是眼淚，說：「你當然不會招我惹我，可你那皇帝兒子容不得我啊！他命劉幽求、張暐等，正要將我滿門抄斬呢！」

睿宗氣壞了，哆嗦著嘴唇說：「有這種事？來人！給朕把皇帝叫來，朕要問個明白！」

明皇應召而來，看到太上皇怒氣沖沖和李筱幸災樂禍的樣子，立刻明白是怎麼回事，腦子一轉，迅速做好了應對的準備。睿宗手指明皇，責問說：「你說，你們是不是要殺害太平公主？」

明皇坦然一笑，說：「哪能呢？不錯，劉幽求、張暐、鄧光賓是有這個念頭，並做出了計畫。他們給兒臣彙報過，但兒臣沒有同意。因爲兒臣想，太平公主是太上皇的妹妹，兒臣的姑姑，縱有這不是那不是，也不能對她動刀動槍啊！太上皇經常教導兒臣說，人生在世，親情爲重。這一聖訓，兒臣是牢記在心的。」

睿宗很滿意兒子天衣無縫的回答，轉向李筱說：「瞧瞧，都是下面那幾個混帳東西，唯恐天下不亂，盡出壞點子！」他停了停，又對明皇說：「劉、張、鄧三人，無事生非，離間皇親，你打算怎樣處置呀？」

明皇說：「這不，兒臣正要請示太上皇哩！」

睿宗惱惱地說：「殺！」明皇嚇了一跳，忙說：「太上皇息怒。劉、張、鄧三人，雖有殺害姑姑之心，但終究未成事實。念他們曾經有功於朝廷，依兒臣看，就免了他們的死罪，處以流放吧！」

睿宗詢問李筱說：「妹妹的意思呢？」

李筱目睹明皇的表演，佩服他隨機應變、丟車保帥的本領，陰陰地說：「皇帝說話了，我還哪敢有異議呀？不過，我把話說在這裏，從今往後，少在我身上打主意！」

這一事件，以劉幽求、張暐、鄧光賓被處以流放而告結束。李筱心知肚明，劉幽求等人的計畫，肯定是得到明皇認可的，因而更增加了對明皇的仇恨。明皇也長了見識，意識到以後做事，必須機密再機密，不得出現半點紕漏。李筱和明皇，都在暗中使勁，就像埋伏在草叢中的老虎，靜靜地觀察和等待，一旦條件具備，就會迅猛出擊，追趕和捕殺獵物，將之置於死地。

舊年逝去，新年開始。這是明皇登基後的第一個春節，從正月十五日開始，長安城內大放花燈，大街小巷，燈山燈海，亮如白晝。明皇陪同太上皇，御門觀燈，大酺合樂，說不完的喜慶，道不盡的勝景。燈期原定三天，怎奈餘興未盡，一再延長，直到二月中旬才算停止，耗費錢財，不可勝計。最熱鬧的還是太平公主李筱府中，供張聲伎，勝過皇家，所陳珍寶，光怪陸離，所製彩仗，靡麗淫巧，滿朝文武，聯翩踵賀，端的是繁華無比，烜赫絕倫。劉幽求等遭流放以後，李筱及其情夫私黨，興高采烈，聲焰益張。他們竊竊密議的中心話題是，必須除去唐明皇，另外擁立新皇帝，這樣才能永保潑天的榮華富貴。如果說他們原先還是一個利益集團的話，那麼現在的性質則發生了變化，已經發展成爲一個逆亂集團。這一變化，注定了他們終被殺身滅門的下場。

轉眼到了六月。明皇考慮到宰相班子裏缺少自己的人手，特將兵部尙書郭元振任命爲宰相。郭元振，魏州貴鄉（今河北大名東北）人，少有大志，長期統兵，建有許多軍功。明皇用爲宰相，旨在警告李筱，起一種威懾作用。史載：「太平公主依上皇（指睿宗）之勢，擅權用事，與上（指明皇）有隙，宰相七人，五出其門。」就是說，當時共有七位宰相，其中五人屬於李筱的黨羽，即竇懷貞、崔湜、蕭至忠、陸象先、岑羲。另二人爲魏知古和郭元振，恥於與上述五人同流合污。

李筱集團窮兇極惡，直接把黑手伸向皇帝。李筱得到情報，知道明皇每天都要服用赤箭粉湯。她眉頭一皺，計上心來，命令崔湜，不惜花重金，收買了在武德殿服役的宮女元巧兒，懸以備用。接著，他和竇懷貞、蕭至忠、崔湜反覆密商，制訂出一個用武力推翻唐明皇、另立新皇帝的逆亂方案。月底，李筱和五位宰相，以及太子少保薛稷、雍州長史李晉、羽林大將軍常元楷、知羽林軍李慈、金吾將軍李欽、中書舍人李猷、散騎常侍賈膺福、鴻臚卿唐晙、胡僧慧範等，召開了一次秘密會議，確定逆亂時間爲七月四日，因爲曆書上寫著，這天是黃道吉日，「宜用兵」。

李筱主持會議。崔湜解釋逆亂方案，說：「常將軍元楷、李將軍慈的羽林軍是我們行動的中堅。屆時，二位將軍可率領本部，迅速攻進太極宮，佔領武德殿，控制整個局面。竇、蕭二位宰相，前往南軍，利用你們的威望，號召南軍士兵起事，增援常、李將軍。李將軍欽是負責治安的，屆時負責聯絡，上情下達，下情上達，保證信息暢通。」

常元楷、李慈急切地說：「我們佔領武德殿以後，如何處置皇上和太上皇？」

崔湜說：「這個問題，得聽公主的。」

李筱輕輕一笑，說：「我估摸著，李隆基未必能活到七月四日。原因嘛，我就不說了。不過，得做好他活著的準備。到時候，你們可以把他捉住或殺掉！至於太上皇，先予軟禁，如何發落，事後再說。」

薛稷和李晉又提出個問題，說：「殺了皇上以後怎麼辦呢？」

崔湜說：「這，公主早有考慮。或者擁立宋王李成器，或者擁立溫王李重茂，由公主垂簾聽政或臨朝攝政。如果不行，那麼即由公主登基，效法則天大聖皇帝，威服四海，號令天下！」

宰相陸象先雖屬李筱私黨，但還比較正派。他聽了李筱和崔湜的話，忙說：「不可不可！」

李筱回應說：「李隆基在兄弟排行中位居老三，成爲皇帝，已是不順，況又失德，廢了他或殺了他，有何不可呢？」

陸象先說：「既以功立，必以罪廢。皇上嗣位，天下歸心，並無大罪大惡，怎能輕易廢黜或殺害呢？此事尙需斟酌。」

竇懷貞很不耐煩，說：「陸公眞是迂腐，不足以成就大事。請問，你的宰相高位，從何而來？今日公主謀行大事，你反出面阻撓，令人費解。」

陸象先說：「我正是爲公主著想，所以才直言諫阻，否則就不費口舌了。」

氣氛一時很僵。猛然間，門外撞進一人，大聲說：「逆亂之事，萬不可行，務要三思！」

眾人一愣，發現進門的人原來是薛崇暕，李筱的長子，時封立節王，官衛尉卿。崇暕和明皇是表兄弟關係，二人相處多年，彼此心心相印。他從親身接觸中深深感受到，明皇文武兼備，英明睿智，理當成爲一國之君，所以才來勸阻母親的愚蠢行動。李筱正因陸象先的諫阻而氣惱，又見親生兒子前來作梗，氣變成怒，怒變成恨，說：「你也敢來阻撓我嗎？」

崇暕跪地，流著淚說：「母親席豐履厚，養尊處優，也該知足了。你的地位還不崇高嗎？你的財富還不充裕嗎？為何還要挑釁生事，亂政禍國呢？」

李筱聽了這話，覺得十分刺耳，怒叱說：「你懂得什麼？我的事，你少管！」

崇暕並不退讓，說：「事成不足增榮，事敗不徒致辱。母親執迷不悟，怕是要家破人亡啊！」

李筱氣得渾身打顫，抄起座旁的一根木杖，兜頭打了下去。崇暕未及躲避，立時血流滿面。有人向前勸解。李筱恨猶不止，聲稱要打死逆子。崇暕說：「兒非逆母，母實逆君啊！」

李筱手指兒子，說：「你……你……」

竇懷貞、崔湜伸手來扶崇暕，說：「公子就少說兩句吧！」

崇暕推開二人的手，斥責說：「髒手別碰我！都是你們這夥奸佞小人，為虎作倀，助紂為虐！」

竇、張二人面紅耳赤，訕訕地說：「這……」

李筱怒上加怒，恨上加恨，舉起木杖，說：「反了！反了！」恨不得一杖將兒子打死。嗣由眾人扯開崇暕，一半勸母，一半勸子，風波漸漸平息。李筱當即發話，說：「把那畜牲關起來，嚴加看管，別讓他走漏消息，貽誤大事！」

會議散了，眾人離去。崔湜留下，他還要和李筱謀劃一些細節。事實上，李筱府第也就是崔湜的家，他們最近一直同桌而食，共枕而眠。李筱故弄嬌態，坐在崔湜腿上，說：「崔郎！你說，我們的事有把握嗎？讓陸象先和暕兒一攪和，我這心裏七上八下的。」沒有外人時，李筱總稱崔湜為「崔郎」，這樣才顯得格外親熱。

崔湜懷抱李筱，吻著她的面頰，說：「寶貝公主放心，沒問題！關鍵在於常元楷和李慈，他倆的羽林軍到了武德殿，大局就定了！」

李筱說：「最好元巧兒能夠得手，先把李隆基毒死，那樣我們就操有九分勝算。對了，你收買的那個元巧兒，會不會變卦或反叛？」

崔湜把李筱抱得很緊，說：「不會！我給了她一百兩黃金，而且把她的父母和兄弟控制在手中，她會掂量輕重和後果。」

李筱長長地吐了口氣，說：「李隆基啊李隆基！長期以來，你一直欺我壓我，現在，姑奶奶要給你點顏色瞧瞧了！」她想像著，李隆基的屍體橫陳在地上，羽林軍將士山呼海嘯般地衝進皇宮，然後，自己在歡呼聲中登上太極殿，宣布說……她將重新掌握大權，重新主宰朝政。啊！這一切，多麼美妙，多麼愜意！她的臉上，放射出驕傲、得意和目空一切的光芒。

七月一日、二日在平靜中度過，驕陽照樣似火，天氣照樣酷熱。按照計畫，七月三日中午，是元巧兒毒殺皇帝的時刻。李筱和崔湜，焦急地等待著這一時刻的到來。

三日凌晨早朝，同往日一樣，百官跪拜，山呼萬歲。明皇發現，薛崇暕接連幾天沒有露面，不知什麼原因。午正，明皇在武德殿用膳。膳後，他通常要服用一碗赤箭粉湯，然後午睡半個時辰。這是多年養成的習慣，很少改變。赤煎粉，就是天麻幼苗曬乾後而研製的粉狀沖劑，長期服用，可以振奮神經，補陰壯陽，有利於益壽延年。此前一天，明皇收到東都留守張說呈送的一件禮物，那是一把佩刀，非常精緻和鋒銳。明皇知道張說的用心，意在諫勸自己，遇事當斷則斷，不可拖泥帶水。還有，荊州長史崔日用回京述職，說：「太平公主謀逆有日，陛下住在東宮，猶為臣子，若欲討之，須用謀力；現在既光臨大寶，但下一制書，誰敢不從？萬一奸宄得志，悔之莫及！」

明皇沉吟說：「誠如卿言，直恐驚動太上皇。」

崔日用說：「天子之孝在於安定四海。若奸人得志，則社稷爲墟，安在豈爲孝乎？因此，臣請先定北軍，後收逆黨，事前不必請示太上皇。」

明皇想了想，說：「卿且留京，助予一臂之力。」崔日用滿口答應，留京出任吏部侍郎。

張說贈刀，崔日用進言，使明皇大受感動。因此，這天膳後，他召來王琚，有些事情需要商量。高力士在座。自從明皇登基以後，高力士便成爲明皇的貼身宦官，須臾離開不得。

明皇背靠御榻，把張說贈刀、崔日用進言之事，如實地告訴王琚。王琚說：「事迫矣！陛下應速速決斷，先發制人！」

明皇說：「太平公主等逆亂是肯定的，只是不清楚他們……」這時，宮女元巧兒手端托盤，托盤上有一瓷碗，緩步進殿，說：「皇上該服用赤箭粉湯了！」

這個元巧兒，年齡十六七歲，身材苗條，姿色俊俏。她是在武德殿服役的宮女之一，任務是給皇上端茶送水。王琚注意觀察，發現宮女有點異樣，神情緊張，手腳慌亂，以致托盤在輕輕抖動，瓷碗裏的湯汁都流到了外面。她的聲音也不對頭，發虛發顫，不大連貫。明皇倒未在意，接過瓷碗，剛要服用。王琚猛然說：「慢！」他從明皇手中奪過瓷碗，跟高力士說：「銀針呢？快測試一下！」高力士似乎也有所覺察，忙取出隨身必帶的銀針，插進赤煎粉湯。這是他的職責所在，皇上進食，必先由他用銀針測試，謹防有人在食物中下毒。但元巧兒天天給明皇進湯，從未出現過問題，所以當天，他就免了這道工序。再看瓷碗裏，圍繞銀針，發出「嗤嗤」的響聲，冒起密密的水泡，片時，銀針變成了黑色。
明皇萬分驚駭，手指元巧兒，怒聲說：「大膽賤貨，竟敢在湯中下毒！」
元巧兒嚇得「撲通」跪地，面如死灰，連連磕頭，說：「奴婢該死！奴婢該死！奴婢這樣做，實是迫不得已啊！」
王琚厲聲說：「說！你是受誰指使的？」
元巧兒戰戰兢兢，說：「誰指使的，奴婢也不知情。前幾天，宮外一人找到奴婢，給了奴婢一百兩黃金和一包砒霜，讓奴婢在皇上的赤箭粉湯中下毒。那人說，他們已經抓了奴婢的父母和兄弟，奴婢若不答應，他們就將奴婢全家人殺死。所以，奴婢就，就……」
明皇肺都要氣炸了，高聲說：「來人！把這賤奴拉出去砍了！」
元巧兒說：「無需來人，奴婢自去！」說著，伸手端起放在一邊的瓷碗，把碗裏的赤箭粉湯一口喝了，立時倒地，七竅流血，命絕身亡……
高力士命人把元巧兒的屍體拖走。宰相魏知古匆匆進殿，急急地說：「皇上！太平公主要造反了！」
明皇說：「怎麼回事？」
魏知古一邊擦汗一邊說：「近日，太平公主在府中召開了秘密會議，決定推翻皇上。陸象先參加了會議，持有異議，遭到訓斥。他回家後像著了魔似的，把自己關在房裏，不停地念念叨叨，說：『七月四日，大限到了！七月四日，大限到了！』陸象先的跟班，把這些情況，透露給臣的跟班。所以，臣分析，七月四日也就是明天，會是太平公主逆亂的日子。」

明皇腦海裏，飛快地將薛崇暕失蹤、元巧兒下毒、陸象先念叨聯繫起來，迅速作出判斷，說：「沒錯！七月四日，就是他們逆亂的日子！」他「謔」地站起身來，一握拳頭，說：「高力士！快召岐王、薛王、郭元振、崔日用、葛順福、陳玄禮、李仙鳧、麻嗣宗、姜皎、李令問、王守一等前來武德殿！」

高力士回答個「是」字，招呼守衛在殿外的龍武將軍王毛仲、龍威將軍李守德，騎馬而去。不一時，文臣武將陸續到來，屏聲斂氣，等候皇帝命令。

明皇威嚴的目光從眾人的臉上掃過，鏗鏘有力地說：「太平公主及其黨羽，放著好日子不過，偏要鋌而走險，謀逆作亂。予的忍耐已經到頭了！現在，你們可以分頭出擊，誅滅那些蠢蠢欲動、磨刀霍霍的敵人！掌握兩條原則：一，不要驚動太上皇；二，暫時不動太平公主，但要翦滅其羽翼，使她再也『飛』不起來！」

「遵命！」文臣武將群情振奮，摩拳擦掌，隨之按照分工，分別執行。葛順福等四將，統領「北門四軍」，嚴密地守衛皇宮。岐王李隆范和薛王李隆業爲避明皇名諱，已改名李范和李業，任皇帝左、右衛率，去控制南軍。宰相郭元振和尚承奉御王守一，去陪伴太上皇，暫避於承天門樓。王毛仲率領兵馬三百餘人，列陣於虔化門，召常元楷、李慈入見皇上。常、李不明底細，應召而至。王毛仲的士兵一擁向上，將二人就地斬首。李守德率兵捉住李欽、賈膺福、李猷，不由分說，砍了腦袋。殿中少監姜皎、太僕少卿李令問，率兵生擒蕭至忠和岑羲，押來請明皇發落。明皇一揮手，蕭、岑二人人頭落地。竇懷貞倉皇逃命，掉進御溝，上天無路，入地無門，解下腰帶，吊死在御溝旁的一棵樹上。那個薛稷，死於萬年縣衙。

明皇穩穩地坐鎮武德殿，魏知古、崔日用、王琚、高力士環侍左右。王毛仲等陸續前來報捷。明皇盈盈而笑，說：「予的那位姑姑，看來今夜是難以成眠了！」

當夜，李筱確實沒有合眼。她憑一種本能感覺得到，自己精心策劃的逆亂失敗了。一來，皇宮裏很平靜，顯然元巧兒毒殺李隆基的惡招沒有得手；二來，竇懷貞、崔湜、蕭至忠、常元楷、李欽等，不見蹤影，肯定出了問題。三來，她派出去的家丁報告說，街市上到處都有羽林軍，抓了殺了很多人。李筱心慌意亂，李筱眼皮猛跳，一骨碌起身穿衣，吩咐侍女說：「快！收拾些東西，三十六計，走爲上！」次日黎明，李筱化裝成一個富婆模樣，由次子薛崇訓和親信李晉、唐晙、慧範陪著，帶領十餘名侍女和家丁，統統騎馬，離開了富麗堂皇的府第。所幸未見什麼士兵，所以順利出了金光門，向西向南，疾馳而去。其實，這夥人的行蹤完全在禁軍的監控之中，禁軍將士執行皇帝「暫時不動太平公主」的旨意，這才放他們逃脫。

七月四日早朝，明皇宣布了頭天採取行動的原因和結果。群臣發出歡呼，齊聲稱頌皇上聖明。令人驚奇的是宰相崔湜，竟然也出現在朝會的班列中，而且稱頌皇上聖明的聲音特別響亮。這時，殿外撞進一人，未穿朝服，踉踉蹌蹌，跌倒在地上，說：「皇……皇上！」

眾人一看，原來是立節王薛崇暕。崇暕已被母親李筱關了四五天，沒吃的沒喝的，身心疲憊，且很虛弱。他是李筱逃跑後才由家丁放出來的，放出後便直奔皇宮，報告說：「皇……皇上！臣母結黨逆亂，罪大惡極，她……她逃跑了！」

明皇見崇暕狼狽的樣子，知道他受苦了，說：「表哥放心，她跑不了！你，還是將養身體要緊。」

崇暕叩頭謝恩，回臉看到崔湜，忙說：「崔湜是母黨的骨幹，皇上可不能放過他！」

崔湜的臉色變化很快，慌忙跪地，編排說：「臣依附太平公主，這是事實。但臣並不知道她要犯上逆亂呀！若是知道，早向皇上報告了。昨日夜間，太平公主要臣和她一起逃跑，臣沒答應。臣是皇上的臣子，哪能和她逆亂頭目沆瀣一氣呢？這，請皇上明察！」

明皇知道崔湜是變色龍之類的角色，無心和他糾纏，說：「你是個什麼樣的人，你清楚，予清楚，眾人都清楚。予今天不殺你，只將你處以流放，下去吧！」

崔湜叩頭謝恩，慶幸自己極善應變，總算保住了性命。

朝會散後，明皇登上承天門樓，向太上皇稟報兩天來所發生的重大事變。睿宗驚訝不已，說：「事情怎麼會是這樣？」他回想自己和妹妹李筱數十年來的相處和交往，感慨萬千，憂鬱地說：「太平逆亂，朕難免放縱、庇護之咎！」他隨即頒詔，宣布說：「自今軍國政刑，一皆取皇帝處分。朕方無為養志，以遂素心。」而且，當天即移居百福殿，保留太上皇的尊號，不再過問政事。

從此，唐明皇自稱「朕」，大權獨攬，大事獨斷，完全按照自己的意志，管理國家，統治天下。他，成了名副其實的皇帝。

唐明皇李隆基見過父皇睿宗，迅速返回武德殿。他要和臣屬們商量徹底掃除李筱集團的餘孽問題。王毛仲說：「太平公主逃跑，終究是個禍害。臣請率兵，將她捉拿歸案！」

明皇搖頭，笑著說：「朕的那位姑姑，朕再熟悉不過了。憑她的性格，一不會逃得很遠，二不會逃得很久，不出三天，肯定還得回來。你們嚴密監視著，守株待兔就是了。」

當唐明皇和臣屬們在武德殿議事的時候，李筱一行已經逃進長安南面的終南山中。那裏嶺高峰險，怪石嶙峋，溝深水疾，樹木蔥蘢。他們下了馬，沿著崎嶇的小道，進深十餘里，人人累得大汗淋漓，氣喘吁吁。李筱平生嬌貴慣了，哪裏吃過這種苦頭？她一屁股坐在一塊大石上，賭氣地說：「反正是個死，別走了！」其他人也是困乏至極，一步也不想挪動，趁勢躺在硬梆梆的砂石上，哼哼說：「哎呀！累死了！累死了！」

這夥人走得匆忙，沒顧上帶吃的和喝的，一停下來，方感到又饑又渴，肚腸轆轆。有人去水邊捧著水喝，有人隨手採摘野果充饑。李筱的侍女用皮囊裝了些水，並取出幾片攜帶的乾餅，遞給主子，說：「公主請用膳。」

李筱看了看，搖頭苦笑，那意思是說：這也叫「膳」嗎？不過，她還是喝了口水，吃了片餅。須知，唯有如此，才能活命哪！

山裏的天黑得早。約莫申末酉初，便不見太陽，接著從山谷到山頂，濃重的黑色逐漸瀰漫、擴展、合攏，最後漆黑一片，什麼都看不見了。山風吹動樹木，發出撼人心扉的聲響，間或天空劃過幾點磷火，遠處傳來幾聲狼嚎，使人渾身泛起雞皮疙瘩。

李筱的侍女取出所帶的全部行囊，在兩塊巨石間鋪開，請公主就寢。李筱還是搖頭苦笑，心想這能叫「就寢」嗎？她和衣躺下，感覺得到身下堅硬的石頭，觸著骨頭觸著肉，擱得慌。七月的夜晚，長安城裏是炎熱的，而終南山裏卻很清涼，清涼中挾著逼人的寒氣，寒氣直刺骨髓。李筱強迫自己入眠，可是怎麼也合不上眼睛，遙望夜空中的星辰，腦海裏浮現出一幕幕往事。

李筱稱得上是天之驕女。她的父親李治（唐高宗）、母親武則天、哥哥李顯（唐中宗）和李旦

（唐睿宗）都當了皇帝。不管誰當皇帝，她都是驕得烜赫、紅得發紫的人物。早在武則天時，她就封太平公主，登上政治舞台，幫助母親解決了許多棘手的難題。中宗復辟，她出了大力，因而在原封號前面加了「鎮國」二字，這二字，反映了她在國家政治中極度尊崇的地位和無可比擬的作用。中宗死後，她先擁立侄兒李重茂爲帝，旋即將之廢黜，再擁立睿宗第二次登上帝位。一位公主，具備這樣大的能量，在中國歷史上是絕無僅有的。她的權勢大得不能再大了，她的財富多得不能再多了。然而，正是無窮無盡的權勢和財富欲望，使她失去了理智，走上了歧途。她和侄兒李隆基原是盟友，本可以繼續合作，和睦相處。但是，李筱過於好強，過於自信，仍想像控制中宗、睿宗那樣，控制李隆基。李隆基不願受制於人，李筱「姑奶奶天下第一」和「唯我獨尊」的心理受到了挑戰。因而，她擺出「大唐功臣」的架勢，反對李隆基成爲太子，反對太子監國，反對太子受禪。她的反對一再受挫，李隆基堂而皇之地受禪登基。在這種情況下，她只能狗急跳牆，孤注一擲，公然糾集私黨，利用陰謀手段，企圖毒殺皇帝，同時動用武力，企圖推翻皇帝。此時的唐明皇已非昔日的李隆基，手握皇權，羽翼豐滿。這決定了李筱輝煌一世、失敗一時的悲慘結局。

李筱回想往事，有甜有苦，有喜有悲，有樂有哀，但更多的是氣是惱，是怒是恨。她眞正體會到了「龍擱淺灘受蝦戲，虎落平陽被犬欺」的含義，自己這條「龍」這隻「虎」，目前的處境不正是這樣嗎？

第二天，這夥人藏在山中，無所事事，只能以谷水解渴，以野果充饑。第三天，他們撐不住了，有人肚子拉稀，就連李筱，也覺得頭暈目眩。薛崇訓懇勸母親說：「娘！我們還是回去吧！」李晉、唐晙趁機說：「對！我們應該回去！」慧範是李筱的情夫，說話更有份量，說：「是的，我們泡在這山溝裏，終不是辦法。公主回去，求求太上皇，料他李隆基，不敢拿公主怎樣？」

李筱細想，確也在理，太上皇就自己這麼一個妹妹，他說一句話，李隆基還能把自己殺了不成？她咬一咬牙，說：「好！下山！」

於是，這夥人互相攙扶著，艱難地下山。到了山外，方覺得天高地闊，心胸豁然。他們的馬倒是健壯，未時左右，便回到城裏，回到醴泉坊，回到了李筱的府第。府第仍是原樣。李筱一下馬，嚷嚷著吩咐使女說：「快！燒些熱水，我要沐浴！」

話音未落，大門外呼喇喇湧進一隊皇家禁軍來，約有二百來人，人人手持刀劍。爲首的是龍武將軍王毛仲，一揮手，說：「拿下！」禁軍如狼似虎，當下把李晉、唐晙、慧範和十餘名侍女、家丁縛了，押去刑部審訊。

李筱依然是公主的派頭，衝著王毛仲怒吼說：「你要幹什麼？」

王毛仲說：「在下執行公務！」

李筱瘋了似的衝向禁軍，說：「你們這是假公濟私！不行，我要去見太上皇！」

王毛仲以劍阻攔，說：「對不起，太上皇不會見你！」

李筱說：「那我就去見李隆基，見你們的皇上！」

王毛仲說：「皇上更不會見你！」

李筱傻眼了，洩氣了，一屁股坐在台階上。

這時，門外又進來兩人，一是王琚，一是高力士。王琚雙手一抖，抖出一道聖旨來，高聲說：

「太平公主李筱接旨！」

李筱依然高傲，理也不理。王琚照規行事，手捧聖旨，宣讀道：「罪女太平公主李筱，謀毒皇帝，結黨逆亂，十惡不赦，著賜死於家。欽此。」

李筱聽了「賜死於家」四字，就像一個霹靂擊在頭上，腦子裏「嗡」的一聲，整個身心都麻木了，崩潰了。她想辯白，她想理論，她想鳴冤叫屈喊不平，可是嘴巴不聽使喚，根本發不出聲來。

王琚向高力士努嘴示意。高力士手持一瓶鴆酒，遞到李筱面前，說：「公主請吧！」

李筱回過神來。她從血腥的宮廷鬥爭中知道，此時此刻，一切囉嗦和反抗都是多餘的，皇帝賜死，你就必須得死。她這麼一想，反倒清醒和坦然了，接過鴆酒，看了又看，忽然發出一陣狂笑，說：「哈哈！侄兒皇帝將他姑姑賜死，滑稽，滑稽！李隆基，你是個忘恩負義的東西！你無情，你厲害，我這輩子沒有鬥贏過你，下輩子還要和你鬥！不！我死了以後就和你鬥！我要化作厲鬼，追著你，纏著你，叫你日日夜夜不得安生！哈哈哈！哈哈！」她說了笑了，舉起鴆酒，一飲而盡，隨即倒在地上，嗚呼斃命。

王琚和高力士探了探李筱的鼻息，確信已死無疑，轉身回宮覆命。明皇聽了王琚和高力士的彙報，歎息說：「唉！朕又何嘗願意如此？」

百福殿裏的睿宗聽到李筱的死訊，情不自禁地流下淚來，說：「妹妹呀！母皇駕崩前曾告誡過你：『切莫被聰明所誤。』你若記住這一告誡，又何至於落到今天的光景？」

次日，刑部審訊薛崇訓、李晉、唐晙、慧範有了結果：處以斬刑。李晉臨刑時知道崔湜被處以流放，大喊冤枉，說：「逆亂方案是崔湜制訂的，現在我死他生，豈不冤乎？」經緊急調查，情況確實如此，崔湜不僅是制訂逆亂方案的主犯，而且正是他，派人用重金收買了宮女元巧兒。明皇大怒，說：「這號人豈能留在世上？」他立刻派出禁軍，將崔湜追殺於流放途中。

接下來是抄沒李筱的家產。房屋、莊園、土地、牲畜、金銀、珍寶、絹帛等，不計其數。許多器物，都是皇宮裏所沒有的。就連胡僧慧範的家產，也値數十萬緡。明皇考慮到表哥薛崇暕曾竭力反對其母的逆亂，特賜他姓李，保留原官原爵。崇暕痛哭流涕，叩拜明皇，說：「自古忠孝不能兩全。臣母逆亂，臣當盡忠；臣母已死，臣當盡孝。臣願辭官辭爵，葬母守孝，懇請皇上恩准。」明皇見崇暕態度堅決，也就不再勉強，說：「准了！」於是，崇暕置了一口薄棺，殮了母親李筱，葬於龍首原畔一個很不起眼的地方。

李筱，一生爭強好勝，一生斂權斂財，一生專橫霸道，一生威風八面，到頭來只落得一口薄棺，一抔黃土，豈不悲哉！

掃除了李筱集團餘孽，明皇忽又想到一人，就是宰相陸象先。他召其人入見，詢問李筱召開秘密會議的情況。陸象先如實回奏。明皇大發感慨，說：「歲寒知松柏，信哉！」由於陸象先反對李筱逆亂，所以免死，罷去宰相職務，貶爲益州長史。接著封賞功臣，調回張說、劉幽求爲宰相，提拔高力士爲右監門衛將軍，知內侍省事，官階從三品。唐太宗時曾規定，宦官不置三品官，他們的任務僅是黃門廩食、守門傳命而已。唐明皇重用高力士，逐漸使宦官隊伍猛增至三千餘人，其中衣絳穿紫者達千餘人，宦官的勢力急劇地膨脹起來，從而爲唐朝中、後期宦官專權亂政埋下了禍根。這是明皇當時所未能料到的。

開元新篇

朝廷事務逐漸走向正軌。中宗、睿宗兩朝，歷時六年，皇帝軟弱，女人得勢，變亂頻頻，風氣敗壞，因此，明皇接手的唐王朝，實際上是個綱紀不振、人心浮躁的爛攤子。好在明皇具有雄才大略，決心勵精圖治，平定了李筱的逆亂之後，立刻把全部心思和精力，投入到除舊布新、強國富民的宏大事業上。他年輕，他英武，他比起中宗和睿宗來，更有眼光和魄力，更有進取精神和創新精神。爲了除舊佈新、強國富民，他首先想到的是人才，特別需要一位出類拔萃的宰相。「宰相宰相，皇帝臂膀，國家棟樑。」有了出色的宰相，方能統領百官，輔佐自己，去迎接挑戰，開創新的局面。

明皇已經有了四位宰相，即魏知古、郭元振、劉幽求和張說。當年十月，明皇駕幸新豐（今西安臨潼東），檢閱軍隊。宰相兼兵部尚書郭元振，臨時調集二十萬人，接受檢閱。因爲時間倉促，所以二十萬人隊不成隊，陣不成陣，致使檢閱大煞風景。明皇非常生氣，命將郭元振處以流放。這時，他忽然想到一人，就是睿宗朝曾任宰相的姚崇，立命召他赴行宮見駕。

姚崇應召而來。姚崇自被貶爲申州刺史以後，幾經遷徙，改任同州刺史。他來見駕，明皇正在渭河邊射獵。明皇說：「公知獵否？」

姚崇說：「老而尤能。」

明皇甚喜，說：「好！我們君臣同獵！」說著，一人在前，一人在後，驅馬疾馳。時年，姚崇已經六十五歲，而騎馬射箭的架勢，不亞於壯年人。射獵結束，明皇詢問天下之事。姚崇侃侃而談，敘說平生抱負和古今之道。明皇大喜，說：「朕早知卿的品行和才幹，所以召卿來，是要任卿爲宰相。」

姚崇慌忙跪地，說：「臣有十事相請。皇上如果答應，臣願意出任宰相；皇上如果不答應，恕臣不敢奉命。」

明皇說：「卿且講來。」

姚崇胸有成竹，一條一條，不緊不慢地說出十件事來，依次是：一，行政仁恕；二，不貪邊功；三，法行自近；四，宦官不預政事；五，外戚不預政事；六，免去租賦以外的貢獻；七，皇親不在中樞部門任職；八，皇帝禮待臣屬；九，群臣皆得直諫；十，禁絕營造佛寺和道觀。這十件事，件件擊中時弊。姚崇每說一件，都問明皇一句，說：「可否？」明皇治國心切，用人心切，怡然表態說：「朕可以做到！」姚崇叩頭，說：「皇上聖明睿智，天下幸甚！宰相職務，臣接了！」

翌日，明皇頒旨，正式任命姚崇爲中書令，兼兵部尚書，封梁國公。姚崇感謝明皇知遇之恩，興致勃勃，走馬上任。

姚崇試著推薦一人爲郎吏。他向明皇連說幾次，而明皇卻仰臉看著大殿的橫樑，始終沒有吭聲。姚崇未免惶惑，以爲明皇答應自己的十件事，不過是虛與委蛇罷了，哪能當眞呢？事後，高力士問明皇說：「皇上總理萬機，宰臣奏事，是可是否，總得有個態度，而皇上卻一聲不吭，這是爲何？」

明皇說：「朕任姚崇爲宰相，大事當奏聞共議之，像任用卑職郎吏這樣的小事，他完全可以全權處理，何必一一煩朕？」

高力士很快把皇上的話轉告姚崇。姚崇恍然大悟，感歎說：「皇上登高看遠，胸懷四海，目光如炬，絕非我等凡人可比！」這件小事，使姚崇受到振奮和鼓舞，從而更加堅定了輔佐明皇，做一個好臣子好宰相的信心和決心。

十一月，文武百官請求給明皇上一尊號，叫做「開元神武皇帝」。明皇欣然接受。次月，明皇改元，改當年爲開元元年（西元七一二年）。「開元」，具有開拓、開創、開啓、起始的意義。明皇用此年號，表達一個信念：不應因循守舊，不應碌碌無爲，應當從頭開始，開拓創新，奮發進取，再建一個新的盛世！

姚崇爲相，果然幹練，進賢黜佞，每事奏陳，無不批准，朝政煥然一新。這引起了張說的忌恨。張說爲了保住自己的祿位，思得一計，巴結岐王李范，企求庇護。爲此，他屢屢私謁岐王府，阿諛逢迎，侍坐言歡。李范即李隆范，乃明皇同父異母弟，官任左衛率，握有一定的兵權。姚崇發現張說存心不良，一天故意裝出跛腿的樣子，一瘸一拐地參見明皇。明皇關心地詢問說：「卿有足疾麼？」

姚崇回答說：「臣無足疾，疾在腹心。」

明皇聽出話中有話，摒退左右，細問端詳。姚崇說：「岐王係陛下愛弟，佐命有功。張說身爲輔臣，經常私謁王府，不知何意。岐王倘若被他所惑，後患非淺。因此，臣忝居相位，怎能不憂勞成疾呢？」

事關宰相和親王交通的問題。明皇不敢掉以輕心，立刻把張說貶爲相州刺史。魏知古和劉幽求，看到明皇十分器重姚崇，心理很不平衡，私下大發牢騷，埋怨明皇用非其人。明皇卻不含糊，採取斷然措施，免去兩位功臣的宰相職務。還有那個王琚，因在誅滅韋湊集團和李箴集團中都曾建言獻策，所以被明皇留在身邊，眷委特異，預謀政事，號稱「內宰相」。姚崇向明皇進言說：「王琚屬於詭譎縱橫之輩，可以與之共危難，不可與之同安樂。如今天下已定，這樣的人不能位於輔臣的行列。」明皇因此疏遠王琚，提升盧懷慎為宰相，充當姚崇的副手。

開元二年（西元七一四年），唐明皇專任姚崇，革除時弊，整頓綱紀，抑制權貴，沙汰僧尼，禁絕奢靡之風，取得了明顯的效果。當時，佛教相當盛行。全國各地，寺院林立，僧尼眾多，僅長安和洛陽，就有寺院一百多處，僧尼超過兩萬人。這些人屬於一個特殊階層，享有特權，免納租賦，不服兵役和勞役，寺院接受布施，擁有大量金錢和土地，形成規模可觀的「寺院經濟」。有些作奸犯科之徒，打著出家的幌子，藏身於僧侶行列中，繼續大幹壞事。明皇深切地感受到這一弊端，詢問姚崇說：「朕要抑制佛教，卿有何良策？」

姚崇說：「宗教信仰是一種奇特的現象，它使人狂熱甚至癡迷，禁絕恐怕很難做到，政策和手段偏激，效果會適得其反。臣以為，關鍵在於引導，不能操之過急，只要朝廷表明崇道抑佛的態度，僧尼自會越來越少。」

明皇採納了姚崇的意見，頒詔宣布說：本朝仍以道教為主教，其他各教不可與道教相提並論；不再新建寺院，不再迎佛骨供奉，禁止鑄佛像印佛經，禁止官府與僧尼往來；鼓勵僧尼還俗，自食其力。

這一手果然靈驗，很快，長安和洛陽的寺院銳減，清理出應當還俗的僧尼達一萬二千餘人。這大大減少了官府和民間用於佛教的開支，而且使朝廷增加了租賦來源和兵源。此外，武則天曾在洛陽端門修建一座銅鑄「天樞」，花錢數十億緡。韋滲曾在長安朱雀大街修建一座「石台」，高達四五丈。明皇下令予以拆除，嚴申此後不得再勞民傷財，修建此類虛華的建築。這些措施為明皇贏得了聲譽，人們真正看到了一位開明的和英明的皇帝。

自武則天以來，奢靡之風長盛不衰。韋漾、李裹兒、李筱等幾個女人，互相攀比，推波助瀾，更使奢靡之風達於極致。明皇厭惡這種風氣，兩次頒詔，宣布說：「乘輿服御，金銀器玩，宜令有司銷毀，以供軍國之需；其珠玉錦繡，焚於殿前；后妃以下，皆毋得服珠玉錦繡。」「百官所服帶及馬銜馬鐙，三品以上，皆飾以玉；四品以金，五品以銀，其餘皆禁之。婦人服飾從其夫、子，其原有錦繡，皆染成皀色。自今更毋得採珠玉、織錦繡等物。違者杖一百。」為了兌現詔書的規定，他下令關閉了長安和洛陽的織錦坊，而且還真的收集一些珠玉錦繡，置於太極殿前，付之一炬。因此，當時從皇帝到后妃，從宰相到衙吏，人人注重儉樸，社會風氣煥然一新。

當然，明皇禁絕奢靡之風，在很大程度上是只針對別人，並不針對自己。他是個愛享樂會享樂的皇帝，詔書頒布以後，該怎麼著還是怎麼著，誰又能拿他怎樣呢？他和他的兄弟宋王李憲、申王李撝、岐王李范、薛王李業原先同住隆慶坊，號稱「五王子宅」。明皇登基後，為了避諱，隆慶坊改稱興慶坊。李憲四兄弟考慮到明皇已是皇帝，彼此一合計，決定將興慶坊獻出，給明皇當離宮。明皇欣然接受，當即在興慶坊大興土木，新建了宮殿，稱作興慶宮。起初的興慶宮比較簡單，後經多次改建和擴建，逐漸成為與太極宮、大明宮相媲美的龐大宮殿群。宮的四周築有高大的宮牆，四面共開八門。正門為興慶門，西向。興慶宮分為南北兩部分。南部為風景區，以興慶湖（龍池）為中心，周圍有勤政務本樓、花萼相輝樓、長慶殿、沉香亭等建築。北部爲宮殿區，有興慶殿、大同殿、南熏殿、新射殿等建築。這樣，長安就有了太極宮、大明宮、興慶宮三大宮殿群，合稱「三大內」。按其所在方位，太極宮稱「西內」，大明宮稱「北內」，興慶宮稱「南內」。三大內處於一個三角形的三個角點，遙相呼應，金碧輝煌，雲蒸霞蔚，爲長安增添了無限的壯美和秀麗。明皇在新建興慶宮的同時，作爲補償，還在興慶門外，替四位兄弟分別新建了府宅，其豪華奢侈的程度，遠遠勝過他們原先的王府。

明皇初登大位，國事很多，政務繁忙，但並不影響他參加鍾愛的音樂歌舞等娛樂活動。他繼唐太宗之後，進一步加強和完善了音樂歌舞機構，屬於政府太常寺管轄的有大樂署和鼓吹部，屬於宮廷管轄的有教坊和梨園。大樂署主管對音樂藝人的訓練和考績，鼓吹部專管儀仗中的鼓吹音樂。教坊分左、右教坊，主要負責樂舞、百戲的訓練和演習。梨園則是培養歌舞藝人的地方。明皇命令挑選樂工三百人和宮女五百人，集於梨園，親自教授他們演奏音樂，排練歌舞。這時候，他既是導演，又是演員和教員，或演奏各種樂器，或且歌且舞，發現別人習藝中出現錯誤，他會立刻停下來，一一加以糾正和指點。因此，梨園習藝的藝人，被人親切地稱爲「皇帝梨園弟子」。後世，戲劇的戲班統稱「梨園」，往往供奉明皇的畫像，尊崇他爲中國戲劇的祖師。

當時，宮廷演出最多的樂舞是「神功破陣樂」和「上元舞」。「神功破陣樂」的前身是《秦王破陣樂》，是唐太宗李世民爲秦王時創作的軍中樂曲，有樂有舞而無歌。太宗登基後，自繪舞譜，左圓右方，先偏後伍，交錯屈伸，以象魚麗、鵝鸛之陣。音樂家呂才奉命以圖教樂工一百二十八人，披銀甲執劍而舞，凡三變，每變爲四陣，象擊刺往來。接著，魏徵等人奉命爲樂舞配置了歌詞，從而使之成為樂、舞、歌三位一體的大型樂舞，改名為「七德舞」。整體風格高亢激越，雄壯威武，具有強大的震撼力和感染力，鼓舞士氣，催人奮進。唐高宗李治時，將它改名為「神功破陣樂」，遠傳至天竺。「上元舞」是唐高宗所編制，由「上元」「二儀」「三才」「四時」「五行」「六律」「七政」「八風」「九宮」「十州」「得一」「慶雲」十二個單元組成，樂、舞、歌齊全。舞者一百八十人，舞時皆穿五色畫衣，以象元氣。這個樂舞的風格奢華綺麗，舒緩悠揚，很像高宗的性格。

相比之下，明皇更喜歡「神功破陣樂」。這個樂舞，使明皇感受到了大唐開國的艱辛，先輩尚武的精神，以及貞觀之治的宏大氣象。他有心要像曾祖父太宗那樣，用智慧、謀略和才能，去創造輝煌的業績。明皇是音樂歌舞方面的全才，在排練和演出中，自然而然地產生了創作的強烈欲望。他試著創作了三部小型樂舞「龍池樂」「聖壽樂」「光聖樂」，由此激起了更大的創作衝動，決心非要創作出一部舉世無雙的大型樂舞來不可。可惜當時條件尚不具備，一時願望難以實現。他真正將這部樂舞創作出來，那是三十年以後的事了。

唐朝四周，毗鄰許多少數民族政權。其中，以西方的吐蕃，北方的突厥，東北方的契丹，對唐朝的威脅最大。這些少數民族政權的首領，垂涎大唐王朝的廣大和富庶，態度隨著唐朝的政局形勢而隨時改變。唐朝國內穩定時，他們願意臣服於唐朝，互通友好，並娶唐朝的公主為妻子；唐朝國內動亂時，他們馬上變臉，用鐵騎和刀劍，向唐朝示威，大舉入侵，殺害百姓，甚至佔領唐朝的土地。唐明皇為了維護國家主權和領土完整，先後對契丹、吐蕃、突厥用兵，取得了一系列的勝利。特別是張孝嵩兵出龜茲，向西挺進數千里，攻城數百座，從而威震西域。大食、大宛、康居等八國，懾於唐軍的強悍，遣使請降唐朝。這次用兵具有重大意義，它使西漢開通的「絲綢之路」，重新得以恢復，保證了唐朝通往中亞、西亞乃至歐洲、非洲的友好大道和通商大道，暢通無阻，有力地促進了東西方的政治、經濟和文化交往。

明皇登基，勵精圖治，開局良好。開元三年（西元七一五年）立了次子李嗣謙爲太子。爲立太子，明皇事前分別和妻子們交換過意見。皇后王熒熒想到自己沒有生育，神情憂傷，說：「說到冊立太子，臣妾既難受又高興。難受的是臣妾無能，沒有給皇上生個皇子；高興的是皇上已有六個皇子，他們中的任何一人，都可以成爲太子。」明皇搖頭，說：「不！不是所有皇子都能成爲太子的，太子自有太子的條件。其中最重要的一條，立親不立庶，立長不立幼。皇后沒有兒子，這『親』就談不上了，只能立『庶』。朕的庶子中，嗣直是長子，可是他出天花，落下滿臉麻子，朕若立個麻臉太子，日後就是麻臉皇帝，那樣會有損皇威和國威。所以，嗣直不能立爲太子，看來只能立次子嗣謙了。」

熒熒說：「皇上聖明！嗣謙那孩子，性格溫和，聰明伶俐，立爲太子，應該不負聖望。不過，這事最好和彩娥她們商量商量，免得引起誤會。」

明皇說：「朕會和她們商量的。」

劉彩娥是明皇的第二個妻子，她以拋繡球的方式，而使自己有了美好的歸宿。她已生了兩個兒子，其中嗣直就是明皇的長子。可惜嗣直是個麻臉，不能被立爲太子。當明皇和她商量太子之事時，她很明事理，說：「凡事有命，不可強求。嗣直那模樣，封個親王足夠了。皇上立嗣謙爲太子，臣妾沒有意見。」

嗣謙是趙西施的兒子。當趙西施聽明皇說將立嗣謙爲太子時，她高興，她激動，喜淚滿面，說：「感謝皇上隆恩！臣妾出身倡人，能有今日，全憑皇上垂愛。嗣謙若成爲太子，臣妾定當嚴格地要求他和教育他，絕不辜負皇上的期望。」

接下來，明皇徵詢楊思思和武妃的意見。楊思思已生兒子嗣升，嗣升的出生，帶有某種神異色彩，出生後一直啼哭不止。明皇找人占卜，卜云：「母不宜養。」因此，明皇決定，由皇后王熒熒撫養這個兒子。熒熒心地善良，撫養嗣升，就像撫養親生的兒子。思思見自己的兒子歸於他人撫養，心裏很不是滋味，苦悶抑鬱，少言寡語。久之，性格漸趨孤僻，很少和人來往。她對誰當太子的問題不大關心，說：「誰爲太子都一樣，無所謂。」武妃的態度卻大不相同。她有私念，她有野心，她嚮往著覬覦著皇后的寶座。她生的第一個兒子死了，肚裏正懷著二胎。她希望二胎還是個兒子，唯有這樣，才有爭寵奪愛的本錢。武妃因爲年輕和美貌，所以最受明皇寵幸，忸忸怩怩地撒著嬌說：「皇上春秋鼎盛，今年不過三十歲，爲何急著立什麼太子嘛？」

明皇說：「太子是爲國本，朕萬一有什麼不測，太子可……」

武妃忙用手捂住明皇的嘴，說：「皇上不許說不吉利的話。臣妾以爲，即便立太子，也該慎重再愼重才是。首先要看其生母，什麼出身？什麼德行？其次要看本人，德、才、貌，三者缺一不可。依臣妾看，皇上目前的皇子中，恐怕沒有一個合適的。」武妃這番話，顯然是說，從劉彩娥到楊思思，她們的兒子都不配當太子，而眞正的太子應該是自己的兒子，即正懷著的二胎。

明皇哈哈大笑，說：「這麼說，只有你生的皇子才能成爲太子了？可是，你肚裏的孩子『八』字還沒見一撇，你敢肯定他是個兒子嗎？」

武妮伏在明皇的胸前，說：「臣妾敢和皇上打賭，肚裏的孩子肯定還是個兒子！」

明皇可不願和武妮打賭，完全按照自己的意志，並徵得太上皇睿宗的同意，立了嗣謙爲太子。

明皇天生風流。他爲臨淄王和太子時，已經有了七個妻子，即位以後，則希望擁有更多的妻子。他是皇帝，他是天子，根據古代的后妃制度，他有這樣做的權力和條件。

中國古代的后妃制度完備於西周。《周禮》明確規定：「王者立后，三夫人，九嬪，二十七世婦，八十一女御，以備內職焉。」這一規定，運用法律形式，確保帝王可以有一百二十一個妻子。秦、漢以降，封建皇帝承襲周制，除立一位皇后外，同時給眾多的嬪妃確定了名號，如昭儀、德儀、婕妤、美人、良人、孺人、才人、八子、七子、長使、少使等。其中地位高的封作妃，「妃」前又冠有不同的美號。漢武帝劉徹、晉武帝司馬炎、隋煬帝楊廣等，都是好色的皇帝，他們的後宮群雌粥粥，美女如雲，數量多達萬人或幾萬人。明皇決心仿效他們，又納了上百房嬪妃。他選嬪妃的標準，一是年輕，二是美貌，三是才藝出眾。因此，教坊、梨園的一些歌伎舞女，有幸進入皇宮，成爲皇帝的新寵。明皇已立王熒熒爲皇后，地位次於皇后的應是「三夫人」。劉彩娥生有長子嗣直，被封爲華妃；趙西施是太子的生母，被封爲麗妃；武妮獨受明皇偏愛，被封爲惠妃。這中間，受到冷遇的是楊思思。思思原先的地位僅次於熒熒，而現在卻和皇甫香、劉婉麗等一起，進入「九嬪」的行列了。以下還有錢妃、高婕妤、柳婕妤、郭順儀、鍾美人、虞美人、王美人、閻才人、陳才人、鄭才人等等。興慶宮興慶湖周圍，新建起一百多處庭院，各庭院門戶獨立，自成單元，供皇后和嬪妃們居住。明皇根據喜好，輪流到各庭院過夜，享受皇帝應該享受的歡樂，風光無限，情趣無限。

開元四年（西元七一六年）六月，就在明皇內外政事欣欣向榮、蒸蒸日上的時候，太上皇睿宗突然病逝了，終年五十五歲。明皇孝敬父親，各事皆緩，集中精力爲睿宗治喪。喪禮非常隆重，時間長達三個多月，十月葬於橋陵（今陝西蒲城東北），謚曰「大聖眞皇帝」。

明皇辦完父親的喪事，姑姑李穎又病倒了。李穎一生很苦，她曾封高安公主，生母蕭淑妃和丈夫王勖，均死於武則天之手。武則天殺死睿宗的皇后劉貞和德妃竇蘭後，她便進宮，照料李成器、李隆基兄妹的生活起居。她無兒無女，而是把睿宗的兒女當作自己的兒女，給了他們盡可能多的關懷和母愛。她看著成器和隆基長大成人，看著霓薇、霓蕙出嫁和霓萍、霓莉出家，看著一幕幕的宮廷鬥爭和隆基最終登上皇位。她的心已經麻木，無所謂喜，也無所謂憂。成器和隆基兄妹尊敬和孝順這位姑姑，他們把她當作母親。王熒熒在這方面做得尤爲出色，在李穎跟前，她不是侄媳，更不是王妃、太子妃和皇后，而是一個絕頂孝順和體貼入微的女兒。李穎生病期間，正是熒熒，成天守在身邊，伺候她和照料她，使她深切地感受到了一種溫暖和眞情。一天，明皇前來問疾。李穎拉著明皇的手，說：「我死後，你一定要善待熒熒。」明皇點頭，說：「姑姑放心，我會的！」這以後，李穎便進入彌留狀態，漸漸斷氣，永遠地閉上了眼睛。明皇失聲痛哭，說：「朕又失去一個親人！」他命爲李穎治喪，按照規定的禮儀，隆重而風光地安葬了敬愛的姑姑。唐睿宗兄弟姐妹共十一人，至此全部過世。他們因爲受到武則天的壓制和迫害，人生中留下了太多的遺憾，太多的怨恨。隨著一座座陵墓和墳頭的出現，所有的遺憾和怨恨，像是落花和流水，統統了結了。

姚崇爲相四年。這四年，朝政清平，人心安定，事業興旺，成效可觀。睿宗死後，明皇改在大明宮聽政議事，有時也在興慶宮勤政務本樓會見朝臣。太子李嗣謙移住東宮，自有一幫老師教授他的學業。太極宮空了下來，逐漸成了宮監宮女居住的地方。

興慶宮勤政務本樓和花蕚相輝樓的名字，都是明皇欽定的。這兩個樓名，很能概括明皇的氣質。一方面，他要以「勤政」爲本，決心再建一個盛世；一方面，他又要享受，要像「花蕚相輝」那樣，讓生活豐富多彩。

有人奏告明皇說：「江南一帶，盛產鵁鶄、鸂鶒等珍鳥，羽色非常鮮麗，鳴聲特別動聽。」明皇頭腦一熱，立刻派出多名內侍，去到江南，命當地官員捕捉和進貢珍鳥，以便置於宮苑放養。汴州刺史倪若水爲此上書，說：「眼下農桑事急，而陛下卻令捕鳥貢鳥，水陸傳送，食以粱肉，百姓若知道此事，肯定認爲陛下貴鳥而賤人。陛下新登大位，正當以鳳凰爲凡鳥，以麒麟爲凡獸，何必稀罕鵁鶄、鸂鶒之類水鳥呢？」

明皇意識到自己犯了過失，親筆給倪若水回信，稱讚他直諫的精神，撤回了派出去的內侍。

又有人奏告明皇說：「南海多產珠翠奇寶，派人前往開採，獲利無窮。」

明皇頭腦又是一熱，命監察御史楊範臣去做這件事。楊範臣說：「陛下曾焚珠玉、錦繡，示不復用。現在命臣開採珠翠奇寶，這與陛下所焚的那些器物，有什麼兩樣呢？」

明皇頓有所悟，說：「對不起，朕錯了！」因而不再提說開採之事。

宰相姚崇、盧懷慎看到明皇勵精圖治，有錯即改，很受感動。他倆輔佐皇帝，更加忠誠和勤謹。盧懷慎是姚崇的副手，膽識和才能遠不及姚崇，每事退讓，因而被人稱作「伴食宰相」。一次，姚崇家中有事，請假十餘日，衙署中政事委積，盧懷慎決斷不了。盧懷慎害怕皇上歸罪，如實奏告明皇。明皇笑了笑，說：「朕將天下事委於姚崇，卿但坐鎮雅俗，便足稱職了。」這兩句話，可以說是「伴食宰相」的最好注腳。姚崇假滿後上班，乾淨利索，不消半日，便將委積的政事處理完畢。盧懷愼驚歎姚崇的能力，自愧不如。

事後，姚崇很是得意，詢問中書舍人齊浣說：「姚某爲相，可比何人？」齊浣未及回答。姚崇又問：「可比春秋時的管仲、晏嬰否？」

齊浣想了想，不客氣地搖頭說：「恐怕比不上。管仲、晏嬰立法，立了就很少更改，而大人立法，有的執行了，有的卻廢止了。所以我認爲，大人比不上管仲和晏嬰。」

姚崇說：「姚某比不上管、晏，那麼到底是個什麼樣的宰相呢？」

齊浣說：「算得上是救時宰相。」

姚崇一聽，非常高興，說：「救時宰相，亦非易得，果能如此，我願足矣！」

「救時宰相」，其言不虛。開元之初，黃河南北連年發生蝗災。蝗蟲飛來如雲翳日，所落之處苗草罄盡。蝗災是古代主要災害之一，往往造成赤地千里、屍骸遍野的慘景，以致物價飛漲，政局動盪。姚崇作爲宰相，對此極爲關注，飭令州縣，全力捕殺蝗蟲。

盧懷愼卻說：「捕殺蝗蟲，有傷和氣，恐遭天譴，那樣會帶來更大的禍殃。」

姚崇駁斥盧懷愼的迷信思想，說：「盧相怕遭天譴，難道就不怕黎民百姓死於饑荒嗎？」

汴州刺史倪若水的觀點和盧懷愼一樣，拒絕捕殺蝗蟲，還上書說：「蝗蟲乃是天災，人力不可捕滅。今請朝廷修德禳災，上回天意，災害自然止息。」

姚崇立刻回信，責問倪若水說：「依照你的說法，地方長官賢明，實行德政，飛蝗就不會入境；那麼，你那裏蝗害尤烈，是不是意味著你這位刺史，德行最差呢？」

倪若水讀信，啞口無言，尷尬地說：「這……這……」

姚崇為了獎勵治蝗，命各地官府張貼告示：捕蝗一斗，獎糧一斗；捕蝗一石，獎糧一石。此舉極大地調動了百姓滅蝗的積極性，因而當年雖有蝗災，而災區卻並未發生大的饑荒。

這年冬天，盧懷慎病故。尚書左丞源乾耀升為宰相，以補盧懷慎之缺。姚崇年事已高，百病纏身，不得不居家休息。源乾耀遇事，都要向姚崇請示，然後才作決斷。源乾耀奏事，符合明皇的心思，明皇必說：「此姚崇之謀也。」不合明皇的心思，明皇則說：「何不與姚崇議之？」

姚崇尊為宰相，而在京城，他卻沒有像樣的府第，長期寓居罔極寺，居處十分僻陋。明皇過意不去，特命姚崇移住四方館。四方館是接待外國來賓和民族使者的地方，房高院大，設施豪華。姚崇婉言謝絕，不敢移住。明皇專門寫一手諭，說：「設四方館，為官吏也；使卿居之，為社稷也。恨不可使卿居禁中耳，此何足辭？」

姚崇無奈，只好奉諭，入住四方館。明皇關心這位宰相，每天派遣內侍問候，尙衣尙食，絡繹不絕。姚崇相當自愛，考慮到自己的身體狀況，一再請求避位，並推薦好友宋璟為宰相。明皇經過權衡，遂免了姚崇的中書令職務，改任宋璟為新的中書令。

宋璟時任廣州都督，竭誠為當地百姓辦事，官聲正隆。明皇派宦官楊思勖前往迎之上任。楊思勖在內侍省屬二號人物，官右監門衛將軍，地位僅次於高力士。宋璟風度凝遠，應召赴京，途中自乘一車，不與楊思勖交談，更不打聽朝中任何事情。楊思勖回京後，把情況報告明皇。明皇知道，宋璟是遵循宦官不預朝政的原則，心中只有一個「公」字，所以才故意冷落楊思勖。對此，明皇深感欣慰，確信自己又有了一位忠正能幹的宰相。

宋璟為相，務在擇人，隨才授任，各稱其職，刑賞無私，敢於犯顏直諫，從不計較個人得失。源乾耀改任京兆尹，中書侍郎蘇頲升任宰相，充當宋璟的副手。

宋璟為相後的第一件事是陪同明皇巡幸東都，途經崤谷（今河南靈寶東南），道路不治，車騎難行。明皇大怒，命將河南尹李朝隱、知頓使李怡罷職治罪。宋璟進諫，說：「陛下方事巡幸，今以道路不治而罪二李，臣恐將來民受其弊。」

明皇怒氣漸消，說：「那就算了！」

宋璟又說：「陛下以怒罪責二李，又以臣言寬恕二李，別人會以為過在陛下而恩在臣。現請陛下先降罪於臣，然後再詔還其職。」

明皇見宋璟這樣注重維護自己的權威，很受感動，遵從其言，頭天將宋璟罷職，次日又命他復職，加封廣平郡公。其後，廣州（今廣東廣州）一些士紳，以懷念宋璟在廣州的政績為名，上書朝廷，要求給宋璟立一座「遺愛碑」。宋璟連忙奏告明皇說：「立碑者，傳德載功也。廣州一些人因為臣當了宰相，所以故為溢辭，實是阿諛逢迎。杜絕此類不正之風，請自臣始，所謂的遺愛碑斷不能立！」明皇尊重宋璟的意見，詔令立碑之事免議。

秘書監姜皎，與明皇私交甚厚，在誅滅李筱集團中，立有功勞，因此深得寵遇，自由出入宮禁，常與后妃連榻宴飲。其弟姜晦跟著沾光，當了吏部侍郎。這種情況，別人是不敢多嘴多舌的，唯獨宋璟，進諫說：「姜皎兄弟權寵太甚，非所以安之。陛下要保全功臣，寵狎應該適度。」

明皇接受這一意見，命將姜皎放歸田裏，將姜晦降為宗正卿。適逢皇后王熒熒父親王仁皎病歿。熒熒弟弟王守一爲駙馬都尉，請求爲父親築墳，高五丈一尺。宋璟和蘇頲斷然反對，說：「官居一品，墳高一丈九尺；陪陵功臣，墳高三丈八尺。這是有定制的。王仁皎作爲皇親，禮遇可以優待，但其墳高，無論如何也不應高於四丈。」

明皇贊同宋璟、蘇頲的意見，發出手諭說：「朕每欲正身率下，況於后妃，怎敢有私？卿能固守典禮，垂法將來，誠所望也！」

姚崇和宋璟相繼爲相，二人志操不同，前者應變成務，後者守法持正，但整綱飭紀，量能授官，寬賦斂，省刑罰，中外承平，百姓富庶，卻是兩相同轍。宋璟因此獲得了「有腳陽春」的美譽，意思是說：他到了哪裏，都能給那裏帶來陽光和煦的春天。明皇欣賞這位宰相，一次宴會上，特意將自己使用的一雙金筷子賜給宋璟。宋璟不明緣由，兀自發愣。明皇說：「所賜之物，不是賜給卿黃金，而是表彰卿耿直無私啊！」宋璟慌忙跪拜謝恩，說：「報效朝廷和皇上，臣之責也！」

可惜好景不長。開元六年（西元七一八年），宋璟和蘇頲奏請明皇批准，嚴禁私人鑄錢，敢有違法私鑄者，一律下獄嚴懲。這一舉措，觸動了一些達官權貴和不法商人的利益，他們聯合起來，埋怨朝廷，攻擊宋璟。開元八年（西元七二〇年），明皇違心地罷免了宋璟和蘇頲的宰相職務，改以源乾耀和張嘉貞爲宰相。是年，姚崇病死。源乾耀、張嘉貞二人，通變不及姚崇，抗直不及宋璟，以此爲轉折，開元年間的開明政治，漸漸地鬆弛了。

當宋璟罷相、姚崇病逝的時候，北方的突厥又蠢蠢欲動，屢屢侵犯唐朝的邊境。張說以文臣和武將的身分，平定突厥康待賓部叛亂，建立了功勳。明皇倚重此人，重新任命他爲宰相，兼兵部尚書，同時兼朔方節度大使。當時，朝廷實行的是府兵制，全國分為十個道，六百三十四個府，兵額設置為上府一千二百人，中府一千人，下府八百人，總兵額為六十萬人。這些府兵，無事為農，有事為兵，各設折衝都尉和果毅都尉，輪番宿衛京師，防守邊境。唐高宗以後，兵役負擔過重，兵額缺口很大，輪番多不按時。張說覺察到了這一弊端，奏請明皇，乾脆削減邊兵二十萬，使其務農。明皇心存疑慮，說：「削減二十萬？這等於全國兵額的三分之一，能行嗎？」

張說說：「臣久在疆場，具悉邊情。將帥擁兵自衛，役使營私，並非真能制敵。臣聞兵貴精不貴多，何必多養冗卒，虛耗軍餉，兼礙務農？以陛下之明，四夷畏服，不必擔心兵額減少，而招致外敵入侵。對此，臣願以全家百口人的性命擔保！」

明皇細想，張說所言，恰也在理，於是同意削減兵額。從此，府兵制逐漸改為募兵制，張說等首先招募十二萬精壯之士，宿衛長安，稱「長從宿衛」。後來，長從宿衛改稱「彍騎」，一年兩番（月），成為專業士兵。

北方形勢漸趨穩定，南方邊陲又起烽煙。唐時疆域廣大，南方設有安南都護府，轄境包括今越南北部。當地有一酋帥，名叫梅叔鸞，居心叵測，勾結林邑（今越南中部）、真臘（今柬埔寨）等外來勢力，舉兵反唐，打出「獨立」的旗號，自稱「黑帝」，割據三十二個州，部眾號稱四十萬人。這又是關係到國家主權和領土完整的大事，明皇不能不理，果斷地任命宦官楊思勖為驃騎將軍，率兵前往討伐。

楊思勖，羅州石城（今雲南曲靖）人，早在唐中宗時就任宮闈令，鎮壓過太子李重俊的逆亂。後來，他和高力士一樣，追隨明皇，在剷除韋湲集團和李筱集團的鬥爭中立有功勞。因此，明皇登基後，以高力士爲右監門衛將軍，楊思勖爲左監門衛將軍，一右一左，倚爲親信。而今受封驃騎將軍，是爲唐朝宦官統兵第一人。楊思勖攜帶大量金銀，臨時招募士兵十萬人，與安南大都護光楚客會合，沿著東漢伏波將軍馬援征服安南的行軍路線，出其不意，攻其不備，突然出現在梅叔鸞的大本營前。梅叔鸞根本沒有料到唐軍來得這樣神速，倉皇應戰。楊思勖麾軍出擊，大獲全勝，活捉梅叔鸞，就地斬首，同時誅殺叛軍上萬人。

楊思勖班師。恰有溪州（今湖南西部）人覃行章，不滿朝廷重賦，率領農民起義。明皇轉而任命楊思勖爲黔中招討使，率兵六萬，前往鎮壓。楊思勖依然採用血腥手段，捉住覃行章，處以極刑，並殘酷地殺害了農民起義軍三萬多人。明皇十分讚賞這個鷹犬和劊子手，破格提拔他爲輔國大將軍。

戰爭靠的是經濟實力。明皇作爲一個英明的皇帝，很注意發展經濟，積累財富。開元八年（西元七二〇年），他重新頒布租庸調法。這是唐朝向受田課丁（人丁）徵派田租、力庸、戶調等三種賦役的合稱，是國家財政的主要來源。長期以來，由於土地兼併，管理失控，所以天下戶口、人丁和土地的資料不實，賦役流失的現象相當嚴重。監察御史宇文融提出建議，重新登記戶口和人丁，丈量應該繳納田租的土地。明皇採納了這一建議，兩年中新登記戶口一百六十餘萬戶，新丈量土地數百萬畝。同時，明皇又派出很多勸農使，分赴全國各地，勸導農民重農重桑，大力發展生產。這樣一來，農村經濟發展很快，它的直接效果是使國家的財政收入大大增加，滿足了朝廷和皇帝各項花銷的需要。

明皇通曉中國的歷史，心目中最崇敬兩位皇帝，一是漢武帝，一是唐太宗。他倆均以文治和武功兩個方面的卓越成就，而名垂青史。因此，明皇決心效法前人，在崇尚武功的同時也崇尚文治。開元年間，教育制度和科舉制度更加完善，由此而湧現出大批德才兼備的人才。麗正殿書院和集賢殿書院相繼設立，由宰相知院事，負責檢校和編輯經籍。開元九年（西元七二一年），國子祭酒元行沖等編輯出《群書四錄》，共八千一百六十九卷。同年，著名史學家劉知幾去世，留給世人一部光輝的史學理論著作《史通》。該書共二十卷，五十二篇，全面總結和評論唐朝以前的諸多史書，從而奠定了中國古代史學的理論基礎，具有開拓的意義。

明皇崇尚文治，從根本上說是出於維護封建統治的需要，同時也源於他深厚的文化藝術素養。明皇不僅是傑出的音樂家和舞蹈家，而且還是很有成就的詩人和書法家。他一生中共創作詩歌六十多首，其中不乏情景交融的精采篇章。開元年間的優秀詩人有王維、孟浩然、王之煥、王昌齡等，明皇和他們都有交往。王維，早年富於進取精神，寫了很多情調高昂，氣勢豪邁的詩篇；後來隱居輞川（今西安藍田輞川），寄情山水，寫了大量山水詩，刻畫細膩，清新自然，詞秀調雅，別樹一幟。孟浩然，四十歲時赴京參加科舉考試，曾在長安太學賦詩，出口成章，滿座嗟伏。一天他去拜訪王維，恰遇明皇到來。孟浩然因是布衣身分，迴避不及，只能鑽於床下藏匿。明皇發現床下有人，命其出來。王維介紹說：「這是臣的好友孟浩然。」明皇大喜，說：「朕早聞其名而未見其人，何懼而匿？」明皇命孟浩然當場賦詩。孟浩然隨口吟成一首〈歲暮歸南山〉，其中兩句是「不才明主棄，多病故人疏」。明皇笑著說：「卿不求仕，而朕未嘗棄卿，奈何誣朕？」透過這件小事，可見明皇和知名詩人之間的友好情誼。王之煥和王昌齡的邊塞詩寫得氣勢奔放，意境開闊，雄渾豪壯，富於激情。王之煥的詩大多「傳乎樂章，布在人口」，而王昌齡則被譽為「詩家天子」。李白和杜甫詩名初顯，這兩位偉大的詩人即將登上詩壇，把中國浪漫主義和現實主義的詩歌創作推向頂峰。

唐明皇和唐太宗一樣，非常喜愛書法藝術。明皇擅長隸書，工整秀美，豐腴圓潤。他手書的《孝經》及其序文，後來被刻成石碑，稱《石台孝經》。這塊石碑有幸遺存於世，現藏於西安碑林博物館。通覽碑文，人們可以領略到明皇對於孝道的理解，以及他那婉約流麗的隸書風格。開元及其後的天寶年間，湧現出一大批書法大家，其中顏眞卿、張旭、懷素最爲有名。顏眞卿工正書和草書，正書端莊雄偉，嚴正峻峭，草書筆走龍蛇，瀟灑遒勁。顏眞卿的書法，世稱「顏體」、「顏筋」，影響了一代又一代人。張旭和懷素俱工狂草。張旭的狂草，猶如神虬騰霄，夏雲出岫，逸勢奇狀，變幻莫測。他因此獲得「草聖」的美譽。懷素的狂草，龍飛鳳舞，剛勁矯健，神采煥發，字字珠璣。張、懷二人都有狂放不羈的個性，因而被人並稱爲「顚張狂素」。

書法藝術和繪畫藝術密不可分。明皇喜愛書法，同樣喜愛繪畫。這期間誕生了一位偉大的畫家——「畫聖」吳道子。吳道子，早在武則天時，就以《送子天王圖》等畫作而名滿天下。明皇登基後，將他召爲宮廷畫師。一次，明皇想看嘉陵江的奇麗景色，命吳道子入蜀寫生。吳道子騎馬旅行，飽覽了蜀地山水的雄奇和壯美，空手回到長安。明皇要看畫稿。吳道子說：「臣無畫稿，只有腹草。」於是，他在興慶宮大同殿壁上作畫，僅用一日，便將嘉陵江三百里的山水景色，唯妙唯肖地畫了出來。此前，畫家李思訓，也曾奉命在這裏畫嘉陵江山水，精雕細刻，用了數月時間，方才完成。明皇看了兩人的作品，由衷地讚歎說：「李思訓數月之功，吳道子一日之跡，盡皆其妙！」吳道子的畫，以水墨爲主，揮灑自如，蒼勁大方。這種風格的山水畫，後來形成一個畫派，稱「水墨山水」，亦稱「吳裝山水」，核心技術叫「水墨暈染法」。吳道子運用這種畫法，在長安皇宮壁上畫過五條龍，每當天色陰沉將雨時，畫面上就如生雲霧，五條龍張牙舞爪，鱗甲張合，看去似欲騰空飛翔。吳道子首創的「蘭葉描」，即形如蘭花葉狀的線條和兩頭輕、中間重的蓴菜狀線條，是他特有的畫技。他用這種線條作畫，勾出的衣紋飾帶，韻律飛動，優美流暢，故有「吳帶當風」之譽。李思訓及其兒子李昭道，也是傑出的山水畫畫家。他倆的畫，設色濃重，青山綠水，金碧輝煌，開了中國青山綠水畫派的先河。詩人兼畫家的王維，獨創了水墨淡彩山水畫派，「詩中有畫，畫中有詩」，給人以山高水長的豐富遐想和寧靜致遠的藝術享受。此外，薛稷善畫花鳥，韓滉善畫牛羊，張萱、周昉善畫仕女，曹霸、韓乾善畫駿馬，他們的畫形神兼備，眞切生動，帶有明顯時代精神的印記。

明皇是一位能夠總攬全局而又放得開的皇帝。凡是大事，他必親自決斷和部署，至於具體事務，則放手讓臣屬們去做，不多過問。他把更多的時間用在享受上，舉行各種各樣的宴會，欣賞音樂歌舞，寵幸后妃，禮敬兄弟。尤其是對兄弟諸王，他表現出了歷代帝王中很少見的寬宏態度和悌愛精神。當然，他這樣做，也是一種手段。自古以來，兄弟之間爲爭奪天子寶座而骨肉相殘，實在是太多太多了。他不願看到這種事情發生。怎麼辦？最好的辦法是，迎合兄弟的心理和意願，給他們好處和利益，最大限度地滿足他們的淫逸欲望。美其名曰「安樂共用」，實際上是使他們在淫逸、安樂中自我消沉和頹廢。這樣一來，他們哪還有什麼心思爭奪自己的皇位呢？

李憲被改封爲寧王。此人驕貴，極於奢侈，每次會見客人，嘴裏必含沉麝，張口說話，滿屋飄香，時稱「嚼麝之談」。他蓄有一大群樂伎，其中一女伎叫寵姐，姿色極美，唱歌時，前面需隔一七寶花障，外人只能聽其聲而不能見其人。他的臥室布置得富麗堂皇，其中有幾尊精緻的木雕女婢，飾以彩繪，夜間各執華燈，通宵不滅，號爲「燈婢」。他府中後院的花園很大，遍植奇花異草，同時結紅絲爲繩，懸以金鈴，若有鳥雀翔集，花匠就扯動絲繩，繩動鈴響，將鳥雀嚇飛。這也有名堂，叫做「花上金鈴」。

申王李撝奢靡，更勝過李憲。李憲有「燈婢」，他則有「燭奴」，就是用龍檀木雕成若干個男童，身穿綠袍，腰束彩帶，夜間聚宴時，木童各執畫燭，列立於廳，從而使大廳裏燈火輝煌，亮如白晝。他愛酗酒，經常喝得酩酊大醉。每次醉酒，侍女們必用一個錦綵結成的網兜，將他抬進臥室。因而，這個網兜被稱作「醉輿」。冬天時，李撝怕冷。怎麼辦？他命眾多的侍女圍坐於自己的身邊，以禦寒氣，那些侍女因此被稱作「妓圍」。

岐王李范更絕，冬天時怕冷，不搞什麼「妓圍」，而是喚來一群妙齡侍女，將手輪流伸進她們懷中，置於熱呼呼的雙乳間以取暖。他給這一做法取了個名字，叫做「香肌暖手」。李范好色，也好風雅，豪取巧奪，藏有許多珍貴的書畫。他府中建有一大片竹林，竹林間懸掛玉片，夜間風起，玉片撞擊，發出清脆悅耳的聲響，美稱「占風鐸」，別有情韻。

燈紅酒綠，醉生夢死，這就是寧王、申王、岐王、薛王的生活。而這，正是明皇所需要的。他用「安樂共用」的高明策略，既爲自己贏得「敦睦兄弟」的美好名聲，又使兄弟諸王失去爭奪皇位的念想，統治地位穩如泰山，無人能夠撼動。誰知這時後宮內院卻起了火，接二連三，生出一系列的變故來。

廢后封禪

興慶宮裏，殿閣巍峨，層樓高起，雕樑畫棟，金碧輝煌。更有一汪碧湖，融融蕩蕩，細波粼粼，水上鳥戲，水下魚游。湖邊，楊柳依依，芳草萋萋，百花吐豔，蜂蝶飛舞。綠樹環抱之下，花團錦簇之中，坐落著一座座庭院，朱簷碧瓦，金鑲玉砌，曲徑通幽，花木扶疏。唐明皇的后妃們，分別住在這些庭院裏，這裏一年四季，總是飄溢著濃郁的芳香，響徹著美妙的樂聲、歌聲以及歡快的笑聲。

明皇除了皇后以外，到底有多少嬪妃，他自己恐怕也說不清楚。這些年來，他的嬪妃似乎是在比賽，爭著生育兒女，一個勝過一個。這不？到了開元中期，他的嬪妃共計給他生了三十個兒子和二十九個女兒。其中有幼年夭折的，活著的兒子和女兒，相繼皆封親王和公主。

明皇的嬪妃，按結婚時間爲序，大體上可分爲三撥。第一撥有劉彩娥、趙西施、皇甫香和劉婉麗四人，她們的年齡比明皇小五六歲；第二撥有武妮和楊思思二人，她們的年齡比明皇小十歲左右；第三撥人數最多，是明皇登基以後成爲嬪妃的，包括錢妃、高婕妤、柳婕妤、郭順儀、鍾美人、盧美人、王美人、閻才人、陳才人、鄭才人等，年齡普遍比明皇小十二歲以上。這三撥嬪妃幾乎都生有兒女，使得一直沒有生育的皇后王熒熒又是羨慕，又是嫉妒。她弄不明白，自己是明皇的嫡妻，怎麼偏偏就生不出個龍子麟兒來呢？

明皇給兒子取名，開始用「嗣」字輩的雙字，中途改用「氵」旁的單字，最後又改用「王」旁的單字。爲了行文簡潔和便於檢索，這裏不妨統一使用「王」旁的單字名來稱呼他們。按排行，前八名依次是：長子李琮（嗣直），封郯王；次子李瑛（嗣謙），爲太子；三子李璵（嗣升），封陝王；四子嗣一，早夭；五子李瑤，封鄂王；六子李琬，封鄄王；七子嗣明，早夭；八子李琚，封光王。以下還有李琰、李璬、李璲、李璘、李玢、李環、李瑁、李玼、李珪、李琦、李珙、李璸、李璿、李璥等。至於明皇的女兒，史籍沒有記載她們的名字，只記名號，如永穆公主、常芬公主、孝昌公主、唐昌公主等。

這是個龐大的尊崇的「第一家庭」。按照慣例，皇帝的兒子在六歲以前，可以隨生母在宮中居住。六歲以後，特別是封王以後，就得單獨居住。明皇爲了安頓兒子諸王，特地在興慶宮的北面，修建了數十座府宅，首批住進去十個兒子，所以那裏號稱「十王子宅」。每個王宅都置幕府，派有專門的官員，負責王府各方面事項；同時派有宮監和宮女四百餘人，照料諸王的生活。以後封王的兒子，也陸續入住「十王子宅」，以致那裏成了皇子們的天下。明皇的兒子逐漸長大成人，紛紛娶妻生子。因此，「十王子宅」就顯得擁擠了。於是，明皇又命在「十王子宅」附近修建了「百孫院」，專供皇孫居住。每院的宮監和宮女，定額爲三十至四十人。可以想像，「十王子宅」和「百孫院」一帶，皇子皇孫雲集，皇家生活，皇家禮儀，皇家富貴，皇家氣派，好個宏麗景象！

明皇素有雅興，后妃所住的庭院，統以花名命名。王皇后住牡丹院，此院最爲寬敞和豪華。略次的是芍藥院、海棠院、薔薇院，分別住著「三夫人」——劉華妃、趙麗妃、武惠妃。其他嬪妃則住芙蓉院、芭蕉院、月季院、茉莉院、丁香院，等等。每個庭院除配備少量的宮監負責看門和傳呼外，還配備二三百名宮女，負責伺候嬪妃的飲食起居。端的是嫣紅膩翠，粉黛生輝。

牡丹院的王熒熒是後宮的當然主子。她是皇后，正位宮闈，體同天王，統領和訓誡嬪妃是她的責任。熒熒出身平民，性格謙和，待人處事，注重禮讓，因此在嬪妃中享有崇高的威信。她的缺憾是沒有生育，從這個意義上說，她不能算作完美的女人。她比明皇小兩歲，隨著韶光的流逝，姿容已經大不如前。明皇生性漁色，他和皇后之間的關係，遠不如以前那樣恩愛了。

惠妃武妮的挑唆，促使明皇更加疏遠和冷淡了皇后。武妮自從入宮以後，一直受到明皇的極度寵愛。她的生育能力似乎忒強，共生了四個兒子和三個女兒。其中，前兩個兒子和長女都早夭了。開元七年（西元七一九年），她又生了第三個兒子，就是李瑁。李瑁出生，粉雕玉琢似的，將父親的英俊和母親的韶秀結合爲一體，長相可愛極了。明皇怕他重蹈早夭的覆轍，所以把這個寶貝兒子，送至寧王李憲府中，交由寧王妃元氏撫養。李瑁是吃元氏的奶長大的，在兄弟排行中列第十八位，不久被封爲壽王。其後，武妮又生兩個女兒，分別封咸宜公主和太華公主；再生個兒子，叫李琦。明皇因爲寵愛武妮，愛屋及烏，所以對李瑁、咸宜公主、太華公主和李琦，一貫另眼相看，格外偏愛。

武妮姓武，血管裏流著武則天一樣的鮮血，心地詭詐，極不安分。她依仗明皇的寵愛，一心想當皇后，尤其是有了兒子李瑁以後，想法更加強烈和迫切。爲此，她從兩個方面下手：一方面是曲意迎合明皇，每當明皇夜宿薔薇院的時候，她總會使出渾身解數，讓明皇覺得分外的舒服和歡暢，接著便吹枕邊風，把皇后說得一無是處；另一方面是公開向皇后挑戰，惹皇后惱怒和發火，然後歸罪於皇后，大告皇后的黑狀。

宮中規矩，每月初一和十五，所有嬪妃都要到牡丹院拜謁皇后，一是爲了向皇后請安，二是爲了接受皇后的訓示。開元十二年（西元七二四年）二月十五，又是拜謁的日子。卯正，嬪妃們盛妝豔飾，齊齊聚集於牡丹院的正殿，等候向皇后行禮。熒熒升座，發現武妮沒有到場，心中略顯不快，問眾人說：「惠妃呢？怎麼沒來？」

沒有人能回答這個問題，因爲眾嬪妃嫉妒武妮的得寵，平時和武妮很少往來。正沉默著，武妮到了，大搖大擺，傲氣十足，旁若無人似的，一屁股坐到自己的座位上，隨手取一件小兒衣服，在上面繡花。

禮儀女官高聲喊道：「參拜皇后——！」

眾嬪妃離座跪地，叩頭，齊聲說：「拜見皇后，祝願皇后安康吉祥！」

武妮存心不善，穩穩地坐著，動也未動，自顧繡花。禮儀女官提示說：「武惠妃！請參拜皇后！」

武妮裝著剛剛聽見似的，勉強離座，彎了彎腰，冷冷地說：「參拜皇后！」說著，不待皇后發話，就重新坐到了座位上。

熒熒看在眼裏，氣在心裏，卻又不便發作，說：「姐妹們平身！」

眾嬪妃齊聲說：「謝皇后！」這才紛紛站起，一一落座。

熒熒心中有氣，覺得有必要敲打敲打武妮，遂板著面孔，說：「婦人講究四德，即婦德、婦言、婦容、婦功。我們皇家婦人，是侍奉皇上的，更要講究四德。四德裏面，最重要的是婦德這一條，它要求婦人要守規矩，要懂禮儀。沒有規矩，不成方圓。沒有禮儀，尊卑亂套。這怎麼行？萬一皇上歸罪下來，別說本后，就連你們，也只能吃不了兜著走！」

眾嬪妃聽得出皇后話中的意思，齊把目光投向武妮。武妮可不吃這一套，沒好氣地說：「你們都看我幹麼？我不守規矩了？我違背禮儀了？不就是一個參拜嗎？有什麼了不起的？幹麼小題大做，以勢壓人？皇上怪罪下來，又能怎樣？什麼叫兜著走？你們不兜著，我一人兜著，總行了吧？」

武妮這一連串的反問，其實都是衝著熒熒的。熒熒見武妮這樣放肆，氣得嘴唇哆嗦，說：「你……」眾嬪妃更是交頭接耳，嘰嘰喳喳聲四起。

武妮可不讓人，索性站起身來，說：「皇后大講什麼四德，還說婦德最爲重要。對！沒錯！不過，我以爲，替皇上生兒育女，這才是最大的婦德。就像農家人餵豬養雞，餵母豬是爲了生崽，養母雞是爲了下蛋。母豬不生崽，母雞不下蛋，那麼，餵它養它又有何用？它的『德』又在哪裏？」

這些話顯然是攻擊、詆毀和羞辱熒熒了。熒熒的氣變成怒，手指武妮，命令說：「取家法來！我要教訓教訓這狐狸精！」所謂「家法」，就是棍杖。按照規定，皇后有杖笞犯錯嬪妃的權力。正殿裏頓時亂成一鍋粥，有勸熒熒的，有勸武妮的，不願看到事態擴大。

武妮可不想挨打，說：「本妃不伺候了！」一扭腰肢，出了正殿，回了薔薇院。

這天的拜謁不歡而散。王熒熒和武妮都是氣恨難平，都準備向明皇告狀。偏巧，明皇當夜宿於薔薇院，這給了武妮惡人先告狀的機會。她又是鼻涕又是眼淚的，嗚咽著說：「皇上！臣妾母子沒法活啦？」

明皇忙問：「這是怎麼回事？」

武妮撒嬌弄嗔，添油加醋，把當天拜謁的經過敘說了一遍，無非是皇后無德無能，以勢壓人，嫉妒兇悍，稱自己是狐狸精，並要動用家法云云。明皇偏愛武妮，也就偏信武妮，說：「好啦！朕替你做主！」武妮自然明白「做主」的意思，立刻破涕爲笑，說：「還是皇上心疼臣妾和瑁兒！」她知道李瑁在明皇心中的份量，所以說話時總把自己和兒子聯繫在一起，這樣才能加倍討得明皇的歡心。夜間，她又使出絕活——口交，讓明皇快活無比。武妮每次使用這一絕活，都會使明皇神魂顛倒，舒服愜意，那種特有的快感，很難表述清楚。

明皇對於熒熒，越來越疏遠和冷淡了，接著想到如何處治熒熒的問題。處治太重，於心不忍；處治太輕，無法面對武妮。他不禁犯難，猛然想起故人姜皎，可以與之商量。姜皎前些年已被放歸田裏，明皇一句話，又將他召至長安，任命爲秘書監。明皇把自己的家務事如實相告，並徵詢處治皇后的意見。姜皎想了想，估摸明皇有廢后的意思，說：「皇后素無大過，處治起來確實麻煩。不過倒有一條理由，只怕皇上……」

明皇忙問：「什麼理由？」

姜皎沉吟許久，這才說：「皇后無子，這是最大的過錯。皇上若果眞要廢立皇后，不妨以此爲理由，做點文章。漢武帝皇后陳阿嬌，就是因爲沒有兒子，所以才被廢黜的。」

明皇輕輕點頭，說：「嗯！朕知道了！」

姜皎重新被起用，有點飄飄然，更以和皇帝密商廢后大事而感到榮耀，越發神氣。他天生一張臭嘴，逢人便說：「皇上將要廢黜皇后了。」別人不信，說：「哪能呢？」他拍著胸脯說：「我願和你打賭：我若輸了，就把這『姜』字倒過來寫！」這樣一來，不由人不信，一傳十，十傳百，很快，朝野上下，幾乎所有人都知道明皇就要廢黜皇后的事。

明皇好生著惱，一追查，方知是姜皎洩露了消息，不覺大怒，痛斥姜皎。宰相張嘉貞迎合上意，劾奏姜皎妄談休咎，構成罪狀，應予嚴懲。明皇也就顧不上故交的情面了，命將姜皎處以杖刑，流放欽州（今廣西欽州）。姜皎且愧且悔，行至半途，染病身亡。

其實，明皇的心裏也是矛盾的。他想到自己和熒熒，少年時偶爾相識，一見鍾情，那一天，正是自己的十四歲生日，熒熒的父親王仁皎，不惜將一件紫色長袍，拿去集市上，換回一斗白麵，爲的是給自己做一頓生日湯餅吃。隨後，她便成了他的嫡妻，成了王妃、太子妃和皇后。在誅滅韋漾集團和李筱集團的鬥爭中，熒熒鼎立支持自己的事業，唯自己的意願是從，從沒拉過後腿。而且，她歷來溫順謙和，尤其是對父皇睿宗和姑姑李穎，恭敬孝順，那是出了名的。李穎臨死時，只留下一句話：「我死後，你要善待熒熒。」因此，明皇實在下不了廢后的決心，嚴懲了姜皎，事情暫時擱起。

武妃可不會就此罷手。她急於想當皇后，非要把熒熒扳倒不可。她一計不成，又生一計，命貼身內侍牛貴兒，去找王守一，反覆吩咐，說必須如此如此。牛貴兒唯唯諾諾，奉命而去。

王守一是王熒熒的孿生胞兒，尙睿宗之女、寧王李憲胞妹、薛國公主李霓薇，爲駙馬都尉，由尙乘奉御升任殿中少監，封晉國公。他的榮華富貴，都是因妹妹而得到的，所以當聽說明皇要廢黜皇后時，他比任何人都著急。一天，武妃密遣的牛貴兒前來找他，悄悄地說：「皇上要廢皇后，爲什麼？還不是因爲皇后沒生皇子嘛！皇后若能生個皇子，皇上又怎麼會輕言廢后呢？」

王守一過於老實，也不打問內侍的來歷，說：「你說的沒錯。可我那妹妹皇后，就是懷不了孕生不了皇子，又有什麼辦法呢？」

牛貴兒記著武妮的吩咐，說：「小人聽說，崇明寺的明悟和尚會魘禳，請他作法求子，靈驗極了。大人何不前去試試？」

王守一說：「得是？」

牛貴兒說：「那還有假？現在請明悟和尚作法求子的人，多得寺門門檻快要踏破了！」

王守一雖然官高爵顯，終究無知無識，聽了牛貴兒的話，信以爲眞，當即去了崇明寺，尋到明悟和尚，說明緣由。明悟和尚早被武妮買通，滿口答應，煞有介事地穿上法衣，登壇作法，拜南極，祭北斗，嘴裏嘰哩咕嚕，念著一些咒語。許久，從祭壇上取了一物下來，遞給王守一，鄭重地說：「這是一方霹靂木，係從東海仙山求來。王公可讓皇后貼胸佩戴，七七四十九天，不得解下。隨後，皇后自會懷孕，生子貴盛，可比天后武則天。」

王守一看那霹靂木，也就是一方木片，長約三寸，寬約兩指，光亮平滑，精緻美觀；上面還有兩行篆文，寫的是「天公地母李隆基：祈求賜子，祈求賜子！」他付給明悟和尚十兩黃金作爲酬勞，連聲道謝，懷揣木片，興沖沖離去。次日上午，他又興沖沖進宮，拜見妹妹皇后。

熒熒近來心情很壞。她也聽到了廢后的傳言，驚愕恐懼，卻不知道怎樣應對。她沒有武妮那樣的心機，更沒有武妮那樣的手段，除了等待厄運降臨以外，一籌莫展。接連四個多月，她藉口身體不適，取消了初一、十五的例行拜謁禮儀，原因是，實在不想看到武妮那副驕恣而狂傲的嘴臉。時令已經進入七月，天熱人懶，熒螢屏退侍女，獨自坐著發愣。辰末巳初，王守一到了牡丹院。熒熒見哥哥笑瞇瞇喜滋滋的模樣，懶懶地說：「怎麼啦？看你樂的！」

王守一說：「好事，怎能不樂？」他像取寶貝似的，取出霹靂木，遞給妹妹。

熒熒說：「這是什麼？」

王守一眉飛色舞，敘說了霹靂木的來龍去脈，特別說：「爲了它，我花了十兩黃金呢！」

熒熒疑惑地說：「靈驗嗎？管用嗎？」

王守一肯定地說：「靈驗！管用！不過，妹妹要記著，必須佩戴七七四十九天，中途不能解下。」

熒熒細瞧木片，上方有孔，繫有紅色絲線，還有字，說：「這寫的什麼？」

「這是籤語，祈神賜子的意思。」

「憑這木片，就能求來子嗣？」

「心誠則靈。妹子，快戴上！」他也不管妹妹願意與否，硬將那玩意兒掛在了熒熒的脖上。熒熒見木片製作還算精巧，也就戴了，只是把木片塞進衣裏，脖上只露出紅色的絲線，權且當做一件飾物吧！

熒熒佩戴了霹靂木，精神上似乎有所寄託，焦急地盼著明皇駕幸牡丹院，興雲布雨，那樣或許能夠懷孕。可是連著數日，根本不見明皇的影子。終於有一天，明皇來了。然而，令熒熒驚訝的是明皇的臉色十分難看，而且身後還跟了十餘名衛士。

原來，熒熒佩戴霹靂木，這是武妃精心策劃的陰謀。她在宮中安插有眾多的眼線，偵察到霹靂木確實戴到了皇后的脖上，心中禁不住一陣狂喜，暗暗說：「王熒熒！你的好日子到頭啦！」她飛快地把這一情況報告明皇，說：「皇后在搞巫蠱，皇上可要當心！」

明皇對於巫蠱之類是切齒痛恨的，漢武帝後期的巫蠱之禍，死了多少人哪！他不相信，說：

「不會吧？皇后縱然恨朕，也不至於搞巫蠱呀？」
武妮說：「皇上若不相信，不妨親自去看一看，便知分曉。」
明皇將信將疑，遂帶了衛士來到牡丹院。
熒熒跟往常一樣，跪地說：「臣妾恭迎皇上！」
明皇沒有理睬，一眼看到熒熒脖上的紅線，冷冷地說：「你脖上戴的什麼？」
熒熒說：「一件飾物。」
明皇命令說：「取下來，讓朕看看！」
熒熒不敢抗命，取下飾物，遞給明皇。明皇不看則已，一看雷霆大怒，舉著霹靂木，咆哮著說：「你好大膽，竟敢在朕的眼皮底下搞巫蠱！『天公地母李隆基』，哼！朕的名諱，是你想寫就寫的嗎？」他狠狠地將霹靂木摔在地上，厲聲說：「來人！將這個賤人打入臨照殿，等候發落！」說罷，氣呼呼地走了。
「皇上——！」熒熒舉著雙手，發出淒厲的呼喊。所有這一切，都是在刹那間發生的，熒熒尚未反應過來，早由衛士押解著，上了馬車，前去臨照殿。她弄不明白，一方小木片，爲什麼會使皇上發怒呢？爲什麼會使自己獲罪呢？她猛地記起明皇剛才所說的「巫蠱」二字，渾身起了雞皮疙瘩。怎麼？那個霹靂木，難道就是巫蠱嗎？天哪！這可是怎麼回事啊？
第二天，明皇頒出聖旨，大意說：「皇后天命不祐，華而不實，有無將之心，不可以承宗廟，母儀天下，其廢爲庶人。」王守一參與巫蠱案，貶爲柳州別駕。這位國舅此時方才明白，受人蒙蔽，做了一件蠢事，既害了妹妹，又害了自己。他懊悔上路，又接到聖旨：賜死，家產入官。

皇后被廢爲庶人，朝野震動。興慶宮裏，武妃最爲開心，以爲自己即將成爲新的皇后。華妃劉彩娥和麗妃趙西施等頗爲傷感，她們無法理解，女人的盛衰榮辱，爲什麼僅僅在一瞬間？

臨照殿是太極宮裏的一座偏殿，其實是一座冷宮。唐高宗時，被廢的王皇后和蕭淑妃，就被關在這裏，後來被武則天殘酷殺害。現在，王熒熒也被關在這裏，形同囚犯。她得知哥哥王守一已被賜死，也就是說，在這個世界上，她已沒有一個親人了。她萬念俱灰，不吃不喝，只求早死。彌留之際，解下隨身佩戴的一隻玉佩，懇請宮女，呈送皇上。然後，她安靜地平躺著，永遠地閉上了眼睛。死時，年僅三十八歲。

那只玉佩很快被送到明皇的手中。明皇一看，認得那是自己十四歲生日的那一天，初見熒熒時，送給她的禮物。當時，熒熒送他一個香囊，他則送給熒熒一隻玉佩。沒想到，二十多年來，熒熒一直把這只玉佩隨身佩戴著，足見她對自己的一往深情。明皇忽然意識到，自己對熒熒的處治太嚴厲太絕情了，因爲不管怎麼說，她畢竟是相濡以沫的嫡妻和尊崇高貴的皇后啊！他有些後悔，也有些自責。然而，這種後悔和自責，很快就過去了。原因在於，他是皇帝，是天子，至高無上，金口玉言，所言所行永遠都是正確的，大可不必因一女人而失掉尊嚴和權威。

皇后位置空缺，明皇打算冊立新皇后。新皇后的人選無疑就是武妃，他已私下許諾，新皇后非她莫屬。誰知明皇在朝會上提出這個問題時，卻遭到大臣們的強烈反對。御史潘好禮的態度尤爲激烈，慷慨陳詞，說：「《禮記》曰：『父母仇，不共戴天。』《春秋》曰：『子不復仇，不子也。』陛下欲以武氏女爲后，何以見列祖列宗？何以見天下之士？武惠妃何許人也？她是武三思的侄女！而武三思，干紀亂常，天人共憤！夫惡木垂蔭，志士不息；盜泉飛溢，廉夫不飲。匹夫匹婦婚配尙相選擇，況天子乎？願陛下愼選華族，稱神祇之心。春秋時，宋國的夏父不以妾爲夫人，齊桓公說過『無以妾爲妻』的話。可見古人的嫡庶觀念，是相當分明的。嫡庶分明，方可杜絕小人的窺競之心。當今太子，並非武惠妃所生。武惠妃自有兒子，她若成爲皇后，那麼太子的地位勢必不穩。古人所以諫其漸者，有以也。」

潘好禮的觀點，得到絕大多數朝臣的支持。他們異口同聲，一致反對立武惠妃爲皇后。明皇其時尚未完全昏昧，權衡再三，接受了朝臣的意見，決定不立武妃爲后。爲了撫慰武妃，他給她以皇后的待遇，算是一種平衡和補償。

明皇廢黜皇后，致使煢煢屈死。開元十三年（西元七二五年），他又舉行了一次大規模的封禪活動，標誌著這位皇帝的思想，發生了重大轉變，他變得好大喜功和鋪張奢侈了。

早在傳說中的五帝時代，帝王就經常出巡，祭祀天地神靈，訪祭高山大川。戰國時期，齊魯一帶的儒士，把帝王的祭祀與訪察程式化和固定化，認爲東嶽泰山高爲五嶽之首，帝王祭祀和訪祭，只有到達泰山，才算最爲完美。所以規定，登泰山築壇祭天曰「封」，登泰山之南的梁父山辟土祭地曰「禪」，兩禮合成，謂之「封禪」。封禪的目的是爲了表明：帝王受命於天，負責統治黎民，特向天地神靈彙報，天下太平，功德無量。秦始皇統一中國後，曾專門到泰山封禪。從那以後，封禪便成爲一項重大祭典之一，爲歷代皇帝所遵循。

明皇封禪的建議，是宰相張說首先提出來的。這明顯是阿諛逢迎、溜鬚拍馬之舉。明皇一聽，正合自己的心意，說：「好啊！告太平於天，報功德於地，何樂而不爲？」

張說說：「封禪的規模有大有小，不知陛下……」

明皇說：「卿說說，自秦始皇以來，哪個皇帝封禪的規模最大？」

張說說：「應該是漢武帝。漢武帝在位期間，多次封禪，規模最大的一次是元封元年（西元前一一〇年），出動的兵馬有二十餘萬人，歷時半年多，週行一萬八千里。」

明皇說：「好！朕要超過漢武帝！這事，就由卿全權辦理。」

皇帝一句話，舉朝動起來。張說大權在握，調集兵馬，籌辦物資，制訂封禪的禮儀程式，忙得不亦樂乎。源乾耀覺得封禪應當節儉，沒有必要動用過多的人力和財力。張說滿臉不快，說：「皇上說了，這次封禪的規模要超過漢武帝，源公為何要唱反調？」

源乾耀聽了「唱反調」三字，嚇得直搖手，說：「得！只當我的話是放屁，放屁，行了吧？」

張說在準備封禪的過程中，最擔心的一件事是周邊少數民族政權，他們在封禪期間趁機入侵，怎麼辦？兵部郎中裴光庭給他出了個主意，說：「四夷之中，突厥為大。今可邀請突厥派出使者，從封泰山。突厥使者來了，其他戎狄酋長也會跟著來。這樣，邊境便可以偃旗息鼓，高枕無憂矣！」

張說大喜，說：「太好啦！這樣的妙策，我怎麼就想不出來呢？」他奏請明皇，徵得同意，遂遣使者前往突厥，以禮邀請，派人從封泰山。突厥可汗以為這是一種榮譽，欣然應允，派了以大臣阿史德頡利為首的使團，到了長安。吐蕃、契丹、黨項等政權不甘落後，主動要求派出使團，從封泰山。這樣，張說的擔心，輕而易舉地就被化解了。

準備事項做了將近一年，萬事俱備，只欠東風。那麼，誰留守京城呢？明皇再三思量，決定以原宰相宋璟爲西京留守，輔佐太子李瑛，留守長安。行前，明皇對宋璟說：「卿爲國家元老，朕將東巡，可有話說？」

宋璟說：「臣聽說姚崇當初爲相時，曾提出十件事情。臣請陛下，切記切記！」

明皇說：「卿之所言，朕當書之座右，出入觀省，以誡終身。」其實，明皇這樣說，只是爲了應付搪塞而已，他的實際行動表明，姚崇當初所提的十件事，他已忘得差不多了。

十月，封禪隊伍從長安出發，取道洛陽，前往泰山。這支隊伍，大約由二十五萬人，六千輛車，五萬匹馬組成，前後綿延上百里，旌旗蔽日，車水馬龍，勢如江河，其鋪張和烜赫的程度，遠遠勝過漢武帝。

明皇出巡，其儀仗稱「大駕鹵簿」。鹵簿包括儀仗和侍衛兩大部分，分別由羽林軍和萬騎士兵擔任。最前面是六千人的旗隊和兵仗隊，旗隊高擎五色旗：青龍旗、白虎旗、朱雀旗、玄武旗、日月旗；兵仗隊手執各種兵器：刀槍劍戟、戈矛斧鉞。接下來是萬名侍衛，分作前後兩隊。前隊又分清遊隊、朱雀隊、鼓吹隊、持鈒前隊、左右衛將軍隊和左右廂將軍隊；後隊又分爲徜門旗隊、大傘隊、殿中少監隊、持鈒後隊、黃麾隊、乘黃令隊、左右威衛折衝都尉隊、諸衛馬隊和玄武隊。在左右廂將軍隊和徜門旗隊中間，便是明皇的鑾駕——玉路金根車，駕六馬，太僕卿御之，駕士共三十二人。金根車製作精巧，金碧輝煌，上罩黃羅傘蓋，邊插黃色龍旗；車廂高大寬敞，裏面設施豪華，可坐可臥，並可會見朝臣。金根車兩側，右有右監門衛將軍高力士，左有左監門衛將軍楊思勖，騎馬隨行，隨時伺候皇上或傳達皇上旨意。

大駕鹵簿的後面，是皇家成員的乘車。他們包括「三夫人」，即惠妃武妃、華妃劉彩娥、麗妃趙西施；明皇的兄弟諸王，即寧王李憲、申王李范、薛王李業；明皇的兒子諸王，即長子郯王李琮、三子陝王李璵、四子鄫王李琰、五子鄂王李瑤、六子鄄王李琬、八子光王李琚、十八子壽王李瑁。自王皇后死後，武妃成爲嬪妃之首，很是得意。申王李撝上年病死，謚曰惠莊太子，自然不能隨從封禪了。値得玩味的是皇子諸王，隨從封禪的都是排行居前的皇子，而李瑁排行十八，也在其列。這表明明皇對於這個兒子的偏愛，似乎還傳達了這樣一個信息：李瑁很有可能取代李瑛而成爲太子。

接著是文武百官的乘車和外國使臣、番邦使者的乘車。開元年間，唐朝和「東夷」、西域、「南蠻」、「北狄」的上百個國家都建立了友好的關係，彼此互派使臣，通好通商。同時和周邊少數民族政權時戰時和，總體關係也說得過去。明皇這次封禪，邀請外國使臣和番邦使者隨行，目的是爲了炫耀大唐的文明和富庶。外國使臣和番邦使者則以爲能有此行，實是一種榮耀，無不歡欣鼓舞。

封禪隊伍的後面，是數萬名稱作彍騎的皇家禁軍。他們兼有儀仗和侍衛的雙重責任。最後面是由四萬匹戰馬組成的馬匹方陣，它們加進封禪隊伍，純粹是明皇的心血來潮所致。

原來，明皇初登基時，隴右地區牧馬只有二十四萬匹。明皇任命王毛仲和張景順爲正、副閑廄使，十餘年間，使牧馬猛增至四十三萬匹，至於牛羊，則不計其數。明皇爲了誇示和炫耀，一時高興，特命王毛仲和張景順，挑選四萬匹駿馬，組成戰馬方陣，隨從封禪。馬分四隊，隊各一色，棕、黃、白、灰，整齊前進，望去宛若雲錦。這，成爲整個封禪隊伍中的又一道亮麗風景。

這支龐大的威武的封禪隊伍逶迤前進。途中每至一地，地方官府具禮迎接，貢奉御食。其他人員的飲食，則由後勤供應。史載：「有司輦載供具之物，數百里不絕。」戰線之長，場面之大，車馬之多，人員之眾，那是一種什麼樣的景象啊！

十一月，明皇抵達泰山。封禮和禪禮都是事先擬定好的，祭祀起來並不複雜，無非是焚香、叩拜、禱告、埋玉牒之類。玉牒上刻有封禪皇帝的心願，歷來是秘不示人的。明皇對此不解，詢問禮部侍郎賀知章說：「前代玉牒之文，何故秘之？」

賀知章回答說：「玉牒上的刻文，乃密求神仙之事，故無需讓外人知曉。」

明皇說：「朕無秘密可言，只爲蒼生祈福耳！」說著，他將玉牒上的刻文宣示群臣，只有八個字：「太平昌盛，國富民強。」群臣高呼萬歲，都爲當今皇上「爲蒼生祈福」的精神所感動。然而，群臣們在歡呼之後又在嘀咕：這樣興師動眾，這樣勞民傷財，憑一玉牒，能給芸芸蒼生帶來福祉嗎？

封禪大典結束，明皇大赦天下，封泰山神爲「天齊王」，封賞官員將士、外國使臣和番邦使者，宴請泰山一帶的父老鄉紳，賜米賜帛，並免除所過州縣一年的租賦。接著去到孔子故居，以太牢之禮祭奠了孔子。這一舉措很有意思，表明明皇雖然尊崇道教，但對儒家思想並不排斥，因爲儒家思想，自漢武帝獨尊儒術以來，就一直是歷朝歷代鞏固封建統治秩序的利銳武器。

這次封禪，從朝廷到地方，誰也說不清耗費了多少錢財。明皇自己都覺得有點過分，所以在歸途中到達宋州（今河南商丘）的時候，有意做出一個姿態。宋州刺史寇泚設宴招待皇上和王公大臣，酒是普通的酒，菜是普通的菜，家常便飯，隨意而簡單。明皇大發感慨，說：「朕曾多次派遣使者，巡視全國各地，訪察官吏善惡。使者彙報說，各地官吏都好，盡職盡責，勤奮節儉。這次下來一看，方知使者負朕多矣！瞧瞧一些官吏的供奉，鋪張奢侈，鮮奇淫巧。他們爲什麼要這樣做？無非是投機鑽營，迎合朕心。但有三人例外：懷州刺史王丘，只獻了一豬一羊；魏州刺史崔沔，爲朕準備的驛館不見錦繡；濟州刺史裴耀卿，上書數百言，都是規諫的話。這三人，不以擾民以市恩，眞良吏也！」接著，他又對寇泚說：「飯前，有人告訴朕說，你給朕準備的酒饌很不豐盛。但朕知道，你是不想靠一頓酒宴沽名釣譽，爲自己撈取好處，難得呀！」明皇說著，親自斟酒，賜予寇泚。在場的王公大臣，見明皇這樣體恤下情，開通放達，群起拜賀，稱頌皇上聖明。其後，王丘、崔沔、裴耀卿三人，分別升任尚書左丞、散騎侍郎和定州刺史。

明皇封禪，顯足了氣派，出盡了鋒頭，開元十四年（西元七二六年）春天才回到長安。岐王李范大概是鞍馬勞頓的緣故，回京後患病，不治身亡。明皇很是悲痛，冊謚曰惠文太子。接著，邕州（今廣西南寧）傳來警報：當地少數民族首領梁大海率眾造反，聲勢浩大，連陷賓州和橫州（今廣西西部）。明皇對於造反之類的事情，從來是深惡痛絕的，立命楊思勖率兵前去鎭壓。

楊思勖已經進位驃騎大將軍，封號國公，奉旨征討梁大海，比以前鎭壓覃行章起義時更加神氣了許多。他統兵三萬，日夜兼程，趕到邕州。這位宦官出身的大將軍，對付農民起義軍很有一套辦法，很快將梁大海爲首的三千人捉住，全部斬首。進而追擊各小股起義軍，見人齊殺，手段極爲殘忍。一波未平，一波又起。邕州戰事尚未了結，瀧州（今廣東羅定）又爆發了更大規模的農民起義。起義首領叫陳行範，自稱「天子」；部屬何游魯號稱「定國大將軍」，馮璘號稱「南越王」。攻州掠縣，其勢銳不可擋。明皇接到警報，再命楊思勖移師瀧州，鎭壓陳行範。另外緊急調集兵馬十萬，前去增援。楊思勖奉命，還是採用擅長的戰法，急速行軍，長驅直入，突然襲擊，很快斬殺了何游魯和馮璘。陳行範見事不濟，率部逃跑。楊思勖窮追不捨，懸賞抓住陳行範，就地斬首。六萬農民起義軍被圍困，走投無路。楊思勖窮凶極惡，發出命令，將他們全部坑殺，一時間屍積如山，血流成河，天昏地暗，風雲變色。

楊思勖爲人，以「鷙忍」著稱，敢於冒險和殺戮。他對待臨陣逃脫的士兵和捉到的俘虜，必當眾剝皮、劈腦、褫髮，將士憚服，莫敢仰視，除了死心踏地地爲他賣命外，別無他路。他得勝還朝，受到明皇的優厚封賞，地位升至高力士之上。後來，宦官牛仙童因向邊將索賄，罪當處死。明皇命由楊思勖執行牛仙童的死刑。楊思勖雖然也是宦官，對於同類全無憐憫之心。他將牛仙童五花大綁，吊於木柱上，先用皮鞭抽打，打得牛仙童皮開肉綻，鮮血淋漓；接著用刀子剖開牛仙童的肚皮，剜出內臟，截手斷足，剔肉以食。其情狀，令人毛骨悚然，慘不忍睹。楊思勖卻哈哈大笑，說：「嗯！人肉，好吃，好吃！」

楊思勖統兵鎮壓農民起義，王毛仲正忙著嫁女兒。王毛仲，從青年始就充當明皇的侍從，忠誠勇猛，屢屢立功。明皇登基後，他逐漸升任輔國大將軍，檢校內外閑廄，知監牧使，封霍國公，一度出任朔方道防禦討擊大使，與張說、王晙等共擊突厥。他在封禪中，因成功地組織了戰馬方陣，深得明皇的歡心，因而加開府儀同三司，享受問官一品大員的待遇，榮寵至極。官奴出身的王毛仲，一下子成了個人物，百官巴結，趨之若鶩。王毛仲有兩房妻子，生了三個兒子和一個女兒。適逢女兒嫁給萬騎首領葛福順的兒子，自然要大張旗鼓地擺酒設宴，顯示威風。婚日前夕，明皇問王毛仲說：「你還有什麼要求嗎？」

王毛仲頓首說：「臣萬事已備，只是尚未請到一位客人。」

明皇說：「宰相張說、源乾耀不是答應赴宴了嗎？」

王毛仲說：「還差一位。」

明皇大笑，說：「哦！你是指宋璟吧？你請不來不是？」

王毛仲點頭，說：「是！」

明皇說：「那好，朕幫你這個忙，命宋璟明日赴宴就是了。」

王毛仲叩頭謝恩，回府準備。婚日，王毛仲府中，貴客雲集，熱鬧非凡。宰相張說、源乾耀等早早到來，連連祝賀和恭喜。王毛仲一邊應付來客，一邊瞅著門外，眼巴巴等待的只是宋璟。因為宋璟雖然不是宰相，但德高望重，只有此人前來，自己才更有面子。可是左等右等，就是不見宋璟人影。午正，眾人已經入席，首座依然空著，那是給宋璟留的，宋璟不到場，酒宴無法開始。等呀等呀，宋璟終於來了。王毛仲欣喜異常，禮讓宋璟坐於首座。宋璟卻不落座，自斟一杯酒，向著皇宮方向拜了一拜，說：「臣奉旨赴宴，不能不來！」拜罷，自飲一口酒，忽然說：「哎呀！老朽腹痛厲害，恕不能奉陪各位，先走一步了！」王毛仲百般阻攔，千般挽留。宋璟只說腹痛，出門登車，悠然自去。

宋璟這樣做，是他剛直性格和持正人品的表現。一方面，他遵從了明皇的旨意，前去赴宴；一方面，他又不屑交結王毛仲之類的權貴，所以推說腹痛，只露了一面，就打道回府。宋璟一生，既識大體，又不失原則，於此可見一斑。不久，宋璟上了《求致仕表》，請求致仕，寫道：「臣竊祿饕餮，備員廊廟，霜毫生頷，雪刺滿頭，求退歸耕，養慵岩穴，樂生堯世，死荷聖恩。」致仕後退居洛陽，七十五歲時去世，贈太尉，諡「文貞」。歷史學家評述唐朝的宰相，總愛說：「前有房杜，後有姚宋。」意思是說，唐太宗貞觀年間，有房玄齡和杜如晦；唐明皇開元年間，有姚崇和宋璟。他們都是傑出的宰相，爲唐朝的繁榮和昌盛作出了巨大的貢獻。

楊思勖和王毛仲大紅大紫，宰相張說的日子卻越來越不好過。張說能文能武，應該說是個人才。但是，他有私心，患得患失，說話辦事總看明皇的臉色，缺少姚崇和宋璟那樣的正氣。同時貪戀錢財，心胸狹窄，得罪的人很多。因此，御史中丞宇文融、河南尹崔隱甫等聯合一些朝臣，以「徇私僭侈、受納賄賂」的罪名，群起彈劾張說。明皇命人調查，事多屬實。張說傻眼了，蝸居家中，杜門不出。明皇命高力士探視張說。張說惶懼，故意蓬頭垢面，席槁待罪，而且贈給高力士一些珍玩，請他在明皇跟前代爲美言。高力士得人好處，替人消災，自然竭力爲張說開脫，還說張說有功於國，不宜重責。明皇寬宏大度，採納高力士的意見，只罷免了張說的宰相職務，但仍以他爲集賢院學士，專修國史。張說死於開元十八年（西元七三〇年），被追贈爲太師，諡曰「文貞」。

這以後的六七年中，朝廷宰相多次變動，源乾曜、李元紘、杜暹、蕭嵩、宇文融、裴光庭、韓休等都先後當過宰相。他們各有所長，也各有所短，相比之下，韓休更出色些。韓休，長安人，生性峭鯁，敢於直諫，具有寧折不彎的品格。明皇一次在上林苑中射獵，繼又舉行歌舞宴會，人員很多，場面很大。明皇料定韓休會出面反對，悄聲問身邊的內侍說：「韓休知否？」內侍回答說：「今天的事沒通知韓相，他可能不會知道吧？」正說著，韓休的奏書送到，內容是切諫皇上，應以國事爲重，不可沉醉於聲色犬馬之中。明皇一天照鏡子，默默不樂。左右宮監說：「自從韓休爲相，皇上無一日歡愉，比以前消瘦多了！」明皇說：「朕貌雖瘦，天下必肥。朕用韓休，是爲社稷，哪是爲自己一人呢？」

水滿必溢，月盈則虧。宰相張說丟了宰相職務，王毛仲則從尊崇的高位上跌落了下來。王毛仲開府儀同三司，等同一品大員，兩個妻子皆爲絕色，三個兒子俱賜官職，按說應當稱心了，滿足了。可是，人心不足蛇吞象，這山望著那山高，他進而還想當兵部尚書，執掌全國的兵權。明皇沒有答應。王毛仲由此生怨，發了許多牢騷。同時利用和葛順福的親家關係，和李守德的同僚關係，恣意結交萬騎首領，以致北軍將士，唯其指使。宦官高力士、楊思勖深得聖寵，是明皇身邊的紅人。而王毛仲趾高氣揚，目中無人，根本不把高、楊放在眼裏，或欺凌，或羞辱，因而激起了高、楊的滿腔憤恨。

王毛仲和葛順福結爲兒女親家，吏部侍郎齊浣提醒明皇說：「葛順福典掌禁軍，不宜與王毛仲聯姻。況且，王毛仲畢竟屬於小人，寵過則生奸，不早防範，恐成後患。」

恰巧，王毛仲又有了第四個兒子。明皇命高力士前去宣旨，授予這個兒子五品官銜。王毛仲大不咧咧，勉強謝恩。高力士回宮覆命。明皇問：「朕授王毛仲兒子官銜，他高興嗎？」

高力士懷恨王毛仲，趁機添油加醋，說：「他哪高興呀？他拿眼睛瞪著臣說：『怎麼？才五品？我這兒子，何辱三品官！』臣說：『五品相當於州刺史，不小啦！』他說：『哼！不小個屁！我的兒子，至少也應是尙書或侍郎。』」

明皇是絕對信任高力士的，聽了這話，惱惱地說：「這個奴才，竟敢拿他兒子來要脅朕！」

高力士趕忙補充說：「王毛仲最近和北軍將士打得火熱，若不早除，必起大禍！」

明皇點頭，很快頒旨宣布：王毛仲貶爲瀼州別駕，葛順福、李守德等萬騎首領，全都貶爲外州的別駕。王毛仲的四個兒子，削去官職，流放邊地。王毛仲悽悽惶惶，前去瀼州（今四川奉節西）。及至零陵（今湖南零陵），又有旨下，命其自縊。這個官奴出身的權貴，落得這樣的結果，正應了一句老話：「爬得越高，摔得越重。」

宮廷血腥

惠妃武妃害死皇后王焚焚，沒能當上皇后，心裏恨恨不平。她已認準，皇后的寶座非己莫屬，所以決心繼續拼爭。她反覆思量對策，覺得必須充分利用親生兒子這個籌碼，方可實現目的。她的兒子便是壽王李瑁，只要李瑁能夠當上太子，母以子貴，那麼自己正位宮闈，母儀天下，不就是順理成章的事嗎？

李瑁當太子，困難相當大。因爲明皇早就立了太子李瑛，而且李瑁在兄弟排行中僅列第十八位，取代李瑛，談何容易？武妃認眞總結自己爭當皇后失敗的原因，問題出在缺少朝臣的支持上。狗屁御史潘好禮慷慨激昂一番話，其他人鸚鵡學舌，跟著起鬨，居然無一人向著自己說話，這能不失敗嗎？失敗交了學費，買了教訓。爲使李瑁成爲太子，必須要有朝臣的支持。恰在這時，出了一個主動投懷送抱的人。此人爲誰？他叫李林甫，官任吏部侍郎。

李林甫算來也是皇家宗室成員。他的曾祖父李叔良，是唐高祖李淵的堂弟，曾封長平王。其後，家道衰敗，祖父李孝斌僅官原州長史，父親李思誨僅官揚州參軍。李林甫自小放蕩，二十歲時仍未讀書，在洛陽街頭鬼混，和一幫地痞無賴，以擊毬遊獵、馳逐鷹狗爲樂。三十多歲時受了一個道士的點化，西赴長安，改節讀書。他的舅舅姜皎與明皇私交甚厚，著意提攜外甥，使之當了太子中允，官階正七品下。李林甫由此進入官場，開始了追逐利祿的歷程。

李林甫，瘦高個兒，寬額頭，尖下巴，一雙眼睛炯炯有神，目光鬼祟，深不可測。此人最大的特點是善於窺測方向，外忠內奸，嘴上如糖似蜜，心中藏劍蓄刃，「口蜜腹劍」四字，最能概括其奸詐虛僞的人品。姜皎死後，源乾耀曾任宰相。而姜、源二人，恰是兒女親家。李林甫巴結源乾耀的兒子源絜，謀求司門郎中的職位。源絜把李林甫的心思告訴父親。源乾耀說：「郎官歷來是由有名望有才幹的人擔任的，他李林甫哪是這號材料？」不過，源乾耀還是幫了李林甫的忙，提拔他爲太子諭德，再擢爲國子司業，官階從四品下。

接著，李林甫又投靠新任宰相宇文融和裴光庭，先爲刑部侍郎，再爲吏部侍郎，官階正四品上。

李林甫從正七品下升到正四品上，稱得是官運亨通。他一心想當宰相，需要繼續上爬。上爬，除了自己努力以外，還要借助他人的力量。不久，宇文融罷相，裴光庭病死。裴妻武氏乃武三思的女兒，長期與李林甫私通，這時，他們索性明目張膽，結成一對野鴛鴦。武氏喜愛姦夫，拜託高力士代爲吹噓，請在明皇跟前，推薦李林甫出任宰相。高力士早年曾在武三思府中服役，受過武氏的恩惠。他覺得相位事關重大，自己身爲宦官，不宜直接推薦，轉而拐彎抹角，來個迂迴戰術，找到惠妃武妮，說：「吏部侍郎李林甫，精明強幹，願意站在娘娘一邊，保護壽王。不過，娘娘先得活動皇上，使李林甫能夠當上宰相，這樣，事情才會更有把握。」

武妮正在尋覓外援，李林甫主動獻媚，使她歡喜不盡。她連聲說：「好！好！我幫他，他幫我，我的瑁兒就有希望了！」

接下來的宰相是蕭嵩和韓休。韓休爲相的詔書尙未下發，高力士得到消息，將此機密悄悄透露給了李林甫。李林甫覺得這是個自我表現的絕好機會，連夜拜見韓休，說：「祝賀韓公！恭喜韓公！」

韓休莫名其妙，說：「韓某喜從何來？」

李林甫說：「韓公即將出任宰相，豈不是大喜！」

韓休說：「這話從何說起？」

李林甫說：「明日早朝，便知分曉。」

次日早朝，果然有聖旨頒出：韓休升任宰相。韓休大爲驚訝，暗想李林甫可謂神通廣大，竟能獲知朝廷的頭等機密，眞不簡單。因此，他在爲相期間，對李林甫總是另眼相看，處處關照和幫襯這個吏部侍郎。

開元二十一年（西元七三三年）十二月，蕭嵩和韓休罷相，張九齡和裴耀卿成爲新任宰相。武妃積極活動，鼓動明皇，同時任命李林甫爲相。爲此，明皇徵求張九齡的意見。張九齡直話直說：「宰相之職，四海矚目，若任人不當，則國受其殃。據臣所知，李林甫心術不正，擢爲宰相，恐怕日後會禍延宗廟社稷。」

但是，明皇並沒有聽從張九齡的意見，於開元二十二年（西元七三四年）五月，硬是任命李林甫爲宰相，兼禮部尚書。此舉意味著，唐明皇的英明睿智已被糊塗昏庸所取代，他不可能再像以前那樣勵精圖治，大有作爲了。

李林甫的目的已經達到，自然要投桃報李，外援武妃，幫助壽王李瑁成爲太子。爲此，他和武妃同時派出密探，偵察太子李瑛的過失，必欲將其廢黜或置於死地。

李瑛乃麗妃趙西施所生，被立爲太子已快二十年。他的嫡妻是太常少卿薛絳的女兒，封爲太子妃。李瑛住在東宮，清楚兩個基本事實：一是他的母親出身倡人，沒有得力的靠山和背景；二是他在兄弟排行中位列第二，因爲哥哥李琮是個麻臉，所以自己才僥倖被立爲太子。庶出，加上並非長子，這兩條決定了他的太子地位很不穩固，東宮主人隨時都有可能發生變更。因此，李瑛待人處事，總是小心翼翼，謙和謹愼，生怕別人抓住什麼把柄。他把全部精力放在讀書和射獵上，除了參加朝會和必要的典禮外，從不結交任何人。他的朋友只有兩個，即住在「十王子宅」裏的鄂王李瑤和光王李琚。他們都是皇子，同父異母，三兄弟互相來往，外人總不至於有什麼異議吧？

李瑤的生母爲皇甫香，李琚的生母爲劉婉麗。皇甫香、劉婉麗和趙西施一樣，都是倡人出身。她們三人是在明皇任潞州別駕時，因爲姿色和才藝，而成爲明皇妻子的。開始一段時間，她們深受寵愛；等到明皇登基後，又有大量嬪妃進入後宮，她們便逐漸失寵，每況愈下了。皇后王熒熒被廢黜致死，使她們吃驚和震撼，親身感受到在富麗堂皇的皇宮裏，沒有眞情沒有愛，有的只是陰謀和罪惡。惠妃武妮寵冠後宮，更使她們惱怒和憤恨，一個野心勃勃、詭計多端的女人，皇上爲什麼就看不清她的眞實面貌呢？

趙西施、皇甫香、劉婉麗都是孤兒，從小就在一起習藝，長大後同時成爲倡人，同時成爲明皇的妻子，同時進入皇宮。這些「同時」，使她們有著共同的思想和共同的語言。在興慶宮裏，她們三人時常走動，說說悄悄話，流流傷心淚。但是，他們嚴格遵循後宮不得預政的規定，見面時從不談論政治，更不議論皇上的是非，即使對武妮，也不妄加評說，只是在心底懷恨而已。她們也有歡樂的時刻，那就是每月兩次皇子進宮拜謁母妃的日子，屆時，母子得以團聚，說一會話，吃一頓飯，然後叮嚀再叮嚀，囑咐再囑咐，目送著兒子離去。

母親的際遇影響兒子。李瑤、李琚經常前往東宮，名義上是拜見太子，實際上是想和李瑛聚聚，發些感慨和牢騷。李瑛受其地位的局限，明哲保身，少言寡語。而李瑤和李琚沒有太多的忌諱，時時會流露出年輕人的熱血和衝動。李林甫升任宰相以後，李瑤和李琚老大不平。李瑤說：「李林甫有什麼？聽說原是洛陽街頭的一個混混，才幾年時間，就從太子中允爬上宰相高位。父皇也眞是的，怎麼會看中這號人呢？」

李琚說：「誰都知道，李林甫是靠舔人尻子發跡的，誰的官大，他舔誰的尻子。舔源乾耀，舔宇文融，舔裴光庭，舔韓休。嗨！居然舔出個宰相來，眞是豈有此理！」

李瑤說：「說到底，他是舔了武狐狸的尻子！」「武狐狸」指武妃，李瑤和李琚私下一直這樣稱呼這個庶母。李瑛見兩個弟弟口無遮攔，扯到了父皇寵妃的身上，忙制止說：「五弟！不許胡說！」

李琚卻說：「五哥說的對著哩！李林甫舔的就是武狐狸的尻子！他原先和裴光庭的老婆私通，裴光庭死後，一個姦夫，一個淫婦，乾脆公開地睡到了一起。淫婦是誰？她是武三思的女兒，武狐狸的叔伯姐姐！聽說是她透過高力士搭橋，要武狐狸鼓動父皇，硬讓李林甫當了宰相。李林甫表態來著，只要武狐狸幫他當上宰相，他就幫武狐狸扳倒李瑛哥哥，讓壽王李瑁入主東宮。他們幕後做了交易，裏面的陰謀大著哩！」

這些情況，李瑛也略知一二。但他相信，自己走的正，行的端，父皇沒有廢立太子的理由。再說，朝中宰相並非李林甫一人，他的前面還有張九齡和裴耀卿，他還沒有一手遮天、左右父皇意志的能力。他勉強笑了笑，說：「兩位弟弟切莫衝動，交易也好，陰謀也好，那是我們無法阻擋的。

大不了我不當這個太子就是了，壽王李瑁入主東宮，不也是一樣嗎？他也是皇子，我們的弟弟呀！關鍵在於父皇，父皇英明睿智，相信他會做出正確的抉擇。」

李瑤和李琚可不愛聽這種話。李瑤說：「李瑁入主東宮？憑什麼？他不就是武狐狸的兒子，長著一副漂亮面孔嗎？可別忘了，他在兄弟排行中列第十八位，這太子的位置，怎麼也輪不到他！」

李琚說：「按理說，做兒子的不該議論父親。可是，我們的父皇，還像以前那樣英明睿智嗎？他對王皇后怎樣？他對我們的母妃怎樣？寵著一個武狐狸，把她慣到天上去了！這樣下去，還不知日後是個什麼樣子呢？」

日後是個什麼樣子？誰也說不清楚。三兄弟又歎息一番，怏怏散去。不曾想，他們的談話，當天就傳到了武妃和李林甫的耳中。原來，武妃和李林甫均在東宮安插了眼線，眼線是被收買的宮監和宮女，其任務就是偵伺太子的言行和交往，遇有情況，即刻彙報。武妃派了貼身內侍牛貴兒，溝通李林甫。李林甫讓牛貴兒轉告武妃，說：「可據此事鬧一鬧試一試，以激起皇上的怒火爲宜。」

武妃依計而行，這天晚上，一不整衣，二不化妝，愁眉苦臉，坐等明皇到來。

明皇來到薔薇院。武妃一頭撲進明皇懷裏，受了天大的委屈似的，放聲大哭起來。明皇忙問：「誰欺侮愛妃了？」

武妃珠淚滾滾，說：「太子容不得臣妾和瑁兒，這皇宮裏，臣妾是待不成啦！」

明皇眉頭皺起，又問：「到底是怎麼回事？」

武妃哭哭啼啼，抽抽泣泣，說：「太子和鄂王、光王，近來成天泡在一起，謾罵臣妾是狐狸，獨霸後宮，狐媚皇上。他們還說，皇上昏庸荒淫，任用奸人，溺愛瑁兒……」

明皇聽著聽著，一腔怒火，騰騰升起，厲聲說：「這三個逆子，怎敢這樣說話？天下無不是的父母。他們公然詆毀朕和愛妃，這還了得？明天，朕就廢了他們，看他們還敢不敢猖狂？」

「激起皇上怒火」的目的已經達到。武妃擦了擦眼淚，擤了擤鼻涕，裝出爲明皇著想的樣子，說：「廢了他們？怕是不妥吧？他們畢竟是皇上的兒子，骨血一脈，父子情深。依臣妾看，還是臣妾離開後宮，去跟瑁兒過爲好，省得皇上爲難，朝臣非議……」

這話無疑是火上澆油，明皇怎能捨得愛妃離開後宮呢？他更加惱怒，說：「朕意已決，明天就和宰相商量，廢黜太子和鄂王、光王。」武妃好不歡喜，當夜侍奉明皇，格外殷勤和用心。

次日，明皇召見宰相張九齡、裴耀卿和李林甫。張九齡，字子壽，韶州曲江(今廣東韶關西南)人，其時六十六歲，姿容偉美，風度翩翩。明皇說過：「朕每見九齡，便會精神頓生。」張九齡爲人忠直，博學多才，詩文俱佳，因而被譽爲「文章元帥」。勤政務本樓裏，明皇設有一個特別的座位，玉石砌成，鑲嵌七寶，稱「七寶山座」。群臣、學士講論經典和商略時務，凡有眞知灼見並被大家公認爲第一者，方可坐上此座。幾年中，只有張九齡享受過坐上七寶山座的榮譽，此外再無第二人。裴耀卿，字煥之，絳州稷山（今山西稷山）人，其時五十三歲，身材矮而胖，樂呵呵的，慈愛可親。明皇開門見山，提出了廢黜太子和二王的問題，理由有三：一，私結黨羽；二，陰損後宮；三，誹謗聖上。

問題提得突兀，張九齡和裴耀卿沒有思想準備，相當驚愕。李林甫似乎早有預料，神定氣閒。張九齡作爲首席宰相，首先表態，說：「太子和皇子諸王，日受聖訓，耳提面命，恭謹仁孝，天下共慶。陛下享國已久，兒孫蕃衍，天倫之樂，四海矚目。據臣所知，太子和鄂王、光王，長居內宮，讀書修身，嚴於律己，通曉大義。現在，陛下突然要將三人廢棄，這是爲什麼呢？況且，太子乃國之根本，本動而國搖，輕易廢立，必將導致禍亂。細想歷史上，晉獻公聽信驪姬讒言，殺害太子申生，晉國三世大亂；漢武帝惑於江充巫蠱，禍及太子劉據，京城喋血；晉惠帝立有太子，皇后賈南風譖之，中原塗炭。隋文帝廢黜太子楊勇，改立楊廣，遂失天下。古人云：『前車覆，後車鑑。』陛下不可不察。今太子無過，二王賢仁，父子之道，天性也，即使兒子有什麼過失，做父親的也應予以遮掩，大可不必弄得世人皆知。臣愚昧，伏唯陛下裁赦！」

裴耀卿跟著表態，同意張九齡的觀點，反對廢棄三位皇子。李林甫臉色嚴肅，似在深思。明皇點名，說：「林甫！你是什麼意見？」

李林甫未言先笑，說：「張相、裴相所言極是，太子乃國之根本，不可輕易廢立。問題在於太子的品德和才學，是否足以堪當大任？太子若果眞私結黨羽，陰損後宮，誹謗聖上，那就需要考慮。歷史上廢黜原太子、另立新太子的事例，也不少嘛！」李林甫爲人，歷來是嘴上笑瞇瞇，腳下使絆子。他這番話貌似公允，實際上是迎合明皇，贊成廢黜太子和二王，只是說得委婉和含蓄罷了。

三位宰相，態度有異，形成了二比一的局面。張九齡鄙夷李林甫，說：「李相很會說話，老朽佩服。不過，臣想請問陛下，陛下說太子和二王忤逆，舉出廢黜的三條理由，這有證據嗎？若有，證據從何而來的呢？」

這一問，把明皇給問住了。他只是聽了武妃的哭訴，全是一面之詞，哪有什麼證據？因而爲難地說：「這……」

李林甫趕忙給明皇解圍，說：「廢立太子，事關重大，臣以爲不宜匆忙決斷，可以放一放，待後再議。」

明皇忙說：「對！對！那就放一放，待後再議。」

君臣相商，沒有結果。李林甫很快把商量的情況，包括一些細節，轉告武妃，特別說：「皇上已經動了廢黜太子和二王的念頭，這是最大的收穫。」

武妃大爲興奮，覺得尋到李林甫這樣的外援，眞是一件幸事。同時，她覺得張九齡太過頑固和迂腐，就像茅坑裏的石頭，又臭又硬，因此有必要給他「點化點化」，或許能使其轉變立場，站到自己一邊。她經過認眞思索，把「點化」張九齡的差事，交給了貼身內侍牛貴兒，因爲牛貴兒伺候自己多年，人很忠誠，也很機靈，想來不會出什麼問題。

一天夜間，牛貴兒喬裝打扮一番，身穿華服，頭戴錦帽，特意沾上鬍鬚，就像官署衙門的師爺，登門拜訪張宰相。張九齡不認識來人，說：「這位兄弟，深夜來訪，有何見教？」

牛貴兒全不客氣，說：「聽說皇上曾和宰相商量廢黜太子之事，張相竭力反對，是否？」

張九齡沒想到來人居然知道這種機密大事，認定他有些來頭，說：「太子乃國之根本，怎能輕言廢黜？」

牛貴兒說：「張相差矣！有道是『不亂不治，大廢大興』，既然太子忤逆，廢黜有何不可？皇上現有皇子二十餘人，選擇其中賢德者立之，豈不更加順應人心嗎？」

張九齡試探著問道：「哦？那麼你認爲誰是賢德者呢？」

牛貴兒以爲張九齡心有所動，放膽說：「我以爲壽王李瑁，風儀俊美，溫良禮讓，立爲太子，國家幸甚，黎民幸甚！張相若能助壽王一臂之力，那麼，肯定相位長保，福祿永恆。」

張九齡完全明白了來人的用心，原來是受人指使，前來以利相誘，充當說客。他「謔」地站起，目光如炬，厲聲說：「太子廢立，大唐命運所繫。張某身爲臣子，自當忠於職守，秉公直諫，若要我尸位素餐，逐利忘義，休想！你是何人？竟敢深夜來此，遊說宰相，該當何罪？」

牛貴兒見此架勢，心裏發怵，只要張九齡一聲令下，他就會被下於大獄，縱然有十條性命，也難保住。他忙滿臉堆笑，說：「小人只是說說而已，張相且莫動怒。不過，小人也是受人所託，前來傳話，話已傳到，告辭了告辭了！」說著，抱拳作揖，匆匆離去。

牛貴兒回薔薇院覆命。武妮驚呼：「失策！失策！」她後悔讓牛貴兒去「點化」張九齡，「點化」未成，弄巧成拙。好在牛貴兒的身分沒有暴露，這是不幸中之大幸。第二天，張九齡進宮，把夜間發生的事情，如實奏告明皇。明皇非常驚異，說：「有這種事？」

張九齡說：「顯然，這事的背後，大有蹊蹺。」

明皇亦有同感，隱約意識到，好像存在著一股什麼勢力，這股勢力正藉太子廢立大做文章，弄得不好，勢必會引起宮廷內部的鬥爭。明皇既通曉歷史，又曾親身體驗，熟知這種鬥爭的尖銳性、殘酷性和破壞性。因此，他不能容許這種鬥爭發生，故而決定，廢立太子之事，暫且放一放，看一看，等到形勢明朗了再說。

開元年間，農業生產蓬勃發展，社會經濟漸趨繁榮，人口增長很快。據戶部報告，開元十四年

（西元七二六年），全國民戶為七百零七萬戶，總人口為四千一百四十餘萬人；開元二十年（西元七三二年），民戶為七百八十六萬多戶，總人口為四千五百四十三萬餘人。京城長安是國家政治、經濟和文化中心，人口超過百萬，消費驚人，每年都要透過漕運，從江南和關東地區調進大量糧食和各種物資，以保證皇家和居民的生活需求。為了減輕長安的供應壓力，明皇曾多次駕幸東都洛陽，每次都住了很長時間。因此，洛陽也有皇宮、東宮和百官官署，許多王公大臣還在洛陽建造了府邸。開元二十二年（西元七二四年）正月至二十四年（西元七二六年）十月，明皇再次駕幸洛陽，隨行的除文武百官外，還有嬪妃、太子，以及排行居前的皇子諸王等。明皇偏愛武惠妃，所以武妃的兒子李瑁、女兒咸宜公主、太華公主等，也在隨行之列。這期間，咸宜公主和李瑁先後大婚，咸宜公主下嫁楊洄，李瑁則納楊玉環為壽王妃。楊洄是唐中宗之女李錦兒（長寧公主）和楊愼交的兒子，婚後封駙馬都尉，成為岳母武妃的得力幫手。楊玉環姿容美豔，國色天香，她的出現，即將對唐明皇的生活乃至唐王朝的歷史，產生重大影響。

武妃在李瑁大婚後，更加急切地期盼李瑁能成為太子。李林甫陰險奸詐，日夜渴望升任首席宰相。共同的利害關係，使武、李結成鞏固的聯盟。他們沆瀣一氣，狼狽為奸，千方百計蒙蔽明皇，合力把黑手伸向張九齡。只要張九齡垮台，李林甫自會升任首席宰相，那時廢黜太子李瑛，就是輕而易舉的事了。

張九齡和李林甫之間的矛盾驟然緊張起來。當時，朝廷官僚大體上分為兩大派系：一是以張九齡為代表的「文學派」，一是以李林甫為代表的「士吏派」。文學派，多是科舉出身，進士及第，擅長文墨，步入仕途後很想匡時濟世，一展理想和抱負。但是，他們往往過於天眞，脫離現實，缺少變通和處理實際事務的能力。士吏派，或是依靠祖上福蔭，或是利用各種關係，而步入政壇。他們有後台有背景，善於投機鑽營，追求功利，手段高明。這兩個派系都想壯大本派的力量，擠兌對方，所以在用人處事方面，屢屢發生衝突。

李林甫少學無文，鬧過不少笑話。一次，他的表弟姜度生了個兒子，他親手寫了一幅字以表賀喜：「弄獐之慶」。古人生子稱「弄璋之喜」，「璋」乃美玉，「弄璋」，預示著這個孩子日後能當大官，前程無量；而李林甫卻把「璋」錯寫成「獐」，「獐」乃野生動物，「弄獐」就成了一句罵人的話。一字之錯，貽笑大方。

李林甫如此，他器重的官員，也多爲粗鄙之輩。比如他所推薦的蕭炅，任戶部侍郎。蕭炅一次在公開場合，竟把「伏臘」讀成「伏獵」，被人傳爲笑談。中書侍郎嚴挺之戲謔地問張九齡說：「何來伏獵侍郎，混雜省中？」張九齡奏請明皇，毫不留情地將蕭炅貶爲岐州刺史。

文學派注重氣節，遇事敢於直諫，不怕得罪皇上；而士吏派習慣逢迎，說話辦事，專門投合皇上的喜好。此時的明皇已不是當初的明皇，他熱衷於淫逸和享樂，對於忠奸善惡，已經很難分辨了。因此，他更喜歡李林甫這樣的人，而對張九齡等，逐漸產生了厭惡心理。接著發生幾件事，使他確信，只有李林甫，才是最大最大的忠臣。

明皇駕幸洛陽的前夕，唐朝的行政區劃由十個道改爲十五個道，並陸續在邊境地區設鎮，各鎮軍、民、財、政首長稱「節度使」。明皇駕幸洛陽後，考慮到范陽（治所幽州，今北京）節度使張守珪久駐邊地，建有軍功，有心將他提拔爲侍中。侍中爲門下省首長，也算宰相。李林甫表示贊成。張九齡卻提出了反對意見，說：「宰相代天治物，先有其人，然後授職，不可因功而濫賞。

這，關係到國家的盛衰。」

明皇說：「假其名若何？」

張九齡還是反對，說：「名器不可假也。張守珪升任侍中，倘若再建軍功，那麼陛下該加他什麼官銜呢？」

君臣意見不一，事情暫且擱下。開元二十四年（西元七三六年）三月，張守珪部將安祿山進討契丹，大敗而歸，獲罪當斬。臨刑時，安祿山大叫說：「張帥要滅契丹，奈何殺一壯士？」張守珪暗暗稱奇，改將安祿山押解洛陽，請求朝廷處治。張九齡先前見過安祿山一面，發現其人長相粗壯，氣概驕蹇，曾預言說：「亂幽州者，此胡雛也！」現在，安祿山兵敗獲罪，正宜剷除禍根。因此，張九齡批示說：「穰苴出師而誅莊賈，孫武習戰猶戮宮嬪，軍法如山，何容瞻徇？守珪法行於軍，祿山不容免死！」誰知明皇過問此案，看到安祿山身材魁偉，相貌奇異，居然下詔特赦。張九齡據理力爭，說：「失律喪師，不可不誅。且安祿山狼子野心，貌有反相，不殺必為後患！」明皇老大不快，說：「不就是一個胡人嗎？何必說得那麼嚴重？」李林甫迎合明皇，陰陰地說：「張相未免聳人聽聞，憑著安祿山的長相，就能預見他的未來？」就這樣，安祿山硬被赦免，毫髮無損地回幽州去了。

李林甫看出了明皇和張九齡之間的隔閡，索性再推薦涼州都督牛仙客，聲稱此人具有宰相才能，應予重用。明皇滿口答應，決定提拔牛仙客為尚書。尚書是尚書省的首長，也算宰相。張九齡不識時務，又提出反對意見，說：「尚書係古代納言，此職不可輕授。牛仙客只是一名胥吏，用為尚書，天下人會怎麼說？」

明皇很不樂意，惱惱地說：「卿是嫌牛仙客爲寒士不是？那麼，卿就是門閥出身嗎？」

張九齡頓首說：「臣荒陬孤生，陛下賢明，以文學而用爲宰相。牛仙客乃一邊將，目不知書，陛下若用這樣的人爲尙書，好比韓信羞於與周勃、灌夫同列一樣，臣實恥之！」

明皇越發惱怒，說：「卿的清高，未免過分了吧？」

李林甫陰陽怪氣地插話說：「牛仙客，宰相材也，任爲尙書，綽綽有餘。再說了，天子用人，何不可者，還用旁人說三道四嗎？」

唐明皇的昏迷，李林甫的圓滑，導致了張九齡的失意。明皇容不得一個敢於堅持原則而經常犯顏直諫的「刺頭」，反視口蜜腹劍的李林甫爲忠臣。是年十月，明皇回至長安，次月即將張九齡和裴耀卿免職，任用李林甫爲中書令，封晉國公。同時任用牛仙客爲工部尙書，兼朔方節度使，封豳國公。牛仙客是李林甫推薦的，抱著感恩心理，唯李林甫馬首是瞻，事事聽從安排，全無主見。李林甫如願以償地登上首席宰相的高位，又聯合武妃，內外進讒，捏造罪名，唆使明皇將張九齡貶爲荊州長史。這樣一來，李林甫就成了一人之下、萬人之上的權臣，結黨營私，排斥忠良，頤指氣使，專權亂政，從而給唐王朝造成了日益深重的危機。

李林甫爲相，急於樹立自己的權威。一天散朝後，他和眾多的朝臣步出含元殿，看到殿外排列整齊的列仗馬，忽然說：「各位！你們看這些列仗馬，它們和其他馬匹有什麼不同？」

朝臣茫然，看著列仗馬，不知該如何回答。所謂「列仗馬」，就是排列在含元殿外大道兩旁，充作儀仗的馬匹，馬身彩繪，馬頭飾花，由侍衛牽著，站在那裏，一動不動。李林甫見朝臣無人回答，乾笑一聲，說：「列仗馬和別的馬匹不同，它們吃的是上等草料，不用駕轅拉車，不用套犁耕地，生活多優越呀！但有一條，它們站在這裏，不許鳴叫。若一鳴叫，立即拉出去，或充以軍需，或使之負重，吃的是普通草料，還時時要挨鞭子。這就像侍奉皇上，皇上怎麼說，你等怎麼做就是了，大可不必節外生枝，上什麼諫，進什麼言。不然，就會跟鳴叫的列仗馬一樣，拉出去，丟官失祿事小，沒準兒連性命也保不住。那時後悔，可就來不及了。哈哈，哈哈！」

朝臣聽了這番威脅之語，面面相覷，敢怒而不敢言。李林甫陰陰而笑，揚長自去。

監察御史周子諒很有骨氣，憤恨李林甫的專橫氣焰。他連夜寫了一道彈劾奏章，明劾牛仙客，暗斥李林甫，言辭至爲激烈。明皇正欲倚重李、牛，哪容彈劾宰相？他勃然大怒，召進周子諒，命在朝堂上處以杖刑，然後流放。可憐周子諒皮開肉綻，帶傷上路，行至藍田，不勝痛楚，倒地斃命。經此事件，朝臣們膽戰心驚，人人自危，誰也不願做「鳴叫」的列仗馬。原先敞開的言路就此斷絕，明皇再也聽不到任何反面意見了。

李林甫升任首席宰相，惠妃武妃最爲高興。她派了女婿楊洄去見李林甫，討教廢黜李瑛太子名號的大事。李林甫手捋山羊鬍鬚，思量許久，讓楊洄轉告武妃，說必須如此如此。於是，一起新的陰謀出籠，李瑛等人陷入了滅頂之災。

開元二十五年（西元七三七年）四月的一天，鄂王李瑤、光王李琚，照例前往東宮，拜見太子李瑛。恰好，太子妃哥哥薛鏽來訪，四個年輕人落座說話。薛鏽尙明皇之女唐昌公主，封駙馬都尉。忽然，駙馬都尉楊洄亦到東宮，傳達了武惠妃的懿旨：「當晚在興慶宮薔薇院舉行家宴，嬪妃、太子、皇子諸王和公主都要出席。」楊洄特別叮囑說：「惠妃娘娘關照了，近來皇宮裏不太安寧，常有盜賊出入。太子赴宴，可帶兵仗和侍衛，以防萬一。」

楊洄傳達完懿旨就回去了。李瑛並不生疑，答應赴宴。李瑤和李琚記著上次險些被廢的教訓，不想赴宴，說：「武狐狸一肚子壞水，她設家宴，能是好宴嗎？」

李瑛說：「別！既然是家宴，父皇和我們的母妃都會到場，我們若是缺席，他們會怪罪的。」

薛鏽多了個心眼，說：「既然是赴家宴，為何允許帶兵仗和侍衛？這沒有先例呀！」

李瑤和李琚也起疑惑，說：「是呀！這是為什麼呢？」

李瑛笑了笑，說：「楊洄不是說了嗎？近來皇宮裏不太安寧，常有盜賊出入，我們帶些兵仗和侍衛，只是為了防備萬一。」

太子和二王終究缺少閱歷和經驗，黃昏時分，各佩利劍，並帶了十餘名侍衛，前往興慶宮赴宴。

李瑛和二王的行動，早在一張黑網籠罩之中。武妃的內侍牛貴兒，搶先奔進興慶宮，高聲喊道：「不好啦！不好啦！太子和鄂王、光王率兵殺向興慶宮來啦！」

明皇正在勤政務本樓和李林甫議事，聽到喊聲，嚇了一跳，忙到樓前察看。武妃趁機披頭散髮，從薔薇院裏跑了出來，驚慌失措地喊道：「皇上快救臣妾！皇上快救臣妾！」還有一些宮監宮女，按照武妃的安排，四處亂跑，邊跑邊喊：「快跑呀！太子率兵，要殺惠妃娘娘啦！」

興慶宮裏，頓時亂成一鍋粥。高力士面對突如其來的情況，下意識地以為發生了宮廷政變，忙命侍衛警戒，保護皇上；同時命一士兵，騎馬前去打探，看太子和二王率領多少兵馬。不一時，士兵回來報告，說：「太子和鄂王、光王，共十餘人，全都帶著兵器。」

高力士這才放心，說：「十餘人？我們怕什麼？」

說話間，李瑛、李瑤、李琚到了興慶宮門前。他們發現父皇正由侍衛保護著，周圍亂糟糟的，忙跪地說：「兒臣給父皇請安！」

明皇滿臉怒氣，厲聲喝道：「不孝逆子！你們佩劍入宮，還帶著侍衛，是想造反嗎？」

李瑛三兄弟一聽，嚇得連連磕頭，說：「我們是奉惠妃娘娘懿旨，前來赴家宴的。」

武妃忙說：「我什麼時候請你們赴宴了？再說，即使赴宴，也不能攜帶兵仗和侍衛呀！」

李瑛三兄弟情知中了圈套，辯解說：「駙馬都尉楊洄去東宮傳達的懿旨，父皇可召楊洄一問，情況便知。」

明皇臉色陰沉，命令說：「召楊洄！」

李林甫插話說：「據臣所知，楊駙馬正在臣的府中，和犬子楊岫弈棋呢！」

明皇沒好氣地說：「那就趕快把他找來！」

高力士立即命一士兵，去找楊洄。片刻，楊洄和楊岫一起到來。明皇說：「楊洄！是你去東宮傳達懿旨，召太子和二王赴宴的嗎？」

楊洄裝出茫然悵惘的樣子，說：「這話從何說起？臣整個下午都和楊岫在一起，何曾去東宮傳達什麼懿旨？」

楊岫證明說：「沒錯！楊駙馬確實和臣在一起，先欣賞書畫，後弈棋來著。」

這是一起精心策劃的陰謀，各個環節滴水不漏。李瑛、李瑤、李琚見楊洄如此狡詐，怒目相視，說：「你！你怎麼能這樣，昧著良心說話？」

明皇可失去了耐心，轉臉詢問李林甫說：「這事如何處治？」

李林甫舉重若輕地說：「此乃陛下家事，臣不便干預。」

明皇當即宣布，太子李瑛，鄂王李瑤，光王李琚，生性頑劣，蓄意謀反，著廢爲庶人。最後威嚴地命令說：「來人！把這三個逆子打入大牢，聽候發落！」

明皇氣呼呼地回了勤政務本樓。李林甫、武妃、楊洄的臉上，露出了得意的奸笑。李瑛三兄弟拜伏在地，呼喊著說：「父皇！兒臣冤枉啊！」

高力士看著這一幕，心明如鏡。他知道，太子三兄弟身上未穿甲冑，僅僅帶著十餘人，平靜而來，怎麼會是謀反呢？明明是李林甫、武妃、楊洄設下的陷阱，可是明皇就是不察，反而作出了錯誤的決定。他搖了搖頭，歎了口氣，吩咐侍衛說：「還愣著幹什麼？執行聖命呀！」

李瑛三兄弟被投進大牢，呼天不應，叫地不靈。他們的生母趙西施、皇甫香、劉婉麗嚇壞了，以淚洗面，痛不欲生。可是，她們都是失寵的嬪妃，沒有親人，沒有外援，又有什麼辦法能救得自己的兒子呢？薛鏽非常仗義，登門拜訪許多官員，請求他們出以公心，救救太子和二王。然而，所有官員懾於李林甫和武惠妃的淫威，想到周子諒，誰也不敢做「鳴叫」的列仗馬，除了表示同情以外，愛莫能助。

李林甫又給武妃傳話：趁熱打鐵，斬草除根。武妃依計而行，曲意侍奉明皇，說：「皇上廢了太子和二王，朝野迴響很大。聽說那個薛鏽，正積極活動，準備劫獄搭救他們。他們一旦出獄，後果可不堪設想啊！」

明皇的神經一下子緊張起來，說：「得是？」

武妮說：「這能有假嗎？皇上想想，李瑛當太子多少年了？他的黨羽除了李瑤、李琚外，還不定有多少人呢！聽說李瑛還結交禁軍將領，他若出獄，振臂一呼，那麼，皇上的大位……」

這是明皇最敏感最在意的問題。他才五十三歲，皇位高於一切。因此，他當夜就下了命令：李瑛、李瑤、李琚賜死。還有駙馬都尉薛鏽，一併賜死。

狂風怒號，黑夜沉沉。高力士奉旨，帶領內侍，前往獄中執行賜死的命令。李瑛、李瑤、李琚聽到「賜死」二字，呼天搶地，高喊著說：「不！我們冤枉！我們無罪！」「我們要見父皇！」「這是陰謀！陷害！我們不能死得不明不白！」

高力士看著三位皇子有點變形的臉，聽著他們因為絕望而近乎瘋狂的聲音，感到心悸和恐懼。他感覺得到，他們的話沒錯，這是陰謀和陷害。可是皇上已經下了命令，誰又救得了他們呢？

三兄弟聲嘶力竭地呼喊了一陣，知道一切無濟於事，抱頭痛哭。李瑛說：「君叫臣死，不得不死；父叫子亡，不得不亡。這是命裏注定的，我們認命吧！」

李瑤又跳起來，破口罵道：「這全是那個武狐狸搞的鬼！她狐媚父皇，勾結李林甫和楊洄，設計謀害我們，我死猶不甘！不甘！」

李琚更是咬牙切齒，罵道：「武狐狸蛇蠍心腸，謀害我們，不就是要讓她的兒子當太子嗎？她的兒子當了太子，一旦登基，她就是皇太后，就是又一個武則天！不！不能容許這種情況出現！我，我死後一定要變作厲鬼，追著她，纏著她，叫她日夜不得安寧，直至要了她的狗命！」

他們罵了一陣，最後一點力氣也沒有了，坐在地上，神情麻木，目光死寂。高力士一揮手，侍衛向前，給他們各遞了一杯鴆酒。三兄弟突然發出瘋癲般的狂笑，幾乎同時說：「但願來生再不生於帝王家！」說罷，一一飲完鴆酒，氣絕身亡。

另一路，牛貴兒也奉旨，將薛鏽賜死。

次日早朝，明皇宣布：李瑛、李瑤、李琚、薛鏽已被賜死。群臣愕然，鴉雀無聲。只有李林甫獻媚說：「皇上聖明！」不一會兒，宗正寺的官員前來報告，說：「李瑛生母趙麗妃（趙西施）、李瑤生母皇甫德儀（皇甫香）、李琚生母劉才人（劉婉麗），同時在海棠院懸樑自盡。」接著，東宮的官員前來報告，說：「太子妃薛氏，以剪刀刺喉，自盡於寢宮宜春宮。」

明皇感到一陣目眩，頭腦發脹。從夜間到早朝，連死了三個兒子、三個嬪妃、一個女婿、一個兒媳，這是怎麼回事啊？更奇怪的是散朝後，東宮的官員又報告說：「宜春宮門前，有一磨盤大的『冤』字，螞蟻和昆蟲都附在上面，黑糊糊一片，好不磣人。」明皇忙命高力士前去察看。高力士到了現場，發現果如其言，不明白是怎麼回事。其實，道理很簡單。太子妃薛氏得知丈夫李瑛被賜死後，滿腔悲憤，隨手將一杯蜂蜜水倒進硯台，研墨，提筆去宮門前地上寫了個大大的「冤」字，然後回到寢宮自盡。螞蟻和昆蟲喜食蜂蜜，接觸到字跡便被黏住，從而聚集成字，就像它們用軀體寫出了「冤」字一樣。

高力士回宮覆命。明皇不勝驚駭，喃喃地說：「難道這是神靈的昭示？瑛兒、瑤兒、琚兒眞是被冤枉了？」

太子、鄂王、光王死後，武妃遂了心願，異常喜悅和興奮。不過，她也聽說了螞蟻和昆蟲聚集成「冤」字的奇事，內心很是發虛。實際上，明皇三子三妃、一女婿一兒媳的死，都是她一手造成的，這更使她良心受到譴責，惶惶不可終日。一方面，她想溝通李林甫，促使明皇下定決心，儘快立李瑁為太子；另一方面，她卻天天做著惡夢，惡夢凶險而又恐怖。她夢見死了十餘年的皇后王熒熒，飄飄蕩蕩，就像懸掛在竹竿上的衣服，睜著一雙充血的眼睛，指著她，恨恨地說：「最毒不過婦人心！你這個女人，心腸太毒了！空有一張人皮，閻王爺怎會讓你還活在世上呢？」她夢見趙西施、皇甫香、劉婉麗，三個吊死鬼，披頭散髮，舌頭伸得老長，衝著她獰笑，說：「你把我們的兒子害死，你的兒子就能成為太子嗎？呸！你想得倒美！告訴你，你的死期到了，你的兒子也永遠當不了太子！」

武妮夢見更多的是李瑛、李瑤和李琚。他們可不像女鬼那樣柔弱，齜牙咧嘴，陰氣森森，而是手裏握著刀和劍。李瑛用劍指著她的喉嚨，說：「你這個妖婦，憑著幾分姿色，花言巧語，耍猾弄奸，害死多少人！父皇能夠容你，我們不能容你。走！到閻羅殿算賬去！」李瑤和李琚搶上前來，說：「跟這個陰毒的女人有什麼囉嗦的？血用血還，命用命償，我們這就結束了她！」一邊，又閃出太子妃薛氏和駙馬都尉薛鏽來，渾身血淋淋的，大喊說：「武妮賊婆！還我命來！還我命來！」李瑤和李琚回應說：「好哩！」一個揮刀砍向她的脖子，一個持劍刺向她的心窩。武妮發出撕心裂肺的慘叫：「鬼！鬼！救我！救我啊——！」

「娘娘！娘娘！」數名宮女圍聚在武妮的床前，急切地呼喚著主子。武妮睜開雙眼，方知又做夢了。她大汗淋漓，氣喘吁吁，摸摸脖子和胸口，那裏似乎隱隱作痛。她「哇」地一聲哭了起來，說：「眞是生不如死啊！」

日復一日，月復一月，武妮就是這樣，在無休無止的惡夢中受著折磨和煎熬。到了臘月，她已變得相當憔悴和枯槁，顴骨突起，眼窩深陷，面色蠟黃，目光呆滯，完全失去了昔日的風采。明皇不時前來看她，她嗚咽著，提出立李瑁為太子的問題。明皇不冷不熱地說：「你先治病，其他事情日後再說。」這意味著，她夢寐以求的心願，暫時不能實現了。她的兒子李瑁和兒媳楊玉環也時時來看她，他們耳有所聞，知道母妃是因為害人心虛而做惡夢，以致弄成現在這種樣子。他們不便責備母妃什麼，只是在心裏說：「爭權奪利，害人害己，何苦來著？」

臘月丙午日，花容慘澹的武妃，終於燈乾油盡，一陣陰風，四肢挺直，嗚呼哀哉了。這個女人，為爭皇后寶座，為給兒子爭得太子位置，窮凶極惡，機關算盡，到頭來卻未能如願，四十多歲時便去見了閻王。或許是為了彌補她的遺憾，明皇命用皇后禮儀予以殯葬，諡曰「貞順皇后」。

南國佳麗

惠妃武妮之死，攪黃了新年的氣氛。不曾想新年剛過，貴嬪楊思思又因久病不治，抑鬱而逝。楊思思是唐睿宗爲唐明皇明媒正娶的妻子，生有兒子李瑛和女兒齊國公主。李瑛原封陝王，徙封忠王，已納王妃韋氏。齊國公主後改封寧親公主，嫁已故宰相張說之子張洎。明皇對於楊思思，一直不怎麼喜歡，因而使之養成了孤僻死板的性格，平時很少和人交往。她的死也算一種解脫，因爲富麗堂皇而又充滿詭詐和爭鬥的皇宮，實在不是她所願意居住的地方。

這樣，明皇最早的七位妻子，唯一健在的只剩下華妃劉彩娥了。劉彩娥生性曠達樂觀，只圖享受榮華富貴的生活，不願捲進爾虞我詐的宮廷鬥爭，所以倒是活得健康和充實。

武妮死後，明皇寵幸梅妃江采蘋，生活還算有些樂趣。那麼，江采蘋是何時進宮和怎樣得寵的呢？這裏又有一段故事。

那是開元十九年（西元七三一年）夏天，宦官高力士爲接老家的母親麥氏到長安居住，奉旨出使閩越。行前，明皇叮嚀說：「若有稀罕之物，可一併弄點回來。」

高力士牢記明皇的叮嚀，接了母親後，特地繞道泉州（今福建泉州），尋找「稀罕之物」。「稀罕之物」，即妙齡美女之謂也。

泉州刺史黃軒以最高的規格接待朝廷使者。他不明使者的來意，經再三詢問，方知緣由，哈哈大笑說：「高公公！你來泉州是來對啦！我們泉州，瀕臨大海，山青水秀，所有的女人都很水靈，你隨便挑選就是了！」

高力士說：「隨便挑選？你當是買魚買蝦，買米買菜？我這是給皇上挑選妃子，不僅要年輕美貌，而且要多才多藝，可不是鬧著玩的。這事辦好了，包你升官晉爵；若有差池，你我都逃脫不了干係！」

黃軒說：「那是！那是！」於是下令：泉州各縣，由縣令親自負責，挑選本縣百名十六七歲的未婚女子，前來州衙，供朝廷使者審驗。

此令一下，全州轟動。須知，泉州地理偏僻，朝廷能到這裏來選美，那是多大的榮耀！泉州境內共有四縣：晉江、南安、莆田、仙遊。很快，四百名花容月貌的青年女子集於州衙，人人渴望能被選中，從此榮華富貴。高力士逐一審視和詢問，發現那些女子姿色都還不錯，缺的是才藝，是風情。高力士雖是宦官，但對女色還是通曉的，尤其通曉明皇對於女色的要求，必須是秀外慧內，缺一不可。他搖了搖頭，說：「好啦！回去等消息吧！」這無疑是說：「不行，你們都落選了！」

高力士一搖頭，便否決了四縣選送的四百名女子。黃軒著急，說：「四百人裏就沒有一人合適的？」

高力士說：「四百人算什麼？四千人四萬人裏能選出一人，就不錯了。刺史大人！這不是窮漢娶妻，而是給皇上選妃！皇上心高眼高，他能看上一個粗俗女子？」

黃軒急得直搓手，說：「那該怎麼辦？」

高力士說：「我們不妨來個明察暗訪，或許能有意外收穫。」

次日，高力士和黃軒帶領十餘名侍衛，騎馬出行，一面領略山水風光，一面察訪絕色佳人。他們進入莆田縣境，但見山美水美，蔥蔥綠意，撲面而來。巍峨峭拔的山峰是綠的，層層疊疊的樹木是綠的，蜿蜒曲折的道路和湍急奔騰的流水也是綠的。有的綠得熱烈，有的綠得深沉，有的綠得明麗，有的綠得恬淡。置身其間，人的心彷彿也變得綠了，覺得年輕，覺得爽快，覺得充滿朝氣和活力。高力士面對鋪天蓋地、蒼翠欲滴的綠色，以及輕輕飄浮、迷迷朦朦的霧氣，大發感歎，說：「這兒眞是個好地方啊！」

黃軒可無心欣賞景致，說：「地方雖好，佳人難尋哪！」

正在這時，他們聽到了一個女子的聲音，非常清脆悅耳。聲音是從不遠處的一個院落傳出來的，那裏依山傍水，綠樹環抱，且有一道細小的瀑布，飛珠滾玉一般，自空而降，隱沒在綠綠的藤蔓中。高力士以手止住眾人說話，再聽，原來女子正在誦詩：

後皇嘉樹，橘徠服兮。
受命不遷，生南國兮。
深固難徙，更一志兮。
綠葉素榮，紛其可喜兮。
層枝剡棘，圓果摶兮。
青黃雜糅，文章爛兮。
精色內白，類任道兮。
紛緼宜修，姱而不醜兮。

嗟爾幼志，有以異兮。
獨立不遷，豈不可喜兮！
深固難徙，廓其無求兮。
蘇世獨立，橫而不流兮。
閉心自愼，終不失過兮。
秉德無私，參天地兮。
願歲並謝，與長友兮。
淑離不淫，梗其有理兮。
年歲雖少，可師長兮。
行比伯夷，致以爲像兮。

高力士在皇宮服役幾十年，耳濡目染，懂得一些詩詞歌賦。他聽清了，女子所誦乃戰國時期大詩人屈原的〈橘頌〉，透過對橘樹的讚美，表現了詩人熱愛鄉土的思想感情，以及崇尚高潔、追求完美的品質和情操。他想，此時此地，竟有女子誦讀這樣的詩篇，足見其人絕非凡響。他命眾人下馬，逕直走近院落。侍衛敲門。開門的是一位中年漢子，瘦瘦的，高高的，顯得沉穩而斯文。漢子見門前來了這麼多人，異常驚駭，說：「各位是……」

一名侍衛向前介紹說：「這位是朝廷使者高大人，這位是泉州刺史黃大人。」

漢子更加驚駭。高力士忙笑著說：「我們是從這兒路過的，剛才聽到有人誦詩，覺得好奇，所以就過來看看，打擾了！」

漢子見來人並無惡意，禮貌地說：「原來如此，請進請進！」

高力士和黃軒進入院落，侍衛們佇立門外等候。高、黃落座，漢子手忙腳亂，熱情地沏上茶來。高力士說：「請問尊姓大名？」

漢子說：「不敢！草民姓江名仲遜，本地人氏，世代為醫。」

高力士看看周圍，果然地上曬著的，樹上掛著的，全是藥材。高力士說：「敢問剛才誦詩的是……」

江仲遜笑了，說：「那是草民的女兒，叫采蘋。這個丫頭，天生聰明伶俐，最愛詩詞歌賦，九歲時就學《詩經》《楚辭》，過目成誦，還說：『我雖女子，期以此為志。』真不知天高地厚！這不？剛才又在誦讀〈橘頌〉，偏叫大人聽著了，見笑見笑。」

高力士說：「敢問采蘋姑娘今年多大了？」

江仲遜說：「十六歲。」高力士大為興奮，說：「我們想見見采蘋姑娘，可以嗎？」

江仲遜說：「瞧大人說的，鄉下閨女，沒見過世面，大人見了，可莫笑話。」隨即朝廂房喊道：「蘋兒！快出來給大人行禮！」

「來嘍！」隨著一聲清亮的應聲，江采蘋三蹦兩跳，出現在院落中，斂手行禮，說：「民女給兩位大人請安！」

高力士眼睛一亮。呀！這不正是自己要找的「稀罕之物」嗎？只見她，身段窈窕，亭亭玉立，衣服雅素，上穿粉紅色碎花窄袖衫，下著淡綠色細褶繡襬裙，沒有化妝，髮不漆而黑，眉不描而黛，頰不脂而紅，唇不塗而朱，風姿綽約，讓人聯想到碧水中勁挺而出的荷花，天然，清秀，純眞。高力士大喜，脫口稱讚說：「好個標緻的美人！」接著直接問采蘋說：「采蘋姑娘！喜愛歌舞嗎？」

江仲遜搶話說：「這個丫頭，一張嘴一雙腳，從來就沒有安分過，整日唱呀跳呀的，把人都煩死了！」

采蘋害羞，扭身說：「爹！」這一羞態，更顯出少女特有的嬌憨和嫵媚。

采蘋回她的廂房去了。高力士開誠布公，說明了給皇上選美的意圖，明確表示已看中采蘋，決定帶她進宮。江仲遜又是歡喜又是擔心，說：「采蘋生於窮鄉僻壤，自小沒了娘，不懂規矩，讓她侍奉皇上，能行嗎？」

高力士說：「無妨，諸事有我，我會讓采蘋姑娘獲得皇上寵幸！」

黃軒插話說：「高大人是皇上最親近的重臣，說話一言九鼎！」

接著，高力士給了江仲遜百兩黃金，算是聘禮，叮囑說：「三天後，我來接采蘋姑娘，然後赴京。」

江仲遜如夢如幻，收了黃金，恭敬地送走了客人。

高力士等返回州衙。他很滿意當天的收穫，伸了伸胳膊說：「踏破鐵鞋無覓處，得來全不費功夫。這話還眞的靈驗！」

黃軒討好地說：「高公公的眼力，下官佩服，佩服！」

高力士說：「這叫能耐！能耐，懂嗎？沒有這點能耐，怎能在皇上跟前做事？」

黃軒說：「那是！那是！」

三天後，高力士率領車馬，前來迎接采蘋。采蘋辭別父親，熱淚盈眶，跪地磕頭。江仲遜千叮嚀萬囑咐，親手扶著女兒登上馬車，目送著朝廷使者一行人，疾馳而去。馬車上，采蘋思想矛盾，心情忐忑。一方面，她熱愛家鄉，熱愛父親；一方面，她又嚮往京城，嚮往皇宮。自己此去，據說是要侍奉皇上，那麼，今後的生活和命運，將會是什麼樣子呢？霧裏看花，前景迷茫，一切都是個未知數，想不清楚，弄不明白，乾脆，由天安排吧！

高力士尋訪到了江采蘋，急急地返回京城。采蘋和麥氏共乘一車，途中倒不寂寞。麥氏喜歡采蘋的美麗和活潑，一天私下問兒子說：「你們皇上多大歲數？」

高力士回答說：「皇上比兒子小一歲，今年四十七。」

麥氏說：「這麼說，皇上比采蘋大三十一歲，老男少女，你把他們捏合到一塊兒，合適嗎？」

高力士說：「娘！你不曉得，我們那位皇上，天生的花心，就像一頭老牛，專愛吃鮮草嫩葉。他的嬪妃，大多是十六七歲進宮的。」

麥氏說：「那麼，你就給皇上做選美的事？」

高力士說：「這只是兒子的差事之一。」

麥氏說：「造孽！缺德！難怪我們馮家會斷絕香火呢！」

馬快車疾。高力士很快回到長安興寧坊的府邸。府邸很大，僅男傭女僕就有一百多人。高力士的妻子呂氏，熱情地迎接婆婆和采蘋。麥氏見兒媳，三十多歲，姿容俊俏，不由想到：這樣一個女人，伺候宦官丈夫，守寡的滋味，受得了嗎？

第二天，高力士讓采蘋沐浴更衣，帶她進宮，到了勤政務本樓。高力士先見明皇，叩頭謝恩，說已接回母親。明皇很高興，說：「你總算回來了！」接著說：「你不在的這些日子，由那個李靜忠侍候朕，比你差遠了！你當值，朕睡得安穩；他當值，朕老覺得有雙眼睛在窺視一樣，睡不踏實。」

高力士說：「那好，奴才將他調開就是了。」

明皇說：「這次出使，有何新鮮事？」

「奴才記著皇上的囑咐，帶回一件稀罕之物。」

「是嗎？快取來瞧瞧！」

高力士去樓外，喚進采蘋。采蘋款款而入，跪地叩頭，說：「民女江采蘋，拜見皇上！」

明皇直覺得眼前一亮，忙說：「平身平身！」

采蘋說：「謝皇上！」隨即站起，低首恭立。

明皇說：「抬起頭來！」采蘋抬頭。明皇再看，但見她素衣淡裙，面龐紅潤，眸明唇朱，清純亮麗，豐神楚楚，心裏由衷地讚歎說：「果眞是稀罕之物！」他樂得笑呵呵的，詢問采蘋家中的情況。采蘋一一回答，聲音清脆柔和，鶯啼燕喃一般。明皇大喜，吩咐高力士，將采蘋安置在梨花院。他沒有心思再批閱什麼奏章了，隨後亦去梨花院，去到新進宮的尤物麗姝身邊。

就這樣，江采蘋成了明皇的又一個嬪妃。明皇十分喜悅，這不僅因爲采蘋年輕貌美，具有江南少女的特有韻味，而且因爲采蘋富於文才，能寫詩賦，擅長歌舞。她的歌舞技藝算不上精湛，但有一種原始美和自然美，給後宮生活帶來了某些南國水鄉的氣息。

采蘋從莆田到了京城，從民女成了皇妃，進入一個全新的環境，面臨一個全新的世界。她在經過短暫的惶惑之後，努力適應這個環境，迎合這個世界，也就逐漸地站穩了腳跟。皇宮的藏書，皇宮的音樂，皇宮的歌舞，使她興奮和陶醉。她有這方面的天賦，提出要讀書，要學樂器，要習音樂和歌舞。明皇滿足愛妃的要求，派出專人予以教授。因而，采蘋的技藝大進，更加博得了明皇的歡心。

轉眼到了冬天，長安下了第一場大雪。興慶宮裏，銀裝素裹，分外妖嬈。梨花院面向興慶湖，院中有幾株梅樹，一經風雪，梅花綻放，鮮豔的花色，濃郁的芳香，在凜冽的寒風中和飛舞的雪花裏，顯得絢麗無比，生機勃勃。采蘋生在閩地，從未見過這樣大的雪，更未見過雪天的梅花。她想像不出，在天寒地凍的時令，為什麼還會有梅花開放，而且開得那樣執著，那樣熱烈，那樣大氣，那樣無畏！她喜愛雪，更喜愛梅，連著數日，圍繞梅樹，觀賞吟詠，流連往返。這天清晨，她又冒風踏雪，出現在梅樹下，臉上帶著虔誠的神情，看那姹紫嫣紅的梅花，聞那沁入心肺的花香，如醉如癡。明皇隨後起床，佇立殿前，觀看愛妃賞梅的情景，只見采蘋身披一件鮮紅的絨氅，頭戴一頂狐毛鑲邊的錦帽，面龐紅彤彤的，盈盈而笑，在茫茫白雪和繽紛花色的映襯下，格外妖冶和倩麗，興之所致，隨口吟出四句詩來：

迷朦晶瑩瑞雪中，豔梅麗人相映紅。
梅邪人邪惺惺惜，笑傲凜凜西北風。

采蘋驀然回首，奔向明皇，露出孩子般的天眞，說：「皇上！在這冰天雪地裏，唯獨梅花不畏嚴寒，傲然開放，這種品格和精神，多讓人敬佩啊！」

明皇說：「你愛梅花不是？那好，朕就讓內侍在這裏栽上各種梅樹，來年花開，那景象才蔚爲壯觀哩！」

采蘋依偎著明皇回至正殿。明皇說：「愛妃喜梅，朕就封你爲梅妃。」采蘋叩頭謝恩。明皇又走至書案旁邊，揮筆在紙上寫下兩個大大的隸字：「梅亭」。隨後吩咐一名宮監說：「你去通知將作署，命他們立即在梨花院建一畫亭，把朕的題字刻在上面，就叫梅亭。另外，再命他們把上林苑的名貴梅樹，挑最好的，移栽到梨花院來！」

從此以後，江采蘋有了正式的名號：梅妃。高力士由於挑選和進獻了梅妃，所以得到了豐厚的賞賜。他的母親麥氏被封爲越國夫人，亡父被追贈爲廣州大都督，就連岳父呂玄晤，也從刀筆小吏晉升爲少卿。

采蘋進宮已經七年，耳聞目睹了宮廷鬥爭的殘酷和血腥，既驚訝又害怕。她無心捲進是是非非的漩渦，只在梨花院裏寫作詩賦，學習書畫，攻練音樂歌舞。幾年裏，她的技藝越發長進，先後寫成〈蕭蘭〉〈梨園〉〈梅花〉〈鳳笛〉〈玻杯〉〈剪刀〉〈綺窗〉七篇賦文，構思精巧，文筆綺麗。她學會了演奏一些樂器，尤善吹笛，笛聲優美。而且，她還以曹植的〈洛神賦〉爲題材，編創了一個舞蹈。〈洛神賦〉中有「翩若驚鴻，婉若游龍」的句子，所以她將舞蹈定名爲〈驚鴻舞〉。明皇十分欣賞采蘋的才氣，戲謔地稱她爲「梅精」，聽其吹笛，看其跳舞，他的心靈能夠得到暫時的平和和熨帖。

但是，後宮接二連三的後宮變故，使明皇的身心受到強烈的刺激。他意識到，圍繞太子問題，曾經進行過而且正在進行著一場殊死的鬥爭。原先立的太子李瑛死了，那麼接下來該立誰爲太子呢？他考慮最多的是十八子壽王李瑁。因爲李瑁是武妃所生，而且姿容俊美，儀表堂堂，不足之處是過於柔弱，缺少陽剛氣概。這天，他去看望正在生病的哥哥寧王李憲，李憲一番話，使他振聾發聵，大有一種如夢初醒之感。

明皇的兄弟中，申王李撝、岐王李范、薛王李業相繼故去，活著的只有寧王李憲了。明皇駕到，李憲從病床上起來，要向皇帝叩頭。明皇一把按住哥哥，說：「別！別！皇兄病成這樣，還拘什麼禮儀？」

李憲請明皇落座，自己也圍被而坐，說：「皇上的氣色不好，想是有什麼煩心事吧？」

明皇說：「可不是嗎？一件接著一件，讓朕寢食難安。」

「最難的一件是什麼？」

「太子之位。」

李憲沉吟許久，說：「臣有一句話，不知當說不當說？」

明皇說：「你我是兄弟，有什麼不當說的？但說無妨。」

「皇上可知問題出在哪嗎？」

明皇搖頭。李憲直視明皇，說：「全部問題出在惠妃娘娘身上！」

明皇大驚，說：「這是爲何？」

李憲誠懇地說：「皇上！你是在位日久，偏聽偏信，完全受人蒙蔽啦！想當初，王皇后是怎麼死的？那是惠妃娘娘想當皇后，一手設計的陰謀！她買通內侍和僧人，誘使王守一去求什麼霹靂木，編造出個巫蠱案來。皇上全然不察，一怒之下，便將王皇后廢了，致使其含冤而死，王守一也被賜死。那以後，惠妃娘娘沒能當上皇后，轉而走『母以子貴』的捷徑，一心想讓她的兒子壽王成爲太子。她不是竭力鼓動皇上廢黜太子李瑛和鄂王、光王嗎？當時幸有張九齡等堅持正義，她的計畫沒能得逞。這不？到了上年四月，她又精心策劃了太子、鄂王、光王攜帶兵仗和侍衛進宮謀反案。皇上還是不察，將太子和二王廢爲庶人。皇上不妨想想，太子和二王總共才十來個人，沒有騎馬，沒穿甲冑，有那樣謀反的嗎？皇上將他們廢了也就廢了，可他們畢竟是皇子，罪不至死呀！然而，皇上卻將他們賜死了，弄出八條人命來。他們可是皇上的兒子、嬪妃、女婿、兒媳呀！這中間，皇上難道就不覺得另有玄機嗎？」

燈不撥不亮，話不說不明。明皇聽了這番話，驚愕萬分，目瞪口呆。他回想起武妮的種種滴滴，不禁恍然大悟：啊！一切原來如此！廢皇后，廢太子，廢二王，直至將太子、二王和薛鏽賜死，不都是她鼓動和挑唆的嗎？自己因爲愛她寵她，所以凡事言聽計從，從未懷疑過和反對過，從而鑄成了一系列的大錯。自己眞心愛過的王皇后死了，交還了他們相愛時的信物玉佩；自己的妹夫王守一死了，致使同父異母的妹妹李霓薇成了寡婦；自己的兒子李瑛、李瑤、李琚死了，他們的妻子因此年輕守寡，兒女因此失去父親；自己的嬪妃趙麗妃、皇甫德儀、劉才人死了，同時懸樑自盡，那是一種什麼樣的情景？還有，女婿薛鏽死了，自己這個做父親的，硬讓女兒唐昌公主成了寡婦。兒媳薛氏死了，她死後，宜春宮前那個螞蟻和昆蟲聚集成的「冤」字，說明什麼？說明包括薛氏在內的所有人，死得無辜，死得冤枉。而他們的死，都有武妃在興風作浪，在挑撥離間，自己居然信她的聽她的。唉！眞是渾哪！明皇想到這裏，不知不覺地眼角滲出淚花，說：「皇兄！這些話，你該早跟朕說呀？」

李憲歎了口氣，說：「對不起，臣有私心。想當初，姚崇、宋璟爲相時，皇上聖明，賢路開放，言路開放，那是一種多麼開明的局面！可是，自泰山封禪以後，皇上還聽得進反面意見嗎？臣倒是想提醒皇上來著，可又看到惠妃娘娘那樣得寵，臣硬往槍口上撞，不是自己找死嗎？所以也就只好睜一隻眼閉一隻眼，沉默不語，求個自安自保罷了。」

明皇擦了擦眼角，又說：「朕目前最難定的事，是太子問題。皇兄以爲，該立誰合適呢？」

李憲一陣咳嗽，喘了喘氣，說：「太子事關國本，臣不敢妄言。俗話說，知子莫若父。這事，恐怕還得皇上自己決斷。」

開元二十六年（西元七三八年）的春天，明皇是在憂鬱、苦悶中度過的。他有一種家破人亡的感覺，對死去的武妃由愛轉爲恨。他想將武妃劈棺暴屍，廢去她的「貞順皇后」謚號。可又想到那樣會引起非議和混亂，所以也就算了。不過有一條，他是不怎麼偏愛李瑁了，決定不立武妃的兒子爲太子。那麼，到底立誰爲太子呢？他遲遲拿不定主意，經常長吁短歎，甚至不思飲食。高力士最摸明皇的心思，試探著說：「皇上不思飲食，想是茶飯不合口味吧？」

明皇說：「唉！你是朕的老奴，難道不知朕想些什麼嗎？」

高力士說：「奴才想，皇上大概是因儲君未定，故而煩惱。」

明皇點頭。高力士說：「皇上不必如此勞心，儘管推長而立，何人敢有爭言？」

這句話起了決定性的作用。明皇馬上想到長子李琮和三子李璵。李琮是麻臉，肯定不宜立為太子，接下來居長的兒子就是李璵了。李璵自小是由王皇后撫養的，長大後仁孝好學，師從賀知章等侍讀，品學兼優。而且其生母楊思思已死，立為太子，日後不會出現母后干政的弊端。因此，是年六月，明皇頒發聖旨：立李璵為太子。這一舉措，大出李林甫的意外。然而，聖旨已下，木以成舟，他雖反對，卻也無濟於事了。

這年冬天，新下了一場大雪。明皇在花萼相輝樓設宴，召來寧王李憲和侄兒諸王等，聚飲共歡。李憲有十九個兒子，其中四人封王。李撝、李范、李業共有二十餘個兒子，其中也有數人封王。明皇悌愛兄弟，對侄兒也很關照，時時舉行宴會，和他們共用安樂。當天的宴會上，教坊和梨園的樂工奏響歡快的樂曲，明皇和寧王、侄兒諸王等開懷暢飲，氣氛親切而熱烈。酒酣，明皇命采蘋吹笛助興。采蘋手持一支白色玉笛，輕啓朱唇，吹響笛音，時而清越，時而悠長，猶如仙樂飄蕩，暗香浮動，將人的思緒帶進一個美妙而空靈的境界。接著，明皇命采蘋跳「驚鴻舞」。采蘋隨著樂曲的旋律，扭動腰身，手舞足蹈，進退旋轉，跳躍翩躚，疾時如驚雷閃電，緩時如雪花柳絮，端的是「翩若驚鴻，婉若游龍。榮曜秋菊，華茂春松。彷彿兮若輕雲之蔽月，飄搖兮若流風之回雪。遠而望之，皎若太陽生朝霞；迫而察之，灼若芙蕖出綠波。」她，活脫脫的就是洛神的化身。樂曲漸漸舒緩，戛然而止。采蘋腰身彎曲，雙臂高舉，做出一個美麗的造型，恰似一朵盛開的梅花，其嬌其豔其麗，不可名狀。

明皇帶頭叫了個「好」字。李憲和其他諸王跟著喝采，齊聲說：「好！太美了！」明皇親自斟了一杯酒，遞給采蘋，笑著說：「此梅精也！吹白玉笛，跳「驚鴻舞」，滿座光輝！」

采蘋飲了酒，氣吐若蘭般地說：「臣妾曲笨舞拙，恐礙聖瞻，怎比得皇上，調和四海，烹飪鼎鼐，雄才大略，治國安邦，造就這太平盛世呢？」

明皇哈哈大笑，說：「瞧這梅精，多會說話！」這時，宮女端上來一盤金黃色的柳丁。明皇一一剖開，命采蘋分賜諸王。采蘋照辦，諸王受寵若驚，恭敬地起身，接過橙瓣，謝恩而吃。其中有一位漢王，叫李遵，乃岐王李范之子，年齡和采蘋相仿。他見梅妃吹了笛，跳了舞，香汗涔涔，嬌喘吁吁，面若桃花，鮮麗明媚，就像天上的仙女，光彩照人，豔色可餐。他一雙淫淫的眼睛，只顧癡情地盯著梅妃的粉臉，竟忘了去接橙瓣。采蘋有些不快，加重語氣說：「漢王！」漢王猛地清醒過來，跨前一步，不想這一步跨大了，一腳踩在梅妃的繡鞋上，踩落了繡鞋上的綴珠，伸出去的手沒有接著橙瓣，反而抓住了梅妃的纖手。這一踩一抓，非同小可，采蘋以爲是非禮之舉，面露慍色，放下盤子，也不向明皇招呼，扭身進了內殿。

明皇正和李憲說話，沒有看到這滑稽的一幕。不一會兒，他發現采蘋離席，派了宮女入內殿宣召。采蘋推脫說：「鞋上綴珠掉了，縫好後便來。」可是，等了許久，采蘋並沒有露面。明皇有點煩燥，親自進內殿察看。采蘋正斜倚在床上生悶氣，見明皇到來，隨手拽件外衣披在肩上，說：「臣妾突然感到腹痛，無法再去侍宴。」明皇見她好端端的，既未縫什麼綴珠，也不像腹痛的樣子，料是言不由衷，臉色一沉，轉身自去。

這是一起意外的變故。采蘋若將眞實情況稟明明皇，或許什麼事情也不會發生。可她太過單純，同時也缺少生活經驗，心想若將漢王的舉動告訴明皇，無疑就是告發，明皇肯定會雷霆大怒，治他漢王的非禮之罪。那時，大家的臉上都不好看。她不想使事態擴大，所以硬將漢王的非禮舉動隱瞞了，始終沒有告訴明皇。明皇不明事實眞相，反而認爲采蘋因寵而驕，怠慢了寧王和侄兒諸王，給了自己一個難堪。更嚴重的是，她明明沒有腹痛，卻故意裝病，欺騙自己，這還了得？欺騙皇上，是爲不忠。采蘋作爲一個嬪妃，竟敢如此膽大妄爲，那是斷然不能容忍的。明皇有過寵幸武妃而鑄成大錯的教訓，因此從這以後，便對采蘋抱了成見，覺得她徒有姿色和才氣，實際上跟自己並非一條心。

明皇和采蘋各有所想，而漢王李瓚卻很揪心和惶恐。他越想越覺得害怕，後悔自己酒後失態，竟在大庭廣眾之下，調戲——姑且說是「調戲」——了伯父皇帝的寵妃。梅妃進入內殿再沒有露面，可見她是多麼的氣惱和憤恨。她肯定會把自己的非禮舉動報告皇上，那樣自己可就慘了，輕則奪爵，重則殺頭，所有的榮華富貴，眨眼間都會煙消雲散，化爲烏有。儘管是數九寒冬，李瓚卻是滿身大汗，直覺得燥熱無比。當夜，他根本沒有合眼，翻來覆去，思量著求得皇上寬恕的辦法。最後決定，主動坦白，唯此方能保住性命。

翌日，李瓚到了勤政務本樓，跪拜明皇，說：「侄臣萬死，請皇上降罪！」

明皇非常詫異，說：「漢王何罪之有？」

李瓚一面叩頭，一面如實敘說了宴會上，自己的非禮之舉。明皇一聽，不由地笑了起來，說：「就這事呀？算了算了，朕不怪罪你，酒後失態，情有可原，以後注意就是了。」

李瓚萬沒想到會是這樣的結果，千恩萬謝，含淚退去。

事後，明皇更加生氣了。他的氣，不是衝著漢王，而是衝著采蘋的。他想，這種事，漢王都能主動坦白，而你江采蘋卻不聲不吭，瞞了個嚴嚴實實，你的心目中，還有我這個皇上嗎？這樣一來，他對采蘋的成見又深了一層，產生了一種生分感和隔膜感，連著數月，既未召幸采蘋，也未去梨花院。

采蘋並未意識到自己失寵的危險。她用民間女人通常的心理，判斷她和明皇的關係，認爲自家夫妻，磕磕碰碰，鬥嘴嘔氣，不算什麼大事，過一陣子，便會雨過天晴，和好如初的。殊不知她的丈夫，並非凡夫俗子，而是天下第一男人，是至高無上和擁有很多女人的皇帝。她一如以往，照舊癡迷地寫她的詩賦，學她的書畫，練她的音樂歌舞。高力士看在眼裏，急在心裏。因爲采蘋是他從閩地選進宮的，若是失寵，自己的臉上無光。他幾次提醒采蘋，皇宮可不比民間，千萬莫使小性子，要學會迎合和討好皇上。而采蘋呢？榆木疙瘩，死不開竅，一副滿不在乎無所謂的樣子。高力士很是無奈，又是搖頭，又是歎氣。後來，采蘋終於明白了事理，決意用軟語柔情挽回失去的寵愛，可惜爲時太晚了。

明皇照例每天坐朝，批閱奏章。宰相李林甫迎合上意，報告的全是歌舞昇平、內外無事的好消息。他說：「全國的民戶已經達到八百四十一萬多戶，總人口將近五千萬人，朝廷儲糧接近一億石，每年徵收的帛布有一億一千萬丈。公私倉廩豐實，齊紈魯縞車載船裝，夜不閉戶，道不拾遺，人們遠行萬里，不帶寸兵。這從長安市場和物價可以得到證明。長安的東市和西市，店肆林立，異物山積，每市各有二百二十二行，買賣活躍，胡商絡繹。一斗米只值十三緡錢，洛陽和齊魯一帶更便宜，斗米五緡錢，斗粟三緡錢。」他說：「天下之富，長安稱最。臣最近會見過兩位長安商人，富得讓人不敢想像。一位叫王元寶，住房的牆壁是用金銀壘的，就連後院的地上也鋪滿銅錢，因此，別人稱他家爲『金窟』；一位叫鄒鳳熾，居然想買終南山。臣開玩笑地問他說：『你準備出什麼價錢呀？』他回答說：『以樹計價，每一株樹付絹一匹。』甚至誇口說：『山林有盡，我絹無竭。』皇上請想，這兩商人多富呀！」他還說：「周邊各少數民族番邦，紛紛臣服於我朝，雙方和睦共處，久無戰事。西域各國，天竺（今印度）、波斯（今伊朗）、大食（今阿拉伯）、拂菻（古羅馬帝國，今義大利）諸國，東鄰日本、高麗、新羅，南鄰林邑、剽國（今緬甸）、眞臘等國，均與我朝建立了友好關係，通好通商不絕。所謂『九天閶闔開宮殿，萬國衣冠拜冕旒』，正是這一景象的生動寫照。」

要在往常，明皇聽到這樣的消息，肯定是會龍顏大悅的。而現在，他的心情不好，只是點一點頭，說：「哦！朕知道了。」

開元二十七年（西元七三九年），是明皇情緒最低落的一年。之所以低落，一是因爲自責，責備自己做了一些錯事；二是因爲空虛，遍閱後宮三千佳麗，竟無一個中意者。作爲皇帝，他的自責心理很快就淡薄了，而精神空虛卻像一道濃重的陰影，縈繞在心頭，欲罷不能，揮之弗去。他天生喜好女色，身邊沒有一個稱心如意的女人，日子是很難過的。

高力士心疼主子，把明皇的嬪妃都動員起來，讓她們想方設法，引逗皇上快樂和開心。嬪妃們覺得這是個機會，大顯身手，百般獻媚，企望獲得皇上的寵幸。她們想出一法：頭上插滿鮮花，聚於大廳，然後放飛一隻蝴蝶，蝴蝶落在誰的頭上，誰就侍寢皇上。這叫「隨蝶所幸」，開始還算新鮮，玩幾回也就膩味了。她們又想出一法：兩人一組，投錢競猜正面反面，猜錯的淘汰，猜對的進入下一輪，再分組競猜，經過多輪角逐，最後獲勝者，前去侍寢皇上。這叫「投錢賭勝」，很像競技體育中的淘汰賽，最後的「冠軍」，方可睡上皇帝的龍床。封建後宮就是這樣，上百名甚至上千民女性爭寵於一個皇帝，能夠獲得寵幸的人屈指可數，絕大多數人只能獨處深宮，長年和長夜與孤燈作伴，那種寂寞，那種悲哀，那種淒苦，是常人難以想像的。即使有幸獲得皇帝寵幸的女性，時間也斷難持久。女人，在皇帝的心目中，只是一件衣服，想穿就穿，想扔就扔，有的只穿一次或兩次，就被徹底地拋棄和遺忘了。

嬪妃有心，明皇無情。他因遲遲沒有稱心如意的女人，而苦悶，而消沉。他經常獨自在花萼相輝樓過夜，有時乾坐著發愣，有時愁眉不展，唉聲歎氣。他的飲食大減，身體一下子消瘦了許多。高力士心中萬分焦急，勸明皇說：「皇上！這樣不行，長此下去，龍體會垮的。要不，去射獵？去擊毬？去梨園看看？去曲江池玩玩？」

明皇的回答只是兩個字：「不去！」

高力士是明皇肚裏的蛔蟲，明皇的心思，他了解得一清二楚。他明白，只有找到一個貌美藝佳的女人，才能治癒明皇的心病。可是，這樣的女人到哪裏去找呢？他調動全部思維，翻腸倒肚，把所熟悉的女人齊齊地梳理了一遍，猛地一拍手，說：「對呀！只有這個人，方能救得皇上！」

轉眼到了開元二十八年（西元七四〇年）的秋天，明皇依然鬱鬱悶悶，無精打采。高力士小心翼翼，說：「奴才前日去壽王府，見到壽王妃，發現她姿質天挺，能歌善舞，眞是天下第一美人！」

明皇聽了這話，眼裏倏然有了光彩，說：「是嗎？」

高力士覺察到了明皇的變化，說：「千眞萬確！奴才敢打賭，說她壽王妃雪膚花顏，國色天香，毫不爲過！這樣的美人，應該進入掖庭，陪伴皇上才是！」

明皇腦海裏迅速掠過一個美人的倩影。壽王妃，他是知道的，叫做楊玉環，他先後見過她三回。第一回是在洛陽，李瑁大婚的婚禮上，玉環是新娘，蒙著蓋頭，他只見了她婀娜的身姿，並未見到她的面容。第二回是在一次家宴上，李瑁夫婦向父皇敬酒，他見她面如滿月，眼如秋水，出奇的妖冶和俏麗。第三回是在惠妃的靈堂上，他見她身穿孝服，端莊淡雅，別有一番風韻。因爲她是他的兒媳，所以心思沒往別處想。現在，高力士突然提到了壽王妃，他的心猿意馬立刻動了起來，不過，只是動了一動而已，因爲那個美人畢竟是自己兒媳，公公對兒媳，哪能有非分之想呢？他猶豫地說：「怕是不妥吧？」

高力士看出了皇上的猶豫，說：「這有什麼不妥的？皇上擔心公媳關係，有悖倫理不是？可皇上是天子，雄踞天下，富有四海，大唐的一切都歸皇上所有。想我太宗皇帝，曾納弟媳爲妃，高宗皇帝曾納庶母爲妃，又有誰說他們有悖倫理了？」

明皇聽了這話，心猿意馬不僅是動，而且是跑起來了，說：「壽王妃果眞如你所說，色藝可人嗎？」

高力士說：「皇上見了便知。」

明皇臉上終於有了笑容，說：「瞧你說的，朕是皇帝，她是兒媳，怎麼見？」

高力士見皇上笑了，很是高興，說：「這事，奴才自會安排。」

接著，熱心的高力士精心策劃和張羅，頓時使明皇陷入愛河情海之中，也使壽王妃的人生軌跡發生了巨大的改變。

楊玉環，祖籍弘農華陰（今陝西華陰）。華陰楊氏歷來是名門望族，北朝時楊順一門徙居蒲州永樂（今山西永濟）。隋朝時楊順的孫子楊汪，官至尙書左丞、梁郡通守。隋末爆發農民大起義，楊汪投靠盤踞於洛陽的軍閥王世充。唐朝開國，王世充兵敗投降，楊汪因依附「逆黨」的罪名而被斬首。楊汪第四代孫爲三兄弟：楊玄琰、楊玄珪、楊玄璬。開元初年，楊玄琰任蜀州司戶參軍，攜帶妻子李氏遷徙蜀州（今四川成都）。楊玄璬留居永樂，不久病死。楊玄珪任河南府士曹參軍，住在洛陽。李氏生有三個女兒，名字依次叫金環、銀環、珠環。開元七年（西元七一九年）六月一日，李氏又生了第四個女兒，按照金、銀、珠、玉的排列順序，這個女兒便是楊玉環。

楊家四姐妹從小就顯露出了美女的氣質，粉面桃腮，唇紅齒白，純潔爛漫，天眞活潑。她們聽說過古代西施，美貌「沉魚」的故事，因此經常去池塘邊，臨水照影，看看魚兒是否會因爲她們的美貌而沉於水底。玉環四歲時，傻呼呼的，居然獨自一人，臨水照影，不曾想腳下一滑，「哧溜」

一聲，掉進了池塘裏。幸虧有人從池塘邊經過，將她救起。不然，她的小命早報銷了。

玉環和她的三個姐姐漸漸長大，姿色越發姣美，而且愛唱愛跳，深得父母的鍾愛。天有不測風雲，人有旦夕禍福。玉環八歲的時候，她的母親李氏不幸病故。十歲的時候，她的父親又患了重病。這時，金環和銀環已經出嫁，分別嫁於崔姓、裴姓人家。珠環時年十二歲，楊玄琰請求親家提前聘娶，珠環也就嫁給了柳姓人家。楊玄琰最捨棄不下的是小女兒玉環，孤苦伶仃，如何是好？他再三考慮，遂在病中給洛陽的二弟楊玄珪寫信，請他火速前來蜀州一趟。楊玄珪急急地趕至蜀州，楊玄琰已經氣息奄奄。楊玄琰把玉環的小手放在弟弟的手裏，說了句「好生照看這丫頭」，便永遠地閉上了雙眼。

金環、銀環、珠環、玉環哭得死去活來。楊玄珪一手主持，安葬了哥哥。楊玄琰一些房屋和家產，委託一個叫楊釗的遠房親戚，託他看管。隨後，楊玄珪帶著可憐的侄女玉環，返回洛陽。

玉環少年喪父喪母，幼小的心靈遭受了沉重的打擊。到了洛陽後，她發現各方面的條件遠比蜀州優越，心情逐漸好轉，恢復了少女固有的天性。她的叔父楊玄珪，深受儒家思想薰陶，誠實斯文。嬸娘黃氏心地善良，和藹可親。楊玄珪有兩個兒子，長子楊銛比玉環大五歲，已經成家；次子楊錡比玉環小兩歲，正在讀書。叔父和嬸娘、楊銛和楊錡都很喜歡玉環，完全把她當作自家人。而且，楊府院落很大，房屋很多，雇有十幾名男傭和女僕，頗有點官僚地主家庭的派頭。玉環安心地住了下來，乾脆喚叔父爲「爹」，喚嬸娘爲「娘」，喚楊銛和楊錡爲「哥」、爲「弟」，徹底融進了這個新的家庭。

楊玉環從蜀州到洛陽，看到的和接觸的是一個全新的天地，全新的世界。洛陽物華天寶，人傑地靈，號稱東都，武則天時一度稱「神都」，城市規格僅次於京城長安，實際上是唐朝的第二國都。那裏有皇宮，有官署，還有教坊和梨園，不管走到哪裏，都會看到衣冠楚楚的權貴和娉娉婷婷的仕女，聽到悠揚悅耳的樂聲和歌聲。尤其是外國人和少數民族人，他們穿著鮮豔華美的服裝，佩戴稀奇古怪的飾品，演奏五花八門的樂器，跳著令人目炫的舞蹈，眞是見所未見，聞所未聞。一切都是新鮮的和奇妙的。玉環眼界大開，深深地爲之興奮和陶醉。

玉環初到新家，還有些拘謹和膽怯。父母兄弟給了她愛心，既愛她又寵她，使她完全適應了新的環境和新的生活。父親給他聘請了老師。她開始讀書，開始學習音樂和歌舞。玉環天生聰穎，具有極強的領悟能力和記憶能力，三四年時間，學會了同齡女孩六七年時間才能學會的知識和本領。特別在音樂歌舞方面，她表現出了極高的天賦，一教就會，再經過認眞琢磨和反覆練習，技藝漸精。老師大爲驚訝，讚歎說：「少見少見，眞奇女子也！」

開元二十二年（西元七三四年）正月，唐明皇再次駕幸洛陽，隨行的除文武百官外，還有寵幸的嬪妃，以及多位皇子和公主，其中包括特受偏愛的壽王李瑁。皇上駕幸，這是頭等大事，整個洛陽城都動了起來。身爲河南府士曹參軍的楊玄珪，主管橋樑修建和車船調度等事項，尤爲忙碌。少女玉環也很興奮和激動，她想親眼看看皇帝的大駕鹵簿，特別希望能看到皇帝。她以爲，皇帝是天上的神仙，相當於玉皇大帝，凡人若能看上一眼，那是天大的福氣和榮幸。

這天一早，玉環便收拾齊整，約弟弟楊錡一起去看熱鬧。姐弟二人稟明母親，旋風兒似的，跑至洛水邊，選了個最佳位置，引首翹盼，單等鹵簿到來。洛水兩岸的人很多很多，他們和玉環姐弟一樣，都希望能夠一睹皇帝的尊容。

「來了！來了！」隨著一陣騷動，皇帝的大駕鹵簿出現了。無數的旗幟在飄揚，無數的士兵在行進，無數的車輛在滾動，無數的……，映入玉環眼簾的是若干個「無數」，那是一條威武雄壯的巨龍，一道五彩繽紛的長河，前不見頭，後不見尾。中間有一輛裝飾華美的金根車，上罩黃羅傘蓋，邊插紅黃龍旗，駕著六馬，據說就是皇上乘坐的御輦——金根車。可是金根車的門窗被厚厚的帷幔遮蓋著，根本看不到裏面的情景。玉環因爲沒看到皇帝而略顯掃興，不過她還是滿心喜悅，滿面笑容，因爲她畢竟看到了皇家隊伍，這支隊伍何等威風，何等氣派！她不由地想起遠在蜀州的三個姐姐，她們哪有自己這樣幸運啊？

明皇到了洛陽，洛陽加倍熱鬧起來。越年正月，明皇在五鳳樓舉行盛大宴會，命洛陽周圍三百里內的刺史、縣令，帶領本地的一流藝人，匯聚洛陽，進獻歌舞和雜技。這是一次規模宏大、場面壯觀的藝術盛會，帶有比賽性質。刺史、縣令們爲取悅皇上，紛紛進獻最拿手的絕技，山車旱船，尋橦（頂竿雜技）走索，丸劍（拋丸拋劍雜技）角抵（摔跤）、戲馬鬥雞等，花樣百出，異彩紛呈。其中，河內府的絕技尤爲精采，五百名藝人化妝成虎、豹、大象、犀牛等動物形象，立於彩妝的馬車和牛車上，一面引吭高歌，一面擺出各種造型，頻頻向皇上致意。明皇高坐於五鳳樓上，文武大臣和外國使臣、番邦酋長陪宴，欣賞樓下經過的歌舞和雜技方陣，龍顏大悅。接著，又有宮女數百人，飾以珠翠，衣以錦繡，在歡快熱烈的樂曲聲中，輪番演出「破陣樂」「太平樂」「上元舞」等，將歡樂氣氛推向高潮。

入夜，全城大放花燈，燈海人流，歡聲笑語，繁盛至極。上陽宮前，更有繒綵紮結的燈樓三十間，高十五丈，龍燈鳳燈，虎燈豹燈，麒麟燈孔雀燈，其亮無比，各燈上還懸掛珠玉和金銀，微風一吹，鏗然成韻，響徹天上人間。

連著多日，楊玉環沉浸在喜悅和亢奮之中。她和楊錡還有左鄰右舍的小姐妹們，忙於看雜技，看歌舞，看花燈，腳不點地，眼花繚亂。這天，她和幾個小姐妹看罷驚心動魄的尋橦和走索，興高采烈地回家。途中，忽遇五六名邋裏邋遢的惡少擋住去路，嘻皮笑臉地說：「小妹妹！陪哥們玩玩？」說著，便向前動手動腳。其中一個蛤蟆眼的人，看到玉環特別漂亮，一把將她抓住，說：「走！哥跟你耍樂子去！」

玉環等小姐妹嚇壞了，掙扎著，大聲說：「你們幹什麼？」

惡少們說：「不幹什麼，只想和美妞玩玩，樂樂。」

玉環等粉臉脹得通紅，高聲喊道：「救人哪！救人哪！」

恰在這時，一位騎馬的公子從旁經過，馬後跟著數名侍從。公子厲聲喝道：「住手！青天白日，朗朗乾坤，你等怎敢調戲女孩子？」

惡少們平日裏橫野慣了，嘴裏不乾不淨地說：「關你屁事？哪兒涼快哪兒歇去，少管！」

公子眉頭皺起，怒怒地說：「我既然撞著，就管定了！」說著，馬鞭一指，命令侍從說：「上！收拾這幾個醜類！」侍從聽到主子的命令，向前一陣拳腳，早把惡少們打翻在地。那個蛤蟆眼傷得最重，眼睛斜了，鼻子歪了，滿嘴流血。公子又是一聲怒喝：「滾！」惡少們料知對手厲害，不敢吭聲，抱頭鼠竄。玉環等再看公子，只見他衣飾華貴，氣宇軒昂，玉樹臨風，想說一個「謝」字，由於害羞，卻沒有說出口。公子衝玉環一笑，說：「你們小心點！」隨後，策馬自去。

遭遇這場意外，玉環再不敢出門了。她不知道解救她們的那位公子姓什麼叫什麼，只覺得他是個有身分有氣度的人。夜間，她做了個夢，夢見自己和那位公子共騎一馬，在綠茵茵的草地上奔馳，然後在紅灼灼的花叢中擁抱，接吻。突然，夢醒了，摸摸胸口，一顆芳心，「蹦蹦」亂跳。

明皇駕幸洛陽，楊玄珪家中的客人漸漸多了起來。其中最尊貴的一位客人叫楊慎名，官任監察御史。楊慎名的祖籍也在弘農華陰，而且是隋文帝楊堅的後裔。他和楊玄珪屬同祖同宗，所以帶了夫人拜訪楊玄珪。男人跟男人說話，女人跟女人說話，楊夫人因此結識了楊玄珪的妻子黃氏。黃氏喚出女兒玉環拜見客人。楊夫人一見玉環，驚訝萬分，因爲她還從未見過這樣美麗可愛的少女。楊夫人喜歡玉環，邀請黃氏母女到自家府中赴宴。赴宴的還有眾多權貴的夫人和女兒。玉環露面，青春煥發，光芒四射，加上她的歌聲和舞姿，頓時征服了所有的女人。女人嘴長，她傳你，你傳她，沒多久，洛陽的權貴之家都知道：河南府士曹參軍楊玄珪，有個美豔絕倫、歌舞出眾的女兒，她的名字叫做楊玉環。

女孩子受人矚目和誇獎，心裏總是高興的。玉環也意識到自己的美麗，受虛榮心所驅使，索性大大方方地參加應酬和交際，就像一朵含苞待放的花蕾，沐浴著陽光雨露，盡情地把最鮮豔的色彩和最濃郁的芬芳展現出來。

這年冬天，玉環在楊夫人府中遇到一位貴婦——長寧公主李錦兒。李錦兒原嫁楊慎交，生有兒子楊洄。楊慎名和楊慎交是堂兄弟關係，李錦兒和楊夫人也就是堂妯娌。楊洄已被明皇確定爲駙馬，將娶惠妃武妃生的女兒咸宜公主。李錦兒找楊夫人，正是爲了商談楊洄和咸宜公主的婚禮事項。李錦兒見了玉環，同樣爲其美貌所折服。她問明玉環一些情況，心中大喜，腦海裏迅速湧出一個既成人之美又大有賺頭的買賣來。

原來，李錦兒是唐中宗的女兒，皇后韋漾親生。二十多年前，李隆基和太平公主李筱聯手，誅滅韋漾集團，並未株連李錦兒和楊愼交，允許他們遷住洛陽，李錦兒依然保留長寧公主的名號。李錦兒相當富有，僅長安的房產就賣了二十億緡錢。她在洛陽生了兒子楊洄，後來楊愼交死了，她很快改嫁河南府兵曹參軍蘇彥伯。現在，楊洄有幸成爲駙馬，而蘇彥伯官階過低，未免寒磣。她在楊夫人府中發現楊玉環，就像戰國時期的呂不韋發現嬴異人一樣，認爲奇貨可居，馬上想到要給玉環做媒，讓她嫁給皇子李瑁，惹得明皇和惠妃高興，那時一句話，爲蘇彥伯撈個刺史之類的高官，應當不成問題。於是，李錦兒當天進宮，拜見武惠妃，如此這般，這般如此，誇說楊玉環如何如何美豔，嫁給壽王李瑁，那眞是珠聯璧合，天造地設。武妃在李瑁身上寄予極高的期望，當即決定召楊玉環進宮，她要當面相親，看看這個美人能不能、配不配做皇家的媳婦。

李錦兒約了楊夫人，將楊玉環召進宮來。結果可想而知，武妃見了玉環，一百個滿意，一千個歡喜。她們正在相親，李瑁忽然前來拜謁母妃。玉環見了李瑁，且驚且羞：他，不正是上次見過的那位騎馬公子嗎？李瑁見了玉環，也很驚訝，說：「你怎麼在這兒？」武妃、李錦兒、楊夫人大爲詫異，說：「你們認識？」李瑁靦靦腆腆，敘說了那天解救玉環等人的情形。武妃、李錦兒、楊夫人撫掌大笑，說：「緣分！眞是緣分哪！」

玉環感覺到了「緣分」二字的含義，臉飛霞暈，越顯妖冶和嫵媚。經過介紹，她方知道，眼前的英俊公子原來是當今皇上和武惠妃的兒子，叫李瑁，封壽王，年齡跟自己一樣大。

很快，武妃說動明皇，決定納楊玉環爲壽王妃。明皇兒女眾多，其婚姻大事從來都由嬪妃說了算，他只是點頭而已。於是，李錦兒和楊夫人當了媒婆，按照婚嫁「六禮」的程式，逐項進行。臘月的一天，聖旨下達，楊玄珪的女兒楊玉環被冊封爲壽王妃。冊封使爲集賢院學士、門下侍郎陳希烈。冊書內容是這樣的：

於戲！樹屏崇化，必正閫闈，紀德協規，允資懿哲。爾河南府士曹參軍楊玄珪之女玉環，公輔之門，清白流慶，誕鍾粹美，含章秀出。固能徽範夙成，柔明自遠，修明內湛，淑向外昭。是以選極名家，儷玆藩國，式光典冊，俾葉龜謀。今遣集賢院學士、門下侍郎陳希烈，持節冊爾爲壽王妃。爾宜謹宣婦道，無忘聖訓，率由孝敬，永固家邦，可不愼歟！

冊封儀式隆重而熱烈。從此，虛年十六歲的玉環便成了理論上的壽王妃。玉環的心裏是甜蜜的，因爲那個李瑁，儀表堂堂，正是她心目中的可意郎君。楊玄珪夫婦有點暈乎，楊氏突然和皇家聯姻，完全出乎意料，眞是想也不敢想啊！

開元二十四年（西元七三六年）春天，洛陽舉行了兩次盛大的婚禮，一次是咸宜公主和楊洄的婚禮，一次是壽王李瑁和楊玉環的婚禮。兩次婚禮，後者比前者更熱鬧更喜慶。當新郎和新娘「二拜高堂」的時候，明皇看到了錦裝繡裹、頭蓋蓋頭的兒媳，覺察到她是美豔的，但並未看到她的眞實面容。玉環跪拜，想到跪拜的公婆，一是至高無上的皇帝，一是寵冠後宮的惠妃，她興奮，她激動，世上千千萬萬的女人，有幾個能像自己這樣，成爲皇家的媳婦？

婚後的楊玉環是幸福的。她的正式名號是壽王妃，丈夫李瑁溫文爾雅，多情多意。婆婆武妃很喜歡新過門的兒媳，處處表現出母親般的關愛和呵護。咸宜公主和楊洄經常回宮拜謁母妃。公主比李瑁大一歲，玉環把她叫「姐姐」。公主相當調皮，常開弟弟和弟媳的玩笑。每當這時，李瑁和玉環總會追著姐姐，尋求「報復」，嘻鬧不絕，笑聲不絕，給沉悶的皇宮裏帶來少有的年輕人的朝氣和歡樂。

是年十月，明皇鑾駕返回長安。玉環依依不捨地告別父母和兄弟，隨著丈夫，到了長安，住進「十王子宅」的壽王府。這裏是她的眞正的家，佔地廣大，設施奢麗，僅供使喚的宮監宮女就有四百多人。壽王府毗鄰其他各王的王府，玉環一下子結識了很多的哥哥嫂嫂和弟弟弟媳。她把自己和嫂嫂、弟媳做了比較，認爲自己的姿色是最美的，因而內心裏充滿喜悅和自信。不久，由咸宜公主說媒，把妹妹也就是武妃所生的小女兒太華公主，嫁給玉環的弟弟楊錡。楊錡隨即到了長安，與太華公主完婚，封駙馬都尉。這樣，玉環在長安又多了個親人，心中格外愜意。

長安比起洛陽來，更顯壯闊和宏麗，三大內金碧輝煌，城牆巍峨，街道寬直，大雁塔和小雁塔聳入雲霄，東市和西市繁華無比。玉環很快喜歡上了這座城市，決意安安心心地做好壽王妃，盡情享受榮華富貴的皇家生活。

然而，樹欲靜而風不止。惠妃武妃回到長安後，立即和宰相李林甫勾結在一起，加快了謀廢太子的步伐。楊洄看中岳母的權勢，自覺地加入到陰謀的行列，成爲武妃的得力幫手。於是，太子李瑛、鄂王李瑤、光王李琚被廢爲庶人被賜死，他們的生母同時懸樑自盡，駙馬都尉薛鏽和太子妃薛氏也死於非命，宜春宮門前出現了磨盤大的「冤」字。玉環耳有所聞，知道婆婆武妃是個野心勃勃、詭計多端的女人。她爲了當皇后，曾設謀害死皇后王熒熒；她爲了讓兒子李瑁當太子，又設謀害死太子和二王。這一切，使玉環深感震驚，原來皇宮裏是這樣的險惡和血腥！

接著，武妃害人心虛，惡夢纏身而死。死前，叮囑玉環，要她利用女人的年輕美貌做資本，保護好瑁兒。玉環還眞的答應了，說：「母妃放心，有媳婦在，壽王自會無礙的。」其實，玉環明白，在荊棘叢生的皇宮裏，憑自己一個弱女子，怎能保護好丈夫呢？她之所以這樣說，只是爲了寬慰即將斷氣的婆婆罷了。

武妃斃命半年後，明皇立了三子李璵爲太子。玉環爲此而高興，因爲這樣，就會減少宮廷紛爭，丈夫李瑁也就相對安全了。她不懂政治，也無心介入政治，只想和丈夫長相廝守，恩愛一生。其後的兩年裏，她把全部心思放在她所熱愛的音樂歌舞事業上，學習樂器，練習舞蹈，勤奮刻苦，堅持不懈。這期間，她結識了一位叫做公孫大娘的舞伎，特地以禮相聘，拜爲老師，虛心求教和學習。公孫大娘，名字中雖有「大娘」二字，其實只是個二十多歲的少婦，擅長各種舞蹈，尤善劍器舞。劍器舞原是男子的舞蹈，公孫大娘經過改編，融進許多女子形體的動作，使之既具有男子舞蹈的雄健美，又具有女子舞蹈的婉柔美，舞時劍光閃閃，劍氣森森，忽兒如春風楊柳，忽兒如閃電雷霆，剛柔相濟，情韻橫生。公孫大娘有個弟子叫謝阿蠻，十五六歲，擅長胡旋舞。胡旋舞來自西域，以旋轉爲主，舞時隨著羯鼓的鼓點，高速旋轉，快如旋風和轉輪，千匝萬周，讓人緊張得喘不過氣來。玉環師從公孫大娘和謝阿蠻，學會了這兩種舞蹈，舞蹈技藝無疑又上了個台階。而且她還學會了編制舞譜和曲譜，同時學會了吹笛、擊磬、彈琵琶等，綜合歌舞才能，達到一個新的境界。

相比之下，壽王李瑁不怎麼喜歡音樂歌舞。他的興趣在於讀書，尤其是一本《道德經》，讀得滾瓜爛熟，能夠倒背如流。每當李瑁津津有味地讀那「道可道，非常道；名可名，非常名」等句子時，玉環總會譏笑說：「什麼道道道、名名名的，成天念那玩意兒，煩不煩？」

李瑁認眞地說：「你不懂，這是老子的思想，學問深著哩！」

玉環說：「好！你『道』你的『道』，『名』你的『名』，我可去練舞了！」在這一點上，玉環覺得有些遺憾，自己攻習音樂歌舞，缺少個貼心的知音和伴侶。

美麗單純的楊玉環，無憂無慮地生活在音樂舞蹈的世界裏，活得非常充實和愉悅。忽然有一天，玉眞觀玉眞公主派了兩名道姑，來到壽王府，傳話說：次日，玉眞公主在玉眞觀設宴，專請壽王妃，務請準時出席。

玉環曾經見過玉眞公主，知道她是皇上的小妹，名叫李霓莉，自己把她叫「姑姑」。姑姑請侄媳赴宴，那是看得起自己，自己可不能不去，因此便爽快地答應了。殊不知，這是宦官高力士精心編織的一張大網，玉環一旦鑽進這張大網，萬事皆由不得自己了。

高力士不是答應唐明皇「奴才自會安排」嗎？他是絕對忠誠於主子的，說到便要做到。為此，他去了玉眞觀，登門拜訪玉眞公主李霓莉。

玉眞觀坐落在太極宮西側的輔興坊，樓台高聳，雕甍繡欄，綠樹蔥蘢，奇花閃灼。不遠處便是金仙觀，那裏的景致和這裏一樣，富麗而又清幽。唐睿宗時，西城公主李霓萍、崇昌公主李霓莉姐妹，為緬懷屈死的母親竇蘭，執意出家修道。睿宗遂命修建了金仙觀和玉眞觀，供兩個女兒居住。霓萍住金仙觀，改稱金仙公主；霓莉住玉眞觀，改稱玉眞公主。她倆名義上是出家了，實際上和外界還保持著千絲萬縷的聯繫，所謂「出家」，不過是表面現象而已。明皇和霓莉兄妹，關係最親

何？」

霓莉見了高力士，笑著說：「你個奴才，不在宮中伺候皇兄，卻跑到這兒來閒逛，這是爲

蜜，所以高力士有事，特求霓莉來了。

高力士故意歎了口氣，說：「不瞞公主：皇上病了。」

霓莉大驚，說：「皇上病了？什麼病？御醫看了沒有？」

高力士說：「皇上得的是心病，即使華佗再世，恐怕也難治癒了！」

霓莉更是驚訝，說：「到底怎麼回事？」

狡猾的高力士信口胡編起來，說皇上身邊缺個紅顏知己，兩年多來萎靡不振，食不甘味，睡不成眠，龍體日見消瘦，怕是撐不了許久了。

霓莉說：「皇兄不是有那麼多嬪妃嗎？怎麼會這樣呢？」

高力士說：「唉！公主還不知道皇上的秉性嗎？他眼高心高，什麼都要最好的，包括女人在內。新近，他看中一個女人，最稱心意，可是卻看得著摸不著，你說能不害病嗎？他害的是相思病，日思夜想，精神快要崩潰了。」

霓莉說：「沒聽過，皇帝還有害相思病的。他既然看中那個女人，頒一聖旨，把她召進宮去，不就得了？」

高力士搖頭，說：「難！難！公主知道那個女人是誰嗎？」

霓莉說：「誰？」

高力士故作神秘，低聲說：「壽王妃！」

「啊？」霓莉的驚訝變成驚駭。壽王妃楊玉環是皇兄的兒媳，公公相思兒媳，眞是天下奇聞。

高力士看著霓莉，繼續說：「皇上身繫大唐的宗廟社稷，萬一有個好歹，豈不是天下大亂了？所以奴才來找公主，請公主救救皇上。」

霓莉聽了「救救」二字，異常驚慌，說：「我只是個道士，怎麼救皇上？」

高力士詭秘地一笑，說：「奴才只請公主設法，將壽王妃請到玉眞觀來，讓皇上和她見上一面，或許會有轉機。」

霓莉說：「不行不行！玉眞觀乃修道場所，若讓外人在此幽會，成何體統？」

高力士打躬作揖，說：「爲了皇上，奴才求公主行個方便。要不，奴才給公主磕頭。」說著，果眞撩起衣服，準備磕頭。

霓莉一把扶住高力士，說：「使不得！使不得！讓我想想，想想。」

霓莉畢竟是愛皇兄的。她聽高力士把情況說得那麼嚴重，料定皇兄眞的害了相思病，而且病得不輕。高力士尙且想著大唐的宗廟社稷，自己作爲皇家公主，又怎能置身事外？她想了許久，說：「那好，我以宴請爲名，可以把壽王妃請到玉眞觀來，同時把姐姐霓萍也請來，這樣方不惹人生疑。到時候，你把皇兄弄來，讓他和壽王妃見面，他們見面了，我的任務就完成了。」

高力士大喜，恭敬行禮，說：「奴才先替皇上謝謝公主！」隨即商定了時間，高力士樂呵呵的，回宮報告喜訊。

開元二十八年（西元七四〇年）八月的一天，秋高氣爽，風軟雲淡。楊玉環乘車，準時到了玉眞觀。霓莉和霓萍笑臉迎接。玉環給兩位姑姑行跪拜之禮，隨後落座說話。她們原先是見過面的，只是沒有過深的交往。玉環注視姑姑，年齡約五十歲，身穿道服，略施脂粉，清素中透出雅麗，不失皇家公主的風韻。霓莉和霓萍打量玉環，果眞雪膚花顏，國色天香。霓莉暗暗驚歎：這是個尤物，難怪皇兄會害相思病呢！霓萍被霓莉拉來陪客，知道當日宴會的用意，但不點破，直誇玉環姿色美，笑容美，髮式美，首飾美。玉環不好意思，笑著說：「瞧姑姑說的，侄媳簡直無地自容了！」

午正時分，霓莉吩咐擺宴。正廳裏一陣忙碌，道姑們早擺出一桌豐盛的酒宴來。霓莉和霓萍雖然出家修道，但依然吃葷飲酒，全無道家規矩。所以，酒宴上山珍海味，天上飛的，地上跑的，水裏游的，應有盡有，色鮮香醇。其中一盤煮螃蟹，紅中透黃，尤爲誘人。

霓莉請姐姐和侄媳入席。忽然，一名道姑進廳報告說：「皇上來了！」

這在霓莉和霓萍的意料之中，玉環卻大感意外，忙想迴避。誰知明皇在高力士的陪同下，已經進門，大笑著說：「眞是來得早不如來得巧，正好趕上用膳，此行不虛啊！」

霓莉和霓萍要行大禮，明皇說：「免了免了！」玉環已經跪地，說：「臣媳參見父皇！」明皇裝做不期而遇的樣子，說：「哦？玉環也在這裏，巧啊！免禮免禮！」

明皇前來玉眞觀，完全是奴才高力士的安排。他一到場，自然成了宴會的中心。霓莉說：「皇兄既然趕上了，就請入席用膳，怎樣？」

明皇說：「好啊！朕可不會客氣！」於是，明皇上座，霓萍左座，霓莉右座，玉環對座。這種場合是沒有高力士的座位的，他只能手執拂塵，端立於明皇身後伺候。

明皇和玉環，這是第一次同桌而坐，得以在最近的距離內觀察對方。明皇見玉環，身材勻稱，體態窈窕，高一分則顯其高，矮一分則顯其矮，胖一分則顯其胖，瘦一分則顯其瘦，高矮胖瘦，恰到好處；胸束大紅色緊胸胸衣，外罩草綠色錦繡衫襦，絳紫色絲裙，金黃色腰帶；髮梳鳳髻，髻插金釵，面如滿月，眉若柳葉，雙耳佩戴珠翠，額上一點梅花花鈿，長長的睫毛下，明眸閃動，猶如滿湖春水，櫻桃口，朱紅唇，含羞帶笑，端的是千般明媚，萬種風情。玉環見明皇，穿的是便服，黃衫紫褲，外罩圓領寬袖長袍，頭戴沖天冠，腰束碧玉帶，龍眉虎目，寬額豐頤，黑密的鬍鬚，修剪得非常整齊。她知道，明皇已經五十多歲了，但看去不像，也就是四十歲出頭的光景。

霓莉作為東道主，先向皇兄敬酒，笑著說：「小妹本來是請壽王妃的，皇兄倒好，插了一腳，喧賓奪主。這樣，小妹只有先敬皇兄了。」

明皇沖對座的玉環一笑，說：「看來，朕是沾了壽王妃的光了！」

玉環趕忙說：「父皇為一國之尊和一家之主，姑姑敬父皇酒是應該的。」

明皇大笑，端起酒杯，一飲而盡。接著，霓萍和玉環分別向皇兄和父皇敬酒，玉環再向兩位姑姑敬酒。明皇反過來向兩個妹妹敬酒。輪到玉環，他不知該怎樣措辭，說「敬」顯然不合禮數。他想了想，說：「今天是朕第一次和玉環同桌用膳，聽說玉環擅長音樂歌舞。來！朕就和你為音樂歌舞同乾一杯！」

明皇海量，飲幾杯酒算不了什麼。玉環不行，三杯酒落肚，酒力上臉，花染霞潤一般，越發嬌媚。明皇心想，高力士這個奴才還真有眼力，他說壽王妃是天下第一美人，果不其然。朕的身邊若有這樣的美人，那該……

一巡酒過，霓莉勸菜。明皇放口大嚼，玉環卻吃得很少。霓莉說：「玉環！吃呀！」霓萍說：「玉環吃得少，怕是為了保持體形吧？」明皇說：「玉環！吃！經常跳舞的人，體形永遠是漂亮的！」玉環聽父皇和姑姑這樣說，臉上更加紅豔了。

話題不知不覺地轉到音樂歌舞上。明皇說：「自從三皇五帝以來，就有音樂歌舞。什麼是音樂？《禮記》云：『夫樂，清明象天，廣大象地，終始象四時，周旋象風雨。』樂有五聲：宮商角徵羽；樂有八音：金石絲竹匏土革木。人們利用八音，製出各種樂器；透過五聲，奏出各種樂曲。這就是音樂。什麼是歌舞？《月令章句》云：『歌者，樂之聲也。』《毛詩序》云：『情動乎中，而形於言；言之不足，故嗟歎之；嗟歎之不足，故詠歌之；詠歌之不足，不知（覺）手之舞之，足之蹈之。』可見，歌舞是用來表達感情和抒發心聲的。一個時代，一個社會，不可以沒有音樂歌舞。有了，生活才會豐富多彩；沒有，死水一潭，死氣沉沉，哪還有什麼樂趣？」

霓莉、霓萍對於音樂歌舞，基本上是外行，聽來如聽天書。玉環倒是內行，但平時實踐多，研究少，對於音樂歌舞的理論，也是知其然而不知其所以然。她聽父皇講音樂歌舞的來龍去脈，大感興趣，略帶羞澀地說：「諸多樂器中，臣媳愛笛、磬和琵琶，請問父皇，它們有什麼來歷？」

明皇樂於回答兒媳提出的問題。他說，「笛者，滌也」，就是笛音能夠除去人的心中邪穢雜念的意思。笛音一定，管絃絲竹皆從之，故笛音被稱作「正音」。他說，「磬者，立秋之樂也」，象萬物之成。磬音清亮，古時有聞磬則「鳥應獸舞」之說。他還說，琵琶是一種外來樂器，推手向前曰「琵」，引手向後曰「琶」。琵琶聲音表現力極強，最能抒發人的思想感情。說著，隨口誦起太宗皇帝的〈琵琶賦〉來：「半月無雙影，金花有四時。摧藏千里態，掩抑幾重悲。促節迎紅袖，清音滿翠帷。駛彈風響急，緩曲劍聲遲。空餘關隴恨，因此代相思。」

明皇講得認真，玉環聽得專心。他們忘了飲酒吃菜，一問一答，十分投機和融洽。高力士悄悄給霓莉和霓萍使個眼色。霓莉和霓萍會意，隨便找個藉口，出了大廳，說「去去就來」。高力士跟著她倆，也退至門外。

玉環驀然發覺大廳裏只剩下自己和明皇兩人，有點局促不安。明皇隨手取了一隻肥碩的螃蟹，剝殼，折腿，小心翼翼地將蟹黃蟹肉剔在蟹殼裏，蟹黃鮮紅，蟹肉雪白，滿滿一殼，遞給玉環，說：「吃！」玉環慌忙雙手接過，靦腆地說：「臣媳自己來，不敢勞父皇大駕！」明皇如此關愛玉環，使玉環深受感動。她知道，明皇平日用膳，身邊總有一大群宮監宮女伺候著，從不自己動手的。而現在，他竟然為自己剔蟹黃蟹肉，眞是破天荒之舉。她因此感覺到，坐在對面的，不僅是至高無上的皇帝，而且是慈祥和藹的父親。這樣一想，局促不安的心理也就平和了。

明皇順著樂器的話題，接著說：「諸多樂器中，切莫忘記鼓。鼓者，郭也，春分之音，萬物皆鼓甲而出，故謂之鼓。鼓有很多種類，如應鼓、麻鼓、料鼓、鼉鼓、鷺鼓、鶴鼓、玉鼓、布鼓、銅鼓、石鼓、鞀鼓、鼙鼓、羯鼓等等。鼓聲高亢粗獷，渾厚雄壯，在戰場上能鼓舞將士的士氣，在歌舞中能傳達演員的豪情。現在流行胡旋舞，這種舞蹈必須有羯鼓伴奏，那才更有韻味。」

舞蹈正是玉環的強項。她覺得有必要表達自己的一些見解，說：「現在的舞蹈分為文舞、武舞兩大類別，自從西域等外來舞蹈進入中原以後，這個類別似乎不那麼分明了。中原的舞蹈，總體風格比較優雅，含蓄有餘，激情不足。而外來舞蹈，注重自我表現，張揚外向，節奏快，舞姿美，充滿活力。臣媳想，若能將中原舞蹈和外來舞蹈的優勢融合起來，取長補短，效果可能會更好些。」

明皇眼睛一眨不眨地看著玉環，說：「你說的很對，我也在考慮這個問題。」他有意把「朕」改成「我」，表明他和玉環的關係又近了一層。「我大唐王朝，雄踞天下，威服四海，自有宏大的氣魄和寬廣的胸懷。在文化藝術方面，應該相容並蓄，吸收外來一切精華，爲我所用。」

玉環見自己的見解居然跟父皇不謀而合，歡喜得跟孩子似的，興奮地說：「是嗎？太好了！」她興之所致，隨即起身，做了幾個舞蹈動作，說：「中原舞是這樣的，胡旋舞是這樣的，若將二者融合起來，應該是這樣的。」

明皇喜歡玉環率直天眞的樣子，看她舉手投足，中規中矩，表現出了深厚的舞蹈功底。他忽發奇想，說：「玉環！你知道嗎？我在即位之初，就想創作一部樂舞，中外合璧，水準要超過「破陣樂」和「上元舞」。可惜國事繁忙，加之，缺個編制舞譜方面的幫手，所以心願沒能實現。不過，這部樂舞，我已有了腹稿。今天有幸見你，就像遇見了知音。我們不妨密切合作，共同完成這部樂舞，使它成爲空前絕後的精品，怎樣？」

「我？」玉環又驚又喜，萬沒想到明皇這樣看重自己。

明皇說：「沒錯，是你！我的合作夥伴，非你莫屬！」

玉環聽明皇稱自己又是「知音」，又是「夥伴」，臉更紅了，就像清晨冉冉升起的一輪紅日，紅得純淨，紅得絢麗。玉環回到座位上，說：「父皇能說說那部樂舞的腹稿嗎？」

明皇說：「當然可以。」於是，他熱切地注視著玉環的眼睛，講出一個美麗的夢，一個如詩如畫的故事——

西涼節度使楊敬述曾向明皇敬獻過一部樂舞，叫做「婆羅門」，出自天竺國，樂曲和樂譜都很美妙。只是它是外來貨，缺少中原樂舞的特色。明皇很想把它改變成中原樂舞，可是卻不知從哪裏下手。一天夜間，他忽然做了個夢，夢見自己身著羽衣，輕飄飄地升上天空，穿過五彩祥雲，到達一座雲蒸霞蔚的宮殿，宮殿門楣上刻著三個大字：「廣寒宮」。明皇心想，廣寒宮不是月宮嫦娥住的地方嗎？怎麼？自己到了月宮了？正想著，殿門開啓，出來一位妙齡女童，將他迎入殿內。他抬眼看去，只見殿上端坐著一位仙女，金冠玉佩，衣飾華美，儀態端莊。明皇雖然貴爲皇帝，然而在仙女面前，卻是自慚形穢，莫敢仰視。

仙女示意明皇落座，說：「聽下界人說，你是一位很不錯的皇帝，治理大唐，天下太平，盛世再現，百姓安居樂業。還聽說，你很喜愛音樂歌舞，所以請你來，讓你欣賞欣賞廣寒宮的音樂歌舞，倘若有用，可以帶回去，以便在人間廣爲傳播。」

明皇想問：「那麼，閣下便是嫦娥仙人了？」未及張口，仙女輕輕一招手，早有樂曲響起，數百名花枝招展的舞女，魚貫著進入殿內，隨著樂曲的旋律，翩翩起舞。她們穿著羽翼般的彩色舞衣，一樣的年齡，一樣的身材，袒胸露臂，笑容可掬，舞蹈起來，輕輕盈盈，宛若水在流動，雲在飄蕩，百花園中萬紫千紅的花朵，迎著和煦的春風，一起盛開，競相怒放。

仙樂迷人，仙舞迷人。明皇覺得渾身暖融融熱呼呼的，情不自禁地產生了強烈的衝動，手舞足蹈，渴望加入到舞者的行列。殿上的仙女似乎瞧破了明皇的心思，盈盈地走下殿來，說：「我陪大唐天子一舞。」

明皇誠惶誠恐，一手抓住仙女的手，一手摟著仙女的腰，先是碎步翩躚，繼是跳躍旋轉。他感覺得到，仙女的纖手非常溫潤，腰肢非常柔軟，舞技純熟，舞姿優美。他深深地陶醉了，直想此情此景一直延續下去，延續到永遠永遠。

樂曲漸漸舒緩，接著戛然而止。舞女們退去，仙女回到原先的座位上。明皇膽怯地詢問仙女說：「請仙人明示，這樂舞叫何名字？」

仙女盈盈而笑，說：「這樂舞叫「霓裳羽衣曲」或「霓裳羽衣舞」，怎樣，喜歡嗎？」

明皇說：「太喜歡啦！」

仙女說：「這部樂舞有樂有舞，若再配上歌，使樂、舞、歌三位一體，那就更完美了。」

明皇還想問些細節。仙女說：「你來天庭已久，還是早點回去吧！」說著，彩雲繚繞，香氣瀰漫，仙女悄然隱去。

「仙人！仙人！」明皇舉手呼喚，一翻身，夢醒了，發現自己睡在床上。他悵惘若失，夢中情景，依稀記得，趕忙起身，將那樂譜和舞譜一一記錄下來。再一看，和「婆羅門」的樂曲樂譜多有相似之處，但在很大程度上，它已是中原化的「婆羅門」了……

玉環聽了這個神奇的故事，俏眼裏放射出燦爛的光芒，忘情地說：「哇！太美啦！霓裳羽衣，霓裳羽衣，這名字多好聽哪！父皇！你一定要把樂譜舞譜讓臣媳看看，臣媳很想學習和練習。」

明皇說：「這個自然。我記錄的樂譜和舞譜還只是個草稿，要使它眞正成爲樂舞，還需你我共同努力哩！」他把「你我」二字咬得很重，其中含義，不言而喻。

約莫申末時分，霓莉、霓萍、高力士「去去就來」，終於回到了大廳。他們看得出，明皇滿臉光彩，玉環滿臉笑容，心情是歡快的，興致是高昂的。霓莉命人燙了酒熱了菜，再飲再吃。暮色蒼茫，宴會也該散了。明皇儘管依戀不捨，卻也沒有不散的理由。於是，互相告別，明皇回興慶宮，玉環回壽王府。

霓萍目送皇兄、侄媳遠去的車影，說：「妹妹！你看皇兄像害病嗎？」

霓莉說：「不像！」

霓萍說：「這怕是個溫柔陷阱。」

霓莉說：「我是聽了高力士的話，才安排今天這個宴會的。皇兄和玉環見面了，不知怎麼著，我這心裏，總有一種負罪之感：我們是在合夥欺騙玉環呀！」

霓萍歎了口氣，說：「唉！一個『情』字，多少人爲其所累呀！」

當夜，明皇和玉環都失眠了。明皇回味玉環的音容笑貌，渾身燥熱，陡然激起了征服她和佔有她的強烈欲望。他想頒一道聖旨，明確宣布讓玉環進宮，陪伴自己。可又一想，又覺得不妥，因爲玉環太完美了，絕非一般女人可比，利用強力，只能得到她的身子，而不能得到她的心。征服她和佔有她，必須靠智謀，靠熱情，靠人格魅力，迫使她乖乖投降。玉環依偎在李瑁的懷裏，敘述了宴會的經過，說：「父皇眞了不起，軍國大事，日理萬機，而對音樂歌舞，卻是那樣熱愛，那樣精通，古今罕有。你猜怎麼著？父皇還讓我參加一部樂舞的創作呢！」

李瑁自母親武妃死後，發現父皇冷淡和疏遠了自己，心情比較抑鬱。現在見父皇這樣看重玉環，無疑也就是看重自己，說：「如此甚好，父皇高興，兒孫安寧，我是求之不得的。」

李瑁睡去。玉環卻久久不能成眠。父皇英武的面影，睿智的談吐，溫和的笑容，以及火辣辣的目光，不停地在腦海裏浮現。她覺得，父皇是喜歡和看重自己的，就像父親喜歡和看重女兒一樣，處處流露出父愛，體現出親情。她同時覺得，父皇的笑容和目光怪怪的，笑容裏有隱語，目光中有火焰，似乎還有另外一種意思，一種有異於父愛和親情的意思。她把宴會的經過再細想一遍，忽然覺得宴會好像是有人故意安排：父皇趕巧出現，蹊蹺；兩位姑姑和高力士中途離席，蹊蹺。他們爲什麼要這樣做呢？胸無城府的玉環糊塗了，左想右想，怎麼也想不清楚。

明皇和玉環，不見還好，見後，他一下子就喜歡或者說愛上她了。這種喜歡這種愛，油然而生，勢頭兇猛，無法阻擋。他回想她的一舉一動，一顰一笑，覺得她是最優秀最完美的女人，從年齡到性格，從姿容到才藝，無不讓人心旌搖動，遐想聯翩。可是，她偏偏是壽王妃，是兒媳，這個事實，他實在接受不了。他眞的害起相思病來了，白天黑夜，睜眼閉眼，想念著的牽掛著的，全是一個她。他有點魂不守舍，有點百無聊賴，站也不是，坐也不是，發呆發愣，唉聲歎氣。

高力士看在眼裏，急在心裏，說：「皇上！龍體要緊，這樣下去不行哪！」

明皇可不管什麼龍體，直截了當地說：「你說，朕怎樣才能得到壽王妃？」

高力士聽明皇把話說得這樣露骨，笑著說：「心急吃不了熱豆腐，這事，得慢慢來。」

明皇說：「慢慢來？朕慢不了！一想到朕所喜愛的女人，睡在別人的懷裏，朕渾身上下，都不帶勁！」所謂「別人」，顯然是指兒子李瑁。這話說得霸道，玉環明明是李瑁的妻子，而在明皇眼裏，李瑁卻成了「別人」了——這就是皇帝的思想邏輯。

高力士陪著小心，說：「看來，皇上和壽王妃還得再見一次面。」

明皇說：「怎麼見？」

高力士摸著光光的額頭想了想，說：「皇上不妨召壽王妃參觀梨園，怎樣？」

明皇臉上頓時有了光彩，說：「那就快去安排呀！」

很快，玉環接到皇上口諭，說某日駕幸梨園，壽王妃可隨駕前往，以便開開眼界，長長見識，這樣對編制樂舞大有好處。玉環非常高興，因爲她到長安數年，還未到過音樂歌舞的殿堂梨園呢！梨園位於長安光化門北面的禁苑中，那是培養宮廷歌舞藝人的地方，擁有樂工三百人和「皇帝梨園弟子」五百人。這天，明皇的御輦繞道「十王子宅」，接了壽王妃，逕向梨園馳去。玉環當天穿著一身胡服，外罩一件杏黃色絲氅，出奇的苗條和俏麗。當明皇和玉環出現在梨園門前的時候，梨園及左、右教坊趕來的千餘名樂工和藝人，齊刷刷地跪地磕頭，說：「歡迎皇上！歡迎壽王妃！」這場景，明皇習以爲常，而玉環卻深受震動，她眞切地感受到了什麼叫做尊貴和威嚴。

明皇對於樂工和藝人是很熟悉的，能叫出很多人的名字。他說：「今天朕陪壽王妃參觀梨園，你們各就各位，奏樂，唱歌，跳舞，把勁使圓，發揮出最高的水準來！」

樂工和藝人齊聲說：「是！」紛紛起立，上了自己的崗位。玉環且驚且喜，因爲明皇剛才說了個「陪」字，也就是說，今天她是主角，明皇是輔角。天哪！自己哪裏承受得起啊？

梨園裏有很多寬敞的房子，每座房裏都是一支樂隊，按樂器種類，分琴房、瑟房、箏房、笙房、簫房、笛房、鐘房、磬房、鼓房、琵琶房、箜篌房等，藝人聚集其中，一起練習。另外還有幾座特大的房子，那是排練歌舞用的，稱歌舞房。明皇引著玉環，逐房參觀，但見樂器琳琅滿目，但聽樂曲清越悠揚，歌聲甜潤，舞姿婆娑，恍若人間仙境，美不勝收，妙不可言。在磬房，玉環興致勃勃，信手擊磬，奏出一段樂曲，那是流傳很廣的「涼州」片段，旋律流暢，音韻泠泠。在琵琶房，玉環又操起琵琶，彈了「綠腰」的片段，輕攏慢撚，嘈嘈切切，忽兒如狂風急雨，忽兒似花間鶯啼。明皇沒想到玉環的技藝這樣嫺熟，得意地詢問樂工藝人們說：「壽王妃的技藝，比你們如何？」

樂工藝人們齊聲回答說：「壽王妃的技藝出神入化，臣等不及！」

他們來到歌舞房，那裏歌響舞動，熱氣騰騰。明皇受到感染，笑著對玉環說：「你不是喜愛胡旋舞嗎？跳上一回，怎樣？我，親自用羯鼓為你伴奏。」

玉環紅著臉，猶猶疑疑。高力士慫恿說：「壽王妃！跳吧！大家都盼著欣賞你的舞姿，同時也想欣賞皇上的鼓技呢！」

玉環微笑點頭，脫了外面的絲氅，露出緊身的胡服。唐朝年輕女子，普遍愛穿胡服，穿了它，能夠顯示身段的曲線，更加婀娜妖冶。明皇也脫去外面的長袍，走至羯鼓旁邊。羯鼓出自匈奴，形如漆桶，以雙棰敲擊，聲音亢烈。

玉環含羞帶笑，立於場地中央，做好姿勢。明皇輕輕擊鼓，敲響了樂曲的前奏。鼓聲突然發出一聲高音，玉環展臂扭腰，翩翩起舞。開始，樂曲是舒緩的，舞蹈也是平靜的。接著，樂曲的節奏加快，舞蹈的節奏隨之加快。明皇有力地揮動鼓棰，敲出了許多花樣，時而單棰，時而雙棰，時而敲擊鼓面，時而敲擊鼓沿，咚咚滴滴，鏗鏗鏘鏘，緩慢時如泉水叮咚，急促時像萬馬奔騰。再看玉環，踏著鼓點的節奏，慢步快步，大步碎步，進而隨著炒豆般的鼓點，或舉臂，或叉腰，或雙手前抱，或雙手後垂，旋轉，旋轉，再旋轉，像是陀螺，像是旋風，像是蜂蝶嬉鬧，像是雲霞凝聚，最快時，看不清她的面孔，只見一個彩色的花影，在轉動，在飛舞。圍觀的樂工藝人看得呆了，屏聲斂氣，手心裏能捏出汗來。「咚」的一聲，明皇最後敲出一個定音。玉環隨之定格出一個舞姿：兩腿交叉，半坐在地上，雙手送出飛吻，側向高高舉起……

「好！好！」樂工藝人們熱烈鼓掌，喝采歡呼。這是他們見過的最精采最美妙的胡旋舞，樂配舞，舞配樂，樂與舞絲絲入扣，珠聯璧合。

明皇走近玉環，見她嬌喘吁吁，香汗涔涔，稱讚說：「你跳得眞好！」玉環滿面含春，光彩飛動，說：「主要是父皇的鼓技好！」這時的他們，大有一種心心相印和惺惺相惜的感覺，四目對視，目光裏蘊含著說不清道不明的別樣溫情。

唐明皇和楊玉環的梨園之行，是一次輕鬆愉快而値得記憶的經歷。在梨園，他倆不是君臣，不是公媳，而是兩個藝術家，向人們展示了精湛的鼓技和高超的舞技。樂和舞的配合，默契，準確，到位，稱得上是天衣無縫，美侖美奐。美好的時光總是短暫的。當晚霞布滿天際的時候，也就是他們分手的時候。明皇命高力士去御輦上，取了一個黃緞包裹，遞給玉環，說：「這是「霓裳羽衣曲」的樂譜和舞譜，你好好地看，然後我們進行討論，制訂一個修改和完善的方案。」

玉環伸手接過包裹，說：「謹遵聖命！」明皇看她的神情，聽她的話語，頗有幾分調皮的成分。

玉環坐車回到府中。李瑁外出飲宴尚未回來。她急切地打開包裹，瞧那樂譜和舞譜，點點畫畫，清晰工整。她翻了幾頁，忽然發現有一頁上，既非樂譜，也非舞譜，而是一個圖案，係用皇帝批閱奏章用的朱筆劃的，鮮紅鮮紅。再看，她的臉「騰」地紅了起來，原來那個圖案是個同心結，兩個圓圈，部分交叉，交叉部位的中央，畫了一顆心。從同心結的色彩可以看出，它是新畫的，它的作者不會是別人，肯定就是父皇。她的心一陣狂跳，同心結圖案明明是畫給自己的，那麼，這表示什麼呢？她不敢細想，卻又不能不想，心裏有點亂，奇怪的是，亂中還有點甜。

明皇回到宮裏，心思還在玉環身上。同心結確實是他所畫，這有一個出處：隋煬帝楊廣喜愛庶母宣華夫人陳氏，特地送她一個金製的同心結，隨後成就了好事。現在，他喜愛兒媳玉環，送她一個自畫的同心結，既不俗氣，又很含蓄。憑著玉環的聰穎，她必能明白其中的寓意。其後的日子裏，明皇是在相思、焦躁中度過的，玉環的美貌，玉環的舞姿，玉環的青春，玉環的活力，使他著迷，令他陶醉。他無法再等待了，數日後命高力士召壽王妃進宮，理由是他要和她討論修改「霓裳羽衣曲」的事宜。

玉環懷著忐忑的心情到了花萼相輝樓。明皇笑顏逐開，說：「終於又見到你了！」

玉環要行大禮。明皇忙說：「免了免了！」高力士非常識趣，說：「皇上和壽王妃討論要事，奴才去門外守著。」這話的潛台詞是：「你們想怎麼著就怎麼著，沒事兒！」

明皇和玉環上了二樓，相對而坐。樓很寬敞，陳設華麗。明皇說：「樂譜和舞譜看了？」

玉環說：「臣媳看了。」

明皇說：「現在沒有外人，你的稱呼得改一改：一，別叫我『父皇』；二，別自稱『臣媳』。乾脆直來直去，稱『你』稱『我』好了。」

玉環猶疑地說：「臣媳……」

明皇指著玉環，說：「看！又來了！」

玉環頑皮地一笑，說：「是！皇上！」她想詢問同心結圖案是怎麼回事，可話到嘴邊又嚥回去了。

言歸正傳。玉環將樂譜和舞譜攤開，說：「樂譜和舞譜的基礎非常好，但有一個問題，就是主題不太明確，缺少完整的情節。我想是不是可以這樣修改？首先確定樂舞的主題，它應反映大唐的盛世氣象，天下豐足，四海承平；其次確定樂舞的情節，就以你那次的夢境爲基礎，描寫大唐天子夢遊天庭，會見月宮嫦娥的故事。整部樂舞，應是浪漫的，也應是現實的，把天上人間的美好景象結合起來，營造出一個迷朦、虛幻、祥和的氛圍，讓人去感受，去遐想，從而起到潛移默化的作用。」

明皇聽玉環三言兩語，便點明了樂舞的宏旨所在，連連點頭，說：「不愧是行家，眞乃金玉良言！」

玉環聽了誇獎，臉飛霞暈，接著說：「現在這個譜子，都是爲女角設計的，清一色的女角，柔媚的氣息過於濃厚。因此，我想增加一個男角，這樣既符合你的夢境，又能顯示出樂舞的陽剛之美！」

明皇樂得一拍手，說：「對呀！這一點，我怎麼就沒有想到呢？」

玉環取出下面的舞譜，遞給明皇，說：「我試著畫了幾張舞譜，你看怎樣？」

明皇接過細看，是幾個男角托舉女角的動作，難度很大，說：「很好！只怕難度大了些。」

玉環說：「難度大不要緊，只要反覆刻苦練習，就能把動作做好。」

明皇聽了「練習」二字，忽發奇想，說：「那我們就練習練習？」

玉環粉臉通紅，說：「你？我？」

明皇笑著說：「沒錯，你，我。在我們共同創作的樂舞裏，你就是女主角嫦娥，我就是男主角大唐天子。你我共舞，要演繹出一段纏綿悱惻的故事。」

到了這個時候，諸事由不得玉環，好在樓裏別無他人，練習練習，也沒有關係。明皇隨即起身，拉了玉環，按照舞譜的格式，右手托著她的左腰，一使勁，便將她高高舉起。而且，一邊哼著樂曲，一邊舉著玉環，踏著碎步，轉了幾個大圈。玉環左手按在明皇的肩上，右臂平舉，雙腿一直一曲，做出了飛翔的舞姿。

這是一個微妙的時刻。明皇第一次接觸到了玉環的身體，他感覺到了她的體溫和那柔軟的腰枝。他眞想一直舉著她，去尋找一個夢幻的世界。玉環說：「行了行了，快把我放下來！」於是，明皇伸出左手，托住玉環的右腰，輕輕地將她放下。再看，只見她臉蛋紅撲撲的，眸明眉秀，鼻潤唇朱，羞羞怯怯，千嬌百媚，風騷無限，柔情無限。他再也控制不住自己的感情，猛地一下，雙手把她緊緊地抱在懷裏，張嘴熱吻她的長髮，她的眉毛，她的眼睛，她的臉頰，最後停留在她的朱唇上。玉環呼吸急促，胸脯起伏，不知怎麼的，也不推辭。二人的嘴合在一起，舌頭攪在一起，天旋地轉，骨酥肉麻。明皇的手，又伸進她的內衣，輕輕地撫摩她熱呼呼軟綿綿的酥乳，喃喃地說：「玉環！我想死你了！」

玉環一動不動，像被熊熊的烈火包裹著，燒灼著，吞噬著，心在顫慄，血在奔湧……

他們緊緊地擁抱著，熱烈地親吻著，過了許久許久。玉環忽然清醒，輕輕推開明皇，羞澀地說：「別！這樣多不好呀！」

明皇說：「玉環！你還不知我對你的心嗎？」

玉環說：「可是，這又能有什麼結果呢？」

明皇以堅定的語氣說：「我自有安排！」

親熱過後，他倆重新落座，討論修改樂譜舞譜的事。明皇的心已不在樂譜和舞譜上了，他在盤算著下一步的行動。天色向晚，玉環要回壽王府。明皇還想擁抱她，親吻她。她伸出食指，飛快地刮了一下明皇的鼻子，意思是說：「饞貓！羞不？」明皇尚未反應過來，玉環一閃身，溜了。

明皇送玉環下樓。高力士看到二人的神情有點異樣，特別是明皇，眼睛發亮，滿面春風，立刻明白了一切。明皇說：「用朕的御輦，送壽王妃回府！」

玉環說：「臣媳有車。」高力士討好地說：「皇上說了，壽王妃就乘御輦唄！」玉環無法推辭，只得乘坐御輦，而她來時的馬車，只能跟在後面，做個陪襯罷了。

李瑁見玉環乘坐御輦回府，很是驚訝，說：「你不是有車嗎？怎能乘坐父皇的御輦？」

玉環說：「我和父皇討論樂譜和舞譜，他一個勁地誇我，說我的想法好，意見好，所以非要用御輦送我不可。我推辭來著，可他就是要送，我也沒有辦法。」

李瑁說：「那好啊！父皇誇你，還用御輦送你，這是榮耀，我也感到光彩呢！」

飯後就寢，玉環又是通宵未眠。她和李瑁，從來是什麼話都說的，而這天，她卻第一次撒謊了。她和父皇之間發生的事情，無論如何也說不得的。她仔細品味著父皇擁抱她熱吻她的情景，憑直覺，感到那是一種愛，一種情，一種超乎尋常、不可言喻的愛和情。其中，既有男人對女人的渴望和衝動，更有藝術家對藝術家的心靈感應和交融。她不知道她和父皇之間，以後的關係會怎樣發展，但不管怎麼說，作爲女人，能讓堂堂的皇上愛慕和著迷，是一件非常開心非常愜意的事情。須知，皇上乃天下第一男人，擁有至高無上的權力和威嚴，能讓他愛慕和著迷的女人，能有幾個？

愛河情海

唐明皇親熱了兒媳楊玉環，陡然換了個人似的，精神煥發，神采飛揚，充滿朝氣和活力，覺得年輕了許多。是年十月甲子日，明皇駕幸溫泉宮。溫泉宮位於長安東面二十里的驪山北麓，因遍布溫泉而得名。它是長安附近的最大離宮，宮內共有十殿四樓和數十座台閣，並建有許多專供皇帝和皇家成員沐浴的湯泉。明皇下榻以後，立即命高力士帶領侍衛，返回長安，將壽王妃接來溫泉宮居住，理由仍是討論修改「霓裳羽衣曲」的事宜。

高力士心領神會，命人駕馭御輦，自己騎馬，急急地返回長安，抵達壽王府，傳達聖命。玉環看天將擦黑，疑惑地說：「現在？」

高力士說：「是，現在！皇上已經到了溫泉宮。」

李瑁更加疑惑，說：「就玉環一個人去？」

高力士說：「是，就壽王妃去。」

玉環和李瑁相對而視，千言萬語，卻無從說起。這是聖命，容不得懷疑，更容不得抗拒啊！

玉環略略梳妝，登上御輦。李瑁忽然意識到了什麼，緊緊拉著玉環的手，深情地說：「玉環！」

玉環勉強笑了笑，說：「我很快就會回來的。」

高力士一聲命令，御輦啓動。李瑁跟著御輦緊追幾步，目送著御輦遠去。晚風習習，暮色四合。李瑁的心裏，一片陰影，無限悵惘和茫然。

馬快車疾。玉環端坐在御輦裏，心在顛簸，心在飛翔。她預感到此去溫泉宮的意義，極有可能成爲自己人生里程中的又一次轉折。她嫁李瑁已經四年多，夫妻感情應該說是親密的和篤厚的，美中不足的是李瑁過於柔弱，缺乏志向，成天抱著一本《道德經》，和自己缺少共同語言。自從玉眞觀宴會以後，她和父皇有了幾次接觸，她發現，父皇似乎更有情趣，更有魅力。他統治著一個廣大而富強的國家，從政之餘，還有多方面的愛好，特別在音樂歌舞方面，那樣專業，那樣內行，遠遠勝過一個卓有成就的藝術家。更難得的是，他把自己當作「知心」，當作「夥伴」，還要和自己一起，創作出一部空前絕後的樂舞來。上次，他們擁抱了，接吻了，她覺察得到，他是愛她的，這種愛，在某種程度上說，超出了男女情愛的範疇，更多的是藝術上的相通和心靈上的共鳴。然而，他畢竟是自己的父皇呀！他和自己之間，又能發生什麼呢？

玉環浮想聯翩，御輦忽然停下，已經到了溫泉宮。高力士撩起車簾，說：「壽王妃請下車！」早有一群宮女迎了上來，扶著玉環進了一座雕樑畫棟、燈火輝煌的宮殿。那是飛霜殿，溫泉宮裏最富麗的宮殿。一身便服的明皇已在殿中等候，笑著說：「你來了！」

玉環噘起小嘴，說：「皇上宣召，我敢不來嗎？」

明皇「嘿嘿」而笑。玉環又說：「修改樂譜舞譜有那麼急嗎？硬把人家從城裏叫到這兒來！」

明皇滿臉和藹，說：「我們現在不說樂譜和舞譜，你先用膳，然後沐浴，放鬆放鬆。」明皇引玉環進入一個單間，那裏已擺好一桌酒菜。玉環約略吃了一些，隨後由數名宮女伺候著，進入飛霜殿東側的蓮花湯。蓮花湯是明皇命人新砌的湯池，專供玉環沐浴使用。那是一座小殿，湯池在小殿的中央，全用潔白的玉石砌就，晶瑩玲瓏，底部雕一朵蓮花圖案，在溫熱、清澈的泉水之中，花紅葉綠，活靈活現。水面上，還漂有鮮紅鮮紅的花瓣，使得整池泉水，呈現出淡淡的紅色，散發出幽幽的清香。宮女幫玉環脫去衣服，卸去首飾，請她下到池中，輕柔地給她按摩和洗滌。玉環泡在溫熱的泉水裏，整個身心都是舒坦的。她的皮膚白皙細膩，輕輕一按，彈性十足。娟秀的面龐，漸漸紅潤起來，就像經雨的海棠。平時，她總聽別人誇讚自己美貌，並不在意；現在在湯池裏撫摸和審視自己的身姿，忽然有了一種如冰似玉的感覺。是啊！自己的確很美！

約莫半個時辰，玉環沐浴完畢。宮女給她披了一件紅色絲巾，引進飛霜殿，然後輕輕退出，隨手關了殿門。玉環再看，她的父皇就站在對面，披了一件金黃色緞巾，顯然也是剛剛沐浴完畢。她披的絲巾薄如蟬翼，渾身透明，跟赤裸沒有什麼兩樣，一時羞得無地自容。明皇看她，長髮披肩，嬌弱無力，玉面紅豔，眼波靈靈，堅挺的兩個乳房，高高隆起，眞乃千嬌百媚，風情擾人。他走近她，一把將她抱起，步進寢殿。寢殿裏，錦床玉櫃，畫帳繡帷，紅燭閃閃，香氣氤氳。明皇把玉環放到床上，一切都在預料之中，玉環羞怯怯地閉上了眼睛……

電閃雷鳴，風狂雨驟，血肉交融，心靈匯合。這是一次肉體上和情感上的洗禮與昇華，明皇和玉環，都在瘋狂中得到了無比的歡樂和滿足。從這一刻起，明皇覺得他眞正擁有了世界上最珍貴最美好的一切，而玉環則覺得命運在變，前程在變，她已不可能再是過去的那個壽王妃了。

此後的日子裏，明皇和玉環沉浸在甜蜜的鴛鴦夢和溫柔鄉之中。白天，他們登上高峻的驪山，看那滿山紅葉，聽那鶯啼鸝鳴；夜晚，他們在飛霜殿飲宴，欣賞音樂歌舞。間或，玉環興致大發，會和樂工藝人們一起，盡情展示音樂歌舞的技藝。樂是美的，舞是美的，樂美舞美，賞心悅目。明皇看著玉環，越看越美，越看越愛，眞是：

天生麗質難自棄，一朝選在君王側。

回眸一笑百媚生，六宮粉黛無顏色。

開頭兩天，玉環還不時想著長安的家，想著丈夫李瑁。隨著時間的推移，家和丈夫的概念逐漸淡薄了。很明顯，從今往後，她的家只能在皇宮，她的丈夫只能是明皇。

不過，玉環也有煩惱。公公與兒媳苟且，民間謂之「爬灰」。玉環每每想到這點，便會不寒而慄，自己和父皇這樣尋歡作樂，到底算什麼呢？

其實，她的煩惱是多餘的，因爲明皇胸有成竹，對於他們的未來，早有安排。這天，明皇讓玉環看一道詔書，內容是這樣的：

奉天承運，皇帝詔曰：聖人用心，方悟眞宰。婦女勤道，自古罕聞。壽王妃楊氏玉環，素以端慤，作嬪藩國，雖居榮貴，每在精修。屬昭成順聖太后忌辰，爾自請度入道門，緬懷祈福。拳拳孝心，弘弘雅志，可讚可敬。特遂由衷之請，准爾度爲女道士。欽此。

玉環看罷詔書，臉色突變，氣呼呼地說：「什麼？你讓我當道士？這是什麼意思？我何時『自請度入道門』了？你的『准』字從何說起？再則，『昭成順聖太后』是誰？我爲何給她『緬懷祈福』？」

玉環的反應全在明皇的意料之中。他把她擁在懷裏，笑著說：「玉環！你現在已是我的人了，可以肯定地說，今生今世，我一刻也離不開你。但是，你要明白這樣一個事實：我現在還不能給你正式的名號。原因很簡單，就是因爲我是皇帝，是公公，你是臣子，是兒媳。我若急於給你名號，勢必會引起非議，那樣不僅傷害到我，而且會傷害到你。我們怎樣才能長相廝守？辦法只有一個，就是你得暫時受些委屈。所謂『度爲女道士』，不過是個藉口，目的在於掩人耳目。你仍住在宮中，不受道規的任何約束，儘管享受你應該享受的生活。你所問的『昭成順聖太后』，她是我的母親，名叫竇蘭，早在三十多年前就被（武）則天天后殺害了，那時我才九歲。父皇二次爲帝，追謚她爲『昭成皇后』。我的妹妹霓萍和霓莉，爲緬懷母親，自請入了道門。後來，我追謚她爲『昭成順聖太后』。爲了我們能在一起，我在詔書中把她老人家搬了出來，實屬大不敬。可是又有什麼辦法呢？誰讓我這樣喜歡你和愛你呢？」

玉環無話可說了。她感覺得到，明皇的話是誠懇的，也是眞心的。是啊！他現在確實不能給自己一個名號，否則必會落個『爬灰』的名聲，那樣他和她都會陷入尷尬和難堪的境地，無臉見人。她又看了看詔書，發現那裏面對自己的評價還是滿高的，『勤道』，『精修』，『孝心』，『雅志』，都是褒獎的詞語。玉環說到底是個無城府無心機的女人。她的氣隨即消了，反而爲剛才的不冷靜表示歉意。她又想到一個問題，說：「我既然是道士，還能擺弄音樂歌舞嗎？」

明皇大笑，說：「一如既往，而且要把我們的「霓裳羽衣曲」盡快創作出來，使它永垂不朽！」

玉環高興了，說：「那就好！只要有音樂歌舞，行！」

明皇深情地熱吻玉環，說：「玉環！你最能體諒我的心。我已給你起了個道號，叫太眞，怎樣？」

玉環說：「好啊！太眞就太眞唄！」

明皇和玉環在溫泉宮的愛河情海裏，親熱了十八天，然後回到長安。玉環不能再回壽王府了，明皇可不願意讓兒子李瑁再染指自己的心上人。興慶宮興慶殿已被裝飾一新，「興慶殿」三字臨時換成「太眞觀」三字，這裏成了玉環的寢宮。宮裏的設施是第一流的，僅供玉環使喚的宮女，就有三百多人。

這十八天裏，壽王李瑁度日如年。自從玉環被父皇召去溫泉宮，他就感到事情不妙，不過還心存幻想，總希望玉環能夠回到壽王府，回到自己身邊。他聽說父皇和玉環回到長安，急切地盼著玉環回府，沒料想玉環卻住進興慶宮，再也不見人影。他想進宮去問個究竟，可沒有父皇宣召，哪敢呀？就在他心亂如麻、焦躁萬分的時候，他的姐姐咸宜公主來訪，通知他一個令人難以置信的消息：玉環自請度爲女道士了。

原來，明皇回到長安的第一件事，便是指派高力士去找女兒咸宜公主，命她通知李瑁，楊玉環已是道士，住於宮中的太眞觀，不可能再做壽王妃了。咸宜公主兄弟姐妹四人，均爲惠妃武妃所生。她嫁楊洄，弟弟李瑁封壽王；還有妹妹太華公主，嫁玉環的弟弟楊錡；弟弟李琦，封盛王。武妃在世時，他們兄弟姐妹很受父皇寵愛；武妃死後，他們逐漸被疏遠。因爲楊洄參與了武妃陷害李瑛、李瑤、李琚的陰謀活動，所以他們的處境非常微妙，父皇一句話，隨時都有被廢黜或被處死的可能。因此，咸宜公主聽了高力士傳達的聖命，不敢不遵，硬著頭皮來見李瑁，充當一個不願充當的角色。

咸宜公主按照高力士的交代，敘說了事情的原委。李瑁接受不了，淚流滿面，呼喊著說：「不！父皇怎能這樣做呢？玉環可是他的兒媳呀！」

公主跟著流淚，說：「誰說不是？可又有什麼辦法呢？父皇的秉性，我們都知道的，他既然愛上玉環，那麼什麼倫理什麼親情，他是根本不顧的。只可惜我們的母妃死了，誰還能替我們做主？」

李瑁說：「不行！我要進宮，問問父皇和玉環，看看到底是怎麼回事？」

公主一把抱住李瑁，說：「別犯傻了！你能問出個什麼？事情已經到了這一步，是不可能挽回的，當務之急是要明哲保身。明哲保身，懂嗎？我們可不能重蹈李瑛哥哥他們的覆轍啊！」

李瑁洩氣了，絕望了，一拳頭砸在桌上，狠狠長歎說：「唉！這叫什麼事兒！」

很快到了開元二十九年（西元七四一年）正月，明皇頒發了兩道聖旨：一道是尊道家始祖老子爲「玄元皇帝」，長安、洛陽和各州均建玄元皇帝廟，供人祭祀；再一道就是同意壽王妃的「自請」，准予度爲女道士。詔書頒發，朝野轟動，人們無不納悶：那樣年輕和美貌的壽王妃，爲何放著榮華富貴不享，去當什麼枯燥無味的女道士呢？再讀聖旨，人們不禁爲壽王妃的「自請」所感動，原來人家是爲太后「祈福」，眞是一片孝心哪！

明皇見兩道聖旨起了很好的作用，一年後，乾脆再將老子的尊號改爲「大聖祖玄元皇帝」。其後，老子的尊號越續越長，什麼「聖祖大道玄元皇帝」，什麼「大聖祖高上大道金闕玄元天皇大帝」，同時命各地設「崇玄館」，把老子和道教的地位推上了前所未有的高度。明皇尊崇老子，李林甫等一幫奸臣則尊崇明皇，他們也給明皇上了個尊號，叫做「開元天寶聖文神武皇帝」。

一切都很順利。明皇開心，玉環喜悅。他們依然沉浸在愛河情海裏，說不盡的甜蜜，道不完的繾綣。夜晚，他們共枕而眠。玉環說：「我是道士，戒酒戒色，你怎麼老纏著我呀？」

明皇說：「我得到你，等於得到了天大的寶貝，不纏著你纏誰去？」

玉環手點明皇的額頭，說：「油嘴滑舌！」

明皇說：「嘴爲你而油，舌爲你而滑，値！」說著，二人又做愛尋歡，擁抱熱吻，竊竊私語，情意綿綿。

玉環有了新的稱謂：太眞娘子。這位太眞娘子並不在乎什麼名號，在乎的是她眞正得到了皇上的歡心，可以從事她所鍾愛的音樂歌舞事業。從此，她全心地投入「霓裳羽衣曲」的創作，編制樂譜和舞譜，一絲不苟，精益求精。

是年十一月，明皇的長兄寧王李憲死了。明皇敬重這個哥哥，失聲慟哭，因爲正是李憲，當初禮讓，堅持不當皇儲，所以明皇才得以成爲太子，進而登上了皇帝的寶座。他考慮再三，決定給哥哥追贈一個最尊崇的諡號——「讓皇帝」，並用皇帝的禮儀予以安葬，號其墓爲「惠陵」。寧王妃元氏，此前已經去世，亦被追贈爲皇后。

光陰荏苒，轉眼又是新年。這時，明皇已經當了三十年的皇帝，天下太平，國家昌盛。新年要用新的年號，新的年號叫什麼好呢？他猛地想起跟玉環說過的話：「我得到你，等於得到了天大的寶貝。」靈機一動，何不就用「天寶」二字？因此，新的一年便有了新的年號，稱作天寶元年（西元七四二年）。「天寶」諧音「添暴」。其後十餘年間，大唐王朝潛伏著的各種危機漸漸暴露，使它從強盛的高高頂峰上，迅速地跌落了下來。

唐明皇比楊玉環年長三十四歲。年齡的差異，並不影響他們至眞至愛的感情。這種感情除了男女間的情愛外，還有堅實的思想基礎，那就是音樂歌舞。他們共同創作的「霓裳羽衣曲」，經過努力，漸見雛形，分爲三大部分：散序、中序和曲破。「散序」相當於序幕，「中序」爲樂舞的主體，「曲破」則是尾聲。每個部分又由若干個段落組成。在創作的過程中，明皇側重於樂譜，玉環側重於舞譜，二人的配合總是心有靈犀，不謀而合，優勢互補，相得益彰。

這天，他們忽然想到一個問題，就是歌詞的創作。按照設想，「霓裳羽衣曲」是融樂、舞、歌爲一體的大型樂舞，有樂有舞而無歌，顯然不行。玉環說：「樂舞的整體風格是華麗，歌詞必須與這個風格相吻合才是。」

明皇說：「沒錯！歌詞創作需要一位大家手筆，方能完成。」

玉環說：「可有合適人選？」

明皇想了想，一拍手說：「有了！歌詞創作，非此人莫屬！」

「誰？」

「翰林供奉李白呀！」

「得是那個號稱『謫仙人』的李白？」

「對！就是他！你大概讀過他的〈靜夜思〉：『床前明月光，疑是地上霜。舉頭望明月，低頭思故鄉。』短短四句，平淡自然，卻韻味深長。」

玉環歡喜地說：「好啊！李白的詩以浪漫見長，由他來寫歌詞，最合適了！」

李白，字太白，祖籍隴西成紀（今甘肅秦安東），生於西域碎葉城（今巴爾喀什湖南楚河流域），幼年時隨父遷居綿州昌隆（今四川江油）青蓮鄉，故又號「青蓮居士」。此人堪稱神童，十歲時精通書史，出口成章，被人譽為「錦心繡口」。二十歲時離家遠遊，志欲看盡天下名山，嘗遍天下美酒。遊歷期間，結識了很多朋友，識得多種文字，懂得多種語言。開元年間，他曾懷著「奮其智能，願為輔弼」的滿腔熱情，到長安參加科舉考試。可是，以宰相李林甫為首的考官們，只錄取送禮行賄的，致使具有眞才實學的全部落榜。李林甫還在李白的試卷上批字說：「這樣書生，只能為我磨墨！」宦官高力士湊趣說：「他磨墨也是酸的，恐怕只配給我脫靴呢！」。

這件事對李白的刺激很大。他看清了朝廷權貴的醜惡嘴臉，一跺腳離開長安，依舊去過那種狂放不羈的遊歷生活。天寶元年（西元七四二年），李白四十二歲，經好友吳筠推薦，再到長安，拜謁翰林學士、秘書監賀知章。賀知章字季眞，越州永興（今浙江蕭山）人，學識淵博，曾任太子賓客，負責教授太子的學業。李白呈上自己新創作的詩篇〈蜀道難〉。賀知章不讀還好，一讀驚喜萬分，深深被詩篇雄健縱逸的文彩和瑰麗奇特的想像所打動，拍案叫絕，稱讚說：「眞謫仙人也！」賀知章比李白年長一倍，二人結成忘年交，並留李白在自己府中居住。賀知章鄭重地向朋友們介紹李白，李白又結識了李璡、李適之、蘇晉、崔仲之、張旭、焦遂等人。他們八人都愛飲酒，號稱「酒中八仙」。李白醉酒後，總會詩興大發，「筆落驚風雨，詩成泣鬼神」，以致有了「李白一斗（酒）詩百篇，長安市上酒家眠；天子呼來不上船，自稱臣是酒中仙」的說法。

李白詩名，震動長安。接著發生一件事，更使李白大名，如雷貫耳，從文人圈子到上流社會，無人不知，無人不曉。原來，唐朝的東北邊境，毗鄰一個靺鞨族人建立的政權，叫渤海國，東臨大海，南接高麗，西連契丹，姓大氏，國王稱「可毒」。渤海前幾任可毒均臣服於唐朝。開元二十五年（西元七三七年），新任可毒欽茂上台，狂傲自大，企圖擺脫唐朝，徹底獨立。天寶二年（西元七四三年），欽茂可毒派遣使臣到長安，向唐朝皇帝呈送一封國書。國書係用靺鞨文書寫，這在以前是沒有過的，顯然帶有挑釁和示威性質。明皇召集百官議事，滿朝文武，竟無一人識得國書上的靺鞨文。渤海使臣趾高氣揚，譏諷說：「怎麼？堂堂大唐，無人識得我國文字？這叫本使如何回國覆命呀？」

明皇覺得大丟了面子，手指百官，氣哼哼地說：「你們都是幹什麼吃的？關鍵時刻，沒有一人替朕分憂，像話嗎？你們快想辦法，必須解讀番書！三日不解，停俸；六日不解，停職；九日不解，問罪。朕另選賢人，共扶社稷！」

朝會不歡而散。賀知章回至府中，悶悶不樂。李白詢問緣由，知道事情原委，冷笑說：「不就是鳥獸之跡的靺鞨文嗎？解讀有何難哉？」

賀知章大驚，說：「老弟識得靺鞨文？」

李白說：「別說靺鞨文，就連突厥文、吐蕃文，我也是識得的。」

賀知章一把抓住李白，激動地說：「老弟！你可救了滿朝文武了！」他隨即進宮，稟告明皇。明皇很是高興，立命內侍前往賀府，宣召李白。不想李白卻推辭說：「我乃遠方布衣，怎能面見聖上？朝中自有李林甫、高力士之輩，區區小事，何必問及草莽？恕我不敢奉詔，唯恐得罪權貴。」

內侍回覆明皇。明皇愕然。賀知章趁機敘說了李白參加科舉考試，遭受冷落的經過。明皇說：「噢！原來如此！」他用人心切，立賜李白進士及第，再賜紫袍金帶，紗帽象笏，並命賀知章親回府第，迎請李白，乘車入宮見駕。

李白很風光地進了皇宮，拜見明皇。明皇見他，姿容美秀，骨格清奇，不亢不卑，飄然灑脫，兀自喜歡，命人將番書遞給李白。李白一看，立刻用漢語宣讀如流：

渤海國大可毒書達大唐皇帝：自唐攻佔高麗，逼近吾國，邊兵屢屢侵犯，想是出自爾意。本可毒無可忍耐，特遣使交涉，可將高麗一百七十五城，讓予吾國，本可毒當有好物事相送：長山之莬，南海之布，柵城之鼓，扶餘之鹿，貊頡之豕，率賓之馬，沃州之綿，湄沱之鯽，九都之李，樂遊之梨——爾均有份。如若不然，本可毒將起全國之兵，前往廝殺，強佔高麗，且看誰家勝敗！

明皇聽了番書，龍顏大怒，說：「小小渤海，也忒張狂！難道大唐怕它不成？」李白說：「臣啓陛下：此事不勞聖慮，來日宣番使入朝，臣當面回答番書，也用鞅鞨文字，曉以利害，管叫他渤海可毒，乖乖臣服就是。」

明皇大喜，當即拜李白爲翰林院（原集賢院）學士，置酒於大明宮的金鑾殿，宮商迭奏，琴瑟喧闐，嬪妃進酒，彩女傳杯，君臣共飲，盡醉方休。夜間，李白就在殿側安歇。

越日五鼓，明皇早朝，淨鞭三聲響，文武兩班齊。李白宿酲尚未全醒，跪拜皇上，雙眼猶自朦朧。明皇吩咐內侍，速做一碗醒酒酸魚羹來。須臾，內侍將酸魚羹呈上。明皇見羹太熱，親取牙箸，調之良久，賜予李白。李白誠惶誠恐，跪地接羹而食，頓覺渾身清爽。

有旨宣召番使進殿。渤海使臣進見，仍是一副趾高氣揚的架勢。李白手持渤海國書，先用鞢鞨語宣讀，再用漢語宣讀，鏗鏗鏘鏘，一字無誤。渤海使臣驚駭不已，滿臉惶恐。李白說：「小邦失禮，我聖上洪度如天，置之不較。有詔批答，你可聽好！」渤海使臣戰戰兢兢，俯伏在地，不敢仰視。

明皇見此情形，格外喜悅和興奮，忙命在御座一側置七寶案，取于闐白玉硯，象管兔毫筆，獨章龍香墨，五色金花箋，讓李白坐於繡墩草詔。李白說：「臣靴不淨，有汙尊座。懇請皇上寬恩，許臣脫靴入座。」

明皇說：「准！」

李白又說：「臣多年前曾參加科舉考試，宰相李林甫李大人在臣的試卷上批字說，臣只配給他磨墨；還有高力士，說臣只配給他脫靴。今見這二人在朝堂上，臣之神氣不旺。懇請皇上降旨，命李林甫爲臣磨墨，高力士爲臣脫靴。這樣，臣心自豪，舉筆草詔，口代天言，方可不辱君命！」

明皇欣賞和器重李白的才華，說：「准！」再看李林甫和高力士，羞得面紅耳赤，怎奈聖命難違，只得向前，一人給李白磨墨，一人給李白脫靴，那心裏，憋著氣和恨，肚皮快要撐破了。

李白落座，左手撚鬚，右手提筆，龍飛鳳舞，洋洋灑灑，不消片刻，便草就了一道詔書。字跡係用鞢鞨文，整齊美觀。明皇命李白誦讀一遍。李白立於御座前，用漢語朗聲讀道：

大唐皇帝詔諭渤海可毒：自昔石卵不敵，蛇龍不鬥。本朝應運開天，撫有四海，將勇卒精，甲堅兵銳。頡利背盟而被擒，弄贊鑄鵝而納誓；新羅奏織錦之頌，天竺致能言之鳥；波斯獻捕鼠之蛇，拂菻進曳馬之狗；白鸚鵡來自訶陵，夜光珠貢於林邑；骨利干有名馬之納，泥婆羅有良酢之獻。——無非畏威懷德，買靜求安。高麗拒命，天討再加，傳世九百，一朝殄滅，豈非逆天之咎征，衡大之明鑑歟！況爾邊隅小邦，高麗附屬，比之中國，不過一郡，士馬芻糧，萬分不及。若螳怒是逞，鵝驕不遜，天兵一下，千里流血，君同頡利之俘，國爲高麗之續。方今聖度汪洋，恕爾狂悖，急宜悔禍，勤修歲事，毋修誅僇，爲四夷笑。爾其三思哉！故諭。

這封國書，堪稱奇文，列舉唐朝和各國及周邊少數民族政權的交往，顯示出天朝的雄威和風範，極有氣魄。明皇及文武百官聽了，揚眉吐氣，痛快淋漓。李白再用靺鞨語對渤海使臣宣讀一遍。使臣面如土色，汗流浹背。明皇命在國書上用印，讓人交於使臣，說：「去吧！」

使臣叩頭，由賀知章送他出殿。使臣詢問說：「請問草詔讀詔之人是誰？」

賀知章說：「他叫李白，官拜翰林學士。」

使臣又問：「翰林學士是多大的官？竟由李林甫磨墨，高力士脫靴？」

賀知章說：「李林甫、高力士官位再高，也只是權貴而已；李白乃神仙下凡，贊助天朝，他人何及？」

使臣咋舌，匆忙回歸渤海，呈上大唐國書，敘說了所見所聞。渤海可毒欽茂萬分驚駭，趕緊用漢文寫了降表，送達長安，表示要年年進貢，歲歲來朝。

這段故事，叫做「李謫仙醉草嚇蠻書」。一封國書，勝過千軍萬馬，不僅挽回了明皇的面子，而且維護了大唐的尊嚴。明皇對李白，很是敬重，意欲加封官職。李白說：「臣不願受職，只願逍遙散誕，供奉御前，一如漢朝的東方朔，足矣！」

明皇說：「卿既不願受職，朕所有黃金玉璧，奇珍異玩，唯卿所好便是。」

李白說：「臣亦不愛這些玩意兒，只願隨駕遊幸，日飲美酒三千觴！」

明皇哈哈大笑，說：「痛快！」從此，李白作為翰林供奉，住進金鑾殿，或隨駕遊幸，或以詩會友，每日必醉，其樂悠悠。這天，楊玉環說及「霓裳羽衣曲」的歌詞創作問題，唐明皇自然而然地就想到了李白。

這期間，明皇和玉環，實際上還是一對「地下夫妻」。玉環的正式身分是道士，道號太眞，限於種種原因。她還不宜在公共場合露面。但在興慶宮中則另當別論，她可以隨意走動，自由來去。天寶三年（西元七四四年）春天，沉香亭前牡丹盛開，花色絢麗，花香飄溢。其中一種花，一枝兩朵，早呈深紅色，午呈深碧色，暮呈深黃色，夜呈粉白色，人稱「花妖」。明皇陪同玉環，由少數幾位近臣跟隨，前往賞花。左、右教坊和梨園的部分樂工、藝人，奉命前來演奏樂曲和歌舞，其中包括當時著名的音樂家、歌唱家、舞蹈家李龜年、李彭年、李鶴年、賀懷智、馬仙期、張野狐、雷海青、許永新（一名合子）、公孫大娘和謝阿蠻等。公孫大娘和謝阿蠻原為民間藝人，經玉環推薦，她倆也進了梨園。明皇和玉環在花叢間坐定，樂曲奏響，歌者放歌，舞者起舞，花團錦簇，美不勝賞。

明皇興高采烈，忽然說：「美人名花，當用新曲新詞才是。哎！李白呢？他怎麼沒來？」

內侍回奏說：「李學士又到長安酒肆飲酒去了。」

明皇忙說：「李龜年！快去把李白召來！今天這場合，離了他怎行？」

李龜年答應一個「是」字，立即帶人，騎馬去尋李白。他尋遍長安各大酒樓，接近一家名叫「千年醉」的酒樓時，忽聽有人吟詩：「三杯通大道，一斗合自然。但得酒中趣，勿為醒者傳。」他高興地說：「這不正是李學士嗎？」於是大步上樓，只見李白獨佔一桌，面對一枝碧桃花，自斟自吟，近乎酩酊大醉。李龜年奪了李白手中的酒杯，說：「李學士！皇上在沉香亭召你進見，快走！」

李白看了李龜年一眼，隨口念了一句陶淵明的詩「我醉欲眠君且去」，念罷，瞑然欲睡。李龜年卻有辦法，朝樓下一呼，早上來幾人，抬了李白下樓，扶上玉驄馬，匆匆而行。明皇又派內侍催促，敕賜「走馬入宮」。李白也就無須下馬，直至沉香亭。

李白下馬，猶半醉半醒。明皇笑著說：「卿好自在！」

李白驚出一身冷汗，拜伏在地，說：「臣失禮，還請皇上恕罪。」

明皇親手扶起李白，說：「朕今日和太眞娘子同賞牡丹，不可無新曲新詞，召卿前來，可即興作幾首詩來！」

李白說：「遵旨！」李白落座，這才有機會直接面對太眞娘子楊玉環。他是聽說過楊玉環的美貌的，如今一見，果然名不虛傳。玉環作為道士，當天並非濃妝盛飾，然而她天生麗質，進宮兩年多，稍稍發胖，面如滿月，肌態豐豔，具有女人特有的圓潤美和成熟美。尤其是在爭奇鬥豔的牡丹花的映襯下，花如人，人如花，超凡脫俗，傾國傾城。春風和煦，陽光明媚。樂工們演奏著悠揚的樂曲，藝人們且歌且舞。李白注視著眼前的美人和牡丹，腦海裏湧現出絢麗的圖景，幾次提筆，卻又放下。好友賀知章最摸李白此時的心境，他還需飲酒，唯有飲酒，才能激發詩情。賀知章悄悄斟了一杯酒，遞給李白。李白看也不看，一飲而盡。酒打開了他才華的通道，酒昇華了他創作的靈感。他再次提筆，飽蘸香墨，飛龍舞鳳一般，將一行行詩句，寫在或者說流淌在潔白的紙上，最後標明詩題：〈清平樂〉三章。

墨跡未乾的詩篇被呈給明皇。明皇和玉環共同展讀：

雲想衣裳花想容，春風拂檻露華濃。
若非群玉山頭見，會向瑤台月下逢。
一枝紅豔露凝香，雲雨巫山枉斷腸。
借問漢宮誰得似？可憐飛燕倚新妝。
名花傾國兩相歡，長得君王帶笑看。
解釋春風無限恨，沉香亭北倚欄杆。

語語濃豔，字字流葩，情景交融，華麗雅致。明皇喜形於色，說：「謫仙人出手就是不凡！」

玉環也說：「眞是太美啦！」

明皇立即命李龜年等根據新詞，譜曲演唱。李龜年等都是造詣高深的音樂歌舞大家，不一時，新曲譜寫出來，配上新詞，即興演唱。玉環興致很高，手持玻璃七寶杯，酌滿西涼葡萄酒，親自領唱。明皇則吹響玉笛，為之伴奏。歡歌妙曲，妙曲歡歌，響徹沉香亭的四周，蕩漾在碧波粼粼的興慶湖上……

李白連連表現，名聲越發顯亮。明皇和玉環一合計，決定就用〈清平樂〉三章，作為「霓裳羽衣曲」的歌詞。樂美，舞美，歌美，三美合一，渾然天成。李林甫和高力士氣壞了，他倆為磨墨和脫靴而感到恥辱，更不能容忍李白這樣的狂人，得到皇帝的寵信和重用。一天，李林甫故意問高力士說：「高公公！脫靴的滋味如何？」

高力士反唇相譏，說：「我本來就是奴才，脫靴算得什麼？豈能比得堂堂宰相，給人磨墨，那才丟人現眼哩！」

李林甫陰笑，說：「得！咱倆是同病相憐，彼此彼此。現在的問題，是要設法，把那個酒鬼趕出朝廷。」

高力士說：「李相可有計策？」

李林甫悄聲說：「〈清平樂〉裏不是有『借問漢宮誰得似？可憐飛燕倚新妝』兩句嗎？這是把太眞娘子比作漢成帝皇后趙飛燕。你把這層意思給太眞娘子捅破，再加些鹽加些醋，那個酒鬼還能得勢嗎？」

高力士心領神會，大笑說：「人稱李相是『笑面虎』、『肉腰刀』，果不其然。佩服！佩服！」

這天，玉環正在太眞觀哼唱〈清平樂〉。高力士湊向前去，說：「依奴才看，這〈清平樂〉並不怎麼樣，娘娘為何還這樣喜歡呢？」

玉環說：「一，它是李學士所寫；二，它辭藻美意境美。故而，不能不喜歡。」

高力士說：「不！娘娘瞧這兩句，寫了漢宮的趙飛燕。趙飛燕何許人？歌伎出身，身輕如燕，漢成帝造水晶盤，命她在盤上跳舞，後來自殺身亡。而李白呢？竟將娘娘比作卑賤的趙飛燕，是何用心？」

玉環一聽，信以爲眞，氣惱地說：「這個李白，怎能這樣羞辱人呢？」

不過，玉環還是喜歡〈清平樂〉的。明皇下朝，前來太眞觀。玉環說：「〈清平樂〉作爲樂舞的歌詞，我想改動兩個地方：一是將『漢宮』改爲『月宮』，二是將『飛燕』改爲『嫦娥』。這樣，更切合夢遊月宮、會見嫦娥的情景，怎樣？」

明皇說：「那就成了『借問月宮誰得似？可憐嫦娥倚新妝』。呀！好啊！這一改，更扣樂舞的主題！」他很高興，既誇原詩寫得好，更誇玉環改得好，說：「李白學富五車，才高八斗，你說我該升他個什麼官呢？」

玉環平時是不介入政治的，這次受了高力士的蠱惑，卻說了李白的壞話，說：「古語云：德高於才者爲君子，才高於德者爲小人。李白儘管有才，但德並不怎麼樣。就說那天在沉香亭，他醉成那個樣子，寫詩就寫詩唄，卻讓李林甫磨墨，高力士脫靴，損不損？所以我看，你應先把他晾著，別忙著給他升官。」

明皇一想，卻也有理，說：「行！聽你的，李白升官的事，且先放著！」

太眞娘子一句話，李白依舊當他的翰林供奉。翰林供奉是個閒職，任務就是參加飲宴，草擬詔書，或者奉命作詩，爲歌舞昇平的氣象做些點綴。李白親眼看到，「君王只愛娥眉好，無奈宮中妒殺人」；朝政大權統由李林甫把持，針插不進，水潑不進；宦官高力士也算個人物，吆五喝六，頤指氣使。他感到，周圍是齷齪的，也是黑暗的，因而熱情大大消退，既不能有所作爲，又恥於與權貴爲伍，完全陷入困惑和痛苦之中，意識到偌大京城，實在沒有自己的立足之地。正在這時，賀知章藉口年邁，請求致仕，度爲道士，回了老家，自號「四明狂客」。賀知章的急流勇退，觸動了李白敏感的神經，他在長安一天也待不下去了，因此主動辭官，請求歸隱山林。明皇樂得批准，說：「卿有功於朕，今欲辭歸，朕心不忍。說！有何要求，朕當一一滿足。」

李白說：「臣一無所需，只求口袋裏有錢，每日一醉而已。」

明皇大笑，說：「好！朕就賜卿金牌一面，憑它可以逢坊吃酒，遇府支錢，官民人等，若有失敬者，以違詔論處！」

李白感謝聖恩，懷揣金牌，高聲吟著「安能摧眉折腰事權貴，使我不得開心顏」的詩句，策馬離開長安，享受一個偉大詩人應該享受的狂放生活去了。

李白離去，李林甫和高力士額手相慶，說：「那個酒鬼，總有一天會掉在酒缸裏淹死！」

貴妃專寵

大型樂舞「霓裳羽衣曲」的樂譜、舞譜和歌詞，經過反覆推敲和修改，全部定稿，進入排練階段。太眞娘子楊玉環，既是樂舞的主演，又是樂舞的導演，忙得不可開交。左、右教坊和梨園的知名樂工、藝人，及玉環身邊的幾名侍女，都加入排練的行列，太眞觀成了樂、舞、歌的世界，花團錦簇，熱鬧非凡。唐明皇在樂舞中擔任重要角色，差不多天天親臨現場，或欣賞，或示範，有時也和玉環一起，排練大唐天子和月宮嫦娥相會的那幾段舞蹈。明皇和玉環都是傑出的藝術家，對於藝術創作，態度認眞，要求嚴格，不允許出現絲毫的瑕疵。因此，整個樂舞的排練，克服了種種困難，逐漸達到熟練、默契、和諧和完美的程度。接下來，就該選擇一個適當的時間，進行公開演出了。

這個時間選在天寶四年（西元七四五年）八月五日。因爲這天是明皇六十歲（虛年六十一歲）生日。明皇生日，稱做「千秋節」，歷來都是要慶賀的，而六十歲生日屬於「大壽」，更要大慶特慶。同時，明皇還有一層考慮：楊玉環進宮已經四年多，人們已經習慣了他和她的關係，並未公開出現「爬灰」的非難，因此，他應封她個堂堂正正的名號了。封個什麼名號呢？他已想好，叫做「貴妃」。唐朝嬪妃中，原先沒有這個名號。但是，明皇認爲，只有貴妃的名號，方能表達他對她的感情。他把自己的想法告訴玉環，並決定在八月五日冊封，這樣更有意義。玉環非常激動，同時感到非常幸福，名義上的道士終於熬出頭了，眼前呈現出光明燦爛的前景。

不過，在這以前，明皇還有一件事情要做，那就是須給壽王李瑁選一位王妃，只有安撫了兒子，自己冊封玉環，才會免生枝節。七月底，明皇依舊命陳希烈為冊封使，封左衛中郎將韋昭訓的女兒韋氏為壽王妃，算是對李瑁的「補償」。李瑁自玉環被父皇奪愛以後，心裏有氣不敢氣，有恨不敢恨，情緒低落，意志消沉。現在，父皇又給他選了一位王妃，他自然不敢推辭，只能奉旨完婚。韋氏出身名門，年輕而又美貌。不過在李瑁看來，此王妃比彼王妃差遠了。然而，事已至此，又有何法？將就著過日子就是了。

李瑁和韋氏大婚，喜慶氣氛尚未結束，眨眼間就是八月五日。這天的天氣特別晴朗，天高雲淡，陽光明麗，大明宮含元殿內外披紅掛彩，地上擺滿盛開的菊花，空中高懸鮮紅的宮燈。辰末巳初，唐明皇冊封楊玉環為貴妃的典禮在含元殿舉行，禮儀隆重，氣氛熱烈。當天的冊封使是宰相李林甫，體現了冊封的最高規格。

明皇先在御殿上坐定，伴隨著一陣歡快的樂曲，玉環在數十名宮娥彩女的簇擁下，款款登上御殿。只見她，滿頭珠翠，眉目含春，朱紅緞衣，肩披霞帔，金黃絲裙。這條絲裙好生了得，它是明皇贈給玉環的特殊禮物，稱做「百鳥朝鳳裙」。遠看，金黃純淨，不見一絲瑕點，成千上萬顆珍珠，閃閃發光；近看，方見繡著一隻巨大的鳳凰，圍繞鳳凰，共有一百種祥鳥，或棲息枝頭，或展翅飛翔，姿態各異，栩栩如生。更絕的是，從不同的方向看去，鳳凰和百鳥的形象與色彩是不同的，靜能變動，動能變靜，紅能變藍，綠能變紫。絲裙長約丈餘，裙襬拖在地上，上下台階，僅負責提放裙襬的宮女，就有六人。玉環衝著明皇，略一施禮。明皇深情地說：「坐！」玉環坐於明皇身旁，第一次面對殿下衣冠楚楚的朝臣。

樂曲暫停，李林甫高聲宣讀冊封詔書：

奉天承運，皇帝詔曰：乾坤定位，男女流形，伉儷之義同歸，貴賤之名異等。爾故蜀州司户參軍楊玄琰之女玉環，婉順懿淑，豐容絕藝，舉止合禮，四德粲然。今以中書令、尚書左僕射、同中書門下三品李林甫為使，冊爾為貴妃，賜寶冊、印綬、鳳冠。欽此。

冊封詔書文字很短，堪稱精煉。這是明皇的高明之處，因為他所冊封的貴妃，畢竟是自己的兒媳，話說多了反而會有欲蓋彌彰之嫌，所以不如長話短說，越短越好。楊玉環被冊封為壽王妃的時候，身分是「河南府士曹參軍楊玄珪之女」，而冊封為貴妃時，卻成了「故蜀州司戶參軍楊玄琰之女」。這是因為明皇在寵幸了玉環以後，知道了她的確切身世，原來她的生父是楊玄琰，而非楊玄珪。這正好可以用來玩文字遊戲，企圖造成這樣一個印象：這次冊封的貴妃和多年前冊封的壽王妃，並非同一個人，只是同姓同名而已。

賜寶冊，賜印綬，這是冊封典禮必備的事項，而賜鳳冠卻非同尋常，它是冊封皇后的禮儀。當金鑲玉嵌、璀璨奪目的鳳冠，戴到玉環頭上時，她顯得無比的雍容華貴和富態媚麗，無疑就是皇后。文武百官齊刷刷地跪地拜賀，高呼說：「吾皇萬歲萬歲萬萬歲！貴妃娘娘千歲千歲千千歲！」

這一刻，楊玉環終生難忘，女人的虛榮心得到了最大的滿足。她若僅僅還是壽王妃，那麼能戴上鳳冠嗎？能接受百官的拜賀嗎？能「千歲千歲千千歲」嗎？顯然不能。而今，她是貴妃，等同皇后，身價僅次於明皇，所以如此尊崇，如此榮耀，就毫不足怪了。

冊封典禮結束，明皇和貴妃返回興慶殿。「太真觀」已經不復存在，興慶殿恢復了原先的名稱。午正，這裏舉行又一項典禮：祝賀明皇千秋節。參加典禮的都是皇家成員，包括明皇的妹妹和嬪妃，以及兒子、兒媳、女兒、女婿、侄兒、侄媳、侄女、侄女婿、孫子、孫女等。明皇的妹妹李霓萍、李霓莉，萬沒想到她們的侄媳會變成她們的皇嫂，而且成爲貴妃，私下說：「這個世界太怪了，什麼樣的怪事都可能發生。」明皇的嬪妃健在的尚有七八十人，最年長的當是華妃劉彩娥，她們按照妃、嬪、婕妤、美人、才人等的順序，分批向明皇祝壽，自然也得向新封的貴妃娘娘行跪拜大禮。明皇的兒子、女兒、侄兒、侄女共有七十多人，他們都已成家，各有很多兒女，如棣王李琰光兒子就有五十五人，鄄王李琬則有兒女五十八人，因此，明皇的孫子、孫女輩至少也有三四百人。明皇根本叫不出他們的名字，更說不清他們互相的關係。這些晚輩按照年齡和房次順序，逐一向明皇祝壽，無非是「福如東海，壽比南山」之類的頌詞。他們也跪拜貴妃，兒女輩稱她爲「母妃」，孫子孫女輩稱她爲「祖母妃」，還有稱她爲「伯母妃」、「叔母妃」、「外祖母妃」的。貴妃很不自在，須知，明皇多半兒女的年齡都比她大啊！尤其是壽王李瑁和新壽王妃韋氏向她跪拜時，說：「兒臣、臣媳恭祝母妃吉祥安康！」這是玉環離開壽王府以後第一次見到李瑁，他由丈夫變成「兒臣」，自己則由「壽王妃」變成「母妃」。這使她羞愧難當，如坐針氈，無地自容，尷尬得氣都喘不過來。好在後面還有人跪拜，尷尬局面很快就過去了。

接著舉行壽宴。上百張方桌擺開，滿滿蕩蕩，酒肉飄香。明皇和貴妃坐於首席，家人們輪番向二人敬酒，歡聲笑語，其樂融融。其中，也有人不大痛快，那就是明皇的嬪妃。她們看到貴妃那樣得寵，既羨慕又嫉妒，心裏說：「瞧她美的！由兒媳變成貴妃，也不嫌丟人！」壽宴經歷一個時辰，盡歡而散。明皇和貴妃進殿休息，晚上還有一項重要活動：演出「霓裳羽衣曲」。

興慶宮勤政務本樓和花萼相輝樓之間，早就搭起一座舞台，彩幔錦帳，寬廣平整。舞台正面背景，以蔚藍色爲主，繪出月宮的圖案，一輪明月，點點星辰，五彩祥雲中隱隱現出巍峨的廣寒宮，清麗縹緲，似乎正是人間八月的秋景。繽紛的晚霞漸漸退去，舞台周圍點燃起熊熊的火炬，台上台下，亮如白晝。應邀參加晚會的除皇家成員外，還有五品以上的京官以及他們的眷屬，總數超過千人。參加演出的樂工和藝人也接近千人，其中包括三百人的樂隊，三百人的歌隊和三百人的舞隊，此外還有一些跑龍套的閒雜人員。

演出前的場面總是混亂的。大人高聲說話，小孩滿場亂跑，你喚他，他叫你，鬧鬧嚷嚷。爲了「鎭場」，許永新首先登台，放歌一曲。許永新是一位著名的女高音歌唱家，嗓音高亢洪亮，響遏行雲，她一出場，人們立時安靜下來，聆聽歌聲，「喜者聞之氣勇，愁者聞之腸斷」。接著，由女舞蹈家公孫大娘表演「劍器舞」，一柄長劍，在她手中，龍盤蛇旋，出神入化，「㸌如羿射九日落，矯如群帝驂龍翔。來如雷霆收震怒，罷如江海凝清光」。眞是：一舞劍器動四方，天地爲之久低昂！

許永新和公孫大娘的表演，只是鋪墊，下面才是眞正的演出。隨著一陣「咚咚」的鼓聲，樂隊奏響了悠揚的樂曲，大型樂舞「霓裳羽衣曲」的演出開始。

第一部分是「散曲」，只奏樂曲，不歌不舞。各種樂器，或獨奏，或合奏，演奏的曲目分清樂大曲、燕樂大曲和胡部大曲等。所有的樂曲都很美妙，將人帶進一種如詩如畫、如夢如幻的意境。在樂曲聲中，歌隊分列於舞台兩側，舞隊魚貫著上場。舞隊成員均爲妙齡女子，清一色的緊身胸衣，喇叭霓裳，濃妝盛飾，袒胸露臂，外罩絢麗的蟬翼般羽衣，羽衣隨著人走，看去就像流動著的鮮豔雲彩。

一聲嘹亮的笛音直沖雲霄。樂舞進入「中序」部分。樂器和著笛音，奏響主曲。舞隊翩躚起舞，整個舞台上，彩色的羽衣，舞出了彩色的波濤，彩色的海洋。舞者運用肢體語言，講述著大唐王朝的興盛氣象，天下太平，四海祥和，國泰民安，鳥語花香。樂隊突出琵琶和箜篌的聲響。舞隊閃後，緩緩伴舞。舞台兩側，上來兩位主角——「大唐天子」唐明皇和「月宮嫦娥」楊貴妃。明皇黃緞衣褲，髮繫錦綾，腰束玉帶，風流倜儻。貴妃大紅胸衣，紫色長裳，潔白羽衣，輕盈飄逸。歌隊唱起「清平樂」：「雲想衣裳花想容，春風拂檻露華濃。若非群玉山頭見，會相瑤台月下逢。」隨著歌聲，兩位主角在「月宮」相會，由遠而近，含情脈脈。他們懷著羨慕，懷著嚮往，跨步揚臂，輕輕起舞，時或穿行，時或攜手，時或相向，時或相背，似曾相識，欲言又止，若即若離中表現出濃濃的情意。男角的舞姿灑脫，女角的舞姿婉柔，每個動作的配合，都是恰到好處。樂隊中的羯鼓響起，歌隊唱起歌詞：「一枝紅豔露凝香，雲雨巫山枉斷腸。借問月宮誰得似，可憐嫦娥倚新妝。」再看女角，跳起「胡旋舞」，腳尖點地，由慢而快，飛速旋轉，潔白的羽衣和烏黑的長髮旋轉出一個美麗的倩影。男角環繞倩影，下蹲踢腿，一左一右，那樣雄健和有力，根本看不出他已是年滿花甲的老人。羯鼓止息，樂曲變得舒緩起來。男角和女角恢復常態，重新輕輕起舞。忽然，樂曲又轉為亢奮和急促，歌隊唱起「名花傾國兩相歡，長得君王帶笑看」的歌詞。只見男角右手托著女角的腰肢，高高舉起，男角平伸左臂，踏著碎步，在舞台上轉圈；女角一手撐著男角的肩膀，一手伸展，雙腿或直或彎，做出多種動作，潔白的羽衣飄蕩，就像美麗的白天鵝在飛翔。猛地，男角還將女角高高拋起，女角隨之翻了個一百八十度，依然穩穩地落在男角的右手上，換了一個新的造型。「解釋春風無限恨，沉香亭北倚欄杆。」男角將女角輕輕放下，二人凝視著微笑著，緊緊地擁抱在一起。

樂曲又變得悠揚起來，歌隊重複唱「清平樂」，樂舞進入「曲破」部分。舞隊圍繞男角和女角，活躍起舞。端的是：

霓虹霞帔步搖冠，鈿瓔累累佩珊珊。
娉婷似不勝羅綺，顧聽樂懸行復止。
磬簫箏笛遞相攙，擊擪彈吹聲邐迤。
飄然轉旋迴雲輕，嫣然縱送遊龍驚。
小垂手後柳無力，斜曳裾時雲欲生，
煙蛾斂略不勝態，風袖低昂如有情。
上元點鬟招萼綠，王母揮袂別飛瓊。
繁音及節十二遍，跳珠撼玉何鏗錚。
翔鸞舞了卻收翅，唳鶴曲終長引聲。

樂止，歌止，舞止。人們的思緒隨著樂舞的進程而起伏著波蕩著，自始至終沉浸在忘我的境界裏，看著一系列精采、驚險的舞蹈動作，想鼓掌卻不敢鼓掌，想喝采卻不敢喝采，只是屏住呼吸，目不轉睛，貪婪地欣賞，以致音樂、歌聲、舞蹈停止時，尚無什麼反應。忽然，他們意識到整個樂舞結束了，喜悅、興奮和讚美才釋放出來，拼命地鼓掌、喝采、歡呼，高喊著說：「好！好！好！」舞台上，歌者、舞者簇擁著明皇和貴妃，猶如群星捧月一般，彎腰向台下致意。人們還是鼓掌、喝采、歡呼，像是暴風驟雨，驚歎著說：「啊！太美啦！仙樂仙歌仙舞，有幸看這樣的演出，不枉此生！」

這是一次非常成功的演出，代表了唐朝樂舞的最高成就。是否「絕後」，不好說；但是「空前」，則是確鑿無疑的。唐明皇和楊貴妃，用他們的心血和汗水，在中國音樂舞蹈史上，譜寫了一頁光輝燦爛的篇章。

八月五日，明皇冊封了貴妃，慶賀了大壽，演出了「霓裳羽衣曲」。一天三喜，龍心大悅。他給了玉環數不盡的賞賜，恨不得把國家庫藏裏的所有寶物，都搬到興慶殿來。而且，他還親自動手，取足色黃金，精心磨琢，製作出首飾步搖，插在玉環的鬢角。他又取藍田綠玉，製作出樂器玉磬，然後命工匠鑄造兩隻純金獅子，作爲玉磬的底座，飾以珠翠、流蘇等，專供玉環使用。他對玉環的梳妝和穿戴有特別的要求，髮式追求新鮮，衣飾講究時髦，務要盡善盡美。他還親手給玉環畫眉，爲此繪製了鴛鴦眉、小山眉、五岳眉、三峰眉、月稜眉、分梢眉、涵煙眉、拂雲眉、倒暈眉、垂珠眉等十種樣式，稱「十眉圖」，讓玉環每天換個樣式，避免重複。相比之下，玉環更愛畫柳葉眉，彎彎的，扁扁的，長長的，映襯她豐滿圓潤的面龐，更顯媚豔。玉環還愛戴假髮，那樣會梳出各種時興髮式。總之，明皇的整個心思都放在玉環身上，連例行的朝會也懶得舉行了。眞是：

雲鬢花顏金步搖，芙蓉帳暖度春宵。

春宵苦短日高起，從此君王不早朝。
承歡侍宴無閒暇，春從春遊夜專夜。
後宮佳麗三千人，三千寵愛在一身。

俗話說：「一人得道，雞犬升天。」明皇冊封了玉環，自然要重重封賞她的家人。玉環的生父楊玄琰，被追贈爲濟陰太守；生母李氏，被追贈爲隴西郡夫人。玉環的養父楊玄珪，授銀卿光祿大夫；堂兄楊銛，授鴻臚卿；堂弟楊錡，授侍御史。楊玄珪雖然官升幾級，但畢竟受儒家思想影響很深，總覺得養女先嫁壽王李瑁，再被皇上納爲貴妃，有悖倫理，自己升官，臉上無光，所以拒絕到長安任職，只在洛陽居住。楊銛卻沒有父親那樣的顧忌，很快移家長安，成了京城的新權貴。楊錡早尚太華公主，這時封了官職，既是明皇的女婿，又是明皇的妻弟，洋洋得意，滿面春風。另外，玉環已故叔父楊玄璬的兒子楊鑑，兩年前從蒲州到了長安，尙明皇侄女承榮郡主，授秘書監。

明皇得到玉環，高力士的功勞最大。因此，他將這個忠心耿耿的奴才，提拔爲驃騎大將軍，開府儀同三司，封渤海郡公，官階一品。平時，明皇一般不直呼高力士的名字，大多稱爲「將軍」。並命太子李璵稱他爲「二兄」，諸王和公主稱他爲「阿翁」，駙馬等則稱他爲「爺」。一時間，王公貴戚和文武大臣，無不競相巴結逢迎高力士，唯恐落於人後。金吾大將軍程伯獻，主動請求與高力士結爲兄弟。高力士母親越國夫人麥氏病故，百官前往祭奠和送葬，車水馬龍。程伯獻披麻戴孝，跪拜墓前，哭得比高力士還要傷心。

明皇封了貴妃，舉國爲之轟動。消息傳到蜀郡（天寶元年，原先的州改爲郡，蜀郡即蜀州），驚動了三個女人：楊金環、楊銀環、楊珠環。她們是玉環的胞姐，得知妹妹出人頭地，大富大貴，歡喜得跳了起來，說：「天哪！小妹多有福氣！」京城的繁華是誘人的，貴妃的名號更誘人。金環三姐妹一商量，全然不顧山高路遠，興致勃勃，日夜兼程，風風火火地趕到了長安。

在興慶殿，玉環和三個姐姐見面了。四姐妹緊緊地擁抱在一起，又是哭又是笑，依依情深。她們分離已經十六七年，乍一見面，千言萬語，卻不知從何說起。激動過後，落座長談，玉環方才知道姐姐的一些情況。大姐金環，婆家姓崔，丈夫叫崔珣，生有女兒崔玟。二姐銀環，婆家姓裴，丈夫叫裴雷，生有兒子裴徽和女兒裴倩，裴雷七八年前病死，銀環成了寡婦。三姐珠環，婆家姓柳，丈夫叫柳澄，生有兒子柳鈞、柳潭。她們的家境不算富裕，但衣食溫飽還是不成問題的。說話間，玉環派人將堂兄弟楊銛、楊錡、楊鑑傳來宮中，楊氏兄弟姐妹歡聚一堂，互敘親情，歡愉無限。

玉環命擺酒宴，同時派人去請皇上，她要把三個姐姐介紹給明皇。不一時，明皇到來。金環、銀環、珠環、楊銛、楊錡和楊鑑，一齊跪地行禮。玉環喜笑盈盈，一一介紹。明皇忙說：「快起快起！自家人，無須行此大禮！」

金環等起立，注視她們的妹夫，只見他紅光滿面，神采奕奕，挺親切挺和藹的。明皇也注視他的三個姨子，只見她們豐碩修整，姿色都很俏麗。尤其是銀環，俏麗中含著一股風騷勁兒，挺迷人的。金環等第一次見到妹夫皇帝，多少有些拘謹。明皇哈哈大笑，說：「你們楊家姐妹，金銀珠玉『四環』，環環標緻，環環可人。好！好啊！」

玉環忸怩地說：「皇上！」

明皇說：「啊？啊！一句笑話，不說了不說了，入席入席！」

這頓酒宴，吃得開心，吃得歡暢。明皇和三個姨子喝了很多酒，口若懸河，談笑風生。臨了，明皇對三個姨子說：「你們來到長安就別回去了，可以隨時進宮，陪朕的愛妃說話。」

銀環嘴快，說：「這怕不行吧？我們在長安，住哪呀？」

明皇說：「這好辦！你們是皇姨，還能沒有住處？朕先給你們各賜錢五百萬緡，建造府第，然後把蜀郡的家遷過來！」五百萬，這對金環三姐妹來說，簡直是天文數字。她們忙要謝恩。明皇說：「別！別！五百萬不夠，還可以再加。這事就由楊銛辦理好了，他人熟地熟，辦起來方便。」

楊銛忙說：「臣遵旨！」

楊貴妃的三個姐姐先在楊銛府中住下，幾乎天天進宮，陪伴貴妃妹妹。楊銛使出手段，就在自家府第所在的宣陽坊，大興土木，再建三座府第。不消數月，府第建成。金環、銀環、珠環派人去蜀郡，把家人遷了過來。從此，長安出現了三位皇姨，她們依靠貴妃的裙帶關係，搖身一變，由民婦變成貴婦，活躍於上流社會，又給大唐王朝增添了一道眩目的風景。

唐明皇冊封楊玉環爲貴妃以後，是他一生中最開心最得意的時光。他寵幸過很多嬪妃，那些嬪妃的姿容都很出眾，但總存在這樣或那樣的缺陷，有的缺少才藝，有的缺少風情，有的故意討好，別有所圖，甚至懷有政治野心。而玉環呢？幾乎把女人所有的美都集中在一起，沒有私心，加之正處於生命的旺盛時期，無論是身體還是感情，都很成熟，充滿生機和活力。這種生機和活力，因爲得到皇上的寵愛，所以能夠充分地釋放和展示出來，淋漓盡致，光芒四射。因此，明皇和玉環相處，感到特別輕鬆和歡快，一掃垂垂老矣的暮氣，重新品嘗到了青春年華的衝動和激情。他們之間的溝通和交流，應該說是平等的和眞摯的。他對她，不是一個皇帝對於一個嬪妃居高臨下的施予，而是一個男人對於一個女人的愛慕和心儀；她對他，也不是一個嬪妃對於一個皇帝自下而上的逢迎，而是一個女人對於一個男人的信賴和依託。此外，由於年齡的差異，玉環在明皇跟前，還時時流露出女兒般因寵而嬌的稚氣、憨勁和頑皮。這更使明皇開心和得意，他在她身上，收穫的不僅僅是酣暢的情愛，而且還有溫馨的和親切的父愛。

明皇和玉環，再不用像以前那樣遮遮掩掩了，而是積極地參加各種娛樂活動，頻繁地出現在各個公共場所。天寶五年（西元七四六年）春天，御苑的桃花開得火紅，如霞似霓。明皇帶玉環等嬪妃前往賞花，親手摘一支插於玉環的帽上，說：「此花尤能助嬌態也！」因此，人們皆稱桃花爲「助嬌花」。

夏天，大明宮太液池千葉白蓮開放，潔白晶瑩，宛若玉成。明皇又帶玉環等嬪妃前往賞花。眾人交口稱讚白蓮嬌美。明皇手拉玉環，說：「白蓮雖美，有形無神，怎及得我這解語之花？」他們返回興慶宮，在興慶湖上泛舟蕩槳，領略湖光水色。午後，明皇和玉環在水殿午睡。眾多嬪妃憑欄倚檻，觀賞雌雄鸂鶒在水中戲游，嘰嘰喳喳。明皇起床，笑瞇瞇地說：「爾等愛水中鸂鶒，哪如我被底鴛鴦？」

適值望春潭鑿成，發揮效益。明皇帶領玉環、嬪妃，及文武大臣前往參觀。望春潭的開鑿，得力於陝郡太守、水陸轉運使韋堅。韋堅，京兆萬年（今西安長安）人。他的姐姐是明皇的弟媳，即已故薛王李業的王妃。妹妹則是明皇的兒媳，即太子李瑛的太子妃。韋堅考慮到京城的供應需要，建議在咸陽（今陝西咸陽）築壩壘堰，開鑿運河，引渭河、滻河和灞河水至龍首原下，形成一個寬廣十餘里的大潭，使從關東和江淮地區漕運的糧食和物資，直接到達長安，既方便快捷，又節省費用。明皇採納這個建議，並命韋堅負責實施。這項工程竣工了，明皇高興，特地親臨現場參觀。

明皇和玉環等登上潭邊的望春樓，憑欄眺望。韋堅一聲令下，潭上三四百條船隻，逶迤駛來，綿延數十里。船工、舵師頭戴大笠，腳蹬麻鞋，敞衫短褲，完全是南方人的裝扮。船上滿載貨物，而且標明產地，如廣陵（今江蘇揚州）的織錦、綾繡、玉器、銅器，南海（今廣東廣州）的玳瑁、象齒、珠琲、沉香，會稽（今浙江紹興）的羅綺，吳郡（今江蘇蘇州）的絳紗，丹陽（今江蘇鎮江）的布匹，豫章（今江西南昌）的瓷器，宣城（今安徽宣城）的石綠，始安（今廣西桂林）的焦葛、翡翠，等等。這無疑是一次水上博覽會，盡顯大唐的富庶和繁盛。其中一隻大船，更是精采，船身彩繪，遍插旗幟，陝縣（今河南陝縣）縣令崔成甫頭紮紅綾，身著花衣，周圍站立數百名花枝招展的美豔少女，伴隨著鼓樂之聲，縣令領唱，少女齊和，高唱起即興而編的「得寶歌」來：

得寶弘農郡，弘農得寶耶！
潭裏舟船鬧，揚州銅器多。
三郎當殿坐，看唱「得寶歌」。

這一唱，把氣氛推向了高潮。明皇神采飛揚，哈哈大笑。玉環依在明皇的肩頭，悄聲說：「他們唱的三郎，不是指你嗎？」

明皇緊緊握著玉環的手，說：「是呀！我的小名就叫三郎。」

玉環說：「那我以後就叫你三郎。」

明皇說：「好啊！這樣叫，最親暱了！」

說話間，韋堅來到明皇跟前，跪地呈上敬獻給皇上、貴妃和其他人等的土特產禮單，另有百盤美味佳餚。明皇大悅，當場把禮物分賜給嬪妃和大臣，並賞錢二百萬緡，慰勞船工、舵手及演唱「得寶歌」的歌手。繼又下令，將望春潭改名爲廣運潭，意謂此潭能夠擴大漕運，同時能夠給廣大百姓帶來好的運氣。

玉環封爲貴妃，等同皇后，整個天下都歸明皇和她所共有。需要什麼，爲了玉環，明皇專門設置了「貴妃織造院」和「貴妃鑄造院」。前者有織工和繡工七百多人，負責給貴妃織造錦繡，縫製衣服。後者有各類工匠四百多人，負責給貴妃製作首飾，鑄造器皿。唐朝的手工業技術高度發達，貴妃「兩院」生產出來的產品，特別是絲綢、金銀器、唐三彩等，均是人間極品，巧奪天工，精緻華美，五光十色，絢麗多姿。玉環喜食荔枝，而長安卻不產這種水果。明皇說：「好！我可以讓你吃到新鮮荔枝！」爲此，他頒發聖旨，命從荔枝產地蜀郡到長安，每隔二百里設一驛站，驛站配備士兵和快馬，專門負責傳送荔枝，荔枝送達長安，色、味不變。爲了保持荔枝的新鮮度，甚至命人將整棵荔枝樹挖起，帶土裝進大缸，用船運至距長安較近的地方，然後採摘，再由驛站傳送。蜀郡到長安，山高路遠，道路崎嶇，傳送荔枝，何等艱難！「一騎紅塵妃子笑，無人知是荔枝來。」明皇爲了他的愛妃，是不惜耗費巨大的人力和財力的，即使她要天上的星星，他也會試一試，看能不能給她摘下來！

翠閣風波

唐明皇寵愛楊貴妃，寵得熱烈，愛得入迷。忽然有一天，他們之間鬧起了矛盾，發生了衝突，明皇憤怒之下，嚴詞厲色，把楊玉環遣送出宮，讓她回娘家去了。

矛盾和衝突是因梅妃江采蘋而引起的。采蘋比玉環年長三歲，她得寵時，玉環還是壽王妃。采蘋因爲隱瞞了漢王「調戲」事件，被明皇認爲是「欺騙」，是「不忠」，所以二人的關係陷入不冷不熱的狀態。采蘋少不更事，單純無知，沒有主動採取行動，去爭取皇上的歡心。尤其是在明皇心情苦悶、情緒低落期間，她對明皇缺少體貼，缺少溫情，失去了重拾舊好的機會。這時候，美豔絕倫的壽王妃進入明皇的視野，明皇大喜過望，轉而把全部心思放到了兒媳身上，接近她和追求她。於是，楊玉環進了溫泉宮，再進入興慶宮，名爲道士，實爲愛妃。采蘋這才意識到自己犯了個天大的錯誤，悔不該心高氣傲，從而讓楊玉環趁虛而入，後來居上。

從明皇方面說，對於采蘋還是有些感情的。因爲采蘋有姿色，有才華，言行舉止，並沒有什麼出格之處。所以，凡是在興慶宮裏舉行的活動，明皇依然讓采蘋參加，通常是明皇坐在中間，玉環坐右，采蘋坐左。二人均爲天姿國色，明皇右邊看看，左邊瞧瞧，深爲同時擁有兩個尤物而興奮，戲謔地稱她倆爲娥皇和女英（虞舜之妃）。在公開場合，玉環和采蘋顧及明皇的面子，盡量表現出大度的樣子，玉環稱采蘋爲「姐姐」，采蘋稱玉環爲「妹妹」；而在私下裏，二人卻是互不服氣，玉環稱采蘋爲「瘦猴」，采蘋則稱玉環爲「肥婆」。這是因爲，采蘋體態清秀，稍瘦；玉環體態豐滿，稍胖。唐朝的審美觀念，以豐滿圓腴爲美。因而，采蘋和玉環比較姿色，漸漸處於下風。一次，明皇和兩個美人一起飲酒，心血來潮，命二人各賦詩一首。采蘋略一沉思，吟道：

撇卻巫山下楚雲，南宮一夜玉樓春。
冰肌月貌誰曾似，錦繡江山半爲君。

這詩前兩句，明顯諷刺玉環「撇卻」原先的丈夫，這才得到皇上的寵幸，兒媳嫁了公公，要臉不？後兩句有「月」有「半」，確好是「胖」字，意在嘲笑玉環過於肥胖。玉環不想讓采蘋佔到便宜，微微而笑，吟道：

美麗何曾減卻春，梅花雪裏亦清眞。
總教借得春風早，不與凡花鬥色新。

這完全是反話正說，前兩句含「梅花」和「清眞」，隱約諷刺采蘋太瘦，不夠美的標準；後兩句等於是說，你江采蘋雖然進宮較「早」，但不過是「凡花」一朵，企圖跟我楊玉環「鬥色」，哼！你鬥得過嗎？

隨著時間的推移，玉環因「忌而智」，成爲貴妃，扶搖直上，如日中天。采蘋因「性柔緩」，相形見絀，暗暗傷神。再發展下去，一個驕縱，一個清高，互相嫉妒，居然避道而行，彼此間再沒有

「姐姐」「妹妹」那樣的親熱了。接著，玉環記恨於「撇卻巫山下楚雲，南宮一夜玉樓春」兩句詩的惡毒，鼓動明皇將采蘋換個地方住。明皇自然聽玉環的，因此，采蘋遷出住了多年的梨花院，改住進興慶宮東北角的一座簡陋小宮——上陽東宮。采蘋爲清高和任性付出了沉重的代價，實際上是遠離了皇上，跟被打進冷宮沒有什麼兩樣。伺候她的是幾名年老的宮女，和她們交談，方知她們的命運都很淒慘。她們說，她們都是唐中宗、唐睿宗時透過選美進入皇宮的，開始都有鮮花、彩霞一樣的夢想，指望能得到皇上的寵幸，由此而青雲直上，享受榮華富貴。誰知進宮以後，她們的夢想很快就破滅了，因爲皇宮裏群雌粥粥，美女如雲，眞正能夠接近皇上並得到寵幸的，能有幾人？因此，她們只能和絕大多數人一樣，當普通的宮女，看守殿閣，種草護花，擦擦桌子掃掃地而已。即使有幸得到寵幸，又怎樣呢？或許可以撈個「美人」、「才人」之類的名號，但皇上很快就將她忘卻和拋棄了。開元年間進宮的一些嬪妃，就是這樣的，只被明皇臨幸過一次或兩次，其後便獨守空房，形如寡婦。你大概聽說過「金籠蟋蟀」的事吧？每到秋天，嬪妃們都會捉蟋蟀養在金絲籠裏，放在枕邊。做什麼？那是爲了睡覺時聽蟋蟀的叫聲，打發寂寞難熬的漫漫長夜呀！

采蘋聽了這些話，先是吃驚，後是震驚：皇宮裏的生活原來是這樣，眞不可思議！她從年老宮女的身上想到了自己的未來，後悔當初貿然進宮，以致落到了現在的地步。她不由地想起了青山綠水的家鄉，想起了慈祥可愛的父親。她請高力士派人前往莆田，打探父親的情況，若有可能，最好能將父親接來長安，父女也好見上一面。很快，高力士回話說，她的父親江仲遜三年前就死了，死的時候不停地呼喚著：「采蘋！采蘋！」采蘋聽此噩耗，悲痛欲絕，放聲大哭，呼喊著說：「爹！女兒不孝！你一走，女兒可怎麼活啊？」

采蘋大病了一場。病中，她進行了深刻的反省，總結了無知的教訓。她才三十歲左右，不甘自暴自棄，老死宮中。她將自己和貴妃進行一番對比，覺得姿容、才學、歌舞等並不遜於那個肥婆。因此，當高力士前來探病的時候，她央求幫忙，訴說自己日夜思念皇上，無論如何也請設法，讓她和皇上見上一面。若是別人，高力士會毫不留情地說：「你的處境，你還不知嗎？別癡心妄想了！」可是，他對采蘋不能這樣說。采蘋失寵，他有一些愧疚。是他，把采蘋從閩地選進皇宮的，他曾許諾過采蘋的父親：「諸事有我，我會讓采蘋姑娘獲得皇上的寵幸！」後來，還是他，推薦壽王妃楊玉環進宮，玉環扶搖直上，這才使被冷落被疏遠了的采蘋，雪上加霜。現在，采蘋央求幫忙，他實在無法拒絕，想了想，說：「那就試試看吧！你可給皇上畫幅肖像，聽候我的安排。」

采蘋打起精神，運用全部智慧，精心畫了明皇的肖像。她的畫技不算很高，但運筆流暢，勾畫細膩，畫出的肖像還是逼眞的。高力士取了肖像，呈給明皇。明皇一看，說：「呵！誰給我畫的像？怎麼？我有這麼年輕這麼瀟灑嗎？」

高力士說：「這是梅妃畫的。她可想念皇上了，每天都要畫上一幅，說只有這樣，才能減輕心中的苦悶。」

明皇的心一下子被打動了。他回想起采蘋初進宮時的俏麗，回想起她雪中賞梅的畫面，以及她吹白玉笛和跳「驚鴻舞」的情景。從實而論，她並沒有什麼大的過錯，將她置於上陽東宮，這不大公平。明皇是知道高力士進呈肖像的用心的，說：「將軍就安排吧，命梅妃侍寢。」

侍寢的地點定在偏僻的翠閣。這天暮色降臨的時候，高力士先去興慶殿，通知貴妃娘娘，說皇上要在翠閣批閱奏章，夜間就在那裏歇宿。隨後，他去上陽東宮，接了梅妃娘娘，悄悄前往翠閣。途中，他還吹滅了燈籠，以免引起人的注意。采蘋進了翠華閣，發現明皇已在裏面。她略一遲疑，淚流滿面，撲到明皇的懷裏，急切地叫了一聲：「皇上！」這一聲，是眞情的流露，心靈的坦白，飽含著思念之苦，也飽含著自責之情。

明皇緊緊地擁抱著采蘋，替她擦拭淚水，說：「委屈你了！」

采蘋說：「不！都是臣妾不好，沒能侍奉好皇上。」

這一夜，明皇和采蘋重溫舊夢，互訴衷腸，大有久別勝過新婚的歡快。尤其是明皇，因爲臨幸梅妃是瞞著貴妃的，所以有著一種偷情的隱秘感和新鮮感，顯得格外興奮和刺激。

翠閣裏，明皇和采蘋恩恩愛愛，纏綿悱惻。興慶殿裏，玉環正在接待一位不速之客。不速之客叫做徐念奴，明皇眾多的嬪妃之一。她原是一名歌伎，饒有姿色，明皇在批閱奏章的間隙，常命其在殿前高歌一曲，用以活躍氣氛，調節情緒。每當這個時候，徐念奴總是手擊檀板，邊擊邊唱，雙目顧盼，顯弄風情。明皇看在眼裏，笑在心裏，說：「此女妖麗，眼色媚人。」一天夜間，徐念奴又給明皇唱歌，媚得明皇心動，二人便成了一對臨時鴛鴦。於是，徐念奴被封爲才人，住進槐花院。徐才人萬分歡喜，以爲掉進蜜罐罐福窩窩裏，接著而來的會是潑天的恩寵和富貴。然而，她錯了，明皇臨幸的女人太多太多，哪會把一個歌伎放在心裏？他將她忘記了，忘記也就是拋棄了，從未光顧過槐花院。徐念奴又氣又惱，一面暗罵皇上無情無義，一面產生了強烈的嫉妒心理，嫉妒皇上寵幸的所有女人。嫉妒上升，就是仇恨。她恨江梅妃，更恨楊貴妃，認爲是她們，岔了自己的行情。這一天，她偶然發現高力士帶了一個女人，黑燈瞎火，鬼鬼祟祟地去了翠閣。仔細看，發現那個女人竟是失寵失勢的江梅妃。她的腦子不由地轉了起來，這是爲何？三想兩想，想出了門道：肯定是皇上背著固房專寵的楊貴妃，偷著去和江梅妃幽會。想出了門道，她的一腔嫉妒之火熊熊地燃燒起來，恨恨地說：「哼！我得不到的東西，你們也別想得到！」她當即決定，去向楊貴妃告密，挑起窩裏鬥，靜坐看笑話。

徐念奴一搖一擺地進了興慶殿。楊玉環禮貌地接待深夜來訪的客人。念奴裝著不經意的樣子，說：「皇上怎麼還沒回來，讓貴妃娘娘獨自等著？」

玉環說：「皇上在翠閣批閱奏章，今夜不回來了。」

念奴說：「難怪呢！我見高力士引個女人，去了翠閣，想必是爲了伺候皇上。」

玉環聽了「女人」二字，臉色有些變化，說：「哪個女人？」

念奴說：「就是梅妃呀！娘娘，對這個梅妃，你得防著點兒。這個人不大地道，愛嚼舌頭，說人壞話。比方對娘娘，她說的話可難聽哩！」

玉環說：「她說我什麼？」

念奴是專門前來煽風點火的，索性煽個痛快、點個痛快，說：「她說娘娘太胖，像個肥婆，還說，還說……」

玉環說：「還說什麼？」

念奴說：「還說皇上爬灰，娘娘這個『灰』，就愛讓皇上『爬』。哎！那話難聽死了，不說了不說了！」

玉環滿臉通紅，嘴唇哆嗦，痛苦地喊了一聲：「氣煞我也！」

徐念奴幸災樂禍地離去。楊玉環可是徹夜未眠。她想像著她的三郎，正懷抱著那個瘦猴睡覺，心裏就像有一千隻蟲子在爬動和抓撓，酸酸的，痛痛的，無法忍受。她恨梅妃：你罵我肥婆倒也罷了，千不該萬不該說出「爬灰」那種話來。那是我的心病和瘡疤，你怎麼偏去捅它揭它呢？她也恨明皇：我不顧廉恥，委身於你，而你卻又和別的女人胡來，這算什麼？你要臨幸那個瘦猴，不妨明說，爲什麼偏要拿批閱奏章來騙我？此時此刻，酸甜苦辣，一齊湧上心頭，玉環再也控制不住，淚水嘩嘩地流了出來。她哭了一陣，心火重新騰起：不行！我得去問問那個虛情假意的皇上，他得給我個說法！

天終於亮了。玉環一不梳洗，二不打扮，頭髮散亂，眼睛紅腫，只穿著睡衣，步出興慶殿。她的貼身侍女張雲容好生詫異，說：「娘娘！幹什麼去？」

玉環理也不理，逕直走向翠華閣。雲容害怕出事，緊緊跟著她，不敢吭聲。

翠閣內殿，明皇和采蘋一夜歡愛，尚未醒來。高力士睡在外殿，忠實地盡他伺候和護衛主子的職責。貴妃突然出現，高力士嚇了一跳，第一反應是得通知皇上，忙高聲喊道：「貴妃娘娘駕到——！」

熟睡中的明皇被這喊聲驚醒，兀自慌亂，猛地坐起，尋找衣服，慌亂中見采蘋依然未醒，急出一身冷汗。恰有一個內侍根據高力士的眼色，搶先進殿。明皇忙說：「快！把她藏到夾幕間去！」內侍手腳麻利，飛快地用被子將采蘋一裹，連被子帶人，抱著進了夾幕間。所謂「夾幕間」，是臥室後面的暗室，防備刺客而藏身用的，平時用布幕擋著，另有小門通向殿外。

「皇上睡得好舒坦呀！」隨著一句酸溜溜的聲音，玉環進入內殿。她見明皇坐在床上，怒沖沖地問道：「瘦猴安在？」

明皇故作鎮靜，說：「什麼瘦猴？」

玉環一眼看到床前踏板上的女人繡鞋，冷笑說：「這是什麼？」

明皇支支吾吾，無言以對。玉環說：「好啊！你和那個賤人尋歡作樂，連早朝都不上了。別人都把罪名歸到我的頭上，說我狐媚了皇上。那好，你現在就去上朝，面見群臣，跟他們說清楚，到底是怎麼回事？我，就在這兒等候！」

明皇記掛著夾幕間的采蘋，說：「今天身體不適，早朝免了！」說著，拉了拉被子，臉向床裏睡下了。

這可把玉環氣壞了，頓時耍起潑來，哭著說：「這叫什麼事啊？你們快活，我背黑鍋，天下哪有這個理？你給我起來，我們一起去會見朝臣，讓大家見識見識，看看你是個什麼樣的荒淫昏君！」

「荒淫昏君」四字，深深地刺激了明皇。他的尊號是「開元天寶聖文神武皇帝」，怎麼會是「荒淫昏君」呢？再說，他當皇帝已經三十多年，誰敢當面說這種話？他要維護尊嚴和臉面，猛地坐起，臉色陰沉，怒聲喝道：「放肆！」

玉環可不害怕，說：「放肆就放肆，怎麼著？」

明皇再也無法忍受了，厲聲說：「來人！貴妃忤旨，立即將她遣送出宮！」

高力士趕忙進殿，說：「皇上！這……」

明皇一揮手，說：「執行！」

玉環說：「出宮就出宮，省得礙手礙腳，壞了人家的好事！」說著，扭身出了內殿。殿外，宮監迅速準備好了馬車。玉環上車。高力士追了出來。張雲容茫然不知所措。高力士說：「快去伺候貴妃呀！」雲容隨即上車。宮監一揚長鞭，馬車啓動，緩緩馳離翠閣，馳出興慶宮。

事情發生得非常突然，所有人都嚇糊塗了，大眼瞪小眼，不知如何收場。明皇猛地想起夾幕間的梅妃，命她出來。而那個內侍自作聰明，回答說：「奴才剛才見貴妃娘娘那樣兇，怕出事，悄悄將梅妃娘娘送回上陽東宮了。」

明皇窩著一肚子的無名火，頃刻全部發洩到內侍頭上，怒吼說：「誰讓你這樣做的？反了反了，全反了！來人！將這個奴才拉出去，亂棍打死！」

內侍嚇得小雞啄米似的，磕頭說：「皇上饒命！皇上饒命！」早上來幾名侍衛，把內侍拉了出去，一陣亂棍，可憐一個好心的奴才，立時斃命。

許久，明皇又喚進高力士，說：「朕在這裏臨幸梅妃，她玉環怎麼知道的呢？」

高力士說：「奴才剛才問過了，是槐花院的徐才人多嘴多舌，去向貴妃告的密。」

明皇牙齒咬得「咯咯」響，說：「這個賤貨，唯恐天下不亂！去！賜她一杯鴆酒，讓她到陰間告密去！」

高力士說：「奴才遵旨！」

貴妃大鬧翠閣，接著被遣送出宮的消息，早已傳遍後宮。才人徐念奴開心極了，雙眼笑成一條線，說：「痛快！痛快！眞個痛快！」話音剛落，高力士帶了兩名宮監進了槐花院，高聲說：「徐才人接旨！」

徐念奴慌忙跪地。高力士說：「皇上口諭：徐才人這個賤貨，唯恐天下不亂！賜鴆酒一杯，讓她到陰間告密去！」

念奴腦裏「嗡」的一聲，嚇懵了，連連磕頭，說：「皇上饒命！阿翁饒命！」

高力士說：「晚啦！誰讓你舌頭那麼長來著？」

念奴還要求饒。高力士努嘴，示意宮監，將鴆酒給她灌下。再看念奴，雙手捂著肚子，痛苦地倒在地上呻吟，不一會兒，氣絕身亡。

貴妃楊玉環坐車出了興慶宮，到哪裏去呢？想來想去，只有鴻臚卿、堂兄楊銛府中可以落腳。楊銛和妻子韓氏見貴妃妹妹只穿著睡衣，滿臉淚痕，驀然而至，嚇了一跳。他們來不及多問，忙將玉環迎進府中，安頓在一間豪華舒適的房裏，然後喚出張雲容，詢問事由。雲容只能說個大概情況，具體的說不清楚。不過，他們還是聽出來了，玉環是得罪皇上被趕出宮的，不禁大驚失色，連聲說：「怎麼會是這樣？怎麼會是這樣？」

楊氏外戚迅速得到玉環出宮的消息。這一消息對他們來說，無疑是平地颳起的風暴，天塌地陷。楊金環、楊銀環、楊珠環府第和楊銛府第相連，三姐妹立刻過來，問這問那。楊錡和太華公主、楊鑑和承榮郡主夫婦隨後也到，問長問短。可是，他們問不出個頭緒來，因爲玉環把自己關在房裏，誰也不見。他們不由地埋怨起來，說：「玉環也眞是的！怎麼能得罪皇上呢？皇上是誰？皇上是天子，是人主！得罪了皇上，能有好果子吃嗎？別說玉環失寵，就是我們整個楊家，也要跟著遭殃啊！」

雲容說：「奴婢請各位先別埋怨，還是勸勸貴妃娘娘要緊，萬一……」她不敢往下說，因為那個「萬一」確確實實是存在的。

一句話提醒了眾人。銀環和玉環的關係最好，向前敲著房門，說：「小妹！我是二姐，把門開開，不管出了什麼事，總得大家商量個辦法才是。你一個人把自己關在房裏，把話悶在心裏，我們看著難受。快！聽話，把門開開！」

房裏沒有動靜。銀環說：「小妹！你再不開門，我可要撞門了！」銀環退後幾步，果眞要撞房門。就在這時，「吱呀」一聲，房門開了。銀環趕忙進門，其他人也想進去。銀環說：「你們別忙，讓我先和小妹談談。」說著，隨手又關了房門。

房裏只有玉環和銀環二人。銀環開門見山，說：「小妹！到底怎麼回事？」

玉環滿心委屈，把夜間和早上發生的事情，簡要敘說了一遍。銀環聽著聽著，不禁笑了起來，說：「咳！我看你是吃醋了，而且吃得邪門兒。我的妹夫是皇帝，他有那麼多的嬪妃，愛臨幸誰就臨幸誰，你管得著嗎？又管得了嗎？」

玉環說：「他臨幸別的嬪妃倒還罷了，可那是梅妃，我受不了！梅妃那個賤人，背後盡說我壞話，什麼最難聽，她就說什麼，簡直是在我的心口捅刀子。你說，我能嚥下這口氣嗎？」

銀環說：「小妹！不是二姐說你，你也太任性啦！你想過這樣做的後果嗎？不僅你被趕出皇宮，而且會連及整個楊家。我們的父母剛得的封號，會被剝奪；大姐、我和三妹，還得回蜀郡去；就連楊銛、楊錡、楊鑑，甚至包括洛陽的叔父（楊玄珪），也會丟官。你說，怎麼辦？這叫牽一髮而動全身，一榮俱榮，一損俱損，可不是鬧著玩的啊！」

玉環說：「我是我，跟你們有何相干？」

銀環說：「你是眞傻還是假傻？你是我們楊家的一棵大樹，大樹一旦倒了，楊家還能在京城待嗎？」

玉環說：「待不住好啊，我就和你們一起回蜀郡去！」

面對玉環的天眞和無知，銀環哭笑不得，說：「唉！我該說你什麼好呢？得了，你先梳洗梳洗，吃點東西，我跟大夥兒商量商量，看有沒有彌補的辦法？」銀環喚進雲容，讓她伺候玉環，自己回到大廳，與金環等商量彌補的辦法。

金環、楊銛等都是沒經過世面的人，遇到這樣的大事，哪有什麼辦法？商量來商量去，依然是一籌莫展。珠環說：「釗哥哥年齡大，閱歷廣，我們何不把他叫來，聽聽他的意見？」

金環說：「是啊！釗哥哥也是楊家人，應該把他叫來，多一個人，多一份主意。」

銀環說：「倒也是。」於是，命人去叫「釗哥哥」。

這位「釗哥哥」名叫楊釗，一個即將呼風喚雨的大人物。嚴格說來，楊釗並非楊家血脈，而是女皇武則天面首張易之的兒子。張柬之發動宮廷政變，殺了張易之及其兄弟。張易之有一小妾，受到牽連，懷著身孕，改嫁宣州司士參軍楊珣。小妾生下兒子，便是楊釗。楊釗長大，不學無術，吃喝嫖賭，諸毒俱全，因此不爲族人所齒，光棍一條，生活無著，只好從軍，參加軍屯。期間，惡習不改，犯了軍規，軍屯長官鄙視其爲人，將他處以笞刑，趕出軍營。楊釗輾轉到蜀州鬼混，結識了司戶參軍楊玄琰。論祖上，他倆都是楊汪的後裔，而楊玄琰和楊珣還是堂兄弟。因此，楊釗應稱楊玄琰爲叔父。楊玄琰的女兒金環等，自然把楊釗叫「哥哥」。玉環十歲的那年，楊玄琰亡故。楊玄珪從洛陽趕到蜀州，埋葬了兄長，將其房產和地產委託給楊釗看護，然後接了玉環，返回洛陽。楊釗憑空得了一筆財產，出嫁了的銀環時時回家，見這個遠房堂兄身強力壯，姿容俊美，兄妹二人遂眉來眼去，勾搭成姦。楊釗仍愛賭博，沒多久便將楊玄琰的家產輸得精光。當地富豪鮮于仲通，看出楊釗是個精明人，給了他一些資助，並給他娶了妻子裴柔，裴柔生了兒子，楊釗這才有了自己的家。楊釗雖然有了妻子和兒子，但和二妹銀環仍然情深意切，一直保持著通姦的關係。一天，銀環的丈夫裴雷發現了他們的姦情，氣得臉色發青，渾身哆嗦。裴雷身子骨原本羸弱，這一氣便氣出病來，不消半月，竟一命嗚呼。裴雷一死，楊釗和銀環私通，越發肆無忌憚了。

天寶四年（西元七四五年），唐明皇冊封楊玉環為貴妃，玉環的三個姐姐很快到了長安。楊釗也想到長安撈取榮華富貴，可惜沒有門路。恰巧，劍南（治所蜀郡）節度使章仇兼瓊，久未升官，遷恨於宰相李林甫。他想攀附貴妃的高枝，藉以討好皇上，衝破李林甫的壓制。如何攀附呢？無非是金錢開道。因此，他準備了價值數百萬緡的蜀錦和春絺，託鮮于仲通去長安，進貢朝廷，打通關節。鮮於仲通可沒有那個膽量，轉而推薦了楊釗。於是，章仇兼瓊召見楊釗，見他口齒伶俐，能說會道，且是貴妃的堂兄，不禁大喜，立即命他為推官，攜帶資貨，到長安活動。這對楊釗來說，無疑是天上掉下了餡餅，用鮮于仲通的貢物兼為自己謀利，豈不兩全其美？

楊釗到達長安，方知楊家三姐妹，得到明皇賞賜，都已有了豪華的府第。他首先拜訪銀環，而且就住在銀環府中，二人重溫舊情，宣淫不止。透過銀環，他逐一拜訪其他楊姓弟妹，進獻了豐厚的禮物。並且，挑選最精美的蜀錦和春絺，透過金環、銀環和珠環，進獻給貴妃妹妹。玉環收了蜀錦和春絺，因為是家鄉的特產，所以十分喜歡，經過詢問，知道是楊釗送的。她隱約記得有這麼一位遠房堂兄，至於他的長相和為人等，卻沒有絲毫印象了。

楊釗被叫到楊銛府中。銀環把玉環的事一說，楊釗暗暗叫苦，鮮于仲通讓自己千里迢迢，來攀附貴妃的高枝，這個「高枝」怎麼會突然倒了呢？但是，楊釗畢竟經過世面，想了想，說：「你們能肯定，貴妃是被皇上遣送出宮的？」

銀環說：「沒錯，小妹的侍女張雲容就是這樣說的。」

楊釗說：「那就不用擔心。據我所知，皇上降罪於后妃，最重的是賜死，次重的是貶為庶人，也就是打入冷宮，從沒有『遣送出宮』這一條。貴妃被遣送出宮，只是皇上一時生氣才做出的決定。根據皇上對貴妃的寵愛程度，問題不會那麼嚴重。我敢斷定，宮中很快會有人來，表達皇上對貴妃的關愛。」

金環、楊銛等根本不信，說：「哪能呢？前腳出宮，後腳來人，皇上會這樣做嗎？」

話猶未了，門房前來報告，說：「宮中的張公公給貴妃送東西來了！」

銀環給楊釗飛了個媚眼，說：「你眞行啊，未卜先知！」

張公公名叫張韜光，是高力士的得力幫手。他送來的東西裝了上百輛馬車，全是貴妃的衣服、首飾和化妝用品。張韜光說：「皇上說了，讓貴妃娘娘好生歇著，消消氣，千萬莫作賤了身子。」

銀環說：「我們代替貴妃娘娘，感謝聖恩！」

張韜光命人卸下東西，回宮覆命。楊府的人發出歡呼。他們看到皇上送來的上百車東西，不約而同地想到楊釗的判斷：「問題不會那麼嚴重」。銀環趕忙把這一情況告訴玉環，說：「小妹！你看皇上多關心你呀！」

玉環還在生氣，噘著嘴說：「他先打了你，再給你個糖豆吃，光哄人！」

玉環回到楊府，折騰了快一天，大家都還沒有吃飯。楊銛命人準備酒宴。楊釗笑了笑，說：「我看就別準備了，皇上會給貴妃賜宴的，我們都會一飽口福。」

金環、楊銛等還是不信，說：「哪能呢？皇上剛給玉環送來穿的用的，還會再送吃的？」

話猶未了，張韜光果眞再次到來，說：「皇上有旨：賜給貴妃娘娘御宴，美酒百罈，菜餚百味！」說著，宮監抱了酒罈，端了菜餚，擺滿了大廳裏的大桌小桌。那是宮廷的美酒和菜餚，人間極品。眾人看得呆了，目光一齊轉向楊釗，說：「嘿！你眞是料事如神哪！」

張韜光回宮。楊府裏擺開酒宴，山吃海喝，原先驚恐、愁悶的氣氛爲之一掃。金環、銀環、珠環請玉環用膳。玉環推說沒有胃口，不想吃。銀環讓人盛來一碗桂圓蓮子八寶粥，逼著玉環吃了。

這一天，可把大唐天子唐明皇害苦了。他早回到了興慶殿，不見愛妃，就像丟了魂魄，心裏空落落的，坐也不是，立也不是，直想摔東西，發脾氣，看宮監宮女全不順眼，連命鞭笞了好幾個人。這時他方知道，貴妃對於他是何等重要，她是他生命的一部分，沒有她，自己一天也活不下去。他問小心翼翼的高力士說：「玉環出宮，去了哪裏？」

高力士說：「奴才派人打聽了，貴妃去了楊銛府中。」

明皇重重地歎了口氣，說：「唉！」

高力士試探著說：「貴妃是穿著睡衣出宮的，什麼也沒有帶呀！」

明皇說：「那你還不趕快給她送些衣服、首飾去？對了，再送些化妝用品去！」

高力士暗笑，心裏說：「瞧你這點出息！」

——這是張韜光第一次赴楊府的緣由。

午後，明皇有午休的習慣。可他哪裏睡得著呀？睁眼閉眼，腦海裏都是玉環的身影。她年輕美貌、多才多藝，自從她走進他的生活，使他重新煥發了青春，心情歡悅，精力旺盛。他深深感到，她是上蒼給予他的恩賜，有了她，自己這棵老樹，才又生出了鮮豔的綠葉，開出紅紅的花朵。他輕輕地呼喚著玉環的名字，說：「玉環！你應該懂得我的心意，我是多麼寵你和愛你。可你也得講點規矩呀！梅妃也是嬪妃，我偶爾臨幸一次，而且像做賊似的偷著臨幸，不過分嘛！而你呢？跑到翠華閣去大吵大鬧，讓我難堪，更甚者，你還當眾罵我是荒淫昏君，你說，我能不生氣不發火嗎？」

明皇心裏，時時想念著和牽掛著玉環。傍晚時分，高力士命擺宴，請明皇用膳。明皇剛拿起筷子，便問高力士說：「你說玉環此時用膳了嗎？」

高力士說：「要不？皇上給貴妃賜一桌御宴？」

明皇說：「那你就快去辦呀！」

——這是張韜光第二次赴楊府的緣由。

明皇沒有飲酒，吃得也很少。他又想起了玉環的諸多好處，特別想到她早上去翠華閣的情景，顯然，她是出於嫉妒才去吵鬧的。女人的嫉妒大體上分爲兩種，一種是由愛而生的嫉妒，一種是由恨而生的嫉妒。前者表現了愛情的自私性和排他性，心愛的人只能屬於自己，而不能與別人共用；後者表現了失意的報復性和破壞性，自己得不到的，別人也休想得到，惡意把矛盾挑起來，然後隔岸觀火，幸災樂禍。明皇感覺得到，玉環的嫉妒屬於前者而非後者。她嫉妒的背後是一種愛，一種情，一種熱望獨佔男人的愛和情。明皇想到這裏，心裏升起暖融融熱烘烘的感覺，因爲不論男人或女人，愛對方和被對方愛，總是甜蜜的和幸福的。

就在明皇想念玉環的同時，玉環也在想念著明皇。不管怎麼說，她已是他的人了，誰也改變不了這個事實。對於早上發生的事情，她有幾分後悔，後悔不夠冷靜，過於孟浪。二姐銀環說的不錯，明皇是皇帝，擁有很多嬪妃，他愛臨幸誰就臨幸誰，別人管不著也管不了。自己那麼一鬧，被遣送出宮，不僅榮華富貴完了，而且還會殃及楊氏滿門。不過，他還是有心的，連著派了張韜光，先送衣物，再賜御宴，說明他是愛自己的，而且愛得深沉和強烈。事情會怎樣發展呢？他會接自己回宮嗎？唉！難說，難說！

這一天，對於明皇來說，簡直是度日如年。好不容易挨到晚上，宮燈點亮，薰爐浮香。他在興慶殿裏徘徊，忽然覺得沒有了玉環的大殿，顯得出奇的空曠和清冷，自己的心頭，也是出奇的寂寞和孤獨。他故意掩飾心情，對高力士說：「將軍！我們下盤棋，怎樣？」

高力士說：「皇上和奴才下棋？」

明皇說：「是呀！現在除了你，我還指望誰去？」

高力士取出圍棋，落座和明皇對弈。可明皇哪有心思下棋呀？心不在焉，時時走神。他想起，一次和寧王李憲對弈，樂工賀懷智彈著琵琶，玉環抱著寵物猧子觀戰，弈至一百多手，自己處於下風，即將敗陣，聰明的玉環不想讓皇上輸棋難堪，故意把猧子放在棋盤上，攪亂了棋局，因此，那盤棋算作和棋。而現在呢？玉環不在跟前，下棋全無興致和樂趣。

明皇隨便落下一個棋子，說：「這時，玉環也不知睡了沒有？」

高力士看明皇的樣子，覺得又好氣又好笑，說：「依奴才看，皇上得趕快把貴妃接回來才是。一來，宮外不安全；二來，貴妃任性，一賭氣，再回壽王府，那就……」

明皇聽了這話，身上像被蜂刺螫了一樣，自己費了九牛二虎之力，才把玉環弄到手，怎能再讓她投入別的男人的懷抱呢？他一推棋盤，說：「不下了！你這就率領禁軍，去接玉環！」

高力士說：「現在？」

明皇說：「對！就是現在！朕一刻也等不及了！」

高力士時為驃騎大將軍，具有調動皇家禁軍的權力。為了保險起見，他約了左龍武大將軍陳玄禮，共率禁軍千餘人，嚴加警戒，迎接貴妃回宮。為了一個女人，深夜動用禁軍，這在唐朝歷史上是絕無僅有的。

宣陽坊楊銛府中，楊氏兄弟姐妹仍未休息，忽然聽到大街上有禁軍的喧鬧聲，相當驚駭，不知道發生了什麼事情。楊釗笑了笑，說：「我若猜得不錯，這是皇上派人接貴妃來了。」

眾人疑惑，說：「都二更天了，可能嗎？」說話間，高力士進了大廳，說：「皇上有旨，接貴妃娘娘回宮！」

楊銛、金環等發出歡呼，說：「皇上聖明！」銀環飛快地跑進房裏，笑呵呵地說：「小妹！快！皇上派人接你回宮了！」

玉環且驚且喜，卻又不顯聲色，撇著嘴說：「不回去！」

銀環說：「別犯傻了！皇上給了你多大的面子，若不回去，我們饒不了你！」

高力士在眾人的簇擁下，隨後也進了房裏，重複皇上的旨意。玉環再不好忸怩了，簡約梳妝，換了衣服，由侍女張雲容攙扶，登上鳳輦，返回興慶宮。她透過帷幔看到，大街兩旁滿是禁軍，執著兵器，舉著火炬，像是迎接一位在前方打了勝仗，威武凱旋的英雄。

興慶殿裏，明皇焦急地等待著玉環。當玉環款款出現的時候，他快步迎向前去，深情地叫了一聲：「玉環！」

玉環也叫了一聲：「三郎！」她一頭撲進他的懷裏，「嗚嗚」地哭了起來。

明皇輕輕地拍打著玉環的脊背，說：「哭吧！哭了好受些！」玉環見三郎沒有一點責怪她的意思，索性放聲大哭，那是一種孩子式的無助而渴望庇護的哭泣，一種親人般的委屈而又無限依戀的哭泣。這種哭泣，喚醒了明皇深藏於心底的夫愛和父愛，他也不知不覺地流下淚來。

明皇哄著玉環，說：「好了，我們以後別鬧了。」

玉環嗚咽著說：「誰跟你鬧了？你光欺侮人！」

明皇說：「你說話也得有個分寸呀！當著下人的面，怎能說我是荒淫昏君呢？」

玉環依偎在明皇的懷裏，噘著嘴說：「我不僅說你是荒淫昏君，還要說你是薄情三郎！」

明皇瞧玉環撒嬌的模樣，且憐且愛，說：「行！我是荒淫昏君，我是薄情三郎，總可以了吧？」

玉環破涕爲笑，說：「這還差不多！」

雨過天晴，皆大歡喜。次日，明皇召楊氏兄弟姐妹進宮，舉行盛大宴會，暢飲共歡。楊釗也參加了宴會，首次見到明皇，從而開始了飛黃騰達的人生里程。倒楣的是梅妃江采蘋，再也不可能得到明皇的寵幸了。她在失望和絕望中，自作了一篇〈樓東賦〉，抒發孤苦和淒涼的情懷。賦云：

玉鑒塵生，鳳奩香殄。懶蟬鬢之巧梳，閒縷衣之輕練。苦寂寞於蕙宮，但凝思於蘭殿。信剽落之梅花，隔長門而不見。況乃花心颺恨，柳眼弄愁，暖風習習，春鳥啾啾。樓上黃昏兮，聽鳳吹而回首；碧雲入暮兮，對素月而凝眸。溫泉不到，憶拾翠之舊遊；長門深閉，嗟青鸞之信修。憶昔太乙清波，水光蕩浮，笙歌賞燕，陪從宸旒。奏舞鸞之妙曲，乘畫鷁之仙舟。君情繾綣，深敘綢繆。誓山海而長在，似日月而無休。奈何嫉色庸庸，妒氣沖沖，奪我之愛幸，斥我乎幽宮。思舊歡之莫得，想夢著乎朦朧。度花朝與月夕，羞懶對乎春風。欲相如（指西漢司馬相如）之奏賦，奈世才之不工。屬愁吟之未盡，已響動乎疏鐘。空長歎而掩袂，躊躇步於樓東。

明皇讀到這篇情意深長的賦，深感有負於梅妃。玉環也讀過這篇賦，出於嫉恨，說：「江妃庸賤，以浮詞發洩怨望，應該將她賜死！」

明皇說：「爲了你，我已將徐才人賜死，梅妃就算了，由她自生自滅吧！」後來，明皇想起采蘋，曾背著玉環，賜給她一斛珍珠。采蘋不稀罕珍珠，原封不動地退回，並附詩一首，云：

柳葉雙眉久不描，殘妝和淚濕紅綃。
長門自是無梳洗，何必珍珠慰寂寥。

采蘋既失寵愛，要珍珠何用？從此，她深居簡出，甘於寂寥，憑藉詩賦，打發百無聊賴的時光。

烜赫外戚

楊釗萬沒想到，自己輕而易舉地就參加了皇家宴會，見到了皇上和貴妃。明皇詢問蜀郡的情況。楊釗逐一回答，知道的說，不知道的編，條理清晰，頭頭是道。明皇一下子對他產生了好感，以爲是個人才。楊玉環見這位堂兄身材偉岸，談吐從容，也很喜歡，因爲他畢竟是娘家人，楊家若能出個像樣的人物，那麼自己的臉上也有光彩。明皇非常慷慨，當天便授了楊釗一個官職：金吾兵曹參軍兼閑廄判官，官階八品。

楊釗出入皇宮的機會多了。一天，明皇和人樗蒲。楊釗是賭博高手，主動給明皇當幫手並記賬，計算精確，錙銖無誤。明皇龍顏大悅，說：「你是做度支郎的好材料嘛！」於是，提拔他爲監察御史。楊釗有著敏銳的政治嗅覺。他一方面透過楊氏姐妹，千方百計地迎合皇上；一方面還低聲下氣地巴結兩個人：宰相李林甫和宦官高力士。李林甫欣賞楊釗「怙寵」、「搏鷙」的特點，高力士看重楊釗的賄賂，二人皆說楊釗的好話。因此，楊釗官運亨通，很快升任度支員外郎，同時兼任十五項以上的職務。天寶七年（西元七四八年），又被擢爲給事中，兼御史中丞，專判度支，知太府卿事，官階四品。從八品小吏到四品大員，楊釗僅僅用了兩年多的時間，速度之快，令所有的人驚詫羨慕，望洋興嘆。

楊釗也在長安修建了豪華的府第。他的府第毗鄰楊銀環的府第，兩府之間闢有便門，爲的是他和她通姦的方便。楊釗把蜀郡的妻子和兒子接了過來，享受榮華富貴的生活。楊釗的妻子裴柔出身倡人，很有幾分姿色，生性淫蕩，很不安分。她嫁楊釗後，先生了兒子楊暄。後來，楊釗外出混事，一走就是兩年。回家後卻發現裴柔又生個兒子，取名楊昢，尚未滿月。楊釗板起面孔，說：「這是怎麼回事？」裴柔紅著臉，說：「你離家這麼長時間，人家想死你了。白天想，夜裏也想，一次做夢，夢中和你做那種事，隨後就懷孕了。所以呀，這個楊昢，怕是神靈送給我們的禮物哩！」這明明是彌天大謊，不想楊釗卻說：「噢！此乃夫妻相念情感所致！」這以後，裴柔又生了兩個兒子：楊曉、楊晞。這兩個兒子是不是楊釗的種？難說。

楊釗依靠貴妃楊玉環的裙帶關係，官運亨通。就在楊釗節節高升的同時，明皇又採取了一個前所未有的舉動，將玉環的三個姐姐同日封為「國夫人」：楊金環為韓國夫人，楊銀環為虢國夫人，楊珠環為秦國夫人。就連金環的丈夫崔珣和珠環的丈夫柳澄，也被任命為秘書少監。

國夫人為一品誥命，通常是隨丈夫或兒子的官爵而受封。可是，明皇打破成規，破例封了玉環的三個姐姐，足見他對玉環的寵愛之深。國夫人享有一系列優厚的待遇，可以隨時面見皇上，領取朝廷俸祿，出行時有儀仗開道和護衛。僅儀仗而言，規定：乘坐白銅裝飾的牛車，馭者四人，從者十六人；從車六乘，馭者六人；清道二人，青衣六人；扁扇、團扇、方扇各十六面；行障二具，坐障三具；另有執戟侍衛六十人。——這是一支威風排場的佇列，是尊崇地位、高貴身分的標誌和象徵。既然受封，必有賞賜。明皇宣布，每月賜給三位國夫人的脂粉錢，各為十萬緡。來自蜀郡的三個普通女人，突然享受這樣的榮寵，似夢非夢，似幻非幻，一時無所措手足，嘴都笑歪了。

楊釗升官，楊氏姐妹受封，利用明皇給予的大量賞賜，刻意追求享受，窮奢極欲。他們各家都擴建府第，連棟接宇，富麗堂皇，猶如宮禁，一座房屋往往費錢數千萬緡。各家還互相攀比，一旦見別人家的府第超過自己，立即拆毀重建，務以瑰侈相誇詡，土木工程不息，時人謂之「木妖」。

虢國夫人楊銀環，不僅在城裏建了府第，而且仿效其他權貴的做法，要在城南的樊川修建別墅。這天，她率領侍從和工匠到樊川的韋曲轉悠，一眼看中一座莊園，倚原向水，地勢高敞，綠樹環抱，花木扶疏，缺點是房屋舊了些。經打聽，知道莊園的主人姓韋，兄弟三人，乃武則天時宰相韋嗣立的後代。她可不在乎什麼韋嗣立，直接進入莊園，說：「這座莊園我買了，其價幾何？」

韋氏兄弟好生詫異，說：「這是我們韋家的祖產，誰說賣了？」

銀環說：「不管你們賣不賣，反正我買了。」

韋氏兄弟的詫異變成憤怒，說：「你是誰？怎麼這樣霸道？」

侍從神氣地說：「怎麼？這位是皇上的姨子，貴妃的姐姐，堂堂的虢國夫人，你們竟不認識？」

韋氏兄弟說：「現在的夫人多了去了，我們為何要認識她們？」

銀環可生氣了，一揚手，說：「給我拆！把這破房爛屋拆光！」隨行的工匠奉了命令，一湧向前，破牆揭瓦，掀樑倒柱。韋氏兄弟哪能阻攔得了？一邊大罵「強盜！強盜！」一邊收拾些細軟，去不遠處搭帳篷居住。事後，銀環給韋氏兄弟幾十畝薄地，算是「買」了莊園的補償。

很快，銀環的別墅建了起來，高堂華屋，假山魚池，奇花異木，曲徑通幽。工匠們討要工錢。銀環說：「行！我這裏有一百隻螞蟻和一百隻蠍子，現在把它們放在堂屋裏。明天我來驗收，若螞蟻和蠍子一隻不少，說明工程符合品質，工錢照付；若少了一隻，說明牆上有縫隙，別說工錢，我還要狠狠地揍你們，每人打五十大棍！」

工匠們傻眼了，哪裏見過這種驗收方法？得！這位虢國夫人惹不起，還是保命要緊。他們誰也不敢討要工錢了，自認倒楣，滿懷著沮喪和憤恨離去。

其實，銀環修建別墅，並非爲了自己居住，只是爲了顯示威風和氣派而已。銀環及金環、珠環，活動的圈子主要還是在皇宮，陪伴皇上和貴妃，才是她們的職責所在。她們在宮裏，有時會遇見一些公主拜謁玉環。公主稱她們爲「皇姨」，表現畢恭畢敬。她們若不就座，公主不敢先坐；她們開口說話，公主不敢插言。三位國夫人中，論性格，珠環比較沉穩，金環、銀環潑辣謔浪。尤其是銀環，天不怕地不怕，什麼樣的話都敢說，什麼樣的事都敢做，只要她在場，總會引起歡聲笑語，讓人感到快樂和開心。

一天，金環、銀環、珠環陪明皇和玉環飲宴，咸宜公主和太華公主等在場。三杯酒下肚，明皇說：「二姨！講個笑話，怎樣？」

銀環說：「笑話有葷有素，皇上愛聽葷的還是素的？」

玉環搶先說：「素的。」

銀環說：「那好，我就講個素的。話說有這樣三個人，叫做張三、李四、王二麻子，傻不嘰嘰的，別人都稱他們爲『活死人』。一天，他們鑽在破廟裏睡覺，合蓋一條被子。睡到半夜，張三覺得腿癢，使勁地去撓。撓啊撓啊，撓得指甲血糊糊的，還是很癢。他覺得奇怪，癢怎麼就止不住呢？爬起來一看，原來撓的不是自己的腿，而是李四的腿。李四呢？一條腿被抓得血淋淋的，他卻全不知曉，還在呼呼地大睡哩！」

明皇等早大笑起來，說：「怎會有這號人？」

玉環說：「那王二麻子呢？」

銀環說：「王二麻子半夜憋了一泡尿，起來解手，偏巧下雨，雨水從房簷上滴下來，他以爲那是自己的尿，怎麼也尿不完，倚著門框，一直站到天明，還自言自語地說：『怪了！我沒喝多少水呀，哪來這多的尿，老尿不完呢？』」

立時，一陣哄笑，就連侍宴的高力士和宮女，也笑得捂著肚子，說：「眞是活死人，傻得沒譜了！」

笑過一陣，明皇又說：「再講個葷的。」

銀環飲了一杯酒，說：「行！再講個葷的。話說有個財主，姓黃，名樹浪，連起來讀，就成了『黃鼠狼』。他的老婆姓藍，名彩花，連起來讀，就成了『爛菜花』。」

她剛說了這兩個名字，眾人就笑了，說：「這叫什麼名字？」

銀環接著講：「黃鼠狼最愛賭博，白天黑夜不著家；爛菜花巴不得，趁機偷起了野漢子。黃鼠狼全不知情。一天下午，黃鼠狼又在外面賭博，爛菜花約了野漢子，放開膽量，赤裸裸地耍開了五馬長槍。黃鼠狼這天手氣不順，不一會兒，把錢輸光了。他要撈本，所以回家取錢。回家一看，大門緊關著，就拼命敲門，一邊敲一邊喊著：『死老婆！大白天關門做什麼？得是防賊哩？』一絲不掛的野漢子嚇壞了，臉色煞白，渾身冒汗，說：『這可怎麼好？這可怎麼好？』爛菜花一點也不慌張，蹬了褲子穿了衣服，悄聲給野漢子叮嚀幾句，就去開門。大門開開，黃鼠狼進來。說時遲，那時快，爛菜花操起門邊一個柳編的笆斗，『呼』的一聲，套在了黃鼠狼的頭上，然後擂鼓似地捶著笆斗，破口罵道：『你個死鬼，挨千刀遭萬剮的，成天只知道賭賭賭，把老娘一個人丟在家裏，獨守空房，好不寂寞。真氣死我了，我叫你賭！我叫你賭！我叫你賭！』她一邊捶著笆斗，一邊朝野漢子使著眼色，意思是說：『快跑呀！』野漢子閃出門去，爛菜花這才停手。黃鼠狼去了頭上的笆斗，雙眼濛濛的，兩耳『嗡嗡』的響，半天沒回過神來，許久才氣呼呼地說：『幹什麼？把我都震懵了！』爛菜花一咧嘴，笑嘻嘻地說：『是嗎？那我給你燙壺酒去！』說著，自個兒先回房裏去了。」

她一講完，又是哄堂大笑。金環說：「這叫賊人賊膽。」明皇說：「也叫賊才賊智，爛菜花在那種情況下想出那個辦法，聰明著哩！」

銀環講得口乾，復又飲酒。明皇端詳著楊家四姐妹，人人美豔，個個妖冶。玉環天生麗質，具有嬌媚之美。銀環輕佻活潑，具有風騷之美。金環和珠環，也是丰神楚楚，明麗動人。他不由地發起感慨來，說：「世界上，美的東西很多，但最美的還是女人。古人造字，就發現了這一點，所以凡是帶『女』的字，都具褒義。如『好』、『妙』、『嫵』、『媚』、『妍』、『嬈』、『嬌』、『姝』、『姹』、『嬋』、『娟』、『娥』、『嫻』、『婉』、『娜』、『娉』、『婷』、『嫣』等等，都是『女』字旁。這說明什麼？說明女人是天地之造化，陰陽之靈秀，萬萬少不得的。」

金環說：「帶『女』的字也有貶義的呀！如『奸』、『妖』、『姘』等。」

明皇說：「總的說來，還是褒義比貶義的多。」

玉環說：「可我看古書上常說，女人是禍水呢！」

明皇說：「那是偏見！那些書都是男人寫的，他們亡國亡家，常把罪過加到女人頭上，這不公平。典型的例子是夏、商、周三朝，三朝滅亡了，有人硬說是妹喜、妲己、褒姒的罪過。哪能呢？

夏桀王、商紂王、周幽王，他們都是荒淫暴君，重用奸佞，迫害忠良，只顧個人享樂，不管人民死活，這才國破身亡的嘛！」明皇說這些話的時候，是很自信的，因爲就在這年五月，他又獲得了新的尊號：「開元天寶聖文神武應道皇帝」。殊不知他，怠於政事，迷戀聲色，寵信奸臣，無視民生，正在步著夏桀王、商紂王、周幽王的後塵呢！

楊氏姐妹知識有限，不懂歷史。銀環趁著女人的話題，又來了興致，說：「皇上提到女人，我出幾個關於女人的字謎，給你們猜，怎樣？」

眾人異口同聲，說：「好啊！這有意思！」

銀環看著玉環，說：「小妹小時候曾掉進池塘裏，險些出事。我這第一個字謎就是：小妹掉進池塘裏。猜，看是什麼字？」

眾人抓耳撓腮，誰也猜不出來。銀環提示說：「小妹是女孩，池塘裏有水，有『女』有『水』，是個什麼字？」

明皇說：「我知道了，是個『汝』字。」

銀環說：「對！就是『汝』字。」

眾人大笑，說：「這個字謎難，誰會朝『女』和『水』的方面想呢？」

銀環飲酒，說：「第二個字謎是：一個男人，兩個女人。猜，看是什麼字？」

這個字謎更難，無人猜得。銀環說：「這是奸佞的『佞』字。」繼用筷子蘸酒，在桌上邊畫邊說：「左邊是個『人』字，右邊上頭是『二』，下頭是『女』。這就叫一個男人兩個女人，合起來豈不是『佞』字？」

眾人點頭，說：「這個字謎雖然古怪，恰也有理。」

銀環說：「再出第三個：賭錢贏了個寶貝，寶貝換了個女人。猜，看是什麼字？」

眾人苦思冥想，猜不出來。銀環提示說：「這是一個皇帝的姓。」

玉環拍手說：「那就是『嬴』字，秦始皇姓嬴。」

金環和珠環不解，說：「『嬴』字跟贏寶貝和換女人有什麼關係？」

銀環說：「贏錢的『贏』字，下邊中間是個『貝』不是？把這個『貝』換作『女』，不就成了『嬴』字了？」

金環和珠環說：「瞧你出的字謎，一個比一個刁鑽。」

明皇注視銀環，暗想這位皇姨，不僅風騷，而且聰穎，所出的字謎生動有趣，虧她想得出來！

這時，銀環站起，笑眯眯的，一面做動作，一面說：「你們猜字謎的水準不行，現在給你們猜個簡單的。看好了，比方我是個男孩，站得直直的，兩手貼身，我的身體是個什麼字？」

金環說：「『一』字！」

銀環說：「對！再看，兩臂向兩側伸展，我的身體是個什麼字？」

珠環說：「『十』字！」

銀環說：「對！再看，兩臂伸展，兩腿分開，我的身體又是什麼字？」

玉環說：「『大』字！」

銀環搖頭，說：「不對！」

金環、珠環說：「明明是『大』字嘛！」

銀環說：「我剛才說了，比方我是個男孩。」

金環、珠環說：「這跟男孩和女孩有何關係？」

銀環指指襠下，笑著說：「別忘了，男孩這裏長著小雞雞，『大』字下面還有一點，所以它應該是個『太』字！」

這一妙解，出人意表，新鮮別緻。所有人再次笑得前仰後合，東倒西歪。明皇剛飲一口酒，噴了一地。玉環以手捂胸，笑出了眼淚。金環笑得輕狂。珠環笑得恬靜。咸宜公主和太華公主等笑得伏在桌上。因爲說到「小雞雞」，高力士笑得尷尬，宮女笑得羞澀。銀環很是得意，飛著媚眼，說：「笑一笑，十年少。笑吧！我以後天天給你們講笑話，出字謎，讓你們笑得分不清東南西北！」

明皇專寵玉環，楊氏外戚迅速崛起，權傾天下。各地官吏發現了升官晉爵的訣竅，爭相給貴妃、國夫人、楊釗貢獻金銀珠寶和奇珍異玩，舉國風靡，車馬塡道，門若市然。嶺南節度使張九章貢獻最多，升任銀青光祿大夫。廣陵長史王翼貢獻最精，升任戶部侍郎。至於明皇給予楊氏兄妹的賞賜，則如流水一般，價値無法計算。國庫裏最珍貴的寶貝，如照明璣、七葉冠、欅子帳、辟寒犀、自暖杯、夜明枕等，都是外國進貢給唐朝的國寶，明皇一句話，它們便到了楊氏兄妹的手裏，成爲其私有財產。

三位國夫人，尤其是金環和銀環，爲了長久地保持既得的權勢，又幹起了保媒拉纖的營生，明皇未婚的女兒、孫子、孫女等，皆由她們充當媒婆，說合嫁娶。當然，她們首先考慮的還是楊家和皇室的聯姻。因此，楊釗的兒子楊昢尙明皇女兒萬春公主，銀環的兒子裴徽尙明皇孫女延光公主，珠環的兒子柳鈞尙明皇侄女長清郡主，柳潭尙明皇孫女和政公主，金環的女兒崔玟嫁了明皇的孫子李豫（唐代宗），銀環的女兒裴倩嫁了讓皇帝李憲的兒子李琳。絲絲裙帶，親上加親，楊氏外戚和李唐皇室的利益緊緊地聯繫在一起，彼此完全成爲一家人了。

唐明皇和楊貴妃都是音樂歌舞大家，他們的結合從某種意義上說，是藝術才智的結合，浪漫氣質的結合。繼「霓裳羽衣曲」之後，明皇又創作了「得寶子」「凌波曲」「紫雲回」「荔枝香」等小型樂舞，皆以輕盈、飄逸、飛動而見長。玉環陪伴明皇，隨時應樂而起舞。「緩歌慢舞凝絲竹，盡日君王看不足。」——這是他們日常生活的眞實寫照。

天寶八年（西元七四九年）十月，明皇和玉環又該到溫泉宮過冬了。玉環身體微胖，既怕熱又怕冷。夏天清晨，她愛在花園裏吸花上的露水，稱「吸花露」。中午時分，嘴裏愛含一隻玉魚兒，稱「含玉嚥津」。每有汗出，紅膩而多香，用絲帕擦拭，其色如桃紅，人稱「紅汗」。明皇自寵玉環以後，每年的十月至十二月或次年正月，都是在溫泉宮度過的。溫泉宮經過擴建和改建，規模更加宏大，景色更加壯麗，「泉湧殿而縈池，砌環流而起岸，岩虹曜彩，曲曲垂樑；岫月澄輪，低低入牖。落花纈岸，輕台網石；霞泛朝紅，煙騰暮碧。」明皇根據一篇賦中「華清蕩邪而難老」的句意，已將溫泉宮改名爲華清宮。華清宮裏，又建起許多殿閣，其中端正樓，就是爲玉環梳妝而專門修建的。玉環每次從該樓出來的時候，總是千嬌百媚，姿容煥發，宛若綽約仙子。

明皇和玉環到華清宮，均住飛霜殿。玉環的三個姐姐，自然隨行。飛霜殿的西側是九龍湯，那是明皇的專用湯池；東側是蓮花湯，則是玉環的專用湯池。起初，他們是分開沐浴的。後來，明皇厚著臉皮，堅持要和玉環同池沐浴。玉環拗不過皇上，只得同意。明皇看到，在宮燈的映照下，在水氣的迷朦中，湯池中的玉環，黑亮的長髮，潔白的肌膚，高聳的乳房，以及女人最隱秘的那片芳草地，都一覽無餘地呈現在眼前，優美流暢的曲線，渾圓豐滿的肉感，無不展示出青春的朝氣和生命的活力。他爲之陶醉，爲之入迷。他想擁抱她和親吻她，而她，卻羞怩地閃開了，撩起溫熱的湯水，澆了他滿頭滿臉。他們還別出心裁，在湯池中玩出了新的花樣，用珍珠、瑪瑙、翡翠等，壘成類似傳說中的瀛州、方山等仙山形狀，再放上白香木製作的小船，以及用錦繡縫製的鳧雁等，浮在水面，以手划水，使之來回漂盪。湯池的水順著水溝流向宮外。當地的百姓經常可以從中撈到寶珠瓔絡等物，每撈一物，足可維持一年半載的生計。

沐浴，遊樂，飲宴，歌舞。這是明皇和玉環在華清宮的主要生活。這天上午，他們玩起了一種叫做「風流陣」的遊戲：明皇率領一百多名內侍，玉環率領一百多名宮女，各用巨大的霞被錦帳覆蓋著，在「咚咚」的大鼓聲中，雙方互相追逐、衝撞和格鬥。當然，格鬥只是象徵性的，以傷不著人爲原則。金環、銀環、珠環參加玉環的一方，衝撞和格鬥格外勇猛。這時候沒有等級的區別，沒有尊卑的界限，有的只是尖尖的叫聲和肆謔的笑聲，不一會兒，所有人都大汗淋漓，氣喘吁吁。在遊戲的過程中，銀環故意鑽進明皇一方的陣營中，冷不防地在明皇嘴邊親了一口。明皇明顯感覺到了一股濃烈的芳香和氣息，那是女人身上散發出的特有芳香和氣息，撩人心扉，讓人暈眩，難以自制。

遊戲結束，各人擦汗，都說：「痛快！痛快！」明皇注意銀環，只見她汗濕雲鬢，霞潤雙頰，春色洋溢，笑靨綻放，投過來兩道放蕩或者說挑逗的目光。由於玉環在場，他不便直接回應，轉而把眼睛轉向了別處。

中午飲宴。三巡酒過後，明皇說：「乾喝酒沒意思，最好划拳，誰輸了誰喝酒，才有興致。你們，誰敢和我划拳？」

玉環和金環、珠環都不會划拳，會的只有銀環了。於是，銀環和玉環換了座位，坐到明皇身邊。划拳時，雙方需先拉一下手，說聲「哥倆好」，然後出拳計數，依次為「一線天」、「二進寶」、「三月三」、「四喜堂」、「五魁首」、「六六順」、「七月七」、「八段錦」、「九九歸一」、「十全十美」等。桌上應該放兩杯酒，可是銀環說：「不許耍賴，只斟一杯酒，誰輸誰喝！」明皇說：「行！依你！」明皇和銀環拉手，說了聲「哥倆好」，開始划拳。明皇先輸，飲酒。宮女斟酒。銀環後輸，飲酒。宮女再斟酒。前幾個回合還算平靜，漸漸地進入高潮，大呼小叫起來。金環和珠環吶喊助威，舞著手說：「加油！加油！」她倆思想上沒有傾向性，不管誰輸，有人喝酒就行。玉環心裏有點不自在，因為明皇不僅和銀環不停地拉手，而且兩人共用一個酒杯，有失禮儀，不成體統。不過，她也沒往深處想，划拳的兩個人，一是丈夫，一是二姐，他和她又能怎樣呢？

「三月三！」「六六順！」「九九歸一！」「十全十美！」「哈哈，你又輸了，喝酒喝酒！」銀環划拳，輸的多，贏的少，已經喝了很多酒，粉臉變得通紅，眼神變得朦朧，神志有些迷糊，一次沒有輸拳，竟也喝了酒。玉環連忙阻止，說：「別划了！二姐快要醉了！」

銀環說：「別！我沒有醉，還能划還能喝！」

金環、珠環說：「行！你能划能喝，不過先得休息一會兒。」

明皇瞧銀環慵慵的樣子，別有風韻，笑著說：「得！你先歇會兒，等你清醒後，我們再划再喝！」

銀環的侍女向前，扶了主子，搖搖晃地回了她所住的瑤光樓。金環、珠環也回了住所。明皇擁了玉環，回內殿休息。玉環躺下，漸入夢鄉。明皇一顆心，卻隨了銀環而去，怎麼也靜不下來。銀環在「風流陣」中親了他一口，使他興奮不已。他和銀環划拳，互相拉手，共用酒杯，有著一種難以言說的親切感和甜蜜感。他早就發現，銀環也是很美很可愛的。她的美跟玉環不同，那是一種淡掃娥眉的美，風流靈動的美。她可愛也跟玉環不同，那是一個輕佻女人的活潑和大膽，開放和張揚，而這種魅力，正是最讓男人動心的。所謂「好女人可靠，壞女人可愛」，說的就是這個道理。明皇作爲皇帝，自有皇帝的思想邏輯。他固然專寵玉環，但不應妨礙同時擁有其他女人。好比菜餚，龍肝鳳膽，熊掌魚翅，雖是極品，但上頓吃下頓吃，也會膩味的。如果換換口味，吃些新鮮的時興的炒韭菜拌胡瓜（黃瓜）之類，反而格外清爽。他這輩子，都是自己征服女人，而像銀環這樣主動投懷送吻的，還是第一次遇到。他想到這裏，不由地產生了強烈的欲望和衝動：自己若能親熱甚或佔有那個女人，那才多美！當然，這個親熱甚或佔有，必須偷偷進行，欲望得到滿足，同時保住秘密，千萬莫再發生「翠閣風波」那樣的事情。

明皇受著欲望和衝動的驅使，無心休息，躡手躡腳地離開飛霜殿，前往瑤光樓。銀環的侍女見皇上到來，嚇了一跳，忙要招呼。明皇手指放在嘴邊，示意莫要聲張。他命侍女守在樓外，獨自進樓，看到銀環未脫衣裙，雲鬢鬆散，面龐紅豔，玉山傾倒般地仰躺在床上，呼吸均勻，胸脯起伏，恰似一朵睡蓮，形容不盡的妖冶和嫵媚。她的嘴唇特別紅潤，閃動著瑩瑩的光澤，就像一團絢麗的彩霞。此時此刻，明皇怎麼也按捺不住躍動的心猿意馬，俯下身去，輕吻她的朱唇。銀環嘴唇動了動，尚未醒來。明皇索性抱住銀環，輕吻變成狂吻。銀環眼睛慢慢睜開，剛想喊叫，驀然發現吻著自己的竟是皇上，好不欣喜和激動，也就緊緊地抱住明皇，回應他的吻，吻中發出亢奮的歡快的呻吟。

這是一個忘情的時刻。他們擁抱著狂吻著，許久方才停止。明皇說：「我不能待久，得趕快回去。」

銀環說：「就這樣算了？」

明皇輕拍銀環的臉蛋，明確無誤地說：「等我安排！」

華清宮天地廣闊，明皇在這裏安排和心愛的女人歡會，特別是有高力士的幫助，並非難事。他有很多理由，舉行朝會呀，接見使臣呀，批閱奏章呀，外出射獵呀，隨便找個藉口，便可避開玉環，尋個清靜的地方，馭幸女人。終於有一天，明皇和銀環睡到了一起，猶如乾柴烈火，熊熊燃燒，發出了迷人的光焰。讓明皇驚異的是，銀環的床上功夫，眞是了得，給予他的是另外一種銷魂奪魄的快感與享受。她不僅用口交，而且會耍出各種姿勢，上下左右，仰伏蹲坐，把個大唐天子，擺弄得骨酥肉麻，快活得像是騰雲駕霧。銀環呢？在情欲和虛榮方面得到了雙重的滿足。她並不在乎情欲，因爲她自守寡以來，自己身邊並不只有楊釗一個男人。她更在乎虛榮，因爲她是和皇帝睡在一起，須知，他可是至高無上，威服天下，權勢大得不能再大了的皇帝呀！

有了第一次，便有第二次和第三次。明皇和銀環在華清宮，總共進行過四五次秘密幽會。不論是男人還是女人，偷情得手，神情總會異樣，開心，快樂，得意，眉目飛揚，意氣風發。玉環觀察明皇和銀環，總覺得怪怪的，至於怪在哪裏，卻又說不清楚。金環和珠環也有所覺察，但裝作沒看見，省得惹麻煩。

年底，明皇的鑾駕返回長安。在長安皇宮，明皇和銀環再要偷情，就沒那麼方便了。天寶九年（西元七五〇年）二月的一天，玉環午睡醒來，問侍女張雲容說：「皇上呢？」

雲容說：「去了花萼相輝樓。」

玉環又問：「三位國夫人沒進宮來？」

雲容說：「對了！剛才虢國夫人來過了，見娘娘午睡，好像也去了花萼相輝樓。」

玉環疑惑地說：「她去那裏做什麼？」她覺得有必要去看看，遂簡略梳妝，走向花萼相輝樓。樓前站著兩名內侍，想要通報皇上。玉環搖手止住，說：「別！我自個兒進去！」她輕步進樓登樓，猛聽得樓上有男女調笑的聲音，正是明皇和銀環。明皇說：「你來這裏，玉環知道嗎？」

銀環說：「知道怎樣？不知道怎樣？你是怕她不是？」

明皇說：「不是怕，是愛！我跟你說過的，我一天也不能沒有玉環。」

玉環在樓梯上聽得眞切，心裏感到溫暖和甜蜜，正欲快步上樓，忽聽銀環尖叫一聲，說：「哎喲！你輕點兒，把我抓疼了！」

明皇「嘿嘿」的笑聲，說：「哪能呢？」

銀環說：「小妹叫你三郎，我也叫你三郎，行嗎？」

「叫唄，這有什麼不行的？」

「從華清宮回來，你沒挨著我，想不？」

「想！想死了！」

「我們這樣偷偷摸摸的，算什麼？你得給我封個正式名號。」

「偷偷摸摸，才有味道，何必要什麼名號呢？再說，我答應過玉環，從她以後，再不封嬪妃，這話能改口嗎？」

「不嘛！我就要個名號，哪怕是才人，我也願意。」

「你這讓我爲難。」

「你是皇帝，有什麼爲難的？說到底，還是怕小妹。對了，她跟你這麼多年，怎麼就不給你生個兒子？我啊，沒準兒還能給你生個龍種呢！」

「那你就生呀！你若生個小皇子，我就把他供起來！」

玉環聽到這裏，恍然大悟，原來他們早就勾搭成姦了。花蕚相輝樓，她是熟悉的，當初正是在這個樓上，明皇和她，有了第一次身體上的接觸。而今天，同樣在這個樓上，明皇卻又和她的二姐調情說愛，重複著往日的情節。她的熱血奔湧，她的心火突突，幾步跨上了樓，眼前呈現出醜惡的一幕：銀環坐在明皇的腿上，雙手勾著明皇的脖頸，二人熱烈地親吻，明皇一隻手，還伸進銀環的內衣，抓摸她的乳房。玉環傻了暈了，不知該怎樣發作。

明皇抬眼發現玉環，趕緊將銀環推開。銀環也看到玉環，站起，手足無措。玉環冷笑，說：「繼續親熱呀！我打擾了你們不是？」

銀環紅著臉，說：「小妹！我……」

玉環心中的火山爆發了，大聲說：「你別叫我小妹，我不敢有你這樣的姐姐！你不是想要名號嗎？好！我讓位就是，讓你當貴妃！不！當貴妃委屈了你，乾脆當皇后！你當皇后，還能生個龍種，那才多神氣啊！……」

銀環羞得無地自容，雙手捂臉，跑著下樓，回了自己的府第。明皇尷尬極了，說：「玉環！你聽我說……」

玉環發瘋似地喊道：「不聽！不聽！你做的這些事，算什麼？叫什麼？那個虢國夫人不是要名號嗎？你乾脆把我廢了，封她呀！你不是叫什麼『開元天寶聖文神武應道皇帝』嗎？你不是嘲笑過夏桀王、商紂王、周幽王嗎？那好，我和你現在就去見各位大臣，叫他們說，看你到底是個什麼皇帝？我上回說你是荒淫昏君，那是高抬你。現在看，應該說你是個老淫棍才對！……」

玉環只顧發洩怒火，全然不計後果。明皇無法忍受了，尤其是『老淫棍』三個字，嚴重損害了他的威儀和尊嚴。他眉頭緊蹙，臉色變青，大怒說：「反了反了！來人，把這個賤人遣送出宮！」

玉環哈哈大笑，說：「出宮就出宮，我還賴著不成！」說著，自己下樓，走向宮門。守衛宮門的侍衛向她行禮。她理也不理，快步出了宮門。去哪裏呢？一片混沌和茫然。這時，宮內馳出一輛馬車，車上載著玉環的侍女張雲容。雲容請貴妃娘娘上車。玉環略一遲疑，勉強上車。馭夫問：「請問去哪裏？」玉環沒有回答。雲容說：「去宣陽坊，御史中丞楊釗府。」玉環見到雲容，像是見到了親人，伏在她的懷裏，放聲大哭起來。

玉環住進楊釗府第，楊氏兄妹一陣風似的，迅速彙聚到那裏。他們只耳聞玉環是又一次被遣送出宮，至於原因和詳情，誰也說不清楚。雲容也只能說個大概情況，大意是貴妃午睡醒來，到花萼相輝樓去尋皇上，剛好撞見虢國夫人也在那裏；樓上好像發生了吵鬧；不一會兒，虢國夫人臉色難堪地下樓，走了；再一會兒，貴妃娘娘也下樓，出了宮門；自己聽內侍說，皇上命將貴妃遣送出宮，這才叫了一輛馬車，將貴妃送至楊府；路上，貴妃沒說話，光是哭。

楊釗猛地發現，銀環不在現場，忙問：「虢國夫人呢？誰見了？」

楊銛、金環、珠環等說：「是呀！銀環呢？怎麼不見人？」

楊釗猛然有所領悟，一跺腳，說：「嘿！肯定是她闖的禍！」她闖的什麼禍呢？眾人心裏明白，憑她的性格，除了那種見不得人的醜事外，還會是什麼呢？

楊釗獨自去找銀環。銀環在床上躺著，神態萎靡。楊釗說：「貴妃又被遣送出宮了，你可知道？」

銀環沒好氣地說：「她出她的宮，我為什麼要知道？」

楊釗虎起了臉，說：「跟你沒關係？你再說一遍！」

銀環支吾，想了想，大聲說：「那好，明說了吧！我勾引了皇上，我有情，他有意，我們睡在一起了。這又怎樣？她玉環小肚子雞腸，嫉妒了，吃醋了。她要鬧，我有什麼辦法？」

楊釗聽她說又和皇上睡在了一起，心裏酸酸的，不過眼下不是酸的時候，指著她，咬著牙說：「你呀！真不知天高地厚！世上無數男人，你勾引誰不行，為何偏偏勾引皇上？皇上專寵玉環，你不知道嗎？你也不想想，我們楊家，是怎麼到了今天這個地步的？是靠祖上福蔭嗎？是靠本事和人緣嗎？不！全靠玉環！沒有玉環，你們姐妹不過是蜀郡的幾個普通民婦，我也不過是街頭的一個混混，更不用說玄珪叔叔一家人了。現在倒好，鬧出事了，闖出禍了，我們就等著去見閻王爺吧！」

銀環還是嘴硬，說：「一人做事一人當，見閻王爺，我去！」

楊釗說：「你說得輕巧！歷朝歷代，后妃獲罪，滿門抄斬，誅家滅族的事，還少嗎？你一人當，怎麼當？皇上能因爲你而把我們楊家饒了？」他停了停，又說：「你以爲你陪皇上睡了覺，他會眞的愛你？呸！別做你的大頭夢了！」

楊釗和銀環長期保持著通姦的關係，所以說話很衝，不留情面。銀環這才意識到問題的嚴重性，嘴變軟了，說：「那該怎麼辦？」

楊釗歎了口氣，說：「唉！事已至此，聽天由命吧！據說，皇上這次還是將玉環遣送出宮，若不廢黜或賜死，興許還有轉機。當務之急是要摸清皇上的態度，再作打算。你！就在家老老實實地待著，別再給我惹禍！」

楊釗急沖沖地走了，銀環陷入深思。楊釗一番話，使她清醒了許多。是啊！這回捅下的亂子，實在太大了，不僅小妹被遣送出宮，而且牽連了整個楊家。她後悔自己的荒唐和孟浪，爲了一絲虛榮，居然主動勾引皇上。楊釗說的沒錯，自己陪皇上睡覺，他會眞愛自己嗎？他明明說，他一天也不能沒有玉環，而自己卻不識趣，死纏著他，還說出封名號、生龍種那樣的瘋話。這是對小妹最大的傷害，說什麼也不能原諒。唉！銀環呀銀環，你眞是渾透啦！

玉環由雲容伺候著，迷迷糊糊地到了楊釗府第，迷迷糊糊地住進一間房裏，還沒說過一句話。金環、珠環及裴柔等，安慰她，開導她，她像沒聽見似的，一直沉默著，想著自己的心思。晚上，她沒有用膳，早早地睡下了。雲容不敢離開半步，生怕發生意外。燭光搖曳，薰香氤氳。玉環的憤怒已被平靜所取代，理智地思考了許多事情。兩次出宮，使她明白了這樣一個道理：皇權是神聖的，不容對抗和挑戰，你若對抗它和挑戰它，必會碰得頭破血流。好色，是帝王的天性；佔有，是帝王的權力。在帝王婚姻和愛情的辭典裏，是根本沒有「忠貞」和「專一」兩個詞語的。「家天下」的國家性質，「一夫多妻制」的法律條文，以及嚴密完備的后妃制度，決定了帝王可以佔有他想佔有的任何一個女人。自己嫉妒，自己吃醋，能改變這種局面嗎？顯然不能。帝王和后妃之間，帝王永遠處於主導地位，永遠是正確的，后妃只是附屬物，是那種被人「喜則淫之，厭則棄之，恨則殺之」的附屬物，而且要承擔各種各樣的罪名。玉環不經意中看到古董架上一隻花瓶，一隻白底藍紋的瓷器花瓶，非常純淨和精美。她不由地發出一絲苦笑：自己不正是一隻花瓶嗎？從壽王府到興慶宮，從壽王妃到皇貴妃，除了被人觀賞和把玩之外，又落下什麼呢？她知道，自己罵了明皇是老淫棍，觸犯龍顏，大逆不道，罪不容赦，輕則廢黜，重則賜死。那麼，就讓這個時刻早點來吧！早來早解脫，下輩子說什麼也不進污濁的皇宮了。

花萼相輝樓裏，明皇又陷入上次「翠閣風波」以後一樣的境地。玉環出宮，他把所有怒氣發洩到樓前兩個內侍身上，貴妃進樓，爲什麼不通報？不通報就是失職，因此命將兩個內侍斬了。高力士急呼呼地趕了來。明皇說：「你個老奴，鑽到哪去了？你若在，會發生這樣的事嗎？」

高力士點頭哈腰，說：「奴才在內侍省處理些事務，剛剛聽說，所以立刻就趕來了。」

明皇似乎委屈，說：「她也太不知輕重，竟敢罵朕是……是……」因爲顧及臉面，沒有說出「老淫棍」三字。

高力士不知詳情，說：「不管怎樣，皇上還是保重龍體要緊。」

明皇想問貴妃出宮去了哪裏，張了張嘴，卻問不出口。高力士退下，略加打聽，知道貴妃娘娘去了楊釗府第，張雲容跟著去了，估計不會出什麼問題。他重新回到樓上，見明皇沒問，也就故意不提。

晚上，高力士伺候明皇用膳，明皇吃得索然無味。宮燈點亮。明皇說：「今夜，我們就歇在這裏。」

高力士說：「召哪位嬪妃侍寢？」

明皇說：「不要！朕獨自睡。」於是，明皇睡樓上，力士睡樓下。多少年來，明皇總是懷抱溫潤如玉的玉環入眠的，突然獨睡，哪能合眼？強烈的孤獨感和寂寞感襲上心頭，被窩是涼的，身上也是涼的。半夜時分，他喚醒高力士，說：「還是回興慶殿睡吧！」

高力士心裏叫苦，暗暗說：「瞧你這個折騰！」不過，他是奴才，只能照辦。高力士打著燈籠，引導明皇進了興慶殿。侍女郭紅桃等一陣忙碌，服侍明皇睡下。可是，明皇還是睡不著，房是原來的房，床是原來的床，玉人不在，妙語不聞，何其清冷！他回想花萼相輝樓上發生的事情，有些苦澀，有些懊惱。作爲大唐天子，臨幸女人，也會受到限制，眞是！同時，他也有些自責。如果說，上次臨幸梅妃江采蘋，還算名正言順的話，那麼這次和虢國夫人那個，就很難說是有理的了。因爲虢國夫人不是嬪妃，沒有名分，他和她鬼混，屬於通姦性質，寡廉鮮恥。更何況，她是玉環的二姐！玉環進宮，是承受著兒媳轉嫁公公的巨大心理壓力的，而自己卻給了她刺心的傷害，她能不傷心和憤恨嗎？到頭來，自己又一次將她遣送出宮。唉！這是……

天終於亮了，該上朝了。明皇沒有心情，發話說：「今天早朝免了！」白天，他就待在興慶殿裏，百無聊賴，無所事事。他盡量裝出平和的樣子，擺出一付沒有貴妃，我照樣活得自在的架勢。

然而，心裏卻是空落落的，長吁短歎，發愣走神，丟了魂似的。他幾次注視高力士，希望這個老奴能告訴他，貴妃出宮後去了哪裏？現在怎樣？高力士看在眼裏，笑在心裏，暗想你一面寵著貴妃，一面又和虢國夫人偷情，把人家姐妹倆都佔了，以致造成現在的局面，活該！你把貴妃遣送出宮，心煩了不是？心急了不是？你不主動提她，我也不提，看誰抗得過誰？

楊釗府裏，楊氏兄妹急得像熱鍋上的螞蟻。特別是楊釗，原想在早朝時看看皇上的臉色，以便根據臉色判斷皇上的態度。誰料早朝取消了，根本沒有見到皇上。上次貴妃出宮，皇上先送衣物，再賜御宴，當夜就將貴妃接回宮去；而這次卻大不相同，貴妃出宮以後，皇宮裏沒有一點動靜。楊釗沉不住氣了，須知平靜是風暴的前兆，大禍恐怕就要臨頭。他首先想到的是自己的官位，自己的前程，實指望在貴妃的裙帶下，展翅高飛，鵬程萬里，沒料想銀環這個騷貨，把一切都搞砸了。他想發火，他想罵娘。可是，面對楊銛、楊錡、楊鑑、楊金環、楊珠環、裴柔等稀裏糊塗、尸位素餐的窩囊廢，發火罵娘，又有什麼用呢？

漫漫長夜之後又是新的一天。玉環從出宮以後，既不說話，也不進食，只是睡睡睡。所有人都急壞了，搓手跺腳，說：「這可怎麼好啊？」中午，楊釗去找銀環，硬把她從床上拖了來，命令說：「跪下！給玉環妹妹認錯賠罪！」此時此刻，銀環也顧不了什麼臉面，跪地說：「小妹！千錯萬錯，都是我的錯。我不該胡來，更不該傷害你。我知道你恨我，我自己也恨自己，我簡直就不是人！可是，你總得吃東西呀！吃了東西，打我罵我都行！你不為自己著想，也要為整個楊家著想啊！我們楊家不能沒有你。這兩天，我想了很多，我本不該到京城來的，來了又不正經，這才闖下大禍。我求你，求你起來吃點東西。我呢？明天就回蜀郡去，今生今世，再不來煩你。」

玉環在床上動了動。銀環繼續說：「小妹！我求你了！要不？我給你磕頭！」說著，果眞磕起頭來。玉環受不了了，一側身，跌在床前的踏板上，流著淚說：「幹什麼呀？」

銀環撲向前去，急切地問：「傷著沒有？」姐妹親情，勝過恩怨。玉環、銀環抱在一起，放聲痛哭。金環、珠環湊向前去，說：「別哭，別哭！」誰知她倆也跟著哭了。

興慶殿裏，明皇開始用午膳。他見高力士絕口不提貴妃的事，好生氣惱，說：「你個奴才，沒心沒肺，貴妃出宮都第三天了，你也不問問，她去了哪裏？」

高力士嘴角一咧，心裏說：「瞧！抗不住了不是？」他乾咳一聲，說：「奴才早打聽了，貴妃由張雲容伺候著，住在楊釗府中。」

明皇說：「她怎麼樣？」

高力士故意誇大其詞，說：「情況不妙。」

明皇一下子緊張起來，說：「情況不妙是什麼意思？她怎麼啦？你快說呀！」

高力士不緊不慢，說：「聽說絕食了！」

明皇臉色大變，說：「什麼？絕食？這……這……你個老東西！這樣大的事，爲何早不報告？」

高力士說：「皇上也沒問呀！」

明皇氣得嘴唇哆嗦，說：「你存心氣朕不是？快！快給貴妃賜午宴！對了，不僅賜午宴，還要賜晚宴。快去呀！還愣著幹什麼？」

高力士自去安排。賜宴的差事還是落到張韜光的頭上。張韜光將午宴送至楊府。楊府的人長長地舒了口氣，臉色由陰轉晴。楊釗將張韜光拉至一邊，遞上一枚銀錠，悄聲問：「皇上除給貴妃賜宴外，還有何旨意？」

張韜光說：「沒有。不過高公公倒有話來著，他建議楊大人找一位能說上話的大臣，奏請皇上，盡快接貴妃回宮，省得夜長夢多。」

楊釗心領神會，拱手說：「謝謝張公公，並請轉告高公公，就說我楊釗感謝他的指點。」

張韜光告辭。楊釗急急地扒了幾口飯，乘車拜訪吉溫。吉溫是宰相李林甫手下的紅人，官任御史中丞，特有心眼，正是那種「能說上話的大臣」。楊釗見了吉溫，說明來意。吉溫滿口答應，說：「國舅看得起我吉某，吉某自當效勞。」

楊釗說：「這事宜早不宜遲，還請大人……」

吉溫說：「行！我即刻進宮，奏請皇上便是。」

吉溫觀察多少年了，知道貴妃在皇上心目中的份量，她是不會失寵的。因此，他爽快地答應了楊釗，並想好了說詞，進宮面見明皇。吉溫行過大禮，說：「皇上遣送貴妃出宮，風聲很大，朝野盡知。臣以爲，貴妃尊爲後宮之首，放逐在外，有違禮儀。婦人忤旨，獲罪當死，死也應死得體面，何惜宮中一席之地，而使其在外面受辱呢？」

這番話說得非常巧妙，中心意思就是要明皇接貴妃回宮。明皇呢？也正是這個意思，只因死要面子，不願主動說出口罷了。

吉溫辭去。明皇考慮何時接和怎樣接玉環回宮的問題。晚上，張韜光再去楊釗府中賜宴。玉環出面，珠淚漣漣，嗚咽著說：「請張公公轉告皇上：臣妾自獲聖寵，除了髮膚之外，所有一切，都是皇上賜予的。現在但求一死，無以爲報。」說著，她取了剪刀，「哢嚓」一聲，剪下一縷長髮，遞給張韜光，說：「請公公呈給皇上，以此留訣。」眾人無不驚駭。張韜光火速回宮，報告明皇。

古人認爲身體髮膚受之於父母，若有意毀傷，便是不孝；若截髮饋贈，則是表示訣別。明皇聽了張韜光的報告，手持玉環的長髮，大驚失色，雙手顫抖，說：「玉環玉環！千萬莫做傻事，你若去了，我可怎麼好啊？」他立刻命令高力士說：「你還愣著幹什麼？快去接貴妃回宮呀！」

高力士也覺得事態嚴重，趕忙率領禁軍，前往楊府。楊府裏一片歡騰。興慶殿裏，明皇心驚肉跳，唯恐高力士去得晚了，給他帶回噩耗。他等待不及，連派內侍前去催促，而且又命左龍武大將軍陳玄禮率領禁軍，前往護衛，說：「貴妃出宮時走的是興慶宮正門，回宮時還需走正門！」

玉環原想難免一死的，沒料到明皇原諒了她，而且給了她十二分的面子和禮遇。高力士引導，張雲容攙扶，她終於登上鳳輦，沿著禁軍端立的街道，通過洞開明亮的正門，進入興慶宮。明皇在興慶殿裏，焦急萬分，望眼欲穿，當玉環的身影出現的刹那間，不由地喜極而泣，迎上前去，深情地喚道：「玉環！」

玉環一頭撲在明皇懷裏，哽咽著，回應說：「三郎！」

明皇哆哆嗦嗦，輕拍玉環的肩膀，說：「回來就好，回來就好！來，讓我看看你的頭髮！」

玉環淚眼模糊，端詳明皇，發現兩三天裏，他似乎忽然蒼老了許多。

明皇逼著玉環，看著玉環，非要她再吃些點心，然後沐浴、就寢。他的玉環又睡到了他的身邊，他懸著的心終於落地了，當夜睡得特別的安穩和香甜。玉環心潮洶湧，感慨萬千。她覺得，懷抱自己的老皇帝老男人既可愛又可恨，兇惡時無疑是暴君，溫和時卻又像慈父。她總結兩次出宮的教訓，意識到皇帝就是皇帝，有權臨幸任何一個女人，以後再發生類似的事，自己只能睜一眼閉一隻眼，大可不必過於較眞。她又想到二姐銀環，長期守寡，很不容易，她和三郎之間既然互相鍾情，自己又何必從中作梗呢？三郎臨幸二姐，總比臨幸梅妃強得多嘛！有道是「肥水不流外人田」，銀環畢竟是胞姐，歷史上早有姐妹二人甚至姐妹三人，共同侍奉一位皇帝的先例，那麼自己何不成全他們呢？他給她名號，她就是他的嬪妃；不給名號，她就是他的情人。她要給他生個龍種，生就生唄，自己樂觀其成。

梅花香自苦寒裏，陽光麗在風雨後。玉環第二次出宮的風波，由於各方的妥協，最後以圓滿結束。次日，楊氏兄妹進宮，慶賀皇上和貴妃重歸於好。明皇命在南熏殿擺宴，暢飲合歡。玉環發現缺了銀環，忙問：「二姐呢？怎麼沒來？」

沒有人回答她的問題。她立命楊釗，說：「釗哥！你辛苦一趟，去跟二姐說，就說皇上和我，請二姐赴宴，無論如何，她也得來！」

楊釗去不多時，還眞的把銀環請來了。明皇尷尬，銀環也尷尬，酒宴上缺少了往日的那種歡樂氣氛。玉環有說有笑，勸酒勸菜，才使場面不致過於冷清。

酒宴將散。玉環去明皇耳邊悄聲說：「三郎！我在新射殿等你，你可得快點來！」

明皇點頭。隨後，玉環拉了銀環，說：「姐！走，我跟你說點悄悄話。」兩姐妹手拉著手，邊走邊說，進了新射殿。銀環說：「小妹！你還恨我嗎？」

玉環說：「自家姐妹，什麼恨不恨的？以前的事，一筆勾銷，統統忘掉！」

銀環說：「謝謝小妹寬宏大量。」

玉環說：「瞧！又來了，什麼寬宏什麼大量的？你我之間，永遠是好姐妹！對了，我帶你到這兒，是想讓你見一個人。」

銀環說：「誰？」

玉環詭秘地一笑，說：「片刻便知。你等著，我去去就來！」玉環離開新射殿，逕直回了興慶殿。

再說明皇，記著玉環的叮嚀，酒宴散後，便去了新射殿。他進入殿內，未見玉環，卻見了銀環。明皇詫異，說：「怎麼是你？」

銀環說：「小妹讓我在這兒等一個人的。你呢？」

明皇說：「也是玉環讓我來的。」

他倆立刻明白了，原來是玉環刻意安排，讓有情人能夠幽會。他看她，她看他，四目對視，脈脈無言……

奸相胡將

貴妃楊玉環兩次被遣送出宮，兩次被以禮召還，這在中國帝王和后妃的關係中，恐怕是絕無僅有的。楊釗在玉環第二次出宮中，很好地收留和款待了貴妃，更加受到唐明皇的信用。楊釗非常乖巧，一天對明皇說：「臣的名字『釗』，左邊是『金』，右邊帶『刀』。這個『刀』太過凶險，所以懇請皇上另賜個名字。」明皇大喜，說：「好啊！你是國家忠臣，朕就賜名『國忠』，怎樣？」楊釗叩頭謝恩，說：「臣一定忠心耿耿，報效國家，報效皇上！」從此，這位國舅大人便叫楊國忠了，穿著明皇御賜的紫服，佩戴明皇御賜的金魚，神氣得不得了。

楊釗的得寵與崛起，也有宰相李林甫的功勞。那麼，這些年來，李林甫都做了些什麼呢？一言以蔽之：專權。

從開元二十四年（西元七三六年）起，李林甫就當上了第一宰相。當時，他信用的幫手，是張九齡鄙夷過的牛仙客，因爲牛仙客唯唯諾諾，遇事從無主見，唯李林甫之言是聽。明皇不滿意這個宰相，就連高力士也說：「牛仙客本胥吏，非宰相器。」天寶元年（西元七四二年），牛仙客病死，明皇將刑部尚書李適之提爲宰相。

李適之倒是有些稜角，遇事敢與李林甫爭執。李林甫可不願用這樣的幫手，略施小計，便將此人除去，推薦鐵杆親信陳希烈爲宰相。

明皇自寵玉環以後，全部心思都放在享樂上。他雖然既愛江山，又愛美人，但在天寶年間，心中的天平完全傾向了美人一邊。加之，「開元盛世」的列車，以其巨大的慣性力量，繼續向前滾動，使得大唐王朝的社會經濟和文化事業的發展，達於頂點。全國民戶增加到八百五十二萬多戶，人口增加到近五千萬人，田租和賦稅收入超過以前任何一個時候。對此，明皇非常滿意，認爲李林甫絕對是一位忠實能幹、值得信任的宰相。一天，他竟異想天開地對高力士說：「這些年來，俗阜人安，中外無事，高止黃屋，吐故納新。所以，朕想把軍國之謀，統統委以林甫，將軍以爲如何？」

李林甫是依靠武惠妃和高力士而爬上宰相高位的。他答應過武惠妃，要設法使壽王李瑁成爲太子。可是，武惠妃沒能等到兒子成爲太子就死了。開元二十六年（西元七三八年），明皇立了第三個兒子李璵爲太子。這大出李林甫的意外，也使他深深不安。因爲李璵已經二十七八歲，仁孝忠謹，勤奮好學，受到很多朝臣的擁戴。他曾試圖接近太子，而李璵恪守太子本分，拒與外臣交往，不予理睬。這使李林甫的不安轉爲仇恨，決心非要扳倒太子不可。他多次在明皇跟前吹風說：「古者立儲君必先賢德，壽王李瑁符合這個條件。」

明皇沒有吭聲。李林甫又說：「若立儲君，也應立長子爲宜。」

明皇說：「朕的長子李琮滿臉麻子，卿不知道嗎？破面的人怎能當太子？」

李林甫說：「破面總比破國強啊！」在他看來，李璵日後繼承帝位，是會「破國」的，所以竭力鼓動明皇變易太子。明皇已將原太子李瑛賜死，心存遺憾，所以儘管李林甫百般鼓動，他以「徐思之」爲托詞，沒有答應，其實是不想再折騰了。

天寶三年（西元七四四年），李璵改名李亨。李林甫意識到太子總有一天會即位而成爲皇帝的，太子即位之日，必是自己失勢之時，因而加快了扳倒太子的步伐。可是，太子言行謹愼，無懈可擊，實在沒有扳倒的理由。李林甫眼珠子一轉，決定改變策略，在太子周圍的人身上尋找突破口，於是李亨的妻兄韋堅、岳父杜有鄰，以及李亨的好友——隴右、河西節度使皇甫惟明和河東、朔方節度使王忠嗣等，先後被貶官和殺害。原宰相李適之，受到牽連，服毒自殺。御史中丞楊愼矜，原是李林甫的爪牙，官運亨通，很有可能升任宰相。李林甫擔心此人威脅到自己的相位，揑造了個「亡隋後裔，妄圖謀逆」的罪名，奏請明皇，將其賜死。

李林甫利用明皇賦予的權力，大興冤獄，大開殺戒，弄得朝臣人人自危，原本就是「立仗馬」，這時候更不敢多嘴多舌了，唯有沉默，方可自保。最難過的是太子李亨，妻兄韋堅一家，岳父杜有鄰一家，摯友皇甫惟明、王忠嗣等，相繼冤死，使他驚懼萬分，惶惶不可終日。他的頭髮因爲憂愁而脫落了許多，而且還休了心愛的太子妃韋氏和杜良娣，以表明自己和「敵人」劃清了界線。

李林甫窮凶極惡地打擊和迫害異己，手段高明，不留痕跡。朝臣們私下稱他爲「索鬥雞」和「肉腰刀」，意思是說毒辣陰狠，殺人不眨眼，吃人不吐骨頭。他重用的親信主要有王鉷、吉溫、楊國忠等人。他根本瞧不起楊國忠，但覺得這位國舅可以利用。楊國忠羽翼尙未豐滿，樂於投靠宰相大人，充當政治打手。史書上說楊國忠「慘文誚詆，逮系連年，誣巇被誅者百餘族，……乘以爲奸，肆意無所憚」，足見其何等賣力和凶惡！

李林甫以宰相身分，兼任過許多重要職務，如禮部、戶部、兵部、吏部尙書，尙書左僕射，隴右、河西、朔方節度使，安西大都護和單于副大都護等。權力之大，超過以前任何一個宰相。

十餘年裏，曾經英明睿智過的唐明皇，對於大奸大猾的李林甫毫無覺察，使之恩寵莫比，給了他無數的賞賜，一年竟將全國的貢物，統統讓李林甫車載回府。李林甫在京城建造和霸佔了七八處府邸，其中包括已故薛王李業的府邸。他的妻妾很多，妻妾生有兒女五十人。他自知作惡太多，樹敵太多，時時擔心有人行刺，要了他的性命。因此，每次外出，必由金吾衛士清道，百步以內不許有閒雜人等。府中住處，重關複壁，絡板甃石，夜間睡覺，總要挪動幾個地方，即使妻妾兒女，也不能確知他到底住在那個房間。他的兒子李岫曾說：「父親居位日久，枳棘滿前，一旦禍至，欲比一般人可得乎？」他說：「唉！勢已然，可奈何？」

天寶初年，唐朝在邊地共設十鎮節度使。節度使集軍、政、民、財權於一身，權利很大，相當於一方諸侯。節度使中，相繼出了皇甫惟明和王忠嗣，好像都與太子有著關連。明皇有些煩惱。他歷來是反對邊將和皇家諸王及朝廷大臣交結的，那樣會有發動宮廷政變的可能。怎樣防範這種弊端呢？他徵詢李林甫的意見。李林甫老奸巨滑，早有考慮，立刻回答說：「重用胡將！」

明皇說：「重用胡將？這有什麼好處？」

李林甫說：「以皇上雄才，國家富強，而夷狄久久未滅，這是爲何？原因出在將帥身上。先前所用將帥，多是漢人，他們文質彬彬，怕死怯戰，不敢身先士卒。而胡將呢？大不相同。他們生在邊地，天性驍勇，善於騎射，衝鋒陷陣，無所畏懼。而且，他們只知道打仗，跟皇家和朝臣沒有什麼根深盤節的關係，即使有交往，也是孤立現象，難以形成氣候。」

明皇說：「胡將固然有不少長處，一旦擁兵自重，尾大不掉，如何處置？」

李林甫說：「胡將也是父母生父母養的，他們受到重用，感恩猶恐不及，哪敢擁兵自重？再則，他們的任免權和調動權，掌握在朝廷和皇上手裏，誰敢翹尾巴，朝廷一個命令，皇上一道旨意，不就把他免了，怕什麼？」

明皇點頭，說：「這不失爲一條上策！好！就這麼辦！」

這一決定，使胡將之一安祿山扶搖直上，從而給大唐王朝造成了天大的麻煩。

當唐明皇決定重用胡將的時候，事實上，有一胡將早被重用了，而且身兼兩鎮節度使。他，就是那個臭名昭著的安祿山。

安祿山是出生於營州柳城（今遼寧朝陽）的雜種胡人。他的母親阿史德氏是突厥的巫婆，父親是來自西域的康姓胡人。阿史德氏婚後多年不育，祈禱於突厥族的戰神軋犖山，感應而孕，生了兒子，因而就以「軋犖山」作爲兒子的名字。後來，阿史德氏改嫁突厥人安延偃，軋犖山遂改稱安祿山。安祿山長大，忮忍多智，善測人情，通曉六種胡人語言，在唐朝東北邊境任「互市郎」（翻譯兼經紀人）。開元中期，安祿山與結拜兄弟史思明，投靠范陽節度使張守珪麾下效力，任「捉生將」（偵察兵頭領），並被張守珪收爲養子。安祿山曾兩次到過洛陽。一次是作爲信使，當時的宰相張九齡見過他，預言說：「亂幽州者，此胡雛也！」一次是作爲敗將，張九齡批示處斬，而唐明皇見其長相奇特，硬是赦免了他，從而爲日後埋下了禍根。

安祿山生性豪猛，打仗還是勇敢的，不怕死，於開元二十八年（西元七四一年）升任平盧兵馬使。朝廷派遣御史中丞周利貞慰問邊將。安祿山曲意逢迎，送給周利貞大量金銀珠寶，並委託周利貞，捎給李林甫一份厚禮。周利貞回朝，極口稱讚安祿山，李林甫跟著幫腔。因此，安祿山升任營州都督、平盧軍副使、順化州刺史。安祿山嘗到了賄賂朝廷官員的甜頭，放手大幹，聲譽日顯。天寶元年（西元七四二年），他三十八歲，升任平盧（治所營州）節度使，同時兼任柳城、兩蕃、渤海、黑水四府經略使。安祿山一下子紅起來了，成爲東北一帶的土皇帝。

天寶二年（西元七四三年）正月，有旨宣召安祿山進京，朝見明皇。安祿山異常興奮，深感這是一大榮耀。當初在洛陽，他見過明皇一面，不過那時是敗將，生死未卜，跪在地上不敢抬頭，幸運的是明皇一句話，竟將他赦免了。當時只顧磕頭謝恩，並未看清明皇的眞實模樣。這次朝見，倒要好好看看，皇帝老兒究竟有多大能耐，統治了這麼大的一個國家？還有，聽說他將貌若天仙的兒媳楊玉環霸佔了，號稱什麼「太眞」，自己也要看看，這個楊太眞到底有多美？

安祿山帶領隨從數十人，風塵僕僕地到了長安。哇！長安眞大眞美啊！雄偉的城牆，巍峨的宮殿，寬闊的大街，繁華的市井，簡直就是天堂。就連來來往往的大姑娘小媳婦，也無不是粉面柳腰，豐乳肥臀，一個比一個水靈，一個比一個媚麗。安祿山看得眼花繚亂，只恨少長了幾隻眼睛。他住進地方駐京辦事處的奏進院，等候明皇召見，興奮中有些緊張：見了皇帝說些什麼呢？他突然想起一個「大智若愚」的成語，心中有了底數。

明皇在大明宮麟德殿接見安祿山，李林甫、高力士、周利貞等在場。一名宮監領著安祿山，進了丹鳳門，經過含元殿西側，入宣政門和紫宸門，拐向延英門，繞過延英殿，向西，才到麟德殿。一路上，安祿山就像進入迷宮似的，處處金碧輝煌，分不清東西南北，不由暗暗感歎：「他娘的，這皇宮好氣派呀！」

高力士扯著長腔喊道：「宣平盧節度使安祿山見駕——！」

安祿山忙整了整嶄新的朝服，隨著宮監進入麟德殿，快走幾步，拜倒在明皇的御座前，一邊叩頭，一邊說：「微臣安祿山叩見皇上，吾皇萬歲萬歲萬萬歲！」

明皇說：「安愛卿平身！」

安祿山說：「謝皇上！」起立，趁勢打量高高在上的皇上。他見明皇，不滿六十歲，頭戴金冠，身著龍袍，神情和藹，和藹中卻有幾分威嚴。右側站著一名宦官，手執拂塵，矮矮的，胖胖的，無疑就是大名鼎鼎的高力士。周利貞，他是認得的。另外一人是個乾瘦老頭，獐臉鼠目，陰陰沉沉，不用說，他就是當朝宰相李林甫了。明皇也在打量安祿山，發現他比多年前肥胖多了，挺著個大肚子，圓鼓鼓的，像是快足月的孕婦，一臉絡腮鬍鬚，又硬又長，像是伸展了刺芒的刺蝟。明皇喜歡這個長相怪異、氣概悍猛的胡將，笑著說：「安愛卿！你這大腹便便的樣子，肚子裏都裝的什麼呀？」

安祿山摸摸肚子，憨憨而笑，說：「臣的肚裏別無它物，唯有一顆忠於皇上的赤心！」

明皇高興地說：「回答得好！朕就愛用你這樣的忠臣良將！」

明皇詢問營州一帶的軍事部署和風土人情情況。安祿山逐一回答，頭頭是道，條理清晰。明皇非常滿意，說：「看不出，你的心還挺細的嘛！」

安祿山挺了挺肚子，說：「臣蒙皇上聖恩，出任要職，不敢有半點鬆懈！只是久在邊地，老是想念皇上，有時心裏挺難受的。」說到這裏，他擠了擠眼睛，居然擠出幾滴淚來。

明皇大爲感動，說：「好啦！難得卿一片忠心，朕以後會經常召卿進京的。」

安祿山趕忙抱拳說：「謝皇上！」接著，從懷裏取出一個小瓶來，說：「皇上富有四海，萬物不缺。微臣沒有什麼可孝敬皇上的，唯有此物，還請皇上笑納。」

高力士取了小瓶，遞給明皇。明皇打開，見是一粒粒粳米大的藥丸，顏色鮮紅，且有一股清香，說：「這是什麼？」

安祿山顯得不好意思，憨憨地說：「它的正名叫春興丸，我們管它叫助情花，壯陽用的。皇上睡前服上一粒，自會知其妙處。」

明皇哈哈大笑，說：「虧卿想得周到！」

安祿山說：「做臣子的，應該時時處處爲皇上著想。」

明皇接見安祿山，只是禮儀性質。事後，明皇頒旨，加封安祿山爲驃騎大將軍，官階從一品。安祿山樂孜孜的，專門拜訪李林甫，彙報軍務，接受指示。他知道李林甫的地位和權勢，拜訪時畢恭畢敬，一口一聲「相爺」，送的禮物是一箱長白山的特產——千年老參，價值數百萬緡。當然，他也得到回報，李林甫答應，保證給予平盧軍以優厚的軍餉。安祿山還拜訪了高力士，同樣送給一箱千年老參。

安祿山第一次到長安，稱得上是名利雙收。遺憾的是沒有能進興慶宮，沒能見上大美人楊太眞。離京前夕，他特意將親信劉駱谷留下，命他開一驛舍，負責刺探朝廷的機密和情報。

安祿山說到底是個陰險狡詐，懷有野心的人物，不滿足於在東北邊陲當土皇帝，渴望擁有更大的權力。長安之行，使他開了眼界，長了見識，懂得皇帝與權臣熱愛什麼和需要什麼。他不斷地向朝廷獻送戰俘、牲畜、珍禽異獸和珠寶奇玩，而且針對明皇崇奉道教和老子的心理，特地用上等白玉雕刻一尊六尺高的老子像，派人大張旗鼓地送至長安。明皇大喜，命將這尊老子像供奉於溫泉宮的朝元閣。李林甫和高力士等全都向著安祿山說話。因此，天寶三年（西元七四四年）三月，安祿山兼任了范陽（治所幽州，今北京）節度使。這樣，安祿山的勢力便向中原推進了一大步。

天寶六年（西元七四七年），安祿山第二次到長安朝見明皇。這時與他第一次朝見明皇相比，朝廷形勢發生了巨大的變化。一是明皇已封楊玉環爲貴妃，沉醉於聲色犬馬之中，基本上不再過問國事；二是玉環的三個姐姐和遠房堂兄楊釗到了長安，楊氏外戚迅速崛起；三是李林甫打擊和迫害異己，數興大獄，重用胡將成爲既定方針。安祿山熟知這些情況，繼續僞裝忠誠，僞裝癡傻，目的在於蒙蔽明皇，攫取更大的權力。明皇糊裏糊塗，接見安祿山改在興慶宮的勤政務本樓進行，而且命玉環和楊氏兄妹作陪，以示他們君臣之間超乎尋常的親密關係。

安祿山跪拜明皇，發現明皇身邊坐著一位雍容華貴而又風情萬種的女人，料定就是楊貴妃。他給貴妃磕頭，說：「微臣給貴妃娘娘請安！」明皇命安祿山平身。安祿山謝恩起立，一雙眼睛直直地看著貴妃，覺得她是一輪太陽，美侖美奐，身上各個部位，都發出強烈的耀眼的光芒。他不敢看她，卻又不能不看她，因爲她是他有生以來，看到的最美麗最動人的女人。楊玉環也看了安祿山一眼，他給她的突出印象是肥胖和粗獷，像個土財主，土中帶點傻氣。她挺納悶：這樣一個人，怎能當兩鎭節度使呢？

明皇向安祿山介紹楊氏兄妹。安祿山第一次認識了楊釗、楊銛，以及楊金環、楊銀環、楊珠環。他發現，金環、銀環、珠環同樣美麗，蛾眉凝翠，秋水橫波，桃花暈頰，笑靨含春。她們姐妹，屬於那種男人看了一眼便會產生歪想和欲望的女人。

爲了炫耀大唐氣象，明皇特地舉行歌舞宴會，命演出「霓裳羽衣曲」，招待安祿山。明皇和玉環已不再在樂舞中擔當角色了，「大唐天子」和「月宮嫦娥」，改由樂工李彭年和玉環的侍女張雲容扮演。演出前，明皇居中落座，楊玉環坐右面，安祿山坐左面。這是給安祿山最高的禮遇，安祿山受寵若驚。這時，太子李亨也來觀看演出。大臣紛紛起立，跪拜太子。安祿山卻穩坐不動，露出一副傻相。李亨親信宦官李靜忠怒聲喝道：「安祿山！太子駕到，還不跪拜？」安祿山看著明皇，故意傻呼呼地說：「臣不識朝廷禮儀，這太子是個什麼官？」明皇笑著說：「太子是儲君，朕百年以後，他就是皇帝。」安祿山裝出恍然大悟和惶恐的樣子，趕忙跪拜，說：「臣愚蠢，光知道皇上，不知道太子，罪該萬死！」

這個謊撒得太大了。堂堂兩鎮節度使，居然不知道太子是誰，可能嗎？李亨、李林甫和楊釗看在眼裏，記在心裏，暗暗說：「好一個胡賊，裝得眞像！」糊塗的恐怕只有明皇，他還眞的以爲安祿山愚蠢哩！按地位，李亨應坐於明皇的左面。可是，安祿山並沒有讓座的意思，李亨只好坐於安祿山的左面。

演出開始，依然是仙樂、仙舞、仙歌。宏大的場景，絢麗的羽衣，悠揚的樂曲，翩翩的舞姿，將人帶進一種夢幻般的境界。安祿山哪裏見過這樣華麗這樣美妙的樂舞？他故作癡狂，「啪啪」地拍響一雙大手，甚至站起來，旁若無人似的，喊道：「好！好！」

明皇笑著說：「安愛卿！看得懂這樂舞嗎？」

安祿山一本正經地說：「看得懂！它不就是《泥璃雨衣蚰》嗎？表現一群仙女，踏泥冒雨逮蚰蚰的事。好！眞好！用長安方言說，就叫燎紮哩（好極了），燎的呔（美極了）！」

這幾句不著邊際的高論，引起一陣哄笑。尤其是玉環，聽他把「霓裳羽衣曲」說成是《泥堝雨衣蛐蛐》，還「踏泥冒雨逮蛐蛐」，笑得花枝亂顫似的，伏在明皇肩頭，嬌喘吁吁地說：「我的娘哎，笑死人了！」

安祿山裝出茫然的樣子，說：「我說的不對嗎？」

明皇又好氣又好笑，說：「你說的對！就是踏泥冒雨逮蛐蛐！」

「霓裳羽衣曲」演出結束，全場響起歡呼聲和鼓掌聲。安祿山來了興致，起身束了束腰帶，說：「皇上！看了別人跳舞，臣這腿上癢癢。要不？臣也給皇上和貴妃娘娘跳個舞，怎樣？」

明皇大爲驚訝，說：「憑卿這肥豬一樣的身體，也能跳舞？」

安祿山憨笑，說：「爲了逗皇上和貴妃娘娘開心，臣這三百多斤肉，豁出去了，不怕獻醜！」

明皇說：「卿會跳什麼舞？」

「就『胡旋舞』吧！」

明皇更爲驚訝，說：「卿能跳『胡旋舞』？」

「湊合。」

明皇也來了興致，說：「好！朕的貴妃最拿手的就是『胡旋舞』。要不，你倆一起跳，朕擊羯鼓伴奏！」

安祿山咧嘴傻笑，說：「臣能與貴妃娘娘共舞，還有皇上親自伴奏，眞是莫大的榮幸！」

玉環原沒打算跳舞，怎奈明皇催促，不便推辭，只好同意。

明皇、玉環、安祿山脫去外衣，緊身裝束，上了舞台。台下早響起一片掌聲。明皇輕擊羯鼓，玉環和安祿山隨著鼓點，伸臂扭腰，輕輕起舞。玉環一眼看出，安祿山舉手投足，中規中矩，具有深厚的舞蹈功底。鼓點由慢變快，鼓聲變得激越和亢奮。玉環和安祿山開始旋轉，身姿敏捷而輕盈。起初，人們還可以看清他們的面龐，隨著旋轉速度的加快，什麼也看不清了，只見兩個飛速轉動著的身影，一粗一細，旋轉如風，像是流星，像是閃電。

「咚」的一聲，鼓聲由急促變為舒緩。玉環和安祿山旋轉速度減慢，漸漸地又恢復了輕快的舞姿。鼓聲止息。玉環和安祿山舞蹈隨之停止，分別做出一個優美和滑稽的造型。台下響起潮水般的鼓掌聲和喝采聲。

明皇和玉環幾乎同時對安祿山說：「看不出，安將軍的舞竟然跳得這樣好。」

安祿山故作靦腆，說：「哪裏？貴妃娘娘跳得比臣好，皇上的羯鼓也擊得好。」

安祿山不僅會打仗，而且會跳舞，胸無城府，憨直忠厚。明皇更加喜愛這個胡將，當天頒旨，宣布安祿山兼任御史大夫，安祿山的嫡妻段氏封為國夫人；同時賜予安祿山金牌，允許其自由出入宮禁，不受任何限制。安祿山那個樂呀，夢中笑醒了好幾回。他決定還要偽裝，要把皇帝老兒玩得團團轉，分不清一二三四。

第二天，安祿山入宮謝恩，見了明皇和貴妃，眼角一擠，又擠出兩滴淚來。明皇覺得奇怪，說：「安愛卿！怎麼啦？」

安祿山唏噓流涕，說：「皇上待臣，恩重如山，勝過父母。昨天，臣與貴妃娘娘共舞，不知怎麼的，忽然想起了親生的娘。臣的「胡旋舞」，就是娘教的。可惜她早死了，所以臣想認貴妃娘娘為義母，懇請皇上恩准。」

這眞是天大的玩笑。因爲是年，安祿山四十四歲，而楊玉環還不到二十八歲。

玉環紅著臉，說：「胡說什麼呀？」

明皇卻說：「好啊！卿認貴妃爲義母，朕就是義父。朕與卿在君臣關係上，又加了一層父子關係。嗯！很好，很好！」

安祿山趕緊趴在地上，叩拜貴妃，說：「兒臣給義母娘娘磕頭了！」「咚咚咚」，連磕三個頭。

明皇笑著說：「好個安祿山！你怎麼光拜義母，不拜義父呀？」

安祿山嘻嘻而笑，說：「臣本胡人，按照胡禮胡俗，先拜母後拜父。這不？兒臣叩拜過義母娘娘了，這就叩拜義父皇上。」說著，轉過身，「咚咚咚」，又給明皇磕了三個頭。

明皇大笑，說：「好！朕有二十多個兒子，今天又得個義子，痛快！」

說話間，楊氏兄妹進宮來了。明皇說：「告訴你們一個好消息：安愛卿已認貴妃和朕爲義母、義父了。」

楊釗第一反應是驚愕，第二反應是逢迎，說：「這倒是件可喜可賀的事情。」

楊銀環心直口快，說：「安將軍既認貴妃爲義母，那怎樣稱呼我們呀？」

楊金環和楊珠環說：「自然得稱『姨娘』了。」

明皇說：「不可不可！安愛卿好歹是兩鎭節度使，還是驃騎大將軍和御史大夫，你們不能佔他的便宜。朕看這樣好了：你們和他，就以兄妹相稱吧！」

皇上一句話，事情就算定了。於是論起年齡，安祿山稱楊釗爲「兄長」，稱楊銛、楊鑑爲「弟弟」，稱金環、銀環、珠環爲「妹妹」。楊錡兩年前出任湖州郡守，帶著太華公主去了湖州（今浙江吳興），故不在其列。接著擺出酒宴，「一家人」暢飲合歡。事後，玉環對明皇說：「這叫什麼呀？輩分和稱呼都亂套了！」明皇說：「這怕什麼？只要能籠住安祿山，讓他忠於朝廷，鎮守邊地，輩分和稱呼亂就亂唄！」

安祿山到長安，是必須拜訪李林甫的。因爲李林甫是宰相，專斷朝政，掌握著官員任免和軍餉撥付的大權。第一次拜訪，他稱李林甫爲「相爺」，自稱「末將」，態度十分恭謹。第二次不同了，他已是皇上的義子，而且還有驃騎大將軍和御史大夫的頭銜，因而改稱李林甫爲「李相」，自稱「安某」。安祿山的前恭後倨，李林甫嗤之以鼻。他冷冷地哼了一聲，心想：你這個胡種，得寵才幾天，尾巴就翹到天上去了，若不煞煞你的威風，你也不知我馬王爺長了幾隻眼！

安祿山叫過「李相」，自稱「安某」以後，李林甫努嘴示意：坐吧！他繼續批閱文書，根本就沒理會胡種。忽然，他命令家人說：「去！把王鉷給叫來！」安祿山是知道王鉷其人的，也任御史大夫，另外還兼任二十多項職務，深得明皇的寵信。不一時，王鉷到來，彎腰進門，垂手恭立，說：「相爺喚下官，不知何事，敬請教誨。」王鉷的表現，使安祿山驚詫不已。須知，王鉷是正三品的高官，而在李林甫面前，就像奴才面對主子，誠惶誠恐，畢恭畢敬。再看李林甫，穩穩地坐著，動也未動，指著剛剛批閱的文書說：「這兩個節度使和郡守也太張狂了！狗仗人勢，聯手欺騙朝廷，他們把皇上和本相當瞎子當聾子不是？去！再派人查一查，若情況屬實，立刻逮捕治罪！」王鉷點頭哈腰，說：「是！下官照辦！」李林甫把文書丟給王鉷，說：「去吧！」

這一幕是李林甫精心設計的，目的終於敲山震虎，震懾安祿山：你張狂什麼？在我李林甫跟前，你必須放老實點！安祿山確實也受到了震懾，沒想到眼前這個乾瘦老頭，這樣厲害，對待正三品高官，就像對待孫子似的。他的驕氣不禁收斂了幾分，重新變得恭謹起來。

王鉷離去，李林甫這才招呼安祿山，用揶揄和調侃的口吻說：「安大將軍這次來京，可謂是春風得意，表演得不錯啊！」「表演」二字，一下子就概括了安祿山在長安的全部活動。安祿山更加感受到了李林甫的厲害，侷促不安，如坐針氈，說：「末將將回幽州，特來拜訪，一是向相爺辭行，二是想聆聽相爺指點，還請相爺不吝賜教。」

李林甫聽他把「李相」、「安某」又改成了「相爺」、「末將」，知道震懾起了作用，微微一笑，說：「『賜教』不敢當，只想提醒將軍三件事，供將軍斟酌。」

安祿山說：「末將洗耳恭聽。」

李林甫直視安祿山的眼睛，似笑非笑，說：「一是安分守邊，勿生事端；二是饋贈節制，莫過外露；三是大智若愚，可別忘了還有一句，叫做弄巧成拙。」

李林甫說這三件事，不溫不火，不緊不慢，像是在不經意間，隨口道來。可安祿山聽了，卻像粗粗的大棒，狠狠地敲擊在頭頂，腦袋有點懵，還有點暈。長期以來，他在邊地，沒少生事端，濫殺無辜，搶掠財物，然後向朝廷邀功，說是打了勝仗，請求封賞；還有，凡是朝廷派出的官員，只要到了平盧、范陽兩鎮，他無不饋贈重禮，不惜金錢，爲的是請他們回京後，能說自己的好話。沒想到李林甫對這些情況一清二楚，說是「提醒」，其實是揭露，是問罪。最要命的還是第三件事，自己僞裝，大智若愚，能瞞過皇上，卻瞞不過李林甫，「弄巧成拙」一句話，等於扒光了自己的衣服，「忠誠」、「憨厚」、「癡傻」的遮羞布一絲不剩，暴露的只是一堆赤裸裸的肥肉。他覺得李林甫幽幽的目光，能洞穿他的五臟六腑，脊背上不覺流出了冷汗，連連點頭，說：「相爺提醒的是！相爺提醒的是！」

「當然了」，李林甫換了一種語氣，說，「老夫還是相信安將軍的，你我同朝爲官，總要互相幫襯嘛！皇甫惟明和王忠嗣不懂這個道理，結果怎樣？獲罪致死，可惜呀！老夫相信，安將軍是不會重蹈他們的覆轍的。重用番將，是既定的政策。老夫這裏，已經擬好了名單，待奏明皇上，還要提拔幾位番將爲節度使。將軍你呀，好自爲之吧！」

安祿山並不愚蠢，立刻聽出了李林甫的話外音：「你我互相幫襯，我不會拿你怎樣。如若不然，皇甫惟明和王忠嗣就是你的下場！你不是兩鎮節度使嗎？你不是驃騎大將軍和御史大夫嗎？我可以讓你繼續當，也可以把你擼下來！」安祿山忙說：「是！是！末將聽相爺的。」他停了停，又說：「那麼，末將兩鎮的軍餉……」

李林甫難得地笑了笑，說：「將軍放心，你的軍餉，老夫一如既往，會優厚撥付的！」

兩天後，安祿山辭別明皇，返回幽州。不久，朝廷便有命令下達：胡將安思順任朔方節度使，哥舒翰任隴右節度使，高仙芝任安西節度使，鮮于仲通任劍南節度使，李光弼任朔方節度副使。安祿山看到這些任命，不得不佩服李林甫潑天的權勢，罵道：「這個老龜孫子，一手遮天，果然厲害！」

漁陽鼙鼓

安祿山第二次入朝，思想發生了巨大的轉折。原先，他只想雄踞一方，稱王稱霸，享受榮華富貴；而今，他開始垂涎大唐江山了。大唐是那樣的廣大，大唐又是那樣的富庶，長安輝煌的宮殿，繁華的氣象，奢靡的生活，嬌媚的女人，都使他羡慕、嚮往和心動。當然，最主要的還是皇權，那是一種擁有了便能使天下臣服的權力。

漁陽（今天津薊縣），平盧節度使管轄的郡府之一。那裏駐紮著安祿山的精銳部隊，帳篷挨著帳篷，營壘連著營壘，綿延數十里，號稱「雄武城」。雄武城一帶，峙兵屯糧，僅安祿山收養的胡人養子就有八千人。另外還有軍馬三萬多匹，牛羊五萬多頭（隻）。每年，安祿山都要到漁陽幾次，檢閱部隊，鼓舞士氣。陪同前往的還有他的好兄弟史思明，以及文吏高尙、嚴莊、張通儒、李延堅和武將崔乾佑、安太清、田承嗣、孫孝哲等數十名要員。上百名剽悍的家奴，全副武裝，負責保衛他的安全。

史思明，突厥人，本名史窣于，「思明」的名字還是唐明皇御賜的。此人長相猥瑣，鳶肩傴背，廞目側鼻，鬚髮稀疏，脾氣暴躁，性格譎詐。他與安祿山同歲，年輕時結拜爲兄弟，也當過「互市郎」和「捉生將」，四十歲時升任將軍。天寶初年，他也到過長安，受到明皇的接見。明皇說：「爾貴在晚，勉之！」其後，升任大將軍，兼北平太守，成爲安祿山的鐵杆副將和幫兇。高尙、崔乾佑等人，也都小有才幹，被安祿山倚爲心腹。其中，高尙曾是高力士的門生，當過倉曹參軍。高力士將他推薦給安祿山，安祿山格外信任，命掌書記，成爲文史中最重要的高級參謀。

安祿山檢閱部隊，但見兵強馬壯，內心充滿喜悅。然後，在帥帳裏舉行歌舞宴會。他高坐於胡床之上，上百名妻妾環列左右，火炬燎香，美酒怪珍，盡情享用。歌舞是胡人特有的歌舞，時而是裝扮怪異的女巫，揚臂踢腿，邊唱邊跳；時而是一群武士，赤膊短褲，持刀執盾，一面舞蹈，一面發出「嗨嗨」的喊聲。樂器中最突出是鼙鼓，那是一種圓形小鼓，數百面鼙鼓同時擊響，聲音雄壯激越，猶如翻滾的波濤，衝鋒的馬陣，聽來讓人心潮澎湃，熱血沸騰。

天寶七年（西元七四八年）夏天，安祿山正在漁陽。忽然有朝廷使者抵達，宣讀聖旨：皇上封祿兒爲柳城郡公，並賜鐵券。「祿兒」即安祿山，自他成爲「義子」之後，唐明皇和楊貴妃便用這個稱謂，以示親暱。安祿山接受了鐵券，卻不知鐵券的價值，問高尚說：「皇上也眞是的，大老遠地送來個破鐵牌牌，要它何用？」高尚見多識廣，說：「恭喜將軍！千萬莫小看這鐵券，它就是通常所說的免死牌，有了它，不管犯了何罪，均可免死。」安祿山精神爲之一振，說：「是嗎？那我造反呢？也能免死？」高尚說：「按道理講，應該是能的。」安祿山大喜，心想有了這道護身符，我還怕誰？

安祿山或在幽州，或在漁陽，時刻關注著長安的消息。他的部下劉駱谷在長安開了一家名爲「好運來」的驛舍，充分發揮了情報機構的職能作用。劉駱谷派人報告說，楊貴妃的三個姐姐被封爲國夫人，楊釗升官了。安祿山說：「他們是沾了裙帶的光。」劉駱谷報告說，皇上和虢國夫人偷情，楊貴妃吃醋，觸怒皇上，因而被遣送出宮了。安祿山大笑說：「好啊！我的那個義母，美得跟天仙似的，皇上不要，我要，我可以封她做壓寨夫人。」劉駱谷接著報告說，皇上又將貴妃接回宮了。安祿山懊惱地說：「唉！我是空歡喜一場。」劉駱谷再次報告說，皇上給楊釗賜名國忠，楊國忠和李林甫之間，好像產生了矛盾。安祿山哈哈大笑，說：「好！他倆狗咬狗，老子可以坐收漁人之利！」

大唐天子的昏庸，朝廷政治的腐敗，更加激發了安祿山的野心。他要繼續僞裝忠誠，以獲取唐明皇的最大信任。他不停地向明皇進獻奇珍異玩，而且進攻北方的契丹，斬殺平民八千人，謊稱戰事「大捷」，派人獻馘闕下。明皇太高興了，直誇祿兒既孝敬又能幹，竟於天寶九年（西元七五〇年）五月，封安祿山爲東平郡王。安祿山的繼父安延偃已死多年，也被追贈爲范陽大都督。節度使封王，這是破天荒之舉，表明唐明皇不惜拿最高的官爵做賭注，來換取安祿山的「忠誠」。

當年八月，明皇又以安祿山兼任河北道採訪處置使。十月，安祿山進京謝恩。這時，他已是郡王，氣派烜赫，儀仗堂皇。明皇和貴妃駕幸望春宮，等待安祿山。楊氏兄妹則前往新豐，隆重迎接安祿山的車駕。安祿山到了望春宮，仍然是先拜義母，後拜義父，說：「兒臣生於番戎，寵榮過甚，無異才可用，願以身爲陛下死！」

明皇親手扶起安祿山，說：「朕知道祿兒一顆赤心，千萬莫說『死』字，大唐離不開你啊！」隨後，明皇帶領安祿山，一起住進了華清宮，御賜沐浴。安祿山的隨從，同樣享受了賜浴的恩典。

這次，安祿山進獻給義父的是一對黃鶯，羽色金黃，啼聲宛轉。明皇非常歡喜，稱其爲「金衣公子」。進獻給義母的是一隻鸚鵡，這隻鸚鵡長得漂亮，羽色雪白，金爪褐喙，一雙黑中帶綠的眼睛，閃閃發亮，像是滾動著的珍珠。更絕的是它見了明皇和玉環，竟會響亮地說：「皇上萬歲！貴妃吉祥！」玉環愛不釋手，親切地稱它爲「雪衣女」。

十二月下旬，明皇帶領安祿山回到長安，安祿山住進了新建的東平王府。這座王府位於親仁坊，是明皇命令專給安祿山建造的。他吩咐有司說：「胡人眼高，王府務要建得奢華，勿令笑我！」因此，有司在建造中不惜錢財，採用上等木料和磚瓦，建起高樓華屋、園林池沼，內部裝飾全用金銀珠玉和錦緞綈繡，就連笄筐、爪籬之類，也是用金銀絲線編織成的。

越年爲天寶十年（西元七五一年）。元旦（春節）在大明宮含元殿舉行朝會。安祿山作爲郡王，站在皇家親王的班列，第一個向明皇和貴妃叩拜，恭賀新年。三天後是安祿山的生日，明皇給予他無數的賞賜。玉環和三個姐姐爲了取樂，專門把安祿山召進興慶宮，玩出了新花樣。她們用錦繡做成大襁褓，把安祿山包裹起來，再召來十六名宮女，把他抬放到彩車上，拉著在宮中遊行。安祿山耍怪，做出各種鬼臉，還在楊氏姐妹和宮女身上亂抓亂摸，逗得所有人忍俊不禁，縱聲大笑。明皇聽到喧嘩之聲，出殿觀看，說：「你們幹什麼哪？」

金環等人笑著說：「貴妃和我等正洗乾兒哩！」「洗乾兒」是蜀郡的風俗，所「洗」對象都是嬰兒。楊氏姐妹把這風俗搬進皇宮，而且用在了四十八歲的安祿山身上，荒唐滑稽，不倫不類。明皇見怪不怪，反而說：「嗯！你們的洗乾兒好玩，有趣！」

安祿山心安理得，每天進宮參加朝會。因爲身胖體重，途中必須換馬。明皇再命在他換馬處建一高台，號稱「大夫換馬台」。明皇在勤政務本樓宴請群臣，自己和貴妃坐於正殿上，而在正殿的左側專置一桌，供安祿山坐，中間用透明的繡著金雞紋樣的絲帳隔開，稱做「金雞帳」。太子李亨看不過眼，說：「自古以來，這正殿不是人臣所能上的，而父皇如此禮重安祿山，只能助長他的驕橫和狂傲。」不想，明皇卻自欺欺人地說：「這胡人有異相，朕這樣做，實是一種魘禳。」

安祿山在長安一天也沒閒著。他逛遍長安城內外，特別注意可以駐軍和屯糧的場所。一天，他還特意到武庫參觀，察看朝廷的兵器儲備情況。令他驚喜和激動的是，武庫裏的兵器，久未更新，刀槍戈戟等都生鏽了，箭脫落了箭頭，弓一拉就斷。他簡直不敢相信，國家武庫儲藏的居然是一堆廢物！

安祿山雖然已是兩鎮節度使，但他以路遠進京不便爲由，希望再能兼任河東節度使。明皇說：「好啊！你在太原，若想義父義母，早上動身，晚間就到長安了。」於是當即決定，安祿山再兼任河東節度使，同時兼任雲中太守。此外，還任命安祿山年長的三個兒子安慶忠、安慶緒、安慶長，分別爲太僕卿、鴻臚卿和秘書監。安祿山一陣狂喜，心都快要跳出胸膛了。他算了算，全國十鎮節度使共有鎮兵四十七八萬人，軍馬約八萬匹，而自己手下，鎮兵有二十多萬人，軍馬有三萬多匹，這是一支何等強大的武裝力量！更重要的是黃河中下游以北地區，都處於自己的控制之下，進可攻，退可守，這又是何等優越的地理形勢！他的目的達到了，也就不想在長安多待了，遂辭別明皇，取道太原，返回幽州。

安祿山離開了京城，朝廷的官員們無不困惑，充滿疑問。他們弄不明白，他們的皇上爲什麼這樣寵愛安祿山？他們也弄不明白，外傻內詐的安祿山到底要幹什麼？當時，能夠看穿安祿山虛僞和險惡用心的至少有三個人：太子李亨、宰相李林甫和御史中丞楊國忠。但是，這三個人考慮的均是個人的私利，不敢或不願表明立場，去捅那個炙手可熱的馬蜂窩。李亨受到李林甫的排擠，自顧不暇，當務之急是要保住太子地位，少生是非。李林甫和安祿山實際上穿的是一條褲子，李林甫以安祿山爲外援，邊打邊拉，姑息養奸，安祿山擁兵自重，並不威脅他的宰相寶座。楊國忠有著和安祿山一樣的野心家和陰謀家的心理，出於本能，料定安祿山蓄有野心，日後必反。但是，他盤算的重點是繼續撈取權力，急於扳倒李林甫，從而取而代之。楊國忠曾經受到李林甫的提攜和利用，為了爭權奪利，他們之間的矛盾變得不可調和了。

楊國忠總結李林甫長期為相的經驗，發現一個訣竅，就是朝官必須要有邊將作外援，那樣才更有力量。為此，他仿效李林甫拉攏安祿山的做法，把注意力放到了劍南節度使鮮于仲通的身上。鮮于仲通是鮮卑族人，原是蜀郡的一大富豪。楊國忠早年得到過他的接濟，這才得以成家立業。因此，楊國忠發跡以後，不忘報答恩人，活動楊氏姐妹，合力推薦鮮于仲通，使之當上了劍南節度使。其時，唐朝南方有個少數民族政權叫南詔，長期臣服於唐朝，彼此間保持著友好的關係。天寶七年（西元七四八年），南詔王（一稱雲南王）皮羅閣病死，其子閣羅鳳繼位。唐朝的雲南郡都督張虔陀無視朝廷的一貫政策，恣意挑釁，惡毒地侮辱南詔人，甚至當面斥責和辱罵閣羅鳳。閣羅鳳忍無可忍，憤然起兵，殺了張虔陀，乘勢攻佔了雲南郡。楊國忠兼任兵部侍郎，接到警報，興奮不已，認為這是培植自己勢力的最好機會。他趕忙奏請明皇，命鮮于仲通攻擊南詔，收復雲南郡。明皇准奏，並將此事交給國舅全權處理。

於是，鮮于仲通率兵六萬，進攻南詔。鮮于仲通根本不懂軍事，結果可想而知，雙方接戰，唐軍立刻被打得落花流水，幾乎全軍覆沒。鮮于仲通倒是保住了性命，狼狽地逃至長安，拜見楊國忠，失魂落魄地說：「南詔軍厲害，厲害！」

楊國忠詢問戰事經過，說：「你傷亡多少人？」

鮮于仲通說：「六萬人上去，沒見幾人回來。」

楊國忠恨鐵不成鋼，咬著牙說：「你？你？哎！你叫說什麼好呀？」

鮮于仲通說：「我打了敗仗，我向皇上認罪去！」

楊國忠說：「你認罪就完了？這牽扯到我呀！」他來回踱步想了許久，說：「這事千萬不可張揚。你現在趕快寫一奏表，就說戰事略有小勝，但南詔兵勢強盛，懇請朝廷發兵增援。」

鮮于仲通無奈，只得違心地寫了一紙奏表，由楊國忠呈給明皇。明皇正和楊氏姐妹欣賞歌舞，一眼掃過奏表，說：「鮮于仲通不錯嘛！『略有小勝』也算勝仗啊！他要增援，你就給他再徵些兵去唄！」

楊國忠說：「是！還有一事，鮮于將軍說他不懂軍事，有意辭去節度使之職。」

明皇說：「這個人頗有自知之明嘛！那好，劍南節度使就由你兼領好了，讓鮮于仲通給你當個助手。」

楊國忠說：「臣兼領當然可以，只是朝中的事情太多，哪能離開呀？」

明皇說：「那就改爲遙領，就是遙遠兼任的意思，你不必離開京城。」

楊國忠憑空又撈了個劍南節度使的重要職務，心中大喜，叩頭說：「臣謝聖恩！」

楊國忠遙領劍南節度使，下令徵兵催糧，「增援」已經不存在的「前線」。南詔王閣羅鳳擔心唐朝反攻，一賭氣歸附吐蕃，接受了吐蕃贊普冊封的「東帝」名號。

楊國忠又徵調了數萬兵馬，仍歸鮮于仲通指揮，但給鮮于仲通規定一條：只守不攻，收復雲南郡之事，待後再說。

這期間，宰相李林甫快七十歲，年邁體衰，而且患病。他見楊國忠鋒頭強勁，立刻意識到此人才是自己最麻煩最棘手的政敵。因爲楊國忠的背後有皇上，有貴妃，還有三位國夫人。他把自己關在家裏想了數日，終於想出了對付楊國忠的辦法，特地覲見明皇，說：「據臣所知，南方戰事相當糟糕，閣羅鳳歸附吐蕃，蠻虜勢力更加強大。皇上既然任命楊國舅爲劍南節度使，就該讓他到劍南去，親臨前線，指揮作戰。『遙領』之說，難以服眾。鮮于仲通現在沒有任何職銜，以一白衣，哪能作爲一軍之統帥呢？」

明皇也覺得「遙領」有些荒唐，說：「那好，就讓國忠去劍南吧！」

李林甫趕忙叩頭，說：「皇上聖明！」他竊竊自喜，心裏說：「哼！楊國忠，就去當你的節度使吧！只要你離開京城，再想回來，可就由不得你啦！」

楊國忠當天就得到消息，知道明皇受了李林甫的蠱惑，決定讓自己去劍南。他嚇壞了，這不是讓自己去送死嗎？他連忙叫來楊金環、楊銀環、楊珠環，命他們進宮，央求貴妃，懇請皇上收回成命。金環姐妹也感到事態嚴重，遵命照辦。

這裏順便說說銀環。她勾引明皇，偷情通姦，鬧出了天大的風波。事後，玉環看透世事，格外寬容，刻意安排他們在新射殿幽會。從那以後，銀環和明皇之間，依然保持著曖昧的關係，壞事變成了好事。銀環又恢復了放蕩女人的個性，時時騎一匹高頭大馬，由長相英俊的小黃門導引，進宮陪伴明皇。時人有詩寫道：「虢國夫人承主恩，平明騎馬入宮門。卻嫌脂粉汙顏色，淡掃娥眉朝至尊。」詩寫得含蓄，淫心姦情，自見端倪。

金環、銀環、珠環先見玉環，再見明皇，嘻嘻哈哈，說來說去，無非是楊國忠無論如何也不能去劍南。金環說：「我那個堂兄，哪會打仗呀？他若失手，豈不誤了皇上的大事？」銀環說：「是啊！他若去了劍南，他管的那些事情，誰管？特別是度支一職，可是皇家的命根子，國庫和私庫沒有進項，到哪弄錢去？」珠環說：「皇上歷來聖明，懂得用人之長避人之短的道理。現在讓國忠哥哥去劍南，實是用人之短避人之長，皇上不會不察吧？」玉環從不干預政治，聽由三位國夫人說去，笑而無言。明皇昏頭昏腦，笑著說：「三個女人一台戲，果不其然。不過，我已答應李林甫，讓國忠去劍南，怎麼辦？」

金環、銀環、珠環同時說：「皇上可以收回成命嘛！」

明皇拗不過楊氏姐妹，說：「行！行！我收回成命就是。不過，過場還是要走的，總不能讓人說我這個皇上言而無信吧？」

於是，明皇召見楊國忠，命他即刻動身，前往劍南。楊國忠跪地叩頭，流著淚說：「臣爲皇上效忠，萬死不辭。只是這次去劍南，實是宰相李大人別有用心，意在排擠臣和打擊臣，還請皇上明察。」

明皇說：「卿先上路，朕再將卿召還就是了。」

楊國忠收拾行裝，擇日起程。路上遊山玩水，逍遙自在。李林甫好不歡喜，得意地說：「楊國忠啊楊國忠！你不是想取代我當宰相嗎？這回，我就讓你死在劍南，屍首餵狗去！」出乎李林甫意料的是，半個月後，楊國忠又大搖大擺地出現在朝堂上，還故意抱拳說：「李相大人！別來無恙呀？」李林甫目瞪口呆，知道皇上是受了楊家那幾個女人的鼓弄，中途又將楊國忠召回京城。他萬沒想到楊國忠有這樣大的能耐，一時火氣攻心，渾身痲木，險些跌倒在地上。

李林甫病倒了。楊國忠滿臉奸笑，樂得屁顛屁顛的。不過，他還算清醒，知道李林甫當了十九年的宰相，勢力根深蒂固，扳倒這個老傢伙並非易事。比如，李林甫的爪牙中有王鉷，有吉溫，有蕭炅、有宋渾等，他們都是四品以上的高官，誰也不是省油的燈。尤其是王鉷，官位在自己之上，而且是自己的頂頭上司，即使李林甫垮台，這個人極有可能當上宰相。啊！這怎麼辦呢？偏巧這個時候，御史中丞吉溫背叛李林甫，投靠了楊國忠，並給楊國忠出主意說：「一隻鳥，拔了它的羽毛，它還能飛嗎？」楊國忠一拍手，說：「是呀！看來得先除去王、蕭、宋三人。」楊國忠和吉溫稍微留心，便搜集到蕭炅、宋渾收受賄賂的證據，奏告明皇。明皇大怒，立刻將他倆罷了官。李林甫叫苦不迭，意欲庇護二人，卻是無能爲力了。

楊國忠轉而睜大眼睛，盯著王鉷。王鉷爲人險刻，從鄠縣尉起步，步步高升。天寶初年，任戶部侍郎和御史中丞，爲朝廷搜刮了大量財富，因此極受明皇寵信。這期間，他認準宰相李林甫，忠貞不二，因而被李林甫視爲第一心腹。天寶九年（西元七五〇年），升任御史大夫兼京兆尹，同時兼任戶部侍郎等二十餘項重要職務，成爲朝官中實權僅次於李林甫的二號人物，即使宰相陳希烈，也望塵莫及。楊國忠輕而易舉地就抓著了王鉷的把柄，聲稱王銲曾請術士相面，術士說他有「帝王之相」，事後，王鉷將術士殺了，爲的是殺人滅口。

王鉷感到了事態的嚴重性，惶惶不可終日，登門拜訪臥病在床的李林甫，跪地磕頭，說：「事到如今，懇請李相救救下官。」

李林甫何嘗不想救救他的心腹？但此時此刻，也是愛莫能助，搖頭說：「晚啦！犯在楊國忠的手裏，他能饒過你嗎？」

王鉷痛哭流涕，絕望地說：「楊國忠是一隻虎一條狼，我們養虎遺患，餵狼遭殃，眞是咎由自取啊！」李林甫默然。聖旨很快下達：王鉷賜死，家屬流放，家產抄沒充公。這一案，共有四五百人去了陰曹地府。

王鉷死了。楊國忠取代王鉷，升任御史大夫兼京兆尹，官階正三品，原先兼任的職銜照樣兼任。他陡然成了朝廷中的二號人物，繼續睜大眼睛，瞄準了李林甫。李林甫呢？眼看著楊國忠咄咄逼人，鐵杆心腹吉溫投靠政敵，蕭炅、宋渾、王鉷相繼斃命，大有一種獨木難支的感覺。他想整治楊國忠，怎耐病情日益沉重，計無所出，完全力不從心了。

從實而論，李林甫是一個心機奸詐、手段高明的權術大師，當了整整十九年的宰相，而始終得到皇帝的寵信，這在歷史上是罕見的。他回想自己的一生，最遺憾最無奈的是小瞧並提攜了楊國忠，從而使得小人得志，甚囂塵上。但是，李林甫絕不承認無能，歎息說：「唉！老夫是輸給了時間，輸給了年齡。」

當年十月，唐明皇帶領楊氏兄妹，再次駕幸華清宮。李林甫抱病隨行，住進了他在華清宮附近的府邸。明皇牽掛著這位宰相，御賜醫藥和珍膳，甚至想親臨其府，探視病人。衆人以「不潔」爲由，予以勸止。於是，明皇登上華清宮的降聖閣，向著李林甫的府邸搖動絳色絲巾，以示恩寵。李林甫由家人攙扶，看到了搖動著的絲巾，老淚縱橫，跪地遙拜，喊了一聲：「皇上！」

楊國忠奉明皇之命，登門看望李林甫。楊國忠平日是畏懼李林甫的，這時看到的李林甫，威嚴的架勢沒有了，凌厲的目光沒有了，有的只是一副骨瘦如柴的軀殼和氣息奄奄的呼吸。楊國忠心中一陣欣喜，嘴上卻說：「李相保重，皇上和本官都惦念著你哪！」

李林甫眨了眨乾澀的眼睛，囁嚅著說：「我的病，好不了了。我死後，楊公必為宰相，凡事就多請關照了。」

這明顯是託付後事的意思。楊國忠聽了，又喜又懼，素知李林甫的奸詐，脊背上不禁流出汗來，說：「哪能呢？李相還是保重要緊。」他匆匆離開李府，心裏熱熱的樂樂的，直想放開喉嚨，向著驪山高喊：「喂！宰相之位，捨我其誰？」

十一月乙卯日，李林甫精神略好，硬撐著身子，想去上朝。他命家人取來久未動用的書囊（公文袋），書囊似乎比往日沉重。他哆哆嗦嗦地將書囊打開，突然，書囊裏跳出兩隻肥碩的老鼠，「哧溜」一聲，跳到桌上，刹那間不見了。李林甫心中一驚，兩眼一黑，血湧腦門，仆倒在地。家人大呼小叫，又是掐人中，又是揉胸脯，再也沒把他喚醒來。

李林甫死了。家人悲痛，將其屍體載至長安下葬。明皇顧念死去的宰相，追贈他為太尉、揚州大都督。四天後，楊國忠被任命為宰相兼吏部尚書。這個楊國忠，依靠貴妃的裙帶關係和自己的虛偽智慧，在短短的七年中，便從一個沒沒無聞的小人物，如願以償地登上了宰相的寶座，成了一人之下、萬人之上的第一輔臣。

遠在幽州的安祿山，密切注視著朝廷的動靜。李林甫一死，他還怕誰呀？楊國忠升任宰相，安祿山嗤之以鼻，鄙夷地說：「他？哼！是靠鑽褲襠爬上來的宰相，一個暴發戶，一個大草包！」

安祿山稱楊國忠為暴發戶是對的，然而稱其為大草包則錯了。楊國忠自有楊國忠的能耐，奸詐，陰險，虛偽，狠毒，比起李林甫來，毫不遜色。李林甫為相時間太長，得罪的人和殺害的人很多，因此死後，朝臣們紛起譴責他和揭露他，羅列了無數的罪名。楊國忠一想，覺得朝臣們的情緒正好可以利用，把他李林甫的名聲徹底搞臭，不正有利於鞏固自己的相位嗎？因此，他找來吉溫，密商計策。

吉溫說：「搞臭李林甫，必須要有非常之舉，只要栽個蓄意謀反的罪名，讓他在閻羅殿上也說不清。」

楊國忠說：「怎麼個栽法呢？」

吉溫說：「這事需請安祿山幫忙，請他物色一位胡將，由胡將出面，揭發李林甫蓄意謀反，不就得啦？」

楊國忠大喜，說：「對！由胡將出面揭發李林甫，最好。可是，胡將一人揭發，皇上會信嗎？若再物色個李林甫的親屬，讓這個人也出面揭發，那樣，事情就板上釘釘了。」

吉溫說：「還是楊相想得周全。這事不難，下官剛好認識李林甫的女婿楊齊宣，給他點甜頭，相信他會按我們的意思辦的。」

楊國忠說：「太好啦！這事，就請吉公安排，我們讓他李林甫死不安生！」

於是，吉溫去了一趟幽州，拜訪安祿山。他見安祿山手下兵強馬壯，立刻又產生了投靠安祿山的想法。不過，他還得先辦楊國忠的事。安祿山鄙視楊國忠的行徑，但經過權衡利害，還是同意合作，結交楊國忠，搞臭李林甫，只有好處，沒有壞處。安祿山略一思索，物色到胡將阿布思，由此人出面揭發李林甫，那是再合適不過了。

阿布思，契丹人，曾任朔方節度使，後來叛唐，率部遠徙漠北，受到回紇的攻掠，轉而投奔契丹王葛邏祿。安祿山進攻契丹，葛邏祿將阿布思獻出，雙方罷兵。阿布思的部眾遂被安祿山兼併，安祿山因此兵雄天下。阿布思聽從安祿山的指使，派了部下酋長，跟隨吉溫到長安，誣告說：「阿布思在任朔方節度使期間，李林甫曾與之約為父子，企圖謀反。」吉溫又找到楊齊宣，軟硬兼施。楊齊宣也誣告說：「李林甫曾搞巫蠱，詛咒皇上。」

楊國忠裝出一片忠誠的模樣，將一大堆揭發材料呈送明皇。明皇一看，肺都要氣炸了，憤怒地說：「好個李林甫，竟敢結交叛虜，圖危社稷，詛咒於朕，眞是無法無天，大逆不道！」他隨即頒旨宣布，削去李林甫的所有官爵，毀墓破棺，拖出屍體，剝去身上穿的金紫色禮服，取出嘴裏含著的玉珠，改用普通的小棺，以庶民之禮，隨便埋葬；李林甫的兒子李岫、李嶼、李岫等，全部罷職，流放荒遠邊地；籍沒家產；李林甫的六個女婿張博濟等，統統貶官。

李林甫一生中大奸大惡，慣於誣陷他人，死後卻遭別人誣陷，落得如此下場，全是報應。耐人尋味的是唐明皇，寵信和重用李林甫，整整十九年，在其死後方才「明白」，足見其昏庸的程度。至於楊國忠，窮凶極惡地對待一個死人，純粹是私心和欲望使然，殊不知他同時也在為自己掘著墳墓，下場會比李林甫更慘。

楊國忠為相，上蒙明皇，下壓群僚，重用親信，迫害異己，做法和李林甫如出一轍。他和李林甫不同的是，議事決事，更加輕浮和草率，完全憑著個人的好惡，明目張膽，恣意妄為。他一身兼領四十餘職，沒有哪個方面是精通的。他踐踏實行了多年的官員任免制度，讓人事先擬定名單，到時候念一遍便算通過和決定了。他無視宰相需在衙署辦公的規定，或在自家府第，或在虢國夫人楊銀環府第，隨心所欲地斷決朝廷大事，驅使郎官、御史之類的官員，就像驅使小吏。宰相陳希烈原是李林甫的心腹。楊國忠可不想讓此人分享權力，很快奏請明皇，將他罷爲秘書省圖書使，改用唯唯諾諾的韋見素，接替其職位。那個鮮于仲通，重新被楊國忠起用，出任京兆尹。鮮于仲通感激涕零，組織一幫人爲楊國忠歌功頌德，奏請爲其刻「頌德碑」，立於中書省門前。明皇准奏，還親筆將碑文改動數字。鮮于仲通特將明皇改正的幾個字，塗以金粉，使之光彩熠熠。

隨著楊國忠的顯赫騰達，楊氏外戚進入全盛時期。尤其是韓國夫人楊金環、虢國夫人楊銀環、秦國夫人楊珠環，以爲楊家先出了個貴妃，繼又出了個宰相，眞是祖上的無限榮光。她們樂得安享榮華富貴，講排場，圖闊氣，驕縱放任的架勢，遠在皇家公主之上。

這年正月元宵節，長安城內照例大放花燈。花燈數楊氏五兄妹家的最氣派，整個宣陽坊，成了燈的海洋。其中，楊金環府前一株百枝花燈，尤爲醒目，高達五丈，懸燈千盞，三十里外都可見到它的光亮。楊家兄妹不滿足於觀賞自家的花燈，又由家丁護衛，乘車遊覽全城。他們的車隊到達西市門前，恰遇明皇女兒廣平公主的車隊，互相爭道，各不相讓。於是，兩方發生衝突。楊家的家丁依仗主子的威勢，大打出手，揮動馬鞭，惡意抽打公主的侍從，甚至抽到了公主的身上，公主受驚，跌落地上。駙馬都尉程昌裔立即下馬攙扶公主，脊背上又挨了幾鞭。

廣平公主氣憤不過，次日進宮，向父皇哭訴夜間的遭遇。明皇也很生氣，命將楊家的一個家丁殺了。可是，楊家兄妹隨後也進宮，反說了公主的許多不是。明皇寵愛楊家兄妹，命將女婿程昌裔免了官職。

廣平公主氣壞了，跑到東宮，找到哥哥太子李亨，流著淚敘說了父皇的偏袒和不公。李亨雖然氣憤，可哪敢多嘴多舌，自找麻煩？他搖頭歎氣，說：「父皇的心裏，只有楊家，沒有兒女，我們能跟人家爭什麼長短？好妹妹！你聽哥一句話：這個時候，我們只能忍，忍，忍了再忍！」

李亨的說法沒錯。自從楊國忠升任宰相以後，明皇的心目中，確實只有楊家，沒有兒女。明皇專寵玉環，兼孌銀環，朝政大事統由楊國忠決斷，楊氏兄妹成了他的依託和親人。無休止的宴會，無休止的歌舞，無休止的遊覽。他要在人生的晚年，享受作爲天子應該享受的最豪華最奢靡的生活。

轉眼又是三月初三上巳節，明皇帶領楊氏兄妹，遊覽芙蓉園，兼行祓祭之禮。芙蓉園位於長安城的東南方向，毗鄰曲江池，園、池合一，宮殿連綿，亭閣起伏，青林籠翠，奇花吐豔，煙水明媚，百鳥翔集，景色優美宜人。明皇和楊氏兄妹在水面上泛舟，另外的畫船上有樂隊演奏樂曲，有藝人表演歌舞。宮中御廚製作出美味佳餚，絡繹不絕地送至船上，供明皇等享用。周圍有很多的百姓圍觀，楊國忠命令皇家禁軍嚴加警衛，誰也到不了跟前。圍觀的人群中，有一中年男子，四十歲左右，瘦低個兒，面龐黧黑，目光冷峻，神情憂傷。他，便是偉大詩人杜甫，一個困居在長安的落魄文人。

杜甫，字子美，祖籍襄陽（今湖北襄樊），生於鞏縣（今河南鞏縣）。他自認爲是西晉長安學者杜預的第十四代孫，所以在三十多歲時，西入長安，尋祖問根，住於杜陵原（一稱少陵原）下的杜曲，自稱「杜陵布衣」。天寶六年（西元七四七年），明皇詔令，凡有一藝之長的人都可以參加朝廷的科舉考試。杜甫抱著「致君堯舜上，再使風俗淳」的理想，參加了這次考試。可是，宰相李林甫沒有錄取一人，反而上書明皇，祝賀說：「開明盛世，野無遺賢。」杜甫因此流落長安，過著「殘杯與冷炙，到處潛悲辛」的困窘生活。這天，他在曲江池一帶，目睹了明皇和楊氏兄妹驕奢淫逸的情狀，當夜滿懷感觸，寫下了一首題爲〈麗人行〉的名詩：

三月三日天氣新，長安水邊多麗人。
態濃意遠淑且眞，肌理細膩骨肉勻。
繡羅衣裳照暮春，蹙金孔雀銀麒麟。
頭上何所有？翠微㔩葉垂鬢唇。
背後何所見？珠壓腰衱穩稱身。
就中雲幕椒房親，賜名大國虢與秦。
紫駝之峰出翠釜，水精之盤行素鱗。
犀筯饜飫久未下，鑾刀縷切空紛綸。
黃門飛鞚不動塵，御廚絡繹送八珍。
簫鼓哀吟感鬼神，賓從雜遝實要津。
後來鞍馬何逡巡，當軒下馬入錦茵。
楊花雪落覆白蘋，青鳥飛去銜紅巾。
炙手可熱勢絕倫，愼莫近前丞相嗔！

這夥「麗人」，屬於人上人。她們窮奢極欲，她們尊崇榮耀，以致有民謠說：「生男勿喜女勿悲，君今看女作門楣。」她們影響了一代社會風氣，顯得女人比男人更加珍貴了。

明皇和楊氏兄妹遊罷芙蓉園和曲江池，繼又遊覽西側的大慈恩寺。大慈恩寺規模宏大，為長安第一佛寺，重樓複殿，瓊宇精舍，共有十三個院落，一千八百九十七間僧房，三百多位僧人。寺內高聳著巍峨的大雁塔，高七層六十四公尺，登臨頂層，可瞰長安全景。金環、銀環、珠環等興致勃勃，笑著叫著登塔去了。明皇、玉環由楊國忠、高力士陪同，進入正殿休息。方丈普慧法師，恭敬迎接皇上和貴妃，敬獻香茶。

明皇詢問說：「寺中香火如何？」

普慧回答說：「託皇上的福，香火歷來興盛。」

明皇說：「那就好。朕雖然崇尚道教，但對佛教也很支持。」

普慧說：「皇上以慈悲為懷，世人盡知。」

玉環見普慧鶴髮童顏，慈眉善目，笑著說：「我想求個籤，不知法師方便與否？」

普慧說：「進我寺者，皆為施主。施主求籤，老衲自當效勞。」於是，玉環淨手，虔誠地從普慧搖動著的竹筒裏抽出一支竹籤。明皇湊向前觀看，但見竹籤上寫著四句話：

燕市人皆去，函關馬不前。

若逢山下鬼，環上繫羅衣。

明皇說：「這是什麼意思？」

玉環說：「請問這是吉籤還是凶籤？」

普慧接過竹籤，沉思良久，說：「此乃天機，不可洩露，日後便知。」

說話間，金環、銀環、珠環登塔回來，風火地進入正殿。銀環見玉環求籤，也湊熱鬧，說：「我也求個籤！」

普慧再次搖動竹筒。銀環雙手合十，嘴裏念念有詞，抽出一支竹籤。說來也怪，她抽的竹籤，恰恰是玉環剛才抽的那一支。

明皇笑著說：「你姐妹倆手氣好，抽了同一支籤！」

玉環臉色不大好看，心想「人皆去」，「馬不前」，「山下鬼」，「繫羅衣」，詞不吉利，肯定不是好籤！那麼，這意味著什麼呢？她說不清楚，所有人都說不清楚。

四月有寒食節。按照習俗，這天當禁火，人們只能吃冷食。但是，皇家和豪門是不受習俗限制的。明皇在興慶宮「鑽木取火」，而且舉行隆重的儀式，把取得的新火賜予楊氏兄妹及其他達官權貴。這是一種極大的榮譽。凡得到「御火」的人家，必舉火騎馬遊街，招搖過市，然後在自家門前點燃火燎，通夜不滅，以示炫耀。

六月一日是玉環的生日。七月七日是乞巧節。接著就是八月初五，又是明皇的千秋節。這年，明皇虛年六十九歲，千秋節過得分外熱鬧。中午，皇子諸王、侄兒諸王、各位公主以及皇孫、皇孫女們，爲了表達孝敬之心，聘請一流的廚師，精心烹製上等的糕點和菜餚，送進宮中，敬獻給明皇享用。從十王子宅、百孫院到興慶宮，車水馬龍，車載的，肩擔的，手提的，都是各式各樣精美的食盒，食盒裏裝著水陸珍饈數千種，一盤之費，足抵十戶中等人家全年的花銷。明皇專門任命宦官袁思藝為「檢校進食使」，負責驗收敬獻的食品。人頭攢動，爭先恐後，滿街飄香，歡聲笑語，那是一種什麼樣的景象啊！

下午，演出雜技歌舞。演出在勤政務本樓前舉行，明皇和玉環居中落座，楊氏兄妹環坐左右。藝人王大娘表演雜技，只見她頭頂一根數丈長竿，長竿上方橫一平台，繞場行走，穩穩當當。又有一個幼童，黃衣紫帶，跳上王大娘的肩頭，沿著長竿，敏捷地攀竿而上，瞬間便攀上了平台，忽兒舞蹈，忽兒倒立，就像在平地上玩耍一樣。眾人看得呆了，鼓掌喝采。接著演出馬舞。馬舞早在武則天時就有演出。明皇酷愛這一舞種，專門挑選優質良馬四百匹，指派傑出的馴馬師予以餵養和訓練。演出開始，一百匹舞馬，皆用金銀珠玉裝飾馬鬃和纓絡，馬身披著文繡彩衣，馬頭繫著大紅團花，按毛色分隊排列，起名為「某家寵」、「某家驕」等。樂隊奏響「傾杯樂」的樂曲，舞馬隨著樂曲的旋律和節拍，昂首揚尾，縱橫往來，從容不迫，整齊劃一，樂盡其美，馬盡其能，別開生面，妙不可言。除了群馬共舞，還有單馬獨舞；或者架起三層木板，馭手乘馬而上，旋轉如飛；甚至有壯士擎舉木榻，數名美貌少年和舞馬同時在木榻上表演，少年指揮舞馬，後腿蹲伏，前腿騰空，嘴銜酒杯，頻頻做出祝壽和敬酒的動作。剎那間，兩名少年躍上馬背，各自抖出一條紅綾金字長幅，右幅上寫的是「皇上千秋節」，左幅上寫的是「萬歲萬萬歲」。明皇和玉環看著這驚險和神奇的一幕，覺得難以置信，感歎說：「把馬馴到這種程度，眞是絕了！」其他人看得如醉如癡，先是一陣驚駭，接著是一陣雷鳴般的鼓掌聲和歡呼聲。當時的工匠曾就舞馬的題材，製作了一隻銀壺，稱「舞馬銜杯紋皮囊式銀壺」，將舞馬銜杯祝壽和敬酒的情狀，作為紋飾，鑄造於壺的外腹，唯妙唯肖，神定氣足。西元一九七〇年，這隻銀壺在西安南郊出土，讓人領略到了盛唐時期舞馬的絕妙風采。它，現藏於陝西歷史博物館。

明皇過罷千秋節，又張羅著去華清宮過冬了。自楊國忠出任宰相以後，明皇駕幸華清宮的排場，比以前更加鋪張。楊國忠兼任著劍南節度使，上萬人的旌節旗仗爲前驅。然後是楊國忠、楊銛、楊金環、楊銀環、楊珠環的車騎，每家一隊，各執一色旗，穿一色衣，五彩繽紛，花團錦簇。明皇和玉環乘坐的金根車，位於中間，高力士執轡授鞭，陳玄禮騎馬隨行，另有精銳的禁軍護衛。金根車的後面，才是文武百官和皇子、皇孫、公主們的車騎，前不見頭，後不見尾。事實上，從長安城到華清宮，二十多里的路上，全部是馬匹、車輛和人流，匯聚成一條湧動著的彩色長河。隊伍走過，香聞數十里，遺落在地上的珍珠翡翠和簪環璣琲等，琳琅滿目，任人拾取。隊伍抵達驪山腳下，大旗擺動，隊形變化，漫山遍野，猶如春花煥發，燦若雲錦。明皇和玉環住進了華清宮，又給楊氏兄妹無數的賞賜。他們進宮有賞賜，稱「餞路」；出宮有賞賜，稱「軟腳」。各地官吏巴結楊氏外戚，競相饋贈閹稚、歌兒、狗馬、金貝等，踵疊其門。

這期間，年近七旬的大唐天子，朝臣中專寵楊國忠，邊將中專寵安祿山，後宮中專寵楊玉環，另外還有韓國夫人、虢國夫人、秦國夫人整天地包圍著他，看到的全是歌舞昇平的氣象，聽到的全是歌頌功德的諛詞。他完全處在飄飄然和昏昏然的狀態之中。這樣，國家不出禍亂，社會不生動盪，那才怪哩！

烽火狼煙

時間老人邁著不緊不慢的步伐，從容地跨進天寶十三年（西元七五四年）。宰相楊國忠迎合唐明皇的心理，聯絡群臣，又給皇上上了個顯赫的尊號，叫做「開元天地大寶聖文神武證道孝德皇帝」。明皇欣然接受，自認爲當之無愧。他更加寵信楊國忠了，朝政大事統統交給楊國忠斷決，自己樂得坐享清福和豔福。

楊國忠和李林甫一樣，沒有權力時千方百計地攫取權力，有了權力後則千方百計地鞏固權力。他出任宰相後，遍觀朝臣和將帥，覺得有資格有能力爭奪相位的，除了安祿山以外，再不會有第二人。他打聽到，明皇曾與高力士、張洎私下議論，流露過召安祿山入朝爲相的意思。楊國忠可不想讓這個胡虜超過自己，絞盡腦汁，思量排擠和打擊安祿山的方法。他奏告明皇說：「安祿山雖有軍功，但目不識丁，豈可爲相？他若爲相，恐怕四夷都要輕視我朝廷了。」接著，他拉攏胡將、隴右節度使哥舒翰，使之兼任了河西節度使，並晉封爲西平郡王，以增強自己的勢力籌碼。同時反反覆覆地進言，聲稱安祿山兵權過重，隨時都有可能謀反。楊國忠說安祿山會謀反，開始只是以自己之心度他人之心，信口說說而已，隨著各種情報的積累，看到安祿山僞裝忠誠，招兵買馬，蓄養精銳，因而認定安祿山日後必反。安祿山在長安建有靈通的信息網路，通曉楊國忠的一舉一動，恨得咬牙切齒，罵道：「這個狗娘養的，竟敢跟老子過不去，得是活膩了！」

楊國忠和安祿山的矛盾驟然顯露出來。明皇絕對相信這兩個人，盡量採取不偏不倚的態度。楊國忠眉頭一皺，計上心來，建議明皇說：「皇上不妨再召安祿山入朝，他若心懷鬼胎，害怕送死，必不敢來！」

明皇說：「他若來了呢？」

楊國忠說：「那就另當別論。」

明皇爲了消除楊國忠的疑心，果眞在華清宮頒旨，以想念爲由，命祿兒速到長安，朝見義父義母。

安祿山接旨，驚恐萬狀，弄不清聖旨的背後隱藏著什麼。他連夜召集心腹僚屬緊急磋商，確定對策。高尚說：「皇上有旨，大王沒有理由不進京朝見。」

安祿山說：「他們會不會對本王下手？」

高尚說：「我想不會。因爲楊國忠之流雖然誣稱大王會反叛朝廷，但並不掌握任何證據。這道聖旨肯定是個試探性質，大王不去，說明心中有鬼，正好中了楊國忠的圈套；去了，堂堂正正，怕什麼？」

安祿山同意這種分析，當下收拾行裝，擺出儀仗，耀武揚威地向長安進發。隨行的有他的貼身侍衛二百餘人。

楊國忠萬沒想到安祿山會應召進京，這表明他向明皇的進言，純屬無中生有，空穴來風。他氣急敗壞，特命京兆尹鮮于仲通，率領武士百餘人，去潼關一帶設下埋伏，刺殺安祿山。安祿山的侍衛都是以一當十的剽悍勇士，豈是一般刺客到得了跟前的？經過一陣廝殺，鮮于仲通等百餘人全部喪命。

明皇正在華清宮，等待安祿山。安祿山入見，俯伏在地，依然是先拜母，後拜父，裝出可憐兮兮的樣子，說：「祿兒險些見不上義母貴妃和義父皇上了！」

明皇說：「這話從何說起？」

安祿山說：「祿兒途經潼關，遭到一夥歹徒的刺殺。」

明皇大驚，說：「有這種事？」

安祿山擠了擠眼睛，又擠出幾滴淚來，說：「臣本番人，不識文字，幸賴皇上器重，擢將封王，怎奈宰相楊國忠必欲殺臣，方才甘心。」

「你是說，是楊國忠派人刺殺你？」

「除了楊國忠，別無他人。」

「這事，朕會調查的。好啦！你平安無事就好，平安無事就好！」

明皇命擺出酒宴，替安祿山壓驚。玉環作陪，傳杯暢飲。安祿山見明皇絲毫沒有懷疑自己的跡象，懸著的心落了地。他偷偷地窺視義父和義母，發現皇上更加蒼老了，神情舉止有些遲鈍，而貴妃卻是越活越年輕，千嬌百媚，光彩照人。他在幽州的時候，曾經多次做夢，夢見過她，而現在，她就坐在自己的對面，卻是只可看而不可及啊！

安祿山跟隨明皇和貴妃，回到長安，住進了東平王府。明皇覺得這次召祿兒進京，全是楊國忠出的餿主意，必然會在他的心理上造成陰影。爲了安撫祿兒，他又給他加了個職銜：尚書左僕射。這是尚書省的副職，官階從二品。安祿山已封郡王，不在乎這個職銜。明皇這樣做，意在表明，朝廷對他是絕對信任的。明皇給安祿山加了職銜，又怕楊國忠心理不平衡，所以又拜楊國忠爲司空。

唐制，太尉、司徒、司空，合稱「三公」，官階正一品，歷來由皇家成員擔任。明皇倚重楊國忠，也把他當作皇家成員看待了。

明皇照例給了安祿山無數的賞賜，無非是金銀布帛之類。令安祿山意外和驚喜的是義母貴妃也給了賞賜：十枚龍腦香，一隻金碗，一個玉盒和一套射獵裝具。龍腦香，那是交趾國（今越南）的特產，據說僅向大唐進貢五十枚，而義母貴妃竟將五分之一賞賜給了自己！這使安祿山興奮不已，他把龍腦香放在鼻下聞了又聞，它們似乎散發著貴妃娘娘身上那撩人的體溫和芳香。安祿山心旌搖盪，難以自制。他早就知道，明皇人老心不老，一直與那個虢國夫人楊銀環在偷情。那麼，貴妃娘娘這個時候，給予自己賞賜，是否有什麼寓意和暗示呢？他弄不清楚，決心進宮探個究竟。

這天晚上，安祿山特意換了一身胡服，修剪了鬍鬚，還取了一枚龍腦香，置於懷中。他持有明皇賜予的金牌，自由出入宮禁，不受任何限制，逕直走向興慶殿，求見義父皇上和義母貴妃。守門的宮監說：「皇上不在，只有貴妃娘娘在，東平王還要進見嗎？」

安祿山一陣心喜，說：「見！見！我就參見貴妃娘娘！」

宮監進殿通報，片時出來說：「貴妃娘娘有旨：東平王請進！」

安祿山忙整了整衣領，大步跨進殿內。興慶殿裏，燈火明亮，香氣氤氳。貴妃楊玉環身穿紅色胸衣，肩搭披巾，正坐在桌前，獨自飲酒。從她通紅的面龐和慵慵的神態中可以看出，她已飲了不少酒，而且心情不大痛快。

是的，玉環心情確實不大痛快。自從上年遊覽大慈恩寺，求籤求得四句話，那四句話就像四把鎖，沉沉地鎖在她的心頭，沒有鑰匙，無法打開。她憑直覺感到，那是個凶籤，但怎麼個凶法，百思不得其解。從那以後，她聽到不少議論，議論大多集中在楊氏兄妹身上。有人說，楊國忠專權逞奸，欺上瞞下，把朝政弄得一塌糊塗。有人說，三位國夫人恃寵驕奢，飛揚跋扈，簡直是京城裏的母老虎。還有人說，楊國忠和楊銀環居同第，出並騎，常在眾目睽睽之下，恣意調情逗樂，惹得路人恥笑，臭罵二人一爲「雄狐」，一爲「雌狐」。唉！堂兄和胞姐呀，你們怎能這樣呢？這不是丟自己和楊家的臉面嗎？另外，玉環和明皇的關係也發生了微妙的變化。她不懷疑，三郎是愛著自己的，但這種愛到底有多眞有多深呢？前些年，三郎的身體強壯，床上功夫還算硬朗，然而隨著年齡的老邁，他已失去男人的雄風，再沒有當初的那種衝動和激情了。自己呢？正處於旺盛的年齡段，身心健康，性欲強烈，而他三郎，哪一次滿足過自己的渴望和需求？你不行就不行唄！可是，仍然花心俏意，風流依舊，過些日子便說：「我今夜在新射殿歇宿。」就是說，他又要去和二姐銀環偷情了。明皇和銀環幽會，是得到自己默許並由自己安排的，可是，他爲何就不考慮自己的感受呢？

當天，明皇又去新射殿了，把她一人丟在興慶殿。她感到孤獨和鬱悶，只能以酒澆愁。飲著飲著，忽然想起新近讀到的李白那首〈月下獨酌〉詩來，搖頭苦笑，結合眼前情景，改動兩句，輕聲吟道：「桌間一壺酒，獨酌無相親。舉杯邀紅燭，對影成三人。」

就在這時，安祿山進殿跪地，說：「祿兒拜見義母貴妃！」

玉環輕輕打了個酒嗝，說：「還是祿兒惦記著我。來！坐，陪義母飲酒！」

安祿山說：「是！」起身坐於玉環的對面，試探著問：「義父皇上呢？」

玉環略帶情緒地說：「他有他的事，今夜不回來了！」

安祿山又是一陣心喜，朝侍女張雲容和郭紅桃一揚手，說：「你們去殿外守著，我陪義母飲酒。」

雲容和紅桃有些遲疑。玉環說：「你倆去吧！」

雲容和紅桃回答說：「是！」退至殿外。

安祿山一面向義母敬酒，一面貪婪地盯著義母的儀容。但見她，髮髻高聳，首飾閃亮，面紅眸黑，唇朱齒白，眉毛彎彎，睫毛長長；披巾下面，露出潔白的肌膚，光滑細膩；胸衣緊束，襯托出乳房的輪廓，堅挺豐滿。此時此刻，在安祿山的眼裏，玉環已不是什麼義母貴妃，而是下凡的嫦娥，轉世的西施，嬌姿媚態，風情萬種。玉環花顏霞面，醉眼朦朧，舉著酒杯，說：「我們喝，喝！」

安祿山心猿意馬，說：「喝，喝！」

玉環的酒喝得太多了，身體搖晃著，伏在了桌上。

有道是酒壯色膽，色膽包天。安祿山原是有備而來，加上又有幾杯酒落肚，淫心蕩漾，窺了窺左右，趁勢抱起玉環，走向寢殿。他將玉環輕放到金鑲玉嵌的龍床上，飛快地脫去衣服，又扯去玉環的胸衣和裙褲。玉環豐腴的胴體，使他心悸和目眩。他就像餓虎惡狼一樣，瘋狂地壓到了她的身上。玉環似醉似醒，直覺得整個身心，升起一種久違了的異樣快感，索性緊閉雙眼，任他輕薄和張狂……

時過三更，玉環醒來，安祿山已經離去。玉環迷迷糊糊地記起醉酒後的情景，又見身體赤裸著，伸手一摸，兩腿間濕漉漉的黏呼呼的，立刻意識到，自己失身於安祿山了。她不由打了個冷顫：這事若讓三郎知道，怎麼得了？她忙喚醒雲容和紅桃，問道：「東平王何時離去的？」

雲容和紅桃回答說：「大約二更多吧！」

玉環想了想，鄭重而嚴厲地說：「東平王來過興慶殿的事，跟任何人都不能吐露半個字！懂嗎？」

雲容和紅桃明白其中的利害，點頭說：「奴婢懂！」

雲容和紅桃退下。玉環覺得胸前隱隱疼痛，就燈下一看，叫苦不迭，原來安祿山那畜牲兇悍粗暴，竟把自己乳房抓破了，露出一道道的血印。怎麼辦？她的睡意全無，趕忙找來紅綾、剪刀和針線，連夜縫製了一對「訶子」，嚴嚴地罩住了乳房。

天明時分，明皇回到興慶殿。玉環尙未起床。明皇訕訕地說：「夜間怠慢你了，你不會生氣吧？」

玉環說：「只要三郎開心，我何氣之有？」

明皇一眼看到玉環佩戴的訶子，說：「呀！這訶子好看！」

玉環不讓碰訶子，說：「既然好看，我就老戴著它！」

明皇笑著說：「行！只要你喜歡，戴就戴唄！」

玉環最害怕三郎詢問夜間之事，好在三郎並未詢問，她方放下心來。此後，她在好長時間裏都戴訶子，宮女們以爲新穎別緻，爭相仿效。天長日久，訶子演變成爲乳罩。現時女人佩戴的絢麗多姿的乳罩，若論發明專利，恐怕首先要歸於大唐貴妃楊玉環哩！

安祿山第四次到長安，佔有了垂涎已久的義母貴妃楊玉環，心頭有著難以名狀的興奮和滿足。

她楊玉環不是皇上的心愛寵妃和天下第一美人嗎？我安祿山把她睡了，怎麼樣？這是多大的能耐！他在興奮和滿足之餘，又有些惶懼，萬一事情暴露，皇帝老兒不把自己剁成肉醬才怪哩！因此，他很快遞上奏表，請求返回幽州，理由冠冕堂皇：「軍中事務繁忙，不可一日無帥。」明皇很是感動，說：「瞧朕的祿兒，忠於職守，多麼盡心盡責啊！」

楊國忠拜見明皇，說：「安祿山狼子野心，外僞內奸，應該趁他在長安的時候，將他除去！」

明皇說：「祿兒有勇無謀，天眞得近乎癡傻，蒙受天大的皇恩，感激猶恐不及，怎會反叛朝廷呢？朕知道，你對祿兒有成見。但作爲宰相，應該有點胸懷嘛！俗話說：宰相肚裏能撐船。你怎麼就容不得一個胡將呢？」

楊國忠怏怏退去。太子李亨又進拜明皇，說：「前宰相張九齡曾說安祿山有反相。兒臣見他，也覺得怪怪的。所以，父皇應當早作決斷，不能放虎歸山。」

明皇說：「你怎麼和楊國忠一個腔調？別說安祿山不會反，即使眞的反了，朕有強大的軍隊和忠誠的百姓，難道怕他不成？」

宦官高力士也看出安祿山擁兵太重，已成尾大不掉之勢，提醒明皇說：「安祿山這個人，皇上還是提防著爲好。奴才擔心，一旦發生禍亂，誰也制服不了他。」

明皇大笑，說：「你們怎麼啦？都說朕的祿兒的壞話，朕就不信，哪有兒子反老子的？」

高力士作爲奴才，自然不會反駁皇上，心裏說：「你與安祿山，算什麼父子關係？退一步講，即便你們是父子，那麼，歷史上爲當皇帝，父殺子、子殺父的事例還少嗎？」

明皇聽不進任何人的意見，總認爲他的祿兒忠心無二。他見安祿山執意要回幽州，也就答應，並親自在望春樓設宴，爲之餞行。楊氏兄妹本應參加宴會作陪，但楊國忠與安祿山有隙，不願參加；楊玉環與安祿山有染，不便參加；楊銛和楊珠環生病，不能參加。所以，作陪的只有楊金環和楊銀環了。宴間，明皇特意脫下御袍，賜予祿兒。安祿山誠惶誠恐，拜伏在地，說：「義父皇上聖恩浩蕩，祿山情願肝腦塗地，報效朝廷！」

明皇欣喜，說：「朕不要你肝腦塗地，只要你給朕守住北方邊庭，就好，就好。」

宴會結束。安祿山辭別明皇，帶領他的侍衛，風馳電掣而去。他怕走陸路還有可能遭到刺殺，所以在淇門（今河南汲縣東北）改走水路，乘船而下，動用萬名士兵拉縴，日行三百里，直至幽州。安祿山此去，像是猛虎回歸山林，蛟龍騰入大海，很快就要興風作浪了。

安祿山離開長安，留給長安的是晦氣和霉氣。明皇的胞妹金仙公主李霓萍，玉環的堂兄楊銛和三姐楊珠環，相繼病死。明皇爲了沖抵晦氣和霉氣，又追贈玉環的亡父楊玄琰爲兵部尚書，亡母李氏爲涼國夫人。而且批准，在長安爲楊氏立家廟，親自書寫廟碑的碑文。玉環的養父、楊銛的生父楊玄珪，也從銀青光祿大夫升任工部尚書。楊玄珪因恥於玉環從壽王妃成爲貴妃，一直住在洛陽。

楊國忠依舊欺上瞞下，一手遮天。他謊稱鮮于仲通暴死，改用親信李峴爲京兆尹。接著命劍南節度留後李宓，率兵六萬，進攻南詔，又是全軍覆沒。事後，他卻奏告明皇，聲稱「戰事大捷」。是年秋天，陰雨成災，糧食減產，關中大饑。明皇深感憂慮，詢問災情。楊國忠不知從什麼地方尋來幾株碩大的穀穗，說：「雨不爲災。皇上請看，這穀穗多大呀！」扶風太守房琯如實彙報災情。楊國忠大怒，即派御史追究房琯的責任。因此，各地官吏雖憂天災，更懼人禍，再也不敢如實彙報災情了。明皇放心不下，問高力士說：「災情果如國忠所言嗎？」高力士說：「自從陛下授權宰相，賞罰無章，陰陽無度，臣何敢言！」明皇聽出高力士話裏有話，默然無語。

權勢總是和利益聯繫在一起的。楊國忠既然擁有顯赫的權勢，必然謀取最大的利益。他的府中建有一座四香閣，所用木料全是沉香木和檀香木，牆壁塗以麝香、乳香摻土和成的細泥；閣前栽植明皇賜予的木芍藥花，花欄上用珍珠、翡翠、瑪瑙等裝飾，稱「百寶欄」。每當木芍藥花盛開之時，楊國忠必邀請賓客前來賞花，喜形於色地說：「各位請看，本相的四香閣，不亞於興慶宮的沉香亭吧！」冬天寒冷，楊國忠取暖燒的木炭，必須和上蜂蜜，而且要製作成雙鳳的模樣，毫不含糊。有時，他還從婢妾中，挑選出身體肥胖者，圍他而立，抵禦寒氣，稱之爲「肉陣」。

有其父必有其子。楊國忠共有四個兒子：楊暄、楊昢、楊曉、楊晞。其中，楊暄尙延和公主，楊昢尙萬春公主，同是明皇的女婿。楊暄不學無術，參加科舉考試，成績很差，不應錄取。禮部侍郎達奚珣不敢放榜，請示宰相。楊國忠憤怒地訓斥說：「我的兒子還怕沒有富貴嗎？豈能因一名次而受鼠輩羞辱？」達奚珣哪敢得罪宰相？乖乖地將楊暄錄取，而且將其名次列進前六。不久，楊暄升任太常卿，再爲戶部侍郎。楊暄兄弟依仗皇親和父親的權勢，驕奢放縱，揮金如土。春天，他們派人四處尋找奇花異樹，移栽到一個木底的檻車裏，裝上輪子，命令奴僕拉著巡遊，稱作「移春檻」。有時又用彩綢錦帛，在大車上裝飾成樓，載著幾十名妖冶的女伎，奏樂起舞，招搖過市，恣意遊樂。夏季暑熱，楊氏兄弟又玩出了新花樣。他們命工匠採來碩大的冰塊，雕刻成冰山形狀，舉行宴會時，置於周圍，用以降溫。同時還命工匠，將冰塊雕刻成鳳凰、孔雀、老虎、獅子等，飾以金環彩帶，分送有名望的王公大臣，以邀人心。

楊國忠父子恃寵怙勢，有人羨慕，有人鄙夷。時有一位進士叫張緣，很有志氣。別人勸他投靠楊國忠，以求顯達。張緣冷笑，說：「爾輩以謂楊公之勢，倚靠如泰山，以吾所見，乃冰山也。或皎日大明之際，則此山必誤人前程。」楊國忠呢？大概也自知好景不會太長，說：「我本出身微寒，憑著貴妃和幾位國夫人，才得到今天的地位，至於皇上的恩典，更是報答不盡。然而，像我這樣的人終究難得好下場，爲什麼不抓緊眼前時機，盡情享受榮華富貴呢？」這個暴發戶，活脫脫的一副今朝有酒今朝醉的嘴臉！

再說安祿山，回到幽州以後，又上書明皇，請求兼任閑廄使、隴右群牧使等職務。明皇批了一個字：「准！」這樣，安祿山就又掌握了各地戰馬的訓練權和調動權。期間，他憑朝廷給予的空白委任書，擅自任命從三品的將軍五百人，正四品的中郎將二千人。接著，他又奏請以三十二名番將代替漢將。明皇依然是一個字：「准！」這樣一來，平盧、范陽、河東三鎮的邊防軍，實際上成了安祿山的私人武裝，他的野心急劇膨脹，公然反叛已是箭在弦上了。

不過，安祿山還是有所顧忌的。他覺得唐明皇對他夠意思，給他地位，給他權力，凡是他所要的，都給他了。他想等到明皇死後反叛，那時他就不欠任何人的人情了。可是，他的幕僚高尙、嚴莊、高邈、張通儒等，用心險惡，一面爲他出謀劃策，積極組織謀反事宜；一面爲他解釋圖讖，煽動盡早謀反。他們特別指出，太子李亨和宰相楊國忠一直忌恨大王，大王的地位和權力隨時都有被剝奪的可能。安祿山細想，確也在理，因而下定了反叛的決心。朝廷裏的楊國忠自作聰明，爲了證明自己關於安祿山必反的預言，採取了一系列過激的行動，促使安祿山提前了反叛的時間。

是年底，御史中丞吉溫已完全投靠安祿山，並給安祿山遞送了大量機密情報。楊國忠憎恨這個無恥政客，將他驅逐出朝廷，貶爲澧陽太守，使安祿山失去了在京城的一個耳目。安祿山的兒子安慶宗，將娶明皇侄孫女榮義郡主，前來長安，住在東平王府。楊國忠派人嚴密監視，防止安慶宗向安祿山通報消息。因此，安祿山對楊國忠恨得要死，發誓說：「本王非要將此人千刀萬剮不可！」

越年為天寶十四年（西元七五五年）。這是大唐王朝不尋常的一年，各種矛盾激化，導致了一場驚天動地的禍亂。

新年伊始，楊國忠改變策略，一改原先反對安祿山入朝為相的態度，假意鼓動明皇，召安祿山入朝為相，改由呂知誨、賈循、楊光翽分任平盧、范陽、河東節度使。明皇嘴上答應，草擬了詔書，可又怕此舉會刺激祿兒，留中不發。他實在不摸安祿山的底細，特派宦官輔璆，以賜柑橘為名，前去幽州，察看情況。安祿山完全明白輔璆前來的意圖，仍然裝出憨厚的樣子，盛情款待，並厚贈金銀。輔璆回京，把安祿山說成一支花，稱他絕對忠誠，不可能反叛朝廷。明皇高興，對楊國忠說：「祿兒無二心，草擬的詔書就燒了吧！」不久，楊國忠偵察到輔璆接受安祿山賄賂的證據。明皇大怒，立命將輔璆殺了。安慶宗及時把情況報告幽州。安祿山意識到，他的義父皇上開始懷疑自己了。

四月，楊國忠又尋釁生事，命令京兆尹李峴率兵搜查東平王府，捕殺了安祿山派往京城的密探李超、安岱、李方來、王珉等人。安慶宗又將情況報告幽州。安祿山大怒，立刻上書，揭發楊國忠二十餘條罪狀。明皇不想把事情弄僵，繼續安撫安祿山，遷罪於李峴，將其貶為零陵太守，改用崔光遠為京兆尹。

明皇的思想矛盾起來。一方面，他相信祿兒，自己給了他那麼多的好處，他怎會反叛呢？一方面，他又懷疑自己，自己把祿兒認準了嗎？六月，明皇命安慶宗與榮義郡主成婚，親筆御書，召安祿山到京城參加婚禮。出乎明皇意料的是，安祿山聲稱生病，拒不應召，而且表示，願意獻馬三千匹，騎士六千人，分乘三百輛軍車，直入長安。明皇和朝臣一聽嚇壞了，那麼多騎士到長安，還不把京城踩平了？明皇趕緊又親筆御書，說：「獻馬之事，免。朕爲卿別治一湯，可會十月，朕待卿於華清宮。」然後，派宦官馮神威前去幽州，宣達聖命。

這時的安祿山已不是先前的安祿山了。他到了大本營漁陽，拖延多日，才盛陳兵仗，召見朝廷使者。馮神威入見。安祿山高坐於胡床之上，一邊喝酒，一邊吃肉，旁若無人似的，說：「天子安穩否？」

馮神威剛想宣讀聖旨。安祿山哈哈大笑，說：「聖旨？聖旨在本王這兒，管屁用！來人！把這個閹奴給老子關起來，餓他三天，看還敢狐假虎威不？」

馮神威在關押期間，僥倖逃跑了。他狼狽地回到長安，向明皇哭訴出使的遭遇，說：「奴才九死一生，險些見不到皇上了！」

安祿山的反相已露。而唐明皇卻未作任何防範，十月依然帶著貴妃楊玉環，及楊國忠、楊金環、楊銀環等，駕幸華清宮，陶醉在歌舞昇平的景象之中。銀環依然是那樣放蕩，提議說：「好長時間沒演《霓裳羽衣曲》了，這次要好好地演一回，讓大家飽眼福。」明皇說：「好呀！那就讓人準備唄！」他轉而對玉環說：「玉環！「霓裳羽衣曲」是你的傑作，這演出的準備事項，還得由你抓起來。」

玉環自從失身於安祿山以後，心裏說不清是什麼滋味。從某種意義上說，安祿山已是她的情夫，而現在，她聽說安祿山即將反叛，感情上實在接受不了。她聽了明皇的話，笑著說：「這個時候演出那部華麗的歌舞，怕是不妥吧？」

明皇和銀環同時說：「嗨！這有什麼不妥的？他安祿山即使造反，也反不到長安來呀！」

華清宮裏，跟往年一樣，壁爐火旺，湯泉水熱，天天宴會，日日歌舞。這年的雪下得早，十一月初，凜冽的西北風，裹著漫天飛舞的雪花，把驪山一帶，裝扮成一個迷朦混沌的世界。雪止天晴。華清宮內外，銀妝素裹，陽光，積雪，青松，紅梅，還有賞雪的貴婦仕女，組合成一幅幅清新美豔的畫面。然而，在偏僻的鄉村，在泥濘的路旁，則有人被凍死，屍體倒在雪地裏，沒有人過問。野狼野狗發出噭噭的叫聲，爲爭搶屍骨而進行猛烈的格鬥，厚厚的積雪上，散布著斑斑點點殷紅色的血跡。

在漁陽，安祿山經過整個秋天的準備和部署，反叛事項全部就緒。高尚及時提醒安祿山說：「大王興兵，尚缺一個藉口。」

安祿山說：「大旗一舉不就得了，還缺什麼藉口？」

高尚說：「不！有藉口和沒藉口大不相同。在眾人心目中，大王是三鎭節度使，是皇上和朝廷委任的將帥。大王興兵，沒有藉口，別人會說是造反，心理上和情緒上會有疙瘩；若有藉口，性質就不同了，將士們都會追隨大王和服從大王，萬眾一心，拼死賣命。」

安祿山說：「倒也是。那麼找個什麼藉口呢？」

高尚說：「大王可知『清君側』的典故？」安祿山搖頭。高尚說：「那是西漢景帝的時候，御史大夫晁錯深受皇帝信用。晁錯提出個削藩策，就是要削弱諸侯藩王的勢力，加強中央集權。這下子惹怒了以吳王劉濞、楚王劉戊爲首的七國藩王。他們聯合起來，反叛朝廷，提出的口號就叫『清君側』，意思是他們反叛，沒有其他目的，只是爲了清除皇帝身邊的奸臣晁錯。這個口號很能迷惑人，所以吳楚七國很快集合起數十萬兵馬，浩浩蕩蕩地殺向長安。」

安祿山大笑，說：「本王懂了，你是說現在的楊國忠就是晁錯，我們不妨也打出『清君側』的旗號，這樣興兵就名正言順了！」

高尙拱手，說：「大王聖明！」

安祿山說：「好！就這麼辦！」

十一月六日，安祿山在軍帳設宴，招待文武幕僚，賞賜金帛，並給每人發了一份作戰地圖，說：「凡違本王號令者，斬！」

七日，恰好赴京奏事的官員胡逸回到漁陽。安祿山立命高尙僞造了一道聖旨，宣示諸將，說：「胡逸剛從長安帶回皇上密旨：命本王率兵入朝清君側，誅殺奸相楊國忠！夥計們！我們建功立業的機會到啦！」

諸將一來都是安祿山提拔的親信，二來不知聖旨的眞僞，群情激昂，高呼說：「願隨大王清君側，誅殺楊國忠！」

八日，安祿山由百餘名騎兵護衛，到繼父安延偃墓前，焚香祭奠。墓前立有高大的墓碑，上面刻著大大的隸字：「范陽大都督安延偃之墓」。安延偃的這個頭銜，還是唐明皇追贈的哩！一旁有兩位老人，詢問安祿山說：「聽說大王將要興兵，當眞嗎？」安祿山命心腹嚴莊解釋說：「大王興兵，爲的是解救國家危難，非爲私也！」

九日，安祿山和史思明在漁陽城南檢閱軍隊，千百面鼙鼓一齊擂響，聲震山谷，驚天動地。安祿山宣布了興兵的命令，特別強調說：「膽敢持有異議亂我軍心者，夷滅三族！」接著，安祿山和史思明乘坐鐵甲兵車，率領精銳步兵和騎兵十五萬，號稱二十萬，以誅殺楊國忠爲名，向中原進軍。車馬奔馳，煙塵滾滾，旌旗翻捲，戈戟鮮明，聲勢浩大的「安史之亂」爆發了。

當安史叛軍呼嘯著，縱馬舞刀快速南下的時候，華清宮裏依舊是酒肉飄香，鼓樂鏗鏘，豔歌妙曲，仙舞翩翩。四十四歲的詩人杜甫，好不容易得了個小小參軍的差使，穿著破舊的長袍，冒著刺骨的風雪和嚴寒，從長安前往奉先（今陝西蒲城），探望親屬。途中，他已看到了好幾具因饑寒而喪命的屍體；經過華清宮時，所見卻是另一番景象，殿閣高聳，車馬塡道，甚至可以聽到宮中傳出的樂曲聲，聞到空中飄溢的酒肉香。鮮明的對比，巨大的落差，使這位一貫憂國憂民的詩人，憤怒地吟出兩句詩來：朱門酒肉臭，路有凍死骨！

這兩句詩高度概括，深刻揭露了盛唐時期歌舞昇平表象下的階級矛盾和社會危機，力重千鈞，振聾發聵，因而成爲千古不朽的名句。

安史叛軍大舉進軍，勢如破竹。中原一帶，因爲承平日久，武備鬆弛，各地官吏突然面臨戰事，驚慌失措，根本不知如何應對，唯一的辦法就是逃亡，或者投降。叛軍幾乎沒有遇到什麼抵抗，數日之內，東路佔領了河北廣大地區，西路攻佔了太原。

漁陽鼙鼓動地來，驚破霓裳羽衣曲。安祿山起兵後的第七天，唐明皇才接到警報。開始，他根本不相信這是事實，自欺欺人地說：「警報是僞造的，不可信。」接著，警報像雪片一樣飛來，他才不得不信，既是震驚，又是惱怒，不再稱安祿山為祿兒了，而是直呼其名，說：「安祿山怎能這樣呢？朕待他不薄啊，他怎能造反呢？」楊玉環和朝臣們也都傻了，一片恐慌，更多的則是無奈。唯獨楊國忠幸災樂禍，洋洋得意，自以為站得高看得遠，逢人便說：「我早就預言，安祿山必反。怎樣？應驗了吧？牛皮不是吹的，大車不是推的。本相看人哪，還從來沒有走眼過。」接著，他看到了安祿山起兵的檄文，檄文上開列的主要是他的罪狀，還有楊氏姐妹的罪狀。他的得意變成惶恐，結結巴巴地說：「這，這，這從何說起？」

十一月十五日，明皇在華清宮舉行會議，商討對策。楊國忠故作鎮靜，大言不慚地說：「皇上放心，真正想造反的，只是安祿山一人，廣大將士還是忠於朝廷的。臣想，不出十天半個月，就會有人將安祿山的人頭，送到華清宮來！」

左龍武大將軍陳玄禮沒好氣地說：「請問宰相：你憑什麼說得這樣肯定？」

楊國忠經此一問，支支吾吾，說不出個一二三來。

明皇六神無主，說：「但願有人出以忠心，能夠殺了安祿山，不過，防務嘛，還是要加強的。」

太子李亨說：「當務之急，是要守住洛陽，絕不能讓安祿山渡過黃河。」

明皇問楊國忠說：「你兼兵部侍郎，手下可以調動多少軍隊？」

楊國忠翻了翻眼睛，說：「京城一帶除了皇家禁軍，沒有一兵一卒可以調動。」

十六日，安西節度使封常清入朝奏事，到了華清宮。明皇大喜，急忙予以召見。封常清，蒲州猗氏（今山西臨猗南）人，青年時生病留下殘疾，一腿長一腿短，是個跛子。三十多歲從軍，投身於名將高仙芝麾下，作戰勇敢，斷事果決，經高仙芝薦舉，升任安西節度使。明皇這時最缺少的是能夠統兵的將帥，封常清的到來，使他的心情為之一振。他向封常清詢問討賊方略。封常清顯露出一腔豪氣，主動請纓，說：「天下太平日久，人人不知戰爭為何事。然事有逆順，勢有奇變，臣請馳至洛陽，盡出府庫錢財，招募驍勇壯士，北渡黃河，計日取那逆胡首級，以獻闕下！」

明皇深感欣慰，次日即任命封常清為范陽、平盧節度使，命其乘坐驛站專車，前往洛陽。封常清到洛陽後，十天內便招募士兵六萬人，拆毀洛陽北面的河陽橋，全面部署防禦事項。封常清是一位有勇有謀的老將，然而他久在西北邊陲，毫不熟悉中原的情況，更不了解叛軍的實力，自信輕敵，新招募的士兵又大多是市井之徒，沒有經過訓練和實戰，基本上沒有什麼戰鬥力。這決定了他悲劇的命運。

封常清去了洛陽，明皇心中有了幾分平靜。他寄希望於封常清，只要安祿山過不了黃河，那麼洛陽就是安全的，長安更是安全的。他回到飛霜殿，依偎在玉環的懷中睡了片刻。他已是七十歲的人了，經不起太多的折騰。玉環的胸脯，玉環的體溫，是他感情的依託，心靈的蘊藉，他只有依偎著她，才能睡得踏實，睡得安寧。

玉環注視三郎，發現幾天內他又蒼老了許多，多半的頭髮白了，額上布滿核桃皮一樣的皺紋，還有一點一點的褐色老人斑。是啊！這就是自己的男人和丈夫——一個權力巨大，主宰著整個天下的男人和丈夫，一個既讓人愛，又讓人恨的男人和丈夫。她想到失身於安祿山的醜事，不禁感到羞恥，覺得有負於三郎；繼又想到三郎的風流，人雖老，心猶花，羞恥也就淡薄了。你一生睡了那麼多的女人，我才和安祿山睡了一次，而且不是自願的，這又算得什麼？安祿山也真是可惡可恨，你佔了我的便宜，怎麼又造起反來了呢？

一會兒一個騎馬的士兵，一會兒一件紅色的警報。士兵舉著警報，一邊跑著，一邊喊著：「報——！」這聲音，尖銳急促，響徹華清宮，人們聽了，無不心驚肉跳。十一月二十二日，明皇的鑾駕回到長安。因為戰事緊張，自己老住華清宮，會給人造成一種荒於國事、貪圖享樂的錯覺。回到長安，第一件事是將安祿山的兒子安慶宗殺了，新婚不久的榮義郡主也難逃一死。接著，任命一批官員和將帥：九原郡太守郭子儀提為朔方節度副大使，右羽林大將軍王承業任太原尹，衛尉卿張介然為河南節度採訪使，右金吾大將軍程千里為上黨郡守。朝廷無兵可派，只能由他們自行招募，各自為戰，抗擊叛軍。

明皇命在勤政務本樓和興慶殿的牆壁上，各掛一幅巨大的作戰地圖，分別用紅色和藍色標明官軍和叛軍的位置，並用紅、藍箭頭標明其走向。他發現，河北和河東廣大地區，都成了藍色，多支藍色箭頭已至黃河北岸，直指南岸的靈昌（今河南滑縣）、陳留（今河南開封東南）、滎陽（今河南滎陽）和洛陽等地。叛軍假若攻佔這些地方，兵鋒西向，那麼關中形勢就會吃緊，直接威脅到長安。因此，有必要在潼關外沿布置第二道防線，遏制叛軍。他想了許久，決定任命皇子、榮王李琬為東討元帥，高仙芝為副元帥，緊急募兵五萬人，號稱「天武軍」，駐守陝郡（今河南陝縣），以為關中屏障。

榮王李琬是明皇第六個兒子，華妃劉彩娥所生。任命此人為元帥，只是象徵意義，眞正的統帥應是高仙芝。高仙芝，高麗人，長期在西北地方作戰，打過勝仗，也打過敗仗，當過安西節度使和河西節度使，繼拜右羽林大將軍。他在軍事方面還是有才能的，出任東討副元帥無可非議。然而，楊國忠擔心胡將建功立業，會損害自己的宰相地位，所以鼓動明皇，非要在天武軍中安插一位宦官爲「監軍」。明皇採納了這個意見，任命親信宦官邊令誠爲監軍，授予監視高仙芝和直接向皇帝報告軍情的權力。此舉開了一個惡劣的先例，爲唐朝中期和後期宦官掌握軍權創造了機會和條件。

安史叛軍抵達黃河北岸，受阻於黃河，一時無法南進。老天爺似乎特別關照叛軍，十一月三日，一夜之間，凜冽的西北風使河水封凍，人們在河面上行走，如履平地。安祿山大喜，說：「天助我也！」立刻指揮千軍萬馬，渡過黃河，略經小戰，便攻陷靈昌和陳留，殺死新上任的河南節度採訪使張介然。兩天後，又攻陷滎陽，直逼洛陽城下。

「報——！」「報——！」「報——！」興慶宮裏的唐明皇，接到的全是戰事失利、城池失陷的警報。他弄不明白，老天爺爲什麼偏幫叛軍的忙？再就是堂堂的官軍，爲什麼這樣不堪一擊？他看著地圖上的洛陽，說：「封常清！你無論如何也要守住洛陽啊！」

這只是一廂情願。封常清手下雖有六萬兵馬，然而卻都是臨時招募起來的烏合之眾，有的甚至不會使用兵器，不會射箭。封常清硬著頭皮，率領官兵抗擊叛軍，節節敗退，關鍵時刻，河南尹達奚珣無恥地投降了安祿山。十二月十三日，洛陽淪陷，封常清帶領不滿萬人的殘兵敗將，狼狽地退至陝郡，與駐守在那裏的高仙芝部會合。

洛陽失守的警報飛送至長安。明皇驚駭，半天說不出話來。他想起封常清出發時的豪言壯語，滿腔憤恨，命將封常清罷職，以布衣身分在高仙芝軍中效力。地圖上又增加了一個碩大的藍色箭頭，從洛陽指向關中。楊國忠依然樂觀，說：「幸虧陝郡有第二道防線，相信榮王和高仙芝，能夠阻止叛軍西進。」

陝郡，封常清跪拜高仙芝，說：「末將無能，給高帥丟了臉。」

高仙芝扶起封常清，說：「快說說叛軍的情況。」

封常清說：「末將原先是很輕敵的，經過實戰，方知安祿山的軍隊訓練有素，兇猛剽悍，而且裝備精良，騎射功夫了得。而我們呢？士兵是臨時招募的，兵器是腐蝕生鏽的，將帥和地方官員之間又不一心，這個仗沒法打！」

高仙芝曾是封常清的上司，相信封常清所說的事實，說：「讓叛軍來吧！我倒要看看，他們到底有多厲害？」

封常清說：「萬萬不可！末將的教訓，高帥應當引以爲戒！」

高仙芝說：「你的意思是……」

封常清說：「末將的意思是，放棄陝郡，退守潼關。潼關是爲長安門戶，地勢險峻，易守難攻。潼關在，長安在；潼關失守，長安不保。若在陝郡與叛軍對抗，官軍必敗無疑！而且，關於敵我雙方的情況，必須趕快奏明皇上才好。」

高仙芝陷入沉思。是啊！叛軍攻克洛陽，鋒頭正勁，憑自己臨時招募的五萬天武軍，怎能與叛軍正面對抗呢？他遲疑地說：「皇上命我駐守陝郡，退守潼關，尚需請示。」

封常清說：「來不及了！叛軍已尾銜而至，三請示兩請示，貽誤時日，天武軍很難保全！」

高仙芝作爲一員老將，當然知道時間的寶貴，徵得元帥李琬的同意，果斷命令全軍退守潼關。監軍邊令誠狗屁不懂，事事插手，處處制肘，責問高仙芝說：「仗還沒打，就忙於退兵，這是爲何？」

高仙芝分析了退兵的理由。邊令誠擺出盛氣凌人的架勢，說：「這是怯戰！我怎麼向皇上交代？」

說話間，安祿山的部將崔乾佑率兵已抵陝郡。天武軍士兵以為前方打了敗仗，迅速撤退，隊形混亂，自相踐踏，丟了許多器械，死傷了好些人。邊令誠跑得比任何人都快，急匆匆地跑到長安告狀去了。

高仙芝退守潼關，潼關以東各郡，盡落入叛軍之手。高仙芝連夜草擬奏書，向明皇報告退兵的理由。封常清也第三次上書，請求回長安報告敵情和堅守潼關的重要性。可是，邊令誠早已到了長安，添油加醋，誣告高、封二將膽小怕死，未見敵人，擅自後退，而且還說高仙芝克扣軍餉，導致士兵情緒低落，怨聲載道。楊國忠火上澆油，說：「看來，軍中必須派駐監軍，不然，皇上怎能知道將帥的眞實情況呢？」

明皇偏聽偏信，氣得吹鬍子瞪眼睛，大怒說：「邊令誠！你速去潼關，將封常清和高仙芝斬首以徇！」

邊令誠奉命前往潼關，先斬封常清，再斬高仙芝。可憐兩員大將，命喪黃泉，奇怪的是數日後，東討元帥李琬也慘死在帥帳中，身上被人捅了十餘刀。顯然，這是他殺，是謀殺。那麼，兇手是誰？主謀是誰？由於形勢緊張，軍心浮動，所以沒有人過問，更沒有人調查，以致一件天大的謀殺案，不了了之。

潼關失守

唐明皇焦頭爛額，惶急之下，突然表現出了英武氣概，決定御駕親征。早在十二月初七，他就有過親征的想法，隨著洛陽和陝郡的失守，想法化爲泡影。十二月十六日，他又提出親征問題，決定由太子李亨監國，自己前往潼關，督兵平叛。楊國忠聽了這個決定，嚇得驚恐萬狀，因爲他素來傾軋和排擠李亨，彼此間存在著深刻的仇恨，李亨監國，掌握權力，意味著他以及楊氏外戚末日的來臨。他忙說：「皇上乃一國之主，豈能前往前線，親冒矢石？」

大將軍陳玄禮說：「皇上親征，能夠顯示朝廷平叛的決心，鼓舞士氣，不失爲英明之舉。」

朝臣們立刻分成兩派，有人主張親征，有人反對親征，吵吵嚷嚷，沒有結果。楊國忠唯恐皇上親征，回府後馬上叫來楊金環和楊銀環，流著淚說：「皇上有意親征，讓太子監國。太子早就厭惡我們楊家，他若監國，我們楊家就完啦！」

金環和銀環也很驚慌，說：「那該怎麼辦？」

楊國忠說：「你倆趕快進宮去，說服貴妃，只有她，方能阻止皇上親征。不然，我，還有你們，就死到臨頭了！」

金環、銀環考慮的當然是楊家的私利，立刻進宮，會見玉環，淚水婆娑，陳說利害。玉環一向不關心政治，怎奈兩個姐姐巧舌如簧，死纏硬磨，也就點頭答應，說：「那我就試試看吧！」

金環、銀環破涕爲笑，說：「好妹妹！你眞是大慈大悲的觀世音娘娘！」

明皇疲憊地回到興慶殿。玉環遵照銀環的安排，披頭散髮，口含黃土，淚流滿面，嗚咽著說：「三郎！臣妾聽說你要御駕親征，此事危險，萬萬不可啊！」口含黃土請命，是古代最隆重的請命方式，表明請命不是出於私心，而是爲了國家和江山社稷。

明皇趕忙扶起玉環，說：「這是個非常時刻，我不親征，怎能打垮叛軍？」

玉環說：「三郎！你別忘了，你已是七十歲的人了，哪能經得起鞍馬勞頓？萬一有個什麼閃失，你叫我怎麼活啊？」

明皇說：「親征只是做做樣子，不必親上前線，不礙事的。」

玉環說：「那也不行。爲了大唐江山社稷，也爲了你和我，我就是不讓你親征！」玉環說著說著，竟然放聲大哭，像是海棠經雨，倍顯嬌憐。

明皇的心一下子軟了，說：「這……這……」

金環、銀環見火候已到，也跪在地上，懇請皇上保重龍體，不能輕易冒險。

明皇面對楊家三姐妹，僅有的一點英武氣概蕩然無存，說：「罷了罷了，朕不親征就是了！」

這時，楊國忠來到興慶殿，他是向皇上薦舉將帥來了。

楊國忠薦舉何人？原來是哥舒翰。哥舒翰時任隴右、河西節度使，封西平郡王，因嗜酒好色，中風偏癱，正在長安養病。楊國忠爲了對付安祿山，曾有意抬高哥舒翰，使之還兼領了太子少保的職銜。哥舒翰原是王忠嗣的部將，而王忠嗣正是李林甫和楊國忠害死的。因此，哥舒翰切齒痛恨楊國忠，但表面上還維持著一團和氣的關係。明皇說：「哥舒翰患著偏癱，能當統帥嗎？」

楊國忠說：「我們用的是他的威名，無須他衝鋒陷陣，臣以爲可行。」

明皇再無其他將帥可用，也就同意了楊國忠的意見。於是宣布，任命哥舒翰爲太子先鋒兵馬元帥。

哥舒翰由人架著，拜謁明皇，聲稱自己有病，難當重任。明皇說：「國難當頭，卿就勉爲其難吧！」哥舒翰提出要求，需從隴右、河西調些番將來。明皇照准。就這樣，哥舒翰出任元帥，以田良丘爲軍司馬，蕭昕爲判官，王思禮主管騎兵，李承光主管步兵，一些番將擔任各部的頭領。宦官李大宜任監軍。新招募的士兵，加上潼關的士兵，共十五六萬人，號稱二十萬，分爲十二部，任務是堅守潼關。

十二月二十三日，明皇登上勤政務本樓，爲哥舒翰送行，准予新任元帥乘坐肩輿，不必下輿還禮。文武百官則到郊外爲哥舒翰餞行。再看出征的大軍，旌旗蔽日，綿亙二百里，蔚爲壯觀。人們心頭充滿欣喜，鼓起希望，期盼這支官軍能夠旗開得勝，守住潼關，進而給安史叛軍以沉重的打擊。自安祿山起兵以來，官軍一敗再敗，多麼需要一次勝仗來扭轉局面，穩定人心哪！

哥舒翰到了潼關，著手整頓軍隊。他因行動不便，軍政大事多由田良丘處理。王思禮和李承光心中不服，自行其事。因此，整個軍隊號令不一，紀律鬆弛，很難形成戰鬥力。

轉眼就是新年，洛陽傳來一個驚人的消息：安祿山在洛陽稱帝了。

原來，安祿山初起兵時，打出的旗號是誅殺楊國忠，清君側。當他攻佔洛陽和陝郡的時候，如果乘勢進攻潼關，那麼將會使大唐王朝陷入絕境。然而，安祿山在政治上畢竟短見，他在佔領了洛陽以後，首先想到的是登基稱帝，以求得和唐明皇平起平坐的等同地位。這是他多年來的夢想，眼下正是機會，他可不願放過。因此，天寶十五年（西元七五六年）正月初一，經過一陣緊鑼密鼓的籌備，安祿山頭戴胡人冕冠，身穿胡人袞服，堂而皇之地當起皇帝來了，定國號爲「大燕」，自稱「雄武皇帝」，以洛陽爲國都，改元「聖武」。文武幕僚伏地跪拜，高呼：「吾皇萬歲萬歲萬萬歲！」安祿山的心哪，快要飛了起來，要多歡暢有多歡暢，要多甜蜜有多甜蜜。接著是大封功臣宿將，以達奚珣爲左相，張通儒爲右相，嚴莊爲御史大夫，高尚爲中書侍郎；兒子安慶緒和安慶和分別爲晉王和鄭王。因爲攻佔洛陽的那一天，漫天飛雪，所以一些利祿之徒，把雪看作是大燕開國的符瑞，吟詩稱頌他們的皇帝說：「馬上取天下，雪中得乾坤。」安祿山哈哈大笑，說：「是啊！朕這個天下就是從馬上取得的，下一步，朕要把李隆基老兒拉下皇帝寶座，取而代之！」

安祿山稱帝的消息飛快地傳到長安。唐明皇就像當頭挨了一記悶棍，半天沒有反應過來。想當初，他是何等相信和倚重安祿山，視爲忠臣，呼爲祿兒，疼愛備至，封賞有加；而如今，這個安祿山卻反了，而且做起了皇帝，建國號，定都城，也稱起了什麼「朕」。這不是和自己平起平坐了嗎？「唉——！」明皇長長地歎了口氣，這才眞正懂得一個詞語的意義：養虎爲患。他知道，安祿山稱帝，會使戰爭的性質發生改變。自己是皇帝，安祿山也是皇帝，大唐和大燕之間，已不是平叛和叛亂的問題，而是要重新洗牌，重新爭奪天下。雖然在他的心目中，大燕只是個僞政權。然而，別人會這樣看嗎？人家有皇帝，有大臣，有官署，有軍隊，憑什麼說是僞政權？

這年的新年，是明皇一生中所過的最慘澹最窩囊的新年。原定的慶祝活動和歌舞宴會取消了，人人心頭籠罩著陰雲，愁眉不展。楊玉環安慰明皇說：「三郎！安賊稱帝就稱帝唄，依我看，他是兔子的尾巴，長不了。哥舒元帥不是到了潼關嗎？相信他會率領將士，消滅叛軍的。」

明皇淒然一笑，說：「玉環！你不懂。哥舒翰只是堅守潼關，阻止安賊西進，不讓迫近長安。眞正要消滅叛軍，不是一件容易的事情。」

玉環默然。她確實不懂軍事，更不懂當時嚴峻的形勢。她只能暗暗地詛咒安祿山，心裏說：「安祿山呀安祿山！皇上和我何曾虧待過你？我堂堂一個貴妃，身子都讓你佔有了。而你呢？居然造反，居然稱帝，恩將仇報，不仁不義。你，簡直不是人，是虎狼，是蛇蠍，是該天打雷劈的惡棍和魔鬼！」

安祿山在洛陽，過起了神仙一樣的生活。他要像唐明皇那樣，居住在富麗堂皇的宮殿，高高在上，發號施令，廣納美女佳麗，舉行歌舞宴會，享受洪福和豔福。他畢生嗜酒如命，親近女人毫無節制。這嚴重地損害了他的健康，當了皇帝以後，身體越發肥胖，視力卻大大減退，看人看物，模模糊糊，不大眞切。經過太醫檢查，方知患了眼疾。他倒滿不在乎，說：「眼疾不算病，大不了雙目失明，照樣能飲酒吃肉玩女人。你們知道朕還有個什麼願望嗎？那就是推翻李隆基，將那個美若天仙的楊玉環奪過來，立爲皇后！」

安祿山陶醉在勝利的喜悅中，放慢了進兵關中的步伐。這給了唐軍喘息的機會。從正月到五月，唐軍重整旗鼓，聚集力量，在河東、河北、齊魯一帶，各自爲戰，抗擊叛軍。首先，常山（今河北正定）太守顏杲卿、平原（今山東陵縣）太守顏眞卿等，組織官吏民眾，掀起敵後鬥爭，擾亂和牽制了叛軍的後方勢力。接著，郭子儀升任朔方節度使，李光弼升任河東節度使，相繼率軍東下太行山，深入河北中部，直接插入叛軍佔領區。三月和五月，郭、李兩軍會合，在常山境內，兩次大敗史思明，殲敵五萬餘人。一時聲威大振，收復了十三個郡，基本上切斷了叛軍前方與後方的聯擊。安祿山的兒子安慶緒進攻潼關，也被哥舒翰擊敗。

唐明皇總算接到了一些捷報，臉上又開始有了喜色和笑容。洛陽的安祿山驚慌了，召進嚴莊和高尚，斥責說：「朕初起兵時，爾等說得天花亂墜，聲稱一定能夠成功。現在四方官軍雲集，函谷關以西，不跬步進。爾等的計謀何在？還有什麼臉面見朕？」

嚴莊和高尚嚇得心驚膽戰，連著數日，不敢見他們的皇上。安祿山的部將田乾眞從潼關返回洛陽，彙報軍事，說：「自古興王，戰皆有勝負，乃成大業，無一舉而得者。今四方兵雖多，非我敵也。假如事不成，我們猶擁數萬眾，足可橫行天下，爲十年計。嚴莊、高尚，佐命元勳也，陛下何遽絕之，使自爲患邪？」

安祿山猛然有所領悟，忙又召來嚴莊和高尚，賜予飲宴，還放喉高歌，撫慰心腹重臣。

河東、河北、齊魯一帶的戰事略有起色，地圖上的紅色區域一天天地多了起來。不想這時候，朝廷內部卻又出現了新的爭鬥，爭鬥的雙方恰是兩個關鍵人物——楊國忠和哥舒翰。

哥舒翰升官晉爵和出任元帥，是楊國忠舉薦的。楊國忠的目的，在於籠絡胡將，作爲自己長久專權的強大外援。哥舒翰卻有心機，早就看透了楊國忠。他知道，這位國舅原是李林甫的幫兇，參與殺害了王忠嗣；當了宰相後，更是有恃無恐，飛揚跋扈，屬於獨夫民賊一類貨色。他鄙視楊國忠，仇恨楊國忠，如今當了手握重兵的元帥，就更不把楊國忠放在眼裏了。哥舒翰與原朔方節度使安思順有隔閡。安思順與安祿山關係親密，調任戶部尚書後又與楊國忠勾勾搭搭。哥舒翰秘密給明皇上書，誣稱在潼關捉到密探，從密探身上搜出安思順寫給安祿山的密信，信中全是企圖謀反的暗語。明皇大怒，立刻將安思順殺了。楊國忠從這件事中嗅出了凶險的氣味，意識到自己薦舉哥舒翰是一大錯誤，哥舒翰若反戈一擊，也來個「清君側」，那麼自己同樣會人頭落地。

楊國忠坐立不安，苦思冥想對付哥舒翰的計策，奏請明皇，以護衛京師爲由，再招募一支軍隊，駐守灞上。明皇准奏。於是，楊國忠緊急行動，臨時招募了一萬三千多人，由其親信、劍南軍將領杜乾運統領，使之成爲他能夠指揮和調動的私人武裝。這支軍隊名爲護衛京師，實際上是爲了防禦哥舒翰引兵西向，發動兵諫，逼取他的性命。

楊國忠的這點手腕，瞞不過哥舒翰的眼睛。哥舒翰大罵說：「好你個楊國忠！本帥在前方打仗，而你卻在本帥的背後設防，可惡可恨！」

王思禮說：「大帥可以採取對付安思順的方法，密奏皇上，就說他楊國忠私通安祿山，請求誅之。」

哥舒翰搖頭，說：「不！楊國忠可不比安思順。一來，他是宰相，深受皇上信用；二來，他有貴妃和國夫人的花花裙子罩著，紅得發紫。皇上是不會因本帥的一紙密信，而殺這位國舅的。」

王思禮說：「要不，末將帶領一支軍馬，去把楊賊殺了！」

哥舒翰微笑，說：「不可不可！那樣，就不是安祿山造反，而是我哥舒翰造反了！」

哥舒翰老謀深算，光明正大地上書明皇，說安史叛軍鐵騎強悍，潼關守備力量不足，請求將灞上駐軍劃進潼關部隊編制，以利統一調度。明皇沒有理由反對，表示同意。楊國忠叫苦不迭，沒料到自己的精心籌畫，反作了他人的嫁衣裳。他給杜乾運下了一道死命令：灞上駐軍，非經自己批准，不許開赴潼關。哥舒翰自有哥舒翰的機謀，一天以商議軍務爲名，召杜乾運赴潼關議事。杜乾運請示楊國忠。楊國忠說：「只要駐軍不動，你去就去唄！」杜乾運遵命，獨自去了潼關。哥舒翰高坐帥帳，一聲令下，以貽誤軍機爲藉口，當下就把杜乾運殺了。接著，命一將領前往灞上，傳達帥令，輕而易舉地便將灞上駐軍帶到了潼關。楊國忠大驚失色，說：「吾無死所矣！」

楊國忠吃了啞巴虧，氣得要死，恨得要死。他眼珠子一轉，又想出一條冠冕堂皇的妙計：哥舒翰應該出關作戰。這是一箭雙鵰之計。哥舒翰如果勝了，那麼首倡出關作戰者，是他楊國忠，功不可沒；哥舒翰如果敗了，那麼說明哥舒翰無能，元帥自然就當不成了，或傷或死，最好。

五月下旬，朝廷接到情報，說安史叛軍駐紮在陝郡的只有數千名老弱士兵，幾乎沒有什麼防禦。楊國忠立刻啓奏明皇，說：「安祿山稱帝已近半年，哥舒翰駐守潼關亦已近半年。現在，河東、河北、齊魯一帶形勢大好，皇上應命哥舒翰出關作戰，收復陝郡，進而收復洛陽，殲滅安祿山。」

此議一出，滿殿皆驚，有人贊成，有人反對。贊成的人慷慨激昂，說：「對！應該出關作戰！哥舒翰引兵向東，郭子儀和李光弼引兵向南，形成夾擊之勢，收復洛陽，指日可待！」反對的人小心謹慎，說：「事情不能光往好裏想，還要往壞裏想。哥舒翰出關作戰，打了勝仗固然好，萬一打了敗仗怎麼辦？須知，潼關是長安的屏障，潼關一旦失守，後果不堪設想！」

楊國忠瞪大眼睛，斥責持反對意見的人說：「你們怎能長他人志氣，滅自己威風？情報說得明白，叛軍在陝郡只有數千名老弱士兵，而我軍在潼關有二十萬人。二十萬人對數千人，豈有打敗仗的道理？怎麼著？你們是盼著安祿山老待在洛陽不成？」這是一頂大帽子，壓得所有人都不敢說話了。

明皇陷入沉思。一方面，他是想儘早收復洛陽的，安祿山那個僞帝的存在，使他寢食難安；一方面，他對出關作戰沒有把握，勝敗在於兩可之間。郭子儀和李光弼已有奏書，明確指出：「哥舒翰病且耆，賊素知之，諸軍烏合，不足以戰。守住潼關，便可拖住叛軍主力。吾直搗之，覆其巢窟，質叛族以招逆徒，安賊之首可致。若師出潼關，變生京師，天下怠矣！」明皇騎虎難下，難以作出決斷。他派人徵詢哥舒翰的意見。哥舒翰很快回書，說：「安賊善用兵，今始爲逆，不能無備，關外遊兵，乃以陰計誘我。賊遠來，利在速戰。王師堅守，毋輕出關，計之上也。且四方兵未集，宜觀事勢，不必速。臣已在潼關外沿挖掘三條壕溝，深一丈，寬二丈，以利長期堅守。」監軍李大宜膽小怕死，覺得潼關內比潼關外安全得多，也反對出關作戰。因此，明皇的思想偏向了固守潼關的一方。

國難當頭，楊國忠滿腦子想的還是私利，必欲除去哥舒翰，方能稱心如意。他喋喋不休地蠱惑明皇說：「養兵千日，用在一時。哥舒翰二十萬大軍，窩在潼關，何以揚我大唐國威？再則，安祿山盤踞洛陽，截斷江淮與長安之間的漕運，京城糧價飛漲，民心浮動，這樣下去，恐生變故。」

楊國忠的話，又激起了明皇的雄心。可不是嗎？安祿山那個僞政權必須盡早消滅，不然，大唐還算什麼大唐？恰在這時，洛陽傳來一個消息，促使明皇下了出關作戰的決心。

原來，安祿山稱帝後，打聽到楊玉環的養父楊玄珪住在洛陽，還掛了個工部尚書的頭銜。他立命將楊玄珪抓了來，咧嘴大笑，說：「楊尙書楊大人！你知道朕和你家玉環的關係嗎？她不僅是朕的義母，而且還是朕的……這麼說吧，朕和她的關係非比一般。現在，朕要你寫一封信去長安，就說你病了，讓她速到洛陽一趟。她來了，朕就立她爲皇后。那時，你就是朕的岳父大人，包你有享受不盡的榮華富貴。哎！怎樣？」

楊玄珪是一位有骨氣的儒家信徒，看到安祿山狂妄猥瑣的模樣，直覺得噁心，大聲說：「天無二日，地無二主。我只知道天下姓李，皇上在長安，不知怎麼這裏，又冒出個什麼大燕國和雄武皇帝來。你安祿山是虛僞的叛臣，奸詐的反賊，居然也自稱『朕』，還想做我的女婿。呸！你就死了這條心吧，眞是恬不知恥！」

安祿山沒料到楊玄珪會小瞧他這個皇帝，氣得「哇哇」直叫，厲聲說：「老東西！敬酒不吃吃罰酒。這信，你寫還是不寫？」

楊玄珪挺了挺腰桿，說：「不寫！死了也不寫！」

安祿山大怒，說：「來人！把這老乾柴棒子拉出去砍了！」士兵向前，將楊玄珪拉向殿外。楊玄珪破口大罵，說：「安賊！你擁兵謀反，禍國殃民，老天爺不會放過你，你不得好死，不得好死！」

楊玄珪死了，夫人黃氏亦自縊而死。消息傳到長安，楊玉環哭成了淚人，說：「爹！娘！女兒不孝，是女兒害了二老啊！」金環、銀環也掩面垂淚。楊國忠趁機鼓動明皇說：「爲了給貴妃報仇，皇上應命哥舒翰，立即出關作戰。」

明皇頭腦一熱，說：「不錯！安祿山欺人太甚，是該教訓教訓他了！」他當即決定，六月一日以後，哥舒翰出關作戰。因爲六月一日是玉環的生日，他不想因爲戰事而破壞了玉環的生日氣氛。

六月一日，明皇爲玉環舉行了一個小型的歌舞宴會。玉環已到中年，但是歲月的雕刀似乎並未在她身上留下多少痕跡，她依然容光煥發，媚豔動人。因爲養父養母新死，所以她的興致不高，神情中流露出幾分憂傷。美麗女人的憂傷也是出彩的。在眾人看來，這時的玉環，另具一種沉靜和冷豔之美。

六月二日，明皇一天三道詔書，命令哥舒翰出關作戰。聖命難違，軍令如山。哥舒翰縱然有千萬條反對的理由，這時也只能遵旨而行。他料定出關作戰凶多吉少，十六七萬士兵將有去無回，不由老淚縱橫，大罵楊國忠說：「奸臣蠡賊作祟，國家豈有寧日？」四日，哥舒翰硬著頭皮，麾軍出關。按照約定，從潼關到長安，每隔三十里，新建一座烽火台，派有士兵值班。潼關前線無事，傍晚時分點火放煙，一站一站報至長安。烽火原是古時報警用的，現在反過來，改爲報平安。所以，人們都稱之爲「平安火」。明皇心裏充滿期待，同時又忐忑不安，傍晚觀看「平安火」，成了每天例行的一件大事。

開始三天，「平安火」準時升起。明皇深感欣慰，說：「好啊！潼關平安無事。」六月七日，哥舒翰的大軍東進七十里，遭遇了叛軍崔乾佑部數千名士兵。其地是個狹長的隘道，南依大山，北臨黃河。哥舒翰與田良丘乘船，往來於黃河中流，觀陣指揮。崔乾佑的士兵擺出散漫的隊形，勉強與唐軍交戰，隨即佯裝敗退。唐軍以爲叛軍不過如此，一時立功心切，鼓噪大進。哥舒翰與田良丘捨船登岸，以軍三萬，擂鼓助威。王思禮、李承光等見叛軍隊不成隊，陣不成陣，嗤笑說：「我們生擒了賊虜，再開飯！」

八日，唐軍和叛軍眞正開始了正面交鋒。叛軍像變戲法似的，猛地增加了兩三萬人，而且佔據了山上和隘口的有利地形。哥舒翰命用毛氈裹住馬車，毛氈上繪出龍虎形象，以金銀飾其爪目，企圖驚嚇叛軍。叛軍全然不懼，堆積柴草，阻住唐軍的去路。山上的叛軍推下滾木礌石。唐軍陣列大亂。中午時分，突然颳起猛烈的東風，叛軍趁勢在上風點燃柴草，濃煙滾滾，燻得唐軍睜不開眼睛。隨著一聲炮響，山上和隘口的叛軍，縱馬舞刀，殺向唐軍。唐軍多是臨時招募的烏合之眾，哪裏經過這種場面？不戰自亂，潰不成軍，有人丟了兵器，有人扔了盔甲，爭著後退，互相踐踏，死傷無數。兩三萬人被擠進黃河，活活淹死。黃河裏有百餘艘船隻，許多人爬上去逃命，船隻沉沒，還是一死。潼關外沿的三條壕溝，原是爲了防禦叛軍而挖掘的，這時卻成了唐軍後退的墳墓，須臾間便被喪命的士兵屍體塡平。崔乾佑指揮叛軍軍馬，踩著唐軍的屍體，向潼關發起猛攻。哥舒翰呢？由百餘名騎兵護衛著，倉皇地逃進關內。清點殘兵敗將，僅僅剩下八千人了。

這是一場多麼揪心的戰鬥！這是一次多麼慘重的失敗！

哥舒翰治軍，嚴苛寡恩，不懂得體恤士兵。明皇曾給士兵御賜十萬套軍服，而哥舒翰扣押不發，及至兵敗，那些軍服還封存在軍庫中，動也未動。監軍李大宜在做什麼呢？他比邊令誠規矩，自知不懂軍事，很少過問和插手哥舒翰的軍務，只顧與人飲酒、賭博、奏箜篌彈琵琶爲樂。

六月九日，崔乾佑猛攻潼關。哥舒翰灰頭土臉，不知如何應對。這時，他所器重的胡將火拔歸仁起了歹意，率領二三十名軍士，強行將他扶坐於一匹馬上，說：「大帥快走！」

哥舒翰說：「去哪裏？」

火拔歸仁說：「公以二十萬眾，一日覆沒，還能平安地回長安嗎？公不見高仙芝、封常清之事乎？」

哥舒翰憤然說：「我寧效高仙芝死！你，你快讓我下馬！」

火拔歸仁等不予理會，劫持了他們的統帥，開啓關門，投降了叛軍。崔乾佑大喜，一面派兵押解哥舒翰東去洛陽，一面指揮叛軍進關。唐軍失去統帥，士兵爭相逃命。崔乾佑不費吹灰之力，佔領了潼關。

當天傍晚，「平安火」沒有升起。明皇領著玉環等人，站於興慶宮的高處，翹首東望，等哪盼哪，多麼希望能有一股黑煙從烽火台升起，升向藍中泛紅的天空。晚霞隱去，天色漸暗，依然不見「平安火」。明皇垂頭喪氣地說：「潼關怕是失守了！」

玉環安慰明皇，說：「哪能呢？可能是値班的士兵忘了點燃吧？」

明皇說：「不會！這是大事，士兵是不敢疏忽的，唯一的解釋就是潼關失守了。」

「報——！」一名前線士兵火急火燎地前來報告，說：「報告皇上，潼關已經失守！」

明皇身子不由地搖晃了一下，說：「朕的二十萬大軍呢？哥舒翰呢？」

士兵說：「二十萬大軍，基本上全軍覆沒。哥舒翰被火拔歸仁劫持，結果不明！」

明皇腦裏「嗡」地一響，一片空白。高力士扶著他，艱難地步下台階。他的心，就像流盡了最後一滴水的池塘，徹底地乾涸了。

這是一個不眠之夜。皇宮裏在躁動，整個長安城裏都在躁動。大大小小的官吏和芸芸眾生的平民，都因沒有看到「平安火」，而驚恐，而惶懼。他們尙未得到潼關失守的確切消息，但種種跡象表明，潼關已經失守，接著而來的會是動亂，會是殺戮，會是家破人亡和流離失所。人人都在盤算著同一個問題：怎麼辦？怎麼辦？

崔乾佑佔領了潼關，勝利來得太容易，完全超出想像。他若乘勢以鐵騎西進，一日便可抵達長安，那麼將會給大唐王朝以致命的一擊，唐明皇極有可能成爲他的俘虜。然而，這位胡將在勝利之後卻猶豫起來，不摸長安的防禦實力，沒敢貿然西進，只是滯留在潼關，等待安祿山的指令。崔乾佑的錯誤，送給了唐明皇得以逃亡的時間。

十日朝會，明皇和楊國忠等，緊急商量對策。楊國忠且喜且憂。喜者，哥舒翰打了敗仗，被人劫持，自己的對手不復存在，政治目的達到了；憂者，潼關失守，長安危急，自己的前途和命運難以捉摸。他看了一眼明皇陰沉而無奈的臉色，說：「潼關失守，全怪哥舒翰。二十萬大軍，守不住個潼關，眞不像話！」

大將軍陳玄禮說：「出關作戰不是你宰相大人的意見嗎？這個時候責怪哥舒翰，又有何用？」一些朝臣附和說：「是的，潼關失守，宰相難逃其咎！」

明皇說：「出關作戰，朕也是同意的，誰曾想二十萬大軍，就那麼不堪一擊呢？現在先別追究誰的責任，要緊的是下面該怎麼辦？」

大臣們你看我，我看他，計無所出。楊國忠聳聳肩膀，說：「潼關失守，京城危矣。依臣之見，皇上最還好移駕他處，以避敵鋒。」所謂「移駕他處」，就是捨棄京城，逃亡保命。大臣們從未想過這個問題，一時鴉雀無聲。

許久，監察御史高適說：「皇上移駕他處，意味著捨棄京城，捨棄百姓，那樣會民心盡失，天下大亂。臣以爲萬萬不可！當務之急，是應竭盡庫藏錢物，招募死士，抗擊叛賊，或許事態尚有轉機！」

楊國忠瞪了高適一眼，說：「京城一帶，多次招募，青壯年早招募光了，哪裏還有什麼死士？

臣以爲當務之急，是聖駕的安危。聖駕安，可召天下將士勤王，同仇敵愾，保家衛國；聖駕危，一切都無從談起。」

明皇從得知潼關失守的那一刻起，就有了逃亡的想法，不過不便明說罷了。現在，楊國忠的建議，完全符合他的心思，但是他還要故作姿態，打腫臉充胖子，說：「朕決定移駕，但不是移駕別處，而是移駕渭南（今陝西渭南）。就是說，朕要親征，親自去和叛軍較量一番。好啦！你們都去準備吧！」

朝會似有結果，其實沒有結果。明眼人心知肚明，明皇所說的親征，只是虛晃一槍，掩人耳目而已。在當時那種情況下，要兵沒兵，要將沒將，拿什麼去親征？再說，朝會匆匆結束，諸事沒有準備，哪有親征的樣子？所有人都明白，他們的皇上準備逃亡了。

就在明皇舉行朝會的時候，哥舒翰已被押解至洛陽。哥舒翰是根本瞧不起安祿山的，在前往洛陽的路上，他想起一件往事。那是天寶九年（西元七五〇年）冬天，安祿山第三次到長安朝見明皇。哥舒翰和安思順也在長安。一天，明皇命高力士出面，宴請三位胡將。吃的是生鹿肉，喝的是鹿血湯。宴間，安祿山討好哥舒翰，笑著說：「我的父親是胡人，母親是突厥人，而哥舒公的父親是突厥人，母親是胡人。你我族類本同，安得不相親愛？」哥舒翰不冷不熱地說：「諺云：『狗向窟嗥，不祥』，以忘本也。兄既見愛，敢不盡心。」安祿山聽哥舒翰把自己比作狗，勃然大怒，罵道：「你這個突厥賤種，怎敢這樣無禮！」哥舒翰說：「我無禮了，你又敢怎樣？」說著，二人各持佩刀，就要格殺拼鬥。高力士竭力勸解，方才制止了火氣十足的衝突。

哥舒翰想起往事，又愧又恨，自己怎能敗給安祿山那個胡賊呢？火拔歸仁不是個東西，劫持自己交給叛軍，豈有此理！他們將自己押解洛陽，顯然是要讓自己投降。不！我哥舒翰是條漢子，頂天立地，英雄一世，說什麼也不能投降，給朝廷丟臉！

一路上，火拔歸仁嘮裏嘮叨，無非是說皇上昏聵，宰相弄權，根本不值得為他們賣命。哥舒翰細想，可不是嗎？遠的如皇甫惟明、王忠嗣，近的如封常清、高仙芝，他們忠心耿耿，出生入死，到頭來還不是成了恨鬼冤魂？俗話說，好死不如賴活。那麼，自己又何必步他們的後塵呢？

求生的欲望，怕死的本能，使哥舒翰的豪情一掃而光。當他被押到安祿山面前的時候，兩腿不由自主地一軟，匍匐在地，連連磕頭。安祿山得意非凡，大笑著說：「你哥舒翰每每輕視朕，今日怎麼說？」

哥舒翰誠惶誠恐，說：「陛下乃撥亂之主。臣肉眼不識聖人，罪該萬死！今天下未平，臣願為陛下以尺書招李光弼等來降，共輔大燕！」

安祿山大喜，當即封哥舒翰為司空、同中書門下平章事。哥舒翰再次磕頭，感謝聖恩。

安祿山又宣召火拔歸仁，說：「是你劫持了哥舒翰嗎？」

火拔歸仁樂滋滋的，以為安祿山要重重地封賞自己了，趕忙跪地，說：「正是小人！」不想安祿山瞪起眼睛，罵道：「你這個雜種背恩忘義，賣主求榮，朕豈能容你！來人！把他拉出去斬了！」

火拔歸仁大喊冤枉。刀斧手向前，像拖死狗一樣把他拖了出去，砍了腦袋。

洛陽，安祿山志高氣滿。潼關，崔乾佑嚴陣待命。長安，市井混亂，人心惶惶。唐明皇謊稱「親征」，決意「移駕」，還不知道往哪裏移。楊國忠似乎胸有成竹，提議「幸蜀」，即逃亡蜀郡。他兼領著劍南節度使的職務，明皇到了蜀郡，就等於到了他的根據地，有利於他繼續專權。爲了達到這一目的，他又指派楊金環和楊銀環進宮，鼓動玉環，勸說明皇，大講特講幸蜀的優勢，聲稱那裏是天府之國，地勢險要，物產豐饒，而且是玉環的家鄉，皇上到了那裏，還可以瀏覽一下楊家老宅門前的那個池塘哩！明皇想了想，說：「行，那就幸蜀好了！」

十一日，明皇秘密召見大將軍陳玄禮，通知幸蜀的決定，命其率領禁軍護駕。高力士負責確定隨駕的人員，務求精幹和簡從。十二日，明皇裝模做樣，照例在勤政務本樓舉行朝會。參加朝會的官員寥寥無幾。明皇宣布要「親征」，任命京兆尹崔光遠爲西京留守和招討處置使，宦官邊令誠掌管宮闈鑰匙。當天下午，明皇帶領玉環、太子等，悄悄移仗於大明宮，隨駕人員集結。陳玄禮整頓禁軍，挑選良馬，並給禁軍將士賞賜優厚的錢帛。所有事項都是在秘密中進行的。很少有人說話，更沒有笑聲。凝重，憂傷，惶恐，悲哀，寫在每個人的臉上。

又是一個不眠之夜。三更左右，有風吹過，隨之細雨淅瀝，雨點打在芭蕉葉上，發出急促的聲響。夏日夜雨，原本是一種景致和情趣。然而，人們這時聽那風聲雨聲，卻像是孤苦遊子，即將遠行漂泊的歎息和哭泣。十三日凌晨，在陳玄禮的指揮下，以明皇的鑾駕爲核心，一支不足五千人的車馬隊伍，靜悄悄地進入禁苑，靜悄悄地通過西面的延秋門。明皇朝東南方向看了看，說：「走吧！」錦繡的長安，巍峨的宮殿，厚道的官員，淳樸的百姓，以及明皇的許多嬪妃、兒女、孫子孫女、宮監宮女等，他都不管了，丟棄了。他唯恐安史叛軍追襲上來，那樣想逃命也逃不成啦！

馬嵬兵變

金雞不識人滋味，照樣報曉喔喔啼。黎明時分，明皇逃亡的鑾駕過了渭河上的便橋，向咸陽方向進發。楊國忠派人手持火把，先要燒毀庫藏。明皇連忙止住，說：「算啦！叛軍到了長安，得不到財物，必會勒索百姓。庫藏裏的錢帛，就留給叛軍吧！」楊國忠又命人焚燒便橋。明皇又予制止，說：「算啦！官民都要避賊逃命，你把便橋燒了，他們還有活路嗎？」瞧！這時的明皇多麼「仁慈」！

長安城裏，一些大臣依例前往興慶宮參加朝會。宮門打開，大批的宮監宮女和一些嬪妃擁了出來，吵嚷著，奔跑著，都說皇帝不見了。大臣們一頭霧水：「皇帝哪裏去了？」轉而一想，恍然大悟，原來皇帝扔下他們，自顧逃命了。消息迅速傳開，整個長安城亂成了一鍋粥。官吏和庶民爭相出城，逃命要緊。而市井無賴和不法之徒，卻趁火打劫，闖進皇宮，闖進王公貴族府第，搶掠金銀珠寶和貴重物品。甚至有人騎著毛驢，進了宮殿和庫藏，隨心所欲地搬取財物。還有人放起火來，黑煙騰空，火光沖天。西京留守崔光遠和宦官邊令誠，急忙帶人滅火，殺了十幾個歹徒，維持秩序。可是，偌大的京城，哪裏維持得住？他倆一合計，乾脆派人去向崔乾佑投降，迎接叛軍入城。

再說明皇西去的隊伍，共有九百多匹馬和一百多輛車，另外就是逃亡的要員和護駕的禁軍。這支隊伍大體上分爲三部分：前面是陳玄禮率領部分禁軍開道，稀稀啦啦打出幾杆旗仗；中間是明皇和玉環乘坐的金根車，以及幾位大臣、皇子、皇孫、貴戚和玉環侍女等乘坐的車輛；後面是太子李亨的車馬，這支車馬始終與前面的車馬保持著一段距離。高力士騎馬不離金根車的左右，以便隨時接受明皇的詢問和派遣。楊國忠騎馬跑前跑後，儼然是主導和指揮整個逃亡隊伍的角色。

人們發現，逃亡隊伍裏缺了個重要人物：虢國夫人楊銀環。她是玉環的二姐，明皇的情婦，怎麼不見了呢？

原來，高力士奉命確定隨駕人員，是包括楊銀環在內的。頭天，楊國忠抽空回了一趟府邸，喚來妻子裴柔和姘頭銀環，說：「你們趕快收拾些細軟，帶領孩子立刻出城逃亡！」裴柔說：「這麼急？」銀環說：「我已接到通知，隨皇上和玉環一起走。」楊國忠說：「別糊塗了！那是逃亡的大部隊，走得很慢，天知道會出現什麼情況？」銀環說：「那我們朝哪個方向逃？」楊國忠說：「向西，先到陳倉（今陝西寶雞東），在那裏等著。等大部隊到了，然後就向蜀郡。到了蜀郡，就是我的天下，那時什麼也不用怕了！」銀環又說：「那得讓大姐和我們一起走吧？」楊國忠說：「算了！人多目標大，你們輕車簡從，走得越快越好！」

楊國忠急急離去。裴柔和銀環趕緊收拾，帶了她們的兒女以及大包小包的金銀珠寶，分乘幾輛馬車，匆匆地逃向陳倉。她們的兒媳中，有幾位是皇家公主和郡主，這時也管不上，棄之不顧了。

韓國夫人楊金環按照通知，進入逃亡隊伍行列。玉環曾問金環說：「二姐呢？她怎麼沒來？」金環說：「我問過國忠，他說二妹和裴柔一起，先去了陳倉。」玉環沒有吭聲，心想：她們倒跑得挺快！

楊國忠奸詐自私，早引起大將軍陳玄禮的切齒痛恨。陳玄禮，年齡比明皇小幾歲，早在明皇為臨淄王的時候，就追隨明皇，任萬騎果毅校尉。明皇和太平公主李筱聯手，誅滅韋濮集團，陳玄禮與葛順福、李仙鳧等一起，攻門平亂，立了大功。明皇登基後，誅滅李筱集團，陳玄禮同樣建立了功勳。他一貫恪守軍人本分，注重淳樸自律，從不驕傲放肆。因此，當明皇原先的心腹部將，包括王毛仲、李宜得那樣的親信，一個個遭貶黜、遭放逐、遭殺戮的時候，唯有陳玄禮仍在羽林軍中任職，受到明皇的寵信如故。開元二十七年（西元七三九年），明皇整頓軍制，保留羽林軍，置左右龍武軍，特任命陳玄禮爲左龍武大將軍，統領禁軍，宿衛皇宮。陳玄禮一如以往，盡職盡責，忠誠無私。在明皇的心裏，外有陳玄禮，內有高力士，他倆是他最信得過的人。

陳玄禮經歷了開元、天寶年間的全部大事。他從親身體會中，看到了大唐的繁榮和強盛，同時也看到了明皇逐漸沉醉於酒色，李林甫和楊國忠相繼專權，致使形勢每況愈下，一天不如一天。尤其是楊國忠，爲相三年多來，只顧攬權謀私，沒做一件好事。「安史之亂」爆發，在一定意義上說，是楊國忠激化矛盾的結果。封常清、高仙芝之死，潼關戰事之敗，楊國忠都有著不可推卸的責任。正因爲如此，他在朝會上曾兩次對楊國忠提出過質問。潼關失守，國難當頭，楊國忠主張皇上幸蜀。明眼人一看便知，這是楊國忠的狼子野心，蜀郡是楊國忠的地盤，皇上到了那裏，還不聽由他楊國忠擺布嗎？因此，陳玄禮在長安，就想殺了這個奸賊，但顧忌明皇的態度，未敢貿然下手。現在，陳玄禮統領著皇家禁軍，看到楊國忠那種依然得意的樣子，心裏強壓著一股怒火。

楊國忠劣跡斑斑，同樣引起太子李亨的切齒痛恨。李亨自從二十七歲時被立爲太子，這時已經四十五歲。十八年的太子生涯，使他飽嘗酸甜苦辣，感慨萬千。明皇規定：太子和皇室諸王，不准結交大臣和邊將。李亨遵守這個規定，不敢越雷池一步。儘管如此，李林甫和楊國忠等，還時時刻刻、處心積慮地排擠他和打擊他。他的妻兄韋堅、岳父杜有鄰、好友皇甫惟明和王忠嗣，皆因他而枉丟了性命。安祿山更不把他放在眼裏，裝癡弄傻，居然當眾說：「太子是個什麼官？」他是覺察到安祿山存有謀反野心的，曾經建議明皇，及早將之除掉。可是，明皇根本聽不進去。這不？安祿山終於叛亂，而且還建立了大燕，當起了皇帝。唉——！

明皇霸佔壽王妃楊玉環，進而封爲貴妃，固房專寵。李亨作爲兒子，不敢說三道四。但是，楊國忠憑什麼升任宰相？楊氏姐妹憑什麼封爲國夫人？數年之間，楊氏外戚權勢薰天，地位遠在皇家成員之上，欺壓皇子，凌辱公主，這算什麼？尤其是楊國忠，把持朝政，獨斷專行，損公肥私，壞事做盡。「安史之亂」的爆發，不正是他一手促成的嗎？潼關失守，社稷動盪。而他楊國忠，拿不出禦敵之策，只想著逃亡，而且鼓動父皇逃到蜀郡去，讓所有人去當亡國奴。父皇果眞到了蜀郡，還能不被架空，由他楊國忠發號施令嗎？

十八年來，李亨如履薄冰，如臨深淵，一直在提心吊膽中過著日子。爲了保住太子地位，他不得不奉行一個「忍」字，三十多歲頭髮便開始變白變稀，如今已是禿頂了。他遙看前方父皇的鑾駕，不由想到，我還要忍多久呢？他又看到楊國忠跑前跑後、吆五喝六的樣子，眼裏射出怒火，心裏說：「這個奸賊，一定得殺了他！」

六月是關中一年中最熱的月份。渾圓的太陽高懸在天空，發出灼熱的光芒，不一會兒便曬得大地如烤如煮，滾燙滾燙。護駕的禁軍頭戴兜鍪，身穿甲胄，徒步而行，早已渾身流汗，氣喘吁吁。他們不知道鑾駕爲何出行，更不知道鑾駕要去哪裏。中午時分，隊伍到達咸陽東面的望賢宮，人人饑乏，渴望能喝點水吃點飯。不想楊國忠頭天派出安排膳食的宦官和咸陽縣令，逃之夭夭，不見人影。楊國忠又氣又急，趕忙派人去咸陽購買胡餅。明皇和玉環下車休息，神情沮喪。胡餅買了回來，數量不多，只能先給皇上、貴妃等充饑。楊國忠再去與當地百姓交涉，出以高價，讓做些麥豆摻雜的粗飯，以供其他人和禁軍將士食用。沒有太多的碗筷，大臣、皇子、皇孫、貴戚一掃平日的斯文，只能以手抓著吃。將士們更是狼吞虎嚥，有限的粗飯，須臾而盡。明皇看到這種狼狽景象，掩面流淚。楊國忠也很懊惱，出發前只顧攜帶金銀珠寶，爲什麼就沒想到帶些食品和糧食呢？

隊伍重新集結，準備出發。忽有一群百姓跪在地上，阻住了車駕。高力士向前詢問，百姓聲稱要見皇上。明皇下車，百姓叩頭。明皇看到其中一位老人，年齡與自己相仿，鬚髮皆白，和藹地問道：「老人家，你叫什麼名字？」

老人回答說：「小民姓郭，名叫郭從瑾。」

明皇說：「你們爲何阻擋朕的車駕？」

郭從瑾鬍鬚抖動，從容地說：「皇上！安祿山包藏禍心，早非一日。許多人揭發其奸謀，而皇上卻聽不進去，反而降罪於揭發的人，致使安祿山奸謀得逞，弄成現在這個樣子，局面不可收拾。賢明的君王總是重用忠良之臣，以使自己變得更加聰明。小民記得，當初宋璟爲宰相的時候，經常直言進諫，因而天下太平。可是後來呢？朝臣們都不敢說話了，只會阿諛逢迎，保全官位，皇上連宮門外的事情，恐怕都不清楚。我們這些草野百姓，早知道會有今天，只是宮廷森嚴，雖有區區忠心，卻無法上達皇上。如果沒有今天的遭遇，我們哪能見到聖駕，訴說衷情呢？」

明皇聽了老人的一番話，且羞且愧，連聲說：「是啊！都是朕之不明，悔之晚矣！」

「不！皇上」，郭從瑾說，「世上沒有後悔藥，知過能改，善莫大焉。我等懇請皇上，能夠留在京師，率領軍民，抗擊賊寇！」

這給明皇出了個難題，他沉默不答。郭從瑾又說：「父老鄉親都希望皇上留下，抗擊賊寇，保衛家園。皇上難道忍心離去，聽任安祿山蹂躪你的臣民嗎？」郭從瑾及百姓再次叩頭，發出懇求，說：「皇上！就請留下吧！」

明皇不知該如何回答是好。高力士去明皇耳邊低語兩句。明皇狠了狠心，說：「諸位！恕朕不能答應你們。朕這次移駕，只是暫避賊鋒，等待各地勤王之師。要不了多久，朕還會回來的。」

這個回答，使百姓深感寒心。郭從瑾等站起，說：「皇上害怕賊寇，我們不怕！走！我們回去，準備叉把棍棒，誓與安祿山血戰到底！」

百姓紛紛離去。明皇愣了許久，這才上車，隊伍繼續前進。明皇坐在車裏，精神萎靡，一言不發。他知道，他的逃亡舉動，失掉的不僅是大唐的國威，皇帝的尊嚴，更重要的是人心，是民望！他，堂堂的大唐天子，怎麼會落到這個地步呢？玉環想安慰他，卻找不到適當的言語，只能輕聲說：「三郎！別往心裏去，我們會回來的！」

午後的陽光更加強烈，沒有一絲風，大地就像火盆，上曬下烤，步行的禁軍無不汗流浹背。他們卸了兜鍪，脫了甲冑，有的乾脆赤裸著上身，艱難地跋涉。有人詛咒老天，有人開始罵娘，說：「他娘的！是誰讓老子受這種罪？」

楊國忠騎著馬，跑前跑後，一個勁地催促說：「快！跟上跟上！瞧你們這散漫的樣子，哪像皇家禁軍？」

禁軍將士回敬說：「宰相大人！你放屁不嫌腰疼。要不？我們換換，你步行，我騎馬，怎樣？」

楊國忠十分惱怒，說：「你！你！」

禁軍將士發出嘲笑：「哈哈！哈哈！」

隊伍行進得很慢。按照原定計劃，晚飯前應到金城（今陝西興平），而真正到金城時已是半夜了。難堪的是金城縣令和當地百姓均已逃亡，竟無一人出面接駕。就連楊國忠事先派出安排明皇食宿的宦官袁思藝，也逃跑了，據說是去洛陽，投降叛軍去了。沒有飲水，沒有食物，更沒有住宿的地方。整個隊伍亂哄哄的，許多人發出叫罵聲。楊國忠手忙腳亂，派人向附近的智藏寺求助。寺院的僧人送來一些糧食和草料。禁軍將士自己做飯，勉強填飽轆轆饑腸。大臣、皇子、皇孫、貴戚疲乏至極，也顧不上什麼尊卑貴賤，擁擠在禁軍將士中間，倒地便睡。

明皇和玉環被安置在驛站休息。玉環由侍女張雲容和郭紅桃侍候，先行睡下。明皇沒有睡意，逃亡僅僅一天，他的感受太多太多，喚來高力士，詢問當天的所見所聞。

高力士在這支逃亡隊伍中，是最無牽掛的人。他的妻子呂氏五年前死去，無兒無女，獨自一個。自明皇登基以後，高力士就主持著內侍省的事務，不斷升官晉爵，累至驃騎大將軍、越國公、開府儀同三司。依靠俸祿和接受賄賂，他積攢了巨額家產，在來庭坊和興寧坊各有一處府邸。進入老年，他想開了，一個老宦官，要那些家產何用？因此，他將兩處府邸捐出，各建一座佛寺和道觀。佛寺裏鑄有一口大鐘。高力士宴請王公大臣，並請他們扣鐘，每扣鐘一響，捐錢十萬緡。王公大臣爭相取悅於高力士，最多的扣二十響，使佛寺一天的收入高達數百萬緡。李林甫、安祿山、楊國忠等人的發跡，都曾得到過高力士的幫助。這些人爬上高位以後，專權亂政，禍國殃民，又使高力士暗暗懷恨。幾十年來，高力士心甘情願地充當明皇的奴才，奴才的氣質，浸滲在骨髓裏，流淌在血管中。他只忠於明皇一人，明皇的思想就是他的思想，明皇的意志就是他的意志。明皇寵幸貴妃楊玉環，高力士無話可說，因爲玉環正是他推薦給明皇的。明皇進而尊崇楊氏外戚，特別是用楊國忠爲宰相，使高力士感到困惑和茫然。事實證明，楊國忠屬於大奸大惡之徒，由此造成了無法收拾的惡果。因此，當明皇詢問當天見聞的時候，高力士實話實說：「楊相調度不周，禁軍將士頗多怨言。」

明皇說：「是啊！天氣這麼熱，禁軍將士吃不上飯喝不上水，怎能沒有怨言呢？」

高力士說：「將士們都在打聽，聖駕到底要去哪裏？奴才擔心，他們一旦知道幸蜀，恐怕會起事端。」

明皇說：「朕信得過陳玄禮能控制局面。」

高力士說：「陳將軍跟奴才一樣，伺候皇上幾十年了，自然不會有二心。問題在於將士，他們若明白幸蜀的眞相，沒準兒會鬧事。」

明皇忽然想到太子李亨，說：「太子怎麼樣？他的隊伍怎麼沒跟上來？」

高力士其實是懷疑太子隊伍慢慢騰騰的原因的，但又不想給明皇增添煩惱，信口說：「據報告，太子的隊伍和逃難人群混雜在一起，行進困難，大概在半途中宿營了。」

當明皇和高力士談論太子的時候，太子李亨正在帳中和親信宦官李靜忠密商大事。李靜忠，身材矮胖，長相醜陋，五官不成比例。高力士那年出使閩越，他曾暫時侍奉過明皇，因不受明皇喜愛，所以高力士回京後，便命他去東宮服役，專門侍奉太子。從那時起，李靜忠既恨明皇，又恨高力士，以爲他們小瞧了自己的能耐。他認定，太子總有一天會繼承皇位的，所以侍奉太子格外盡心，一直鼓動太子以靜待動，隨時準備自立。榮王李琬出任東討元帥，正是這個李靜忠，徵得太子的同意，收買武士，潛去潼關，殘忍地將其刺殺，為的是除去一個可能威脅太子地位的強勁對手。明皇幸蜀，李靜忠認為這是太子謀求自立的機會，所以勸說太子的隊伍，有意和明皇的鑾駕拉開一段距離，以便相機行事。這天夜間，李靜忠又為李亨謀劃，說：「皇上幸蜀，不得人心。到了蜀郡便是楊國忠的天下，楊國忠素與殿下有隙，那時殿下就成了人家刀板上的魚肉，任他宰割，哪還有希望登上大位？」

李亨說：「那該怎麼辦？」

李靜忠說：「最好留在中原，聯絡各地將帥抗擊叛軍。這樣，殿下既能樹立威信，又可建功立業。只要有了資本，還怕皇位不是殿下的？」

李亨點頭，說：「當務之急是要殺楊國忠，這個奸賊太壞了，有他無我！」

「殺楊國忠，殿下不宜出面，最好能借陳玄禮之手。」

「我也是這樣想的。只是怎樣才能與陳將軍聯繫呢？」

正在這時，有人報告說：「哥舒翰部將王思禮求見太子！」

李亨一攥拳說：「天助我也！快！快請王將軍！」

王思禮是從潼關前線逃回來的。潼關之戰，唐軍慘敗，田良丘和李承光等死於亂軍之中，哥舒翰遭劫持投降了安祿山，只有王思禮逃得性命，帶領二三十人回到長安。他到長安後，方知明皇鑾駕西幸，一路尾隨趕來，首先見到了後隊的太子李亨。李亨原先和王思禮認識，關係不錯，兩人密談，不約而同地談到要誅殺楊國忠。王思禮說：「末將在潼關就曾建議哥舒翰，殺楊除奸，怎奈他不同意。現在，殺楊的任務只能指望陳玄禮。」

李亨說：「我也是這樣想的，但限於身分，不便直接去找陳玄禮，懇望將軍為大唐社稷著想，助我一臂之力。」

王思禮拍著胸脯，說：「為國除奸，人人有責。我這就去找陳玄禮，轉達太子的指令。」

李亨說：「不是指令，只是商量。為了解除陳將軍的顧慮，將軍可將這幅畫交給他。」李亨說著，隨手取出一幅早就繪好了的畫，遞給王思禮。

王思禮看畫，只見一群士兵，手持刀劍等兵器，宰殺一隻山羊，畫名叫做「宰羊圖」。王思禮不解其意，說：「這……」

李亨說：「羊者，楊也。陳玄禮見了，自會明白的。」

王思禮抱拳說：「太子高明！」

王思禮辭別太子，帶領隨從，舉著火炬，繼續前行。禁軍衛士一陣緊張，以為是追襲的叛軍。陳玄禮親自前來察看，方知是前來彙報潼關戰況的王思禮。陳玄禮引著王思禮，拜見明皇。王思禮痛哭流涕，敘述了潼關之敗的經過。明皇想像著那種兵敗如山倒的慘景，歎息說：「唉！都是朕之錯。那麼，哥舒翰呢？他在哪裏？」

王思禮說：「哥舒翰被人劫持，已經投降安祿山，聽說還被封了司空、同中書門下平章事。」

明皇萬沒想到哥舒翰這樣沒有骨氣，痛苦地說：「罷了罷了，由他攀附高枝去吧！」接著，明皇任命王思禮為隴右、河西節度使，命他收集流散的士兵，以便東討叛軍。

王思禮謝恩而退，隨著陳玄禮，進了陳玄禮的軍帳，開門見山，說：「國家動亂，皇上蒙難，陳帥以爲，罪在何人？」

陳玄禮說：「這不是禿頭上的蝨子，明擺嗎？罪在楊國忠！」

王思禮說：「既然如此，陳帥何不殺了這個奸賊？」

陳玄禮說：「老夫何曾不想這樣做？只是擔心皇上怪罪，害怕落個造反的名聲。」

王思禮說：「這怎能是造反呢？爲國除奸，爲民除害，造福世人，青史留名！」

陳玄禮沉吟。王思禮取出那幅畫，遞給陳玄禮，說：「不瞞陳帥，我在見皇上之前，已經見過太子。他相信陳帥，並讓我把這幅畫交給陳帥。太子說了，凡事由他擔著，陳帥自管放手行動。」

陳玄禮看畫，笑了，說：「好！有太子支持，老夫也就無所顧忌了！」

這一夜是個不尋常的夜。王思禮在李亨與陳玄禮之間穿針引線，一幅「宰羊圖」，決定了楊國忠死日的來臨。

六月十四日，依然是晴天。辰時左右，逃亡隊伍從金城出發，向西前進。黃中透白的太陽，很快顯示出強大的威力。灼熱的陽光，燒烤著世間萬物，禁軍將士像在火爐上行走，大汗淋漓。汗珠滴落在大路上的塵土裏，似乎冒出一股股的青煙。他們又開始罵娘了，說：「他娘的！這到底是怎麼回事？日頭這樣毒，老子身上的油都烤出來了，還是個走走走，走到哪裏是個頭？」

明皇和玉環並坐在金根車裏，也是酷熱難耐。他們想起了往年夏日，在興慶湖上的水亭裏避暑的情景，那是多麼清涼和愜意啊！而如今，卻在炎炎烈日下顛簸，前景渺茫，命運難測，眞是往事不堪回首！他們看到了車旁疲憊的將士，聽到了將士們怨恨的罵聲，心裏隱隱作痛，爲什麼會是這樣呢？

許久，玉環說：「三郎！你知道我這兩天在想什麼嗎？」

明皇說：「你大概在想，我這個皇帝昏庸無能，受了安祿山的蒙蔽，弄得國不成國，家不成家，到頭來還得帶著你，走上逃亡之路。」

「不！我是在想那年遊覽大慈恩寺的事。」

「對了，那次遊覽，記得你還求籤來著。」

「不錯，我是求了個籤。籤上寫了四句話，你還記得嗎？」

「我只記得銀環和你抽了同一支籤，至於籤語，早忘了。」

「我可一直記在心裏。那四句話是：『燕市人皆去，函關馬不前。若逢山下鬼，環上繫羅衣。』開始不懂，現在有些明白了。『燕市』，不是指幽州嗎？『燕市人皆去』，明明是說，安祿山統領幽州一帶的兵馬，兇惡地殺向中原。『函關』指函谷關，位置在潼關東面，也可以指潼關。『潼關馬不前』，恐怕是說，哥舒翰的兵馬有去無回，注定會打敗仗。」

明皇細細想了想，說：「你所說的，好像有些道理。那麼，後兩句呢？又是何意？」

「『若逢山下鬼，環上繫羅衣』，我也不明白是什麼意思。但有一點是肯定的，這詞語很不吉祥，而且會應在我的身上。」

「別胡說！這場亂子是我捅下的，怎會應在你的身上呢？」

「第四句不是有個『環』字嗎？恰恰是我的名字啊！」

明皇抓著玉環的手，說：「不許胡思亂想！籤語屬於文字遊戲，哪能硬往人身上套呢？」

玉環一時無話。她向車外看去，看到了堂兄楊國忠和侄兒楊暄。楊國忠還是宰相派頭，騎著一匹高頭大馬，冒著烈日，跑前跑後，忙碌著，吆喝著，忽兒指責佇列不整，忽兒呵斥士兵遲鈍，不停地高喊：「跟上跟上！年輕人，走這點路算什麼？快！快跟上！」他的長子楊暄，騎馬跟在父親後面，手裏揚著馬鞭，神氣活現，說：「瞧你們這熊樣，鬆鬆垮垮，磨磨蹭蹭，打起精神，走快點，行不行？」

禁軍將士頭頂火一樣的太陽，腳踩滾燙的塵土，敞懷裸胸，汗如雨下。他們面對盛氣凌人的楊氏父子，無不怒目而視，目光裏分明燃燒著怒火。玉環不由地埋怨起堂兄和侄兒來，暗暗說：「禁軍將士夠辛苦了，你們為何還那樣兇，態度就不能放好點嗎？」楊國忠卻是另有所想，必須趕快逃至蜀郡，只有到了蜀郡，那麼就大功告成啦！

中午，逃亡隊伍抵達馬嵬驛。馬嵬驛位於金城西面二十餘里處，附近有馬嵬坡，因臨馬嵬故城（今陝西興平馬嵬鎮）而得名。陳玄禮下令，隊伍解散，就地打尖飲馬。明皇和玉環步下金根車，進入驛站休息。那裏有幾間大房，分前後兩個院落。明皇由高力士侍候，進了前面院落的正房。玉環由張雲容、郭紅桃侍候，進入後面的院落。

明皇命高力士喚進大臣議事。這次逃亡行走匆忙，除了楊國忠、高力士、陳玄禮外，隨行的只有另一位宰相韋見素，以及御史大夫魏方進、京兆司錄韋諤等少數幾個人。韋見素等應召而來，只顧擦汗，說：「老天爺眞不長眼，把人都快熱死了！」

玉環進入後面的院落，只見一株梨樹，鬱鬱蔥蔥，繁茂的枝葉間結有青綠色的小梨。玉環在梨樹下坐定，發現旁邊還有一間小小的佛堂，笑著說：「驛站裏還有佛堂，倒是少見。」

雲容說：「看那香爐裏，一炷香也沒有，人怕是早跑光了。」

紅桃打來一盆涼水，請貴妃娘娘洗臉。玉環手持毛巾，擦了擦鬢角，問道：「這驛站叫什麼名字？」

紅桃說：「聽說叫馬嵬驛。」

玉環說：「這個名字怪，爲什麼用馬尾巴做驛站的名字呢？」

雲容說：「那個『嵬』字不是馬尾巴的『尾』，而是『山』字下面一個『鬼』字。」

玉環一聽，大驚失色，說：「什麼？『山』字下面一個『鬼』字？」

紅桃說：「就是！這個字，奴婢還是第一次見到，問了別人，方知它讀作『尾』。」

玉環一陣心跳，臉色發白，神情黯然，自言自語地說：「若逢山下鬼，環上繫羅衣；若逢山下鬼，環上繫羅衣。」

雲容、紅桃覺察到貴妃神情的變化，忙問：「貴妃娘娘怎麼啦？」

玉環似乎沒有反應，依然念叨著說：「若逢山下鬼，環上繫羅衣……」正在這時，驛站外面人聲嚷嚷，好像發生了什麼大事。紅桃跑出去打聽，不一會兒又跑回來，上氣不接下氣地說：「不好了不好了，禁軍將士把……把楊相父子，還有韓國夫人，殺……殺了！」

驛站外面確實發生了大事。

陳玄禮解散隊伍以後，禁軍將士三人一堆，五人一群，席地而坐。地上滾燙，頭上驕陽，火一樣的陽光曬得人睜不開眼睛，喘不過氣來。要飯吃，沒有；要水喝，還是沒有。不知是誰走漏了風聲，一傳十，十傳百，將士們都已知道，王思禮夜間匆匆而來，匆匆而去，實是前來報告潼關失守的消息，哥舒翰的二十萬大軍，已經全軍覆沒；而且，他們這支隊伍，是受楊國忠驅使，護衛皇上逃亡，目的地是千里之外的蜀郡。將士們跳了起來，手執兵器，群情洶洶，七嘴八舌，說：「我們家在關中，父母妻兒在關中，為什麼要到蜀郡去？」「都是楊國忠那個狗娘養的，他劫持皇上，讓老子給他賣命！」「這樣熱的天，他一不給吃，二不給喝，成心坑害老子！」一時間，整個隊伍騷動起來，詛咒聲和謾罵聲響成一片，緊張的氣氛快要爆炸了。

陳玄禮密切地注視著將士們的情緒。他感到時機已經成熟，應該採取行動了，因此緊急召集禁軍將領，煽動說：「如今天下崩離，萬乘震盪，黎民百姓屍骸流離，豈不是楊國忠一手造成的嗎？若不殺了此人，何以謝天下？」

將領們齊聲說：「我們早就想這樣做了，為此身死，在所不惜！」

陳玄禮取出李亨的「宰羊圖」，說：「太子亦有指示，要我等誅殺奸賊！」

將領們更是激昂，說：「那就趕快動手！」於是，不待吩咐，各自率領士兵，悄悄地向楊國忠包圍過去。

楊國忠正在驛站前面。隨同幸蜀的還有幾名吐蕃使者，他們因又饑又渴，正圍著楊國忠抱怨訴苦。一位將領大喊說：「楊國忠夥同番人，陰謀造反！」這一喊，恰似在沸油鍋裏潑了一瓢涼水，激起了廣大士兵的憤恨。士兵們一邊吶喊著，一邊擁向前去。楊國忠見勢不妙，騎上馬企圖逃跑。一名士兵「嗖」的一箭，射中楊國忠的鼻樑，楊國忠翻身落馬。士兵們蜂擁向前，刀劍齊下，立刻把楊國忠剁成肉泥，並砍了他的腦袋，挑在槍尖上，立於驛站門外高懸示眾。楊暄嚇壞了，策馬想逃。憤怒的士兵揮刀將他殺死，繼又對其屍身射了百餘支箭。吐蕃使者也當場斃命。有的士兵說：

「還有那個韓國夫人，騷貨一個，我等爲什麼要護衛她逃亡？」立刻有人附和，說：「對！殺了她！」於是，他們去楊金環的車上，把她拖了出來，不由分說，一劍刺進了她的胸膛。

御史大夫魏方進聽到吵嚷之聲，步出驛站大門察看。他見士兵們殺了楊國忠，嚇得面如土色，說：「你們……你們怎敢殺害宰相？」士兵們聽他向著楊國忠說話，發一聲喊，不管三七二十一，亂刀亂劍，把他殺了。韋見素跟著出了驛站大門，看到的是一群亂哄哄的士兵，以及高懸著的楊國忠的人頭。他尚未反應過來，額上已挨了一槍，倒在地上。一位將領認識韋見素，說：「這人是宰相，勿傷他性命！」士兵手下留情。韋見素連滾帶爬，算是保住了一條老命。士兵乘勢包圍了驛站，鼓譟吶喊，局面完全失控了。

韋見素驚慌地把情況報告明皇。明皇立刻意識到，這是發生了兵變。他心慌意亂，手足無措，說：「這……這……」

高力士還算鎮靜，說：「奴才出去看看，問問陳將軍，到底是怎麼回事？」

明皇點頭，說：「你去，小心點，萬不可再使矛盾激化。」

高力士畢竟有個驃騎大將軍的頭銜，特意身著戎裝，出現在士兵們的面前。士兵們一下子肅靜下來。陳玄禮一身大汗，急步向前，抱拳說：「阿翁受驚了！」

高力士說：「請問大將軍，這是怎麼回事？」

陳玄禮說：「兄弟們憎恨楊國忠禍國殃民，一怒之下把他殺了！我也是剛剛聽說，所以就急忙趕來了。」

高力士心想，你是剛剛聽說？禁軍將士沒有你的號令，敢發動兵變嗎？不過，此時此刻，他不能惹惱陳玄禮，平和地說：「聖駕在此，請勿驚擾，大將軍可命將士們退去！」

陳玄禮高舉雙手，示意將士退後幾步，說：「兄弟們殺了楊國忠，實是為國除奸，為民除害。請阿翁轉奏皇上，恕禁軍將士無罪才是！」

禁軍將士隨即高呼：「我們無罪！我們無罪！」不知是誰，高喊一聲說：「楊賊雖死，禍根尚在！」這句話猶如火上澆油，將士們的激憤重新噴發，手舉兵器，齊聲說：「楊賊雖死，禍根尚在！楊賊雖死，禍根尚在！」

高力士和陳玄禮都明白，所謂的「禍根」是指貴妃楊玉環。高力士茫然不知所措。陳玄禮原本沒有想對貴妃怎麼樣，這時卻也不敢拂逆將士們的情緒，說：「楊國忠謀反獲誅，貴妃不合供奉，懇請皇上割愛正法，以慰軍心。」

高力士犯難了。他知道，明皇視貴妃為心肝寶貝，怎會捨得「割愛正法」呢？然而，面對憤怒至極，幾乎失去理智的將士，除了「割愛正法」，還有其他什麼出路嗎？陳玄禮再次抱拳，說：「群情毋違，眾怒難犯。阿翁必須趕快奏告皇上，否則，本帥也無法控制局面。」

高力士正在為難之際，明皇手拄拐杖，顫顫巍巍地出了驛站大門。他已知道，楊國忠父子、楊金環、魏方進已被殺死，兵變尚未止息，軍心騷動，當務之急是要穩定局面。他出現在禁軍將士面前，沒有人跪拜，更沒有人喊「萬歲」，一時鴉雀無聲。高力士見明皇出來，非常吃驚，趕忙向前攙扶。明皇見到的是一張張因憤怒而變形了的面孔，刀槍戈戟在火熱的陽光下，發出耀眼的光亮，還有高懸著的楊國忠那顆血淋淋的人頭。他渾身打了個冷顫，喚來陳玄禮，說：「你們說楊國忠謀反，把他殺了，還想怎麼著？你命令將士們退去吧，還是趕路要緊。」

陳玄禮沒有吭聲。將士們發出吶喊和咆哮：「楊賊雖死，禍根尚在！楊賊雖死，禍根尚在！」聲浪隨著高舉的兵器，此起彼伏，就像大海的波濤，震耳欲聾。

明皇聽得不大真切，詢問陳玄禮說：「他們嚷嚷什麼？」

陳玄禮恭敬地回答說：「將士們的意思是，楊國忠雖然伏法，但貴妃娘娘還在皇上身邊。他們請求皇上忍痛割愛，消除禍根！」

明皇聽了這話，腦裏「嗡」的一響，身子左右搖晃，趕緊拄穩拐杖，這才沒有跌倒。他很難相信，自己的愛妃，常年處在深宮，從不過問政治，而禁軍將士卻視她為「禍根」，竟要自己「忍痛割愛」。他的第一反應是：不！貴妃無罪，更不是什麼「禍根」，朕若連她都保護不了，那還算什麼大唐皇帝和四十多年的太平天子？然而，面對群情激憤近乎瘋狂的情勢，他哪裏還說得起硬話？須知，矛盾進一步激化，局面失去控制，後果眞是不堪設想啊！他定了定神，勉強說：「你們權且退去，朕自會處置！」可是，陳玄禮沒有表示，禁軍將士誰也沒有動彈。明皇膽怯了，心碎了，手拄拐杖，靜靜地站在那裏，甚至打了個哆嗦，不知該怎麼辦才好。

正在這時，太子李亨派人前來報告，說：「據報，渭南一帶發現了叛軍的騎兵，皇上鑾駕不可滯留！」其實，這是李亨的催化矛盾之舉。他已知道楊國忠被殺，現在再以這一報告，來催索楊玉環的性命。陳玄禮心領神會，說：「皇上！懇請速作決斷！」明皇更加驚恐，萬一叛軍追襲上來，怎麼得了？從這一刻起，他的思想動搖了，看來，不忍痛割愛是不行了。

明皇拄著拐杖，又顫顫巍巍地走回驛站。驛站門內有道長廊，他站在長廊上靜靜默想。擺在眼前的只有兩種方案可供選擇：一是答應禁軍將士的要求，處死玉環；一是與禁軍將士對抗，那樣大家可能同歸於盡。關鍵時刻，皇帝的極端自私心理佔了上風。他這一輩子，心中一直有一架天平，天平的一端是江山，一端是美人，二者都愛，不同時期有不同的愛法。開元年間，愛江山重於愛美人；天寶年間，愛美人重於愛江山。俗話說，魚和熊掌不可兼得。當江山和美人二者只能選其一的時候，他只能選擇江山而捨棄美人。因爲丟了江山，那麼一切的一切，就全都完啦！可是，自己的玉環，她是那樣妖冶嫵媚，那樣溫柔多情，她豐腴的肉體和優美的舞姿，曾經給了自己無限的歡樂和情趣，自己又怎能將她捨棄呢？明皇陷入巨大的痛苦之中，肝膽俱裂。驛站外面，又響起了吶喊聲和咆哮聲：「割愛正法！割愛正法！」明皇的精神快要崩潰了，欲訴不能，欲哭不能，欲恨欲怒更不能！

京兆司錄韋諤是韋見素的兒子，目睹兵變，事態危迫，跪地進言說：「眾怒難犯，千鈞一髮。懇請皇上割愛忍痛，以寧國家！」他一邊說一邊磕頭，額上磕出血來。明皇把目光轉向高力士。高力士顧慮的只是明皇的安危，事到如今，也跪地磕頭，說：「貴妃確實無罪。但禁軍將士既殺楊國忠，而貴妃乃楊國忠之妹，仍在皇上左右，他們能不憂怖嗎？爲了聖駕的安全，老奴懇請皇上，愼重裁斷！」

明皇絕望了。他最信得過的兩個人，陳玄禮陳兵威脅，高力士磕頭懇請，都要處死貴妃，自己還有什麼話可說呢？他第一次感到皇帝的無能和無奈，默默地回到驛站的正房裏。儘管天氣十分躁熱，而他的心是涼的，血也是涼的。

後院，玉環從雲容和紅桃的輪番打探中，知道了驛站外面的全部情況。她先聽說堂兄楊國忠、侄兒楊暄、大姐楊金環和御史大夫魏方進被禁軍殺死，心裏一陣緊縮，痛苦地閉上了眼睛。接著，她聽到將士們的吶喊和咆哮，口口聲聲是「楊賊雖死，禍根尚在」，無疑，這個「禍根」是指自己了。她有點不服，自己只是一個女人，一個嬪妃，一沒有政治企圖，二不插手國家大事，怎麼會是「禍根」呢？轉而一想，她有點慘澹。是啊！十多年來，由於自己的存在，客觀上造成的麻煩還少嗎？自己從皇上的兒媳變成貴妃，享受潑天的榮華富貴，這本身就是一齣荒唐的鬧劇！自己成爲貴妃以後，三個姐姐封爲國夫人，楊國忠升任宰相，整個楊氏外戚飛黃騰達，若非裙帶關係，怎會出現這種情況？楊國忠和三個姐姐，身爲皇親國戚，他們又做了些什麼呢？恃寵弄權，飛揚跋扈，得罪了多少人！因此，禁軍將士遷恨於自己，不放過自己，完全是正常的情理中的事。她又想到那四句籤語，前三句都已應驗，剩下的就是第四句了：「環上繫羅衣」。顯然，自己的命運早由上天注定，人力是無法改變的。

玉環聽說明皇去驛站外撫慰將士，無功而返，知道一切都不可挽回了。她掙扎著站起來，前去前院的正房，一頭撲進明皇的懷裏，輕喚一聲：「三郎！」淚水嘩嘩，悲情楚楚。明皇懷抱玉環，老淚縱橫，輕喚一聲：「玉環！」千言萬語，無從說起。

玉環泣涕嗚咽，說：「臣妾自知罪孽深重，整個楊家也是罪孽深重。爲解困境，臣妾唯有以死報謝陛下。」

明皇緊緊地抱著玉環，喃喃地說：「這，這……」

驛站外面再次響起吶喊聲和咆哮聲。玉環掙脫明皇的懷抱，跪地說：「願皇上保重！臣妾誠負國恩，死無恨矣！乞容禮佛。」

明皇掩面而泣，不知該說些什麼，許久才唏噓著說：「願愛妃善地超生。」

這句話意味著賜死，宣判了玉環的死刑。

玉環起立，看了明皇最後一眼，從容地走向後院。高力士與另兩名內侍跟著進了後院。

玉環顯得出奇的平靜。她讓雲容取來一件黃色絲裙，穿在身上，再用一隻玉簪，插於髮髻。然後，去佛堂前拜了三拜。高力士已命隨駕內侍王承恩和魏悅，搬來一塊木板，木板上鋪了一張乾淨的涼席，置於梨樹下，並遞給二人一條三尺長的白色羅巾。玉環見了白綾，淒然一笑，心想：『環上繫羅衣』，籤語上的第四句話也應驗了。天意，天意啊！」玉環平躺在涼席上，看了看梨樹上蔥蘢的枝葉，腦海裏飛快地掠過父親母親，兄弟姐妹，壽王李瑁，洛陽長安，興慶殿華清宮，以及華麗奢靡的「霓裳羽衣曲」，慢慢地閉上了眼睛。高力士命王承恩和魏悅，將交叉著的白色羅巾套向貴妃的脖子，一揮手，說：「請貴妃上路吧！」王、魏二人各拽羅巾的一端，咬牙，使勁。可憐國色天香、千嬌百媚的貴妃楊玉環，頃刻間玉殞香消，一縷芳魂，悠悠去了冥國。死年三十八歲。

雲容和紅桃撲向玉環的屍身，哭喊著說：「貴妃娘娘！」高力士眼角，也滲出一滴老淚。他命雲容和紅桃取來一條繡花錦被，覆蓋在玉環屍身上；再命王承恩和魏悅抬了木板，將玉環屍體移至前院的正房裏。明皇一見，悲痛欲絕，雙手抖動，揭起被角，看到的是一張神形盡失、煞白而陰森的臉，淚雨奪眶而出，輕聲呼喚說：「玉環！玉環！」他的玉環好像睡著了，再也聽不見他的呼喚。

高力士將明皇扶至座上，然後傳陳玄禮進來檢驗。陳玄禮帶領幾名將士，入內察看，確定楊貴妃已死無疑，跪地說：「皇上！臣等這樣做，也是迫不得已，懇請恕罪！」

明皇無力地揮揮手，什麼話也沒有說。高力士說：「貴妃娘娘已死，還請大將軍出以公心，護衛聖駕才是。」陳玄禮說：「臣這就退兵，護衛皇上，繼續西行！」陳玄禮等退去，不一會兒，驛站前面的將士散去，各歸本部。這正是：

六軍不發無奈何，宛轉娥眉馬前死。
花鈿委地無人收，翠翹金雀玉騷頭。
君王掩面救不得，回看血淚相和流。

正房裏好不清冷。高力士說：「逝者入土爲安，貴妃當就地安葬才好。」

明皇哆哆嗦嗦，說：「找個隱秘的地方，安葬吧！」

高力士一手操勞，來不及置辦棺材，命用被褥裏屍，悄悄將貴妃埋葬於驛站西側的草叢中，壘了一個不起眼的墳頭。突然，一名士兵騎著馬飛快地馳來，卸下新鮮的荔枝。荔枝是從蜀郡，由驛馬一站一站地傳送過來的，行經千里，色、味不變。玉環自封貴妃以後，每年夏天都吃這種南國水果，耗費的人力和財力難以數計。明皇見到荔枝，語不勝情，吩咐高力士說：「貴妃喜食荔枝，將軍就取一些放在墳邊，權作祭奠吧！」

高力士照辦。這時已是傍晚，威風了一天的太陽可能累了，收斂了刺目的光芒，變作鮮紅鮮紅的圓輪，懸掛在地平線的上方。天空一群紫燕，圍繞著新起的玉環墳頭，穿梭飛翔……

豔恨淒情

貴妃楊玉環之死，換得了唐明皇的安全。隊伍繼續西行，前往鳳翔（今陝西鳳翔）。數千名百姓擋住道路，請求留下太子，領導軍民討逆平叛。明皇無法拒絕，分撥二千名禁軍和部分馬匹，交付李亨統領。從此，李亨和明皇分道揚鑣，專心經營自己的事業去了。

當馬嵬兵變發生的時候，楊國忠的妻子裴柔、虢國夫人楊銀環及其兒女，已先行到達陳倉。他們等到的是兵變的消息，楊玉環、楊金環、楊國忠、楊暄等，統統死了。陳倉縣令派出役吏，追捕楊氏外戚。裴柔和銀環嚇得魂不附體，倉皇逃進竹林躲避。楊昢、楊曉、楊晞已被役吏捉住，梟首斃命。楊銀環極度驚恐，想到自己的罪惡，精神有點失常，披頭散髮，發出猙獰的狂笑，操起一柄長劍，先刺殺了兒子裴徽，又刺殺了女兒裴倩。裴柔見狀，淒哀地喊道：「娘子也給我個方便！」楊銀環殺人殺紅了眼，舉劍將裴柔刺死，隨後以劍抹了自己的脖子。當時，她尚未斷氣，被役吏捉住，拖著關進大獄。她瘋狂地喊叫著，說：「你們是官軍還是叛軍？」役吏沒好氣地說：「互有之！」不一時，銀環因瘀血凝喉而死，結束了形骸放浪的一生。

明皇坐在空曠的金根車裏，顯得無限的頹廢和沮喪。頭天，他的玉環還與他並肩而坐，說這說那；而現在，可憐的玉人已埋進土中，陰陽兩隔，生死茫茫。他感到一種前所未有的孤獨，同時也感到一種愧疚，一種罪惡。玉環是無辜的，自己怎麼就忍心將她賜死呢？唉——！

明皇在鳳翔稍作停留，然後取道古老的褒斜道，穿越秦嶺，向蜀郡進發。這時，安史叛軍孫孝哲、安神威部，已經進入長安，燒殺搶掠，一代帝都，蒙受了空前的劫難。洛陽的安祿山聽說叛軍進入長安，樂得手舞足蹈，大笑著說：「哈哈！李隆基完蛋了！大唐完蛋了！」接著得到報告，說唐明皇在逃亡途中，發生兵變，楊玉環、楊國忠等死在馬嵬驛。他好生著惱，說：「楊國忠死有餘辜，只可惜朕的義母貴妃，怎麼也死了呢？朕和她的情緣未了，還一直想立她爲皇后哩！不行，朕得到長安去看看！」

於是，安祿山任命張通儒留守洛陽，田乾眞爲京兆尹，安守忠駐軍禁苑，他則排出數里長的鹵簿，帶領文臣武將，耀武揚威地到了長安。叛軍將士跪地迎接。安祿山哈哈大笑，說：「老子前四次到長安，不得不裝癡賣傻；這次再到長安，怎麼樣？是皇帝，是天子！整個天下都是老子的了，你們呀，就跟著老子享福吧！」

安祿山住進了興慶宮的興慶殿。正是在這座殿裏，他與楊貴妃曾經有過一次風流。那張金鑲玉嵌的龍床猶在，而他癡迷過和佔有過的楊貴妃，卻去了另外一個世界。他忽然想起被殺害的兒子安慶宗，兇惡地發出命令，說：「去！把李隆基的親屬，統統抓來，朕要用他們的頭顱，祭奠慶宗的亡靈！」

一時間，長安城內外，叛軍逞凶，雞飛狗跳。藏匿在鄉村和山谷的明皇親屬，一個一個地被抓了回來。他們當中，多數是明皇的嬪妃、女兒女婿、孫子孫女、孫媳孫女婿、侄兒侄媳，還有玉環的堂弟楊鑑和承榮郡主夫婦等，共一百多人。安祿山命在興慶宮勤政務本樓前，供奉安慶宗的靈位，點燃香燭，然後將一百多人全部斬首。另外，凡是跟隨明皇幸蜀的官員，其家屬和宗族，也一概誅殺。殺戮的場面，殘酷血腥，令人毛骨悚然。

褒斜道，一條雄奇而險惡的古道。它開鑿於秦漢時期，因橫穿秦嶺，取道褒水（今陝西褒河）、斜水（今陝西石頭河）河谷而得名，北口位於今陝西眉縣西南，南口位於今陝西勉縣境內，長約千里，爲古代關中平原通向漢中盆地和巴蜀地帶的重要通道。途中山高溝深，怪石嶙峋，許多地段沒有道路，只能在懸崖峭壁上淩空架設棧道，然後在棧道上通行。明皇的金根車，顯然用不成了，只能改乘普通的簡易車輛，有時還得騎馬，甚至還得徒步。明皇進入斜谷口時，淅淅瀝瀝，霖雨不止，車輛通過棧道，天色迷朦，隱約聽到鈴聲，隔山相應，空谷傳響。他想到自己的逃亡之旅，悲悼死去的貴妃，觸景生情，隨口吟出一支樂曲來。樂曲的旋律悲哀和淒涼，與其說是吟唱，不如說是哭泣。隨駕的教坊樂工張野狐，趕忙記錄下曲譜，並將它定名爲「雨霖鈴」。

七月底，明皇終於逃至蜀郡。侍郎房琯風塵僕僕，從長安尾隨而來，見了明皇，伏地哭訴安史叛軍屠戮長安的情景，特別說到安祿山將明皇親屬一百多人，斬首祭奠安慶宗。明皇聽了，掩面而泣，唏噓說：「朕之罪也！」他從房琯口中，還得知原宰相陳希烈、女婿張洎等投降了安祿山，且惱且怒，說：「眞沒骨氣！」然而，他不知是否想過，他自己的骨氣又在哪裏呢？

明皇又擺出了皇帝的派頭，發出一系列的詔令：任命房琯、崔渙爲宰相；任命太子李亨爲天下兵馬元帥，都統朔方、河東、河北、平盧節度使；永王李璘爲山南東路、黔中、江南西路節度使；盛王李琦爲廣陵都督，領江南東路、淮南節度使；豐王李珙爲武威都督，領河西、隴右、安西、北庭節度使。李亨、李璘、李琦、李珙皆是皇子，長期受到明皇的壓制。明皇這時想起他們，委以重任，純粹是一廂情願的姿態罷了，沒有任何實質性的意義。

八月二日，明皇頒布〈幸蜀郡大赦文〉，引咎自責「不明」之過，申明平定禍亂的決心，以及對待叛亂脅從官吏的寬大政策。這時，他儼然還以爲自己是皇帝，還能主宰天下，殊不知遠在靈武（今寧夏靈武西南），早有另外一位皇帝了。

原來，太子李亨在馬嵬分兵以後，迅速向西北方向挺進，先到平涼（今甘肅平涼），再到靈武，於七月十三日即位稱尊，當起了皇帝。他，就是唐肅宗。

唐肅宗即位，遙尊明皇爲「上皇天帝」，大赦天下，並改元，稱當年爲至德元年（西元七五六年）。肅宗登基後數日，方才接到明皇任命他爲天下兵馬元帥的詔令。他哭笑不得，遣使齎表入蜀，奏陳即位情形。使者達到蜀郡已是八月十二日。明皇聽了奏陳，更是哭笑不得，原來他在不知不覺中已變成太上皇了，不再具有皇帝的權力。事後，這位太上皇聊以自慰地對高力士說：「我兒繼位，應天順人，改元至德，孝乎唯孝。卿之與朕，亦有何憂？」

高力士跪拜在地，說：「陛下躬親庶務，享有天下四十餘年，歌舞昇平。而今兩京（長安和洛陽）失守，萬姓流亡，西蜀、朔方，皆爲警蹕之地，河南、漢北，盡爲征戰之場。天下之臣，莫不增痛。陛下剛才說『卿之與朕，亦有何憂？』臣不敢苟同。臣聞主憂臣辱，主辱臣死，死辱之義，職臣之由。臣不孝不忠，尚存餘喘。親蒙曉諭，戰懼伏深。」

明皇聽了這番話，訕訕地說：「唉！喜也罷，憂也好，朕反正是不管事了。」他不得不承認李亨已是皇帝的事實，索性做出姿態，頒布了〈命皇太子即皇帝位詔〉和〈皇帝即位冊文〉，而且派了韋見素、房琯、崔渙三人，前往靈武，舉行「傳位」儀式。此舉意味著，當了四十四年皇帝的唐明皇，無奈而暗淡地退出了權力的政治舞台。

唐肅宗李亨登基即位，擔負起平定叛亂、復興社稷的領導責任。這一舉措，與唐明皇的逃跑政策形成強烈的對比，使肅宗贏得了政治聲望，也贏得了軍心和民心。在其後一年多的時間裏，肅宗依靠高級謀臣李泌的謀劃，重用郭子儀、李光弼等將帥，平叛戰爭進行得有聲有色，取得了一系列重大的勝利。至德二年（西元七五七年）正月，安祿山被兒子安慶緒殺害，成爲唐軍和叛軍戰爭中的一個轉捩點。九月，肅宗任命長子廣平王李俶爲天下兵馬元帥，兵部尚書郭子儀爲副元帥，集合十五萬兵馬，並向回紇借兵四千人，號稱二十萬，抗擊叛軍。十月癸卯日，李俶、郭子儀打敗叛軍，淪陷了一年多的京城長安，終於收復。城中爲數不多的百姓喜極而泣，湧上街頭，歡呼說：「不想今日，復見官軍！」

李俶、郭子儀大軍，只在長安休整三天，長驅東進，乘勝追擊叛軍。陝郡臨戰，叛軍就像驚弓之鳥，未戰先潰，倉皇敗退洛陽。安慶緒聚集黨羽，夤夜逃向鄴郡（今河南安陽）。行前，他們沒忘殺了哥舒翰等降官降將。十月壬子日，李俶、郭子儀的大軍，進入洛陽，標誌著洛陽也被收復了。

十一月，肅宗自鳳翔回到長安，住進大明宮。這時的長安和宮殿，已是千瘡百孔，破爛不堪。李俶和郭子儀也回到長安。肅宗封郭子儀爲代國公，食邑千戶，當面慰諭說：「國家再造，卿之力也。」郭子儀拜謝聖恩，並請再回洛陽，繼續平定安史叛軍。

肅宗還算是有良心的，回到長安後，立刻派了原宰相韋見素去蜀郡，迎接太上皇回鑾。那麼這一年多來，太上皇李隆基在蜀郡都做了些什麼呢？他已不是皇帝，所能做的只不過是自我悔恨和回憶往事罷了。

貴妃楊玉環之死，是明皇心中無法抹去的傷痛。他恨自己，作為大唐皇帝，為什麼就不能保住愛妃的性命呢？還有，那麼多的皇家成員，統統被安祿山殺害，那是一種什麼樣的慘景啊！更別說成千上萬的平民百姓了。他始終弄不明白，事情怎麼會變成這樣？想當年，他誅滅韋湙集團和李筱集團，重用姚崇和宋璟等宰相，創建開元盛世，那是何等英武，何等聖明！可是後來重用了李林甫、安祿山、楊國忠等人，寵幸了貴妃，寵信了楊氏外戚，情勢急轉直下，好端端的大唐江山，說毀就毀了，真是不可思議！痛定思痛，他想起一個人來，就是開元年間的宰相張九齡。是張九齡，早就預見到安祿山長有反相，主張將安祿山及早斬首，以剷除禍根。還是張九齡，早就預見到李林甫大奸大猾，不宜用為宰相。可是，自己為什麼就聽不進去呢？唉！真是渾哪！張九齡被貶為荊州長史後，於開元二十八年（西元七四〇年）病死。明皇想起其人其事，悔之淚下，特地遣使至韶州，祭奠這位真正的忠臣，並厚賜幣帛，撫卹其家屬。他這樣做，心理上似乎得到了些許慰藉和平衡。

明皇的一生，是在女人堆裏度過的。在蜀郡，他的身邊沒有嬪妃，七十二歲的高齡，不允許他再納新的嬪妃，因此，孤獨成了他必須面對的艱難課題。玉環的兩名侍女張雲容和郭紅桃，負責照料他的生活起居。每當看到她們二人，他自會想起玉環，心情更加酸楚。蜀郡多雨，氣候潮濕。張雲容不適應那裏的氣候和生活習慣，不久病死。這樣，伺候明皇生活起居的只有郭紅桃一人了。平時，明皇只能和陳玄禮、高力士說說話，飲飲酒，下下棋，打發百無聊賴的時光。安祿山被安慶緒殺死的消息傳到蜀郡。明皇恨得咬牙切齒，說：「這個逆賊，應當千刀萬剮，就這樣死了，真是便宜了他！」唐軍平叛取得節節勝利。明皇略感欣慰，說：「皇帝（指肅宗）久在鳳翔，兵威大震，兇徒逆黨，即應殄滅。」

高力士附和說：「逆賊背天地之恩，恣豺狼之性，更相魚肉，其可久乎？」

陳玄禮說：「照此勢頭發展下去，收復長安和洛陽，應該不成問題。」

明皇說：「但願如此。那樣，我們便可回長安了！」

這一天終於盼到了。韋見素到了蜀郡，敘說了唐軍收復長安和洛陽的經過，並轉達肅宗旨意：迎接太上皇回鑾。明皇、陳玄禮、高力士和禁軍將士喜極而泣，都說：「還是老天有眼呀！」

陳玄禮和高力士一陣忙碌，整頓行裝，明皇的鑾駕踏上了回歸的路程。十一月下旬抵達鳳翔。這時，一年多前隨同入蜀的禁軍將士，只剩下六百多人了。

肅宗派出三千精騎，由宦官李靜忠統領，前來奉迎太上皇，名為「護駕」，實為監視。這個李靜忠已經改名李輔國，現在可是個大人物。他因為長期幫助肅宗出謀劃策，所以極受肅宗寵信，官拜殿中監和閑廄、五坊、宮苑、營田、栽接總監使，兼隴右群牧使、京畿鑄錢使、長春宮使，並主管少府監，封成國公。他拜過太上皇後，立刻宣布了一條詔令：禁軍將士就地解除武裝，所有兵器，交付武庫。明皇臉上沒有任何表情。陳玄禮和高力士對望一眼，那意思明顯是說：「新皇帝，厲害！」

三千精騎護衛明皇，返回長安。途經馬嵬驛，北風呼號，烏雲低垂。明皇多想在那裏停留一下，去貴妃玉環墓前看一看，給她燒幾張冥錢，一訴衷腸。可是，李輔國兇神惡煞，催著趕路，根本不允許停留。明皇只能在車裏遙望枯草叢中的那座孤墳，淚眼模糊，心境淒涼。真是：

天旋地轉回龍馭，到此躊躇不能去。
馬嵬坡下泥土中，不見玉顏空死處。

十二月丙午日，明皇到達咸陽。肅宗率領文武百官，到望賢宮迎接。父子相見，嗚咽悲戚，千言萬語，無從說起。明皇見肅宗身穿紫袍，馬上命人取來一件黃色龍袍，披在肅宗身上。肅宗頓首固辭。明皇說：「天數人心，已皆歸汝，使父得以保養餘年，此乃汝之孝行哪！汝穿黃袍，應當的應當的。」

次日，明皇和肅宗一起，乘車回長安。前後左右，儀仗雄壯，侍從如雲。從開遠門到大明宮，許多官員和百姓，手舉旗幟，載歌載舞。明皇已很長時間沒有見過這種景象了，感歎說：「我爲天子四十餘年，不足言貴。今爲天子父，才算是眞的貴了！」

明皇和肅宗登上大明宮含元殿，再次接受百官朝賀。明皇隨後到長樂殿，拜謁祖宗牌位，慟哭謝罪。接著在宣政殿，將傳國玉璽授於肅宗，完成了父子間權力交接的最後一道手續。其實，這道手續完全是多餘的。因爲肅宗已經在皇位上坐了一年半時間，不管有無傳國玉璽，他早是大唐皇帝，誰也改變不了這一鐵定的事實。

明皇依舊被安排在興慶宮居住。由於安史叛軍的破壞，興慶宮已今非昔比，到處有火燒的痕跡，斷牆殘壁，枯枝敗葉，顯得空曠、清冷和荒涼。明皇急切地到了他和貴妃住了十餘年的興慶殿，那裏華麗的陳設早被洗劫一空，就連牆壁上鑲嵌的金玉、珍珠、瑪瑙等，也被人撬走了。他一眼看到一隻玉磬，那是他用藍田玉親手爲貴妃製作的，而且還有純金鑄造的獅子底座，飾以珠翠、流蘇等。而今，獅子底座和珠翠、流蘇沒了，只剩下玉磬。他手撫玉磬，神情淒然，吩咐高力士說：「這是玉環用過的遺物，你派人把它送交太常寺倉庫收藏吧！」

明皇在興慶殿裏待了很久很久，當年的生活情景，一幕一幕地浮現在眼前。他彷彿看到了玉環嬌媚的面影，聽到了她銀鈴般的笑聲。睹物思人，風光不再。他感到悲哀和悵惘，說：「我還是換個地方住吧！」

高力士體諒明皇的心情，說：「那就住南熏殿好了。」

明皇點頭，表示同意。此後兩年多裏，明皇住在南熏殿，過著一種苦中帶酸的落寞生活。越年的一天，南熏殿裏來了一位女人，跌跌撞撞，老遠就喊道：「哥！哥！你總算回來啦！」

明皇瞇著昏花的眼睛，看那女人，六十五六歲，頭髮花白，青色衣褲，道姑打扮。他不由地渾身哆嗦，說：「你，你不是霓莉妹妹嗎？怎麼？你還活著？」

來人正是明皇的胞妹、玉眞公主、女道士李霓莉。兄妹劫後重逢，抱頭痛哭，許久方才止息。霓莉告訴明皇說，安史叛軍進入長安後，她是逃到終南山裏藏身，這才保住了性命的，聽說明皇從蜀郡回來了，所以趕來看望哥哥。明皇感慨系之，說：「都是我的錯，使得你們跟著受罪遭殃。」

霓莉還在抹眼淚，想笑卻笑不出來，說：「哥回來就好，回來就好。」

明皇說：「我們一家人，還有誰活著？」

霓莉說：「這個，我也不大清楚。前年，安祿山到了長安，爲了祭奠他的兒子，一次就殺了皇家一百多口人，那情景慘哪！想來就讓人毛骨悚然。我的嫂嫂中，聽說華妃還在，好像在一個寺裏當了尼姑。我的侄女中，萬安公主和咸宜公主還在，她倆也是九死一生，逃過一劫。」

明皇聽著聽著，猶如萬箭穿心，老淚又流了出來，說：「前年，我走得匆忙，沒有帶上你們，罪過，罪過，罪過啊！」

李霓莉在興慶宮裏住了下來。數日後，萬安公主和咸宜公主也尋到興慶宮，父女相見，少不了撕心裂肺，又是大哭一場。萬安公主也是道士，無牽無掛。咸宜公主乃惠妃武妮所生，先嫁楊洄，再嫁崔嵩，兩個丈夫均死，成了寡婦。明皇問過咸宜公主的情況，說：「你的妹妹太華公主有消息嗎？」

咸宜公主說：「太華公主隨妹夫楊錡去了湖州，聽說兩年前，夫婦二人都死了。」

明皇黯然，又問：「瑁兒怎樣，他還好嗎？」

「瑁兒」就是明皇第十八子、壽王李瑁，咸宜公主的胞弟。當初，明皇正是從這個兒子手中橫刀奪愛，霸佔了兒媳楊玉環，封作貴妃，到頭來卻將她賜死了。前年馬嵬分兵，李瑁追隨了太子李亨，從那以後，明皇就再不知李瑁的消息，故有此問。

這是個敏感而尷尬的問題，咸宜公主斟酌字句，說：「這多年來，瑁弟的心情抑鬱，身體多病，父皇給他聘娶的韋妃也死了。他隨皇上（指肅宗）回到長安後，還住在壽王府，平時深居簡出，不大過問外面的事情。」

明皇說：「他恨我嗎？」

咸宜公主說：「無所謂恨，他只是看透世事，認命罷了。」

明皇默然無語，許久才說：「你倆和霓莉姑姑就都住在這裏，這樣，彼此也好有個照應。」

萬安公主和咸宜公主見明皇老態龍鐘，不忍棄他而去，也就在興慶宮裏住下了。

明皇身邊有了三個親人，白天好過，可夜晚的寂寞和淒涼，難挨難熬。他想得最多的還是玉環，每想到玉環的音容笑貌，他都會淚流不止，悲情難耐。思念成夢，夢醒後更加悲傷，痛苦地吟出四句詩來：

風急雲驚雨不成，覺來仙夢甚分明。
當時苦恨銀屏影，遮隔仙姬只聽聲。

一個明月之夜，明皇由高力士和郭紅桃陪同，登上勤政務本樓，憑欄南眺，月光融融，景色蒼茫，他隨口又吟出兩句詩來：「庭前琪樹已堪攀，塞外征人殊未還。」這裏的「塞外征人」，無疑還是指玉環。高力士尋來幾名倖存的梨園弟子，命他們歌唱玉環生前愛唱的《涼州詞》。明皇吹響玉笛伴奏。歌聲悽楚，笛聲哀婉，間隙時，大家淚眼相望，泣不成聲。

隨後，明皇去過一趟華清宮。飛霜殿，蓮花湯，端正樓，長生殿，麗人去矣，空有遺恨。明皇悲悼玉環，命樂工張野狐，以笛吹奏他在入蜀途中創作的「雨霖鈴」樂曲。悽楚哀婉的笛聲，如訴如泣，似乎在敘說生者對於死者的相思和懷念。他想起了家住新豐的謝阿蠻，派人將她召了來。謝阿蠻為明皇跳了「凌波曲」舞，隨後取出一對紅粟玉鐲，告訴明皇說：「這對玉鐲，乃貴妃所賜，奴婢一直珍藏著，誰知貴妃她……」明皇細看玉鐲，淚流滿面，悲痛欲絕。

明皇返回長安後，要求改葬玉環。肅宗未置可否，徵詢大臣們的意見。宦官李輔國，手握重權，竭力反對，說：「一個亡國之妃，憑什麼還要改葬？」禮部侍郎李揆想得更深一層，說：「龍武將士因楊國忠負上謀反，這才逼殺貴妃。現在若予改葬，恐怕龍武將士會自仄生疑。」肅宗態度曖昧，既不說同意，也不說反對，故意拖延，敷衍了事。明皇非常傷感，暗中派高力士等人，秘密前往馬嵬驛，購置棺木，改葬貴妃。高力士等將墳墓挖開，玉環的屍體早已腐爛，唯有胸前所佩的香囊仍在。改葬完畢，高力士將香囊帶回，呈給明皇。明皇睹物思人，彷彿又感受到了玉環的體溫和體香，放聲大哭，說：「玉環！我有負於你啊！」

明皇改葬了玉環，又想起另外一位美人，就是梅妃江采蘋。自「翠閣風波」以後，他的心思全部放在玉環身上，徹底冷落和忘卻了采蘋。他覺得，自己是有愧於和有負於采蘋的，那樣一個妙人兒，並無大的過錯，卻長期被禁錮在上陽東宮，有失公允。那麼，她是死了，還是活著？他是希望她活著的，這樣他和她或許還能見上一面。明皇問過一些人，沒有人說得清梅妃的下落。於是派人內外查訪，甚至懸出賞格：凡能訪得梅妃者，升官兩級，賜錢百萬。但是，等了許久，沒有任何結果。暑月的一天，明皇午睡入夢，彷彿看到采蘋在雲中霧中一樣，障袂而泣，說：「昔陛下蒙塵，妾死於亂軍之手，有人哀妾慘死，埋骨於池東梅株旁。」說罷，隨著一陣輕風，隱然不見。明皇驚醒，喚了高力士，尋覓采蘋屍骨。費了一番周折，還真的尋到了。明皇手撫采蘋屍骨，涕淚交加，嗚咽著說：「采蘋！我對不起你啊！」左右見狀，莫能仰視。事後，明皇自作誄文，命以妃禮，改葬了采蘋。

貴妃楊玉環，梅妃江采蘋，皆因明皇而命喪黃泉。明皇悲情，就像興慶湖的湖水，翻滾湧動，無休無止。他命畫師給玉環和采蘋各繪了一幅肖像，懸掛於寢殿，朝夕凝視，一會兒喚「玉環」，一會兒喚「采蘋」，有時自言自語，嘮嘮叨叨，訴說相思和淒苦，沒完沒了。他在玉環肖像下面題了讚語：

萬物去來，陰陽反覆。百歲光陰，宛如轉谷。悲樂疾苦，橫天相續。盛衰榮粹，俱爲不足。憶昔宮中，爾顏類玉。助內躬蠶，傾輸素服。有是德美，獨無五福。生平雅容，清縑半幅。

他在采蘋肖像下面題了一首詩：

憶昔嬌妃在紫宸，鉛華不御得天眞。
霜綃雖似當時態，爭奈嬌波不顧人。

一篇讚語一首詩，表達了明皇的心聲。不論是人還是物，失去了尤顯珍貴。從讚語和詩中可以看出，明皇還是深深地眷愛和思念玉環與采蘋的，然而，逝者已逝，生者乏味，其間有著難以言說的苦衷和無奈。

乾元二年（西元七五九年）四月，安史叛軍內部再起內訌，史思明殺了安慶緒，自己當上了大燕皇帝，並再次攻陷洛陽。政治形勢重新變得嚴峻起來。唐肅宗害怕太上皇是百足之蟲，死而不僵，有可能利用資歷和威望，振臂一呼，集合臣屬，復辟皇位。他的皇后張氏和李輔國，趁機鼓諫，竭力鼓動將太上皇遷居廢棄的太極宮，斷絕其與外界的聯繫。於是，上元元年（西元七六〇年）七月，李輔國出面，率領禁軍，採取非常手段，強行將明皇遷居太極宮。幸虧高力士維護明皇的尊嚴，方使他少受了一些羞辱。到了太極宮，明皇拉著高力士的手，流著淚說：「今日若非將軍，吾且為兵死鬼矣！」

太極宮環境惡劣，條件很差。原先伺候明皇的宮監宮女全被撤換，而且宮門有禁軍把守，就連玉真、萬安、咸宜公主，非經允許，也不得入內。明皇成了一名高級囚犯，完全失去了人生自由。更要命的是，跟隨明皇一輩子的忠實奴才高力士，被扣上「潛通逆黨，曲附凶徒」的罪名，處以長流巫州（今湖南黔陽西南）。這樣一來，明皇身邊，連一個能說上話的奴才也沒有了。他鬱悶到極點，度日如年。好心的宮監特地演出木偶戲，為他解悶。明皇有感而發，隨口吟出一首〈木偶〉詩來：

> 刻木牽線作老翁，雞皮鶴髮與眞同。
> 須臾弄罷寂無聲，還似人生一夢中。

孤寂失落，木然如夢。——這就是明皇暮年的心境！

忽一日，太極宮來了一位年老的尼姑，合掌向明皇行禮。明皇看她，七十歲左右，缽盂狀尼帽，灰白色衣褲，裹腿，黑鞋，體格硬朗，面色平和。明皇沒有認出她來，遲疑地說：「你是……」

尼姑說：「貧尼是華妃呀！」

明皇猛然一驚，說：「你是……你是華妃劉彩娥？」

「是！貧尼正是劉彩娥！」

明皇的思緒一下子回到了青年時代，回到了前往潞州赴任的途中，回到了那個熱鬧的麒麟鎮。正是在那個時候那個地方，彩娥拋繡球招親，他和她締結了姻緣。後來，自己當了皇帝，封她爲華妃；後來，自己寵幸惠妃武妮，將王皇后和劉華妃等冷落了；再後來，自己寵幸梅妃江采蘋和貴妃楊玉環，他將原先的后妃差不多統統忘光了。他好像聽玉眞公主說過，華妃在「安史之亂」中當了尼姑。萬沒想到，他和她還能見面，而且是在形如監獄的太極宮。明皇顫顫巍巍，說：「快坐下，讓我好好看看你，看看你。」

彩娥落座。二人四目相對，更多的是彩娥看明皇。她看他，華髮稀疏，臉面瘦削，鬍鬚白了，眉毛白了，額頭和雙鬢的皺紋，重重疊疊，而且布滿大小不等的老人斑，背有點駝，牙齒掉了不少，所以說話不大關風，聽得不很眞切。他已不再是當年那個風流倜儻、雄壯英武的皇帝，而僅僅是一個老頭，一個體態衰弱和神情憂鬱的老頭！

明皇說：「這些年來，你還好嗎？怎麼就出了家呢？」

彩娥說：「唉！一言難盡！陛下大概記得，我和王皇后（王熒熒）、趙麗妃（趙西施）、皇甫德儀（皇甫香）、劉才人（劉婉麗）是同一時期的，她們四人早已作古，唯有我還活著，我是難捨琮兒（李琮）和琬兒（李琬）啊！後來，琮兒和琬兒都死了，尤其是琬兒，當什麼東討元帥，死在潼關前線，身上被人捅了十幾刀！琬兒慘死，沒有人過問和調查這個事情，以致現在也不知兇手是誰。唉！他是白死了！後來，陛下幸蜀，丟棄了我等，叛軍進入長安，大殺大掠。我呢？只能隨著驚慌的人群，出城逃難。逃至南山下的覺悟寺，暈死在路邊。覺悟寺的女主持救了我，我走投無路，所以就在那裏出家當了尼姑。」

明皇唏噓流涕，說：「我是罪人，是我，害了你以及所有的親人！」

彩娥說：「佛家禪理，講究一個『命』字。生生死死，因果輪迴，色即是空，空即是色，有便是無，無便是有。萬事皆由命定，人力不可強求。」

明皇不懂什麼禪理，忽然生出個希望，說：「你能留下嗎？我希望你能留下，不為別的，只想有人陪我說說話啊！」

彩娥合掌，說：「阿彌陀佛！恕貧尼不能從命。貧尼今天來，一是為了和陛下再見上一面，了卻塵緣；二是想告訴陛下，地位、權勢、金錢、美女等等，都是空的，猶如過眼雲煙，稍縱即逝。人生人死，當從來中來，歸去中去，若能總結出一點存亡之道，足矣！」

明皇愕然惶然，不知該說些什麼。彩娥起身告辭，合掌說：「願陛下保重！阿彌陀佛！」說罷，步出大殿，漸漸遠去。

明皇再次陷入孤獨和痛苦之中。生活是死寂的，他的思想和精神更是死寂的。他不再走出所住的房間，白天黑夜，凝視懸掛著的玉環和采蘋的肖像，沒完沒了地說：「都走了，都走了，只剩下我一個孤老頭子了，只剩下我一個孤老頭子了。」

上元二年（西元七六一年）三月，史思明被兒子史朝義殺死。一年後，即上元三年（西元七六二年）四月，明皇老病纏綿，悲懷莫訴，形同槁木，心如死灰。甲寅日，他讓宮女宮愛給自己擦乾淨身子，換上一件長袍，平臥於神龍殿的床上，說：「我若就枕，愼勿驚我。」宮愛退出，關了房門。夜間，好像聽到明皇自言自語，時笑時哭。凌晨，宮愛進房伺候明皇梳洗，只見他一動不動，雙目緊閉，四肢俱僵。——一代天子唐明皇，滿懷黯恨和淒情，已經與世長辭了，終年七十八歲。

唐明皇屍骨未寒，宮廷裏風雲突變，內亂驟起。張皇后和李輔國爲爭奪權力鬧起了矛盾。三天後，太子李豫（原名李俶）捕殺張皇后。張皇后倉皇逃至臥病在床的肅宗跟前，尋求庇護。肅宗受了驚嚇，嗚呼斃命。李豫隨即登基即位，他就是唐代宗。唐代宗誅殺了張皇后等，無暇顧及祖父皇帝和父親皇帝的喪事，繼續鎭壓安史叛軍。寶應二年（西元七六三年）正月，史朝義自殺，標誌著歷時七年多的「安史之亂」基本被平定。三月，代宗才得以將明皇葬於泰陵（今陝西蒲城東北），肅宗葬於建陵（今陝西禮泉東北）。

明皇泰陵和其父睿宗橋陵，相距不遠，同在豐山，「因山而陵」。豐山一稱金栗山，因山上的碎石宛若金粟，故名。開元十七年（西元七二九年），明皇曾謁橋陵，看到豐山崗巒有龍盤鳳翔之勢，說：「吾千秋後宜葬此地。」因此從那以後，泰陵就開始修建了。「安史之亂」爆發，工程停止。直到代宗即位，才又徵集民夫，突擊施工。泰陵是在很短時間內倉促竣工的，所以其規模和設施等，遠不如唐朝前期的皇帝陵寢。

開元、天寶年間，是唐朝國力最強盛的時期。按道理，明皇的泰陵，應該比唐太宗的昭陵、唐高宗和武則天的乾陵，更雄偉更奢華。然而，事實並非如此。論規模，泰陵不及昭陵；論氣勢，泰陵不及乾陵。這是爲什麼呢？原因很簡單，由於長期戰亂，大唐王朝國庫空竭，經濟蕭條，人口銳減，元氣大傷。唐代宗登基不久，無心也無力爲他的祖父皇帝，修建一座像昭陵、乾陵那樣的陵寢了。

日出日落，花開花謝。時隔一千多年，泰陵飽經滄桑，陵前一些石雕遺存仍然保持原貌，包括華表、石人、石馬、石獅、石鴕鳥、石獨角獸等。石雕是精美的，清楚地告訴人們：這裏埋葬著一位皇帝，一位叱吒風雲過和風流浪漫過的皇帝。他在位期間，前期英明睿智，勵精圖治，重用賢才，創造了不世的輝煌；後期昏聵荒淫，貪圖享樂，信用奸臣，引發了激烈的社會動亂，從而又扼殺了和斷送了這個輝煌。他擁有過寵幸過許多風華絕代的美女，彼此間演繹出一幕幕纏綿悱惻、豔絕人寰的故事，故事過後，美女們大多落了個悲劇的下場。他還是卓有成就的藝術家，在詩歌、書法、音樂、歌舞方面具有很深的造詣，特別是他和楊玉環共同創作的「霓裳羽衣曲」，反映盛唐氣象，美侖美奐。唐明皇的一生，一直在爲自己釀造美酒，同時也釀造了苦酒，以至晚年境遇可悲，孤苦而淒涼。

這就是歷史，中國封建社會一段紅紅火火，盪氣迴腸，盛極而衰，大治大亂的歷史。它，已經並將繼續給予世人以有益的啓迪和警示！

唐明皇／張雲風著. -- 一版. -- 台北市：大地,
2006〔民95〕
面：　公分. --（歷史小說：029）

ISBN 986-7480-47-3（平裝）

857.7　　　　95002441

唐明皇

歷史小說 029

作　　者	張雲風
發 行 人	吳錫清
主　　編	陳玟玟
出 版 者	大地出版社
社　　址	114台北市內湖區內湖路二段103巷104號
劃撥帳號	0019252-9（戶名　大地出版社）
電　　話	02-26277749
傳　　眞	02-26270895
E-mail	vastplai@ms45.hinet.net
美術設計	普林特斯資訊有限公司
印 刷 者	普林特斯資訊有限公司
一版一刷	2006年3月

大地

定　價：250元